成一 著

二十五周年纪念版

白银谷

上

山西出版传媒集团　北岳文艺出版社

·太原·

图书在版编目(CIP)数据

白银谷：上下 / 成一著． —太原：北岳文艺出版社，2025.1
ISBN 978-7-5378-6606-4

Ⅰ．①白… Ⅱ．①成… Ⅲ．①长篇历史小说－中国－当代 Ⅳ．① I247.5

中国版本图书馆 CIP 数据核字（2022）第 151218 号

白银谷（上下）

成一 / 著

//

出品人 郭文礼	出版发行：山西出版传媒集团·北岳文艺出版社 地址：山西省太原市并州南路 57 号　邮编：030012 电话：0351-5628696（发行部）　0351-5628688（总编室） 传真：0351-5628680 经销商：新华书店 印刷装订：山西人民印刷有限责任公司 开本：787mm×1092mm　1/16 字数：903 千字 印张：57.375 版次：2025 年 1 月第 1 版 印次：2025 年 1 月山西第 1 次印刷 书号：ISBN 978-7-5378-6606-4 定价：218.00 元（上下册）
责任编辑 李向丽 赵　勤 康　瑜	
书籍设计 张永文	
印装监制 郭　勇	

本书版权为本社独家所有，未经本社同意不得转载、摘编或复制

成一

1943生,河南济源人。1968年毕业于天津南开大学中文系,1979年加入中国作家协会。文学创作一级。曾任山西省作家协会副主席、山西文学院院长、中国作协全国委员会委员。

已出版各类小说作品约五百万字,其中长篇小说七部。代表作有短篇小说集《远天远地》、中篇小说集《千山》、长篇小说《白银谷》《茶道青红》等。曾获首届全国优秀短篇小说奖及京、津、晋等多项文学奖。

題記

僅僅在一百年前，商家還擴不進中國的正史。明清晉商則連野史也不著痕迹。因此，晉商吸引我的，不在其曾富可敵國，而在它從不曾形諸文字。

作者手書

楔　子

咸丰初年，眼瞅着太平天国坐大，清廷就是奈何不了。光是筹措浩繁的军饷，就让朝廷窘迫至极。那时的中央财政，实在也没有太多腾挪的余地，国库支绌，本是常态。遇到出了事，需要用兵的时候，那还不要命啊？就是新开苛捐杂税，也救不了一时之急。

面对危局，在一班大臣的策划下，朝廷最先出台的一项"筹饷上策"就是"奏令各省，劝谕绅商士民，捐助军饷"。

只是这个"捐"字，并非"捐献""募捐"的那个"捐"，而是"捐纳"的"捐"。说白了，就是出钱买官的意思。这项特殊政策，其实也就是号召天下有钱人踊跃买官，朝廷拿卖官所得打点军饷。从官面上说，响应号召，积极"报捐"，那是爱国忠君、报效朝廷的高尚义举；中央吏部依据你"捐纳"的多少，发你一张相当的做官执照，则是皇上对你的奖赏。

这本来是应急之举，可诏令发布下去，响应却不踊跃。身处乱世，再有钱的人，花钱也谨慎了。何况谁也明白，朝廷敞开出卖的官位大多是些有名无实的虚衔。太平时候，顶个官场虚衔，还有心思炫耀炫耀，乱世要它做甚！

但军情危急，国库空虚，朝廷紧等着用钱呢，不踊跃也得叫你踊跃。哪里不踊跃，就是那里的钦命疆臣"劝捐"不力。朝廷的压力施加下来，首当其冲的自然是那些富庶的省份。

那时在全国的富庶省份中，谁家在榜首呢？

说来让人难以相信，居然是广东和山西。"湖广熟，天下足"，广东又是最早开海禁的地方，列于首富，不足为怪。晋省山右居然与广东并列在前位，现在是叫人难以想象了。

伏思天下之广，不乏富庶之人，而富庶之省，莫过广东、山西为最。风闻近数月以来，在京贸易之山西商民，报官歇业回籍者，已携资数千万出京，则山西省之富庶可见矣。而广东尤系著名富厚之区。若能于此两省中实力劝捐，自不患无济于事。

这是咸丰三年（1853）四月十一日，惠亲王等上呈皇上的一道奏折。那时，从中央到地方，不断有这类奏折呈上来，都是要皇上吃大户，诏令粤、晋两省扛大头，多多"捐输"。有一位叫宋延春的福建道监察御史，居然将晋人在京师做银钱生意的字号，开列了一张清单，作为上奏的附片，"恭呈御览"。奏折上说，这些字号"各本银约有一千数百万两"，应饬户部，"传集劝输"。

着了急的皇上，也就不断把催捐的"上谕"发往粤、晋两省的督抚衙门，严令"通饬所属，广劝捐输"，不得以任何托词卸责。

咸丰三年（1853），山西民间的"绅商士民"买官捐输的银两为一百五十九万九千三百余两，居于全国各省之首。这年全国的民间报捐，也不过四百二十万七千九百一十六两，山西占了百分之三十八，真是扛了大头。

只是，这似乎也并未叫朝廷满意，依然不断派大员下来查访，催捐。下面这道"上谕"，是咸丰四年（1854）八月，皇上下达山西巡抚恒春的，不满之情，溢于字间：

载龄、崇实奏沿途访查晋省捐输、盐课各情形等语。据奏，山西去岁续办捐输，至今未算成数。该侍郎等所过平定、榆次、徐沟、平遥、介休等州县，最为殷实，亦多迁延未交，皆由各商民因贸易收歇，藉词亏折，捐款未免观望。……山西系饶富之区，所有免商捐款，着恒春严饬所属，开诚布公，实力劝捐，勿令捐生等有所借口。

从咸丰初年开了"劝捐"的先河，一直到光绪末年，在山西做巡抚的大员差不多都为如何完成朝廷派下的捐输任务而头疼。朝廷总是张着无底洞似的大嘴，吮吸了山西不放，那实在是因为当时的山西太富了。

"晋省富饶，全资商贾"。在明清之际，以商贾贸易致富一方而名满天下的，南有徽商，北有晋商。明人谢肇淛在《五杂俎》中有云：

> 富室之称雄者，江南则推新安，江北则推山右。……山右或盐，或丝，或转贩，或窖粟，其富甚于新安。新安奢而山右俭也。

入清以后，晋商仍能富于徽商，除了一个"俭"字，还在于商业上的两大独创：一是开创并一直垄断了对蒙的边贸、对俄的外贸，打开了一条陆上通欧的茶叶之路；一是独创了金融汇兑的票号业，"执全国金融牛耳"。这都是那时代商业上的大手笔，只是不为正史所彰显罢了。

就说票号，其实就是后来的银行。清代禁用纸币，作为货币的银锭、铜钱流通起来非常不便。中国那么大，交通又不便利，外出做生意，商资的携带和交割，就成了大问题。清代镖局很兴盛，为甚？就是因为长途押送银钱的业务太多了。晋商正是在这一点上慧眼独具，开创了银钱异地汇兑的票号业。票者，凭证也，契约也。你在甲地交银写票，再在乙地凭票取银，这在今天是再平常不过的事，但在那时代，却几乎是货币流通中的一种革命。票号一出，大受商界欢迎，生意越做越火，越做越大。到后来，连官府上缴钱粮，调度军饷，即省库与国库之间的官款调拨，也交山西票号来承办了。票号也由金融汇兑扩展到收存放贷，与银行无异。

票号这样火的金融生意，自诞生到消亡，一直为山西商人所垄断，当时被俗称为西帮。西帮票商又集中在晋中的祁县、太谷、平遥三县，细分为祁、太、平三小帮。票号只西帮能开，别家开不了，除了西帮无可取代的财力和信誉，还因为它有独具的理念和精密的规矩。江南的胡雪岩，恐怕是唯一敢于效法山西票号的商人了，可他的南帮阜康票号，兴盛也速，败亡也速。西帮票号似乎只是不动声色地看它兴起，又败落。阜康之后，连大清王朝都走向了衰落之旅，西帮商人却走向了自己的辉煌。

只是，在这种辉煌里面，又孕育了什么？

目录

上 卷

第 一 章　莫学胡雪岩…………003
第 二 章　老院深深…………031
第 三 章　西帮腿长…………062
第 四 章　南巡汉口…………090
第 五 章　绝处才出智…………121
第 六 章　凄婉枣树林…………152
第 七 章　京号老帮们…………185
第 八 章　绑票津门…………214
第 九 章　圣地养元气…………244
第 十 章　一切难依旧…………275
第十一章　过年流水…………306
第十二章　津京陷落…………336
第十三章　血染福音堂…………368
第十四章　尼庵与雅园…………401
第十五章　苦心接皇差…………433

上 卷

第一章　莫学胡雪岩

1

康庄本来不叫康庄，叫磨头。因为出了一家大户，姓康，只是他一家的房宇，便占了村庄的一大半，又历百十年不衰，乡间就慢慢把磨头叫成了康家庄。再到后来，全太谷都俗称其为康庄了，磨头就更加湮没不闻。

康氏家族当然很为此自豪，以为是理所当然的一种演进。但康家德新堂的当家人康笏南，总觉这些霸道，至少是于这方风水，不够恭敬。

德新堂，其实也就是康笏南他自己家室的堂号。那时代晋地的富商大户很喜欢这样一种风雅，有子弟长成、娶妻、立家，就要赐一个高雅的堂号给他，就像给他们的商号，都要起一个吉利的字号名一样。"德新"二字，据说取自于《易经·大传》中"富有之谓大业，日新之谓盛德"一句。康笏南顶起"德新堂"这个堂号已经五六十年。五六十年前，在他刚刚成人的时候，磨头似乎就没有多少人那样叫了。但康笏南与外人交往，无论是官场人物，还是商界同侪，一直都坚持自称：磨头康笏南。他这样做，就是为了对磨头保持一份敬畏。

康氏家族的庭院房宇堂堂皇皇地占去了康庄的一大半，其中的大头也是德新堂。德新堂的那座超大宅第，是三百六十来间房舍散漫而成。但在这样的大宅院第，也只是有一座不高的门楼，三四座更局促的更楼、眺楼，别的都是比乡邻高不了多少的房舍，再没有一座压人的高楼。那似乎也是康家留给磨头的一份厚道。

德新堂的正门门楼，也不高，不华丽，圆碹的大门上，卧了够矮的一层楼，只不过是一点象征。门洞倒是很宽绰，出入车马轿辇，不会受制。两扇厚重的黑漆大门上漆了一副红地金字的对联，一边只三个字：

德不孤

必有邻

没有横额，更没有在一般大户大家门头常见的"大夫第""武游击"一类的匾额。门朝南开，门前也开阔，远处的凤凰山迤逦可见。

进入正门，倒有一座很高大的假山挡着。这假山的造势像是移来一截悬崖峭壁。上面平坦，还点缀了一间小小的凉亭，旁有曲折的石阶，可以拾级而上。前面却是陡峭异常，越往下越往里凹陷，直到凹成一个山洞。

绕过这座奇兀的假山，是个小花园似的院落，由一圈游廊围了。东西两厢，各有一个月亮门。正北，是德新堂的仪门，俗称二门。重要宾客，即在此下车下马。

光绪二十五年（1899）五月初九，德新堂各房的大小爷们差不多全聚集到了假山后、仪门前。他们显然是等候着迎接重要的客人。

德新堂子一辈的六位老爷，正有两位不在家。一位是三爷康重光，他正在口外的归化城巡视商号，走了快一年了。春天，曾经跟了归化的驼队，往外藩蒙古的前营乌里雅苏塔跑了一趟。说是还要往库仑至恰克图这条商路上跑一回，所以还没有归期。另一位是五爷康重尧，春末时节才携了五娘，到天津码头游历去了。

在家的四位都到了。大管家老夏向他们传老太爷的话时，说老太爷也要亲自去迎客，各位是必须到的。还说，老太爷今天要穿官场的补服，顶有功名的老爷，自然也不能穿常服出来。这就把气氛弄得有些不同寻常。

到底是谁要来呢？

老夏没有说，老爷们也没有问。他们只是穿戴整齐默默地出来了。

大老爷康重元，幼小时患过耳疾，没治好，失聪了。他不是天生聋哑，失聪后仍会说话，所以给他捐个官还是可以的，但大老爷他一直摇头不要。他耳聋以后就喜欢习《易经》，研习了三四十年了，可能把什么都看透了。今天大老爷出来，还是平常打扮，一脸的沉静。

二爷康重先，小时身体也不成，软差得很。康笏南就叫他跟了护院的武师练习形意拳。本来是为了叫他健身强体，不想他倒迷上了形意拳武艺，对读书、习商都生不出兴趣了。如今在太谷的武林中，二爷也是位有些名气的拳师。给他捐官，就捐了个五品军功。他对官家武将穿的这套行头，觉得非常拘束，好像给废了武功似的，一直硬僵僵地站在那里。

四爷康重允，特别性善心慈，他就习了医，常常给乡人施医送药。他捐有一个布政司理问的虚衔，所以也穿戴了自己的官服官帽，静静地候在那里。

六爷康重龙最年轻，他已是通过了院试的生员，正备考明年的乡试。不要说德新堂了，就是整个磨头康氏，入清以来也还没有一位正途取得功名的人。六爷很想在明年的秋闱，先博得一个正经的举人回来。他不知道今天又是什么人来打扰，露出了满脸的不高兴。

除了这四位老爷，出来等着迎接客人的，还有康氏家馆的塾师何开生老爷，在德新堂护院的拳师包师父，当然还有管家老夏，以及跟随了伺候老爷们的一干家仆。老爷们都不说话，别人也不敢言声，仆人们的走动更是轻声静气，这就把气氛弄得更异常了。

到底是谁要来呢？谁也不知道，谁也不想问，直到盛装的康笏南出来，也和大家一样，站在了假山后、仪门前，他们才真正起了疑问。

康笏南捐纳的官衔，是花翎四品衔补用道。他今天着这样一身官服出来，那一定是迎接官场大员。迎接官场大员，至少应该到村口远迎的。可老太爷盛装出来，却也站到这里，不动了。

大家都看出来了，老太爷今天的脸色很严峻，好像是生了气。

那是生谁的气呢？就要如此隆重地迎接官场客人了，怎么还能这样一脸怒气？是生即将到来的这位官员的气吗？那为什么还要请他来？这都不像是老太爷一向的做派。

一直贴身伺候康笏南的老亭搬来一把椅子，请他暂坐，他坚决不坐。

那气氛就更可怕了。

幸好这是一个晴朗的日子，明丽的阳光照到假山上，把那一份奇峻似乎也柔化了。从假山顶悬垂下来的枝枝蔓蔓挂碧滴翠。山脚下的一池荷花，不但硕叶亭亭挤满了，三五朵新蕾也挺拔而出。天空明净，高远。

在这样美好的时光里，到底出了什么事？

终于有个仆人从假山前跑过来了。没等他开口禀报，老夏急忙就问：

"来了吗？"

"来了，来了，车马已进村了。"

坐的是车马，不是大轿，那会是何等大员？或许是什么大员的微服私访。只是，这时的康笏南依然是一脸的怒气，而且那怒气似乎比刚才更甚了。大家越发猜不出将要发生什么事。

盛装又盛怒的康笏南移动到靠近仪门的地方，垂手站定了。老夏招呼何举人挨康笏南站过去。之后，大老爷、二爷、四爷、六爷，就依次跟过去，站定了。最后是包师父、老夏、老亭。一字排下来的这个迎宾队列，场面不小，只是静默得叫人害怕。

大门外，很快就传来了车马声，威风的车马声。

车马也停了，没有进大门。

除了康笏南，大概所有迎宾的人这时都一齐盯住了假山：到底是谁要来呢？

先传来了太单薄的脚步声，不是前呼后拥，脚步杂沓，是孤孤单单的，仿佛就是一个人。连个仆人也不带？就是一个人，一个穿了常服的太普通的人出现在假山一侧。如此隆重迎接的就是他吗？

大家还没有把这个太普通的来客看清，忽然就见老太爷躬了身，拱起手，用十分嘹亮的嗓音喊道：

"受花翎四品衔补用道康笏南，在此恭候邱大人大驾！"

老太爷用如此洪亮的声音向这个太普通的来客报名，正叫大家感到惊异，就见这个邱大人忽然匍匐在地，扑下去的那一刻，就像是给谁忽然踹了一脚，又像是将一瓢水忽然泼到地上了。

老太爷依然作躬身作揖状，依然用洪亮的嗓音说道：

"邱大人你快请起吧，不用给我跪，你排场大了，该我们给你跪！"

"老东台，康老东台……"伏地的邱大人已经是大汗淋漓了。

"邱大人你排场大了，出必舆，衣必锦，宴必妓，排场大了。"

"老东台……"

"邱大人，你今天怎么不坐你的绿呢大轿来？"

伏地的邱大人已在瑟瑟发抖，谁都能看得出来。

"你好排场，你就排场。你喜爱坐绿呢大轿，你就坐！"

"康老东台……"

"你想吓唬老陕那头的州官县官，你就吓唬。这一路回来，老陕那头的州官县官有几家把你当上锋大员迎接来？"

"临潼迎接没有？"

"潼关迎接没有？"

"到咱山西地面了，你该早报个信儿，我去迎接你邱大人呀！"

"老东台，老东台……"

康筇南甩下这一串既叫人感到疑惑，又叫人害怕的话，转身愤然离去了。老亭紧随着也走了。匍匐在地的这位邱大人抬头看看，惊慌不可名状，愣了片刻，就那样匍匐着跪地爬行，去追康筇南了。

管家老夏忙过去说："邱掌柜，你不用这样，起来走吧！"但那邱掌柜好像没有听见，依旧沿着石头铺设的甬道，张皇地向前爬去。

老夏回头说了一句："各位老爷散了吧，散了吧！"就跟了去招呼爬行的邱掌柜。几位老爷真还没有经见过这种场面，哪里会散去？他们不知道这是演的一出什么戏。

年轻的六爷就问："这位邱大人、邱掌柜，他是谁呀？"

何举人说："还不是你们家天成元票庄驻西安庄口的老帮，邱泰基。"

二爷就说："原来是咱自家驻外的一个小掌柜，难怪叫老太爷吓成那样，够恓惶可怜了。老太爷这样吓唬人家一个小掌柜，还叫我们都陪上，为甚呀？"何举人冷笑了一声，说："这我可不知道了。"又问包师父。包师父说："我就更不知道了。"

2

这个可怜人，正是天成元票庄西安分庄的老帮邱泰基。把驻外埠码头的分号经理称作老帮，这是西帮商人的习惯。老帮，也就如南方俗称的老板吧。只是这位邱老帮，在他的庄口却不是这种可怜人。他的优雅、奢华，特别是常常掩盖不下的那几份骄横，是出了名的。这次他遭老东家如此冷落，就是因为他的奢华和骄横有点出了格。

邱老帮是那种仪态雅俊、天资聪慧的人，肚里的文墨也不差。他又极擅长交际，无论商界，还是官场，处处长袖善舞。凡他领庄的驻外分庄，获利总在前位。他驻开封庄口时，与河南的藩台大人几乎换帖结拜，全省藩库的官款往来，差不多都要经天成元过局，那获利还能小吗？他在上海领庄时，居然能把四川客户一向在汉口做的生意吸引到沪上来做。近三年他在西安领庄，结利竟超过了张家口分庄。那时代的张家口，是由京师出蒙通俄的大孔道、大关口，俗称东口。那里也是天成元传统上的大庄口。

只是，邱掌柜太爱奢华了。康笏南说他"出必舆，衣必锦，宴必妓"，那一点儿也不过分。他享受奢华，也有他的理由，他能做成大生意啊，你不优雅华贵，怎么跟官场大员、名士、名流相交往？但是，就像所有西帮商号一样，康家的天成元票庄，也有极其苛严的号规。驻外埠码头的伙友，从一般伙计，到副帮、老帮，分几个等级，每年发多少衣资，吃什么伙食，可支多少零用的银钱，都有严格的定例。做生意的交际应酬花费，虽没有定例，那也必须有翔实的账目交代。实在说，山西票号的伙友，那时所能享受到衣资、伙食、零用，在商界还是属上流的，颇受别种商行的羡慕。特别是领庄的老帮们，起居饮食，车马衣冠，那是够讲究了，出入上流社会，并不显寒酸的。邱掌柜他是太过分了，他的奢华，倒常叫一些官场大员自惭形秽。

西帮商号最苛严的一条号规就是驻外伙友无论老帮，还是小伙计，都不许携带家眷，也不许在外纳妾娶小，更不许宿娼嫖妓。违犯者，会得到最严厉的惩罚，那就是开除出号。立这条号规，当然是为了给西商获取一份正经君子的名声，但更深的意图，还是为了生意的安全。早已把生意做大了的西商，分号遍天下。你把几万、十几万的老本，交给几个伙友，到千里之外开庄，他要是带了家眷，或是在那里有了相好的女人，那卷资逃匿的风险就始终存在。自从清廷准许山西票号解汇官款以后，为了兜揽到这种大生意，许多字号对请客户吃花酒，也松动了。名分上是只拿优伶招待客户，本号人员不得染指，可一席同宴，你又怎么能划得清？风流雅俊的邱老帮，当然也很谙此道，做成了不少大生意。但也因此，出入相公下处，甚至青楼柳巷，他似乎获得了特许，有事无事，都可去春风一度。

邱老帮这样奢华靡费，又风流出格，其他码头的老帮能不知道吗？他们就常有怨言吹到总号大掌柜孙北溟那里。孙大掌柜也不是不知道，只是邱泰基是生意上的一把好手，立马拿他执法，毕竟太可惜了，叫他改正，那又是禀性难移。大掌柜暂时只能不断调动他，三年换一个码头，不令其在一地久处。特别是，不能派他到京师、汉口、苏州、佛山那种大庄口。

可这个邱泰基，他今年从西安庄口下班回太谷，路上又惹出了麻烦。

因他领庄的这一届账期获利又丰，正春风得意，出了西安，就雇了一顶四人抬的绿呢大轿，堂皇坐了，大做衣锦还乡的文章。轿前头，还有人骑了引马开道，俨然是过官差的排场。那时代，官民之间贵贱分明，就是在官场，什么样的官，坐什么样的轿，有极严格的规定，稍有僭越，便是犯上的大罪。四人抬绿呢大轿，那是三品以上文职大员才配坐的官舆。他一个民间商贾，坐了招摇过市，这不是做狗胆包天的事吗！

过陕西，进山西，一路州县，一路驿站，也不知道他是怎么应对过去的，一直没有出事。过了平阳、霍州，又越过韩侯岭，已经进入太汾地面，眼看快到家了，却出了麻烦。原来在翻越韩侯岭前，邱老帮在仁义镇的驿站打了个茶尖，也就是吃了些茶点，歇了歇脚。这个小驿站的驿丞，是个获职不久的新手，他看邱老帮的排场和本人的仪态，相信是官场大员。除了殷勤招待，还赶紧派人飞马往前站的灵石县衙通报：有上峰大员微服过境。

灵石的知县老爷得报以后，慌忙做了十分巴结的准备，又备了仪仗，率领一班随员出城去迎候。辛辛苦苦等候来的，却是我们这位邱老帮，又不相识，你说知县老爷还不气歪了鼻子！虽说晋省商风炽烈，但在官面上，士、农、工、商，还是铁一样的尊卑秩序，不管你天成元，还是地成方，商贾就是居于末位的商贾。出动官衙仪仗来迎接一个民间商贾，那是大失体统的事。

盛怒的知县老爷，当下就把邱老帮拿下了。

消息传到太谷天成元总号，大掌柜孙北溟倒先在心里笑了：这一下，有办法治你邱泰基了。

灵石是个离太谷不远的小县，天成元票庄在那里没有设庄。不过，康家的天义隆绸缎庄，在灵石有庄口。孙北溟就亲笔给灵石的知县写了一封道歉的信，满纸是十分的谦卑，十分的惶恐。又写了一张天成元的银票，作为孝敬知县大老爷的端午节敬，并注明可以随时到天成元或天义隆的任何庄口支取。然后，叫天义隆的大掌柜，火急派人送往灵石庄口，令那里的老帮赶紧往县衙活动。不几日，灵石传回话来，知县大老爷不给孙大掌柜面子，节敬也不收，说是要将邱泰基解送汾州府。

看来，这位知县老爷是真生气了。解送到汾州府倒也不大要紧，天成元与汾州官场很熟，更好说话。只是这样一来，邱泰基弄下的这点狗屎事，就要张扬出去了，对天成元的名声不好。

孙北溟正要另行谋划，尽快洗刷了这点狗屎，康庄德新堂就传来了康笏南的话："孙大掌柜你辛苦一趟，赶紧去灵石，把我这封信面呈人家县太爷。你要是忙，柜上走不开，那我就去一趟。"

这话很清楚，老东台是要他务必亲自走一趟。弄得这样隆重，是要面呈一封什么信呢？信也没有封口，孙北溟抽出来看了看，除了客套，就是一句话："务请秉公行事，严惩邱某，彼系混账东西，早该严惩了。"

老东台这句话里，好像有对他的不满吧？早该严惩，那还不是说他孙某人对这个邱混账，纵容太久了！

孙北溟大掌柜不敢犹豫，赶紧动身奔灵石去了。

快到灵石的时候，他才忽然明白，这一去，将康老东台的信呈上后，知县就会放人。信是康老太爷亲笔，又由他这大掌柜亲自远道来送，也没有求情，是促你严惩，面子给足了，理也占住了，人家更有台阶可下。他当初的处置，是太草率了，太没有把这个知县放在眼里，先放了一张银票在那里，人家怎么好踩了下台？

果然，信递上去，就把人放了，知县老爷说："想怎么严惩，你们自己严惩吧。康老前辈的贤达，我是知道的。"

"大老爷的仁慈，我们也不会忘。"

离开灵石前，他交代天义隆在这里领庄的老帮，等遇个节日，再把那张银票给县老爷送去。

邱泰基见孙大掌柜亲自来解救自己，还以为是一种格外的看重。所以，也没有几分愧色，只是说要铭记大掌柜的救命之恩。

孙北溟赶紧正色说："邱掌柜你快不敢这样说，我来灵石，是奉了康老太爷之命！要谢，你去谢老东台，不敢谢我！"

听了这话，邱泰基更有了几分得意，说："我当然得向老东台谢罪。这个县官，也是太没有见过世面了。"

孙北溟冷冷哼了一声，心里说，邱泰基，邱泰基，看你精明，原来也只是点小精明，到现在了，还什么也看出来。回太谷的一路，再没有同那邱混账说话。孙北溟一路只在想，到底该怎样严惩这个混账东西。

回到太谷，邱泰基本来想休歇几天，再去向康老太爷谢罪。没有想到，他到家的第二天，德新堂就派人来请他了：

"邱掌柜要是能走开，就请在初九辛苦一趟，康老太爷想见见。初九走不开，邱掌柜你定个日子。这是康老太爷的原话。"

那就初九吧。邱泰基他再张狂，也不敢给老东家定日子。

西帮商号一般都有种忌讳，那就是总号大掌柜以下，从协理即俗称二掌柜的，到各地老帮、普通伙友，都不宜随便去见财东。在晋省商界，字号的总经理、大掌柜这类人物，也被称为领东。因为财东是把生意字号交给了大掌柜一人，由他全权经营料理，东家不干涉具体号事。下面的人到财东那里说三道四，算怎么一回事？不过，康笏南有个喜好，爱听各地码头的新闻逸事。所以有驻外埠的雇员下班回来，他就挑选一两位，请来闲坐，不涉号事，一味海阔天空地神聊。请来的，有老帮，也有一般伙友。能被老东家邀请去闲聊，无论是谁，那自然也是种荣耀。邱泰基一向就是常被老东台请去聊天的老帮，这回出了如此的稀松事，老东家不仅亲手搭救，而且依旧请他去聊天，可见对他的器重不同一般。

谁不喜欢能赚钱的人呢！可怜的邱泰基，就是带着这样一份心情，悠悠然来到康庄。他哪里能料想到，等待着他的竟会是那样一种场面！他几乎给吓晕过去。

康老东台愤然离去后，他那样一路跪地爬行，追来追去，老东台依然是拒不见他。他就伏在老太爷居住的老院门外，整整一天，长跪不起。他常年享惯了福，哪经得起这番长跪？人都跪得有些脱了形，也没有把老东家感化了。

到中午时候，康老夫人派人给送来一个跪垫。他早听说了，老夫人又年轻又开明，没有想到竟也这样仁慈。

但他哪敢往那垫上跪！

管家老夏也仁义，几次来劝他，邱掌柜先起吧，先回吧，过些时再说吧。还差人给他送水送饭，劝他吃喝几口。他哪里能吃喝得下！

眼看日头西下了，邱泰基才绝望了。他朝老院的大门磕了三头，才艰难爬起，摇摇晃晃，离开了德新堂。

来时雇的马车，早没有了影踪。老夏要派东家的马车送他，他哪里敢坐！康老太爷说他"出必舆"，他不坐车了，不坐车了，从此再不坐车了。他摇摇晃晃出了康庄，跌跌撞撞向县城走去。老夏怕出事，派了一个下人，在后面暗暗跟了他。

正是五月，天已经很长了，从夕阳西下，到夜幕垂落，中间还有一个长长的黄昏。康庄距县城，也只十数里路。但邱泰基摇晃到南关时，夜色已重。他没有进城，也没有雇车回家。他家还在城北的水秀村。他就在南关寻了一家小客栈，住下了。住下，又哪里能睡得着！

他越回想今天发生的事，就越觉得害怕：很可能他已经不是天成元的人了。从十四岁进康家天成元，到今年三十四岁，二十年都放在这家字号了。就这样，全完了？

3

次日一早，邱泰基惶惶然赶到总号。

孙北溟大掌柜倒是立刻见了他。忽然之间，见他整个儿都脱了形，原来那样一个俊雅倜傥的人，竟变成了这样，孙大掌柜也有些惊讶。

邱泰基扑通一声就跪下不起。

"邱掌柜，快起来，快起来！有什么，先说，是不是见老东台了？"

邱掌柜已经泪流满面。

"还用得着这样，邱掌柜，起来，起来！有什么话，先说说，老东台说了你些甚？"

半天，邱泰基才把康老太爷奚落他的那个场面说了出来。

孙大掌柜听了，沉默不语。

"大掌柜，你看老东台这是什么意思？我不能吃天成元这碗饭了？"

"大掌柜，只有你能救我了，只有你了！"

孙北溟一脸严峻，仍不说话。

"大掌柜，我知道我不成器，我知道我叫你为难了。看在我效力天成元二十年的分上，大掌柜，在下只求你告我，我还有救没救？"

孙北溟长叹了一口气，说："邱掌柜，邱掌柜，我一向是把你看成聪明过人、有才学、有襟怀的人，怎么你肚里就装不下那一点小功劳，那一点小盈利，那一点小局面！你才赢几个小钱，就要坐绿呢大轿！人家陈亦卿老帮在汉口张罗的，那是一种甚局面？戴膺老帮在京师张罗的，那又是一种甚局面？我在老号张罗的，是甚局面？你坐绿呢大轿，那我们该坐什么？你进天成元二十年，我今天才知道，你并没有学到天成元的真本事，未得我天成元真髓！"

"大掌柜，这一回，我才知道我不成器，有污东家名分，更空负了大掌柜你的厚望。"

"你起来吧，起来说话。"

邱泰基仍执意跪了，不肯起来。

孙北溟厉声喝了一声："起来！你怎么成了这样！"

邱泰基这才站了起来。

"坐下。"

邱掌柜畏缩着，不敢坐。

"坐下！"

他虽坐了，仍一副畏缩状。

在邱泰基的印象里，孙北溟大掌柜什么时候都是那样一种优雅恬静、不温不火、举重若轻的样子，像今天这样严厉形于色，他还是首次经见。他能不畏惧紧张吗？但大掌柜肯见他，还肯叫他坐了说话，又唤起了他的一点希望。

"叫我看，你是染了当今官场太多的恶习！你擅长和官场交往，那是你的本事。可你这本事，要图什么？是图兜揽生意吧，不是图官场那一份风光吧？官场那一份风光，又有甚！你这么一个票号的小掌柜，不就把它兜揽过来了？河南那个藩台大人，要不是我拦挡，你早和人家换帖结拜了。他是朝廷命官，一方大员，你是谁，他为何肯与你结拜？向来宦海风浪莫测，这位藩台大人明日高升了，你荣耀，咱们字号也沾光；他明日要是给革职抄家呢，你这位结拜兄弟受不受拖累？咱们字号受不受拖累？你聪明过人，就是不往这些关节处想！说你未得我天成元真髓，你不会心服。"

"大掌柜,我都这样了,哪还敢再空疏张狂!"

"邱掌柜,你要命的关节,不是空疏,是不懂一个'藏'字。"

"'藏'字?"

"实在说,无论官场,无论商界,这个'藏'字,都是一个大关节处。官场一般要藏的,是拙,是愚,是奸,是贪。因为官场平庸之辈、奸佞之流太多。他们这班人,内里稀松,才爱面儿上张扬、显露。倒是官中那些贤良英杰,常常得收敛不彰,藏才,藏智,藏贤,藏锋。你一个商贾,学着那班庸官,张扬个甚!我西帮能把生意做到如此局面,生意遍天下,商号遍天下,理天下之财,取天下之利,就是参透了这个'藏'字。藏智,藏巧,藏富,藏势,藏我们的大手段、大器局。都说财大气粗,我西帮聚得天下之财,不讲一个'藏'字,那气势还了得!不光会吓跑天下人,招妒于天下人,恐怕朝廷也不会见容于我们。"

"大掌柜,我是太浅薄了。"

"你是犯了我西帮的大忌,我西帮最忌一个'露'字,最忌与官家争势。世人都说,徽商奢,晋商俭。我晋商能成就如此局面,岂止是一个'俭'字。俭者,藏也。票号这种银钱生意,生利之丰,聚财之快,天下人人都能看见,人人都想仿效,却始终为我西帮所独揽独占,为甚?唯我善藏也。咸同年间,杭州那个胡雪岩,交结官场,张罗生意,那才具,那手段,那一份圆通练达,还有那一份风流,恐怕都在你邱掌柜之上吧?"

"大掌柜,不要再讥笑我。"

"他胡雪岩自视甚高啊,居然也仿照了我西帮票号的体制,开了一家阜康票号,还以南帮票号称之,好像要抗衡我西帮。他哪有什么帮,就他一家阜康而已。那阜康还没有弄出什么局面,他胡雪岩倒先弄了一个官场的红顶子戴了,接了一件朝廷的黄马褂穿了,唯恐天下人不知他胡雪岩手段好、场面大,他那阜康不倒还等什么!邱掌柜,光绪六年(1880)阜康倒时,你在哪儿?"

"我进天成元刚一年吧。不过,我也听说了,阜康倒时,市面震动,拖累了不少商号。"

"岂止是拖累了别人,对我西帮票号的名声也大有伤害。朝廷一时都下了诏令,不许民间票号再汇兑官款。胡雪岩他也爱奢华,爱女色。邱掌柜,我看你是想师承胡雪岩吧?"

邱泰基听了这句话,又扑通跪下了。

"大掌柜,听了你的这番教诲,往后我怎么还能那样!"

"邱掌柜,咱先不说往后。往后你在不在天成元吃饭,我真给你说不好。我给康家德新堂领东也几十年了,像老东台这样的举动,我只经见过极少的几次。"

"大掌柜,老东台那是什么意思,盛怒已极,恩情已断,对吗?"

"邱掌柜,我真给你说不好。不过,我今天也算仁至义尽了吧。你要愿意听我的,参懂那一个'藏'字,今后你无论在哪吃饭,都会受用不尽的。"

"大掌柜,除了天成元,我再无立身之地呀!"

"咱不说往后。邱掌柜你回家歇你的假。这三年,你在西安领庄还是大有功劳。下班回来,这半年的例假,我还叫你歇够。你就先回水秀,歇你的假吧。"

邱泰基还想说话,孙大掌柜已以决绝的口气吩咐送客。

4

虽然是雇车回到了水秀,但邱泰基那一副脱形失神的样子还是把夫人姚氏吓坏了。

"天爷,你是怎了?成了这样?遭劫了?"

西帮商号驻外人员的班期都是三年。三年期间,除了许可回来奔父母大丧,那就再没有告假回乡的例外了。即使像邱泰基这样能干的老帮,外出上班,一走也是三年。熬够了这三年,才可回家歇假半年。姚夫人终于又苦熬过这一班三年,把男人盼回来了,却发现大有异常。

先是捎来信说,赶在四月底,总要到家。今年,总要在家过端午。可四月完了,端午也过了,一直等到初七,才等回来。晚七天,就晚七天。误了端午,就误了吧。人平安回来,什么也不在乎了。

男人回来,那才要过三年中最大的节日!

她嫁给邱泰基已经十六年,可这只是第五次把他等回来,也只是第五回过一个女人的大节日。她对自己的男人是满意的，一万分的满意。他生得俊美，又是那样精明，更会温暖女人，叫你对他依恋无尽！十六年来，这个男人还给家中带回了越来越多的财富。现在由她长年撑着的这个邱家，在水秀也算是大户了。一个女人，你还想要什么样的男人！只是，嫁他十六年了，和他在一起的时日，也就是他那五个假期，五个半年。就是这金贵无比的半年，还要扣除路途来去的旅期。他去的地方，总是遥远的码头，关山无限，风雨无限，他把多少金贵的日子，就那样撂在漫漫旅途了。那五个半年，就是一天不少加起来，也只是两年半，仅仅是两年半。十六年了，她和自己的男人只做了两年半夫妻！余下的十三年半，就只是对男人的思念、回忆、祈祷、企盼，绵绵无尽，凄苦无比，那是比十个十六年还要漫长。

一个三年比一个三年变得更漫长了。

他终于回来，又忽然离去，这个男人一次比一次变得不真实了。他仿佛从来就不是她的男人，只是她的一种想象，一种梦境。在真实的长夜里，永远都是她孤苦一人，独对残月，独守寒床。

"商人重利轻别离，前月浮梁买茶去。"她多少次想对他说，不要走了，不要再去挣什么银钱了，我们就厮守着过贫贱的日子吧。又有多少次，她想冲出空房，顶了残月，听着狗叫，踏上寻夫的旅程。你驻的码头就是在天涯海角，就是有九九八十一难，也要寻到你！

但男人终于又回来了，第五次又回来了，那就什么也不说了，什么也不重要了。就真是一场梦吧，也要先紧紧抓住这场梦。

还是那个俊美、精明，会温暖女人的男人。男人，男人，你路途上怎就多走了七天？你多走了七天，我们就又要少做七天的夫妻。你没有生病吧？但你一定劳累了，你也太辛苦了，辛苦了三年。男人，你太辛苦了，我来温暖你吧，我已经成了一团烈火，你再不回来，我就把自己烧干了。男人，男人，我来温暖你，我来温暖你，你也是一团烈火吧？

他也是一团烈火。可他似乎有些心不在焉。

又等了你三年，这归来伊始，春夜初度，你就心不在焉？

邱泰基在外的风流事，姚夫人已经听到过一些传言了。那是嫉妒邱泰基的几个驻外老帮故意散布给她听的。她不想轻信：他要真有这事，字号为什么不管他？但在凄苦的长夜，她就相信了，相信他一定是那样了。她哭泣，愤恨，叫长夜有了波澜。白天，她又不再相信。到后来，她也想开了，男人就是真有那种事，那就有吧。男人也有他的凄苦。现在，男人已经按时回来了，他心不在焉，就心不在焉吧。他心不在焉，是做贼心虚，心觉有愧吧。

没良心的，我就装着不知道。

姚夫人已经把男人的异常宽容了。

第二天，男人被老东家请去，这本也有先例。只是，这一去就是彻夜不归。姚夫人估计，男人不是在康家就是在老号，喝酒喝多了，宿在了城里。给老东家请去，还能出什么事！

但在那一夜，她始终没有放下心来，一直谛听着，希望有男人晚归的动静。什么也听不到，依然是空寂的长夜。他好像根本就没有从西安回来，昨夜相拥到的温暖，依然是她的一个梦吧。辗转难眠中，姚夫人也把男人的心不在焉、这样火急被老东家叫走、叫去又竟夜不归联系起来疑心过。但她想象不出男人会出什么事。

老东家和大掌柜真会因为他在外有花柳事就把他撵出字号？撵出字号，那就在家相守了做贫贱夫妻。

姚夫人怎么也想不到，只一天工夫，男人会这样脱形失神，像整个换了一个人！

"你是遭劫了，还是叫绑票了？"

男人神情恍惚，什么也不说。

姚夫人惊骇不已，死命追问了半天，邱泰基才说："什么事也没有，酒席上喝多了，夜晚没有寻回家，在野地里醉倒了。什么事也没有。"

只是醉酒，不会这样。姚夫人知道一定出了什么事，她不是糊涂的女人，男人这种样子分明是把魂灵丢了。

到底出了什么事，谁把他的魂灵摄去了？她死活问不出来。

邱泰基很难把数日来发生的一切告诉自己的女人。正如日中天的时候，只几天工夫，就跌入绝境，他怎么能说出口？

对于西帮商人来说，已经做到驻外老帮这种位置，一旦被总号辞退，或者被东家抛弃，他的前程也就几乎断送了。像邱泰基这样的商界人才，生意高手，他被康家的天成元票庄辞退，肯定会有其他的大票庄聘用的。但无论他另就谁家高枝，也永远是外来户，永远被视为"庶出"。西帮商号的从业者，从一般的伙友，到那些身当重任的领庄高手，几乎都是"亲生"的。都是从十四五岁入号学徒，一步一步磨，一步一步熬，练就才干，露出头角，建功立业，当然更铸就了对商号的忠诚。那是深深烙下了某一商号特殊徽记的人生过程，很难过户到新的字号。邱泰基这样能干，但他熬到驻外老帮也用去了十年。十年用年轻生命所做的铺垫，做十年老帮所建立的功业都是很难过户的。

尤其是晋商所独有的"身股"制，把邱泰基在天成元的二十年，已经作价入股，每个账期结账，都能分得十分可观的红利。可他一出号，自己的身股也便化为乌有。他大半生的努力、大半生的价值都要一笔勾销了。

"身股"，又称"劳股""人力股"，它与"财股"或"银股"相区别。那时代的西帮商号，差不多都是实行这种由"财股"与"身股"组成的股份制度。"财股"，就是东家投资于商号的资本金，"身股"则是商号的从业者，包括总经理、大掌柜，直到一般伙友，他们以自己的劳绩、功绩入股。"身股"与"财股"同等，分红利时，一份身股与一份财股，所得是一样的；而且，"身股"分盈不分亏，不像"财股"，亏盈都得管。但是，财股可以抽走，身股却无法带走。你

一旦离号，身股也就没有了。

天成元票庄，有康家的财股二十六份，德新堂占了二十一份，康家其他族人占有五份。它另有身股十七份，为号内数百多员工所分别享有。身股最高的，当然是大掌柜孙北溟，他拥有一份。总号的账房、协理，京师、汉口那种大码头的老帮，他们的身股一般有七八厘，即一份股的十之七八。普通伙友，要在号内熬够十年，又无大的过失，才有希望享到身股，而这种由劳绩换到的身股都很低微，不过半厘一厘而已。要再加股，全靠功绩。

西帮商家都以四年为一个账期，也就是四年才结一次总账，分一次红，论一次功。所以你即使总能建功，那也是四年才加一次股。每次加股的幅度，也仅一厘半厘。邱泰基算是最善建功的好手了，积二十年之劳绩、功

绩，他也只享有五厘身股。但这五厘身股，也够了得！

天成元票庄一向经营甚佳，四年一个账期下来，一份股的红利常在一万两银子上下。五厘身股，那就能分到五六千两银子，一年均到一千数百两。而邱泰基一年的辛金，也不过二十两银子。辛金，即今之薪金吧。西帮将之称作"辛金"，以辛苦之"辛"当头，也是与"身股"制有关。票号中辛金都不高，只是一点辛苦钱而已。初驻外的伙友，虽能以掌柜称之，一年的辛金也不过几两银子。要想多得，就要创建功绩，获取"身股"。邱家能在水秀成为大户，全靠他这不断增加的身股。他在号内号外、商界官场、江湖故里，能成为有头有脸的人物，也全靠顶着这几厘身股。

拥有身股，在晋省被俗称为"顶了生意"。一个山西商人，在字号"顶了生意"，无论多少，那也如儒生科考中举，跳过龙门，顶了功名一样。

邱泰基在天成元顶到的功名已经仿佛一方大员。一旦革职，那将永不叙用。另事新主，辛金可能会不菲，但功名不会给你。要得到新的身股，即使从头开始去熬，恐怕也难以如愿了。

何况孙大掌柜说，他犯了西帮商家大忌，他是胡雪岩做派，谁家还敢再重用他？

早过而立之年，却要去重做一个无功名、吃干薪的普通伙友，他还有何颜面立于同侪中！

半生功名，就这样毁于一旦，号内号外那些一向嫉妒于他的同仁，将会何等快意！还有官场那些大大小小的知交挚交，他们又会怎样耻笑他！

邱泰基是个很自负的人，他无论如何接受不了这种突变。中断了他在商海里建功立业、博取功名的进程，那实在就是摄走了他的魂灵。何况这系于魂灵的人生进程，又是那样羞耻地被中断了。

在失去了魂灵的灰暗日子里，邱泰基没有忧郁多久，就想到了死。

只是这死，也不是很容易。

用他二十年博取回来的财富，已经把自家的宅院建设得堂皇一片，房舍多多了。可他很难寻到僻静的一隅，可以从容去死。在这偌大的家宅里，雇用了太多的仆人！他们无处不在，仿佛专门在看守着他。这也是他太爱浮华的报应。夫人本不想要这许多仆佣，她说，光是调教这许多下人，就要劳累死人了，真不知谁伺候谁。可他坚持大户要有大户的排场。现在好了，你想死也难得其所。

尤其是夫人，对他看守更严，简直是时刻不离左右。每一次久别远归，她虽也是这样，依恋在侧，不肯稍去，但都不像这回，看守之严，简直密不透风。她多半已经看出了一切，看出了他要死。

夫人，我不是太绝情，是太对不住你。我被逐出天成元，再去别家字号做一个吃干薪的老跑街，你怎么在水秀做人？我苟且在外，由你在家遣散下人，变卖家产，那不是对你的大辱吗？你就放了我吧。

可夫人怎么会放他！

在这样失魂落魄的情境中，邱泰基一向的精明似乎也全丢失了，他居然不能寻得一死。

十天后，天忽然大热，邱泰基染了下痢，不断往茅厕跑。因跑得太频繁，看守他的下人才麻痹了。

每当他如厕，总跟着个小仆，名为伺候他，实是看守他。昨天，他对小仆说："你可搬个板凳来，放在厕外。我肚里要来得太频，就在厕外坐坐，不往回跑了。我如厕时，你在外也可坐了板凳，稍为歇歇。你也跑累了。"

小仆果然搬了板凳来。

板凳放了一天，夫人居然也没有疑心。

今天午时前，他如过一次厕，对小仆说："我觉肚里好些了，晌午要睡睡，你也趁机歇歇吧。"

炎热的晌午终于叫所有的人都睡倒了，包括他的夫人。邱泰基终于等到了死的机会。他悄然来到茅厕间，踩了那个板凳，费了不少劲，才将自己的腰带系到梁上。然后，就毅然悬挂了自己。

在悬挂的那一刻，他只是觉得自己得意一生，享用了那样多人间奢华，最后却不得不在这样一处肮脏不净的地方作为了结，稍有遗憾。

可惜，他刚刚完成了悬挂，就听了夫人呼天抢地的喊叫。

过了午时，姚夫人在落入困顿前习惯地伸手过去，什么也没有摸到。可她的手就停在空处，不动了。她已经太困乏，夜夜都要不断把手伸过去，摸摸男人在不在，不敢松心一刻。但此刻，她没有摸到男人，却一时没有反应。好像已经睡过去，越睡越深了，忽然就一激灵，坐了起来。

她发现男人不在，又看见屋里的女仆正坐着打盹。她慌忙就跑出去了，一路都是死一样的寂静。跑到茅厕，外面并没有守着下人。

她冲了进去，挨千刀的，终于出了她最怕出的事！

姚夫人呼天抢地地失声喊叫起来，却没有惊慌得乱了方寸。她扶起板凳，跳跃而上，一把抱住男人的小腿，就像举起整个世界一样，用了神来之力，那么成功地把男人举了起来，摘了下来。只是在男人的全部重量都压到她的柔软之身时，她才同男人一起，从那个死亡之凳上跌落下来。

闻讯赶来的仆佣们帮着她，又掐人中又呼叫，终于叫男人出气了。

男人，男人，这是为什么？你到底为什么要这样？

没有死去的邱泰基，更像是个完全丢失了魂灵的人。他什么都不肯说，什么也不想说了。

姚夫人也更显现了她的勇敢和刚烈。她把男人捆绑起来，派人看守，自己雇了辆马车，风风火火进了城。

在那个时代，妇道女流是不宜出头露面的，出入天成元那样的大商号，即便是本号的家眷也几乎不可能。但姚夫人并没有央求族中男人代她去探问真情，而是自己出面了。她能进入字号吗？

她来到天成元票庄的后门，披了一件带来的孝袍，就当街跪了。

字号的茶房立即就报告了孙大掌柜。

孙北溟问明是邱泰基的夫人，竟也立刻召见了她。

听了姚夫人的哭诉和询问，孙北溟对她说："夫人，我看你倒有些咱天成元的做派，你就再把你家掌柜捆几天，行不行？"

姚夫人还能说不行？她说："只要能救他，怎么都行！"

孙北溟说："要救他，还得去搬老东家。"

5

孙北溟打发走姚夫人，就雇了一顶小轿，往康庄去了。

他真是没有想到，邱泰基居然选了这一条路走。平素那样一个精明机灵的人，怎么就看不出来？天成元要是想把你开除出号，我孙某那天还给你说那许多肺腑之言做甚！客套几句，夸奖几句，宽慰几句，不就是了。往后，你是"藏"，还是"露"，是做胡雪岩第二，还是做一个西帮俊杰，我孙某人也不必操那种闲心了。康老东台要是恩情断绝，他一个七十岁的老汉了，哪还会有那一份好兴致，披挂官服，兴师动众，给你演那一场戏！

实在说，孙北溟是有些偏爱邱泰基。他做下这种狗屎事，即使老东家真不想要他了，孙北溟也会设法说情，千方百计将他留在天成元的。何况在用人上，康老东台从不强求字号。但既做下了这种狗屎事，不受制，也不成。孙北溟只是想叫邱泰基熬煎半年，然后降一二厘身股，派往边远苦焦的庄口，再历练几年。可现在，这混账东西把事情弄成了这样，张扬出去，岂不是天成元逼死了自己的老帮！早知会这样，还不如不往回救，由官府处置就是了。

多亏有那样一个勇敢刚毅的女人，这东西没有死成。

邱泰基居然选择了死，这的确叫孙北溟大失所望。一个可造就的西帮商人，他不仅在外面要懂得一个"藏"字，内里更要有似姚夫人那样一份刚毅，置于绝境，不但不死，还要出智出勇。你内里狗孙，还有什么可藏！邱掌柜，真没有想到你这样狗孙。我们天成元就是把你开除了，你就没有路走了？你要能赌一口气，三十多岁从头做起，去拉骆驼，走口外，那你才有望成为西帮俊杰！在邱泰基身上，孙北溟已经不想再做什么文章了。及早将字号的处罚，对他说出就是了。邱掌柜，你也不必死了，不必让你有智有勇的女人看守你，捆绑你了。我们不会开除你，但要减你的二厘身股，等歇够你的假，就在肃州、库伦、科布多挑一个庄口，上班去吧。

孙北溟去康庄，是要向康笏南说一声，毕竟是几乎出了人命。康东台那出戏，演得重了，邱某人不是那种可负巨重的人才。对他不必抱厚望，也不必太重责。他的女人，倒比他强。当然，他还另有大事，要和东家商量。

出南门，过永济桥，穿过南关，就沿了那条溪水，一直南去。野外田园一片青绿，风也清爽许多。孙北溟的心情，也轻松起来。

他好久都没有出城来一享悠闲宁静了。春天，就想上一趟凤凰山，往龙泉寺进香，一直就没有去成。京号的戴老帮也几次来信，说今日京师早已不似往日京师，风气日新月异，老号怎么忙，也该来京巡游一次。上海更应去，去了上海，才能知道外间世界，今天已成什么样。

票庄生意，全在外间世界。他虽已老迈吧，出去走走，还累不倒的。但出游一趟眼前的凤凰山，尚且难得成行，远路风尘地去巡游京沪，岂是那么容易。柜上那些商务，说起来吧，那是要时刻决策于千百里之外，动辄调度万千两银钱，可对他孙北溟来说，这是做了一辈子的营生了，好张罗的。叫他最头疼的，还是近年的时务。

时务不大好把握了。去年京师的维新变法，风雨满天，光是那一条要开设官钱局的诏令，就叫西帮票商心惊，那要削去他们多少利源！刚说要各地庄口收缩生意，预防不测，变法又给废了。不变法，时局就安静了吗？谁也看不清。朝局动荡，致使去年生意大减。今年初开市，正要振作了张罗生意，朝廷忽然发了一道上谕：不许各省将上缴京饷交票号汇兑。解汇京饷官银，已成票家大宗生意，朝廷禁汇，岂不是要西帮的命吗？但上谕谁敢违，你也只得收缩静观。

再者，近年山东直隶又是教案不断，拳民蜂起，动不动就是攻州掠县，不知是什么征兆。晋中民间练拳习武的风气也一向浓厚，此间会不会效法山东直隶？晋省多喜爱练形意拳，而风行于山东直隶的，听说是八卦拳，又叫义和拳，好像不是同宗。

远处，凤凰山顶那座古塔已依稀可见。可微风中好像渐渐多了灼热的气息。去年天雨就不多，一冬一春又一点雨雪都未见。这平川的庄稼还算捉住了苗，可大旱之象已日重一日。时局晦暗不明，天象又这样不吉利，今年生意真还不知做成什么样子。世事艰难，生意艰难，他是越来越力不能胜。教导邱泰基时，他虽也推崇绝处出智勇，可自家毕竟老迈了。要是有邱泰基那样的年龄，他还会怕什么？

孙北溟闭了眼，那个近年来挥之不去的念头，又跳了出来：什么时候能告老回乡？他是早想告老引退，回家课孙，过一段清闲的晚年。只是，康笏南不肯答应，总说："等我几年，我也老了，要引退，咱俩一道引退。"

可他哪能等得了康老东家！康笏南七十岁了，身边还守着那样一位年轻的老夫人，竟不显一点老态。真像乡间市里所说：康家的这位老太爷，只怕是成精了。

见到康笏南时，他正在自己的小书房把玩一片元人碑拓。

康笏南的小书房，在老院中一处单独的小庭院。那里存放着他喜爱的古籍、字画、金石碑帖。康笏南嗜金石如命，除了像孙北溟这样的人物，他是不会在这里会见客人的。

见康笏南又那样沉迷于碑帖间，孙北溟就说："你自家过神仙一样的日子，却哄着我，叫我等你。越等，你越年轻，我越老。等你放了我，我只怕是有福也享不动了。"

康笏南没有抬头，只说："孙大掌柜，你也想巴结我，说我越活越年轻？我年轻个甚！年过古稀了，还能不老。你要说享福，那不在年少年老。不是有几句话吗？'人生世间，如白驹之过隙，而风雨忧愁，辄三之二，其间得闲者，才十之一耳。况知之能享者，又百之一二。于百一之中，又多以声色为乐，不知吾辈自有乐地。悦目初不在色，盈耳初不在声。明窗净几，焚香其中，佳客玉立相映，取古人妙迹图画，以观鸟篆蜗书，奇峰远水，摩挲钟鼎，亲见商周。端砚涌岩泉，焦桐鸣佩玉，不知身居尘世。所谓受用清福，孰有逾此者乎！'这几句话，对我的心思。"

孙北溟说："这种清福，那是专门留给你享的。我在柜上，正摩挲钟鼎呢，忽然递来济南庄口的一份电报，说高唐拳民起事，烧了德人教堂，你说我还摩挲个甚！"

康笏南笑了，丢下碑帖，和孙北溟一起落了座。

"'摩挲钟鼎，亲见商周'，这'亲见商周'，说得太好。"康笏南的兴致，显然仍在那片碑帖间。"你翻检古帖古印，要寻的，还不是这'亲见'两字！于方寸之间，亲见书家衣冠，亲听篆家言谈，何其快意！"

孙北溟说："这样的快意，也不知什么时候肯叫我受用。老东台，我真是老迈了，给你领料不动天成元了。我也不想亲见周商，只想趁还能走几步路，再出外看看。京沪老帮总给我吵吵，说外间世界已变得如何如何，撺掇我出外开开眼界。我岂不想出外游玩，就是你不给我卸了这副笼套！"

康笏南就说："孙大掌柜，你要外出游玩，得把我带上，千万得把我带上。你不会嫌我累赘吧？我能吃能睡，能坐车马，拖累不了你。"

"老东台你要允许我告老，我就和你结伴出游天下。"

"你卸了任，各码头那些老帮们，谁还肯招呼你？"

"不招呼我，敢不招呼你老人家？"

"孙大掌柜，我不是说笑话，什么时候，你真带我出游一趟，趁我们还能走得动。自光绪二十一年去了一趟京师，就再没有出过远门了。那次，京号的戴掌柜很可恶，只允许我弯到天津，说成甚也不叫我去苏州、上海，就怕把我热死。这回，咱们不路过京师了，直下江南！"

"那还不容易，只要不花我们字号的钱。"

"我有钱，我不花你们的钱。我也不穿补服，不用你们给我雇绿呢大轿。那个喜爱绿呢大轿的邱掌柜，你们没开除出号吧？"

"我正要说呢，这个邱泰基，还没等顾上开除他，他倒先在自家茅厕挂了白菜帮！"

康笏南听了，显出一种意外的兴奋，好像有几分惊喜似的："邱掌柜他上吊了？真还没有想到他这样知耻，这样刚烈。"

孙北溟不以为然地说："什么刚烈，都是给你老人家吓的。一个小掌柜，他哪见过你治他的那种场面！"

"我也不是要他死，只是要他知耻。如今，我们西帮的奢华风气是日甚一日了。财东门只会坐享其成，穷奢极欲，掌柜们学会讲排场，比官场还张扬。长此以往，天道不助，不光难敌徽帮，只怕要步南帮后尘，像胡雪岩似的，为奢华所累。"

"我也是这样说了邱泰基几句，倒把他吓着了。"

"吓着就吓着吧。他顶有生意吧？叫他婆姨多分几年红。发丧没有？"

"他想死没死成。"

"假死了一回？"

"他倒是想真死，已经挂起来了。她婆姨有丈夫气概，发现男人挂了白菜帮，不但没有吓着，还像一股旋风似的，跳上板凳，发力一举，就把男人摘了下来。怕他再死，还用一条大绳捆绑了，丢在炕上。然后就夹了一件孝袍，跑到柜上，寻我来了。"

"还一波三折，成了故事了。孙大掌柜，你领料的天成元，出了新故事了。没有死成的邱掌柜，你还开除不开除？"

"原来我也没想开除他，只想叫他熬煎熬煎，再减他二厘身股，发配到苦焦的庄口得了。"

"孙大掌柜，你既然想把他打发到苦焦地界，那能不能打发他到归化？"

"老东台，归化是大码头，更是你们康家的发迹地，福地，岂能叫他到那地界？"

"你看吧，不宜去归化，那就拉倒。不开除他，孙大掌柜你能不能再辛苦一趟，去水秀告他一声？不是想折腾你，是怕别人告他，他不信，还想死。你大掌柜亲自登门，亲口告他，他要还想死，那就由他死吧。"

"我要说柜上忙，你老人家一定又要说：你先忙你的，我替你去一趟。我们能叫你老太爷去吗！不是我不想去，原来我还真高看邱泰基一眼，他这一挂白菜帮，我是泄气了。还没有怎么着呢，就选了这条路，真不如他那女人。"

"邱掌柜他狗孙不狗孙往后再说吧。他这故事张扬出去了吧？"

"捂不住了。我没给你说吗，他女人披了孝袍往咱天成元后门一跪，有多少人看热闹！"

"张扬出去就好，也不枉他死了一回。刚才我给你说的出游江南可不是闲话。孙大掌柜你一有空，咱们就赶紧起程。"

"老东台，你是真想出游？"

"看看你，孙大掌柜，我求了你半天，你都不当真。求你也不容易了。"

"老东台，你不敢连我也吓唬。你说下江南，咱们就下江南。就是近年时局不靖，去年要变法，弄得满天风雨，又血染菜市口。今年直隶、山东、河南更是拳民起事，攻州掠县。"

"不管它，咱不管它。"

"可你不能忘了你的岁数吧？"

"我要年轻，还用求你呀？孙大掌柜，求你也真不容易了！"

"那就什么也不管它，陪你出一趟远门。"

孙北溟从康庄归来，仍琢磨不透康笏南是否真要出游。那么大年纪了，经得了那种折腾吗？不过，他深知康笏南是一个喜欢出奇的人，或许真要那样做。康笏南想叫邱泰基去归化，孙北溟也不知是什么用意。三爷正在归化，是想调邱泰基去派什么用场吗？

只是这一次孙北溟并没有按照康笏南的意思亲自去水秀。没出息的寻了死，倒有了功劳似的！他派柜上的协理去了，交代协理不用客气，说完"减二厘身股，改派庄口"就赶紧回来，不用多说话。

6

孙北溟走后，康笏南再没有兴致把玩碑帖了。他恨不能立马就起程，去巡视各地码头。从听到邱泰基擅坐绿呢大轿被官府拿下的消息，他就决计要出去巡视一次。

对邱泰基这个年轻掌柜，康笏南是有印象的。他平时邀那些下班老帮来闲聊说笑，岂止是闲聊说故事，除了闻听天下趣事，康笏南也要亲察其人其才。邱泰基的自负康笏南是看出来了。但他竟然会那样喜爱张扬，喜爱骄奢，康笏南还真没有看出来。他们都学乖巧了，看你喜欢什么，就在你面前装出什么样。他们在外的排场、浮华、恶习，你不去看看，哪能知晓！

以古稀之身，出去巡视天下生意，那当是康家一次壮举，但也是他康笏南此生最后一次外出巡视了。他一生出巡多次，也喜爱出巡。只是近些年，他们总吓唬他，不是说外埠会冻死他，就是说会热死他。反正他们是千方百计阻拦他，不许他出巡，好由他们为所欲为。

经多少世代风云际会，西帮才成今日这番气候，但奢靡骄横的风气也随之弥漫，日甚一日。西帮之俭，似乎已叫一班年轻掌柜感到窘迫了。这怎么得了！叫你们尚俭，不是叫你寒酸吝啬，是要你们蓄大志，存宏图，于仕途之外，也能靠自家的才学智勇，走马天下，纵横天下。无所图者，他才奢靡无度。西帮至今日，即可无所图了吗？

每想及此，康笏南就总是彻夜难眠，沉重无比。

十九岁那年，他通过府试，取得生员资格，但父亲却反对他去参加乡试。就在那时，父亲给他说了雍正皇上的那道御批。那也是一个寂静的清夜，父亲让他把大多灯火熄灭，只留了一支残烛。在摇曳的烛光里，他惊骇地听父亲背出那道朱批，又说出了那样的话。那情景，他真是一生都难以忘记。

雍正二年（1724），做山西巡抚的刘於义在给朝廷的一个奏片中写了这样一段话：

> 山右积习重利之念，甚于重名。子弟俊秀者，多入贸易一途，

其次宁为胥吏，至中才以下，方使之读书应试，以故士风卑靡。

雍正皇上那道御批，就是在这个奏片上留下的：

　　　山右大约商贾居首，其次者犹肯力农，再次者谋入营伍，最下者方令读书。朕所悉知。习俗殊为可笑。

父亲说，你要应试求仕，岂不是甘心要做一个最下者？

父亲又说，你可翻翻前朝史籍，看看入了史志的山右入仕者，有几人成了正果。

那时他不甚明白父亲的用意，但父亲低沉又带几分不屑的语气，真是让他感到惊骇。他知道父亲的不屑，并非只对了他，父亲在背诵雍正的御批时，也是用那样不屑的语气，仿佛殊为可笑的不是晋省习俗，倒是雍正皇上自家！

居然这样不屑地来说皇上？

后来他翻检多日，终于翻出一身冷汗：《明史》中入仕封官的山西籍士人，总共一百一十三位，其中仅十一位得以善终，所余一百〇二位，都分别遭到了被诛、抄家、灭族、下狱、迁戍、削籍为民、抛尸疆场等可怕下场！

康笏南弃仕从商，继承祖业许多年后，他才渐渐理解了父亲当年的那种不屑。西帮籍商人走马天下，纵横三江四海，在入仕求官之外，也靠儒家的仁义智勇成就了一种大业。三晋俊秀子弟在"殊为可笑"的贸易中，倒避开了官场宦海的险恶风浪，施才展志，博取富贵，名虽不显吧，功却不没。山右本来多的是穷山恶水，却居国中首富久矣。富从何来？由儒入商也。

晋省那一句乡谚："秀才入字号，改邪归了正"，早把那一份对由入仕的不屑，广为流布了。由儒入商的山西商人，再不济也能顶到一厘二厘生意，有一两代的小康可享，不会像潦倒的儒生，要饭都不会。

说起来，十年寒窗，一朝中举，金榜题名，谁不以为是光宗耀祖的第一件美事，又有谁不想一酬忠君报国的大志？可一入仕途，你就是再有大智大勇，恐怕也很难忠得了君、报得了国！落一个杀头、抄家、灭族、削籍的下场，是连祖宗都连累了，还光耀个甚！

翁同龢，那是咸丰六年（1856）一甲第一名状元，点翰林，入内阁，进军机，又做过当今圣上的师傅，算是走到人臣之极了吧，可去年变法一废，他也遭到一个削籍为民的处罚。京号的戴掌柜传来这个消息，康笏南还心里一沉。咸丰八年（1858），翁同龢在陕西做学政的时候，康笏南就曾去拜见过，翁大人亲书一联相赠。回来裱了挂起来观赏时，才发现翁的大字不太受看。同治元年（1862）乡试，翁同龢被朝廷派来山西典试，可惜遇了父忧，归乡服丧去了，康笏南错失了一次再见的机会。翁同龢这样的名臣，居然也未得善终。

翁同龢显贵如此，他也借过康家的钱啊。

前明宰相严嵩，当年与客共话天下豪富，将资产五十万两以上者列为第一级，说够格者计有十七家，其中山右三姓，徽州二姓。入清以来，西帮在国中商界，是更无可匹敌了。拥有五十万两资产者，即使在晋中祁、太、平这弹丸之地，也不止十七家耳。尤其自乾嘉年间，晋商自创了票号汇兑业，"一纸之信符遥传，百万之巨款立集"，调度着各商埠间的银钱流动，独执天下金融牛耳，连朝廷也离不开了。

咸丰年间闹太平天国的时候，西帮在京的票商几乎都撤了庄，携资回来避乱。京城可就吃不住了，银荒空前，店铺倒闭，市面萧索，物品无售，朝廷几乎一天一道诏令，叫西帮票商回京复业。朝廷上下那班重臣名相，文武百官，顶着多大的功名，却治不了天下之乱，倒叫"殊为可笑"的西帮舍财救世，岂不"殊为可笑"！

更要命的是洪杨在江宁设立天朝，将中国拦腰切成两半，朝廷连各省交纳的钱粮也难以调度了。尤其是调往两江、两湖、安徽的军饷，朝廷就是下了十万火急的诏令，承办的官府它也依然张罗不速，兜揽不灵。正是因为出了洪杨之变，朝廷才开了禁令：允许西帮票商解汇官款，调度省库国库间的官银，从此官家成了西帮的一大客户，生意更上一层天。"殊为可笑"的西帮，已替朝廷理天下之财了。

成就了这一番大业，西帮就可傲视天下了吗？

康笏南数遍了西帮票商中的大家巨头，真不敢说谁还将傲视天下的大志深藏心头。大票庄的财东们，大多对字号的商事冷漠了，不冷漠的，也没有几人懂得商道了。财东们关心的，只是四年结账能分多少红利。结账的时候，字号的掌柜把大账给他们一念，他们永辈子就只会说那样一句话："伙计们辛苦了，生意张罗得不赖。"放了鞭炮，吃了酒席，支了银钱，就回去照样过他们那种豪门的生活。

首创票号的平遥日昇昌，它的财东李家从来就只会坐享其成，字号掌柜说不想给你家领东了，李家也只会跪下来磕头，哭求。日昇昌从来就是掌柜比东家强。介休的侯家也是这样，侯家那蔚字五联号票庄，多大的生意，还不是全丢给了一班能干的掌柜，侯家几位少爷谁懂生意，谁又操心生意？就精通穷奢极欲！太谷的第一家票庄志诚信，那又是多大的事业，就是因为事业太大了，给财东赚的钱财太多了，才因财惹祸！为了多大一点财产，九门和十门就把官司一直打到京师朝廷，争气斗富，旷日持久，祖上留下来的家业再厚盛吧，那也不够他们拿去为这种讼案铺路。

祁县渠家的渠本翘，乔家的乔致庸，太谷曹家的曹培德，榆次常家的常际春，他们还会为西帮心存大志，心存大忧吗？

康笏南想以古稀之身去巡视天下生意，其用意不仅为整饬自家商号，也是想唤起西帮中俊杰，不忘宿志。所以，无论如何他是要实行这次出巡的，即使把这条老命丢在旅途也在所不惜了。他如果死在出巡的路上，那当被西帮传说一时的，或许更会唤醒那些不肖子孙？

康笏南甚至想再往口外走一趟，无限风云，无限关山，再亲历一次。

第二章 老院深深

1

德新堂一年四季都吃两顿饭,这在那个时代是比较普遍的。像康家这种大户,一早一晚要加早点、夜宵就是了。但康家一直实行男女分食,却是为了不忘祖上的贫寒。

乡间贫寒农户,有吃"男女饭"的习俗。即为了保证男人的劳动力,家做两样饭,男吃干,女吃稀;男吃净粮,女吃糠菜。康家祖上发迹前,也是如此。发迹后,为了不忘本,就立了家规,不弃男女分食:家中的男主,无论长幼,要在"老伙"的大厨房用膳;各房女眷,就在自家的小厨房吃饭。大厨房自然要比小厨房讲究得多。可经历几代的演进,这一祖规反倒变为大家气象,男主在大厨房用膳,成了太隆重、太正经,也太奢华的一种排场。以至一些男主就时常找了借口,躲在自家女人的小厨房吃喝,图一个可口、随便。遇了节庆,或有宾客,不得已了,才去大厨房就膳。

康筹南对这种"败象"一直不满意,但他又不能天天顿顿坐镇。他一到大厨房坐镇用膳,六位爷,诸位少爷,都不敢不到。可他一顿不来,他们就放了羊。听说只有四爷最守制了,也不是顿顿都来。康筹南平时也不来大厨房用膳,但不是躲进了老夫人的小厨房,是管家老夏专门为他立了一间小厨房。他老迈了,吃不了油腻生硬的东西。各位爷们年纪轻轻,怎么都想跟他比!

不过,自从那天率四位爷演戏一般奚落了那位可怜的邱掌柜,康筹南就再没有在自己的小厨房用过餐。一日两餐,他都按时来到大厨房,一丝不苟,隆重进膳。这样一来,各房的老少爷们也都忽然振作起来,按时出来进餐。

为了按时进餐,其他方面也得按时守时,康府气氛一时变了个样似的。

老夫人杜筠青也感到气氛忽然异样。她有些看不大明白，但没有多问。再说，去问谁呀？康笏南不愿多说的事，她问也是白问。她身边的下人也不会多说。

这天，还不到巳时，杜筠青就提前在自己的小厨房吃过早饭，往小书房去问候了康笏南，说："你不出门吧？我今天进城洗浴。"

康笏南正在小书房门口练拳，没有停下来，只哼了一声。

杜夫人也没有多停留，就返回老院的大书房，也就是她平时住的地方。她的随身女佣吕布，已经将进城洗浴所需的一切收拾妥了。不久，另有女佣进来说："老夫人，马车已经在外门等候，不知预备什么时候起身？"

吕布急忙说了声："这就走。"

于是，杜筠青由吕布伺候了传厅过院逶迤而行，出了德新堂向东的那座旁门，登上一辆镶铜裹银的大鞍轿车。年轻英俊的车倌，轻轻一抖缰绳，马车就威风地启动了。

马车出了村，走上静谧的乡间大道，吕布就从车轿里移出来坐到车辕边。车轿虽宽大，毕竟天热了，两人都坐在里面，她怕热着老夫人。她又招呼车倌："喜喜，也上来跨辕坐了吧，趁道上清静。"

"今天是怎么了，这么巴结我？"

"不识抬举，拉倒！"

康家有不用年轻女佣的家规。吕布是比老夫人杜筠青还要年长几岁的中年女人了，她招呼比她更年轻的车倌也就没有多少顾忌；而且，杜筠青也一向不喜欢威严，允许她身边的下人活泼、随便。她自己有时也喜欢出点格。

车倌叫三喜，他应承了一声，就轻轻一跳，跨另一边车辕坐了。

两匹高大漂亮的枣红马，毛色就像是一水染出来的，闪着缎子般的光亮。此时又都稍有些兴奋，但节奏不乱，平稳前行。

这样轻车简从，行进在静谧的乡间大道，杜筠青感到非常适意。

她初到康家时，每出行，管家老夏都给她套两辆车，一辆大鞍车她坐，一辆小鞍车跟着，给伺候她的吕布她们坐。每车又是一个赶车的，一个跟车的，俩车倌。进城洗一趟澡，就那样浩浩荡荡，不是想招人讨厌吗！没有浩荡几次，她就坚决只套一辆车，女佣也只要吕布一人。车倌要一人行不行？老夏说，那跟庄户人家似的，哪成！她又问吕布，吕布说，怎么不行，成天跑的一条熟道，喜喜他能把你赶到沟里？杜筠青知道，吕布是想讨她喜欢，但还是坚决只留下三喜一个车倌。康笏南对她这样轻车简从，倒是大加赞赏。他有时出行，也一车、一仆、一车倌。

杜筠青的父亲杜长萱，曾任出使英法大臣曾纪泽的法语通译官多年。出使法京巴黎既久，养成了喜爱洗浴的嗜好。杜筠青的母亲是江南松江人，也有南人喜浴的习惯。所以，杜筠青从小也惯下了毛病：不洗浴，简直不能活。给康笏南这样的巨富做了第五任续弦夫人之后，她就照父亲的建议，要求康家在自己的宅第内建造一座西洋式样的浴室。

康笏南开始答应得很爽快，说："在自家宅院建一座西洋澡堂，太谷还是第一家吧？建！西洋工匠，就叫杜家给雇。"但没过多久，康笏南就改口了，说按风水论，康宅忌水，不宜在宅内建澡堂。他主张在城里最讲究的华清池澡堂为康家专建一间女浴室，那跟建在家中也一样，想什么时候用，就什么时候去。

哪能一样呢，洗浴一次，还得兴师动众地跑十多里路进一趟城。杜筠青虽不满意，也只能如此了，她怎敢担当了损坏康家风水的罪名。

那是光绪十三年（1887），太谷城虽然繁华之至，可城里的澡堂还没有一家开设女部。杜筠青这样隆重进城洗浴，竟为太谷那些富商大户开了新排场，各家女眷纷纷效仿。一时间浴风涌动，华车飘香，很热闹了半年。这使杜筠青十分振奋，她是开此新风的第一人啊。只是，半年之后，热潮就退了。能坚持三五日进城洗浴一回，又坚持多年不辍的女客也没剩下几人。

太谷水质不好，加上冬季漫长寒冷，一般人多不爱洗浴，女人尤甚。但那些高贵的妇人，居然也不能爱上洗浴，她无法理解。不管别人怎样，她是必须洗浴的，不如此，她真不能活。倒是近年来，大户人家的一帮小女子们又兴起洗浴风来，使华清池女部重又热闹起来。

往年到天热时候，杜筠青不是天天，也要三天两头地进城。近日天已够热，只是见康笏南忽然严厉异常，全家上下都跟着紧张，她也不好意思天天出动了。已经隔了两天，她实在不能再忍耐，这天便早早出动，上路进城洗浴。

幽静的田园里，除了有节奏的马蹄声，就是偶尔传来的一阵蝉鸣。走出康家那深宅大院，杜筠青总是心情转好。离开康庄还没多远，她就对三喜说："三喜，你再唱几句太谷秧歌吧，有新词儿没有？"

三喜看了看吕布，说："她今天像丢了魂似的，我一唱，还不吓着她？"

吕布慌忙说："谁丢了魂了？老夫人叫你唱，你就唱你的，损我做甚！"

杜筠青也说："三喜你不用管她，早起我说了她几句，她心里正委屈呢。不用管她。"

三喜就跳下地，一边跟着车走，一边就唱了起来：

> 我写一字一道街，
> 吕蒙正挂蓝走过斋，
> 关老爷蒲州把豆腐买，
> 哼么的咳么的丢得儿丢得儿哼咳衣大丢——
> 刘备四川买草鞋。

吕布说："唱过多少遍了，老夫人想听新词儿，你有没有？"

杜筠青说："唱得好，那哼哼咳咳就难呢。"

三喜说："我再给老夫人吼几句。"

流行在祁太平一带的这种平原秧歌调，虽然较流行于北部边关一带的山地二人台、信天游、爬山调，要婉转、悠扬、华丽，可它一样是放声在旷野，表演在野台上，所以脱不了野味浓浓的"吼"。三喜又是边赶车边唱，不"吼"，出不来野味，也盖不住马蹄声声。

> 先生家住在定襄的人，
> 自幼儿南学把书攻，
> 五经四书我全读会，
> 临完就捎了一本三字经，
> 哎吼咳呀——
> 皇历上我认不得大小进。

"唱的尽是些甚！"吕布显然有些焦躁不安。

"你想好听的,我给你唱!"三喜唱得才来了劲。

> 家住在山西太谷城,
> 我的名儿叫于凤英,
> 风流才貌无人来比,
> 学针工,数我能,
> 描龙刺绣数我精,
> 心灵灵手巧巧就数头一名。

杜筠青见吕布那种焦虑不安的样子,就对三喜说:"看吕布她今天不高兴,你就不用唱了。"

吕布忙说:"喜喜,你快给老夫人唱吧,不用管我。"

三喜就又吼了两声:

> 忽听的老伯伯一声唤,
> 吓得我苏三胆战心寒……

杜筠青没有想到三喜唱出这样两句,忙说:"不用唱了,快不用唱了。"

原来吕布心神不宁是听说家里老父病重卧床了,但她不敢告假。她有经验,在老太爷这种异常威严的时候千万不能去告假。一告假,你就再也回不来了。在康家她虽是仆佣下人,但因为贴身伺候老太爷、老夫人,薪金也与字号上资深的跑街相当。所以视卑职如命,不敢稍有闪失。

杜筠青看出她的心思,就对吕布说:"我准你的假,你想回去看看,就回你的。"

吕布居然说:"老夫人你心好,我知道,可你准不了我的假。你们康府有规矩,我们这些用人,三个月才能歇假十天,就像字号里驻外的伙友,不到三年,说成甚你也不能回来。"

杜筠青就有些不悦,说:"我去跟他们说,你成年伺候我,我就不能放你几天假？"

吕布更急了："老夫人，你千万不能去说，一说，你就再见不着我了！"

杜筠青心里非常不快。这个吕布原来是伺候康笏南的，她续弦过门后，就跟了她。连吕布这个名字，也是康笏南给起的。他就喜好把古人的名字赐给他周围的下人。可吕布跟她已经多年了，害怕的还是康笏南一人！

杜筠青想了想，就把其他用人支走，单独问吕布："你到底想不想看望你父亲？"

吕布说："怎么能不想！"

"那我给你想一个办法，既不用跟他们告假，又叫你能回了家。"

"老夫人，能有这样的办法，那实在是太好了！"

"就怕你不敢听我的！"

"老夫人，你想出的是什么办法？"

"你家不是离城不远吗？你伺候我进城洗浴，伺候到华清池门口就得。我进去洗浴，你就赶紧回你的家。澡堂里的女仆多着呢，有人伺候我。我洗浴得从容些，等着你赶回来。这就看你了，愿意不愿意辛苦。"

"辛苦我还能怕？就怕……"

"就怕有人告诉老太爷，是吧？"

"不用老太爷，就是老夏、老亭知道了，也了不得……"

"老夏、老亭他们你都怕，就是不怕我，对吧？"

"老夫人，你这样说，我更不能活了！"

"那你就听我的安排，趁我洗浴，回你的家！"

"那……"

"那什么，还是不敢吧？"

"三喜他会不会多嘴？"

"那就不让他知道。洗浴前，我当他的面，吩咐你去给我买什么东西。不用说老夏、老亭，就是老太爷吧，还不兴我打发你去买点东西！"

"买什么东西，能耽误那么多工夫？"

"咳，你就说满城里跑，也寻不见呗！"

"那就听老夫人的？"

"不敢听我的，也由你！"

吕布虽然表示了照办，偷偷回家一趟，可杜筠青能看出来，她还是没有下决心。现在，已经启程进城，很快就到那个时刻了，她是走，还是不走？吕布就是因此心神不宁吧。

杜筠青极力撺掇吕布做这种出格的事，她自己倒是很兴奋。所以，这一路上，她虽然没有再叫三喜吼秧歌，还是不断跟他说闲话，显得轻松愉快。她也极力把吕布拉进来说话，可惜吕布始终轻松不了。

快到南关时，吕布坐进了车轿。三喜也跳下车辕，用心赶车。

在车轿里，杜筠青直拿眼睛瞪吕布。吕布依然紧张得厉害，低了头，不敢正视老夫人。

华清池在城里热闹的东大街，不过它的后门在一条僻静的小巷。女客们洗浴都走后面。杜筠青的马车一停在僻静的后门，就有池塘的女仆出来伺候。

杜筠青从容下了车，又从容对吕布说："你去街上转转，看能不能给我买几支绒花，要那种一串紫葡萄、上面爬了个小松鼠的绒花，别的花花绿绿的，不要。听清了没有？"

吕布说："听清了……"

见她答应得不自然，杜筠青就故意厉声问了一句："不想去？"

吕布慌忙说："我去，我这就去！"

杜筠青没有再多说，雍容大度地由澡堂女佣伺候着款步进了后门。

2

杜筠青尽量多洗浴了一些时候，但毕竟是热天了，想多洗，也有限。总不能为了这个吕布把自己热死！她出浴后，又与女客们尽量多闲说了一阵。这期间，打发澡堂的女佣出去看过几次了，吕布还是没有回来。

看来吕布是听从了她的安排，偷偷回家去看望父亲了。要是没有去，早等在外面了。这使杜筠青感到高兴。她高兴的倒不是吕布对她的服从，也不是为吕布做了善事，而是策动吕布破坏了一下康家的规矩！破坏一下康家的规矩，对杜筠青好像是种拂之不去的诱惑。

只是，你也得赶紧回来呀！

这样在闷热的浴室傻等着，洗浴后的那一份舒畅几乎要散失尽了。杜筠青实在不想再等下去，就交代华清池的女佣："我先走了，告吕布，她随后赶来吧。"出来上了车，她对三喜说："看看这个吕布，也不知转到哪儿了！咱们先走吧，快把我热死了。"

三喜一边吆起车，一边说："我看她今天也迷迷瞪瞪，还不定怎呢，八九是寻不见道了。"

"太谷城有多大，能迷了路？她要真这样笨，我就不要她了。"

"我留点神，看能不能瞅见她。"

"还是小心赶你的车吧，不用管她。"

已过午时了，热天的午时街市不算拥挤。马车穿街过市，很快就出了城，又很快出了南关。在静谧的乡间大道走了一程，路边出现了一片枣树林。

杜筠青就说："三喜，停一停吧，这里有阴凉，看能不能把吕布等来。"她知道，吕布跑到华清池不见了车马，准会急出魂灵来。

三喜吆住马，停了车，说："老夫人，你真是太心善。不罚她，还要等她。"

"你喜欢挨罚，是不是？"

"谁喜欢挨罚？不想挨罚，就得守规矩。"

"叫她买的那种绒花，也是不好买。京货铺怕不卖，得寻走街串巷的小货郎，哪容易寻着？"

杜筠青是天足，行动便捷。她很轻松地就从车轿下来了，信步走进枣树林。枣林虽然枝叶扶疏，不是浓密的树荫，但依然将炎热挡住了。越往里走，越有一种沁人的清新气息。所以，她只是往枣林深处走。

三喜见老夫人往枣林里走去，就赶紧提了上下车用的脚凳在后头跟了。

但老夫人似乎没有停下来的意思。

"老夫人，不敢往里走了。"

"怕什么，有狼，还是有鬼？"

"大白天，哪有那些不吉利的东西？我是怕再往里走，就顾不住招呼车马了。"

"那你招呼车马吧，我就在林子里闲走几步。"

"吕布不在，再怎么，我也得先伺候老夫人。"

杜筠青这才意识到，在这宁静的枣林里，现在只有她和车倌两人。这几乎是从未有过的时候。自从进了康家的门，任什么时候，吕布是永远跟在身边的。而只要吕布跟着，就还有更多的下人仆役在周围等候差遣。在康家的大宅第里，杜筠青几乎无时不感到孤寂无依，但她又永远被那许多下人严严实实地围了。现在围困忽然不存，尤其吕布的忽然不在，叫她生出一种自由自在的兴奋。

"那我就不往里走了。"她对三喜说，"你把脚凳放下吧，我就在这儿坐坐。"

三喜忙选了一处阴凉重的地方放下凳子，又擦了擦，说："老夫人，坐这儿行不行？"

"我听你的，这儿不误你招呼车马吧？"

"不误，老夫人快坐了吧。"

杜筠青坐下来，对三喜说："你也寻个坐的，坐坐吧，不知吕布什么时候能追赶上来呢。"

"今日我还没受苦呢，不用坐。老夫人劳累了吧，刚洗浴完，又走这种坷垃地。"

"在林子里走走，多好。小时候在京城，父亲带我们去郊游，就爱寻树林钻。他还常对我们说，西洋人也会享福，带齐了吃的喝的耍的到野外寻一处幽静的树林，全家大小尽兴游戏一天，高兴了还竟夜不归。想想，那真是会享福。"

"在树林里过夜？西洋就没有豺狼虎豹？"

杜筠青笑了："三喜呀，你就这么胆小！咱们这儿有没有豺狼虎豹？"

"怎么没有？庄稼高了，就有。"

"有，你也不用怕，我会治它们。"

三喜笑了笑。

"你不信？"

"信，谁不知道老夫人你老人家不是一般女人。"

"小奴才们，你们也敢背后说道我？"

三喜见老夫人并不恼怒，就说："我们都是颂扬老夫人呢，没说过你老人家的坏话，真是。"

"说坏话没说,谁知道呢。你倒说说,你们怎么颂扬我?"

"说老夫人一口京话,真好听。还说你心善,对下人那么好,也不怕惯坏她们。说你好文明,爱干净,不怕麻烦,三天两头这样进城洗浴,越洗越年轻,越水色了。"

"狗奴才们,还说什么,我也能猜出来:可惜就是生了一双大脚!对吧?"

三喜忙说:"我们可没这么说!倒是都说,看人家老夫人留了天足,不一样高贵、文雅吗?不光高贵、文雅,还大方、活泼、灵泛,想去哪儿,就去哪儿,多好。京城高贵的女人,都像老夫人你这样吗?"

"哪儿呀!我是父亲想把我带到西洋,小时才不让给我缠足。"

"西洋女人都不缠足?"

"不缠,人家旗人妇女也不缠足。三喜,你娶的也是个小脚媳妇吧?"

"可不是呢,甚也做不了,哪儿也去不了。"

"媳妇生得俊吧?"

"小户人家,能俊到哪儿?"

"小奴才,你这是什么话!想变心呀?"

"不是,我是说,没法跟东家你们这样的豪门大户比。"

"小奴才,你还是眼高了!豪门大户吧,一定就好?我看你是不待见自家媳妇吧?"

"不是,不是。"

"家里父母呢,都好?"

"家父长年在兰州驻庄,母亲还好。"

"你父亲是驻票庄,还是茶庄?"

"茶庄,一辈子了,就在茶庄。"

和这个年轻英俊的车倌这样说着闲话,杜筠青感到愉悦异常。康家为轿车挑选的车倌,都是这类年轻英俊的小后生。他们连同那华丽威风的车马,都是主人外出时候的脸面。他们在这里赶车,和在字号学徒是一样的。干几年,就派往外埠的商号去了。杜筠青使唤的车倌已经换过两个,头一个拘谨,第二个腼腆,都不像这个三喜,又活泛,又健谈。

可惜,这样的愉悦不会长久。好像还没有说几句话呢,吕布就失魂落魄地赶来了。

重新登车启程后,吕布一直在问,为什么不等她了?又说她跑到华清池,不见了车马,腿都软了。但杜筠青没有多跟她说话。策动吕布破坏一下康家的规矩已经实现,她却不再有多少兴奋。

她只是很怀念刚才的那一份愉悦。在枣树林里,似乎有什么感动了她。

3

光绪十一年(1885)秋天,杜筠青跟着父母,从京城回到了太谷。

那一年,因为越南案事,中法两国交恶。她的父亲杜长萱,追随出使英法大臣曾纪泽大人,在法京巴黎殚精竭虑,交涉抗争,一心想守住朝廷的尊严,保全越南。没有想到,军机李鸿章为了议和,撺掇朝廷,将刚正的曾大人去职了。杜长萱作为使法的二等通译官也应召归国。杜筠青记得,归来的父亲什么也不多说,只是爱仰天大笑。到了夏天,就开始做回乡赋闲的准备。她不相信父亲真会回太谷。可刚入秋,京城稍见凉爽,父亲就带着她们母女离京启程了。

在那愈走愈荒凉的漫长旅途中,父亲的兴致反倒日渐高涨起来。尤其在走出直隶平原,西行入山之后,那荒沟野岭、衰草孤树,那凄厉的山风,那寂静得叫人害怕的峡谷,那默默流去的山溪,还有那总是难以到达的驿站,仿佛都是父亲所渴望的。

杜筠青一直都不能相信,那一切是真的。

太谷是杜家的故乡,出生在京城的杜筠青长那么大了还没回来过。她只是从父亲不断的讲述中,想象过它。她想象中的太谷,已经是繁华异常了,及至终于见到那真实的繁华时,她还是感到十分意外。她从京城归来,故乡不使她失望,也不错了,居然还叫她吃了一惊!

杜筠青记得那日到达的时候,已近黄昏。斜阳投射过去,兀显在城池之上的白塔和鼓楼辉煌极了。漫漫走近,看清了那座鼓楼本来就极其富丽堂皇,倒是那座高耸的白色佛塔,似乎更显金碧辉煌。回乡的官道在城之东,夕阳就那样将故乡辉煌地托出来,给她看,然后才徐徐西下。临近东关时,天色已显朦胧,但店铺迭连,车水马龙,市声喧嚣,更扑面而来。

特别是那晚归的驼队,长得望不见首尾,只将恢浑的驼铃声播扬到夜色中。过了永济桥,进入东城门,眼前忽见一片如海的灯光。

在经过了越走越荒凉、仿佛再也不会有尽头的旅程,那一刻,就像走进了仙境。

杜家的祖宅,深藏在西城一条幽静的小巷尽头。它那一份意外的精致和考究,也叫杜筠青大感惊异。那不是一个太大的宅第,但从临街门楼的每一个瓦当、椽头,到偏院那种储放薪柴的小屋,一无遗漏地都做了精工修饰。宅第后面那个幽雅灵秀、别有洞天的园子,更叫杜筠青惊喜。父亲在京城住的宅院,简直不能与这里相比!二等通译官,虽也有三四品的名分,可他那种杂官,哪能住得了带园子的宅第?

总之,初识的故乡,是使杜筠青惊喜过望的。只是,她喝到的第一口水,也叫她意外得不能想象:这是水啊,如此又苦又咸?

父亲说,饮用的已经是甜水了,要由家仆从很远的甜水井挑呢。后面园子里那口自家的井,才是苦水,只供一般洗涤用。

天爷,这已经是甜水了?

杜筠青和她的母亲一样,从回来的第一天起,就不想在太谷久留下来,这太苦咸的水,便是一大原因。母亲就对她说过:"吃这种苦水久了,我们白白净净的牙齿也要变得不干净了,先生黄斑,后生黑斑!"

听了这话,她给吓得惊骇不已。但你能不吃不喝吗?

问父亲什么时候返京,他总是说:"不回去了,老根在太谷,就在太谷赋闲养老了。京城有的,太谷都有,还回去做甚!"

母亲呢,总背后对她说:"你不用听你父亲的。他这次回来,是想筹措一笔银钱,好回京城东山再起,叫朝廷把他派回法兰西。"

杜筠青当然希望母亲所说的是真的。

杜筠青的祖父,是太谷另一家大票庄协成乾的一位驻外老帮。他领庄最久的地方,是十分遥远的厦门。他与福建布政使周开锡相交甚密。所以,在周开锡协助左宗棠创办福建船政局的时候,他听从了周藩台的劝说,将十四岁的杜长萱送进了船政局前学堂,攻读法语和造船术。那时,杜长萱已经中了秀才,聪慧异常。虽然弱冠之年千里迢迢入闽来研习法语,却也颇有天赋。前学堂毕业，又被选送到法兰西留学。后来被曾纪泽选为法语通译官，也不算意外的。只是，杜长萱被父亲送上的这条外交之路，非商非仕，在太谷那是非常独特的。

所以，杜长萱回到太谷之初，受到了非同寻常的礼遇。拜见他、宴请他的，几乎终日不断。太谷那些雄视天下的大商号和官绅名流差不多把他请遍了。

太谷的上流社会，不断把杜长萱邀请去，无非是要亲口听他叙说法兰西的宫廷气象，越南案事的千回百折，以及曾纪泽、李鸿章的一些逸事趣闻。当然也要问问西洋的商贾贸易、银钱生意、舰船枪炮，还有那男女无忌、自由交际的西洋风气。相同的话题，相同的故事，各家都得亲耳听一遍，这也是一种排场。

杜长萱在出入太谷上流社会的那些日子里，做出了一个非常西洋化的举动，那就是总把女公子杜筠青带在身边。那时代，女子是不能公开露面的，更不用说出入上层的社交场合了。但杜长萱就那样把女儿带去了，太谷的上流社会居然也那样接受了她。

那时，杜筠青二十一岁，正有别一种风采，令人注目。按照杜长萱的理想，是要把自家这个美貌的女儿，造就成一位适合出入西洋外交场面的公使夫人。因为他所见到的大清公使夫人，风采、资质都差，尤其全是金莲小脚，上不了社交台面。杜筠青从不缠足开始，一步一步向公使夫人走近，有了才学，又洗浴成癖，还学会了简单的法语、英语。

十七岁那年，父亲在京师同文馆，为她选好了一位有望成为公使的男子。可惜，成婚没有多久，这位夫君就早早夭逝了。她被视为命中克夫，难以再向公使夫人走近。父亲的理想就这样忽然破灭，可她已经造就好，无法改观。

不过，杜筠青倒真有种不同于深闺仕女的魅力，雍容典雅，健康明丽，叫人觉得女子留下天足，原来还别有胜境。也许正是这一种风采，叫故乡的上流社会都想亲眼一见。

杜长萱在叙说法兰西宫廷气象时会特别指明，云集在宫廷宴会舞会上的西洋贵妇人，包括尊贵如王妃、公主、郡主那样的女人也都是天足。所以，她们都能和男宾自由交际，翩跹起舞，又不失高贵仪态。西洋社交场合，少了尊贵的女人就要塌台了。尊贵的女人能自由出入社交场合，就因为她们都是天足。中国倒是越尊贵的女人，脚缠得越小，哪儿也去不了。抛头露面、满街跑的，反而是卑下的大脚老婆。

杜长萱的这番新论，叫那些老少东家、大小掌柜、官绅名士听了，也觉大开脑筋。

在陪伴父亲出入太谷上流社会的那些日子里，杜筠青不断重复着做的就是两件事。一件是给做东的主人说京话，他们见她这个雍容美丽的女乡党，居然能说那么纯正动听的京话，都高兴得不行。说她的京话，灵动婉转，跟唱曲儿似的。有时，夸她京话说得好，捎带还要夸她的牙齿，说怎么就那么白净呀，像玉似的。再一件，就是走几步路，叫他们看。他们见她凭一双天足，走起路来居然也婀娜优美，风姿绰约，也是高兴得不行。相信了杜长萱对西洋女人的赞美，不是编出来的戏言。

只是，这些富贵名流在听她说京话、走佳人步的时候，目光就常常散漫成傻傻的一片，仿佛不再会眨动，嘴也傻傻地张开了，久久忘了合上。在这种时候，杜筠青就会发现，这些乡中的富贵名流，的确有许多人牙齿不白净，发黄、发黑的都有。

有时候，杜筠青还会被单独邀入内室去同女眷们见面。她们同样会要求她说京话、走步。只是，她们总是冷冷地看。

那年从秋到冬，杜筠青就那样陪伴了父亲不断地赴约出访，坐惯了大户人家那种华丽威风的大鞍轿车，也看遍了乡间的田园风景。天晴的时候，天空好像总是太蓝。有风的时候，那风又分明过于凛冽。不过，她渐渐也习惯了。城南的凤凰山，城北的乌马河，还有那落叶飘零中的枣树林，小雪初降时那曲曲折折游动在雪原之上的车痕，都渐渐地让她喜爱了。

但她不记得去过康庄，进过康家。

那样的日子，终于也冷落下去。

后来，杜长萱并没有筹措到他需要的银钱。乡中的富商，尤其是做银钱生意的票号，都没有看重他的前程。西帮票庄预测一个人的价值，眼光太毒辣。他们显然认为，杜长萱这样的通译官，即使深谙西洋列强，也并不值得为之投资。杜长萱很快也明白了这一层。但他除了偶尔也仰天大笑一回，倒没有生出太多的忧愤。

他似乎真要在太谷赋闲养老了。有一段日子，他热心于在乡人中倡导放脚，带了杜筠青四处奔走，但几乎没有效果。乡人问他："放了足那么好，你家这位大脚千金为甚还嫁不出去？"他真没法回答。

后来，他又为革除乡人不爱洗浴的陋习奔走呼号，热心向那些大户人家，宣传西洋私家浴室的美妙处。他到处说，西洋人的肤色为什么就那样白净、水色？就是因为人家天天洗浴！将洗浴的妙处说到这种地步，也依然打动不了谁。这与杜筠青后来在太谷掀起的那股洗浴热潮，简直一个地下，一个天上。

不管是真想，还是不想，杜长萱是名副其实赋闲了。他亲自监工，在杜家祖宅修建了一间私家浴室。除了坚持天天洗浴，还坚持每天在黄昏时分，由杜筠青相伴了散步到城外，看一看田园风景，落日晚霞。平时城里有什么热闹，他也会像孩童似的跑去观看。

在那些时日，最能给杜长萱消遣寂寞的是刚来太谷传教不久的几位美国牧师。他们是美国俄亥俄州欧伯林大学基督教公理会派出的神职人员，来到如此陌生的太谷，忽然见到一个能操英法语言的华人，简直有点像他乡遇故人，老乡见老乡了。只是他们太傻，知道了杜长萱的身世背景，就一味劝说他皈依基督。杜长萱是朝廷命官，当然不能入洋教。不过，他还是常常去拜见这些传教士，为的是能说说英语，有时耐不住，也大讲一通法语。

杜筠青跟了父亲也去见过他们。那时，他们还住在城郊的里美庄，虽也有男有女，但都是金发碧眼、高头大马，尤其言谈很乏味。太谷住着这样乏味的几个西洋人，难怪父亲对西洋的赞美，没有多少人相信。父亲同这样乏味的人，居然交谈得那样着迷，他也是太寂寞了。

光绪十三年（1887），也就是他们回到太谷的第三年春天，康笏南的第四任续弦夫人忽然故去。

那时，杜家和康家还没有任何交往。康家是太谷的豪门巨富，相比之下，杜家算得了什么！满城都在议论康家即将举行的那场葬礼，如何盛大、如何豪华的时候，杜长萱只是兴奋得像一个孩童。他不断从街肆带回消息，渲染葬礼的枝枝节节：城里蓝白绸缎已经脱销；纸扎冥货已向临近各县订货；只一夜工夫，几乎整个康庄都银装素裹起来了；一对绢制的金童玉女，是在京城定做；寿材用的虽是柏木，第一道漆却是由康笏南亲手上的；出殡时，要用三十二人抬双龙杠……

杜长萱去乡已久，多年未见过这么盛大的葬礼了，很想去康庄一趟，看一看那蔚然壮观的祭奠场面。只是因为杜筠青和母亲站在一起，无情讥笑他，才没有去成。

发丧那天，康家浩荡异常的送葬队伍，居然要弯到城外的南关，接受各大商号的路祭。所以，南关一带早已经是灵棚一片。杜长萱无论如何不想放过这最后的高潮了，决意在发丧那天，要挤往南关去观礼。他极力鼓动杜筠青也一同去，说，去了绝不会失望、后悔。父亲变得像一个顽童，杜筠青有些可怜他，就答应了。

可她一个女子，怎么能和他一起去挤？

他说，他来想办法。

杜长萱终于在南关找到了一间临街的小阁楼。楼下是一间杂货铺，店主是他的一个远房亲戚。杜筠青也不知那是真亲戚，还是假亲戚。

到了那一天，杜筠青陪着父亲，很早就去了南关。那里已是人山人海，比大年下观看社火的场面还大。在这人山人海里等了很久，才将浩荡的送葬队伍等来。那种浩荡，杜筠青也是意外得不能想象！

她问父亲："你不是常说，晋人尚俭吗？我们在京时，也常听人说，老西财迷。这个康笏南居然肯为一个续弦的女人举行这样奢华的葬礼，为什么？"

杜长萱说："那能为什么，康笏南喜爱这个女人吧。"

父亲的这句话，杜筠青听了有些受感动。但最打动了她的，是在树林一般的雪色旗幡中，那个四人抬的银色影亭：影亭里悬挂着这位刚刚仙逝的女人的大幅画像。她出人意料的年轻，又是那样美丽，似乎还有种幽怨，隐约可见。杜筠青相信，那是只有女人才能发现的一种深藏的幽怨。

她是不想死吧？

但杜筠青怎么都不会想到，自己竟然做了这个女人的后继者！她更不会想到，这个女人的死，竟然可能与自己有关！

4

康笏南的这位夫人，是在春天死去的。到了秋天，满城就在传说康笏南再次续弦的条件了：可以是寡妇，可以是大脚，可以通诗书琴画，也可以不是大家名门出身。

这些条件，简直就是描着杜筠青提出来的！

但在当时，无论是杜长萱，还是杜筠青，都根本没朝这里想。他们正被满城议论着的一个神秘话题吸引住了。

康家有不纳妾的家风。这份美德，自康笏南的曾祖发家以来，代代传承，一直严守至今。康笏南虽将祖业推向高峰了，他也依然恪守了这一份美德。只是，他先后娶的四位夫人，好像都消受不起这一份独享的恩爱，一任接一任半途凋谢，没有例外。乡人中盛传，这个康笏南命太旺，女人跟了他，就像草木受旺火烤炙，哪能长久得了！每次续弦，都是请了最出名的河图大家，推算生辰八字，居然每次都失算了。

康笏南就好像不是凡人！

对康笏南神秘的命相，杜长萱提出了一个西洋式的疑问："康笏南是不是过着一种不洗浴的生活？"

杜筠青的母亲，是相信命相的，她无情地讥笑了自己的丈夫。

叫杜筠青感到奇怪的是，既然这个老财主的命相那样可怕，为什么提亲的还是应者如云？如此多女人，都想去走那条死路？

母亲说，康笏南提出的续弦条件太卑下了。那样的女人，满大街都是。

父亲却说，康笏南倒是很开明。

但他们谁都没有把康家的续弦条件，同杜家联系起来。很显然，从杜长萱夫妇到杜筠青，还没把杜家看成太谷的普通人家呢。

既然与己无关，即使满城评说，那毕竟也是别人的事，闲事、闲话而已。很快，杜家就不再说起康笏南续弦的事了。那已是落叶飘零的时节，有一天，杜长萱带了女儿杜筠青前往里美庄去观看西洋基督教的洗礼仪式。那几位美国传教士，终于有了第一批耶稣的信徒。他们邀请杜长萱光临观礼。杜筠青不明白什么叫洗礼，当众洗浴吗？杜长萱笑了，便决定带她去看看。

去时，雇了两顶小轿，父女一人坐了一顶。已经出城了，轿忽然停在半路。杜筠青正不明白出了什么事，父亲已经过来掀起了轿帘。

"不去看洗礼了，我们回吧，先回家……"

见父亲神色有些慌乱，她就问："出什么事了？"

"没有，没有，什么事也没出。我们先回吧，回家再说……"

父亲放下轿帘，匆忙离开了。

回到家，杜筠青见街门外停了一辆华美异常的大鞍轿车。父亲去会见来客，她回到了自己的闺房，但猜不出来了是怎样的贵客。并没有等多久，父亲就匆匆跑进来。

"走吧，跟我去拜见一个人，得快些。"

"去拜见谁呀？"

"去了，你就知道了。赶紧梳妆一下，就走。"

杜筠青发现父亲的神情有些异常，就一再问是去拜见谁，父亲不但仍不说，神情也更紧张了。她只好答应了去。

正在梳妆，母亲拿来了父亲的一件长袍、一顶礼帽，叫她穿戴。这不是要将她女扮男妆吗？

到底要去见谁，需要这样神秘？

父母都支支吾吾，不说破。她更犯疑惑，也起了好奇，你们不说，我也不怕，反正你们不会把我卖了。

杜筠青就那样扮了男装，跟着父亲，出门登上了那辆华美的马车。那天，她就发现，赶着这辆华美马车的是一个异常英俊的青年。马车没走多远，停在了一条安静的小巷。从一座很普通的圆碹门里，走出一个无甚表情的人来，匆忙将她和父亲让了进去，没有说一句话。

后来她当然知道了，那次走进的是天成元票庄的后门。但在当时，根本不知道是到了哪儿，只觉得是一处很干净、又很寂静的深宅大院。她们刚被让进一间摆设考究的客厅，还没有坐稳呢，旋即又被引至另一间房中。

进门后，杜筠青还没有来得及打量屋中摆设，就感到自己已被一双眼睛牢牢盯住。那是一双男人的眼睛，露出放肆的贪婪！她立刻就慌了神。

"你就是杜长萱？"

"是。"

"久仰大名了。你把西洋诸国都游遍了？"

"去是都去过。"

"那就不简单，游遍西洋，你是太谷第一人！"

"我是给出使大臣当差，笃老你们才是太谷豪杰，生意做遍天下！"

"我看你也能当出使大臣，反正是议和、割地、赔款，谁不会？她就是你的女公子，叫杜筠青，对吧？"

"对。"

"从小在京城长大，就没有回过太谷？"

父亲暗示她，赶快回答这个男人的问话。正是这个男人，一直贪婪地盯着她不放。不过，她已经有些镇静下来。被富贵名流这样观看，她早经历过了。

"没回来过，长这么大，还是第一次回太谷。"

"你的京话说得好！多大了？"

"二十三了。"

"杜长萱他去西洋，带你去过没有？"

父亲忙说："我是朝廷派遣，哪能带她去？"

"我不跟你说，只跟你家女公子说，我爱听她说京话。"

"小时候，父亲答应过我，要带我去法兰西。"

"看看，还是他不想带你去。你父亲他只出使过法兰西，出使过俄罗斯没有？"

"他没有出使过俄罗斯，只是去游历过。"

"那他去过莫斯科没有？法兰西没有我们的字号，莫斯科有。就是太遥远了，有本事的掌柜、伙计都不愿去。去了，五年才能下一回班，太辛苦。我对孙大掌柜说，也叫他们三年回来一趟吧，五年才叫他们回太谷眷一回婆姨，太受委屈。大掌柜不听我的，说来回一趟，路途上就得小一年。三年一班，那还不光在路途折腾啊。你父亲他出使法兰西，几年能下一回班？"

"长时，也就三年吧。有了事，也不定什么时候就给召回来了。没事时候，也就在京师住着。"

"那他没有我们辛苦。哎，你把男装脱了吧，在屋里不用穿它。"

杜长萱就招呼她除下长袍、礼帽。杜筠青正被这位说话的男人盯住看得发慌，哪里还想脱去男装！可那个引她们进来一直无有表情的人，已经站到她的身边，等着接脱下的衣帽。父亲又招呼了一声，她只好遵命了。

脱去男装，那双眼睛是更贪婪地抓过了她。这个男人一边跟她说话，一边就放肆地盯着她，一直不放松。

这是个什么人呀？

"你父亲他是跟着曾纪泽？曾纪泽他父亲曾国藩也借过我们票庄的钱。左宗棠借我们的钱，那就更多了。你父亲他借过我们的钱没有？"

"没有吧？"

父亲忙说："在京也借过咱山西票号的钱，数目都不大。"

"哈哈，数目不大，哪家票号还肯为你做这种麻烦事？"

父亲有些脸红了。

"杜大人，那是耍笑的话！我还要请教你，西洋女人，还有京城在旗的女人，都是你家女公子这样的天足吗？"

父亲回答："可不是呢。"

接下来，杜筠青就开始为这个男人走佳人步。他看得很着迷，叫她走了好几个来回。

走完佳人步，这次神秘的拜会就结束了。杜筠青又穿戴了男装，跟了父亲，静悄悄地离开了这处深宅大院。

杜筠青后来当然知道了，这个神秘召见她、放肆打量她的男人，就是康笏南。他这是要亲眼相看她！

在等待相看结果的那些时日，杜筠青和她的父母谁也没有议论康笏南是怎样一个男人，也没有挑剔康笏南竟然采取了这样越礼、这样霸道的相亲方式，更没有去提康笏南那可怕的命相，她们全家似乎被这突然降临的幸运给压蒙了。除了焦急等待相看的结果，什么都不想了，好像一家三人的脑筋都木了。杜筠青自己，更是满头懵懂，什么都不会思想了。

当时，她们全家真是把那当成了一种不敢想象的幸运，一种受到全太谷瞩目的幸运。

相看的结果，其实也只是等待了两天。在那次神秘相亲的第三天，康家就派来了提亲的媒人。媒人是一个体面的贵妇,她不但没有多少花言巧语,简直就没有多说几句话,只是要走了杜筠青的生辰八字。

她克夫的生辰八字,在康笏南那里居然也不犯什么忌。康家传来话说,这次是请了一位很出名的游方居士看得八字。这位居士尊释氏,也精河图洛书,往来于佛道两界。也是有缘,正巧由京西檀柘寺云游来谷,推算了双方命相,赞叹不已。

跟着,康家就正式下了聘礼。聘礼很简单,就是一个小小的银折。可折子上写的却不简单:在杜长萱名下,写了天成元票庄的五厘财股。

杜筠青和她母亲不太知道这五厘财股的分量,但杜长萱知道。他的父亲在协成乾票庄辛劳一生,也只是顶到五厘身股。为了这五厘身股,父亲大半生就一直在天涯海角般遥远的厦门领庄,五年才能下一次班。留在太谷的家,家里的妻小,几乎就永远留在他的梦境里。在去福建船政局以前,父亲对杜长萱来说,几乎也只是一种想象。

杜筠青听了父亲的讲解,并没有去想:这也是康家给她的身股吗?她只是问父亲:"这五厘财股,能帮助你回京东山再起吗?"

父亲连忙说:"青儿,我早说了,老根在太谷,就在太谷赋闲养老了,谁说还要回京城!"

母亲也说:"我们哪能把你一人扔下?"

婚期订在腊月。比起那奢华浩荡的葬礼来,婚礼是再不能俭朴了。按照康笏南的要求,她的嫁衣只是一身西洋女装,连凤冠也没有戴。因为天太冷,里面套了一件银狐坎肩,洋装就像捆绑在身。康家传来话说,这不是图洋气怪异,是为了避邪。在那个寒冷的吉日,康家来迎亲的,似乎还是那辆华美威风的大鞍马车。上了这辆马车,杜筠青就成了康家的人,而且是康家新的老夫人。可康家并没有为了迎接她,举行太繁复的典礼。拜了祖宗,见了族中长辈,接受了康笏南子孙的叩拜,在大厨房摆了几桌酒席,也就算办了喜事。

康家说,这是遵照了那位大居士的留言:婚礼不宜张扬。

不宜张扬,就不张扬吧,可杜筠青一直等待着的那一刻:与康笏南共拜天地,居然也简略去了。只是,新婚之夜无法简略。

但那是怎么的新婚之夜!

5

盖首被忽然掀去了，一片刺眼的亮光冲过来，杜筠青什么也看不清。好一阵，才看清了亮光是烛光。天黑了，烛光亮着。烛光也照亮康笏南，他穿了鲜亮的衣裳。他那边站着两个女人，还有一个男人。这个永远无甚表情的男人，就是时刻不离康笏南的老亭。她这边，也站着一个女人。远处，暗处，似乎还有别的人。

"十冬腊月坐马车，没有冻着你吧？"康笏南依然是用那种霸道的口气说，"你穿这身西洋衣裳，好看！就怕不暖和，冻着你。"

杜筠青听了，有些感动。可她不能相信，康笏南居然接着就说：

"你们端灯过来，我看看她的脚。杜长萱他说，西洋女人都是天足。住京的戴掌柜也常说，京城王府皇家的旗人女子，也不缠足。我真还没有见过女人的天足。你就是天足吧，我看你走路怪好看。你们快把鞋给脱了，我看看她的脚。"

杜筠青简直吓傻了。就当着他的面，当着这些女人的面，还有那个老亭的面，还有远处暗处那些人的面，脱光她的脚吗？康笏南身边的一个女人已经举着一个烛台照过来。杜筠青身边的女人已经蹲下身，麻利地脱下了她的鞋袜，两只都脱了。天爷，都脱了。这麻利的女人，托着她的脚脖子往上抬……老天爷，杜筠青闭上了眼睛，觉得冰冷的双脚，忽然烧起来了。她第一次觉得自己是这样的无处躲藏，仿佛被撕去了一切，裸露了一切，给这许多人看！

"哦！你的脚好看！好看！长得多舒坦，多细致，多巧，多肉，看不出骨头，好看，天足要是这样，那真好看。"

天爷，这一定是他的手摸住她的脚了，烫人的手。

杜筠青再也听不清康笏南说什么了，只是恐惧无比。她知道不会再有什么拜天地的礼节了。观看她的脚，也是这吉日的礼节吗？看完脚，他会不会叫这些下人麻利地剥去她的西洋衣裳？她紧闭了眼睛，仍然无处躲藏。她多么需要身上的西洋服装一直这样紧紧地捆绑着自己！可这些下人的手脚，太麻利了。

杜筠青不知道康笏南后来说了什么，又是怎样离去的，不知道他还来不来。好像是连着几声"老夫人"，才把她从恐惧里呼叫出来。

老夫人！

杜筠青不知道这是叫她，只是听见一连声叫，她才睁开了眼。一切都安静下来了，一切都消失了。康笏南和他身边的男人女人都不在了。西洋服装还紧紧捆绑在身上，鞋袜也已经穿上，刚才的一切就好像没有发生。

这个女人的手脚太麻利了。

"老夫人，请卸妆洗漱吧。"

老夫人，这是叫她，她成了老夫人？

"老夫人，请卸妆洗漱吧，夜宵要送来了。"

夜宵，就在这里吃？烛光照着这太大的房间，杜筠青不知道这是什么地方。她也不想吃饭，一点都不想吃，连喝水的欲望也没有了。

"老太爷吩咐了，吃罢饭，老夫人就歇着吧，今天太劳累了。老太爷也劳累了，他不过来了。从今往后，我伺候老夫人。"

他不过来了，那今天就这样结束了？杜筠青多少次设想过，在今天这个夜晚，只剩了她和那个人的时候，一定不能害怕，要像个京城的女子，甚至要像西洋的女子，不害怕，不羞怯，敢说话，说话时带出笑意来。可这个夜晚，原来是这样的叫人害怕，又是这样意外的简单！那个康笏南，还没有看清，就又走了。

这个伺候她的女人，就是外间传说的那种上了年纪的老嬷子吧。年纪是比她大，但一点也不像上了年纪，而且她生得一点都不难看。

"你叫什么？"

"老太爷喜欢叫我吕布，老夫人你不想叫吕布，就叫你喜欢的名字。"

她笑了笑，笑得很好看，她的牙齿也干干净净。杜筠青想问她多大了，但没有问。自己肯定比这个女佣年轻，可已经是老夫人了。她从来没有想到，突然降临的幸运，就是来做康家的老夫人！父亲，母亲，也没有一次说到，她将要做康家的老夫人。既是老夫人了，老太爷他怎么能这样对待她，简直是当着这些男女下人把她剥光了！

杜筠青对吕布说："我什么也不想吃，我这里也没事了，你也去歇了吧。"但吕布却不走，撵也撵不走。就是从那一天起，吕布成了她难以摆脱的影子。

　　自从新婚之夜康笏南那样粗野地观看过她的天足后，再没有来看过她。除了被引去履行种种礼节，杜筠青就独自一人守在这太大的屋子里。

　　吕布说，这里就是老太爷住的屋子，他叫大书房。杜筠青从来没有住过这样大的屋子，它七间九架，东西两边还各带了一间与正房几乎相当的耳房。从外望去，俨然是九间的殿堂，就是供奉神祇吧，也要放置许多尊的。康笏南他住这样大的房屋，就不觉得太空洞吗？杜筠青后来明白了，他住这样大的房子，正是要占那一份屋宇之极。连老亭、吕布他们都知道，京城的皇家王府才能有九间大的房宇，康笏南他似乎要悄然同皇家比肩。按朝制，他捐纳的四品补用道，造七间九架的房宇也有些僭越了，居然又附了两间大耳房，达到了九数之极。

　　杜筠青初入这样的大屋，并不知道是住进了屋中之极，只是觉得太空洞，遮拦那样远，总不像置身室内。她更不明白，这样气派的房宇，康笏南他为什么不来享用，他平日又居于何处？

　　这样的疑问，她还不能问吕布。

　　在这七间大屋中，杜筠青居于最西首的那一间；外面一间，供她梳妆起居；再外一间，供她演习诗书琴画。中间厅堂，似乎更阔大，说那是康笏南和她平日拜神见客的地方。东面那三间，也依次供老太爷读书、起居、休歇。但他一直就没有来过，每日只有下人来做细心的清扫。他是嫌冬日住这样的大屋，太寒冷吗？大屋并不寒冷。杜筠青甚至觉得有些暖和如春了，比起来，在冬季，她们杜家那间间房屋都是寒舍。只是，一人独处这样的大屋，那就处处都是寒意。满屋考究又明净的摆设，日夜都闪着寒光。

　　康笏南还不能忘情于刚刚故去的先夫人吗？那他为什么又要这样快就续弦？或许真是奉了神谕，娶杜筠青她这样的女人，只是为他避邪消灾？许多礼节都省略了，他并不想她尊为高贵的老夫人？父亲已经成为他的岳丈，他口口声声还是杜长萱长杜长萱短地叫。

　　这里的冬夜比家里更漫长，寒风的呼号也比城里更响亮。没有寒风呼号的时候，就什么声音也没有，寂静让人惊骇。她不能太想念父亲，更不能太想念母亲，她已经不能回去了。父亲还在忙于酬谢太多的贺客吧？

她不记得那是进康家的第几天了，这寂静的大屋忽然比平时更暖和起来，还见更多的下人进进出出。老亭也来查看了一次。总之是有些不同寻常，是不是康笏南他要来了？

想问吕布，又不好意思问。吕布也在忙碌，但表情依旧，看不出有什么特别。他来就来，不来就不来，但杜筠青还是希望他来。等到夜色降临时，就能知道他来不来了。

没有想到，午后不久他就来了。那时杜筠青正在自己的书房拿着一本《稼轩长短句》翻看，其实一句也没有看进去。他进来之前，她分明已经感觉到了：屋里的下人已传达出了风吹草动。

"今天不冷吧？"这是他的声音。跟着他就进来了，问了一句："你在看什么书？"

没有等她回答，又问了一声："你咋没穿西洋服装？"

也没有等她回答，他就走了。

杜筠青正在纳闷，吕布已慌忙过来说："快请，老夫人快请回房洗漱！"其实，吕布已经连扶带拉，将她引回了卧房。一进卧房，她就极其麻利地给她宽衣解带。

这是为什么，天还亮着呢！

吕布只说了一声："老太爷来了，你得快！"

吕布并不管她愿意不愿意，眨眼间已将她脱得只剩一身亵衣。不能这样，不能这样。但吕布已开始伺候她洗漱，然后连亵衣也给除去了，开始为她擦洗。不能这样，天还亮着呢。但吕布太麻利了，今天比平时更麻利了不知多少倍，杜筠青在她麻利的手中不停地转动，根本不能停下来。

不能这样。但她已经无力停下来，也无力再多想，更无力喊叫出什么。

什么都被麻利地剥去了，只用一床薄衾裹了，伏到吕布的背上，被她轻轻背起，就向东边跑去。吕布居然有这样大的力气。可老天爷，经过的每一处，都有像吕布一样的下人！不能这样。在康笏南的起居室，那个老亭居然也在……老天爷。

在康笏南的卧房里，有三个像吕布一样的女佣，她们正在给他擦洗，他身上什么也没有了，听任她们擦洗……天爷。

杜筠青被放到了那张太大的炕榻上，帷幔也不放下来。

忽然发出了响声，像打翻了什么，击碎了什么。跟着就是一阵慌乱，跟着，湿漉漉的沉重异常的一个人压住了她。

不能这样，得把帷幔放下来，得叫下人退出去！四个像吕布一样的女人在这种时候，仍然在眼前忙碌，麻利依旧。有的在给他擦干身体，有的在喂他喝什么……不，得推开他，得把这些女人赶走，得把帷幔放下来！

老天爷，在这种时候，眼前还有这些女人……但他太沉重了，太粗野了。

天还没有黑，光天化日，当着这四个女人……光天化日，当众行房，这是禽兽才能做的事！应该骂他，骂他们康家。但杜筠青的挣扎，呼叫，似乎反使康笏南非常快意，他居然笑出了声……那些女人也笑了吧，推不动他，为什么不昏死过去，为什么不干脆死去，叫他这个像禽兽一样的人，再办一次丧事……

但她无法死去！

6

吕布后来说，老太爷这样叫谁也难为情，可听说皇上在后宫，也是这种排场。

杜筠青听了这种解释，惊骇无比。这个康笏南，原来处处以王者自况，与外间对他的传说相去太远了。外间流传，康笏南就像圣人了，重德、有志、贤良、守信，心宅仁厚得很。就是对女人，也是用情专一，又开明通达，甚会体贴人的。原来他就是这样一种开明，这样一种体贴！

联想到康笏南的不断丧妻，杜筠青真是不寒而栗。

康笏南看上父亲的开明，看上她像西洋女子，难道就是为了这种宫廷排场？你想仿宫廷排场，我也不能这样做禽兽！

杜筠青从做老夫人的第一天就生出了报复的欲望。

可她很快也发现，康笏南所居的这处老院，在德新堂的大宅第中，简直就是藏在深处的一座禁宫。不用说别人，就是康家子一辈的那六位老爷，没有康笏南的召唤，也是不能随便出入老院的。

杜筠青深陷禁宫，除了像影子一样跟随在侧的吕布，真是连个能说话的人也没有。康笏南隔许多时候才来做一次禽兽。平时，偶尔来一回，也只是用那种霸道的口气问几句就走了。

开始的时候，杜筠青还不时走出老院，往各位老爷的房中去坐坐，想同媳妇们熟悉起来。媳妇们比她年长，她尽量显得谦恭，全没有老夫人的一丝派头，可她们始终在客气里包了冷意、敌意，拒她于千里之外。六爷是新逝的先老夫人所生，那时尚小，丧母失怙后跟着奶妈。杜筠青觉得他可怜，想多一些亲近，谁想连他的奶妈也对她充满了敌意。

在杜筠青进入康家一年后，她的父母也终于返京了。杜长萱先在京师同文馆得一教职，不久就重获派遣，不但回到法兰西，还升为一等通译官。独自一人深陷那样一种禁宫，在富贵与屈辱相杂中，独守无边的孤寂，无尽的寒意，杜筠青真怀疑过，父亲这样带她回太谷，又这样将她出售给康笏南，那是不是一种精心的策划？

几年前，父亲意外地客死异国，母亲不愿回太谷，不久也郁郁病故。悲伤之余，杜筠青也无心去细究了。因为进康家没几年，老东西对她也完全冷落了。也许是嫌她始终似一块冰冷的石头，也许是他日渐老迈，总之老东西是很少来见她了。她不再给他做禽兽，但她这里也成了真正的冷宫。

在这冷宫里过着囚禁似的日子，对杜筠青来说，进城洗浴就成了最大的一件乐事。如果连这件事也不许她做，她就只有去死了。

只是，在年复一年的进城洗浴中，她可从未享受到今天的愉悦。杜筠青也是第一次摆脱了影子一样的吕布，有种久违了的新鲜感。

回到康庄，就有美国传教士莱豪德夫人来访。

杜长萱返京后，在太谷的那几位美国传教士依然和杜筠青保持来往。他们说是跟她学习汉语，其实仍想叫她皈依基督。而她始终无意入洋教，康笏南也就不反对这种来往。落得一个开明的名声，有什么不好？

杜筠青照例在德新堂客房院的一间客厅会见了莱豪德夫人。

"老夫人，贵府还是不想修建浴室？"十多年了，莱豪德夫人的汉语已经说得不错。

"这样时常进城跑跑也挺好。"杜筠青的心情正佳。

"我是想请教老夫人，你们中国人说的风水，是什么意思。我记得，贵府不修浴室，好像也同风水有关，对吧？"

"风水，我也说不清。好像同宅第、运气都有关系。"

"为什么有关系？"

"我给你说不清。风水是一门奇妙的学问，有专门看风水的人。你们是不是需要看风水的人？"

"现在只怕不需要了。我们公理会的福音堂，老夫人你是去过的。每次进城洗浴，你也都路过。我们建成、启用已经有几年了，也没有给你们的太谷带来什么灾难吧？可近日在太谷乡民中，流传我们的福音堂坏了太谷的风水。"

"有这样的事？我还没有听说。乡民怎么说？"

"说我们的福音堂，盖在城中最高的那座白塔下面，是怀有恶意。乡民说，白塔就是太谷的风水，好像我们专门挑了这个地方建福音堂，要坏你们的风水。老夫人，当初选这个地方，你也是知道的，不是特意挑选，是只有那处地皮能买到。那里，虽然东临南大街，可并不为商家看重。"

"这我知道。不过，我当初也说过，让你们的西洋基督紧靠我们的南寺，驻到太谷，也不怕同寺中的佛祖吵架？你们说，你们的基督比我们的佛更慈爱，不会吵架。"

"老夫人，你那是幽默。你也知道，在我们建福音堂以前，你们的南寺，就已经不为太谷的佛教信徒敬重了。现在，乡人竟说，是我们建了福音堂，使南寺衰败了。不是这样的道理呀！"

莱豪德夫人说的倒是实情。太谷城中那座高耸凌云的浮屠白塔在普慈寺中。这处寺院旧名无边寺，俗称南寺，本来是城中最大的佛寺，香火很盛，曾有妙宽、妙宣两位高僧在此住持。因为地处太谷城这样一个繁华闹市，滚滚红尘日夜围而攻之，寺内僧徒的戒行慢慢给败坏了。忧愤之下，先是妙宽法师西游四川峨眉，一去不返。跟着，妙宣和尚也出任京西檀柘寺长老，离开了。于是，南寺香火更衰颓不堪。

初到太谷时，杜筠青曾陪着父亲，往南寺进过一次香。寺中佛事的确寥落不堪了。只是，登上那座白塔，俯望全城，倒还十分快意的。那时候，南寺东面未建洋教的福音堂，原来是商号，还是民居，她可不记得了。

"乡人那样说，是对你们见外。你们毕竟也是外人啊。人家爱那样说，就那样说吧，谁能管得了呢。"

"老夫人，你不知道吧，近年山东、直隶的乡民，不知听信了什么蛊惑，时常骚扰，甚至焚烧我们办起的教堂，教案不断，情景可怖。我们怕这股邪风也吹到太谷。"

"山东、直隶，自古都是出壮士的地方，豪爽壮烈，慷慨悲歌。你们为什么要到那里传教？豪爽壮烈，慷慨悲歌，你懂词意吗？"

"不太懂。不过，在山东、直隶传教的大多是天主教派，我们基督公理会，没有他们多。"

"叫我们国人看，你们都一样，都是外人。豪爽壮烈，慷慨悲歌，我也不知用英语怎样说，总之民性刚烈，不好惹的。"

"我们只是传播上帝福音，惹谁了？"

"你们的上帝，和我们的老天爷，不是一个人。"

"老夫人，你一直这样说，我们不争这个了。那你说，你们太谷的乡民，就不暴烈吗？"

"民性绵善，不暴烈，那也不好惹。"

"山东、直隶和我们教会做对的大多是习武的拳民。太谷习武练拳的风气也这样浓厚，我们不能不担心。"

"太谷人习武，一是为护商，一是为健身，甚讲武德的，不会平白无故欺负你们。"

"说我们的福音堂坏了你们的风水，这是不是寻找借口？"

"你们实在害怕，就去找官府。"

"太谷县衙的胡德修大人对我们倒是十分友好。就怕拳民闹起来，官府也无能为力。山东、直隶就是那样，许多地方连官府也给拳民攻占了。贵府在太谷是豪门大家，甚能左右民心。我们恳求于老夫人的，正是希望您能转陈康老先生，请他出面，安抚乡民，不要受流言蛊惑。我们与贵府已有多年交情，特别与老夫人您交谊更深。你们是了解我们的，来太谷多年，我们传教之外，倾力所做的，就是办学校、开诊所、劝乡民戒毒、讲卫生，都是善事，并没有加害于人。再说，我们也是你们康家票号的客户，从美国汇来的传教经费，大多存于贵府的天成元。"

"这我可以给你转达，老太爷他愿不愿出面，我不敢给你说定。"

"请老夫人尽力吧。贵府还有一位老爷，是太谷出名的拳师，也请向这位老爷转达我们的恳求!"

"我们这位老爷,虽是武师,又年近半百,可性情像个孩童。他好求,求也必应。只是,他能否左右太谷武界,我也说不准。武师们要都似他那样赤子性情,你们也完全不必害怕了。"

莱豪德夫人不懂"赤子"的词义,杜筠青给她做了讲解。

她说:"基督也是像孩子一样善良。就请老夫人尽力吧。"

就在会见莱豪德夫人的那天夜里,杜筠青被一阵急促的锣声惊醒。在懵懂之间,她还以为真像这位美国女人所言,太谷的拳民也闹起来。

吕布跑到她的床前,说:"老夫人,睡吧,怕是又闹鬼了。"

"又闹鬼?"杜筠青清醒过来,"这是谁的鬼魂又来了?"

"谁知道呢?等天明了,我给你问问,睡吧。"

"许多年没闹鬼了。我刚进康家那两年,时常闹鬼,都说是前头那位老夫人的鬼魂不肯离去。可她不是早走了吗?这又是谁来闹?"

"睡吧,睡吧。你听,锣声也不响了。或许,是那班护院守夜的家丁发臆怔呢,乱敲了几下。"

"那你也睡吧。"

"老夫人,你先睡,我给你守一阵。"

"去吧,睡你的吧,不用你守。"

终于把吕布撵走了,锣声也没有再响起,夜又寂静得叫人害怕。不过,杜筠青对于前任老夫人的鬼魂,早已没有什么惧怕。

她进康家后,最初的半年一直安安静静。半年后,就闹起鬼来了,常常这样半夜锣声急起。在黎明或黄昏也有锣声惊起时,全家上下都传说是先老夫人的鬼魂不肯散去,甚至还说,听见过她凄厉的叫喊,见过她留下的脚印。那时,杜筠青真是害怕之极。前任老夫人不肯散去的鬼魂,最嫉恨的,那就该是她这个后继者了。吕布说,不用害怕,老院铁桶一般,谁也进不来。

"鬼魂像风一样,还能进不来?"

"进不来。再说,她是舍不下六爷,不会来祸害你。"

吕布说得倒也准,先老夫人的鬼魂,真是一直没有来老院。那位夫人死时，六爷才五岁。现在，他已经十六岁。她的在天之灵，也该对他放心了。他们虽在阴阳两界，但那一份母子深情也很叫杜筠青感动。

她进康家已经十多年，一直也没有生养孩子。一想到那禽兽一样的房事，她也不愿意为康笏南生育！可将来有朝一日，她也做了鬼魂，去牵挂谁，又有谁来牵挂她？

第三章 西帮腿长

1

六爷被驱鬼的锣声惊醒后，再也没有睡着。

母亲的灵魂不来看他已经有许多年了。奶妈说，母亲并非弃他而去，是升天转世了。但明年秋天，就要参加乡试，他希望母亲来保佑他初试中举，金榜题名，分享他的荣耀。

神奇的是，他在心里这样一想，母亲就真来看他了？

只是，当他被锣声惊醒，急忙跳下床，跪伏到母亲的遗像前，锣声就停止了，别的声音也没有听见。真是母亲来了，还是那班护院守夜的下人，敲错了锣？

第二天一早，六爷就打发下人去打听。回来说，不是敲错锣。守夜的家丁真看见月光下有个女人走动，慌忙敲起了锣。锣一响，那女人就不见了。管家老夏已严审过这位家丁了，问他是真是假，是你狗日的做梦呢，还是真有女人显灵？家丁也没敢改口，还是说真看见月亮下有个女人走动。

六爷慌忙回到母亲的遗像前，敬了香，跪下行了礼，心中默念：请母亲放心，明年的乡试，我一定会中举的。

到吃早饭时，他按时赶往大膳房。父亲已先他到达，威严而又安详地坐在那里，和平常的神情一模一样。夜里，父亲就没有听见急促的锣声吗？即使在早年先母刚刚显灵，闹得全家人人闻锣色变的那些时候，父亲也是这样，威严，安详，就好像什么事也没有发生。

在吃饭中间，父亲问他："你是天天按时到学馆吗？"

六爷说："是。正为明年的大比，苦读呢。就是放学在家，也不敢怠慢。"

"何老爷他对你的前程怎么看？"

"他的话，没准。"

"大胆，'他'是谁？我还称何老爷，你倒这样不守师道！"

"何老爷真是那样，一天一个说法。今天说，你夺魁无疑；明天又说，你何苦呢，去应试做甚？"

"那你呢，你自家看，能中举不能？"

"能。不拘第几名，我也要争回一个举人来。"

"你心劲倒不小，铁了心，要求仕。"

康笏南在这天的早饭间，还向在座的四位爷，公布了他要外出巡视生意的决定。问谁愿意跟随他去？

大老爷什么也听不见，像佛爷似的端坐在侧，静如处子。

二爷就说："我有武艺，我愿意跟随了做父亲大人的侍卫。但父亲已年逾古稀，又是这样的热天，是万万不宜出巡的！"

四爷也说："父亲大人，您是万万不能出巡的！"

康笏南说："我出巡一趟，不需要你们应许。我只是问你们，谁愿意跟随我去？"

四爷赶紧说："我当然也愿意跟随了，服侍父亲大人！只是，热天实在是不宜出巡的。还听说，外间也不宁静，直隶、山东、河南都有拳民起事。"

康笏南闭了眼，不容置疑地说："外间情形，我比你们知道得多。不要再说了。老六，你呢，你不愿意跟随我去一趟吗？"

六爷说："父亲大人，我正在备考。"

"距明年秋闱还早呢。"

"但我已经不敢荒废一日。"

"那你们忙你们的吧。"

康笏南接过老亭递来的漱口水，漱了口，就起身走出了膳房。

大老爷跟着也走了。

二爷急忙说："你们看老太爷是真要出巡，还只是编了题目考我们？"

四爷说："只怕还是考我们。"

二爷问六爷："你说呢？"

六爷说："老太爷说出巡，那显然是假，实在是说我呢，他不相信我能大比成功。"

二爷说："老爷子他是看不起你。"

六爷就说："那他能看得起你？"

二爷笑了笑，说："哪能看得起我！我们兄弟中，老爷子看重的也就一个老三！"

四爷说："老太爷一生爱出奇，也说不定真要以古稀之身出巡天下。"

二爷就说："老爷子他要真想出奇兵，那我们可就谁也劝不住了，除非是老三劝他。"

四爷说："三哥他在哪儿呢？在归化城，还是在前营？"

二爷说："谁知道！打发人问问孙大掌柜吧。"

四爷说："老太爷想出巡外埠，我看得把这事告三哥。"

二爷就说："那就告他吧。"

来到学馆，六爷就把这事告诉了塾师何开生老爷。

"何老爷，你看家父真会出巡外埠码头吗？"

何老爷想都不想，说："怎么不会？这才像你家老太爷的作为！"

"老爷子那么大年纪了，又是这样的大热天。何老爷，你能劝劝他吗？"

"应该是知父莫如子。六爷，你就这样不识你家老太爷的本相？他一生听过谁的劝说，又有谁能劝说了他？这种事，我可效劳不起。念你的书吧。"

"今天父亲还问我，何老爷对我的前程怎么看？"

"你怎么回答？"

"我说，何老爷总是嫌我太笨，考也是白考！"

"六爷，我什么时候这样说过？"

"我看何老爷天天都在心里这样说。这叫知师莫如徒！"

"六爷，我何尝嫌你笨过？正是看你天资不凡，才可惜你如此痴于儒业。想在儒业一途，横空出世，谁太痴了也不成。儒本圣贤事，演化到今天，已经不堪得很了。其中陈腐藩篱，世俗勾当，堆积太多。你再太痴、太诚，那只有深陷没顶，不用想出人头地。当年，我久疏儒业，已经在你家天成元票庄做到京号副帮，也不知何以鬼使神差，就客串了一回乡试，不料竟中了举！何以能中举？就是九个字：不痴于它，格外放得开！"

"何老爷，我去念书了。"

六爷说毕，赶紧离开了何老爷。不赶紧走，何老爷还要给他重说当年中举的故事。

何开生是在光绪二十年（1894），甲午科乡试中的举。那时，他的确是在天成元票庄做京号副帮，已顶到六厘身股。因为他很有文才，又善交际，在京师官场常能兜揽到大宗的库银生意，所以孙北溟大掌柜也就让他长年驻在京号。他驻京的三年班期，又恰恰与京城的会试之期相合，下班正逢辰、戌、丑、未年。所以，他每逢下班回晋之时，也正是京师会试张榜的日子。

那时节，金榜有名的贡士，春风得意，等待去赴殿试。落第举子，则将失意的感伤，洒满了茶馆酒肆。京城一时热闹极了。何开生和京号伙友们不免要打听晋省乡党有几人上榜，哪一省又夺了冠，新科三鼎文魁中，有没有值得早做巴结的人选。然后，何开生就带着这些消息，踏上回晋的旅程了。

光绪十八年（1892）壬辰科会试，山西中试者，又是出奇少。京号的伙友就有些丧气。七嘴八舌，指摘了乡党中那一班专攻仕途的举子太无能、太不争气，忽然就一齐撺掇起何副帮来。说何掌柜你去考一趟，状元中不了吧，也不会白手而回！最要命的，是戴膺老帮也参加了撺掇：

"何掌柜，你不妨就去客串一回，争回个举人、进士，也为咱天成元京号扬一回名！"

这本来是句戏言，可回到太谷老号，孙北溟大掌柜竟认真起来："何掌柜，你就辛苦一趟吧。天成元人才济济，就差你给争回个正经功名了。你要愿意辛苦一趟，我准你一年假，备考下科乡试！"

给一年假期，那也实在太诱人了。

财东康老太爷听到这件事，专门把何开生召去，问他："考个举人，何伙计你觉着不难吧？"

何开生说："早不专心儒业了，怕有负老太爷期望。"

"叫我看，也没甚难的。一班腐儒都难脱一个'迂'字，只会断章碎义，穿凿附会，不用害怕他们。何伙计在商界历练多年，少了迂腐，多了灵悟，我看不难。"

就这样，鬼使神差，何开生踏上了晦气之路。

他本有才学，又以为是客串，所以在甲午年的大比中就格外放得开，潇洒挥墨，一路无有阻挡。尤其是第三场的时务、策论，由于他长年驻京，眼界开阔，更是发挥了一个淋漓尽致。在晋省考场，哪有几个这样发挥的儒生？他就是不想中举，也得中举了。何掌柜真给天成元拿回一个第十九名举人，一时轰动了太谷商界。

孙北溟大掌柜和康笏南老东家都为何开生设宴庆功，奖嘉有加。

何开生哪里能想到，厄运就这样随了荣耀而至。庆完功，孙北溟大掌柜才忽然发现，何开生已经尊贵为官老爷，是朝廷的人了。天成元虽然生意遍天下，究竟是民间字号。民间商号使唤举人老爷，那可是有违当今的朝制，大逆不道。孙北溟和康笏南商量了半天，也只能恭请何老爷另谋高就。如果来年进京会试，柜上还依旧给报销一切花费。离号后，何老爷的六厘身股还可保留一年。

何开生听到这样的结果，几乎疯了。弃商求仕这样的傻事，他是连想都没有想过！驻京多年，他还不知道官场的险恶呀？他客串乡试，本是为康家、为天成元票庄争一份荣耀，哪里是想做官老爷！他一生的理想，是要熬到京号的老帮。现在离这样的理想已不遥远，忽然给请出了字号？半生辛劳，全家富贵，就这样一笔勾销了？不是开除出号，甚于开除出号！叫天成元开除了，尚可往其他字号求职，现在顶了这样一个举人老爷的功名，哪家也不能用你了！

但这个空头功名，你能退给朝廷吗？

中举的头两年，何开生一直疯疯癫癫，无所事事。精神稍好后，康笏南才延请他做了康氏家馆的塾师。礼金不菲，也受尊敬，可与京号副帮生涯比较已是寥落景象了。

何开生就教职后，康笏南让六爷行了拜师礼。可六爷对这样一位疯疯癫癫的老爷实在也恭敬不起来。不过，乡试逼近，何老爷当年那一份临场格外放得开倒也甚可借鉴。

可惜，何老爷把他的故事重复得太多了。

2

康笏南的第四任夫人，也就是六爷的生母出生官宦人家。她的父亲是正途进士，官虽然只做到知县及州府的通判，不过六七品吧，但对康家轻儒之风，她一直很不满意。所以，六爷从小就被晓以读书为圣事。母亲早逝后，他的奶妈将这一母训一直维持下来。

六爷铁了心要读书求仕，实在是饱含了对母亲的思念。他少小时候，就感觉到母亲总是郁郁寡欢。五岁时，母亲忽然病故，那时他还不能深知死的意义，只是觉得母亲一定是因为不高兴远走他处了。

母亲为什么总是那样不高兴？他多次问过奶妈。奶妈一直不告他，只叫他用功读书。你用功读书，母亲才会高兴。但他能看出，奶妈有什么瞒着他，不肯说出。

六爷的生母去世半年后，德新堂开始闹鬼。据护院守夜的家丁说，他们看见过先老夫人的身影，也听到过她凄厉的叫声。只是夜半骤起的锣声并没有惊醒少年六爷。他正在贪睡的年龄。后来每有锣声响起，总是奶妈把他摇醒，叫他跪伏在母亲的遗像前。

奶妈代他敬香，告他说："你的母亲看你了，快跟她说话吧！"

他哪里能明白，就问："母亲在哪儿呀？"

"她在天上，你在心里跟她说话，她也能听见。"

母亲在天上，天又在哪儿？他还是不能明白。只是，一次，两次，多次，少年六爷也就相信了奶妈的话，习惯了这种和母亲的相见和对话。他跪伏着诉说对母亲的思念，奶妈就转达母亲的回话，叫他用功读书。

有时，他跪伏在那里，会不由哭起来。奶妈就代母亲和他一起哭。

不过，多数时候，他还是告诉母亲，自己如何用功于圣贤之书。他刻苦用功，实在是想让母亲高兴。但他始终不知道，母亲为何那样郁郁寡欢。

他一天天长大，正有许多话要问母亲时，她却已离他而去。父亲为母亲做了多次超度亡灵的道场，母亲是不得不走吧。除了对他的牵挂，母亲一定还有什么割舍不下。可奶妈也依然不肯对他说出更多的秘密。

昨夜先母又突然显灵，不只是挂念他的科考吧？

六爷相信，奶妈一定知道与母亲相关的许多秘密。什么时候，才肯把这些秘密告诉他呢？要等到他中举以后吗？

这天从学馆回来，奶妈又同六爷说起他的婚事。他已经十七岁，眼看要到成婚的年龄。康笏南也想早给他成一个家，这样大了，还靠着奶妈过日子，哪能有出息。可六爷执意要等乡试、会试后，再提婚事。老太爷也没有太强求，只是奶妈就不高兴了，以为是老太爷对他太不疼爱。

"六爷，你母亲昨天夜里来看你，你知道是惦记什么？"

"来的一定是先母吗？已有许多年不来了，先母早应该转世了吧？"

"不是你母亲是谁？准是你母亲放心不下你。"

"不放心明年的大比吧？"

"明年大比也惦记，最惦记的，还是你的婚事！"

"奶妈，这是你的心思。先母最希望于我的，还是能像外爷一样中举人、成进士。我还想点翰林呢。有了功名，还怕结不了一门好亲吗？"

"六爷，你母亲知道你没有辜负她的厚望，学业上很争气。对你的前程，她已放心了。只等你早日成婚，有了自己的家，你母亲就没有牵挂了。"

"我知道，母亲还有别的牵挂。奶妈，你一定知道她还有话要说。我既然长大，该成家立业，那你就把该说的话，对我说了吧！"

"六爷，我可没有什么瞒着你。"

"奶妈，我能看出来，你有话瞒了我。"

"六爷，我们虽为主仆，可我视你比自己的亲生骨肉还亲。我会有什么瞒你？"

"奶妈，我也视你如母亲。我能看出，你也像母亲一样总是郁郁寡欢。"

"我也只是思念你母亲，她太命苦。这十多年，我更是无一日不感到自己负重太甚。你母亲是大家出身，又是出名的才女，我怎么能代她对你尽母职？但她临终泣血相托，我不敢一日怠慢的。"

"奶妈，你不用说了。"

"六爷，听说老太爷要出巡去了，有这样的事吗？"

"有这样的打算，还没有说定呢。"

"那就请老太爷在出巡前，给你定好亲事吧。定了亲，是喜庆，对你明年赴考也吉利。"

"奶妈，老太爷说走，就要走了，哪能来得及！要定，也要像母亲那样的才女。不是那样的才女，我不可要！"

"想要那样的才女，就叫他们给你去寻。"

"到哪里去寻！"

六爷记得，就是母亲在世的时候，他也是和奶妈住在这个庭院里。母亲有时住在这里，有时不在。不在的时候，那是留在了父亲住的老院里。父亲住的那个老院，六爷长这么大了也没有进去过几次。父亲常出来看他，却从不召他进去。

父亲住的老院，那是一个神秘的禁地。从大哥到他，兄弟六人，谁也不能常去。就是父亲最器重的三哥，也一样不能随便出入。平时，他们向父亲问安叩拜，都在用餐的大膳房。节庆、年下，是在供奉了祖宗牌位的那间大堂。即使父亲生了病，也不会召他们进入老院探望，只是通过老亭，探听病情，转达问候。

不过，从大哥到五哥，他们似乎早已习惯了这样。只有他一直把老院的神秘同母亲的郁郁寡欢、同奶妈隐瞒着的秘密联系起来。如果能随便进出老院，那就能弄明白他想知道的一切了。六爷找过不少借口，企图多去几次老院，都没有成功。

现在，父亲要外出巡视生意，这也许是一个机会。父亲不在家，老院还会守卫那么森严吗？

所以，六爷在心里，是希望父亲的出巡能够成行。上一次父亲出巡，在四五年前了，那时他还小，没有利用那个机会。

在父亲公布他要出巡后，管家老夏也来找过六爷，说："你们各位老爷也不劝劝老太爷，这种大热天，敢出远门？你们六位老爷呢，谁不能替老爷子跑一趟？是拦，是替，你们得赶紧想办法！"

六爷本来想以备考紧急为托词，不多参加劝说，后来又想起了何老爷那句话："他听过谁的劝说，谁又能劝说得了他！"知道劝也没用。但在孝道人情上，总得尽力劝一劝吧。

他就对老夏说："这事你得跟二爷说。大老爷是世外人，二爷他就得出面拿主意。他挑头，我们也好说话。"

老夏说:"二爷他是没主意的人。还说,他是武夫,说话老太爷不爱听。我又找四爷,他也说,他的话没分量,劝也白劝。他让我去见孙大掌柜,说大掌柜的话,比你们有分量。可求孙大掌柜,也得你们几位爷去求!我有什么面子,能去求人家孙大掌柜?"

"二爷、四爷,都是成家立业的人了,说话还没分量。我一个蒙童,说话能管用?"

"六爷你小,受人疼,说不定你的话,老太爷爱听。"

六爷在心里说:老太爷能疼我?"在吃饭时,我已经劝过多次了,老太爷哪会听我的!还是得二爷出面,他拿不了主意,也得出面招呼大家,一道商量个主意。"

"请二爷出面,也得四爷和六爷你们请呀!"

"那好,我们请。明天早饭时,等老太爷吃罢先走了,我就逼二爷。到时候,老夏你得来,把包师父也请来。你们得给我们出出主意。"

"那行。六爷,就照你说的。"

3

次日早饭,康笏南又先于各位爷们来到大膳房。但在进餐时,几乎没有说什么话。只是,进食颇多,好像要显示他并不老迈,完全能顺利出巡。进食毕,康笏南先起身走了。

大老爷照例跟着离了席。

二爷也要走,被六爷叫住了:"二哥,你去劝说过老爷子没有?"

二爷说:"除了在这里吃饭,我到哪儿去见?"

六爷说:"二哥你武艺好,就是飞檐走壁吧,还愁进不了老院?"

二爷说:"老六,你嘴巧,有文墨,又年少,可以童言无忌,你也该多说。"

四爷说:"我们几个,就是再劝,也不顶事。"

六爷说:"不顶事,我们也得劝,这是尽孝心呀!大哥他是世外人,我们指靠不上,就是有什么事了,世人也不埋怨他。我们可就逃脱不了!二哥,你得挑起重任来。我们言轻,老爷子不爱听,但可以请说话有分量的人来劝老太爷。"

说话间，老夏和包师父到了。大家商量半天，议定了先请三个人来。头一位，当然是孙北溟大掌柜。再一位，也是大掌柜，那就是康家天盛川茶庄的领东林琴轩。康家原由天盛川茶庄发家，后才有天成元票庄，所以天盛川大掌柜的地位也很高。第三位，是请太谷形意拳第一高手车毅斋武师。车毅斋行二，在太谷民间被唤作车二师父，不仅武艺高强，德行更好，武林内外都有盛名。康笏南对他也甚为敬重。

力主请车二师父来劝说康老太爷的，当然是二爷和包师父。他们还有一层心思，万一劝说不动，就顺便请车二师父陪老太爷出巡，以为保驾。所以，出面恭请车二师父，二爷也主动担当了，只叫包师父陪了去。

恭请两位大掌柜的使命，只好由四爷担起来，老夏陪了去。

六爷呢，大家还是叫他"倚小卖小"，只要见了老太爷的面，就劝说，不要怕絮烦，也不要怕老爷子生气。

这样的劝说阵势，六爷很满意。

康二爷究竟是武人，领命后，当天就叫了包师父，骑马赶往车二师父住的贾家堡。

贾家堡也在太谷城南，离康庄不远。贾家堡历来以艺菊闻名，花农世代相传，艺法独精。秋深开花时，富家争来选购。车二师父虽为武林豪杰，也甚喜艺菊。他早年也曾应聘于富商大户，做护院武师。后来上了年纪，也就归乡治田养武。祖居本在贾家堡，因喜欢艺菊，竟移居贾家堡。除收徒习武外，便怡然艺菊。这天，康二爷和包世静来访时，他正在菊圃劳作。

因为常来，二爷和包武师也没怎么客气径直就来到菊圃。见车二师父正在给菊苗施肥水，二爷捡起一个粪瓢就要帮着干。吓得车二师父像发现飞来暗器一样急忙使出一记崩拳，挡住了："二爷，二爷，可不敢劳你大驾！"

"这营生，举手之劳，也费不了什么力气！"

"二爷，快把粪瓢放下。我这是施固叶肥水，为的就是开花后，脚叶也肥壮不脱落。你看这是举手之劳，实在也有讲究。似你这毛手毛脚，将肥水洒染到叶片上，不出几天，就把叶子烧枯了，还固什么叶！"

二爷舀了些肥水闻了闻："稀汤寡水，也不臭呀，就那么厉害？"

车二师父说："这是用煺鸡毛鹅毛的汤水沤成的。就是要沤到秽而不臭才能施用。"

"真有讲究。那我们帮你锄草？"

"不用，有两个小徒锄呢，没有多少活计。艺菊实在也是颐养性情，出力辛苦很在其次。二位还是请吧，回寒舍坐！"

包世静就说："师父，就在菊圃的凉棚坐坐也甚好。"

康二爷也说："就是，这里风凉气爽，甚美。"

"那就委屈二位了。"车二师父也没有再谦让，喊来一个小徒弟，打发回去提菊花凉茶。

三人就往凉棚里随便坐了。天虽是响晴天，但有清风吹拂，也不觉闷热。菊圃中，那种艾蒿似的香草气息，更叫人在恬静中有些兴奋。

车二师父说："二位今天来不是为演武吧？"

二爷说："演武也成，可惜，我们哪是你的对手！"

包世静就说："康二爷今天来，实在是有求于师父。"

车二师父忙说："二爷，我说呢，今天一到那么殷勤。说吧，在下能效劳的一定听凭吩咐。我们都不是外人了。"

二爷就赶紧起身作揖，道："车师父这样客气，我真不敢启口了。"

包世静就说："二爷今天来，不是他一人来求师父，还代他康家六位爷来恳求师父！"

车二师父也忙起身还礼："说得这样郑重，到底出了什么事？"

包世静说："康家的老太爷，年逾古稀了。近日忽然心血来潮，要去出巡各码头的生意。说走，还就要走，天正一日比一日热，他也不管，谁也劝说不下。二爷和我直给老爷子说，晋省周围，直隶、河南、山东，眼下正不宁静，拳民起事，教案不断，说不定走到哪儿，就给困住了。连这种话，老爷子也听不进去。全太谷，能对他说进话的，实在也没有几人。但师父你是受他敬重的，你的话，他听。"

"原来是这种事，还以为叫我擒贼御敌。我一个乡间武夫，怎么想到叫我去做说客？你们知道，我不善言辞。再说，这也是你们的家事，我一个不相干的外人如何置喙！"

二爷立刻说:"家父对车师父真是敬重无比,不光是敬你的武艺,更重你的仁德。他肯练形意拳健身,实在也是出于对车师父的崇拜。"

包世静也说:"康家没人能说动老太爷,才来请师父你!"

车二师父想了想,说:"这个说客,我不能当。不是我不想帮忙,以我对康老太爷的了解,在这件事上,他也不会听我劝。因为这是关乎你们康家兴衰的一个大举动!看看现在祁、太、平那些豪门大户吧,还有几家不是在做坐享其成的大财东?他们谁肯去巡视外埠码头的生意?就是去了,谁还懂生意?他们都只会花钱,不会挣钱了。"

包世静说:"二爷他们也不是反对老太爷出巡,只是想叫他错过热天。就是跑高脚,拉骆驼,也要避开暑热天。"

车二师父说:"康老太爷选了暑热天出巡,说不定是有意为之,要为西帮发一警示。如果不是有意为之,当真不将寒暑放在话下,那就更英雄气概。"

二爷说:"我们是担心他的身体。"

车二师父问:"令尊大人一直坚持练拳吗?"

二爷说:"就是,风雨无阻,一日不辍。"

"饭量呢?"

"食量还不小。"

"睡眠呢?"

"那就不得而知了。"

包世静说:"我看老太爷气色甚好。"

车二师父说:"叫我说,你们就成全了老太爷吧,恭恭敬敬送他去出巡。他年轻时,常出外,南南北北,三江四海,哪儿没有去过?尤其是口外的蒙古地界,大库仑、前后营,跑过不少回。风雨寒暑,他还怕?虽说年纪大了,但你们练武都知道,除了力气,还得有心气。老太爷心气这么大,不会有事。西帮商贾凭什么能富甲天下?除了性情绵善,就是腿长,跋涉千万里,辛勤贸易,一向是平常事。二爷,令尊为你们兄弟取名元、先、光、允、尧、龙,都是长腿字,还不是期望你们不要丢了腿!"

二爷说:"老太爷忽然要这样冒暑出巡,分明是不满于我们。"

车二师父说:"是,也不尽是。二爷,你要尽孝心,何不跟随了老爷子，远行一趟，也会会江湖武友？"

二爷说："哪次老太爷出巡，我不愿随行了伺候？人家看不上我，不叫我去。车师父，这次家父如若执意出巡，不知师父肯不肯屈尊同行以壮声威？"

包武师也说："师父如可同行，那会成为西帮一件盛事！"

车二师父笑了笑说："我一介农夫，能壮什么声威，成什么盛事！如要保镖，还是请镖局的武师。他们常年跑江湖，沿途地面熟，朋友多，懂规矩，不会有什么麻烦。我这种生手，就是有几分武艺，也得重新开道，岂不要耽误了老太爷的行程？这种事上，老太爷比你们精明，他一向外出，都是请镖局的武师。"

二爷说："如家父亲自出面延请，车师父肯赏光同行吗？"

车二师父又笑了："不会有这样的事。"

包世静说："如有这样的恭请，师父不会推辞吧？"

车二师父说："如有这样的事，我不推辞。但我敢说，不会有这样的事。你们老太爷这次出巡，我看是想以吃苦、冒险，警示西帮。拽了我这等人，忝列其间，倒像为了排场，哪能警示谁！"

二爷忙问："车师父，直隶、山东、河南的拳民到处起事，真不足畏吗？"

包世静也问："师父，那些拳民练的是什么拳？"

车二师父说："日前有从直隶深州来的武友，闲话之间，说到过风行直省的拳事。那边的拳事，并不类似我们形意拳这样的武术，实在是一种会道神教。入教以习拳为正课，所以也自称'义和拳'。教中设坛所供奉的神主，任意妄造，殊不一律，以《西游记》《封神榜》《三国演义》《水浒传》诸小说中神人鬼怪为多。教中领袖，拈香诵咒，即称神来附体，口含天宪，矢石枪炮，均不能入。如此神拳，练一个月就可实用，练三个月就能术成。你我练拳大半生，哪见过这样讨巧的拳术？他们用以吓唬西洋人还成。在我们，又何足道哉！"

二爷说："听说起事时，拳民甚众，也不好对付。"

车二师父说："那二爷你就跟随了去，正可露一手'千军丛中夺人归'的武艺。"

包世静说:"既是如此,那真也不足畏。我们还是演一会儿武吧!"
三人喝了些凉茶,就走出菊圃,到演武场去了。

4

老夏陪了四爷,进城先见了天成元票庄的孙北溟大掌柜。

孙大掌柜还不大相信康老太爷真要出巡,他说:"那是我和老太爷闲聊时,他说的一句戏言。你们不要当真。"

四爷就说:"老太爷可是郑重向我们做了交代。"

老夏也说:"老太爷已有示下,叫我尽快张罗出巡的诸多事项。"

孙大掌柜说:"他真是说走就要走吗?"

老夏说:"可不是呢!要不,我们会这样火急火燎地来见你?"

四爷说:"大掌柜,你得劝劝老太爷。他实在要出巡,那也得错过暑天吧?"

孙北溟沉吟片刻,说:"那我去见见老太爷。看他是真要出巡,还是又出了一课禅家公案,要你们参悟?他真想出巡,那我也得赶紧安顿柜上诸事!"

四爷说:"老太爷真要出巡,孙大掌柜你也劝说不得吗?"

孙大掌柜说:"四爷,老夏,容我先见老太爷再说。"

四爷忙说:"那就多多拜托孙大掌柜了!"

老夏也说:"大掌柜一言千鼎,除了你出面说话,没人能劝得了老太爷。"

离开天成元票庄,老夏又陪四爷来到天盛川茶庄。

天盛川茶庄也在西大街,离天成元不远。门脸没有天成元气派,却多了一份古色古香的雅气。康家的大生意虽在天成元,但天盛川是康家发家字号,所以地位始终不低。每年正月商号开市,康笏南进城为自家字号拈香祝福,祭拜天地财神,总是先来天盛川,然后才往天成元,再往天义隆绸缎庄以及康家的其他字号。

天盛川,早年只是口外归化城里一间小茶庄。那时,康当家的康士运,在太谷经营着一家不大的驼运社,养有百十多峰骆驼,专跑由汉口到口外归化之间的茶马大道。上行时,由湖北蒲圻羊楼洞驮运老青砖茶,北出口外;下行时,再从归化驮运皮毛呢毡,南来汉口。天盛川茶庄就是康家驼运社的一个老主顾,常年为它从湖北承运茶货。

老青茶,属黑茶,是一种发酵茶。蒙古牧民多习惯用老青茶熬制奶茶,而奶茶对牧民,那是日常饮食中的半壁江山。但蒙地的老青茶生意,几为晋人旅蒙第一商号大盛魁所垄断。天盛川是小茶庄,本来就无法与之较量,经理、协理又是平庸之辈,所以生意做得不起山。到后来,竟常常拖欠驼运社的运费,难以付清。但康士运很仁义,欠着运费,也依旧给天盛川进货。欠债越来越多,康家的仁义不减。天盛川的财东和掌柜感其诚,即以债务作抵,将茶庄盘给了康家。

康士运接过天盛川茶庄,先就避开大盛魁锋芒,不再做老青砖茶的生意。大盛魁的驼运队,骆驼数以万峰计,售货的流动"房子",能走遍内外蒙古的所有牧场。谁能与它争利?那正是雍正年间,中俄恰克图通商条约刚刚签订。康士运慧眼独具,大胆将生意转往更为遥远的边疆小镇恰克图,在那里开了天盛川的一间分号。多年跑茶马大道,他知道俄国人喜饮红茶,而蒲圻羊楼洞的米砖茶,即是很负盛名的红茶。改运老青茶为米砖茶,那是轻车驾熟的事。天盛川易主后,就这样转向专做米砖茶的外贸生意了。

驼道虽然由归化延伸到恰克图,穿越蒙古南北全境,其间艰难险阻无法道尽了,但赶在恰克图的买卖城草创之初,捷足而登,却占尽了先手。天盛川不仅在这个日后繁荣异常的边贸宝地立住了脚,而且很快发达起来。将米砖茶出售俄商,获利之丰,那是老青茶生意无法相比的。从俄境贩回的皮毛呢绒,就更能在汉口售出珍贵物品的好价。一来一去,两头利丰,不发达还等什么!

到康笏南曾祖爷手里,天盛川茶庄已经把生意做大了。总号由归化移到太谷,在湖北蒲圻羊楼洞有了自己的茶场,恰克图的字号更成为大商行。驼运社则移到归化,骆驼已有千峰之多。

康家的茶场,除了自种,在鄂南大量收购毛茶,经萎凋、揉捻、发酵、蒸压,制成砖茶。然后,运回太谷老号,包了专用麻纸,加盖天盛川字号的红印,三十六片装成一箱,再由驼队发运恰克图。

经历乾嘉盛世，恰克图已成边贸大埠，天盛川也成为出口茶叶的大商号。自然，康家也成巨富。

道光初年，平遥"西裕成"颜料庄改号为"日昇昌"，专营银钱汇兑的生意，打出了"汇通天下"的招牌。从此，山西商人涉足金融业，独创了近代中国的"前银行"——票号，将晋商的事业推向了最辉煌的阶段。康家依托天盛川茶庄的雄厚财力和既有信誉，很快也创办了自家的票庄：天成元。康家也由此走向自己的辉煌。

票庄是钱生钱的生意，发达起来，远甚茶庄。尤其到咸丰年间，俄国商人已获朝廷允许，直入两湖采购茶叶，还在汉口设了茶叶加工厂。俄商与西帮的竞争已异常残酷。康家虽没有退出茶叶外贸的生意，但已将商事的重心转到票庄了。

天盛川茶庄的大掌柜林琴轩，是一位颇有抱负的老领东了，他苦撑茶庄危局，不甘衰败。对东家重票庄、轻茶庄，一向很不以为然。所以，当四爷和老夏来求助时，他毫不客气，直言他是支持老太爷出巡的。

"叫我说，老太爷早该有此壮举了。看看当今天下大势，危难无处不在，可各码头的老帮、伙友一片自负。尤其他们票庄，不但自负更甚，还沉迷于奢华，危难于他们仿佛永不搭界！天下哪有这样的便宜？老太爷不出面警示一番，怎么得了！"

四爷说："林大掌柜一片赤诚，我们一向敬重无比。所以才来求助大掌柜，只有大掌柜的话老太爷肯听。我们不是阻拦老太爷出巡，只是想叫他错过热天，毕竟是年逾古稀了。"

老夏也说："听说外间也不宁静。要出巡，选个好时候，总不能这样说走就要走。"

林琴轩说："这你们就不懂了。我看老太爷才不是心血来潮，他是专门挑了这样的时候。大热天，外间又不宁静，以古稀之年冒暑、冒险，出行千里巡视生意，这才像我们西帮的举动。时候好，又平安，不受一点罪，那是去出游、享乐，能警示谁？"

四爷说："父母在，不远行。现在家父要远行，林大掌柜，你说我们能不闻不问吗？"

林大掌柜说："不孝有三，无后为大。老太爷生了你们六位老爷，不是我说难听话，你们有谁能堪当后继？"

当着四爷的面，林大掌柜就说出这样的话，老夏虽感不满，也不便顶撞。因为即使当了老太爷，林大掌柜有时也是这样直言的。看看四爷，并无怒气，只是很虔诚地满脸愧色。

"林大掌柜说得是，我们太庸碌了，不能替老太爷分忧、分劳。"

"四爷，你真是太善了，善到这样没有一点火气。你像归隐林下的出世者，不争，不怒，什么都不在乎，这哪里像是商家？"

老夏忙说："四爷这样心善，有什么不好！"

林大掌柜说："你们几位老爷，都是这样逸士一般，仙人一般，商家大志何以存焉？"

四爷依然一脸虔诚的愧色，说："哪里是逸士仙人，实在是太庸碌了。要不还需劳动老太爷这样冒暑冒险出巡吗？"

老夏说："林大掌柜，三爷在口外巡视生意已经快一年了。三爷于商事，那是怀有大志的。"

林大掌柜居然说："三爷他倒是有心劲，可惜也不过是匹夫之勇。"

老夏就说："林大掌柜，你也太狂妄失礼了吧？当着四爷，连三爷也糟蹋上了，太过分了！你当大掌柜再年久，也要守那东伙之分、主仆之别吧？"

"正是当着四爷，我才这样直谏。"

四爷忙说："林大掌柜一片赤诚，我们是极为敬佩的。所以我们才来求助大掌柜。"

"不用劝老太爷了，他想出巡，就叫他出巡。他能受得下旅途这点辛苦，不用你们瞎操心。你们康家是拉骆驼起家，不应该怕这点旅途辛苦。没有这点辛苦，哪还能立足西帮！"

四爷说："那就听林大掌柜的，不再劝阻老太爷出巡。林大掌柜能否为老太爷选一相宜的出巡路线？"

林大掌柜说："还是怕热着老爷子吧？叫我说，他想去哪儿，就由他去哪儿。你们无非叫我劝他往凉快的地界走。可叫我看，三爷既在口外，他一准下江南。"

"下江南？"

"大热天，下江南？"

"你们不用大惊小怪了。下江南，就由他下江南。"

林大掌柜说话不留情，可执意要四爷和老夏留在字号用饭。席间几盅酒下肚，他说话就更无情了。除了老太爷，几乎无人不被数落，尤其是票庄的孙北溟大掌柜，林琴轩数落更甚。

四爷和老夏也只能虔诚地听着。

5

求助的三位人物，就有两位不但不劝阻，反而很赞成老太爷出巡。六爷听了这个消息，心里倒是暗暗高兴。只有一个孙大掌柜，没有说定是劝阻，还是赞同。四爷说，听孙大掌柜口气，好像是不赞同。

孙大掌柜可不是一般人物，他要出面阻拦，说不定真能把老太爷拦下。

六爷想了想，忽然想到一个人，那就是他最不愿意见的老夫人。老夫人出面劝阻，那会怎么样呢？六爷知道，老太爷是不会听从她的劝阻的。但应该请她出面劝一劝。于情于理，都应请她出面劝一劝。趁见老夫人的机会，也可进一次老院。

这天从家馆下学回来，吃过晚饭，就去老院求见老夫人。下人传话进去，老亭很快就出来了。

"六爷，我这就去对老夫人说。老夫人要问起，六爷为什么事来见她，我怎么回话？"

"我正预备明年大试的策论，怕有制夷之论。所以想向老夫人问问西洋列强情形。"

"六爷稍担待，我这就去说。"

老亭进去不多久，老夫人身边的吕布就跑出来了。

"六爷是稀客，老夫人一听说就叫我赶紧来请！"

六爷真是没有想到这样容易就进了老院。以前他想进老院，总是以求见老太爷为由，老太爷又总是回绝他。但他从没有求见老夫人。这位替代了母亲的女人，他最不想见她。今天来见她，也完全是为了母亲。

跟着吕布，穿过两进院，来到了父亲的大书房。

这里也曾经是母亲生前居住的地方，但他自己是一天也没有在这里住过。他一落地，就和奶妈住进了派给他的那处庭院。母亲也常常住在那里。

现在，这个替代了母亲的女人已经站在大书房的门前。她这样屈尊来迎接，六爷心里更感到不快。

"拜见母亲大人了。"

六爷正要勉强行跪拜礼，老夫人就说："吕布，你快扶六爷进屋，我这里不讲究，快不用那样多礼。"

进屋后，又把他让进了她的书房，是想消去长辈的威严吧。其实，他在心里从来也不认同她这位继母。

这间书房，以前也是母亲的书房。里面的摆设，好像什么也没有改变，只是有些凌乱。书阁上置有《十三经注疏》《钦定诗经》《苏批孟子》《古文眉铨》《算经十书》《瀛环志略》《海国图志》《泰西艺学通考》一类书籍。六爷猜不出这个替代了母亲的女人是否会读这些枯燥的书，也猜不出母亲在世时，这些书籍是否已放置在此了。

这里的书阁，可比他自己房里的书阁精致得多，是一排酸枝浅雕人物博古纹书阁。那边，老爷子的书房，放置书籍的更是红木书卷头多宝阁。

"听说六爷正在为明年的大比日夜苦读呢。"

这个女人的京话说得这样悦耳，六爷也感到很不快。

"我哪里是读书的材料，不过是尊了老太爷的命吧。"

"六爷极有天分，我是早知道的。明年一准会蟾宫折桂，为你们康家搏回一份光耀祖宗的功名来。"

"谢谢母亲大人的吉言，只怕会叫大家失望的。"

"不会。六爷，叫谁失望都不怕，但能叫你的先母失望吗？这么多年了，她在天之灵一直惦记着你，真是得信那句话：惊天地，动鬼神！"

六爷没有想到，这个女人会说这样的话。她是真心这样说，还是一种虚情假意？

"先母生前的确是希望我能读书成功的，可惜，我那时幼小无知。母亲大人，难道你也相信，先母的灵魂还在挂念我？"

"我一直相信。"

"你为什么会相信？"

"因为我也是一个女人。尤其是我住进了你父亲的这座大书房，住进了你的先母住过的这一半大屋，我就能理解她了。"

"可是，父亲一直不让我相信先母的鬼魂。"

"但我相信。"

"先母的灵魂回到过这座大书房吗？"

"没有。我盼望她能来，但她一直没来。"

"你不怕她的鬼魂？"

"我知道，她不会怨恨我。"

"那先母怨恨谁？"

"六爷，我不能给你说。"

"为什么不能说？"

"我不能说。六爷，你还是全力备考吧，不能叫你的先母失望。听说，你要问我西洋列强情形，我哪里能知道！"

"母亲大人，我今天来拜见你，其实是为另一件事。老太爷他要到各地码头出巡，你知道吗？"

"我哪里会知道？没有人告诉过我。他什么时候出巡去？"

"他说走就要走。已经叫老夏给预备出巡的诸事了，也不管正是五黄六月大热天！他那么大年纪了，大热天怎么能出远门？但我们都劝不住他，票庄、茶庄的大掌柜，也劝不住他。今天来，就是想请母亲大人劝一劝他。想出巡，也得拣个好时候。就不能错过热天，等凉快了再说？"

杜筠青听了六爷这番话半天没有言声。

他决定要出巡，已经闹得这样沸沸扬扬，她连知道也不知道。他不告诉她，下面的人，也没有一人告诉她。吕布是不知道，还是知道了也不告诉她？她当的这是什么老夫人！想出巡，就去吧，她不阻拦，即便想阻拦，能阻拦得了？

但她又不能将这一份幽怨流露给六爷。

"母亲大人，你也不便劝说吗？"

"不，我看你父亲要冒暑出巡是一次壮举。我为什么要劝阻他呢？只是，不知要出巡何方？要是赴京师、天津，我也想随行呢。我已经离京十多年，真想回去看看。四五年前，你父亲出巡京津，我便想随行，未能如愿。"

"听说，这次是要下江南。"

"下江南？下江南，我也愿意随行。我外祖家就在江南，那里天地灵秀，文运隆盛。六爷，你也该随你父亲下一趟江南，窃一点他们的灵秀之气回来。"

"可老太爷那么大年纪了，冒暑劳顿千里，我们怎么能安心呢？"

"他身子骨好着呢，又有华车骏马，仆役保镖，什么也不用担心。你们康家不是走口外走出来的吗？还怕出门走路？"

六爷没有想到老夫人居然是这样一种态度。她也是不但不劝阻，更视老太爷出巡为一件平常事，出巡就出巡吧。

这位替代了母亲的女人，是不是也盼望着老太爷出巡能成行？

六爷从老院出来，回想老夫人的言谈，分明有种话外之音似的，至少在话语间是流露了某种暗示。她说母亲不会怨恨她，也许她知道母亲的什么秘密吧？

六爷回来将这种感觉告诉了奶妈。他还说了一句："她好像也同情母亲呢。"

奶妈听后，立刻就激愤了，说："六爷，你可千万不能相信她！"

说时，竟落下泪来。

六爷没有想到奶妈会有这样激烈的反应，就问："母亲生前，认识这个女人吗？"

奶妈叹了口气，说："六爷，有些话，我本来想等你中举、成家后，再对你说。这也是你母亲临终的交代。现在，就不妨对你先说了吧。"

母亲去世后，奶妈就是他最亲近的人了。但他早已感觉到，奶妈有什么秘密瞒着他。现在，终于要把这些秘密说出来了。

"奶妈，我早知道，你们有话不对我说。"

"六爷，那是因为你小。说了，你也不明白。"

"现在，我已经不小了，那就快说吧。"

但奶妈说出的第一句话，就叫六爷大吃一惊："六爷，你母亲就是叫这个女人逼死的。"

她逼死了母亲？只是听完奶妈的告诉，六爷明白了母亲的去世，是同这个女人有关。可好像也又不能说就是她逼死了母亲。

原来，杜筠青回到太谷之初，陪伴着父亲出入名门大户，那一半京味一半洋味的独特风采很被传颂一时。自然，也传入了康庄德新堂，传入康笏南的耳中。他当着老爷少爷的面时，正色厉声，不叫议论这个女子。太谷的名门大户，几乎都宴请过杜长萱父女了，康家也一直没有从众。康家不少人，包括各房的女眷们都想见一见这位时新女子，康笏南只是不松口。

不过，回到老院，康笏南就不断说起这位杜家女子。那时的老夫人，也就是六爷的生母，听老太爷不断说这位女子，并无一点妒意。听着老太爷用那欣赏的口气，说起这个杜家女子，京话说得如何好，生了一双天足，却又如何婀娜鲜活，在场面上，又如何开明、大方，一如西洋女子，她也只是很想见见这个女子。

她几次对康笏南说："我们不妨也宴请他们一次，听一听西洋的趣事，也给杜家一个面子。"

可康笏南总是说："要请，我们康家也只能请杜长萱他一人！"

到头来，康家连杜长萱一人也没有请。

老夫人后来听说，康家的天盛川茶庄宴请过杜家父女。老太爷那日去了天盛川，但没有出面主持宴席，只是独坐在宴席的里间，听了杜家父女的言谈。老夫人想，他一定也窥视了这位杜家女子的芳容和风采。

但她心里，实在也没有生出一丝妒意。她甚至想，老太爷既然如此喜欢这位杜家女子，何不托人去试探一下，看她愿意不愿意来做小。杜长萱是京师官场失意，回乡赋闲，杜筠青又是失夫寡居，答应做小也不辱没他们的。那时，老夫人也正想全心来抚爱年幼的六爷，她一点也不想在康笏南那里争宠。

她将这个想法给康笏南婉转说了，康笏南竟勃然大怒，说怎么敢撺掇他去坏祖传的规矩！康家不纳妾的美德天下皆知，怎么想叫他康笏南给败坏了，是什么用心啊！

不纳小，就不纳吧，也用不着生这样的大气。她能有什么用心？不纳小在她岂不更好！

从那以后，康笏南对她日渐冷淡。冷淡就冷淡吧，她本来也有满腔难言之痛，早想远离了，全心去疼爱她的幼子六爷。

总之，她是全没有把这个变故放在心上，可她的身体还是日渐虚弱起来，饮食减少，身上乏力，又常常犯困。对此，她自己也感到很奇怪。

那时，她能知心的也唯有六爷的奶妈。

奶妈说她还是太把那个女人放在心上了，看自己熬煎成了什么样。她真是一点都没有把那位杜家女子放到心上，可任她怎么说，奶妈也不相信。她越说自己是莫名地虚弱起来，奶妈越是不相信。

她说："我要是心思重，心里熬煎，那该是长夜难眠，睡不着觉吧，怎么会这样爱犯困？大白天，一不小心，就迷糊了。"

奶妈说："老夫人你太要强了，不想流露你心里的熬煎，才编了这样的病症，哄我。"

她说："我哄你做甚！我好像正在变傻，除了止不住的瞌睡，什么心思也没有了，哪里还顾得上编了故事哄你！"

奶妈说："你真是太高贵了，太要脸面了，把心事藏得那样深！"

咳，她怎么能说清呢。

她终于病倒。康笏南为她请了名医，不停地服名贵的药物，依然不见效。医家也说，她是心神焦虑所致，不大要紧，放宽心，慢慢调养就是了。她正在变傻，哪里还有焦虑？怎么忽然之间，所有的人，都不相信她的话了？

她终于一病不起，丢下年幼的六爷，撒手而去。她的死，似乎没有痛苦，嗜睡几日，没有醒来，就走了。

但奶妈坚持说，老夫人是深藏了太大的痛苦，一字不说，走了。她太高贵了，太要强了。她死后不到一年，老太爷果然就娶回了那个杜家女子。不是这个女人逼死老夫人，又能是谁？老夫人死后有几年，魂灵不散，就是因为生前深藏了太大的痛苦，吐不尽！

可母亲的魂灵，为什么不去相扰这位替代了她的女人？

六爷想了又想，还是觉得，母亲的死，是同这位继母有关。可逼她死的，与其说是继母，不如说是父亲！

逼死母亲的，原来是父亲？六爷不敢深想了。

6

孙北溟来见康笏南时，发现几日之间，老东台就忽然变了一个人似的，精神了许多，威严了许多，也好像年轻了许多。

看来，康老东家是真要出巡了。孙北溟知道，这已无可阻拦。他自己实在是不便随行。今年时已过半，柜上生意依然清淡。朝廷禁汇的上谕非但未解除更一再重申，京师市面已十分萧条。在这种时候，怎么能离开老号？

所以，见面之后，他先不提出巡的事。

"老东台，我今天来，是有件事，特意来告你。邱泰基这个混账东西，从西安回来，只顾了闯祸，倒把一件正经事给忘了。昨日，他才忽然跑来，哆哆嗦嗦给我说了。"

"什么事呀，把他吓成这样？这个邱掌柜，还没有缓过气来？"

"他这才熬煎了几天，老太爷倒心疼起他来了？"

"他还想死不想死？他婆姨是不是还天天捆着他？"

"我也没问。昨天他到柜上来，他女人没有跟着。"

"那他忘了一件什么事？"

"他说，临下班前，跟老陕那边的藩台端方大人吃过一席饭。端大人叫给你老人家捎个话，说他抽空要来太谷一趟，专门来府上拜访你。"

"说没有说什么时候来？"

"我也这样问邱泰基，他说端方大人没有说定，可一定要来的。我又问，托你带信帖没有？他也说没有。我说，那不过是一句应酬的话吧？邱掌柜说，不是应酬话，还问了康庄离太谷城池多远。"

"这位端方他是想来。他来，不是稀罕我这个乡间财主，是想着我收藏的金石。他这个人，风雅豪爽，好结交天下名士，就是在金石上太贪。他看金石，眼光又毒，一旦叫他看上，必是珍品、稀件，那可就不会轻易放过了。总要想方设法，夺人所爱。他想来，就来吧。来了，也见不上我的好东西。这个邱掌柜，才去西安几天，就跟端方混到一处了？"

"这就是邱泰基的本事，要不他敢混账呢！"

"不管他了，还是先说端方吧。南朝梁刻《瘗鹤铭》，那是大字神品。

黄山谷、苏东坡，均称大字无过《瘗鹤铭》。字为正书，意合篆分，结字宽舒，点划飞动，书风清高娴雅之极，似神仙之迹。孙掌柜，你听说过没有？"

"没听说过。"

"你听说过，也要说没听说过，想叫我得意，对不对？"

"我真是没有听说过，老东台。"

"《瘗鹤铭》，刻在镇江焦山崖石之上，后来崩坠江中。到本朝康熙五十二年（1713），镇江知府陈鹏年才募工捞出，成为一时盛事。出水共五石，拼合一体，存九十余字。可惜，铭立千余年，没于江中就七百年，水激沙砻，锋颖全秃。近闻湖南道州何家，珍藏有《旧拓瘗鹤铭未出水本》，字体磨损尚轻，可得见原来书刻的真相，甚是宝贵。这个'未出水本'，听说已被端方盯住了。咱们看吧，这一帖珍贵无比的'未出水本'旧拓，迟早要归于端方所有。"

"老东台，听你说得这样宝贵，那我们何不与他端某人一争呢？"

"谁去给我争？"

"湖南的长沙、常德，都有我们天成元的庄口。"

"凭那些小掌柜，能争过端方？要争，除非我出面。"

"长沙、常德的老帮，还是颇有心计的。就任他们去争一争？"

"罢了，罢了。端方这个人，为争此等珍品是不惜置人死地的。我们能置人死地？"

"端方他要收买这样宝贵的碑拓，说不定还得寻我们票庄借钱呢。"

"你是大掌柜，借不借都由你。"

"那我给各庄口招呼一声，不能随意借给他钱。再给汉口的陈亦卿老帮说一声，叫他留意这个碑拓。陈掌柜说不定能给你争回来。"

"陈掌柜他要能争回来，算他有本事。但也不能叫他太上心，耽误了生意，更不能置人死地，夺人所爱，坏了咱们的名声。过不了多少时候，我就到汉口了，我亲口给他交代。这次出巡，就先到汉口。孙掌柜，你陪我下江南，还是不陪，拿定主意没有？"

"老东台，我能随行，那是荣耀，还拿什么主意。只是，我得先跟西安庄口说一声，叫他们去问问端方大人打算什么时候来太谷？要不，人家来了，你老人家倒走了，不美吧？人家毕竟是朝廷的大员。"

"端方，不用等他，我们走我们的。"

"那就听你的，咱们只管走咱们的。从太谷起身，就直接去汉口？"

"对，出山西，过河南，直奔汉口。票庄、茶庄，汉口都是大庄口。汉口完了事，咱们就沿江东下，去趟上海。"

"那就听你的，直下汉口。京师的戴膺老帮，听说老东台要出巡，就想叫先弯到京城，再往别的码头。戴老帮说，京师局势正微妙，该先进京一走。那对统领天下生意甚是重要。朝廷禁汇，京师市面已十分萧条，我帮生意几成死局。老太爷先去京师，也好谋个对策。"

"这次不去京师了。一到京师，一准还是哪儿也不叫我去。"

"老东台，说到京师，我又想起两件巧合的事。"

"什么巧合的事？又是编了故事阻拦我吧？"

"这两件事都是柜上的生意，与出巡无涉。四五日前，济南庄口来电报，说一位道员卸任归乡，想将十万两银子存入咱们的天成元。言明不要利息，只求在安徽故里，每年取出一万两，分十年取清。因为山东教案迭起，拳民日众，局面莫测，我已叫济南庄口赶紧收缩生意。所以，他们来电问，这十万两银子收存不收存？"

"你是大掌柜，我管你呢。"

"我已给济南发了电报，若收存了，能及时调出山东，就收存，调不出去，就不能收。这位道员倒不傻，以为十万两银子，收存十年，不要我们一文利息，是便宜。其实，他是看山东局面乱，怕交镖局往安徽押运，不保险。处于乱世，镖局索要的运费，也不会少。十万两银子，光是运银的橇车，也至少得装十辆。交给我们，他一文钱也不用花！"

"孙大掌柜，我说一句闲话。天下人为什么爱跟咱们西帮做生意？不是看咱们生得标致吧？太平年月，人家把生意都给你做了，叫你挣够了钱，现在到了危难时候，你倒铁面无情起来？"

"老东台，你这话说得太重了。山东局面，眼看已成乱势，我得为东家生意谨慎谋划呀。"

"北溟老弟，我看你与我一样，毕竟老了。遇事谨慎为先，就是一种老态。放在十年前，你孙大掌柜遇了此等事，那会毫不含糊，令济南庄口照收不误，不但照收，还要照例给他写了利息。人家放弃利息，那是想到了咱们的难处，我们更应该体抚人家。再说，这区区十万两银子，你孙大掌柜还调度不了吗？"

"济南已有回电，收下了那十万银子。在当今局面下，不是只此十万一笔。日前，京号戴膺老帮亦有信来，言及京师也有几桩这样的生意，舍去利息，要求将巨款收存，客户又都为相熟的达官贵人。所以，我说巧合呢。"

"戴掌柜他是怎么处置的？"

"他说，都是老主顾了，不便拒绝，收存了。只是要总号尽快设法将这些款项调往江南，放贷出去。或令南方各庄口，尽力兜揽汇兑京师的款项，及早两面相抵。"

"戴掌柜到底还是年轻几岁，气魄尚存。"

"只是朝廷禁汇，我们到哪里去兜揽汇兑的京饷？"

"这就得看你大掌柜的本事了。"

"就这几笔存款，倒也不需上心。只怕会酿成一种风潮，在这风雨不定、局面莫测之时，以为我们可靠，都涌来存放银钱，我们哪能承担得起？像山东有些地面，教民相杀，州县官衙尚且不敌，我们票庄他们会独独放过，不来抢掠？"

"你说得对，危难不会独避我们而过。只是，我西帮取信天下，多在危局之中。自坏信誉，也以危难时候最甚。"

"今年，正逢我天成元四年大账的结算期，生意本来就要收缩。"

"孙大掌柜，我还是说一句闲话。你看现在的局面，我们舍了'北收南放'，还有别的文章可做吗？"

"我也正是为此发愁呢。"

"以我看，现今北方，山东、直隶、河南以至京津，乱象初现，局面暧昧，官场也好，商界也好，都是收缩观望，预留退路。再观南方，似较北方为稳。尤其湖广有张之洞，两江有刘坤一，两广有李鸿章，局面一时不会大坏。孙掌柜，我们何不趁此局面，在北方收缩的大势中，我们不缩，照旧大做银钱生意，将收存的闲资，调南方放贷！"

"老东台也知道，我们历来'北存南放'，全靠承揽江南汇京的官款来支持。朝廷禁止我帮揽汇，这'北存南放'的文章还怎么做？"

"要不，我们得赶紧去趟汉口！到了江南，才好想办法。"

"老东台，你执意要冒暑出巡，原来是有这样远谋近虑？"

"也不是只为此，还想出外散散心。"

"那我回柜上稍作安顿，就起程。只是，总得挑个黄道吉日吧？"

"还挑什么日子，也不用兴师动众，我们悄悄上路就是了。"

孙北溟走后，康笏南想了想，他的六个儿子，还是一个也不带。家政，就暂交老四张罗。

老夫人问起他出巡的事，他也只做了简单的交代。她说，暑天要到了，为什么就不能错过等凉快了再走？他也没有多说，只说已经定了，就这样吧。

四五年前那次出巡，他还想带了这位年轻的老夫人一道走。现在，是连想也不这样想了。

第四章　南巡汉口

1

光绪二十五年（1899）六月初三，康家德新堂的康笏南，由天成元大掌柜孙北溟陪了，离开太谷，开始了他古稀之年的江汉之行。

他们的随从除了德新堂的老亭和包世静武师，又雇了镖局的两位武师和四个一般的拳手。天成元柜上也派出了三位伙计随行，一位管路途的账目，其他两位就是伺候老东家和大掌柜。康笏南也不让雇轿，只是雇了四辆适宜走山路的小轮马车。他、孙大掌柜、老亭，各坐一辆，空了一辆，放盘缠、行李、杂物。其他人全是骑马。

那是一个轻车简行的阵势。

当天起程很早。德新堂的老夫人、四位老爷、各房女眷，以及本家族人，还有康家旗下的票庄、茶庄、绸缎庄、粮庄的大小掌柜、伙友，总有六七十号人聚来送行。康笏南出来，径直上了马车，也没有向送行的众人做什么表示就令出动了，仿佛并不是去远行。

送行的一干人眼看着车马旅队一步一步远去，谁也不知该说什么话。要有机会说，当然都是吉利话。可谁心里不在为老太爷担心？康笏南准是看透了这一点，所以也不给众人说话的机会。等老夫人回府后，大家就静静地散了。

不过，康笏南和孙北溟联袂出巡这件事当天就在太谷商界传开，很被议论一时。各大商号，尤其是几大票号，都猜不出康家为何会有此大举动。因为在近年，西帮的财东也好，总号的大掌柜也好，亲自出外巡视生意已是很罕见了。财东老总一道出巡，又选了这样的大热天，那就更不可思议。康家生意上出了什么大事，还是要谋划什么大回合？

但看康家天成元票庄却平静如常。这反倒更引起了各家猜测的兴趣，纷纷给外埠码头去信，交代注意康家字号动静。

想猜就猜吧，这本也是康笏南意料之中的反应。

康家远行的车马旅队那日离了康庄也是静静地走了一程。其时已近大暑，太阳出来不久，热气就开始升上来。柜上的伙计、包师父、老亭，不时来问候康笏南，弄得他很有些生气。

"你们还是想拦挡我，不叫我去汉口？小心走你们的路吧，还不知谁先热草了呢！"

康笏南实在也没有感到热，心里倒是非常的爽快。

他对出门远行似乎有一种天生的喜爱。只要一上路，不仅精神爽快，身体似乎也会比平时格外皮实。他一生出远门多少次，还不记得有哪次病倒在旅途。西帮过人之处，就是腿长，不畏千里跋涉。康家几位有作为的先祖，都是擅长远途跋涉的人。康笏南早就觉得，自己的血脉里，一定传承了祖上这种擅长千里跋涉的天性。年轻时，在口外的荒原大漠里，有好几次走入绝境，以为自己已经不行了。奇怪的是，一旦绝望后，心里怎么会那样平静，怎么会有那样一种如释重负之感，就像把世间的一切，忽然全都卸下来，轻松无比，明净无比。跟着，一种新鲜的感觉，就在不知不觉间升腾起来。

父亲告诉他，那是见神了，神灵显圣了。

他自己倒觉得，那是种忽然得道的感觉。

显圣也好，得道也好，反正从此绝境没有再绝下去，一切都也没有终结，而是延伸下来，直到走出来，寻到水，或发现人烟。

康笏南曾经将这种绝境得道的感觉告诉了三子康重光。老三说，他也有过这种感觉！这使康笏南感到非常欣慰。三爷也是一位天生喜欢长途跋涉的人。在他的六个儿子中，唯有这个三爷，才是和他和祖上血脉相承的吧。

三爷这次到口外，是他自己要去的，康笏南并没有撵他去。去了很久了，快一年了吧。原以为去年冬天会回来，也没有回来。三爷要在家，康笏南会带了他出这趟远门。现在，也不知他是在库伦，还是在恰克图。

不到午时，炎热还没有怎么感觉到就行了四十里，到达第一站，白圭镇。

白圭位于由晋通陕、通豫两大官道的交叉处，系一大镇。依照康笏南的意思，既没有进官家的驿站，也没有惊动镇上的商家，只是寻了一家上好的客栈，歇下来，打茶尖。打算吃顿饭，避过午时的炎热就继续上路。

康笏南和孙北溟刚在一间客房坐定，一碗茶还没有喝下，就有镇上的几位商号掌柜求见。孙北溟体胖，已热得浑身是汗，脸也发红了，有些不想见客，就说："谁这样嘴长，倒把我们嚷叫出去了！"

康笏南没有一点疲累之相，笑了笑说："白圭巴掌大一个地方，我们不嚷叫，人家也会知道。叫他们进来吧。"

三四位掌柜一进来，一边慌忙施礼，一边就说："两位是商界巨擘，路过小镇，也不赏我们一个招呼？我们小店寒酸吧，总有比客栈干净的下处。不知肯不肯赏光，到我们柜上吃顿饭？"

孙北溟想推辞，康笏南倒是兴致很高。一一问了他们开的是什么字号，东家是谁。听说一家当铺，还是平遥日昇昌旗下的，就说："那就去吃你一顿。只我和孙大掌柜去，不喝你们的酒，给吃些结实的茶饭就成，我们还要赶路。"

当铺掌柜忙说："那真是太赏脸了！可今天不必赶路了吧？你们往河南去，前面五十里都是山路，赶黑，也只能住盘陀岭上。何不明日一早起程翻越盘陀岭？"

康笏南说："这就不劳你们操心了。头一天出行，怎么能只走四十里？"

掌柜们力邀两位巨头移往字号歇息，康笏南推辞了，说："不想动了，先在此歇歇，吃饭时再过去。"

地主们先告辞后，孙北溟笑康笏南："这么有兴致，礼贤下士！"

康笏南说："我是要叫他们传个讯，把我们出巡的事，传给日昇昌。"

孙北溟又笑了，说："传给日昇昌吧，能怎？日昇昌的财东李家，有谁会效法你？说不定，他们还会笑你傻。日昇昌的大掌柜郭斗南，他也不会像我这样，对你老东家言听计从。日昇昌的掌柜们，有才具没才具都霸道着呢！"

康笏南叹了口气，说："他日昇昌以'汇通天下'耀世百年，及今所存者，也不过这'霸道'二字了。日昇昌是西帮魁首，它不振作，那不是幸事。我以此老身，拉了你，做这样的远行，实在也是想给西帮一个警示。"

"人家谁又听你警示？"

"我们也只能尽力而为吧。"

在吃饭的时候，康笏南当着镇上十几位掌柜，果然大谈世事日艰，西帮日衰，真是苦口婆心。对康笏南的话，这些小掌柜虽也大表惊叹，可他们心里又会怎么想？他们传话给商界，又会怎样去说？孙北溟真是没有底。

饭毕，回到客栈，康笏南立刻酣然而睡。孙北溟倒感疲累难消，炎热难当，久久未能入睡。

起晌后，即启程向子洪口进发。不久，就进山了，暑气也稍减。

康笏南望着车外渐渐陡峭的山势，心情似乎更好起来。他不断同车倌交谈，问是不是常跑这条官道，一路是否安静，以及家中妻小情形。还问他会不会吼几声秧歌道情。车倌显得拘束，只说不会。

暑时正是草木繁茂、绿荫饱满的时候。陡峭的山峰，被绿荫点缀，是如此的幽静、悠远，很给人一种清凉之感。

　　车舆带云走，
　　关山恣壮行。

康笏南忽然拾得这样两句，想续下去，却再也寻觅不到一句中意的了。在长途跋涉中，他爱生诗兴，也爱借旅途的寂寞，锤炼诗句。所以，对杜工部那句箴言"读万卷书，行万里路"，康笏南有他的新解：'读万卷书'，不必是儒；'行万里路'，才成诗圣。万里行程，那会有多少寂寞，可以从容寻诗炼词！可惜，康笏南也知道自己不具诗才，一生行路岂止万里，诗却没有拾得多少。所得诗章，他也羞于编集刻印。今日拾得的这两句，低吟几回，便觉只有三字可留——"带云走"。此三字，很可以篆一新印。

康笏南正在寻觅诗句的时候，孙北溟才渐有了些睡意，坐在颠簸的车里打起盹来了。

包世静武师一直和镖局两位武师相随而行。这两位武师，一位姓郭，是车二师父的入门徒弟；另一位姓白，也是形意拳高手。说到此去一路江湖情形，镖局的武友说，不用担心，都是走熟的道。西帮茶马，早将这条官道占住了，江湖上，也靠我们西帮吃饭呢。

包世静忽然问："时下流行的义和拳呢，二位见识过没有？"

白武师说："包师父还没有见识过？豫省彰得府的涉县，即有义和拳设坛，只是我们此行并不经过。"

"涉县已有拳民？那离我们晋省也不远了！"

白师父说："涉县的义和拳由直隶传入，还不成气候。义和拳，就是早年的八卦拳。再往前，就是白莲教，在豫省有根基。与我们的形意拳相比，他们那八卦拳，不是武艺，而是教帮。春天，我们走镖黎城，入涉县，听说我们是拳师，被邀到乡间比武。武场不似一般演武的擂台，是一打麦场间插满黄旗，上面都画了乾卦。列阵聚在四方的人众都头包黄巾，黄巾之上亦画了乾符。一个被他们唤作大师兄的农汉将我们请到场中，叫我们验他刀枪不入的神功。"

包武师说："前不久，我同康二爷曾去拜见车二师父。车师父也不信真有刀枪不入之功，更不信练功三五月，便能矢石枪炮均不入体。可义和拳刀枪不入的说法却流传得越来越神。"

郭师父说："神个甚！那次，农汉要一人对我们两人，还说使什么拳棒刀口枪都成。"

包武师问："他真信自家刀枪不入？"

郭师父说："看那一脸自负，是以为自家得了神功。我对他说，按武界规矩，先一对一，如果不敌，再二对一。他答应了。"

"他使的什么兵器？"

"他什么也不使。"

"真要任你们使刀枪去砍他？"

"他空拳，我也空拳。互相作揖行礼后，农汉却没有开打，只是点了三炷香，拄于一面黄旗下。然后，就口念咒语，也听不清念的什么。念了片刻，忽然昏然倒地，没有一点声息了。武场四周的众拳民，亦是静无声息。又过片刻，农汉猛地一跃而起，面目大异，一副狰狞相，又是疯狂跳跃，又是呼啸叫喊。他们说，这是天神附体了。我当时急忙摆出三体站桩势，预备迎敌。但对手只是如狂醉一样乱跳乱舞，全没有一点武艺章法，你看不到守处，也寻不到攻处。这时候，场子周围的众拳民，也齐声呼啸狂叫。一时间，弄得你真有些六神无主了。"

"六神无主，那你能不吃亏？我们形意拳，最讲心要占先，意要胜人。

人家这也是意要胜你，气势占先。"

"谁见过那种阵势！我看他狂跳了几个回合，也就是那样子，没有什么出奇的招数，才定了神，沉静下来，真是心地清静，神气才通。我明白不能去攻他。攻过去，或许能将他打翻，但四周的拳民，一定会狂怒起来。那就更不好应对。我当取守势，诱他攻来，再相机借他发出的狂力使出顾功，将他反弹回去，抛出场外。"

"那同样要激怒众拳民吧？"

"这我也想好了，在抛出对手后，我也做出倒地状。那就看似一个平手了。如果我使此顾功失手，那他就真有神功。"

"结果如何？"

"当然是如我所想，轻易就将那农汉远远抛出场外。我虽做出倒地状，众人还是发怒了。我急忙来了个鹞形翻身，又一个燕形扶摇，跳到那位农汉前，跪了施礼说：'大师兄，真是神功，我还未挨着你，你倒腾空飞起！'"

"哈哈哈，你们倒机灵。"

"他们那么多人，不机灵，怎成？"

"跟你交手的那位大师兄，真是没有什么武艺？"

"简直是一个门外生瓜蛋。令人可畏的，是那些头包黄巾的乡民，视这生瓜为神。"

"就是。山东的拳民，大约即靠此攻城掠县。但愿我们此行，不会遭遇那种麻烦。"

"包师父，你放心，这一路是咱们的熟道。"

毕竟是远行的第一天，人强马壮，日落前就已攀上盘陀岭。按康笏南的意思，住在了西岩寺。

西岩寺在半山间，刹宇整肃，古木蔽天。尤其寺边还有一丛竹林，更显出世外情韵。暑天，只是它的清凉与幽静，也叫人感到快意的。

康笏南稍作洗漱，就来到山门外，居高临下，观赏夕阳落山。但有此雅兴的也只他一人。孙北溟已甚疲惫，不愿多动。老亭带了武师们去拜见寺中长老，向佛祖敬香。几位伙计，也忙着去张罗食宿了。

不过，康笏南觉得，出巡第一日，过得还是很惬意的。

2

第二日，行九十里，住权店。

第三日，行七十里，住沁州。康笏南拉了孙北溟又赴当地商界宴席，放言西帮之忧。

第六日，行六十里，到达潞安府。

潞安府有康家的茶庄和绸缎庄。康笏南和孙北溟住进了自家的天盛川茶庄，其余随从住进了客栈。康笏南对茶庄生意没有细加询问，只是一味给以夸嘉。茶庄生意重头在口外，省内就较为冷清，而林大掌柜又治庄甚严。

所以，康笏南一向放心。

潞安庄口的老帮见老东家亲临柜上，异常兴奋，总想尽量多说几句自家的功绩。可一张嘴，就给老东家的夸嘉堵回去了。太容易得到的夸嘉，叫人得了，也不太过瘾。所以，一有机会，这位老帮还是想多说几句。不幸的是，他一张口，康笏南还是照样拿夸嘉堵他。孙北溟看出来了，也不好说康笏南，只是故意多问些生意上的具体事务，给这位老帮制造一些炫耀自己的机会。

潞安已比太谷炎热许多，但康笏南身体无恙，精神又异常得好。相比之下，孙大掌柜倒显得疲惫不堪。

离开潞安，行三日，抵达泽州。泽州比潞安更炎热，花木繁盛硕大，颇类中原景象。康笏南记得，有年中秋过此，居然吃到鲜蟹。一问，才知是从邻近的河南清化镇购来。由泽州下山，就入豫省了，那才要开始真正享受炎热。但在泽州，孙大掌柜依然是疲惫难消、炎热难耐的样子。赴泽州商界的宴席，他称病未去。康笏南只好带了包武师去，好像是赴鸿门宴。

见孙北溟这样不堪折腾，康笏南倒很得意。

"大掌柜，平日说你养尊处优，你会叫屈。这还没有出山西，你倒热草了。等下了河南，到了江汉，看你怎么活！"

"我是胖人，天下胖人都怕热，不独我一人娇气。"

"胖，那就是养尊处优养出来的。"

"谁养尊处优吧，能有你会养？养而不胖，那才是会养。"

"你这是什么歪理？你是吃喝我们康家不心疼！咱们来得不是时候，秋天来泽州，能吃到活蟹。山西人多不识蟹，咱们晋中一带，就是财主中，也有终生未食蟹者。"

"还说我养尊处优呢，我就没有吃过蟹。"

"你要没有吃过蟹，那我就连鱼也不识了！"

"你看我这一路，只吃清淡的汤水，哪有你的胃口好？走一处，吃一处，还要寻着当地的名食吃。真是会享受。"

"能吃，才能走。食杂，才能行远。出远门，每天至少得吃一顿结实的茶饭。你只吃汤水，能走多远？"

"我看老亭也是只吃汤水。"

"老亭他也娇气了，这一路，还没有我这个老汉精神。"

老亭的疲累感也一直没有过去，食欲不振。所以，说到他，他也没有言声。

"老亭人家也是老汉了。比起来，还是我孙某小几岁。老东台，我再不精神，也得跟你跟到底。过两天，就缓过气来了。"

"泽州这个地方明时也很出过些富商大户。看现今的市面，愈来愈不出息了。"

"泽州之富靠铁货。洋务一起，这里的冶铁，就不成气候了。早年，还想在这里设庄口，看了几年，终于作罢。"

"泽州试院，非常宏丽。院中几棵古松，更是苍郁有神。想不想去看看？"

"要去你去吧。我也不想求功名，还是在客舍静坐了喘喘气。"

"看看你们，什么兴致也没有。那日过屯留，很想弯到辛村，再看看卞和墓。看你们一个个蔫枯的样子，也没有敢去。"

"就是春秋时那个抱璞泣血的楚人？他的墓会在屯留？"

"怎么不会！早年，我去过一次，是为看墓前那尊古碑。可惜，碑文剥落太甚，已不可辨。卞和这个人，抱了美玉和氏璧，屡不为人识，获刖足之祸，终于不弃，还要泣血求明主，岂知春秋及今，天下哪里有几个明主？"

"和氏之祸，在那些不识璞玉的相玉者。我只怕就是那样的相玉者。

邱泰基,我就相走了眼。"

"邱泰基,他会是不被我们所识的美玉?"

"他不是美玉,我以前将他错看成了美玉。就是因他,引你老东台有此次江汉之行。"

"哪里只是因为他!他一个住外的小掌柜能关乎西帮之衰?"

"我们行前,邱泰基又跑来见过我。他说,风闻我们有此暑天出巡,非常不安。为了自责,决意不再享用假期,愿即刻启程上班,请柜上发落个没人愿去的地方。"

"呵,他这还像长了出息。你把他发落到哪儿了?"

"派到归化庄口,降为副帮。"

"那就好。他毕竟还是有些本事,放到太小的庄口,可惜了。我们出发那天,他赶来送我们没有?"

"没有吧?我可未加留意。他不来这种场面出头露面吧?"

离开泽州是更崎岖险峻的山路,坐车的也只好弃车骑马。午后过天井关,虽已入河南境,但依然在太行深山间。夜宿山中拦车镇,又寂静,又凉爽。翌日一早,即启程攀登太行绝顶。虽看尽巉岩千仞,壁立万丈,众人倒似乎已经习惯,不再惊心动魄。但康笏南还是兴致不减,欣赏着险峻山峰,想起黄山谷两句诗:

　　　　一百八盘携手上,
　　　　至今犹梦绕羊肠。

今日是同孙北溟相携上此险峰,他老弟却依然萎靡不振,真叫人扫兴。他忽然想起黄山谷,是还惦记着被苏黄激赏的《瘗鹤铭》吗?

山顶有关帝庙,传说签极灵。大家都去抽了一个签。孙北溟抽了一上上吉利签,好像才终于缓过气来,精神振作了不少。

但下了太行山,气温就越升越高,到月山、清化一带已像入了蒸笼。这一带属河南怀庆府地面,处于太行之阳,黄河之畔,温热湿润,遍地多是竹林,很类似南国景象。从晋省山地忽然下来,那真有冰炭之异。过沁河时,人人都汗水淋漓,疲惫极了。连镖局的武师拳手,也热萎了,蔫蔫的，像丢了魂。孙大掌柜和老亭重又失了精神。只有康笏南，依然气象不倒。他出发时说，看先把谁热草！所有人都先于他给热草了。

这真是大出人们意料，都说，老太爷不是凡人！

他说，我要不是凡人，早登云驾雾去了汉口。御热之法，最顶事的，就是心不乱。心不乱，则神不慌，体不热。说的是有理，可没有修下那种道行，谁能做到呢？

黄昏时候，到达怀庆府。怀庆府古称河内，是由湖广入晋的门户。附近的清化，又是那时一个很大的铁货集散地。北上南下走铁货的驼队骡帮大都从这里起运。所以，康家天成元票庄在此设有分庄。领庄的樊老帮早已接了信，所以等在城外迎接。

孙北溟只顾热得喘气，并没有多留意这位樊老帮。洗浴过，吃了接风酒席，孙北溟狠摇大蒲扇，还是汗不止。正想及早休歇，康笏南过来了。

"你看这位樊掌柜，好像不喜欢我们来似的。"

孙大掌柜忙说："他怎么敢！我看他跑前忙后也够殷勤。"

"殷勤是殷勤，好像有些惧怕我们。"

"这是一个小庄口，连樊老帮，通共派了三个人。你我来到这么一个小庄口，人家能不怕？"

"这位樊掌柜，是什么时候派驻来的？"

"有两年了吧。他以前多年住甘肃的肃州，太偏远，也太苦焦。换班时，把他换到近处了。樊掌柜是个忠厚的人。"

"多年住肃州？那他跟过死在肃州的刘掌柜吧？"

"他就是多年跟刘掌柜，也最受刘掌柜心疼、器重。我就是听了刘掌柜的举荐，才提他做了肃州庄口的副帮。"

"去年，樊掌柜张罗了多少生意？"

"一个小庄口，我记不得了。叫他来问问。"

"他要是忠厚人，就先不用问了，小心吓着他。"

肃州，即现在的酒泉。肃州分庄，是康家天成元票庄设在西北最边远的庄口了。进出新疆的茶马交易，以及调拨入疆的协饷军费，由内地汇兑，一般都到肃州。所以，肃州庄口的生意也不小。只是那里过分遥远，又过分苦焦，好汉不愿去，赖汉又干不了。每到换班，大掌柜孙北溟就很犯愁。

后来，幸亏有了这位刘掌柜，生意既张罗得好，又愿意长年连班住肃州。可惜，刘掌柜最后一次上班，已经六十多岁了，没有干到头，死在了肃州任上。这叫孙北溟非常内疚，是他把刘掌柜使唤过度了。本来早该调老汉回内地调养身体的，因为好使唤，就过度使唤，太对不住老汉了。所以，除了在刘掌柜身后破例多保留了几年身股，还对他生前器重的樊副帮特别体抚。说实话，自从把樊掌柜改派怀庆府后，孙北溟真是没有多注意。

康笏南问过后，孙北溟也没有太在意，当晚他就歇了。次日，他和康笏南又赴当地商界应酬。席间，他只是略坐了坐，就借故先回来了。要来柜上账簿一看，孙北溟真吃了一惊。半年多了，这个怀庆府庄口，收存不过三万，交付不到两万，通共才做了不到五万两银子的生意。挂了天成元的大牌，三个人，张罗了多半年，只做了区区五万两生意，岂不成了笑谈！

孙北溟的眼光，真是毒辣，一进门，就看出腻歪了。

他问樊老帮："怎么就张罗了这点生意？"

樊老帮一脸紧张："大掌柜，今年不是合账年吗，所以我们收缩生意，不敢贪做。"

"收缩，也不能缩到这种地步！三五万生意，能赢利多少？这点赢利，能支应了你这个庄口的花费，能养活了你们三人？"

"怀庆府，不是大商埠……"

"这里能做多大生意，我清楚。樊掌柜，你去年做了多少生意？"

"去年，十几万吧，早有年报呈送总号的。"

"一年，只张罗了十几万生意？简直是笑谈！"

"这里，不似肃州……"

"樊掌柜，你有什么难处？还是你手下的两个伙友不听使唤？"

"不能怨谁，是我一人没本事……"

"刘掌柜生前可是常夸嘉你。"

"我对不住刘掌柜。"

孙北溟见樊老帮大汗淋漓，脸色也不好看，就不再责问下去了。

康笏南应酬回来，兴致很好，也没有再问到樊掌柜。

孙北溟想了想，康笏南坐镇，自己亲自查问这样一个小老帮阵势太吓人了。他就给开封庄口的领庄老帮写了一封信，命他抽空来怀庆府庄口细查一下账目，问清这里生意失常的原因，报到汉口。天成元在河南，只在开封、周口和怀庆府三地设了分庄。开封是大码头，平时也由开封庄口关照另外两个分庄。由开封的老帮来查这件事，总号处理起来就有了回旋的余地。

所以，他们在此只停留了一天就继续南行了。

行前，改雇了适宜平原远行的大轮标车，车轿里宽敞了许多，舒适了许多。所以，经武陟、荥泽，过河到达郑州，虽然气候更炎热，孙北溟倒觉着渐渐适应了。他看老亭的样子似乎也活过来了。

但到新郑，康笏南中了暑。

3

新郑是小地方，康家在这里没有任何字号。他们虽住在当地最好的客栈里，依然难隔燠热，就是为康笏南做碗可口的汤水也不易。孙北溟感到真是有些进退两难。

镖局的武师寻到江湖的熟人，请来当地一位名医。给康笏南把脉诊视过，开了一副药方，说服两剂，就无事了。康笏南拿过药方看了看，说这开的是什么方子，坚决不用。他只服用行前带来的祛暑丹散，说那是太谷广升远药铺特意给配制升炼的，服它，就成。另外，就是叫捣烂生姜、大蒜，用热汤送服，服得大汗淋漓。

在新郑歇了两天，康笏南就叫启程，继续南行。可老太爷并没有见轻，谁敢走？

包世静武师提出："到郑州请个好些的大夫？"

康笏南说："不用。郑州能有什么好大夫。"

老亭说："那就去开封请！"

康笏南摇手说："不用那样兴师动众，不要紧。新郑热不死我，要热死我，那得是汉口。我先教你们一个救人的办法，比医家的手段灵。我真要给热死，你们就照这办法救我。"

众人忙说，老太爷不是凡人，哪能热死！

康笏南说："你们先记住我教给的法子，再说能不能热死我。那是我年轻时，跟了高脚马帮，从湖北羊楼洞回晋途中亲身经见的。那回也是暑天，走到快出鄂省的半道上，有一老工友突然中暑，死了过去。众人都吓坏了，不知所措。领马帮的把式却不慌张。他招呼着，将死过去的工友抬起，仰面放到热烫的土道上。又招呼给解开衣衫，露出肚腹来。跟着，就掬起土道上的热土，往那人的肚脐上堆。堆起一堆后，在中间掏了个小坑。你们猜接下来做甚？"

众人都说猜不出。

"是叫一个年轻的工友，给坑里尿些热尿！热土热尿，浸炙脐孔，那位老工友竟慢慢活过来了。"

众人听了，唏嘘不已。

孙北溟说："老东台，你说过，御热之法最顶事的是心不乱。你给热倒，是不是心乱了？你老人家不是凡人，我们都热死，也热不着你。不用说热死人的故事了。你就静心养几天吧，不用着急走。"

"大掌柜，你说我心乱什么？"

"这一路，你就只想着西帮之衰，走到哪儿，说到哪儿。这么热的天，想得这样重，心里能不乱！"

康笏南挥挥手，朝其他人说："你们都去吧，都去歇凉吧，我和大掌柜说会儿话。"

众人避去后，康笏南说："我担忧是担忧，也没有想不开呀？"

"心里不乱，就好。西帮大势，也非我们一家能撑起，何必太折磨自家？"

"我跟你说了，我能想得开。我不是心乱，才热倒，毕竟老迈了。"

"年纪就放在那里呢，说不老，也是假话。可出来这十多天，你一直比我们都精神。以我看，西帮大势，不能不虑，也不必过虑。当今操天下金融者，大股有三。一是西洋夷人银行，一是各地钱庄，再者就是我们西帮票号。西洋银行，章法新异，算计精密，手段也灵活，开海禁以来，夺去我西帮不少利源。但它在国中设庄有限，生意大头，也只限于海外贸易。各地钱庄，多是小本，又没有几家外埠分庄，银钱的收存，只能囿于本地张罗。唯我西帮票号，坐拥厚资，又字号遍天下，国中各行省、各商埠、各码头之间，银款汇兑调动的生意，独我西帮能做。夷人银行往内地汇兑，须赖我西帮。钱庄在当地拆借急需,也得仰赖我票号。所以当今依然是,天下金融离不开我西帮!我们就是想衰败,天下人也不允许的。"

"大掌柜,你说的这是什么话?"

"这是叫你宽心的话,也是实话。就说上海,当今已成大商埠,与内地交易频繁,百货出入浩大。每年进出银两有近亿巨额,可交镖局转运的现银却极少,其间全赖我西帮票号用异地彼此相杀法,为之周转调度。西帮若衰,上海也得大衰。"

"大掌柜,你这是叫我宽心,还是气我?天下离不开西帮,难道西帮能离开天下?"

"洪杨乱时,西帮纷纷撤庄回晋,商界随之凋敝,朝廷不是也起急了,天天下诏书,催我们开市。那是谁离不开谁?"

"不用说洪杨之乱了。我们撤庄困守,也是坐吃山空!"

"坐吃,还是有山可吃。"

"大掌柜,你要这样糊涂,还跟我出来做甚!"

"我本来也不想出来的,今年是合账年,老号柜上正忙呢。"

"那你就返回吧,不用跟着气我了!"

"那我也得等你老人家病好了。"

"我没有病,你走吧。老亭——"

老亭应声进来,见老太爷一脸怒气,吃了一惊。

"老亭,你挑一名武师、一个伙计,伺候孙大掌柜回太谷!"

老亭听了,更摸不着头脑。看看孙北溟,一脸的不在乎。

"听见了没有,快伺候孙大掌柜回太谷!"

老亭赶紧拉了孙北溟出来了。一出来,就问:"孙大掌柜,到底怎么了?"

孙北溟低声说:"我是故意气老太爷呢。"

老亭一脸惊慌:"他病成这样,你还气他?"

孙北溟笑笑说:"气气他,病就好了。"

"你这是什么话?"

"你等着看吧。老太爷问起我,你就说我不肯走,要等他的病好了才走。就照这样说,记住了吧?"

老亭疑疑惑惑答应了。

孙北溟走后，康笏南越想越气。孙北溟今天也说这种话！他难道也看我衰老了？他也以为我会一病不起？

躺倒在旅途的客舍里，康笏南心里是有些焦急。难道自己真的老迈了吗？难道这次冒暑出巡，真是一次儿戏似的举动？决心出巡时，康笏南是有一种不惜赴死的壮烈感。别人越劝阻，这种壮烈感越强。可是越感到壮烈，就越对自己的身体没有信心。年纪毕竟太大了，真说不定走到哪儿就撑不住。所以，中暑一倒下，他心里就有了种压不下的恐慌。

现在给孙北溟这一气，康笏南就慢慢生出一种不服气来。他平时怎么巴结我，原来是早看我不中用了！非得叫他看看，我还死不了呢。

他问老亭："孙大掌柜走了没有？"

老亭告他："没有走，说是等老太爷病好了才走。"

"叫他走，我的病好不了了！"

他嘴上虽这样说，心里可更来气：他不走，是想等我死，我才不死呢。

这样气了两天，病倒见轻了。

听说康老太爷病见轻了，孙北溟就一脸笑意来见他。

康笏南沉着脸说："大掌柜，你怎么还不走，还想气我，是吧？"

孙北溟依然一脸浅笑："我不气你，你能见轻呀？上年纪了，中点暑，我看也不打紧，怎么就不见好呀？就差这一股气。"

"原来你是故意气我？"

"老东台英雄一世，可我看你这次中暑病倒，怎么也像村里老汉一样，老在心里吓唬自己！你说我说得对不对？"

"对个鬼！我哪里吓唬自己来？"

"我跟你几十年了，还能看不出来？我知道，我一气你，你就不吓唬自己了，英雄本色就又唤回来了。"

"大掌柜，你倒会贪功！不是人家广升远的药好，倒是你给我治好了病？"

"你去哄鬼吧！"

"哈哈哈！"

4

离开新郑，到达许州后，就改道东行，绕扶沟，去周家口。周家口不是小码头，康家的票庄、茶庄，在周口都有分庄。

虽说越往前走，气候越炎热，但大家显然都适应了这种炎夏的长途之旅。没有谁再生病，也没有遭遇什么意外。康笏南就希望多赶路，但孙北溟不让，说稳些走吧，这么热的天，不用赶趁。

康笏南就向车老板和镖局武师建议，趁夜间有月光，又凉快，改为夜行昼歇，既能多赶路，也避开白天的炎热，如何？他们都说，早该这样了，顶着毒日头赶路，牲灵也吃不住。康笏南笑他们：就知道心疼牲灵，不知道心疼人？

于是，从许州出发后，就夜里赶路，白天住店睡觉。

白天太热，开始都睡不好觉。到了夜里，坐在车里，骑在马上，就大多打起瞌睡来。连车老板也常坐在车辕边，抱了鞭杆丢盹，任牲灵自家往前走。

只有康笏南，被月色朦胧的夜景吸引了，精神甚好。

那日过了扶沟，转而南下，地势更平坦无垠。只是残月到夜半就没了，朦胧的田野落入黑暗中，什么也现不出，唯有寂静更甚。

> 寂历帘栊深夜明，
> 摇回清梦戍墙铃。
> 狂风送雨已何处？
> 淡月笼云犹未醒。

康笏南想不起这是谁的几句诗了，只是盼望着能有一场雨。难得有这样的夜行，如有一场雨，雨后云霁，淡月重出，那会是什么味道！这样热的天，也该下一场雨了。自从上路以来，似乎还没有下过一场像样的雨。中原这样夏旱，不是好兆吧。

没有雨，有一点灯光，几声狗叫，也好。很长一段路程，真是想什么，没有什么。康笏南也觉有些瞌睡了。他努力振作,不叫自己睡去,怕夜里睡过,白天更没有多少睡意。

就在这时,康笏南似乎在前方看到几点灯光。这依稀的灯光,一下给他提了神。这样人困马乏地走,怎么就快到前站练寺集了?

他喊了喊车倌:"车老板,你看看,是不是快到练寺集了?"

车倌哼哼了一声什么,康笏南根本就没有听清。他又喊了喊,车老板才跳下辕,跑到路边瞅了瞅,说:"不到呢,不到呢。"

康笏南就指指前方,说:"那灯光,是哪儿?"

"是什么村庄吧?"

车倌打了个长长的哈欠,又跳上车辕,"老掌柜,连个盹也没有丢?真精神,真精神。"

康笏南还没有对答几句,倒见车倌又抱了鞭杆丢起盹来。再看前方灯光,似乎比先前多了几点,而且还在游动。他以为是自己看了花了眼,定神仔细望去,可不是在游动!

那也是夜行的旅队吗?再一想,觉得不能大意。几位武师,没有一点动静,也在马上打盹吧。

康笏南喊醒车倌,叫他把跟在车后的伙计招呼过来。

伙计下马跑过来。康笏南吩咐把包师父叫来。

包世静策马过来,问:"老太爷,有什么吩咐?"

"包师父,你们又在丢盹吧?"

"没有,没有。"

"还说没有呢。你看前方,那是什么?"

包世静朝前望了望,这才发现了灯光。

"快到前头的练寺集了?"

"还没睡醒吧?仔细看看,那灯火在动!"

包世静终于发现了灯火在游动,立刻警觉起来,忙说:"老太爷放心,我们就去看个究竟!"

康笏南从容地说:"你们也先不用大惊小怪,兴许也是夜行的旅人。"

包世静策马过去,将镖局两位武师招呼来,先命马车都停下,又命四个拳手围了马车站定。

包世静问两位武师："你们看前方动静，要紧不要紧？"

白师父说："多半是夜行的旅人。就是劫道的歹人，也没有什么要紧。没听江湖上说，这一段地面有占道的歹人呀？"

"会不会是拳民？"

郭师父说："在新郑，我寻江湖上的朋友打听过，他们倒是说，太康一带也有八卦拳时兴。"

"太康离扶沟没多远呀！"

郭师父说："太康在扶沟以东，我们不经过。我跟朋友打听扶沟这一路，他们说，还没传到这头。这头是官道，官府查得紧。"

包世静听了，说："那我们也不能大意！"

白师父说："包师父你就放心。我和郭师兄早有防备的，斗智斗勇，我们都有办法。"

郭师父就说："我先带两名拳手往前面看看，你们就在此静候。"说完，就叫了两个拳手，策马向前跑去。

这时，白武师已从行囊中取出四条黄绸头巾，交给包世静一条，天成元的三位伙计也一人分给一条。他交代大家，先收藏起来，万一有什么不测时，再听他和郭师父的安排。

包世静就着很淡的灯光，看了看，发现黄绸巾上画有"乾"卦符，就明白了要用它做什么。

"白师父，怎么不早告我？"

"这是以防万一的事，早说了，怕两位老掌柜惊慌。"

"他们都是成了精的人，什么阵势没有见过。"

正说着，孙北溟大掌柜过来了："师父们，怎么停车不走了，出了什么事？"

包世静忙说："什么事也没有。这一路，大家都丢盹瞌睡，怕走错了道，郭师父他们跑前头，打听去了。"

孙大掌柜打了个哈欠，问："天快亮了吧？"

"早呢。"

"前站到哪儿打茶尖？"

"练寺集吧。"

"还不到？"

"这不，问去了。"

孙大掌柜又打了个哈欠，回他的车上去了。

这同时，老亭已经来到康笏南的车前。

"老太爷，还是连个盹也没有丢？"

"你们都睡了，我得给你们守夜。前头是什么人，问清了吗？"

"听说镖局的郭师父问去了，多半也是夜行的旅人吧。"

"还用你来给我这样说，这话是我先对他们说的。前方的灯光，也是我先发现的！老亭，这一出来，你也能吃能睡了？"

"白天太热，歇不好；夜里凉快，说不敢睡，还是不由就迷糊了。"

"还说热！真是都享惯福了。嫌热，那到冬天，咱们走趟口外。"

"老太爷是不是嫌太放任众人了？"

"酷暑长旅，不宜责众过苛。只是，你也不能放任了吧？"

"该操的心，我哪敢疏忽了！"

"六月二十七，无论到哪儿也得用枸杞煎汤，叫我洗个澡。不能忘了。"

"记着呢。"

在炎夏的六月二十七，使枸杞煎汤水沐浴，据说能至老不病。康笏南坚持此种养生法已有许多年了。这次出来，特意叫老亭给带了枸杞。

正说话间，传来急驰的马蹄声，是跟着郭武师的一个拳手策马跑回来了。他喘着气，对白武师说："白师父，前头那伙人，果然是信八卦拳的拳民！"

包世静立刻说："真是拳民？"

白武师就问："郭师父呢？他有什么吩咐？"

"郭师父正跟他们交涉呢。那伙人说，他们是奉命等着拦截潜逃的什么人，谁过，也得经他们查验。"

包世静说："他们是不是要买路钱？"

"我看不准，反正都包着红布头巾，够横，不好说话。"

白武师说："快说郭师父怎么吩咐！"

"郭师父让包起黄头巾，护了车马，一齐过去。"

白武师便招呼大家："就照郭师父说的，赶紧行动，但也不用慌。"

包世静跑就过去，把消息告诉了康老太爷和孙大掌柜。老太爷当然很平静，说："想不到，还能见识一回八卦拳，够走运。"孙大掌柜就有些惊讶，问："不会有什么不测之事发生吧？"

包世静掏出那条黄绸头巾，说："放心吧，镖局的武师们早有防备的。"

武师、拳手和三个伙友都包上黄头巾。之后，白师父打头，包世静殿后，拳手、伙友分列两厢，这样护着四辆标车，向前走去。

没有走多远，十几个火把已经迎过来了。火把下，有二十来位头包红巾的农汉围了上来。红巾上，画着"坎"卦符。郭武师和一个年轻的汉子正在说什么。那汉子，清瘦单薄，神色是有些横。

康筠南静静地看着这一切，不动声色。孙大掌柜虽心里有急，但也只能稳坐不动。

老亭当然不能坐着不动，但刚跳下车来，郭武师就赶过来，对那位粗汉说："这就是我们的师父，道法高深得很。"说着，就给老亭施了个礼，说："拜见师父，我们遇见同道了，这位壮士也是个得道的大师兄。"

老亭扬着脸，问："小兄弟，他冒犯了你吗？"

那汉子说："有几个作恶的二毛子从太康偷跑出来了。谁知道你们是不是？"

老亭仍扬着冷脸，问："你看我们谁是？"

年轻汉子也依然一脸凶相，走到康筠南和孙北溟坐的车前，叫举来火把，向里张望。

郭武师说："这是我们师父的两位师爷，读书写字的。"

老亭就说："二位也下车吧，叫这位小兄弟认一认。"

康筠南下来，笑吟吟的，说："好一个少年英雄！"

孙北溟下来，只是一脸的冷漠，没有说话。

郭武师说："看清了吧？我告你的，都是实情。"

那汉子又去看装行李的车。包世静要拦挡，白武师暗中拉住了。行李车也看过了，汉子还是一脸凶相。

老亭问："我们能走了吧？"

"等天亮了，再说！"汉子的口气很蛮横。

包世静又要冲前去，白武师拉住他。

郭武师就说:"等天亮,也不怕。只是,我们要趁夜间凉快,赶路。你信不过我们的人,那你能信得过我们的'乾'卦拳吧?师父,"郭武师抱拳向老亭施了个礼,"我请来祖师,与这位大师兄说话了。"

说完,他就向东垂手站直,嘴唇微动,好像是在念咒语,跟着,两颊开始颤抖,面色变青,双眼也发直了。见这情状,那十几个火把都聚拢过来。只见郭武师忽然向后直直倒下,合目挺卧在地,一动不动。

很有一阵,他的手脚才微微动起来,渐渐地,越动越急促。到后来,又突然一跃而起,如一根木桩,站立在那里。片刻后,大声问:

"你们请我来此,做甚?"发声洪亮粗粝,全不像他平时的声音了。

白武师忙过来,跪下,说:"神祖降临,法力广大,我们愿领教一二。"

"看着!"

郭武师大喝一声,即换成形意拳的三体站桩势,先狂乱跳跃一阵后,就练了一套虎形拳。腾踊飞扑间,时而逼近这个,时而逼近那个,直叫那些农汉惊慌不止,连连后退。临收拳时,还使了一个掌上崩功,瞬间将一农汉手中的火把弹向空中,在黑暗的夜空划出一道光弧,更引起一片惊叫。

郭武师收拳后,白武师又跪下说:"请神祖使刀棒,叫我们再领教一回。"

郭武师用更洪厉的声音说:"你等可使刀棒,我不使!"

白武师就请那位年轻的大师兄先使长棒去攻。农汉已有些犹豫,白武师说:"你是得道的人,神祖伤害不着你,演习法力呢,尽可攻打,不用顾忌!"

这个单薄的汉子接过一条棍棒,向东站了片刻,念了几句咒语,就使棒向郭武师胡乱抢来。郭武师不动声色,从容一一避过,不进,也不退,双手都一直垂着。如此良久,见那汉子已显疯狂状态,郭武师便瞅准了一个空当,忽然使出一记跟步炮拳,逼了过去,将对手的棍棒击出了场外。趁那汉子正惊异的刹那间,又腾空跃起,轻轻落在对手的身后。

那汉子发现郭武师忽然不知去向,更慌张了,就听见身后发出洪厉的声音:"你只得了小法力,还得勤练!"

那汉子还没有退场,白武师已提剑跃入场中,演了一套形意剑术。郭武师依然垂立了，不大动，只是略做躲避状。收剑时，当然是白武师剑落人倒，败下阵来。

"尔也是小法力，不可作恶！已耽搁太久，我去了。"

说毕，郭武师就颓然倒地。

白武师赶紧高声喝道："快跪送神祖！"

这一喝，还真把所有在场的人威慑得跪下了。那边二十来个农汉，这边武师、拳手、伙友、车倌，连老亭、康笏南、孙北溟全都跪下了。

等郭武师缓过神来，那些农汉当然不敢再阻拦了，只是想挽留了，到村庄住几天，教他们法术。

郭武师说："我们是奉了神祖之命，赶往安徽传教，实在不敢耽搁！"

重新上路后，老亭就说："几个生瓜蛋，还用费这样的劲，演戏似的！叫我看，不用各位师父动手，光四位拳手，就能把他们扫平了。"

郭武师说："扫平他们几个，当然不愁。就真是遇了这样一二十个劫道的强人，也不愁将他们摆平。可这些拳民背后，谁知道有多少人？整村整县都漫过来，怎么脱身？所以，我们商量出这种计策，以假乱真，以毒攻毒。"

包世静说："老亭，你刚才装得像！"

康笏南说："我喜欢这样演戏，就是戏散得太早了。"

5

虽然这样，在周家口还是没有久留。

周家口是大庄口，康家的票庄在此就驻有十几人，生意一向也张罗得不赖。只是近来人心惶惶，生意不再敢大做。西帮在此地的其他字号，也都取了收缩姿态。康笏南对这里茶庄、票庄的老帮，只是一味夸嘉了几句，没有再多说生意。他说得最多的，还是练寺集的遭遇，说得眉开眼笑，兴致浓浓。

孙北溟给周家口老帮的指示，也只是先不要妄动，不要贪做，也不要收缩得过分厉害，特别不要伤了老客户。等他和老东台到汉口后，会有新指示传给各码头的。

在周家口打听时，虽然有人说信阳、南阳一带，也有八卦拳流行，但到汉口的一路，大体还算平安。特别是进入湖北后，一路都见官府稽查"富有票""贵为票"的党徒。两票中嵌了"有为"二字，系康梁余党。官兵这样严查，道路倒安静一些。

六月二十七，正是过豫鄂交界的武胜关，所以老亭为康笏南预备枸杞汤浴，是在一个很简陋的客栈。康笏南沐浴后，倒是感觉美得很。他请孙北溟也照此洗浴一下，孙北溟推辞了，说他享不了那种福。

康笏南笑他："我看你是怕热水烫！盛夏虽热，阴气已开始复升。我们上年纪的人，本来气弱，为了驱热，不免要纳阴在内。这样洗浴，就是为祛阴护元。我用此方多年了，不会骗你！"

孙北溟虽然不听他说，康笏南还是仿佛真长了元气，此后一路，精神很好。

到达汉口，已是七月初九。两千多里路程，用去一个月稍多，比平常时候要慢。只是，时值酷暑，又是两个年迈的老汉，做此长途跋涉，也算是一份奇迹了。西帮的那些大字号，已经指示自家的驻汉庄口，注意康家的这次远行。内中有一种意味，好像是不大相信康笏南和孙北溟真能平安到达汉口。

所以，他们到达汉口后，在西帮引起了不小的轰动。

在上海开埠以前，京师、汉口、苏州、佛山，是"天下四聚"，用现在的话说，就是国中四个最大的商品集散地。其中汉口水陆交汇，辐射南北，又居"四聚"之首。所以，天成元票庄的汉号老帮陈亦卿，虽貌不惊人，那可不是等闲之辈。这里的庄口，人员也最多，老帮之下，副帮一人，内、外账房各二人，信房二人，跑市二人，跑街四人，招待二人，管银二人，小伙计二人，司务八人，共计二十七人之多。

老东家和大掌柜的到来，叫字号上下这二十来个掌柜、伙友，尤其是招待、司务，忙了个不亦乐乎，还是忙不赢。

千里跋涉，本来已人困马乏，又掉进了汉口这样的大火炉。所以，光是降温驱暑，就够忙乱了，还得应付闻讯而至的宾客。陈老帮一般都挡驾了，说先得叫两个老汉消消乏，洗洗长路征尘，歇息几天。

只休歇了两日，康笏南就坐不住了，要外出访游。

为了叫他再养息几天，陈亦卿老帮说："你去见谁呢，官场、商场有些头脸的人物多去避暑了。"

康笏南说："那我去看长江。杨万里有句诗说，'人言长江无六月，我言六月无长江。'还说，'一面是水五面日，日光煮水复成汤。'难得在这六七月间来到长江边上，我得去看看，那些西洋轮船泊在热汤似的江水中是一种什么情形。"

陈亦卿说："西洋轮船，它也怕热。老东台想看轮船，那就等个阴凉天。顶着汉口这能晒死人的日头去看轮船，还不如寻个凉快的地方去见位西洋人。"

"见西洋人？不是传教士吧？这些洋和尚，正招人讨厌呢。"

"不是传教士，是生意人，跟咱们同业，也做银钱生意。他在英人的汇丰银行做事，叫福尔斯。听说老东家和孙大掌柜要来汉口，一定要拜见。老东家要是坐不住，我看就先见见这位福尔斯，还算个稀罕人。西帮那些同业老帮，以后再见也无妨。老东台看如何？"

"陈掌柜，你跟他有交情？"

"有交情是有交情，也都是为了做生意。咱号遇有闲资放不出去，有几回就存到这家英人的汇丰银行，生些利息。交易都两相满意。"

"我们没有像胡雪岩那样，借西洋银行的钱吧？"

"在汉口，我们西帮银钱充裕，很少向他们拆借。"

"陈掌柜张罗生意是高手，那就先见见这个洋人。你们总说西洋银行不能小觑，今日就会会他。你问问孙大掌柜，看他愿意不愿意去。"

"老东台去，他能不陪了去？"

"我是怕他还没有缓过气来。你不知道，他没我耐热！"

康笏南和孙北溟来汉口见的第一位宾客就是洋人，陈亦卿为何要这样安排？

原来他和京号的戴膺老帮都早已感到西洋银行的厉害了。他二位在国中最大的两个码头领庄，不光是眼看着西洋银行夺去西帮不少利源，更看到西洋银行的运作章法，比西帮票号有许多精妙处。西帮靠什么称雄天下？还不是靠自家精致的章法和苛严的号规！可自西洋银行入华以来，日渐显出西帮法度的粗劣不精来。西帮若不仿人家的精妙，维新进取，只怕日后难以与之匹敌的。

就说这家英人的汇丰银行,于今资本、公积加另预备股本,总共拥资已达二千五百多万两之巨。其一张股票,原作价二百二十五两,现今已涨至二百六十两。沪上、汉口各码头华人,多信汇丰,不信本地钱庄。就是西帮票庄,许多时候也不得不让它几分。

前年,盛宣怀已获朝廷允准,在上海开办了中国通商银行,那是全仿西洋的银行。盛宣怀设通商银行头一个目的,就是想将省库与国库间的官款调动,全行包揽去,也就是冲着西帮来的。好在它开张两年,很不景气。西帮兜揽官款有许多巧妙,各省也不会轻易相信盛宣怀。但这是一个不能轻看的兆头!西洋银行与官家银行,一旦成两相夹击之势,西帮只怕就没有活路了。

陈亦卿与戴膺早已多次联络,达成一个维新动议:天成元票庄,何尝不可改制为天成元银行?或者联络几家西帮中大号,集股合组一间西洋式银行?只是,他们几次上达总号的孙大掌柜,都无回音。现在是天赐良机了,老东家和大掌柜一同来到汉口,第一件事,当然是要向他们宣传西洋银行的精妙。

不过,汇丰银行的这个福尔斯先生,倒不是陈亦卿策动来的。他真是很想见见西帮这等神秘的巨头。

那日的相见,陈亦卿安排在一家临湖的酒楼,三面是水,四方来风,到底凉快一些。康笏南和孙北溟都是一身薄绸衣衫,那福尔斯却紧裹了西洋礼服,这叫康笏南很感动,就说:"赶紧宽衣吧,不用这样讲究,我们又不是官场中人。"

陈亦卿赶紧把康笏南的话对福尔斯说了一遍。

康笏南就问:"他听不懂咱们中国话呀?"

陈亦卿说:"他会说中国话,我是怕他听不懂你的太谷话。"

福尔斯笑了,说:"我能听懂,太谷、祁县、平遥,是中国金融的大本营,我们在贵国做金融生意,听不懂太谷话,那还成?"

康笏南高兴了,说:"能听懂,那就好。我说呢,谁也听不懂谁的话,光靠通事给你翻话,那见面有甚意思!听懂了我的话,那就换身宽大、凉快的衣裳吧。不用受那份罪,捂那么热!"

福尔斯说："我们在汉口，已经热习惯了。你们太谷，夏天一定很凉爽吧？早想去贵省的祁、太、平旅行一趟，一直没有去成。"

孙北溟说："那你夏天要避暑，就来我们太谷吧，敝号会当贵宾招待你。"

康笏南也说："可不是呢，在太谷，还不觉怎么凉快，可一跟这汉口比，咱太谷真成了清凉胜境了。福尔斯掌柜，你还是脱了礼服吧，我看着还热呢。"

福尔斯说："你们中国有句话叫：客随主便。那我就听康掌柜的，只穿衬衣了，真对不起。"

见福尔斯终于脱去紧裹着的外衣，康笏南才松了一气。真是，穿裹那么紧，看着都热。他笑了说："这就好了，随便些，不用客气就好。你在你家银行，是几掌柜？"

陈亦卿忙说："福尔斯先生是汇丰汉口分行的帮办，类似咱号的二掌柜，又比二掌柜地位高。"

孙北溟问："那他顶了多少身股？"

陈亦卿说："英人银行，未设身股，只发辛金，不过辛金颇丰厚的。"

康笏南说："你们银行的掌柜是谁，我能不能会一会？"

陈亦卿忙说："我不是说了吗，他们的掌柜避暑去了。"

福尔斯也忙说："我们在汉口，只是间小分行。经理也是小人物，他汉话也说得不熟，所以由我来代他拜见二位大掌柜，请多包涵。"

康笏南说："你们还是小生意？把庄口从英国开到我们汉口了，还是小生意！"

福尔斯笑了笑说："你们天成元大号，不是也把分号开到了俄国的莫斯科吗？你们山西的其他票商，有把分号开到日本的，也有开到南洋的。"

康笏南也笑了："福尔斯掌柜，你倒会说话！"

福尔斯说："我来中国三十年了，来汉口也十多年，对你们山西票帮真是敬佩无比。以我在中国三十年的经验，还想不起一件山西票号失利的事。我们失利的事有多少！"

孙北溟就说："自你们西洋银行入华以来，我们失利的事还少啊？光是我们西帮一向独占的利源，被你们分去了多少？以前贵国的东印度公司来汉口采买茶叶,购茶款项,一向由我西帮从广州汇兑来汉口,再兑羊楼洞。现在,你们在汉口每年采买的茶叶,只是宜红茶一宗就有七八十万箱吧,可巨款的汇兑,哪还有我们的份!"

福尔斯说:"孙掌柜,我们汇丰、麦加利、道胜,还有法国的法华银行,也常常托你们西帮票号汇兑款项的。"

孙北溟说:"那才是多大一点生意。"

福尔斯说:"到底是巨头说话,听这种口气都叫我们害怕!在汉口,你们十几家西帮票号,可调度的资金就在七八百万两!你们动一动,汉口的金融就地动山摇。我们能做的,那才是多大一点生意?"

康笏南就说:"福尔斯掌柜,你不知道吧?湖北羊楼洞、羊楼司一带茶场,最早还是由我西帮开垦。早年间,我西帮往北路蒙俄销茶,多是在福建、江西采买。路途遥远,运费太大,我们北方的驼队马帮,也不堪江南之泥泞燠热。西帮先人途经蒲圻羊楼司、羊楼洞一带,发现此地临近洪湖洞庭,又是山地,颇类闽、赣茶场天时地利。于是,在此租山地,雇土民,移种闽赣良茶。自此,鄂南才成产茶重镇,汉口才成外销茶货的大码头。"

福尔斯说:"这些我当然知道。正是你们西帮如此伟大的精神才令人敬佩不已!"

康笏南说:"我们康家,就是靠茶庄起家,你也知道?"

福尔斯说:"当然知道。不然,我和陈掌柜还能算朋友?"

孙北溟说:"我们西帮经营百年的茶货生意,就是被你们英商俄商日渐夺去。我们移师票号,又历百年创业,刚把生意做遍天下,你们西洋银行,又来夺占我们的利源。真是步步紧逼啊!"

福尔斯又笑了:"那是因为贵国的红茶太美妙了,已经成为我们欧人须臾不能离开的饮品。我们只是步你们西帮后尘而已。"

康笏南说:"福尔斯掌柜,你太会说话。"

福尔斯说:"还是你们西帮太会做生意!"

康笏南说:"听陈掌柜他们说,你们西洋银行的章法,十分精妙厉害!"

福尔斯说:"还是你们西帮票号的运作,令人惊异!在我们欧人看来,简直神秘莫测。听陈掌柜说,你们天成元大号的资本金,不过三十万两银子,可你们分号遍天下,一年要做多大生意,收贷总在几百万、上千万吧？又不需抵押，就凭手写的一纸票据！你们财东将这样大的生意，全盘委托给孙掌柜这样的经理人，又给他绝对的自由。孙掌柜再把分号的生意，同样全盘委托给陈掌柜这样的老帮。官府、民间，对你们票庄的信任，也不靠任何法规，完全靠相信你们个人。所以，你们能做的金融生意，别人不能做。你们的生意，完全是因人而成，因人而异。你们这种生意，是 Personalism，人本位。在我们欧人看来，靠这种人本位做生意，特别是做金融生意，那简直不能想象！"

康笏南说："这就是中夷之分！我们是以仁义入商，以仁义治商！"

福尔斯说："我真不知道世界还有什么地方的商人能像我相信你们山西商人这样快！我在中国三十年，与你们西帮做过无数金融生意，但还从来没有遇到一个骗人的山西商人。"

陈亦卿真是没有想到，这位福尔斯在整个酒席期间都是这样恭维西帮、恭维天成元、恭维老东家和孙大掌柜。平时对票号体制的指摘，对银行优越处的谈论，怎么一句都也不提了？出于客气和礼节吗？

不过，英人的狡猾，他也是深知的。

6

康笏南想拜见一下湖广总督张之洞，居然获准。

光绪八年（1882），张之洞任山西巡抚时，康笏南曾想拜见，没有获准。那时，张之洞初由京师清流，外放疆臣，颇有些治晋的自负，也很清廉。所以，不大好见。

可惜，他的治晋方略没有来得及施行就遇了母丧。守制满三年，他在京求谋新职，曾经向日昇昌票号商借一笔巨款，以在军机大臣间活动。日昇昌的京号老帮感到数额较大不敢爽快答应，说要请示平遥老号。张之洞是何等自负的人物？日昇昌这样婉言推托，叫他感到很丢面子，也对西帮票号生了反感。

天成元的京号老帮戴膺听说这件事后，立刻就去拜见了张之洞。表示张大人想借多少银子，敝号都听吩咐。张之洞故意说了一个更大的数目：十万！戴膺老帮毫不犹豫，就答应下来。

不过，当时听了这个数目，戴膺在心里也吓了一跳。十万，这真不是一个小数目！以张之洞的人望，他当然不会不还。可那时的张之洞还顶着清流的名声，他是否还能谋到封疆大吏之职真看不清楚。但你又不能像日昇昌那样，婉言推托。戴膺老帮不愧是久驻京师的老手了，他在心里一转，就生出一个两全之策。他没有给张之洞十万现银，也没有开十万数目的银票，而是给立了一个取银的折子：张大人您可以随用随取，想取多少取多少，十万两银子，任你随时花用。

张之洞根本觉察不到戴膺老帮是使了心眼，对此举只是格外高兴。天成元比那天下第一票庄的日昇昌可大气多了！他有意说了这样大的数目，不但爽快应承了，还为取银方便，立了这样一个折子，急人所难，又予人方便，很难得。十万两是一笔巨款，一次借回去，还得费心保管它呢。

后来，张之洞只陆续取用了三万两银子，就谋到了两广总督的肥缺。他到任后，不但很快还清这三万两银子，对天成元设在广州的分号更是格外关照。

两广往京师解汇钱粮、协饷、关税的大宗生意，那还不是先紧天成元做吗！

张之洞移督湖广后，对陈亦卿领庄的天成元汉号也继续很关照的。正是有这一层关系，康笏南才想求见，也才能获准吧。

此时的张之洞，已经是疆臣中重镇。不过，见到康笏南时，并没有轻慢的意思，倒很礼贤下士的。

"这样的大热天，你老先生从山西来汉口，我真不敢相信！底下人报来说，你康老乡衮要来见我，还以为是谁编了词儿蒙我呢，就对他们说，他老先生要真的刚从山西来，我就见，不是，就不见。你还真是刚从山西来？"

"制台大人，我敢蒙你吗？"

"听你们汉号的陈掌柜说，你都过了七十了？"

"这也不敢蒙你，只是枉活到这老朽时候。"

"真是看不出！不知你们这样的有钱人是怎样保养自家的？有什么好方子吗？"

"制台大人讥笑我这老朽了。一介乡农，讲究什么养生，不怕吃苦就是了。"

"你都富甲天下了，还要吃这么大苦干嘛！一路没有热着吧？"

"在河南中过一回暑，几乎死到半道上。托制台大人的福，入了湖北，倒是平安了。不过，真像你说的，我要那样有钱，还来汉口受这份热做甚？外间把我们说得太富了，制台大人也从俗？"

"哈哈，康老财主，我也不向你借钱，用不着装穷。你这一路来，看见正兴建的芦汉铁路了吧？过几年，你再来汉口，就可坐自跑的洋火车了，免了长旅之劳。"

"我们见到了。制台大人治洋务，那是名闻国中的。制台修此芦汉铁路，也用了昭信股票的筹款吧？去年朝廷行新政，发行昭信股票，逼着我们西帮认股。京师我们西帮四十八家票号，每家都认了一万两银，共四十八万两。可我们刚认完，新政就废了，昭信股票也停发了。这不是又捉了我们西帮的大头吗？"

"认了也不吃亏吧？反正用到我这芦汉铁路的昭信股票，本部堂是不会叫人家吃亏的。你们西帮富甲天下，就是舍不得投资办洋务。洋务不兴，中国的积弱难消啊！我看康老先生是位有大志的贤达，如有意于洋务实业，汉口汉阳，可是大有用武之地。铁路之外，有冶铁、造枪炮、织布、纺纱、制丝、制麻。"

"制台大人可是有言在先的，今日不向我借钱。"

"我这是为你们西帮谋划长远财路！"

"洋务都是官办，我等民商哪能染指？"

"你们做股东，本部堂替你们来办！"

"还是借钱呀？"

"哈哈，我就知道你们不会借！"

"制台大人对我们一向厚爱，老朽一刻也未忘。"

"听说康老乡衮的金石收藏也颇丰厚。"

"这又是听谁说的？一介乡农，还值得你这样垂爱？"

"我是听端方说的。有什么珍品也让我开开眼界。"

"哪里有什么值得你稀罕的。"

"康老财主又装穷了，你们老西都太抠了。你藏有的碑帖，最值钱的是什么?"

康笏南当然不会说出自家的镇山之宝,但他也没有犹豫,从容随口而说:"不过是一件《阁帖》而已。买的时候,是当宋人刻本弄到手的,请方家鉴定,原来是假宋本,其实不过是明人的仿刻本。"

"你老先生还上这样的当?"

"那实在是仿得逼真。翻刻后,用故纸,使了蝉翅拓法,又只拓了极少几册,就毁了刻板。"

"听说你对道州《瘗鹤铭》未出水本,也甚倾慕?"

"制台大人,哪里有这样的事!那样的珍品,有机会看一眼,足矣。决无意夺人之爱的。"

康笏南见张之洞,当然是想听听这位疆臣重镇对时局的看法,但人家不提官事,他也不好问。提起在河南遭遇的拳匪,张大人也只是说,愚民所为,不足畏惧。冷眼看这位制台大人,倒也名不虚传,是堪当大任的人物。他容雍大度,优雅自负,尤其于洋务热忱不减,看来对时局也不像有大忧。去年汉口发生一场连营大火,将市面烧了个一片萧条。现在看去,已复兴如初了。湖广有张制台在,市面应是放心的。

可惜,像张之洞这样的大才官场是太少了。何况,像他这样的大才,不受官场掣肘怕也很难。去年康梁变法,他那样骑墙,那还不是为了自保呀?有你张之洞这等大才,若敢跳出由儒入仕的老路,走我西帮之路,天下还不是任你驰骋!办洋务,你得自家会挣钱,靠现在的朝廷给你钱,哪能办成大事?你看人家那些西洋银行,谁家是朝廷的!

第五章　绝处才出智

1

听说康老东家和孙大掌柜要在这样的大暑天南下汉口巡视生意，邱泰基是再也坐不住了。两位巨头采取这样非常的举动，那实在是多年少见！这里面，分明有对他这类不良之徒的不满。

两位巨头都出动了，他还能安坐家中继续歇假吗？

所以，在两位老大人出行前，他就去见了孙大掌柜，请求赶紧派他个遥远苦焦的庄口，说成甚，他也是不能再歇假了。

"老东台和大掌柜这样宽大慈悲，没有将不肖如我开除出号，已经叫我感激涕零、没齿难忘了，再厚着脸歇假，那还像天成元的人吗？"

孙大掌柜听了他这样的话，也只是冷冷地说："不想歇假，你就上班去。那你婆姨呢，她也同意你走？"

邱泰基说："她同意。就是她不同意，我也得走！"

"哼，不会你刚走，你婆姨她也寻死吧？"

"大掌柜，不用再羞耻我了。"

"那你就去归化庄口做副帮吧。总号有个刚出徒的小伙友，我也把他派到归化历练。你走时把他带上。"

大掌柜的冷淡，倒在邱泰基的意料之中，可将他改派归化就出大意料。归化虽在口外，但那也是大庄口，更是康家的发迹地。总号一向委派人员都不马虎的。大掌柜将他贬到那里，是不是尚有一息厚爱在其中？所以，邱泰基听了，更加感激涕零。

六月初三，老东家和大掌柜前脚走，第二天六月初四，邱泰基就带了那个小伙计，踏上了北上口外归化城的旅途。

邱泰基的女人姚夫人在心里哪能舍得男人走？半年的假期，只住了不到一个月，就又扔下她远走久别，这还是向来不曾有过的事。从上月初七，到这月初三，这二十六天又是怎样度过！她苦等了三年，终于等回来的男人，一直就是个丢失了魂灵的男人。先是丢了魂灵，一心想死。后来，总算不想死了，可魂灵依旧没有招回。

守着一个丢了魂灵的男人，你是想哭都没有心思。连那相思的浓愁也没有了。这是怎样冰冷的一个夏天！等了三年，苦等来的，怎么会是这样一个冰冷的夏天？

直到他决定要提前上班去，才好像稍微有了几口活气。问她愿意不愿意？你真是变成活死人了，这还用问！可拦住不叫他走，只怕这点活气又没了。你想走，就走吧。不走，你也是个活死人！

临走的那一夜，男人的心思已经到了口外的归化。他说，夏天的归化，凉快。又说，他已经有十多年没去过归化了。还说，东家的三爷正在归化。就是不说，又要分离三年！就要分离三年了，依然是活死人一样。

初四那天大早，她把男人送出了水秀村。她没有哭，只是望着男人走远，只是想等着男人回头望一眼。可他就没有回头。只有冰冷的感觉，没有想哭的心思。

邱泰基受了这次打击，减股，遭贬，终于不爱排场了。他决定不死以后，就对姚夫人说："你不想使唤许多下人，就挑几个中意的留下，其余都打发了吧。"姚夫人心里说，你减了股，就是想排场，哪有富裕银钱？不过，她不想叫已经丢了灵魂的男人眼看着遣散仆佣，一派凄凉。现在，男人已经走了，姚夫人开始做这件事。

邱泰基一走，这处大宅大院里其实就剩下了两位主人：姚夫人和她九岁的女儿。公婆已先后谢世，大伯子更是自立门户。姚夫人揣着冰冷的心思，大刀阔斧地将仆佣精减了，只留了两男两女四个下人。两个女仆，一个中年的，管下厨、洗衣，家又在本村，夜晚不在邱家住宿；一个年轻的，在跟前伺候姚夫人母女。两个男仆，一个上年纪的瘸老汉，有些武艺，管看门守夜；一个小男仆，管担水、扫院、采买、跑佃户。

这四个仆佣都是极本分老实，又长得不甚体面的人。那两个女仆，都带着几分憨相。那个瘸老汉，更不用说了，不但瘸，还非常不善言语，整天说不了几句话。相比之下，只是那个小男仆，机灵些，也生得体面些。他除了做些力气活，还得跑外，太憨了，怕也不成。

总之，姚夫人留下的四个仆佣，叫谁看了都会相信，她要继续忠贞地严守三年的妇节。

这也是一般商家妇人的惯常作法。都说寡妇门前是非多，这些孤身守家的商家妇，实在是比寡妇还要难将息。市间对寡妇的飞短流长，也不过伤了寡妇自家，可商家妇惹来流言蜚语，伤着的就还有她的男人，三年后那是要活眼现报的。在那一个接一个的三年中，她们是有主的寡妇。所以，为了避嫌，她们不光是使唤憨仆丑佣，就是自己，平时也布衣素面，甚至蓬头垢面，极力遮掩了生命的鲜活光彩。

晋俗是一流俊秀的男儿都争入号商。这些一流的俊秀男儿，当然也都是先挑美女娶。这样，商家总是多美妇。美妇要遮掩自己的光鲜，那是既残酷，又有难度。就是蓬头垢面吧，其实也只是表明一点自家的心志，生命的光鲜又怎么能遮掩得了。于是，有公婆的人家，公婆的看守那就成了最严的防线。只是，公婆的严酷看守也常常激出一些妇人的悲烈举动。

旅蒙第一商号大盛魁，在道光、咸丰年间，有一位非常出名的大掌柜王廷相。当年他做普通伙计的时候，丢在家里的年轻媳妇就是在公婆的严守下，居然生下了一个野合的婴儿。这个不幸的小生命，不仅被溺死，死婴还被盛怒的婆婆暗中匿藏，淹在咸菜坛内，留给日后下班回家的王廷相做罪证！

邱泰基是那样一个俊雅的男人，姚夫人当然也是一位美妇。不过，邱家公婆在世的时候，姚夫人与她们倒是相处得很好。因为她是太满意自己的男人了，有才有貌有作为，对她又是那样有情，到哪儿去找这样好的男人呢！她再苦，也甘愿为他守节了。就是公婆相继过世之后，她也是凛然守家，连一句闲话也惹不出来。

这一次，男人是这样狼狈归来，又这样木然去了。家宅更忽然大变，一片凄凉。姚夫人的心里虽然满是冰冷，却再也生不出那一份凛然了。

男人，男人，为你苦守了这样许多年，你倒好，轻易就把什么都毁了。你还想死，这样绝情！这都是因为什么？就是因为你的绝情！我在家长年是这样的凄苦，你呢？你是出必舆，衣必锦，宴必妓！宴必妓，宴必妓，这可不光是那些忌妒你的老帮给你散布流言，连孙大掌柜也这样说你。

孙大掌柜亲口对我这样说你！你绝情地上了吊，我问孙大掌柜你为什么要死，孙大掌柜就说，你宴必妓！就是因为你宴必妓，这个家几乎给全毁了。我知道，孙大掌柜这样揭你的短，是要我责骂你，严束你。可我什么都没有说你。不是我不敢说你，是怕说了，你又去死。你就这样绝情啊，只是想丢了我，去死？

姚夫人真是一刚烈的女人。邱泰基木然地走后，她守着这凄凉冰冷的家，没有几天，就决定要做一件叛逆的事。

她嫁给邱泰基已经这样许多年，只是生下一个女儿。就是千般喜欢这个女儿，也只是一个女儿。有一天，绝情的男人真要丢了她，只管他自家死去，那叫她去依靠谁？她是早想生一个儿子了，男人也想要儿子，公婆在世的时候，更是天天都在想望孙子。可她长年守空房，怎么给能生出儿子来！每隔三年的那半年佳期，哪一回不是满怀虔诚，求天拜地，万般将息，可自从得了这个女儿后，就再也没有任何消息了。

姚夫人一直觉得自己对不起男人，对不起邱家。她怎么也成了不长庄稼的盐碱地？好在公婆和男人对她并无太多的怨言。因为周围的商家妇人中，这种不长庄稼的盐碱地那是太多了。驻外顶生意的商家，人丁大多不旺。没有儿女的多，过继儿女的多，买儿买女的多，还有就是因偷情野合造成堕胎、溺婴的也多。

姚夫人是个生性好强的女人，她一直不愿意过继个男丁来，更不愿买个男婴来养。何况，邱泰基弟兄两个，又都是长年住外的生意人，老大门下也仅得一子，谈何过继？她一直祈望自己能养出一个亲生儿子，不使自家的门下绝后。只有那样，她才能对得住有才有貌又有情的男人吧。

现在发生了这样的突变，姚夫人感到自己对男人的炽烈思情已经冰冷下来。男人绝情地放弃了这半年的佳期，可她自己已经年过三十，正在老去。再不生养一个男丁，她就将孤老此生了。这样绝情的男人，这样孤单的女儿，能将自己的后半生托付给谁？这一次，短短二十多天的佳期，守着一个丢了魂灵的木头男人，更不要指望有生养的消息了。

男人已远去，三年不归期。要再生养，那就只有一条路，偷情，野合。

可她怎么能走这条路？

那是多少商家妇走了的路，也是一代又一代都断不了的路。商家妇人偷情的故事，你就是不想听，已经听了多少！流传在妇人中的这种故事，有悲有喜，有苦有甜；有血泪，也有肝胆；有烂妇，也有痴情殉情的女人。那里面有太多凄惨的下场，但也有多少偷情的智慧和机巧。常听这些故事，你只要想偷情，你就一定会偷情。那些故事，把什么都教给你了。

姚夫人所知道的那些故事，大多是从她的妯娌、老大媳妇那里听来的。她不想听，大娘还是要说。两个守空房的妯娌，怎么能一说话，就扯出那种故事来？但大娘她总是爱说给你听。公婆在世时，不喜欢大娘，喜欢你，大娘她有气，想把你教坏！公婆去世以后，大娘说得更放肆了。也影影绰绰听说，大娘其实也不那么严守妇节。

姚夫人可从没有动过心，要学大娘。大娘是忌妒她，因为自己的男人比老大强，不但俊雅得多，也本事大得多，身股更顶得多。她守着的门户，那是要比老大家风光得多！

谁能想到，风光多少年，忠贞守家多少年，会等来今天这样一片凄凉。

现在，你狠了心要学大娘，要学坏吗？不是，绝不是！她只是要生养一个男娃，一个可以托付余生的男娃！

2

其实，在遣散仆佣的时候，姚夫人就有谋划了：那个小男仆，是她特意留下来的。

像许多故事中那样，暗中结识一位情意相投的男子，姚夫人连想都不愿那样想。结发男人都靠不住，野男人怎么敢靠！何况，比丈夫更有才貌的男人，到哪里去找？这样的男人都远走他乡，一心为商去了。一些商家妇人，盯着年轻的塾师。可这些人穷酸懦弱，又有几个能指靠？与长工仆佣偷情的故事也不少，只是爱挑选强壮忠厚的汉子，结果总是生出真情，难以收场。

姚夫人选中这个小男仆，实在是带了几分母爱。所以，她以为不会陷得太深，能轻易收场。年龄，身份，都有这样的差异，谁也不会久恋着谁。过两年，自己真能如愿以偿，就将他举荐给一家字号，去做学徒了。这也正是他的愿望，远走他乡去为商。

这个小男仆，叫郭云生，是邻村的一个农家子弟。因为羡慕邱泰基的风光发达，在他十三岁时，父母就托人说情，将他送到邱家做仆佣。为了巴结邱家，甘愿不要一文佣金，只望能长些出息，将来好歹给举荐一家商号，去当伙计。票庄，茶庄，不敢想望，就是干粗活的粮庄、驼运社也成。

姚夫人当年肯收下这小仆，仅是因为对男孩的喜爱。那时的郭云生，憨憨的，还没有脱稚气。但能看出，不是呆笨胚子，相貌也还周正。初来的时候，只叫他管扫院。可他扫完院，又不声不响寻活做，叫人不讨厌。平时也十分规矩，从不惹是生非。什么时候见了，都是稚气地一笑。这男娃，就很得姚夫人的喜欢。

姚夫人出身富家，是初通文墨的。女儿四五岁时，就开始课女识字。女流通文墨，虽无大用，但至少可以自己拆读夫君的来信。商家妇常年见不着男人，来封信，还得央求别人读，男人是连句亲近的话也不便写了。这是母家当年叫她识字的理由，现在她又以此来课女。再说，闲着也是闲着。郭云生来后不久得到姚夫人的喜欢，就被允许跟了认字。他到底不笨，认了字，又去做活，两头都不误。

已经四年过去了，郭云生已经十七岁。他虽然依旧勤快、温顺、规矩，但分明已经长成一个大后生了。姚夫人对他更有了一种母爱似的感情，她是一天一天亲眼看着他长大的。不但是身体长高成形了，他还有了点文墨，会利落地说话，办事。这都是她给予他的吧。要不是邱泰基这样狼狈地回来，姚夫人在今年这个夏天，本来是要请求丈夫为郭云生举荐一家商号的。谁能知道，这个假期会是这样！

云生，云生，不是我想这样。我更不想把你教坏，因为我真是把你看成了自己的孩子。云生，我向你说不清，就算你报答一回我吧。你不会拒绝我吧？我这样做，也不会把你吓着吧？

我只能这样做，就算你报答一回我吧！

姚夫人决定这样做了，就不想太迟疑。她还有一个幻想，就是能很快和云生完成这件事，很快就能有身孕。那样，在外人看来，就不会有任何闲话可说，因为男人刚刚走啊。那样，一切就都会神不知鬼不觉了。

在商家妇人流传的故事中，也有许多神不知鬼不觉的偷情。可她不是偷情。

仆佣精减了，家里冷清了，那件事也决定要做了，但姚夫人不想让别人看出她有什么变化。一切都是依旧的，就是对郭云生也依旧是既疼爱又严厉。姚夫人甚至对他说："云生，以后你就不用跟了认字了。家里人手少了，你得多操心张罗事。你认了不少字，当伙计，够用了。"

郭云生很顺从地一口答应。果然，不声不响张罗着做事，整天都很忙。

到了傍晚，司厨的女仆封了火回家走了。看门的瘸老头关闭了门户，拖一张春凳出来，躺在门洞里凉快。这也都是依旧的。

姚夫人呢，也依旧同女儿水莲、女仆兰妮，还有云生，在自己的院子里乘凉，说话。只是，乘凉比以前要长久些。久了，女儿嚷困，她就叫女仆先伺候小姐去睡。头两天，女仆伺候小姐睡下还要出来。因为还要等着伺候夫人。后来姚夫人就说："你不用出来了，就陪了她，先睡，她小呢，独自家睡，害怕。"

就剩下她和云生了，她依旧说着先前的闲话，都是很正经的闲话。那已过了六月初十，半片月亮升高的时候，入夜已久。姚夫人终于说："凉快了，我们也歇了吧。云生，你去端些水来，我洗漱洗漱。"

她说得不动声色，云生也没有觉着怎么异常，起身就往厨房打水。云生走后，姚夫人就把脸盆、脚盆都拿到当院，等云生提来半小桶温水，她就平静地说："等我洗漱完，你拾掇吧，不叫兰妮了。"

她洗了脸，漱了口，就坐下来，慢慢脱鞋袜。这时，云生背过了脸。她装着没有发现，仍慢慢脱去，直到把两只光脚伸到脚盆，才尽量平静地说："云生，倒水。"

云生显然很紧张，慌慌地倒了水，就又背过脸去。姚夫人只是装着没有看见，慢慢洗自己的脚。良久，才喊云生，递过脚巾来。云生是很慌张，但她依然像浑然不觉。

洗毕，又尽量平静地招呼云生："来，扶我回屋去。"

云生扶着她走，她能感觉到他紧张得出着粗气。她还是什么也没有表示。扶她走到屋门口，就对云生说："你赶紧去拾掇了，回去歇着吧，明天还得早起。"说完，就将屋门关住，上了闩。

在屋里，她听着云生慌张地收拾洗漱家什，又听见踏着匆促的重脚步离去了。

一切都像原先谋划的那样，没有出现一点意外。其实，这哪里是她的谋划？都是从那些偷情故事中捡来的小伎俩。

姚夫人忽然忍不住，掩面抽泣起来。她觉得自己太可怜了，真是太可怜！要强如她，居然要费这样许多心思去引诱自家的一个小男仆。这分明是在学坏，又要费这许多心思和手段，显得不是有意学坏。她不愿意这样！可她想痛哭，也不能哭出声来。她不能惊动睡在西头闺房里的女儿。她夜半的哭声，已经早叫女儿厌烦了，因为被惊醒的次数太多了。所以从七岁起，她就叫女仆陪了女儿睡到西头的闺房，自己独个留在东头的卧房里。她住的这是一坐排场的五间正房，母女各住两头，不是放声大哭，谁也惊不醒谁的。可在寂静的夜半，她是多么想放声痛哭！

可怜就可怜吧，你必须做这件事。已经开始了，就不能停止。这样像演戏似的也怪有趣味呢。真的，给这个小憨娃亮出自家的光脚时，你自家心里不也毛烘烘的，脸上热辣辣的？幸亏是半片月亮，朦朦胧胧，什么都看不分明。

第二天，姚夫人发现，云生一见她，就起了满脸羞色。她依然若无其事，该怎么吩咐他，还是怎么吩咐。到傍晚，也还是照旧那样乘凉，乘到很晚，剩了云生一人陪她。月亮高升时，还由云生伺候她洗漱，洗脚，扶了回屋。不管云生是怎样一种情状，她都若无其事。

就这样，一连几天过去了。

这天歇晌起来，姚夫人若无其事地叫了云生去收拾库房。

晋地殷实人家都有间很像样的库房。邱家的库房，当然也不是存放那些无用的杂物，所以甚为讲究。首先，它不是置于偏院的一隅，是在三进主院的最后一进院，也就是姚夫人住的深院中，挑了两间南房做库房。位置显要，离主人又近，稍有点动静，就能知道。其次，自然是十分牢靠，墙厚，窗小，门坚固，锁加了一道又一道。再就是，除了主家，一般仆佣那是根本不得入内的。都知道那两间南房是弄得很讲究的库房，就是里面存放了怎样值钱的家底，谁也不知道。

郭云生听了叫他去打扫库房，当然很兴奋，这是主家信任他呀。这几天，他就觉着主家二娘特别信任自家，居然叫伺候她洗漱，洗脚。在他心目中，主家二娘是位异常高贵、美貌，又很威严的女人。叫自家这样一个男下人那样近身伺候她，也是不得已了吧。主家二爷出了那样的事，排场小了，就留下三四个下人，不便用他，也只得用吧。二娘一向待他好，常说她自家没有男娃，是把他当自家的男娃看待呢。现在，打发走了许多下人，倒把他留下来了，可见待他恩情有多重。

不拘怎么说，在伺候二娘的时候也不能胡思乱想呀！可他就是管不住自家了。每天，就盼着月亮底下伺候二娘洗脚的那个时候。那个时候不能看，又想看；想看，又不敢看。到白天见着二娘，心里想的就是她那两只白白的小脚。自家怎么就这样坏呀，就不怕叫二娘看出来把你撵走？越是这样咒骂自家，越是不顶事。这两天夜晚，月亮更大，更明亮了，自家也倒更大胆了，竟然敢盯住看，不再背过脸去。你这真是想找死吧？

今天见了二娘，云生心里还是做贼心虚，只是在表面上极力装得无事。见二娘对他也没有什么异常，还觉得好些。所以，接过二娘递给的钥匙，云生是很顺当地打开两道大锁。跟着二娘，第一次走进这神秘异常的库房，云生才算是不胡思乱想了。

库房内，挤满了箱箱柜柜，箱柜又都上了锁。除了放在外面的一些青花瓷器，云生也几乎没有看到什么太值钱的东西。房里面倒是有些阴凉，也不明亮。

二娘吩咐他，先把箱柜顶上的尘土掸一掸，然后擦抹干净，末后再扫地。"先把房内拾掇干净，等出了梅，箱柜里有些东西，还得拿出去晾晒。"

云生就说："那二娘你先出去避一避，小心爆土扬尘的。"

不料，二娘竟说："不要紧，我跟你一搭拾掇。"

云生一想，这是库房重地，主家怎么能叫我独自留下？他就开始打扫。箱柜顶上的灰尘真还积了不少，鸡毛掸根本不管用。他只好一手托了簸箕，一手小心翼翼往下扫。

"这样扫，你要拾掇到什么时候？"二娘说他的口气很严厉。

"我是怕爆土扬尘的，呛着二娘。"

"你就麻利扫吧，我也不是没有做过活！"

说完，二娘就打开一只长柜，埋头去整理里面的东西。

云生赶紧做自家的活，手脚快了，仍然小心翼翼。他是先站了高凳，扫一排立柜顶上的尘土。那是多年积下的老尘了，够厚够呛人。不久，房里已是尘土飞扬。二娘就过来说："你站在高处扫，我在底下给你接簸箕，快些扫完，好喷些水，压压尘。"

"二娘，我自家能行。"

"我知道你能行，帮你一搭扫，不是为了快吗！这样爆土扬尘跟着了火似的，气也快出不上来了。"

云生只好照办了，他在高处往簸箕里扫尘土，由二娘接了往门外倒。他心里有些感激，但并没有太慌张呀，怎么在递给二娘第二簸箕时，竟全扣在了二娘的身上，还是当胸就扣下去了……簸箕跌落到地上，一簸箕尘土却几乎沿了二娘的脖颈倾泻而下，从前胸直到脚面，甚至脸面上也溅满了，叫高贵的二娘整个儿变成一个灰土人了。

云生吓得几乎从高凳上跌下来，他就势慌忙跳下来，惊得不知所措。

二娘似乎给吓着了，也顾不上发作，只是急忙弹抖身上的土。抖了几下，又急忙解开衣衫抖：尘土已灌进了衣衫，沾了一胸脯。

云生好像一时没有反应过来，瞪着失神的眼睛，一直呆望着二娘解开衣衫，裸露出光胸脯，尘土沿着乳沟流下去了，画出一宽条灰颜色，使两只奶头显得更白更鼓……他甚至想到，热天肉身上有汗，尘土给粘住了，但还是没有太意识到自家看见的那是二娘的肉身！

二娘只顾慌忙用手刮着胸前上的尘土，将白胸脯抹画得花花道道了，才猛然抬起头来，发现云生在瞪着眼看自己，急忙掩了衣衫，同时脸色大变。

"狗东西，你也太胆大了！你扣我一身尘土，原来是故意使坏呀！"

见二娘如此勃然大怒，云生早吓得伏在地上了："二娘，我不是有意，真是不是有意……"

"不是有意，你是丢了魂了，就往我身上扣土！狗东西，你是想呛死我，还是想日脏死我，满满一簸箕土，就往我胸口扣！"

"二娘，我真是失手了……"

"这是什么细致活，也至于失手！你是心思不在活上吧？"

"我没有……"

"还没有！你的手不中用，眼倒中用，什么都敢看！"

云生已汗如雨下，惊恐万状。

"你是不想活了？"

"……"

"还是不想吃你这碗饭了？"

"……"

"你小东西也看着我们倒了点霉，就胆大了，想使坏？"

"二娘……"

云生听见二娘把话说得这样重，刚抬起头，想央求几句，就看见二娘的衣襟还敞开着，慌忙重又低下头，吓得也不知央求什么了。

"狗东西呀，我一直把你当自家男娃疼，没想到你会这样忘恩负义！"

"二娘，我对不住你。"

"把你养大了，知道学坏了，是吧？"

"二娘，你想怎处罚我，都成，可二娘你得先去洗洗呀！大热天，叫二娘这样难受，我真是该死！"

"你还知道难受？故意叫我这样难受？"

"我先去叫预备洗浴的水，洗完，再处罚我吧！"

"那你还不快去，想难受死我！"

云生跑走后，姚夫人扣好衣襟，锁了库房，回到自己住的上房。兰妮见了夫人这样灰头花脸，整个儿一个土人，吓了一跳。姚夫人趁机又把云生责骂一顿，其实，她不过是故意骂给兰妮听的。

在兰妮伺候她洗浴时，仍然是责骂不止。那天夜晚乘凉，也没有叫云生来伺候。这也都是姚夫人有意为之，要叫别人都知道，她对云生真生了气。

她要把这件叛逆的事做到底，又想掩盖得万无一失。她相信自己的智慧不会比别的商家妇人差。今天在库房演出的这场戏已经不是在学别人的故事了。这谋划和演出，叫她尝到了一种从未有过的兴奋。

3

可怜的是郭云生，哪里能知道主家夫人是演戏，是在引诱他？被痛骂一顿后，又不叫去伺候乘凉，他认定二娘是下了狠心，要撵他走了。

给主家辞退,那本是做奴仆的命运。可他这样丢脸地给赶走,怎么回去见父母!自从来到邱家后,一直都很走运,怎么忽然就闯下这样大的祸?都是因为自家管不住自家,心里一味胡思乱想,失手做下这种事。但他不断回想当时情形,好像那一刻并没有多想什么呀?二娘来帮他倒土,心里只是感激,给她递簸箕时哪还敢毛手毛脚不当心?怎么想,也觉着失手失得奇怪。

难道是二娘自家失手了?

你不能那样想。主家帮你做奴仆的事呢,你还能怨主家?再说,你怎么能瞪住眼看二娘的光胸脯!那时,他真是跟憨人一般忘了回避。这又能怨谁!

就是被撵走,也不能忘了主家的恩情。父母说,邱家教你识了字,又教你长了体面,光是这两样,我们就给不了你。二娘也常说,她是把你当自家的男娃疼呢。还没有报答主家,就给这样撵走,纵然你识了字,又长了体面,谁家又敢用你!怎么就这样倒霉。

云生就这样惶惶不安地过了两天,几乎见不着二娘。偶尔见着了,也是一脸怒气,不理他。到第三天,才忽然把他叫去。他以为要撵他走了,却是叫他接着把库房扫完。这次,二娘只是坐在院中的阴凉处,看着他一人在房里做活。他真像得了赦命一样,在里面干得既卖力又小心。

当天夜晚,二娘乘凉时,也把他叫去了。当着兰妮的面,二娘仍是一味数说他。还说,兰妮、厨房的李妈、看门的柳爷都给你说情,要不,不会饶你。等兰妮伺候小姐去睡后,二娘似乎数说得更厉害了。

"云生你这小东西,她们都说你规矩、安分,哪里知道你也会学坏!你做的那种事,我能给她们说吗?"

云生慌忙又伏到了地上:"二娘,饶了这一回吧,以后再不敢了!"

二娘叹了口气,说:"起来吧,快起来吧,我不饶你,又能把你咋?跟了我四五年了,不到万不得已,我能把你撵走!"

"二娘对我像父母,怎么处罚我都不为过的。"

"快起来吧,你这小东西,真没把我气死!"

云生爬起来,说:"二娘,你就把工钱扣了,算罚我。"

郭云生当年被送进邱家来,虽言明不要工钱,可姚夫人哪能不给呢?

为省那几个钱，落一个寒碜的名声，还不如不让他来呢。由于得到她的喜欢，云生的工钱一直都不低。不低吧，又能有几个钱？

所以，姚夫人说："小东西，扣了你那几个工钱，我就解气了？"

"那二娘想怎么处罚就怎么处罚吧。"

"那我就把你撵走！"

"撵走了，我也忘不了二娘的恩情。"

"小东西，你现在倒嘴甜了。要撵走你，那还难吗？说一句话，得了。把你当自家男娃疼，惯坏你了。"

"以后，再不敢了。"

"唉，我虽没生养过男娃，可也知道，你们男娃大了都想学坏。"

"二娘，我可不是……"

"不用说了。云生，你今年多大了？"

"十七了。"

"你都十七了？我觉着你还小呢，都十七了？"

"可不是呢。我来时十三，伺候二娘四年了。"

"难怪呢，到了说媳妇的年龄了。你爹你娘就没有张罗给你说媳妇？"

"我娘倒是想张罗，我爹说，一个做下人的，哪能结下好亲！等你东家二爷二娘开恩，举荐你进了商号，还愁说个体面的媳妇？"

"那你自家呢，想不想娶媳妇？"

"我才不想呢，只想伺候好东家。"

"说得好听！我们一辈子不举荐你进商号，你就一辈子不娶媳妇？"

"我就一辈子伺候东家。"

"就会说嘴，看看那天在库房吧！你不定心里想什么呢，生把一簸箕土扣到我胸口，浮土钻进领口，直往里头流，没把我日脏死！我光顾解开抖土了，忘了还站着你这样个小爷们呢。你也胆大，不客气，逮住了就死命看！"

"我是吓傻了……"

"这还像句话。我早看出来了，你小东西一见着点甚就犯傻。就说这晚间，我叫你伺候洗漱，也是万不得已。你二爷他出了这样的事，红火的光景眼看像遭了霜，我心里能不麻烦？夜晚早睡也睡不着，能说说话的，就你和兰妮。水莲又小,她熬不了夜,只得叫兰妮陪她去睡。你说,不叫你伺候我洗漱,再叫谁?你小东西倒好,我洗脚,你也瞪大了眼傻看!"

"我没看……"

"又嘴硬了,你当我也傻!我把你当自家孩子看,以为你还小呢,本来也不在乎你看。伺候做娘的洗漱,还会胡思乱想!那天在库房,见你瞪了大眼,馋猫似的傻看,我才知道你小东西学坏了!"

云生又吓得跪在地上。

"小东西,就知道跪,起来吧。有这种心思,男娃大了也难免。我也不责怪你了。等会儿,你伺候我洗脚,想看,你就放心看,二娘今天不责怪你。看够了,你也就不馋了。云生,二娘既把你当自家孩子疼,也不在乎了。"

"二娘,我不看,我一定要学好,不辜负二娘的抬举!"

"叫你看,你又逞强了。云生,我问你,你是真想进商号吗?"

"可不是!进了商号,更不会忘记二娘的大恩大德。"

"可你知道不知道,进商号为首一条,就是不能想媳妇,不能馋女人!"

"我知道。"

"你知道个甚!进了商号,要有出息,就得驻外。驻了外,就得像你二爷那样,三年才能回一趟家。在外,也不能沾女人。谁犯了这一条,都得开除出号。你二爷这回出事,犯的是讲排场,坐了官轿,所以才没出号。"

"我也绝不犯这一条!"

"小东西,看你那馋猫的样儿,谁敢要你!"

"二娘,你们不举荐我,就是怕我犯这一条呀?"

"我要早看出你是馋猫,还能留到今天不撵你走?我以为你还小呢,哪承想你小东西也是个馋猫!"

"我绝不敢了!"

"又说傻话。哪有饿汉说不饥的?还不知道女人是甚,说不馋,谁信!我也困了,你打水去吧。"

云生慌慌地跑往厨房去打温水,心里真是七上八下,不知该惊该喜。二娘既原谅了他,怎么又说你想看就看?既说馋女人是商号大忌,怎么又会原谅他的馋样?今夜晚二娘对他真是疼爱有加,可又总说他是馋猫,还是不放心他吗？云生毕竟是个不大谙事的后生，经过这几天的惊吓，根本不敢再胡思乱想了，哪里能明白姚夫人的实在用心！特别是她提到商号大忌，更叫云生铁了心，要严束自家。

进商号，那是他人生的最高理想，也是他们全家的最高理想啊。主家二娘的高雅美貌，虽然叫他发馋，可要是管束不住自家，那就几乎是要触犯天条。

所以，云生打来水，伺候二娘洗脸漱口时就远远站着，还背过了脸。已快到十五了，深夜的月亮十分明亮，偏偏连些云彩也没有。等一会伺候二娘洗脚，你千万得管好自家。

"云生，你过来给二娘擦擦脊背。"

云生被这一声轻轻的招呼吓得心惊肉跳。还要给二娘擦脊背，他可是一点防备也没有。

"没有听见？"

"听见了。"

他转过脸，老天爷，高贵的二娘已将上身脱光了，虽是背对着他，那也像是一片刺目的白光……他管不住自家，呼吸急促起来，但狗日的你说成甚也得管住自家！

"二娘，我的手太日赃……"

"那你不会先在盆里洗洗。麻利些吧，想叫风吹着我！"

二娘的口气和平时没有两样，你千万得管住自家。云生努力平静地走了过去，可老天爷，往脸盆跟前洗手，要走到二娘脸前了……幸亏二娘移过身去，继续背对了她，在擦前胸。

洗过手，二娘递过湿手巾，他又不由出起粗气来，狗日的，你说成甚也得管住自家！他撑着湿手巾，刚挨着二娘的脊背，只觉着是一片刺目的白光，简直不会用劲了。

"云生，你手抖那么厉害，心里又想甚？"

"没想，甚也没想……"

"麻利擦吧，想叫风吹着我呀？"

云生真是在做一件太受苦的营生，喘着粗气，流着汗，在心里不断骂自家狗日的，才终于平安交代了。

二娘洗脚时，居然叫他给脱鞋袜！还对他说，小东西你想看，就看，不用偷着看，往后二娘不责怪你了。他真是一边求老天爷，一边骂自家狗日的，才管住了自家。

洗漱完，云生扶了二娘回屋，到门口，二娘没打发他走，叫他扶了进屋。他只得扶了进去。

屋里黑黑的，他问："点着灯吧？"

二娘说："不用，有月亮呢。"

他就匆匆退了出来，慌忙收拾当院的洗漱家什。收拾完，便匆匆回到自己在偏院的住处。他不知道这个夜晚发生的是怎么一回事，只是知道终于管住了自家。二娘真是把他当成她自家的娃，什么也不再避讳他了，还是又在试验他，看他还是不是馋猫？早就听说，那些大字号爱试验新伙计，故意把钱物放在你眼跟前，看你偷不偷。二娘也是在试验他？

狗日的，你总算管住自家了。

可二娘是那样高贵美貌的女人，他哪能不馋呢！

二娘那边，只是迟说了一句话，就让这个小东西跑了。说了半夜那种话，又赤身露肉叫他擦背洗脚，临了叫扶她进屋，还说不用点灯，他就一点意思也没看出来？真是一个憨旦、傻瓜，不懂事、不中用、不识抬举的小挨刀货！她本来想再说一句话：你收拾了院里的家什，先不要走，我还有句话要问你。还没有等说出来，这个小挨刀货他倒跑了！

听着云生匆匆离去的脚步声，姚夫人真是越想越气。费尽了心机，以为谋划得很出色了，可连这么一个小奴才也没套住！自家一向是那样好强、尊贵，可做这件事，是连一些羞耻也不要了，居然引诱不了一个小下人！自家难道早已人老珠黄，连一个下人也打动不了？永远过着这种孤单熬煎的日子，不老得快才怪呢。都是因为做了受不尽苦的商家妇！

明亮的月光，透窗而入。姚夫人赤身立在窗前，泪如雨下。

4

这样的事，不做则已，一旦做起来，就很难停下了。

做了许多天引诱的游戏，居然没有成功，姚夫人的自尊受到了伤害，她当然不肯罢休。别的商家妇人都能做成这件事,她居然做不成,就那样笨,那样没本事、没魅力呀?而一步一步深陷到这样的游戏中,她也更难返回到原先那样的苦守之中了。云生这个小东西,简直成了一个诱人的新目标,在前面折磨着她。这不似以往那种对男人的等待,是一种既新鲜,又热辣的骚动,简直按捺不下,欲罢不能。本来是想引诱这个小东西,现在简直被他这小东西吸引了。

自家就那样卑贱?

云生这小东西,也许真是个憨旦,不该选了他这样一个小挨刀货!成不了事,就打发了他拉倒,一天也不能留他。他就是痛哭流涕,捣蒜似的给你磕头,也决不能留他!还想叫举荐进商号,这样的憨旦,谁要你!你这个小挨刀货,一心就想进商号⋯⋯

姚夫人左思右想,终于还是要把这件事做下去。

这天,她见了云生,装得平静如常。没有恼他,也没有宠他,只是吩咐他,把二爷的账房仔细打扫一遍。

邱泰基在家居住的时日虽然极其有限,但他还是给自家安置了一处像模像样的账房。它就在姚夫人居住的上房院的西厢房。里面除了账房应有的桌柜、文具,还有一处精致的炕榻。只是,这炕榻就像这间账房一样,一向很少有人使用。今天,炕榻上铺垫的毛毡、棉褥,姚夫人都令揭起晾到院中,做了翻晒。

云生在打扫这间账房时,当然是很卖力的。他对这样精致的账房更是充满了敬畏和羡慕,什么时候,自家才能真的出入商号的账房呀!所以,他是一点也没有再胡思乱想。他以为,二娘已经宽恕了他了,他不会被撵走,一切又都如先前那样正常了。

这天是十五,应该是月亮最明亮的时候。可是到了晚间,天上却有了薄云,明月没有出来,只是天幕明亮一些。坐着乘凉的时候,感觉稍显闷热。会下雨吗?一夏天都几乎没有下雨了。姚夫人见今晚的圆月没有出来,心里先有一些不快。在这种不快的心境中,她就渴望下雨。要阴天,那就是阴得重些,下一场大雨,雷鸣闪电,狂风大作,接着就暴雨如注。老天爷,你就下一场这样的大雨吧。

但天上分明只是一层薄云,天幕很明亮。一点风也没有。

今晚，女儿也是过早地就困了。兰妮伺候女儿去睡的时候打着哈欠，憨憨的，没有一点异常。这些天来，这个憨丫头照样能吃能睡，也不出去串门，一点异常也没有。还常劝二娘不要生云生的气，他不是有意要气二娘。那你今晚就守着小姐踏实睡你的觉吧。

又剩下她和云生了，但她今晚似乎已经没有心思再做藏而不露的引诱。小东西，他是一个憨旦，你再做精心的引诱，那也是白费事！你是主，他小东西是仆，他只会听你的吩咐，哪敢做那种非分越礼的巴结？有一种偷情的故事，商家妇总是引而不发，等待男人忍耐不下，发昏做出冒失举动，她先惊恐，再盛怒，再痛不欲生，再无可奈何，再谅解了男人，最后才收下了这样的私情。姚夫人本想仿照这样的路数走，可遇这样一个憨旦，哪里能走得通？叫他做的事，只有得了你的命令，他会肯做。

只是做这样的事，怎样能下命令？不管能不能下，姚夫人在今晚已经没有耐心了。她不想再啰唆了，成就成，不成就把这小东西撵走！她承认自己不会偷情，全没有做这种事的智慧和机巧。她正经惯了，为了自己的男人，她早已经把自己造就成一个太正经的严守妇道的女人。想不正经一回，原来也是这样难。难，也要做一回。成也罢，败也罢，反正要做一回。

姚夫人在今晚的失常，她自己可没有觉察出来。

她只是焦灼不安地不想同云生多说无关的闲话，也不想多熬时辰。和云生只单独坐了不大一会时候，就说今天要早歇了。在云生伺候洗漱时，她比平时麻利，也没有对云生做过多的挑逗。只是在云生扶她进屋的时候，她说："今黑间，要歇在西厢房，上房有些潮，明儿天好，你把上房炕上的东西也倒腾出来，晾晒晾晒。"

扶她进了西厢房，云生问："点灯吧？没月亮，怪黑。"

她说："不用点，点了招蚊虫。云生，你先去把当院的洗漱家什收拾了。收拾完，不要走，我还有句话，要跟你说。"

姚夫人没有一点停顿，一口气将昨天就该说的话说了出来。云生也没有特别的反应，很平常地答应了一声就出去拾掇家什了。姚夫人站在窗前，焦灼不安地听着云生的动静，只怕这憨旦收拾完又会逃走。

说了不叫他走，他听清了吗？小东西，他算是长了耳朵！收拾完，他也来到窗前，隔了一层窗纸问："二娘，院里拾掇妥了，还有甚吩咐？"

姚夫人慌忙从窗前退后，极力平静地说："你进来，我有话跟你说。"
小东西进来了。
"你坐下吧，能瞅见椅子在哪儿吧？"
"二娘，不用坐了，有甚事，你就吩咐。"
"叫你坐，你就坐。"
"哎。"
姚夫人看见小东西在摸索着寻椅子。她进来一阵了，已经适应了屋里的黑暗，能依稀看见暗中的一切。云生刚进来，还是两眼一抹黑。她给指点了座椅的方位，看他拘谨地坐下后，忽然就产生了一种很冲动的想法：在这小东西看清暗景以前，她先把一切都设置好。这个燃烧似的想法，不容多想，就迫她实行了：她一边同云生说话，一边就将身上的衣裳一件一件脱去了。隔了一张桌子，她坐在另一把椅子上，可她已经不着一丝衣物，只有暗光将她覆盖，更有一股火，在周身燃烧。
"云生，我早有一件事要对你说。"
"什么事，不是要撵我走吧，二娘？"
"尽说气我的话，我会撵你走？我是想给你举荐家好字号，总不能叫你一辈子伺候我。"
"伺候二娘一辈子也愿意。"
"小东西，尽说嘴吧。你就是真愿意，我也不忍心。老伺候我，能有甚出息。这次，你二爷回来，本来就要叫他给你寻家字号，哪想他就出了这样的事？我们也不像以前风光了，云生，你没有嫌弃我们吧？"
云生慌忙离了座，跪到地上。
"二娘，你这样说，奴才就真该给撵走了。今生今世，我也不敢忘了二爷二娘的恩情！"
"又说嘴吧。"
"真话！"
"那快起来，坐下吧。"
小东西，他还什么也没有看出来吗？
"云生，等你二爷在归化城安顿下来，我就写信叫他给你寻家字号。他要还是丢了灵魂似的，我就出面给你寻字号。不觉你倒十七了，再不能耽误你了。"

云生又扑通跪了下来:"二娘,真的吗?"

"还不信二娘的话?"

"信,信!不拘什么字号,我都要长出息,不给二娘丢人!"

一说驻字号,就这样上劲,这忽然叫姚夫人有些伤心。这个小东西,也和自家的男人是一路货,把商号看得比女人重要!我已经把女人的一切无有一点遮拦地亮给你了,你还没有看见!小东西无论是坐着,还是跪了,都一直那样拘谨着,不敢往她这里看。居然会这样憨?

"驻字号,我知道你会有出息。就怕你也会犯馋女人的大错。"

"二娘,我决不会了。"

"你先听我说!"姚夫人忍不住,厉声说了一句。

听到这一声,跪着的云生,是把头埋得更低了。

"云生呀,你没有娶媳妇,还不知道女人是甚,怎么会不馋女人?除非你是憨子、傻子、木石人!所以,我今天要教你做一件事,叫你知道什么是女人,学会怎样才能不馋女人。小东西,你抬头看我!"

他抬起头来了,但没有一点异常的反应。难道还没有看清?屋里依旧那样黑暗,月亮并没有出来,可进屋已经有一会儿了,怎么还看不清!哪有你这样的憨旦!

小东西他终于惊叫一声,伏到地上:"二娘,二娘,我不能……"

"你不能什么!"姚夫人厉声问了一声。

"叫二爷知道,我活不成……"

"云生,我问你一句,你是想驻字号,还是想叫我把你撵走?"

"当然想驻字号……"

"那你就听我的,敢不敢?"

"……"

"敢不敢?"

"那就敢吧……"

"不敢,你这就走!"

"敢,二娘……"

"云生,云生,二娘是为你。你这么大一个男娃了,连女人是甚还不知道，成天跟馋猫似的，你当我看不出来？这么一副馋样，哪家字号敢要你？二娘虽是过来人，身子不值钱了，可不是看你有出息，想疼你，能这样不管不顾，叫你小东西开蒙解馋呀？"

"二娘……"

"小东西，想看，你还不快看！"

小东西，你怎么就那么憨、那么笨、那么胆小，已经这样了，还不敢冒失一回，不敢过来搂住二娘。都这样了，还得样样教你，你怎么是这样一个小憨娃！都这样了，你不能再哭，你引诱这样一个小憨娃，不能算可怜，那些七老八十的男人，他们不也喜欢讨十五六的女娃做小吗？不能光叫他们男人有理，什么都是他们有理，你也学他们一回，讨一回小。云生，憨娃，二娘不是教你学坏，二娘是万不得已了，就算你报答一回二娘吧，这事二娘不会叫任何人知道，不会坏了你的名声。小东西，你抖什么，你手脚也太笨，样样都得教给你，还不相信我能送你进字号？

小东西，小东西，要知道是这样，我何必还要费那么大心思，谋划了那许多计策，折腾了这许多天，早知这样，我干脆就对你说，小东西你报答一回二娘，二娘送你进字号，只怕你早就麻麻利利躺到二娘的炕上了？小东西呀，你也是把字号看得比女人重？还是年轻了好，年轻了壮，可还没有怎么呢，你就出了一身汗，我不嫌男人的汗味大，是不嫌。

不，我没有哭，我不是哭，不是哭，你想怎么看二娘，只管看你的，想怎么亲二娘，只管亲你的，我不是哭……样样都得教你。

第二天，姚夫人想极力显得平静，可分明没有做到。连那个傻兰妮都问了几次："二娘是不是病了？"

倒是云生这个小东西比她还装得稳。见了她，有些羞涩，但没有太失常。他的憨是装出来的，还是把进字号看得太重了，不敢有闪失？

天晴了，十六的明月要出来。

5

六月十六，邱泰基和那个新伙计郭玉琪北上经太原、忻州、代州、山阴、右玉，已走到了杀虎口。

杀虎口也是出蒙通俄，尤其是通往归化、包头、前营乌里雅苏台、后营科布多的大孔道，古边地的大关口，俗称西口。所以，杀虎口也是晋商的大码头。这里，自然有天成元票庄的一间分庄。

杀虎口分庄的老帮伙友已经听说了邱泰基的事。知道这位一向得意今日忽然遭贬的出名老帮要路过本地，本来想很快意地看看他的落魄相，可及至等来了，却叫人吃了一惊。

邱掌柜居然是一步一步从太谷走到了杀虎口！一般山西人走口外，负重吃苦，一步一步将荒凉的旅途量到头，那并不稀罕。可大商号的驻外人员，即使是一般伙友，也支有往来的车马盘缠，何况是领庄的老帮。邱泰基徒步走口外，分明有痛改前非的心志在里面，这太出人意料。

一向以奢华风流出名的邱老帮，现在哪还有一点风流样，又黑又瘦，身披风尘，更把负罪之意分明写在了脸上。不是因为捎了总号的信件，要交给杀虎口庄口，他居然打算寻家简陋的客栈，打一夜尖，悄悄就走了。见是这番情状，谁还有心思奚落他？

这里的吕老帮就设了盛宴，招待他。他再三推辞，哪里会依了他。

"邱掌柜，我们都是长年在码头领庄，谁能没有闪失？老东家大掌柜已经罚了你，我们再慢待你，传了出去，那成了甚了？我吕某还能在码头立足吗？咱们吃顿饭，喝杯酒，算是你邱掌柜给我们一个面子。"

吕老帮把话说成了这样，邱泰基感到更有些难堪了："吕老帮，你这样说，我就更无地自容了。我惹的祸，不是做瞎了一两笔生意，是坏了咱天成元的声名，真是罪不该赦的。咱西帮唯以声名取信天下，咱天成元在商界又是何等盛名！叫我给抹了这样一把黑，连累得老东台大掌柜也坐不住了，那么大年纪，冒暑出巡汉口，你说我的罪过有多大！还有甚的颜面见同侪呀？"

吕老帮就说："你罪过再大，也还是咱天成元的人吧？路过一趟，连自家字号的门也不进，你不是要坏我吕某的名声？再说，还有跟你的这位郭掌柜，初出口外，我能不招待人家？"

邱泰基总算入了席，但只是饮了三盅酒，怎么劝，也不多饮了。邱泰基这样，那个跟着的郭玉琪也不多饮，场面真是很冷落。席间，吕老帮多所宽慰，邱泰基依然神色凝重。老东家和大掌柜是否真要出巡江南，吕老帮早想问个仔细，但见邱泰基这种样子，也不便开口。直到终席，吕老帮才问："老东台和大掌柜真是要出远门，下江南？"

"早已经启程了。他们是六月初三离开太谷，我们初四上路。现在，他们已到河南了吧。现在河南、湖北，那是什么天气，唉，你说我的罪过有多大吧！"

"已经启程了？这里的字号，还都不相信呢！都说那是我们天成元放出的一股风，还不知是要出什么奇招。现在，哪还时兴财东老总出巡查看生意，还说是暑天就走，谁信？就是我们，也不敢信。真出动了？"

"我亲眼见的，还能有假？初三那天大早走的，我想去送，又没脸去送，只是跑到半道上，远远躲着，望着他们的车马走近，又走远了。咳，我一人发浑，惹得老东台大掌柜不放心各码头掌柜！"

"邱掌柜，你也不能一味这样想。康老东台，本来就是位器局大、喜欢出巡的财东。一生哪儿没有到过？大富之后，不喜爱坐享其成，只好满天下去跑，见人所未见，谋人所未谋。西帮的财东，都要像他，那只怕我们西帮的生意早做到西洋去了。"

"只是，年纪大了，万一……"

"我看康老东家倒不用我们多操心。老汉是成了精的人，灾病上不了身的。倒是孙大掌柜叫人不放心，这许多年，他出巡不多，这一趟够他辛苦。叫他受点辛苦，也知道我们驻外的辛苦了，也好。"

"大掌柜受了这番罪，怨恨我那是应该的，连累你们各位掌柜，我实在于心不忍。"

"给各码头的掌柜倒也该念念紧箍咒了。你看看日昇昌那些驻外老帮，骄横成什么了，眼里还有谁！小生意不做，大生意霸道，连对官府也气粗得很，把天下第一票号的架势全露了出来。做老大的，先把咱西帮的祖训全扔了。日昇昌它就是财东太稀松，掌柜们没戴紧箍咒，大闹天宫只怕也没人管。"

"我邱某就是浅薄如此。到归化庄口后，还望吕掌柜多检点。"

"邱掌柜，你真是太心思重了。你张罗生意是好手，如今咱们的庄口离得近了，还望你多帮衬呢。"

吕老帮劝邱泰基在杀虎口多歇一日,他哪里肯?祁县乔家的大德通分号,也想在第二天宴请邱泰基探听一点消息,他当然也更婉谢了。

翌日一早,邱泰基就带了郭玉琪出了杀虎口,踏上口外更荒凉的旅程。

按西帮规矩,商号的学徒出徒后,能被派到外埠码头当伙计,那便是一种重用,算有望修成正果。一旦外派,即便是新出徒,也可被称作掌柜了,那就像科举一旦中试,就被称作老爷一样。

像所有能入票号的伙友一样,郭玉琪在进入天成元以前一直是在乡间的学馆读书。父母看他聪慧好学,是块材料,就没有令他考取秀才,下了心思托人举荐担保,将他送进了天成元票庄。在总号做学徒的三四年中,他虽然全是做些伺候大小掌柜的卑贱营生,可也不算吃了多大的苦。听说要外放到归化城当伙计,心里当然很高兴。在总号几年,早知道归化是口外的大码头,又是东家的发迹地,能到那里开始学生意,真是好运气。口外当然比太谷苦焦,可你是驻票号,衣食花销都比其他商号优越一等。还有,他从小就听说了一句话:没驻过口外,就不能叫西帮买卖人。

临走,又听说要跟了邱掌柜一道上路,郭玉琪就更兴奋了。

邱掌柜那可是天成元出名的驻外老帮!虽说眼跟前倒了些霉,毕竟人家还是生意高手。郭玉琪在心里甚至这样想:邱掌柜犯的过错,那也是有本事的人才能犯。所以,他对邱泰基仍然崇拜异常。

这样一位邱掌柜,一见面,居然叫他"郭掌柜",简直令他惶恐万分。

"邱掌柜,你就叫我的名字吧,大名小名都由你。"

"叫你郭掌柜,也不过分,你是怕甚?驻外埠庄口,不拘老帮、伙计,人人都得担一副担子,用十分心思,叫掌柜不是光占便宜。在总号学徒,还不懂这?"

"懂是懂,只是跟邱掌柜你比,我就什么也不是了。"

"你什么也不是,总号派你到口外做甚!能进票号,又能外派,那你就是百里挑一的人尖,比中个秀才也不差。没有这份心气,哪能在票号做事?"

"邱掌柜,你才是人中俊杰……"

"郭掌柜,以后再不许这样奉承我!我叫你有心气,是叫你藏在内里,不是叫你张扬。我吃亏倒霉，就在这上头，你也知道吧？"

"再怎么说，众人还是佩服邱掌柜。以后，还望邱掌柜多教我管我。"

"生意，生意，全在一个'生'字。生者，活也。生意上的死规矩，旁人能教你，那些活东西，就全凭你自家了。郭掌柜，咱这一路上归化，你是骑马，还是雇车？"

"我随邱掌柜，跟了伺候你。"

"我只想雇匹骡子，驮了行李，我自己跟了骡子走。"

"那我也随邱掌柜，跟你一搭步走。"

"郭掌柜，你不必随我。我是多年把自家惯坏了，惹了这样一场祸，想治治自家。你获外派是喜事，柜上又给你支盘缠，何必随我？我都想好了，咱离太谷时，雇辆标车，一搭坐了。等过了太原，到黄寨，再换成骡马。这样，你骑马，我跟了骡子走，也没人知道，不叫你为难。"

"邱掌柜为我费这样的心思，我领情就是了。可我也正想步走一趟口外呢。日前，祖父还对我说，琪儿你算享福了，上口外，字号还许你雇车马。老辈人上口外，还不是全说一个走字。不用步走，倒是享福，可你刚当伙计就这样娇贵，能受了口外的苦焦？邱掌柜，这不是正好呀，我随了你走，也历练历练。若邱掌柜你坐车骑马，我想步走，也不会允许吧？"

"要这样说，也不强求你了。实在说，你步走一趟口外，倒也不会吃亏。"

要步行赴归化，郭玉琪其实是没有一点准备。既是票号外派，就是远赴天涯海角，也有车马盘缠的。那不只是自家的福气，更是票号的排场。但邱掌柜要舍弃车马，徒步就道，那就是说成什么，他也得随了走。邱掌柜虽给贬到归化庄口了，也是副帮二掌柜。掌柜步行，小伙计骑马，哪有这样的理！邱掌柜说得那样恳切，也许是真恳切，也许又是考验你！

在总号学徒的三四年，从沏茶倒水、铺床叠被，到誊写信件、背诵银钱平码，那真是处处都在受考验。稍不当心，就掉进掌柜们的圈套里了。说是学生意，其实什么都没有人教你，只有掌柜们无处不在的圈套，想方设法在套你！躲过圈套，也没有人夸你；掉进圈套呢，谁都会骂你笨。郭玉琪好在还不算太笨，没有怎么挨骂，可也学会了提心吊胆。从早起一睁开眼，就得提心吊胆，大事小事，有事无事，都不敢松心大意。就是夜里睡着了，也得睁半只眼，留三分心。所以，他对邱掌柜佩服是佩服，也不敢大意。

六月初四，他们离开太谷时，真按邱掌柜意思，先雇了辆标车，坐着过了太原府。到黄寨，便弃车就道，只雇了一匹驮行李的骡子。

郭玉琪没有出过远门，更没有走过远路。刚踏上黄寨那一片丘陵，就有了种荒凉感，加上初尝跋涉的劳苦，就觉预料中的艰辛来得太快了。看邱掌柜，分明也走得很辛苦，汗比自己流得多。

"邱掌柜，才离开太原府，这地面就这样苦焦？正是庄稼旺的时候，可坡上的那庄稼，稀稀疏疏，绿得发灰，看了都不提精神。"

"这能叫苦焦？越往前走，你就越知道什么叫苦焦了。见不上庄稼，见不上绿颜色，见不上人烟，见不上水，你想也想不见的苦焦样，都不愁叫你经见。"

"邱掌柜是甚时走的口外？"

"二十年前了。那时跟你似的，正年轻。也是一心想到口外住几年，以为不受先人受过的那份罪有不了出息。一去，才知道了，受罪实在还在其次。驻口外，那就像修行得道，要整个儿脱胎换骨。那里不光是苦焦，比起关内，比起中原，比起咱山西，比起咱祁太平，那真是世外天外，什么也不一样！吃喝穿戴、日常起居异样不说，连话语也不一样，信的神鬼也不一样。在我们这里，从小依靠惯了的一切，到口外，你就一样也靠不上了。叫一声老天爷，那里的老天爷也不认得你！就是我们从小念熟的孔孟之书，圣贤之道，着了急，也救不了你了。"

"邱掌柜不用吓唬我，我不怕。"

"我吓唬你做甚？我给你说吧，在口外有时候你就是想害怕，也没法怕！"

"想怕也没法怕？邱掌柜，我还真解不开这是什么意思？"

"你想害怕，那倒是由你，可你去怕谁呀？几天见不上人烟，见不上草木，每天就能喝半碗水，除了驼铃，什么的声音也听不见，连狼都不去，你去怕谁？能见着的，就是头上又高有蓝的天穹、脚下无有边涯的荒漠，还有就是白天的日头、夜里的星星。可这些蓝天大漠，日月星辰，它们都认不得你。皇上、孔孟、吕祖、财神土地爷，全呼叫不应了。你怕，还是不怕，天地都不管你。"

"不能怕，就不怕得了。"

"那不能活，就死了拉倒？"

"也不是这意思。"

"我给你说，到了那种境地，天地间就真得只剩你自家了！你能逮住的，就唯有你自家；你能求的，也唯有你自家。谁也靠不上了，你唯有靠你自家。谁也救不了你了，但还有你自家。你说，这不是修行悟道，是甚？"

郭玉琪从小就常听人说走口外，只知道口外是一个神奇的世界，也是一个苦焦异常的地界。可邱掌柜这样一种精深说法，他真是闻所未闻！

"邱掌柜，我听说口外尽是咱山西人，去了，也并不觉怎的生疏呀？"

"那都是先人蹚出了路。你要把口外当山西一样来混，那就白走一趟口外了。再说，在口外驻庄，你也不能只窝在字号。就是当跑街的伙计，也不能光在归化城里跑。从归化到前营乌里雅苏台、后营科布多，那是大商路。到前营四千多里，到后营五千多里。往来送信调银，平时多托驼队，遇了急事，也少不得自家去跑。光是去路一程，快也得两个月。出了归化，过了达尔罕，走几百里就是戈壁大漠了。中间有十八站没河水，得自家打井淘水。那一段，你不得道成精，过不去。走出戈壁，还有好几站，只有一口井，人马都限量喝水，以渴不死为限。骆驼耐渴，是一口水也不给它喝。以后就进山了，在乌里雅苏台的东南路，还有雪山。想想吧，这种营生，你能靠谁？"

"经邱掌柜这一指点，我已经有靠了。"

"那到了归化，你就跟我先走一趟乌里雅苏台。我得去拜访乌里雅苏台将军连顺大人，有一封端方给他的信，要当面呈他。"

"那我一定跟了邱掌柜，学会在绝境修行悟道。"

郭玉琪跟随邱掌柜北行的第一天，就翻越了一座石岭关，走得简直惨不忍睹。直到四天后，出了雁门关，似乎才稍稍适应。雁门关外的苍凉寂寥，使他几乎忘记了正是夏日。举目望去，真就寻不到一点浓郁的绿色。才出雁门关，就荒凉如此，出了杀虎口，又会是一种什么情景？他想象不来。

及至出了杀虎口，感觉上倒没有了太大的差异。依然是苍凉，依然寂静辽远，走许多时候见不到一个村庄。但口外依然有村庄，也依然有庄稼。有些庄稼，甚至比雁门关外还长得兴旺。放牧的牛羊，更多，更壮观，像平地漫来一片云。

只是，初出口外的一路遇到的果然都是山西人。路过的村庄、集镇，几乎整个儿都是山西人。

邱掌柜说："这里还不能叫口外。咱们山西的庄户人走口外，已经把这一带开垦得跟关里差不多了。从杀虎口往归化、包头这一路，一直到河套、前套、后套，都是这番景象，到处都是山西人。但我们西帮商家出来，可不是寻地种、揽羊放。郭掌柜，我给你说句不好听的话，你要修炼不出来，得不了西帮为商之道，那你就只能流落在此，种地放羊了。"

邱掌柜说的这句话，叫郭玉琪听得心惊胆战。

6

邱泰基和郭玉琪走到归化城时，已将近六月末。若是乘了车马，本来有半个月就到了，多走了许多天。如此一步不落，生是靠两条腿远行千里，叫归化庄口的众伙友，也吃惊不小。

惊叹之后，就问到康老太爷和大掌柜的出巡，因为他们也都不大相信。听说已经出动，估计已经到了汉口，更感意外。

柜上办了一桌酒席，欢迎邱泰基和郭玉琪。席间，邱泰基自然又是自责甚严。在这里领庄的方老帮，见将邱泰基这样的好手派来给他做副帮，心里就松了一口气。他倒不是指望邱泰基能兜揽到多少大生意，只是想，有这样一个精明干练的人做帮衬，应付康家三爷，或许会容易一些。所以在席面上，他很明白地对众伙友说：

"邱掌柜的过失，东家和老号已给了处罚，过去了。再说，过失也与我们无涉。邱掌柜是生意高手，能来归化与咱们共事，是缘分，也是幸事。邱掌柜既是咱们字号的副帮了，往后各位都得严执敬上礼，听他吩咐。"

邱掌柜听了当然感激不尽。

席后，方老帮即将邱泰基召到自家的账房。

"邱掌柜，你能来归化，算是救了我了！"

"方掌柜，这话怎么说起呢？我是惹了大祸的人，只怕会连累你们的。有适宜我办的事，方掌柜尽管吩咐。"

"邱掌柜，你也知道的，归化这个码头，是东家起山发迹的地方。除了做生意，还得应酬东家的种种事。多费点辛劳，倒也不怕，就是有些事，再辛劳，也应酬不下。东家三爷来归化一年多了，他倒不用字号伺候，只是吩咐办的，那可是多不好办！"

"三爷是有大志的人，也是康老太爷最器重的一位爷。将来康东家的门户，只有这位三爷能支撑起来。可方掌柜是领庄大将呀，应酬三爷，那不会有难处的。"

"邱掌柜，你们都是站在远处看，雾里看花。三爷是有大志，比起东家其他几位爷，也最有志于商事。可他性情太急太暴，谋一件事，就恨不得立马见分晓。一事未成，又谋一事。他谋的有些事，明知要瞎，也不能跟他说。一说，他更要执意去办。邱掌柜，你也知道大盛魁在口外是什么地位！我们和大盛魁争也得有手段，哪能明火执仗地厮打？可三爷他就好硬对硬，明里决胜负。"

三爷会是这样？邱泰基真是还没有听说过。

"三爷那是年轻气盛吧。"

"他也四十多了。康老太爷在他这种岁数，早就当家主政了。他是太自负，眼里瞧不上几个人。祁帮渠家、乔家的人，瞧不上。这里大盛魁的人，也瞧不上。我这老朽，他更瞧不上。自负也不能算毛病，咱西帮有头脸、有作为的人物，谁不自负？可别人都是将自负深藏不露，外里依然谦恭绵善，三爷他倒是将自负全写在了脸面上了。"

"方掌柜，这就是我好犯的毛病，浅薄之至。"

"邱掌柜，我不是说你。"

"我知道。我跟三爷没见过几次面，可在太谷，也没听人这样说他。"

"太谷有老太爷呢，他不敢太放肆。再说，太谷也没多少人故意捧他。这里呢，捧他的人太多。那些小字号捧他，可能是真捧，真想巴结他。蒙人一些王爷公子捧他，也不大有二心，他们是当名流富绅交结他吧。可大盛魁那些人，乔家、渠家字号的那些人，也捧他，里面就有文章。他瞧不上人家，常连点面子也不给人家，人家还要捧他，就那么贱？人家也是财大气足呀,不比你康家软差!明明要瞎的事,也捧着他去做,撺掇着叫他往坑里跳!这哪里是捧他?不是想灭他,也是想出他的洋相!"

"真有这样的事?"

"邱掌柜,你既然来驻庄,我也不给你多说了。那些事,你自家去打听吧。用不了多时,你更得亲身经见。"

"那你也没有给老太爷说说?"

"字号有规矩,我方某这样一个驻外老帮,哪能对财东说三道四?"

"可字号也有规矩,财东不能干涉号事。三爷交办的事,有损字号,不好办,也该禀告了总号,不办呀?"

"我给老号写了多少信,孙大掌柜也没有说一句响话。只是一味说,三爷嫩呢,多忍让,多开导吧。忍是能忍,开导则难。三爷哪会听我们开导?大掌柜也不似以往了,少了威严,多了圆通。这回,叫他出去受受辛苦,也好。"

"老号有老号的难处,各码头字号也各有自家的难处。眼下三爷在哪儿呢?三娘还叫我捎了封信给他。"

"听说在后套呢。他正在谋着要跟乔家的复盛公打一新仗!我也正为此发愁呢。"

"跟乔家打仗?"

"你看,今年不是天雨少,旱得厉害吗?三爷也不知听谁说的,乔家的复盛公字号,今年要做胡麻油的霸盘生意。他们估计口外的胡麻收成不会太好,明年胡油一准是涨。所以,谋划着在秋后将口外胡麻全盘收进,囤积居奇。三爷听说了,就谋着要抢在乔家之前,先就买断胡麻的'树梢'!"

"买'树梢',那是大盘生意,康家在口外,也没有大粮庄、大油坊。口外做粮油大盘,谁能做过大盛魁和复盛公?"

"就是说呢!快入夏时,三爷才听说了乔家要做霸盘,立马就决定要抢先手,买'树梢'。康家在口外,只有几家小粮庄,哪能托起大盘来?三爷说,他已经跟大盛魁暗地联手了。又说,粮庄不大,可咱的票号大,你们给备足银钱吧。他买'树梢',分明是要把咱们票庄拉扯进去!"

"没有禀告老号吗?"

"怎么没有!大掌柜只回了四个字:相机行事。这不是等于没有回话吗？"

"方掌柜，要是允许，那我就先见见三爷去。以我自家的戴罪之身，给他说说我惹的祸，老太爷如何气恼，已经冒暑出巡江汉，看他肯不肯有所警戒？"

"那就辛苦邱掌柜了。"

买"树梢"，有些类似现代的期货交易。就是庄稼还在青苗期，商家就和农家议定一个粮油价，并按此价付给部分银钱。到秋后庄稼收获后，不管市价高低，仍然按原议定价钱交易粮油。

西帮在口外做买"树梢"生意，说起来比初创粮食期货交易的美国人还要早。只是，它的出现有特殊背景。早期走口外的山西庄户人，通常都是春来冬归。春天来宜农的河套一带，租地耕种，待秋后收获毕，交了租子，卖了粮油，就携带了银钱，回家过年。来年春天再出口外，都舍不得多带银钱，新一轮耕耘总是很拮据。有心眼的西商，就做起了买"树梢"的生意。一般在

春夏之交，庄稼的苗情初定，又是农人手头最紧的时候，议价付银，容易成交。可这种生意，风险太大。那时代庄稼的收成，全在老天爷，还有天时之外的不测风云。

祁县乔家在包头的复盛公商号，就是做买"树梢"生意起家。但发达之后，连乔家也轻易不做这种生意了。

三爷忽然要买"树梢"，他是心血来潮，还真是落入了乔家的圈套？邱泰基越想越觉得不能大意。要是能挽三爷于既倒，那倒是给自家赎了一次罪。

可三爷到底是怎样一个人，他还不太知道。

第六章　凄婉枣树林

1

太谷在光绪二十年（1894）就设了电报局，局长一人，电务生一人，巡兵三人。说是收发官商电文，实在还是官电少，商电多。康笏南南下这一路，想叫沿途字号发电报报平安，数了数，还是汉口才通电报。

所以，康笏南离谷后二十多天，康家才收到河南怀庆府字号送回来的信报，说康老东台一路平安，已赴武陟，经荥泽渡河，往郑州去了。老太爷精神甚好，孙大掌柜也平安，以下诸人都甚尽职，望老夫人、各位老爷放心勿念。又过了十多天，周口的信报刚到，汉口的电报也到了。

知道老太爷平安到达汉口，康家上下都放了些心，也惊叹还是电报走得快。只是电文太简单，寥寥几字，哪能化解得了许多牵挂？周口的信报上说得多些，也尽是平安喜报，赞扬辞令。道上炎热情形，老太爷饮食如何，患病没有，日行多少，遇凉爽地界，是否肯休歇几日，全没有说。

信报和电文送达后，天成元柜上赶紧呈往康庄，临时主政的四爷接了，自然又赶紧呈给老夫人。杜老夫人看过，吩咐赶紧给大家看。

杜筠青能看出来，四爷是在真正牵挂老太爷，神情上就与别人不一样。自老太爷走后，一向绵善恬淡的四爷，就像忽然压了千斤重担，一副不堪负荷的样子，又像大难临头了，满脸愁云不散。每日见了，都是念叨一句话：不知老太爷又走到哪儿了？

自老太爷走后，主政的四爷就每天进老院来，向她问安，看有什么吩咐。杜筠青做了老夫人多少年，真还没有享受过这样的待遇！初进康家门那阵，各门的媳妇还来问问安，那时她见媳妇们大多比自己年长，看她们来问安也很勉强，就主动免了这道礼。从此，真就没人理她了。老太爷上回出巡京津，是三爷在家主政，他可是照样不理她这个老夫人。

还是四爷人善，就是太软弱了。

除了四爷，别人也还是照样。而且，别人也都不像四爷那样挂念老太爷，他们倒像是阎王爷不在，小鬼们反了。大面上，也念叨老太爷，心里早自在松快得放了羊。她什么看不出来！

老太爷一走，这个大宅院里真是变了一个样。

但她可不替他们康家发愁担忧！老东西走时，什么也没向她交代，连句离别的人情话也没说。

老东西走了，她也松快自在。有事没事，走出老院也由自家兴致。媳妇们不喜欢见她，她就故意叫她们不喜欢，只要自家高兴，偏去见。

看四娘，倒比四爷刚硬，一张嘴就是说合家乱了套，不服她家四爷管。

"我家四爷也是太善了，要是恶些，谁敢这样？可我家四爷哪会恶呀？老太爷一走，爷们少爷们，一个也不去大厨房用膳了，山珍海味，就剩下给下人们受用。我们家四爷，见天独自家在大厨房用膳，难活不难活？老夫人，你也不出来说句话？"

杜筠青心里就笑了，我说话，四娘你听吗？你话里的意思，当我听不出来？还不是说，我老夫人说话更没风！她真就笑了笑，说：

"四娘，我倒有个主意，给你家四爷说说，看能不能采纳？"

"老夫人这样说，不是咒我家四爷吗？老夫人的示下，我们敢不采纳！"

"四娘你先听听我的主意。"

"老夫人说甚，我们也得听！"

"四爷要真听我的，那我们女人们就能享几天福了！"

"女人们享福？"

"既然老少爷们都吃腻了山珍海味，怕去大厨房，那不用叫他们受这份罪了。咱们女人们替他们去大厨房坐席，他们不吃，咱们吃。山珍海味，咱们还没吃腻呢。咱们受用，不比扔给下人强？咱们一道坐席，天天相聚，说说趣闻笑话，热热闹闹，那不是享福是什么！"

"啊呀，老夫人！这不是害我家四爷呀？女辈们见天到大厨房坐席，还要疯说疯道，那不是坏了祖上规矩，反了天了！老太爷回来，我家四爷怎么交代？这不是害我家四爷！"

杜筠青就快意地笑了。

"四娘，我跟你说句笑话罢了。在人家西洋，女人一样坐席，还是上宾。"

"老夫人想学西洋，可不要连累我家四爷！"

"说句笑话吧，我还不知道四爷不容易，哪会难为他？什么时候，我在老院自家的厨房办桌酒席，请你们各位奶奶都来聚聚，不知道肯不肯赏光？"

"老夫人这样说，是要折我们的寿吧！老夫人赏宴，我们敢不领情？只是，眼下还没得老太爷准讯儿，也不知路上平安不平安，都牵肠挂肚的，谁有心思吃席？等老太爷平安到了汉口，老夫人不请我们，我们也得吃你一顿。"

四娘也真不给她留情面，她不过是随口一说罢了，倒责怪她不管老太爷死活，在家摆宴取乐呢。

"四娘，你们就是立马要吃我的大户，我也没那心思。不过，老太爷这次出巡，我比你们放心。他那股英雄气，还在呢。你们不是常说，他不是凡人吗？你也多开导四爷吧，不用太为老太爷担忧了。"

"老夫人，我也这样劝我家四爷呢。可他就是那样一个善人，不叫他操心，难呢。"

杜筠青又在心里笑了。哼，我也学会跟你们斗嘴了，你们不用想多占便宜。

三娘不像四娘这样嘴上厉害，可一副尊贵的派头，比谁都分明。老太爷最器重三爷，谁也能看出来，眼见就要叫三爷出来主持外务，照看康家的大小字号。三娘也争气，孙辈的大少爷又是她生的。你尊贵，按说也该。可你尊贵，也不必全写到脸面上。你尊贵，也不能尊贵到我老夫人头上吧？杜筠青早就感觉到了，这位说话得体、礼节周全的三娘，那一身逼人的尊贵气，就仿佛全康家的女人，唯有她是正宫娘娘，别人都是偏房做小的，连她这个长一辈的老夫人也不例外。真是成不得大器！我就真是做小，也是给老太爷做小，轮不着你做媳妇的神气。

所以，杜筠青一见这位三娘，就更来了兴致，故意惹她不高兴。

三娘一张嘴，也是说她家三爷。谁也没她家三爷辛苦，成年在口外，受的什么罪？都像她家三爷，老太爷还用这样出动呀，五黄六月大热天，远路风尘下汉口，检点生意跑码头，显得满堂子孙无用，不孝顺。

杜筠青就说："可不是呢，老太爷等不回三爷来，只好自家出动了。"

三娘果然就不高兴了："也没见老太爷叫我家三爷回来呀？口外也有咱康家一大摊生意呢，口外更受罪。"

"大夏天，口外比汉口凉快吧？"

"老夫人还能这样说？好像我家三爷是在口外避暑呢，不回来。口外那是什么地界，谁去那种苦焦地界避暑？"

"我不是那意思。总听人说口外，口外，咱康家做生意又是在口外发家，就是不知道口外是种什么样。三娘你也没有去过口外吧？"

"我没去过，可我家三爷常跑口外，还不知道那是种什么地方？走口外，都是万不得已。到口外吃尽苦中苦，回来才能人上人。"

"我早有个心愿，什么时候也到口外去一趟。也不用管老爷们的生意，就去看一眼，口外到底是个什么样。不知三娘有这心思没有？三娘要是也想去，我就能跟了你沾光。"

"我们妇道人家，去口外做甚？咱家也有规矩，除了当家主事的爷们，一般子弟家眷都不兴随便到外埠的字号走动。"

"要不我求三娘呢！三爷是主事的爷们，去口外，可不得求你三娘！"

"老夫人不能这样说，我家三爷主甚事呢？他去口外，不过是遵了老太爷命，吃苦受罪，历练罢了，能主甚事？"

"咱们去口外，也不图吃苦，也不为历练，就去开开眼，看看祖宗创业的地方是什么样，就得。"

"老夫人想去，就能去。我们做媳妇的，得守妇道，哪敢随便出门？"

"谁说不许咱们出门走动了？你看人家五娘，不是跟了五爷，往京津游历去了吗？兴她们去京津，就不兴咱们去口外？"

"五爷五娘太年轻，也不知道替老太爷操心，就是一心玩乐。"

"三娘，我可没听老太爷说过五爷五娘的不是，倒是见小两口恩爱异常，很高兴。我看三娘你娇贵惯了，吃不得去口外那份苦吧？你不想去，也不用为难，我寻旁人就伴。"

"老夫人说我娇贵，可是太冤。咱们康家，就没有妇道人家四处走动的规矩。男人们出去照看生意,女人们又四处游玩,这个家丢给谁呀?"

"看看,还说三爷不主事呢,三娘你倒当起家来了!不说了,不说了,你们不叫去口外,我就不去了。我这心思,也给老太爷说过,老太爷只是不相信我能吃了那份苦。说,只要你敢吃那份苦,我就叫老夏、包师父伺候你去趟口外!康家的女人们,我看也得腿长些,到口外开开眼,也知道祖宗的不易了。看人家那些美国女人,万里风尘,跑咱太谷传教,你们能像人家那样腿长身强,咱也能把生意做到它美国。这可是老太爷说的!"

"老夫人,我家三爷能吃甚的苦,我也能吃甚的苦!去口外,那是说句话的事?我也是怕老夫人你吃不了那份苦。"

"我至少比你们强。我娘家父母,原是带我去西洋的,所以不给我缠足,还从小教我受苦健身。我可没有你们娇贵!"

说得三娘她也不大争辩了。去口外,也不过是随便一说,你顺水推舟就是了,倒真摆起了当家主事的派头了!我老夫人真要想去口外,还用求你呀?

为了叫三娘、四娘不高兴,结果弄得自家也不高兴,杜筠青也就失去了招惹她们的兴致。大娘二娘,都是可以做她母亲的老妇人了,又一向慈善安详,杜筠青也从来不招惹她们。

真是的,自己如若按父亲所愿,真做了公使夫人,也得这样学会斗心眼、练嘴皮吗?常听父亲说,做参赞、公使、出使大臣,那得善于辞令、工于心计。

她纵有这份天赋,又有什么用呢!

欧罗巴、法兰西、法京巴黎,还有公使夫人,那已经是多么久远的梦了。

她现在还能有什么梦做呢?不过是像她的前任女人们那样,忽然被老东西克死,然后举行一场浩荡无比、华丽无比的葬礼。杜筠青已经做过这样的噩梦,还不止一次。

四爷天天来问安,说不定还是遵了老东西之命,来监看她吧?四爷人善,她不会怨他。可他能看住谁?

就是没人看守她,她又能跑到哪里!不过是照旧进城洗趟澡吧。

2

康笏南走后,杜筠青倒没有忽然放纵了天天进城洗浴。她还是隔两三天,进城一趟。不过,每回是一准要放吕布的假,叫她往家跑一遭。

吕布的老父重病卧床,眼看着难有回转。她能这样三天两头跑回来探视,还带些老夫人赐下的药物补品,心里当然感激万分。又赶上老太爷出巡不在,尤其那个冷酷的老亭,也随老太爷走了,她越发放了心。那个老亭,平常冷头冷脸的,不多说,可什么也瞒不过他。老院里的下人,谁不怕他!还有车倌三喜,也听从了老夫人的叮咛,答应不给她张扬。准是老父修了德吧,在这种时候,遇了老夫人慈悲,又把挨刀的老亭支开,给了她孝敬的机会。但愿老人家能熬过暑热天,或许还有望跳过这个坎儿。

吕布为了不多耽误老夫人,就跟娘家一位兄弟约好,每回先牵了毛驴,在西门外接送她。可她回来早了,老夫人似乎还不高兴,说:"不用那样赶趁,跟老人家多说几句话,怕什么?我也正想在野外凉凉快快,散散心呢。"

吕布就更感动不已,来去也敢从容了。

杜筠青自己当然也想从容。这一阵她在华清池洗浴时候都不大。她对三喜说,天太热,时候大了,那不是找罪受呀。洗不大时候出来,也不在城里转,就坐车出城来,只到那处枣树林里乘凉等候。

英俊的三喜也比先前活泼得多,尽跟她说些有趣的话。有时候,也跟了她,一直走向枣林深处。枣林深处,越发幽静、清凉。枣林外面的庄稼,也一天一个样地蹿高了。给又高有密的绿庄稼围住,枣林更显得神秘异常。杜筠青在这种时候,总是分外愉悦、兴奋。

"三喜,就也不怕车马给人赶走了?"

"不怕,谁敢偷老夫人的车马呀?"

"干吗人家不敢偷?"

"除非他是憨子、傻货!他偷了有甚用?全太谷谁不认得老夫人的车马!"

"给全太谷都认住那才叫人烦呢,想自由自在些都不成。咱们的车马总在这儿停,都叫人知道了吧?"

"知道了吧，能咋！咱们爱在哪儿停就停。老夫人不用多操心。"

"三喜，我可不喜欢太招摇！再说，咱们也得给吕布遮掩点吧？都知道了我们回回在这儿停车马，传回去，我倒不怕，吕布还敢往家跑吗？"

"老夫人你真是心善呢，一个下人，还给她想那么周到！"

"三喜，那轮到你家有了火上房的急事儿，我可要铁面无私了！"

"我就是家里火上房，也不能耽误了伺候老夫人呀？"

"你就是会说嘴！我们套辆平常些的车马出来，行不行呢？"

"老夏他就不敢答应，那不是成心给康家丢脸呀！再说，老夫人出门坐平常车马，那才惹眼，还惹不出满城议论来？"

"那我女扮男装了，骑马进城，三喜你也不用赶车了，给我当马童得了。"

"那更惹眼！城里满大街还不挤了人伙，跟着看老夫人呀？"

"看叫你说的，我又不是新媳妇，人家干吗挤着看我！"

"我可听说过，当年老夫人头一次坐康家的这种车马就是女扮男装，像洋画片里的人物走出来了。"

"鬼东西，这种事你也听说了？听谁说的？"

"车倌们都知道。"

"全太谷也都知道了？"

"就我们车倌悄悄说呢，哪能往外乱传！连这点规矩都不懂，那不是寻倒霉呀？"

"什么画里的人物！你们也是看我做了老夫人才这样奉承吧。当年，我没进康家时，还不是成天在大街上走动，谁挤着看呢！"

"老夫人那时的故事就传得更多了。"

"可那时候，我多自由自在，想出门就出门，想去哪儿，抬脚就去了。每日午后，我陪了父亲，经南街出南门，走到南关，看田园景色，落日晚霞，闻青麦气息，槐花清香，真是想想都愉快。现在，哪还有那样的日子。"

"现在也能呀，老夫人想去哪儿，还不是由你？"

"我想在这枣树林里多坐一会儿都怕车马太招摇，你说还能去哪儿？"

"车马咋也不会咋，老夫人就放心吧。"

"三喜，我真是想跟以前似的，不招摇，不惹眼，自由自在地到处走走，看看。洗浴完，我们也寻个乐意的去处，自由走动走动，总不能老在这儿傻坐。"

"老夫人想去哪儿，逛东寺南寺，还是戏园听戏，吩咐就是了，有甚难呢？"

"三喜，你年纪轻轻就耳背呀？逛寺庙，进戏园，当我不会？我是不想这样惹眼，看人家满大街的那些人，谁也不留意谁，那才自在。你能想个什么法子，叫人们不大留意咱们？"

"啊呀，那可不容易。"

"还没想呢，就说不容易！你看，想个什么法子，先把这辆太惹眼的华贵车马打发了。"

"打发了车马，老夫人真要骑马？"

"三喜呀，你真是笨！"

"我们哪能不笨？都像老夫人你那样文雅、高明，谁赶车呀？"

"不用说嘴了，给我想想办法。咱们出门，还是不显山，不露水，照样坐车马出来。洗浴完呢，看怎么把这惹眼的车马打发了。我们呢，就跟满大街的平常人似的，没人留意，自由自在。回康庄呢，还得把车马招回来，照旧坐了家去。"

"啊呀，除非我是神仙，哪能给老夫人想出这种办法？"

"你是不乐意给我想吧？也没叫你立马就想出来，一天两天，三天五天，想不出来，只管想。"

自康笏南出巡后，杜筠青真是渴望能飞出康家，出格地自由几天。老东西好不容易出了远门，她不能放过这个时机。她想出游，逛会，甚至去趟太原府，弯到晋源游一回晋祠，吩咐老夏一声，谅他也不敢挡驾。就是要给你派一群伺候的下人，那才扫兴。她就想扔了康家老夫人这个可恶的身份，自在几天。她更想背着他们康家，捣点鬼，坏一坏老东西的规矩，做出点出格的事来。她不怕叫老东西知道，有意做出格的事，就是为了叫老东西知道！可眼下得包藏严实，包不严，你就想出格也出不了格。弄来一堆下人围住你，看你能做什么？

谁也不叫你们伺候，就叫三喜一人跟了。惹眼的车马，也不要。

三喜招人喜欢，有他跟了，她总是很愉快。现在，三喜在她跟前也不拘束了，什么话都敢说，说得也叫人爱听。三喜可比吕布强得多。吕布也已经叫她给收买了。

老东西给雇了这样一个英俊、机灵、健谈的车倌，她为什么要不喜欢呢！除了父亲和她的两位哥哥，三喜就是她最喜欢又最能接近的一个男子了。可父亲没有带她去西洋，却把她卖给了这个老东西，名分上是尊贵的老夫人，可谁能知道她是在给老东西做禽兽！两位哥哥，是早已经把她忘记了。只是，这个三喜，他能跟你一心吗？你也得想个什么办法，把他收买过来吧？

杜筠青叫三喜给她想办法，也是要试验他愿不愿意跟她一道捣鬼。

没有想到，那天吕布匆匆赶回来，三喜居然把这件难事对她说了。

"都是为了你！叫老夫人回回都坐在这野地里等你，想去处乐意的地界游玩也不能！"

"老夫人，我心里也过意不去呢！那我不用回回都往家跑了，隔十天半月跑一趟，也感激不尽了。"

"你不用听三喜的！是他不想在我跟前枯坐，掂着家去藏起来抹牌呢。"

"老夫人，哪有的事呢！康家的规矩我们谁敢破？主家的老爷少爷还不许打牌，我们做下人的就敢？不是找倒霉呀？吕嫂，是不是你告了黑状？"

"三喜，你肯替我遮掩，感激还不够呢，我能说你坏话？"

杜筠青就只是笑。还没怎么呢，三喜就把什么都对吕布说了，她先还有些不高兴。可一想，三喜既对吕布说了，那不就是愿意一道捣鬼了？所以，她也就故意那样说。

"吕嫂，我们都是为你，你能给出个主意不能？"

"你叫我给你出什么主意？"

"是给老夫人出主意，不是给我。我能求动你吗？"

"吕布，你不能给他出主意。他倒懒，我给他出了道题，想治他的懒，他倒推给了你！"

"老夫人，到底是什么事呀？"

"老夫人嫌停在大野地里等你太无趣，想寻个有趣的去处，走动走动，又怕惊天动地的，不自在。"

"我可是蛮喜欢那片枣树林，又幽静，又凉快。三喜他嫌枯闷，就惦记着去热闹的地界。我们赶着这样惹眼的车马，往热闹处挤，那不是招人讨厌呀？"

吕布张口就说："这有甚难的，就不会找家车马店，把咱们的车马停放了？再给老夫人雇顶小轿，想去哪儿，不能去？"

"三喜，说你懒，你还委屈呢。你看看，人家吕布立马就想出了办法！"

"车马大店那种地方，能停放咱这种车马？辱没了咱这贵重的好车不说，两匹娇贵的枣红马，也受不了那种罪，车马店能给它们吃甚喝甚？"

"哎呀，能停多大时候，就委屈了它们！"

"我看吕布想的法子，成。只是，好不容易打发了车马，又得坐轿，还不是一样不自在！"

"老夫人还想女扮男装呢。"

吕布就又说了一出个简单的主意："还用女扮男装？老夫人要不嫌劳累，想随意走动，那就穿身我们这种下人的衣裳，再戴顶遮太阳的草帽，谁还能认出你来？"

"看看，看看，人家吕布什么办法都能想出来！"

"叫老夫人装扮成下人，我哪敢？"

"那怕甚？不过是挡一挡众人的眼。"

"我喜欢这样装扮了出去走动，跟演戏似的，才有趣。三喜，你也不能穿这身惹眼的号衣了。要不，人家还能认出咱们是大户人家。"

在康家这种豪门大家，给主人赶华贵轿车的车倌，不仅年轻英俊，还穿着主家给特制的号衣，四季不同，都甚考究。那是一种门面和排场。

三喜就说："那叫我穿什么？"

吕布说："你就没身平常衣裳了？反正不穿号衣就得了。"

杜筠青对这个微服私游的出格之举非常满意。能跟吕布、三喜一道商量如何捣鬼，更叫她感到兴奋。

那天回康庄的一路，她就享受到了一种从未有过的愉快。她们三人一直在讨论，三喜装扮成她的什么人好。

三喜说："我当然是装扮成老夫人的下人。"

吕布就说:"老夫人扮的,就是我们这种下人,还能再跟着一下人?"

杜筠青说:"就为我生了一双大脚,就非得扮成下人?扮个小户人家的娘子也成吧?"

吕布说:"小户人家有几家雇佣人的?三喜他也不像小户人家的长工用人。三喜,老夫人扮成小户人家的女人,你就扮成老夫人的兄弟吧!"

三喜连说:"吕嫂你这不是乱了辈分了!给老夫人当兄弟,是想折我的寿?"

杜筠青说:"三喜给我当兄弟,也不像。扮个书童、琴童,倒像。"

吕布说:"小户人家,能有书童?再说,书童是跟公子,哪能跟了娘子满大街跑?"

杜筠青说:"那三喜你就男扮女装了,扮我的丫鬟!"

三喜说:"我的脚更大,哪能扮女人!"

吕布就说:"大脚娘子,跟了一个大脚丫鬟,也般配。"

说得三人都笑了。

3

那天回来,杜筠青就和吕布躲在她的大屋里试着穿戴吕布的衣束。

杜筠青是高挑身材,也不瘦弱。吕布呢,身材也不低,只是壮些,近年更有些发福。杜筠青穿了吕布的衣裳,就显松垮。

杜筠青对着穿衣镜,看自家松垮的新样子,就忍不住笑了。换了身衣裳,真就脱去了老夫人那种可恶相了,果然像一个小户人家的娘子。

吕布在一边看了说:"老夫人你架不起我的衣裳,一看就是拣了旁人的估衣穿。"

"我看这样穿戴了,还蛮标致呢,宽宽大大,也舒坦。小户人家穿戴,哪要那么合身?就是你这衣裳,也够金贵,是细洋士林布吧?"

"这身还是外出穿的下人包衣,在家伺候老太爷、老夫人,不是也得穿绸缎?"

在康家这样豪门大户,贴身伺候主人的仆佣衣资也是不菲的。尤其像吕布这样在老太爷、老夫人眼跟前走动的下人,穿戴更得讲究。可她们出外,那就绝不能沾绸挂缎,以明仆佣身份。只是布衣也上了讲究。

"就先穿你这一身吧,你就把这身给我仔细洗洗。改日你回家去,再给我寻身村妇穿的衣裳,看我穿了像不像村妇。"

"老夫人穿了这身,我看也不像小户人家的娘子。你走几步路,叫我看看?"

"怎么,还是嫌我脚大?"说着,就走动起来。

吕布看了,说:"不是嫌脚大。看你哪像大脚老婆走路的样子?"

杜筠青想起了以前给老东西、给那些大户财主们走佳人步时的情景。那时,惊得他们一个一个露出了傻相,可现在,老东西哪还把她当有西洋气韵的佳人看?佳人步,就佳人步吧,她就是要迈着佳人步给他满大街走。

"走得不像,就不像,莫非我还得跟你学走步?"

"不用学,你走路使点劲,就像了。"

"使点劲?不坐车,不坐轿,还叫我使点劲走?吕布,你是想累傻老婆呀?"

她们正在一边试衣一边说笑,就有女佣在外间禀报:六爷求见老夫人。

吕布问:"见不见呢?"

杜筠青说:"哪能不见?"

"那老夫人就赶紧换了衣裳吧。"

"我就穿这身见他。"

"那哪行?"

"怎么就不成?你快去请六爷吧。"

六爷进来,见老夫人是这样一身装束,真就吃了一惊。

"母亲大人这是……"

"我不知道六爷要来,没顾上穿戴礼服。你不见怪吧?"

"我不是这意思。"

"大夏天,我就喜欢穿宽大的洋布衣裳,又凉快,又自在。"

"我唐突求见,母亲大人不见怪吧?"

"老太爷刚出了远门,你、四爷,就常来看我,我高兴还来不及呢,见什么怪呀!六爷没有去学馆?"

"学馆太热,就在家苦读呢。"

"天太热了,就休歇几天,不要太苦了自己。"

"谢母亲大人。可负了先母的重命,不敢懈怠一日的。"

"有你先母保佑,六爷又如此勤勉,来年中举是必定了。"

"可我近来忽然明白了,所谓先母的英灵一直不散,尤其近来这次显灵,只怕是他们编就的一个故事,只蒙蔽着我一个人!"

"六爷,你怎么忽然要这样想?"

"我已不是少小无知的蒙童了。人辞世后,灵魂哪会几年不转世投生?先母又不是作了孽的人,死后多少年了,为何还不叫她转生?所以,我才忽然明白了,这么多年,大家都在蒙蔽我一人!"

"六爷,为了蒙蔽你一人,就叫我们大家也跟了担惊受怕?你是不知道,我刚来你们康家,初次给那夜半的锣声惊醒,那是怎么的情景?听说了是你母亲显灵,我简直惊恐无比!那时,六爷你还小,只怕还不知道害怕吧?他们若故意如此,那不就是为了惊吓我?"

"初时,许是真的,先母舍不下我。以后,先母就走了。她舍不下我,也得转世去了。"

"就是第二年后,那夜半骤起的锣声,也依然叫人惊骇不已。"

"你为什么这样害怕她?"

"你的母亲一定很嫉恨我。"

"你与先母并不相识,她为何会嫉恨你?"

"因为我做了你的继母。"

"但你并没有虐待我呀?"

"六爷能这样说,我真高兴。可我相信,你的母亲即使转世了,她也会一直在心里守护你。"

"那先母一定回过老院见过你。"

"你母亲没有来这里显过灵。后来我也不怕了,真想见见她,可她没有来过。"

"你就是见过,也不会对我说。"

"六爷,我真是没见过她。"

"我不相信!"

"你母亲要知道你竟这样想,她会多难受!"

"母亲大人,你一定和他们是一道的,假造了先母的英灵来蒙蔽我。"

"六爷,你如何猜测我都不要紧的。要紧的是你不可负了你母亲对你如此精诚。你不想想,我们真如你所言,惊天动地地假托了你母亲的在天之灵一道蒙蔽你,图了什么?为逼你读书中举?可你也知道,老太爷对中举求仕,并不看重。"

"父亲和你说起过先母吗?"

"他极少和我提起的。"

六爷看着杜筠青身后那些精致的书阁,问:"书阁上这些书籍,都是为母亲大人添置的吗?"

"我也不太知道。听吕布她们说,以前就是这种样子。可她们不大识字,说的话也不可靠。我看,《海国图志》《法国志略》《泰西艺学通考》这类书,许是为我添置的。有六爷爱读的书,只管拿去。"

"我记得前次来时,好像在书阁上看到一本《困学记闻》,不知是否真确?"

"那你就找吧。"

六爷走近书阁,依次看了一个过,果然翻出了《困学记闻》。

杜筠青就说:"六爷的眼光、记性这样好,那回就是扫了一眼吧,便记住了?你拿去读吧,搁在这里,也是摆设。"

"谢母亲大人。书阁这些书籍,也许有先母读过的?"

六爷忽然这样问,杜筠青真是没有想到。六爷今天过来,难道是要寻找他母亲的遗物吗?

"六爷,那真说不定有。书阁上许多书籍,我看也是陈年摆设了。不知你母亲生前爱读哪种书?"

"我哪能知道?奶妈总对我说,先母生前最爱读书了,但奶妈她也认不得几个字,说不清先母是爱读圣贤经史,还是艺文别集。我不过随便一问。母亲大人读书时,万一翻见先母的批字,还求给我一睹。"

"我哪里能与你母亲相比,读不懂什么书的,闲来只是念念唐宋诗词。不过,六爷既想寻你母亲的手迹,那我就叫吕布她们逐卷逐册逐页地翻一遍,凡遇有批字的都拣出来,请六爷过目,成不成?"

"母亲大人不必这样翻天动地的，我实在只是随便一说。"

"反正她们也闲着无事，六爷不用操心。"

"那就谢母亲大人了。"

六爷走后，杜筠青真给弄糊涂了。他到底是为何而来？

先是说不信他母亲曾来显灵，后来又疑心书阁里藏了她的遗笔，六爷他到底发现了什么？老太爷才出门没几天，他就有了什么发现？

对新近这次闹鬼，杜筠青自己也有些不太相信。这么多年了，那位先老夫人的鬼魂真还不肯散去？你就真对老东西有深仇大恨，为何不变了厉鬼来老院吓他，毁他？痛快复了仇，赶紧去转世！哪用得了这样，不温不火，隐显无常，旷日长久，却又一次也不来老院？你若是依然不想死去，依然对老东西情义难绝，那你也该现了形，先来吓唬我，折磨我吧？你又总不出来！我不相信你会依然恋着老东西不走，世上凡是女人，都不会喜欢那样给老东西做禽兽！你终于脱离了他，为何还不快走？舍不得你的六爷？可你已是鬼魂了，就不怕吓着你年少的六爷！

杜筠青早年就有过六爷那样的疑心。隔些时候，就惊天动地闹一次鬼，总说是那位先老夫人的阴魂又来游荡。其实哪有什么鬼魂，不过是他们故意演这么一出戏，吓唬她这个后继的老夫人罢了！六爷也有了这样的疑心，他一定是发现了他们捣鬼的蛛丝马迹。更可见，她的疑心不差！

这一次，老太爷在出巡前，重演这出旧戏，还是想吓一吓她吧？或者，他已经担心她会出格捣鬼，以此来告诫她？

但六爷为何要来对她说出这种真相？是因为老太爷不在？六爷对老太爷也有成见？

六爷疑心在这些书阁内藏着他母亲的遗迹，那他可能还发现了更重要的事情？六爷是很少进老院来的。

这些书阁，杜筠青早就熟视无睹了。摆在书阁内的那些书籍，除了《稼轩长短句》，几本唐宋诗词，还有那卷《苏批诗经》，她就几乎没动过别的。她也从来没有疑心过，在这些尘封已久的书卷中会藏着什么秘密。

杜筠青不由就伸手到书阁上取下了《古文眉铨》，一页一页翻起来。

翻了几页，又把吕布叫进来："你也从书阁上拿本书，一页一页翻。"

"我能识几个字，叫我翻书，那不是白翻呀？"

"也没叫你认字。书上印的一行一行的字和用笔写上去的凌乱的字，能分得清就成。一页一页翻，遇见手写的字，你就告我。就这点事，还做不了？"

吕布听说是这样，也随手取了一册，翻起来。

只是翻了不大工夫，杜筠青就烦了，合了书，推到一边。罢罢罢，就是真有厉鬼来，也吓不住她了！她还是要微服出游，自由自在几天。

吕布见老夫人歇了手，便说："我还得给你洗涮这身衣裳，有空再翻吧。"

"你还得给我寻顶草帽吧？寻顶干净的。"

4

老太爷走后，六爷倒是真想闯进老院发现点秘密。可惜，他还什么也没有发现。他对老夫人说，已不再相信先母的英灵曾经守了他好几年，那不过是谎称，但愿先母不会责怪。不这样说，哪能套出那个女人的话来？

老太爷不在了，请求进老院，老夫人不便拒绝。但进去了，就四处乱钻，见人就问，那也不成吧？老院里的下人，一个个都是老太爷特别挑拣出来的，没人对你说实话的。向老夫人打听，那更是与虎谋皮了，再傻也不能那样做。想来想去，六爷就想出了这样一个托词。既然先母早已转世去了，多年闹鬼不过是一出假戏，那准能引出这个女人轻易不说的一些话来。先母死得屈，还是不屈，听听这位继母说什么，也多少能看出些痕迹吧？

六爷真没有想到，这个女人的应对竟如此不露一点痕迹。她仿佛比谁都敬重先母！又仿佛比先母还要疼爱他。他不过随便问了一声，书阁里的书籍是否有先母读过的，她便要叫人为他搜寻先母的遗笔。

想搜寻，就寻吧。能寻出来，就是片言只语，那也真要感谢你。

其实，六爷去寻那本《困学记闻》，实在也只是进入老院的一个借口。

初入老院，一无所获，六爷只能再觅良策了。

学馆的何老爷，是位疯疯癫癫的人物。他说的话，大多不能深信，可有时也说些别人不敢说的话。何老爷来家馆任教职也有四五年了。老太爷闲来也常与他聚谈。家里的夏管家、包武师，他也爱寻人家抬杠。他又是置身世外的人，也许还知道些事？

所以，六爷就有意缠了何老爷，扯些学业以外的闲话。

老太爷出巡后，何老爷变得异常兴奋，也总留住六爷，扯些闲话。只是，他爱扯的，尽是些码头上的商事。

那日，本来是向六爷传授应考策论的谋略，忽然就又说到老太爷的出巡："孙大掌柜，他就是太不爱出门！你统领着天下生意，不通晓天下时势，就是诸葛孔明，也得失算。孔明会用兵，可他再世也做不了生意。运筹帷幄，决胜千里，今日商场，哪还有那种便宜事！我看，不是老太爷拉扯，孙大掌柜他才不想出这趟远门。"

六爷乘机说："何老爷，你也不出门了，何以能知天下时势？"

"我驻京号十多年，沪号、汉号、东口字号，也都住过，足迹几遍天下，岂能不知当今时势！他孙大掌柜去过哪儿？尤其近十多年，窝在老号而已。《易佳·系辞》有曰：'富有之谓大业，日新之谓盛德。'今天下日新，你只是不理，德岂能盛，业何以富？"

"那老太爷真该换了你，接替孙大掌柜领东。"

"六爷你不要讥讽我。你们康家真要选了我领东，天成元早盖过它日昇昌，成了天下第一票号。顶了这个倒灶的功名，什么都谈不上了。"

"何老爷，我正苦读备考，你却这样辱没功名，对圣贤事大不敬，是成心要连累我呀？就不怕先母的英灵来惩罚你？"

"哈哈，我是早已受了惩罚了。再惩罚，又能如何！"

"那我就祈求先母，什么时候再来恫吓你一回！你要误我功名，先母一定会大怒的。"

"先令堂大人如有神通，还望祈她摘去本老爷的功名。"

"何老爷今日是否饮酒过量了？"

"老太爷不在，老夏他哪里舍得给我多备酒？"

"何老爷，先母辞世许多年了，亡灵忽又显现，也许真在惦记我考取功名。可近来我也在想，先母的魂灵或许早已转世而去，所谓显灵，不过是一出假戏而已。何老爷，你也相信先母的亡灵至今徘徊不去吗？"

"敬神，神即在。你希望她在，她就在。"

"可先母总是不期而至，并不是应我之祈才来。所以，我就疑心，是父亲为严束我专心读书，才假托了先母的亡灵，叫他们重唱了这样一出戏。"

"六爷，老太爷他会如此看重你的功名？"

"老太爷很敬重何老爷，常邀何老爷小饮，长叙。对先母不时显灵之事，不知你们是否谈起？"

"那是贵府的家事，我哪里敢谈起？六爷，先母遗志，你当然不可违。可老太爷是希望你继承家业，由儒入商。这是父命，也不可太忤逆了。六爷日后如有志于商，我甘愿为你领东，新创一家票号，成为天成元的联号。只是，六爷你得听我一句话，总号万不能再囿于太谷，一定要移师于雄视天下的京都……"

"那也得等我高中进士以后吧，不然，我怎么能使唤你这位举人老爷呢？"

"六爷，我早已想好了一条妙计，可以脱去这个倒灶的举人功名？"

"是什么妙计？"

"求谁写一纸状子，递往官衙，告我辱没字纸，不敬圣贤，荒废六艺，举人功名自会被夺去的。"

"你顶了这样一个罪名，我可不敢用你。"

"六爷不用我，自会有人用我的。"

这位何老爷，说到码头商事，儒业功名，就如此疯疯癫癫，可说到老太爷和先母却守口如瓶！可见他也不是真疯癫。

想从何老爷口里套出点事来，也不容易。

六爷谎称先母的亡灵有假，居然就真的触怒了她？

六月十三那日夜半，突然又锣声大作，还很敲了许多时候。先母不显灵，已经有许多年了。近来，怎么忽然连着显灵两次？六爷照例跪伏到先母的遗像前，心里满是恐惧。

奶妈并不知他有如此不敬之举，依然像以往那样，代先母说话：

"六爷，你母亲是为你的婚事而来，你快答应了她吧。"

六爷只是说："求母亲大人饶恕我的不敬。"

奶妈就说:"也求老夫人给老太爷托梦,催他早日给六爷完婚。"

"求饶恕我的不敬。"

"六爷的学业,老夫人尽可放心。"

"我不是有意如此。"

"老夫人牵挂的,就这一件事了吧?催老太爷为六爷早日办了这件大事,你也该放心走了。老夫人你太命苦,生时苦,升了天也苦,你也该走了。"

六爷不再说话。

"老夫人就放心去吧。"

"老夫人还有甚的心思要说,你就说吧。"

凄厉的锣声只是敲个不停。六爷心里知道这是先母盛怒了,他满是恐惧,祈求原谅自己。可先母似乎不肯宽恕他。他本来也是为了先母,想弄清先母的冤屈,却这样得不到先母体谅。母亲大人,要真是你的在天之灵驾临了,你应该知道为儿的苦心吧?你的在天之灵既然一直守护着我,也该将你不肯离去的隐情昭示给我了。我已经成人,你就是托一个梦来,也好。

可母亲大人,你已久不来我的梦中了。

难道我的猜测是对的?我一时的谎称并不谬?母亲大人你其实早已脱离阴间,转世而去了?这许多年,谬托你的亡灵的,不过是父亲和那个替代你的女人?他们叫巡夜的下人,不时演这样一出闹鬼的假戏,其实只是为了严束我?

母亲大人,如果你真驾临了,就求你立刻隐去,令他们的锣声止息。如果他们的锣声一直不止,我就要相信我的谎称不谬了。

六爷跪伏着,在心里不断默念这样的意思。

良久,凄厉的锣声只是不止。

六爷忽然站了起来,冲向了院里。

奶妈大为惊骇,慌忙跟随出来:"六爷,六爷,你这是做甚?"

"我去见母亲。"

"她就在你的身边,就在你的眼前。六爷,你得赶紧跪下!"

"我想在月光下,见见母亲。"

"隔了阴阳两界,你们不能见面,赶紧跪下吧,六爷!"

奶妈就在庭院的月光下，跪下了。

将满的月亮，静静地高悬在星空。清爽的夏夜，并没有一丝的异常。只有那不歇的锣声覆盖了一切。

不远处，就能望见守夜的更楼。那里亮着防风的美浮洋马灯。锣声就是从那里传出来的。可是，除了更楼上灯光，再也没有灯光了。除了这凄厉的锣声，也再没有别的声音了。所有的人都习惯了这送鬼的锣声了？

也许谁都知道，这锣声只是敲给他老六一个人听的。今夜敲得这样长久，那一定是因为他向那个继母说出了真相。她害怕他识破真相！

奶妈她也知道真相吧？

六爷想到这里，就向男佣住的偏院走去。

奶妈又慌忙追过来："六爷，你要去哪儿？"

"去叫下人，开开院门，我要上更楼去。"

"六爷，你不能这样。你母亲就在你眼前！"

六爷不再听奶妈的拦阻，径直向偏院去了。

只是，他刚迈入偏院，锣声就停下来了。随之，就是一种可怕的寂静。这种异常的寂静，似乎忽然将清冷的月光也凝固住了。

六爷心头一惊，不觉止住脚步，呆立在那里。

不知是过了许久，还是并不久，在那凝固的寂静中，格外分明地传了一声真正凄厉的呼叫，女人凄厉无比的呼叫……

六爷只觉自己的头皮顿时一紧，毛发都竖起来了。

"奶妈，你听，这是谁在叫？"

奶妈却说："哪有叫声？六爷，你母亲已经走了，我们也回屋吧！"

没有叫声？不是女人的叫声？

果然，还是那凝固了的寂静。

5

六月十三夜半闹鬼的时候，杜筠青就没有被惊醒。这一向，她睡得又沉又香美。自从成功地乔装成小家妇人，每次进城洗浴，都要快意地寻一处胜境去游览，兴冲冲走许多路；加上乔装的兴奋，自在的快乐，也耗去许多精神气。回来，自然倦意甚浓，入夜也就睡得格外香甜。

第二日一早，吕布告她夜里又闹鬼了，还闹了很一阵。杜筠青就说："看看，看看，谁叫六爷起了那样的疑心！这不，他母亲不高兴了。"

但她心里却想：哼，说不定真是老东西临走交代了他们，以此来吓她。叫她看穿了，那还有什么可怕！越这样闹，她越不在乎。

所以，早饭后，杜筠青照例坐了马车进城洗浴去了。车马出了村，吕布和三喜不似往日那样有说有笑，一直闷着，谁也不出声。

杜筠青就问："都怎么了，今儿个是不想伺候我进城了？"

吕布说："老太爷一走，连前头那位老夫人也来闹得欢了。"

三喜说："闹得我都没睡好觉。昨夜的锣声太阴森。"

杜筠青笑了："你们是为了这呀？又不是头一回了，能把你们吓着？六爷那天还跟我说呢，他不信他母亲的灵魂还在。这不，就叫他看看，在不在！"

吕布说："老夫人你倒睡得踏实，闹了多大时候呢，就没把你惊动！"

三喜说："我听下夜的说，这回敲锣好像不顶事了，怎么敲，也送不走。"

杜筠青说："吕布你醒了，怎么也不叫我一声？这些天，我睡得连个梦也不做了。前头这位老夫人，她喜不喜欢出门？吕布你知道吧？"

吕布说："她又不像你，这么喜欢洗浴，就是想出门，也没法走动得这么勤。她有个本家姊妹，嫁给了北洸村的曹家。她们姊妹爱走动，只是她去得多，人家来得少。除此，也不爱去哪儿。"

三喜进康家晚，来时，那位前任老夫人已故去几年，知道的也仅是仆佣间的一些传说。所以，他就问："怎么，他曹家的人，比咱们康家的人架子大？"

吕布瞪了他一眼，说："你知道个甚！人家不爱来，是嫌咱康家规矩太多，太厉害。康家主仆，谁也不能抹牌耍钱，那是祖上留下来的铁规矩。那个本家姊妹偏喜好抹纸牌，来了康家抹不成，能不受制？在康家做老夫人的，都不能抹牌，人家来了能不拘束，还来做甚？"

三喜就说："我听说，曹家子弟抽洋烟的也不少。他曹家是寻着败家呢，也没人管？"

杜筠青笑着说:"三喜你倒会替曹家操心!吕布,听你这么说,前头这位老夫人还喜欢推牌九?"

吕布说:"她倒不喜爱。只是她那位本家姊妹,除了抹牌,还喜欢交结豪门大户的贵妇。去曹家,能多见些尊贵的女人,多听些趣事吧。"

三喜就说:"就不能把这些大户女人也请到康家来?"

吕布又瞪了他一眼:"请来,又不能抹牌,也不能听戏,干坐着呀?老太爷见不得唱戏,谁敢请戏班来唱?"

三喜说:"太谷的王家、祁县的渠家,都养着自家的戏班。我看也是寻着败家。"

杜筠青说:"三喜你就好替人家操心!不说了,不说了,别人的事,不说他了。这几天,我可是能吃能睡,乐意得很。你们也不少走路,够自在,就没有长饭长觉呀?"

吕布说:"老夫人长觉长饭,我看是给劳累的。"

三喜就说:"要是累了,今儿就哪儿也不用去了,洗浴罢就回。"

杜筠青连忙说:"谁说累了?吕布累不累,不管她,她回家去尽孝道。三喜你就是累,也得跟了我伺候!三喜,你说,今儿个咱们去哪儿?"

"东寺、南寺、西园,都去过了。找新鲜,该去戏园、书场。"

"我可不爱去那种地方。再说,梆子戏哼哼嗨嗨,我也听不明白。"

"那去逛古董铺?"

"我更不去那种地方!"

吕布就说:"大热天,也没地方赶会吧?"

三喜说:"到六月二十三,东关才有火神庙会。"

"那三喜你记住这日子,到时咱们去赶会。今儿,咱们要不去趟乌马河?三喜你不是说,今年乌马河水不大,只是蒲草长得旺。"

三喜说:"乌马河有甚看头?"

"我就喜欢水,喜欢河。走吧,今儿咱们就去一趟乌马河。"

吕布说:"太阳将出来时,乌马河才有看头。"

杜筠青就说:"你也不早说!今儿不管它时辰了,就去一趟乌马河。"

于是,马车就没有进城,直接赶到了东关。在东门外通济桥边,叫吕布下了车。然后,继续东行,往乌马河去了。

杜筠青第一次乔装出游时，是照旧先到华清池洗浴完才去了东寺。

本来是想，洗浴毕，就顺便换了装，出了澡堂，便可以自由随意了。没承想，临到澡堂的女佣伺候她换装时，都奇怪地问："老夫人，拿错替换的衣裳了吧？"

杜筠青这才觉察到，在澡堂换装改扮，还不妥当。华清池跟康家太熟，今儿在这里乔装打扮，说不定明儿就传回康庄了。所以，她赶紧说："可不是呢！这个吕布，心不知在哪儿，怎么把她的衣裳给包来了？"

当时，她依然穿了自家的贵妇夏装出来上了马车。

那回，马车本来要往南关的车马店停。她一想，也不妥呀。自家的车马本来就在南关三天两头地走，那一路的车马店谁不认得她们？所以，三喜才吆了车马，弯到东关，寻找一家不熟的小店停放。

这中间，车马出了东门，杜筠青也才在车轿里换装改扮。乔装毕，她就爬出车轿，学着吕布的样子，跨车辕坐了。那感觉，真是新鲜极了。

初次这样捣鬼，三喜甚不自然，只是不住看她，仿佛有什么破绽。杜筠青就瞪了他一眼，说："小心赶你的车，出了差错，不怕主家骂你！"

寻到一家小车马店，刚吆车进去，惊动得店里掌柜伙计都跑出来。这样华贵的车马，赶进他们这样的小店，能不慌张吗？见这阵势，三喜又有些不自然了。

杜筠青就跳下车辕来，从容说："我们主家奶奶进城走动，先换轿去了，车马就停在你们店里，小心伺候！"

店主自是殷勤不迭，伺候三喜停了车，卸了马。

三喜一声不吭，停放毕，转身就要走。他有些紧张，连号衣也忘了换。

杜筠青就对他说："你也不嫌热，捂这么一身，想发汗？主家不是盼咐你了，不用穿得这样招眼？"

三喜才脱了上身的号衣，换了件普通的白布褂。

出了车马店，杜筠青走在前，三喜跟在后，离得八丈远。她真听了吕布的，走路尽量使劲，反惹得路人注意。这是图什么，找罪受呀！所以，也没走多远，她就放松快了，该怎么走路，还怎么走。也把三喜叫到了跟前，一搭走。

"三喜，看你吧，还不如我！"

"我哪做过这营生？"

"你看我，扮得还像吕布吧？"

"哪像呀，老夫人是京话口音，就不像。"

"京音就京音，他们管得着吗！可你再不许叫我老夫人。"

"哪叫你甚？"

"我看你就扮我的娘家兄弟吧。哪有用人比主家还腼腆的？"

"那我更叫不出口！"

"叫不出，也得叫。你是三喜，就叫我二姐吧，我比你也丑不到哪儿。"

"老夫人，真叫不出口。"

"看看你吧！那你扮公子，我给你扮老嬷，叫你少爷，成不成？"

"那更不成了，老夫人。"

"你再叫我老夫人，我就把你撵走！就叫我二姐，听见了吧？"

"听见了。"

初尝乔装出行的滋味，一切都叫杜筠青兴奋无比。尤其遇了意外，需要机灵应对，那更令她兴致勃发。三喜的腼腆、不自然，也叫她感到一种快意。老东西在的时候，她为何就没想出这种出格的游戏法？

那次，她们是重进东门，回到东大街，又拐进孙家巷，去了东寺。

东寺是太谷城里最宏丽的一座佛寺。寺内佛殿雄廓华美，古木遮天。寺中央那座精致的藏经楼，高耸出古树，尤其壮观。初回太谷时，杜筠青曾陪了父亲来此敬香游览。那时候，她虽也受人注目，可没顾忌。这一回，情境心境竟是如此不同。

杜筠青不愿去多想，怕败坏了刚有的这一份兴奋。

东寺也有些像南寺，地处闹市红尘中，僧戒失严，香客也不是很多，显得有些冷清。所以进到寺中，三喜真的叫了她一声二姐："二姐，我们先去敬香吧？"

杜筠青忍住没有笑。

在大雄宝殿敬香时，那个懒洋洋的和尚，看也没看她一眼，只说："施主许个愿吧。"

她有什么愿想许？她已经没有什么愿望了，只是想这样出点格，出得有趣，顺利。可这样的心愿哪能对佛祖说？这个宏丽的寺院里，只怕佛祖也不大来光临了。杜筠青跪下拜佛时，什么愿也没有许。

她布施了很少一点小钱。因为她得扮成小户人家的娘子。

和尚又懒懒地问："是否要在禅房用茶？"

三喜忙说："不打扰师父了。"

杜筠青从和尚懒懒的神态中，看出自己乔装得还不错，心里蛮得意。

那天，她们在东寺也没有流连太久。出来，在一个小食摊前，杜筠青买了两份糯米凉糕，自家吃了一份，给她"兄弟"吃了一份。雪白的糯米，撒了鲜艳的青红丝玫瑰，又满是苇叶的清香，真是很好吃。

"三喜，你要好吃，二姐就再给你买一份？"

"我不吃了。"

离开小食摊，三喜就说："老夫人，你尽量少说话好。"

"怎么了？我说漏嘴了？"

"说倒没说漏，就是你满嘴京味，我一口太谷话，叫人家听了，哪像姐弟？"

"又不白吃他的，他管我们说什么话呢！三喜呀，这样没出息，那才不像我的兄弟。这凉糕还真好吃！不是为了扮小户人家，我还得吃一份。"

"二姐，你这就错了。大户人家，谁吃他的，还嫌日脏呢！就是吃，也不过尝几口鲜，哪会吃了一份又一份？小户人家才馋它呢，吃不够。"

"那你不早说！刚才我问你，还吃不吃，你倒装大户，不吃了？咱们不是想装小户还装不像呀？听你这么说，我可不如你。像我吃了一份还想吃，吃不够。可我不是装，真馋呢！我天生该是小户人家。"

"老夫人，我可不是咒你！"

"又叫老夫人！"

第一次乔装出游，虽然就这样去了一趟东寺，可杜筠青还是非常兴奋。一切都顺当，一切都新鲜。一切都是原来的老地界，可你扮一个新角儿感觉就全不一样了。

再次返回东门外，叱了车马出来，杜筠青才发现身上已满是汗。真该先游玩，后洗浴。所以，往后几回，就改了。进城的路上，就乔装好，先游玩一个尽兴，再洗浴一个痛快，悦目赏心又爽身，真是神仙一样的日子。

出太谷,往榆次、太原的官道,是必经乌马河的。

这天,车马快到乌马河前,三喜就在官道边寻了家车马店。现在,他停放车马,已经练达得多了,杜筠青可以一声不吭,扮成有地位的女佣,站在一边看。

他们多付一点草料钱,小店的店主也不会多问一句话。

乌马河是一条小河,从太谷东南山中流出,向西北,经比邻的徐沟,就汇入汾河了。只是,它流经的太谷东北郊,一马平川,河面还算开阔。也没有太分明的河岸,散漫的河滩长满了密密的蒲草,像碧绿的堤坝,将河水束缚了。正是盛夏,还是有不小的河水,在静静地流淌。

叫三喜看,这能算什么风景?但杜筠青来寻的,就是这一种不成风景的野趣。再说,太谷也没有别的更像样的河了。

在杜筠青的指点下,她们一直走到离官道很远的地方才向河滩走近。走近河滩,河水是一点都看不见了,只有又绿又密的蒲草挡在眼前,随风动荡。

"能进去吗?"

"进哪儿?"

"穿过蒲草,到河边看看。"

"那可不敢!蒲草长在稀泥里,往进走,还不把人陷下去?"

"咱们来一趟,就看一眼蒲草?你不是说,乌马河常能蹚水过去?"

"蹚水过河,也不在这地界。"

"别处能蹚,这儿说不定也能?"

"这儿,我可不敢!"

"你不敢,我敢。"

"二姐,那我更担待不起!"

现在,三喜已爱叫她二姐了。在这种寂静的野外,也叫二姐。

"看看你吧。淹死我,你就告他们说,我自己跳河死了。只怕想寻死,这河也淹不死人。"

兴致正浓的杜筠青也不管三喜说什么,只是试着往蒲草里走。踩过去脚下够踏实,似乎连些松软劲都感觉不到。原来三喜是吓唬她,就放心往里走。

边上的蒲草，已有齐胸高，越往里走，越高。全没在草中时，就如沐浴绿水中，更神秘深邃，只是稍显闷热。杜筠青感到够意思，披草踏路，兴冲冲径直往里走去。三喜紧跟在后面，还在不断劝说，杜筠青哪里肯听？她嘲笑三喜太胆小，还是男人呢。

她们的说笑，惊起三五只水鸭，忽然从蒲草深处飞出，掠过蓝天，落向河面。

这使杜筠青更感兴奋，一定要穿过蒲草，到河边看看。

但脚下已有松软感觉，三喜就说："再往里走，小心有蛇吧！"

"蛇？"

听说有蛇，杜筠青心里真是一惊，但她并不全为怕蛇。她回过头来，异样地看着三喜。

"二姐不信？真有蛇！"

"三喜，那你扶我出去吧，我还真怕蛇。"

她托着三喜有力的膀臂，走出了密密的蒲草滩，在河边的一棵大树下，坐了下来。望着碧绿堤坝束缚着的河水，静静流淌而去，听着野鸭、水鸟偶尔传来的啼叫，杜筠青心里只想着一个字："蛇！"

6

杜筠青记不得在哪一年，但记得那是杜牧说的一个故事。

杜牧是近身伺候康笏南的一个老嬷。其实，她也一点也不显老，看着比吕布年轻得多，可能比杜筠青也年轻。她到底年龄几许，无人能知道。杜牧也比吕布生得标致，手脚麻利，嘴也麻利。她不姓杜，杜牧是康笏南给她起的新名字。为什么叫她杜牧，她擅诗文？

杜筠青问过吕布。吕布说，杜牧只比她标致些，认字也不比她多。

那赐名杜牧于彼，是为了与她这位老夫人同姓？但吕布说，杜牧来康家在先，你做老夫人在后。

居然叫杜牧给他做近身仆佣，真不知老东西是何用意。

这个杜牧虽为仆佣，可能终日伴了老东西，而她这个老夫人，却多日不得一见。杜牧是可以为老东西铺床暖被的女佣！在漫长的冬夜，她是要与老东西合衾而眠的。最初知晓了这种内情,杜筠青惊骇无比,激愤无比。老东西原来就是这样不纳小,不使唤年轻丫鬟!可你再惊骇,再激愤,又能如何?老东西不理会你,你就无法来计较这一切。你去向谁诉说,谁又相信你的诉说?

你既然已经做了禽兽,还能再计较什么!

你就是去死,也无非落得一个命势太弱,再次验证老东西不是凡人。顶多,你能享受一次华丽异常、浩荡异常的葬礼。

你连死的兴致都没有了,还能计较什么。

可老东西来了兴致,就爱听杜牧、吕布她们这些老嬷说故事。天爷,那是什么故事!他就只听一种故事:独守空房的商家妇人,如何偷情。驻外的男人,守家的女人,还不都是为了你们这些大财东富了再富,长年劳燕分飞,个个凄苦?老东西居然就爱听这种故事。听到奇兀处,居然会那样放纵了大笑。这种故事,也居然就那样多,说不尽。

那回,杜牧说蛇的故事,一定不是第一次。她终日守着老东西,老东西又那样爱听,还不早说了?偏偏跑到大书房来,忽然才想起这样一个故事,谁信!杜牧一定是和老东西串通好了,专门一道跑到大书房来,说那个肮脏的故事。

老东西那天来到大书房,看着很悠闲。坐在杜筠青这头的书房里,说了许多祖上的事,又说了许多码头上的事,还说到西洋的事。临了,才问起谁又听说了新故事。

杜牧先还和吕布同声说:"我们成天也不出门,到哪儿听新故事?"

老东西就说:"那就说个旧的,反正我也没记性了。说旧的,我也是当新的听。"

杜牧就推吕布先说。吕布说,她得想想,杜牧你先说。杜牧就说开了,没说几句,老东西连连摇头,太旧了,不听,不听。吕布跟着说的,老东西也不爱听,不往下说了。

到这种时候,杜牧才装得像忽然想起什么似的,说:"还有一个旧故事,我早忘了,名儿叫'蛇',不知老太爷听过没有?"

"蛇?没听过吧?你先说说。"

杜牧这一说,就说得老东西眼里直放光,可这故事也真是够肮脏。听完了，老东西意犹未尽，居然叫杜牧学那个商妇，如何假装见了大花蛇，如何惊恐万状向长工叙说，又如何因惊恐而无意间失了态，大泄春光。

杜牧推说学不来，可她还是真学了，不嫌一点羞耻！看得老东西放纵了笑起来，大赞彼商妇计谋出众。

接下来，就是一片忙碌，一片麻利，就是盆翻椅倒，就是沉重、恶心，就是当着这些无羞耻的下人，老东西迫她一起做禽兽。

那时，她做老夫人已经有几年了，早已知道不能计较羞耻。在这个禁宫一样的老院里，是没有羞耻的。老院里的人都相信，皇上的后宫就是这样的，似乎那是一种至高的排场。

但就是说成天，杜筠青她也享受不下这种排场！

她惧怕那种排场。在做禽兽的那种时刻，她是在受酷刑。可老东西把死路都断了，她只能把自己冰冻了，从肉身到内心，冰冷到底。老东西不止一次说她像块冰冷的石头。说她的西洋味哪里去了？

杜筠青早已明白，老东西看中她的西洋味，原来是以为她喜欢做禽兽。父亲这是做了一件什么事！当初带了她到处出头露面，就是为了用五厘财股，将她当禽兽出卖呀？

老东西说对了，我什么也不是了，只是一块冰冷的石头，冰冷到底，你永远也不用想焐热。这三四年，老东西已经明白，我是焐不热的石头。他很少来大书房了，也不再喜欢杜牧给他说故事。老禽兽他也该老了！

可我也能有故事。

去过乌马河之后，杜筠青就不再乔装出游了。隔了三天，进城洗浴，又像往常一样，洗毕，就坐了车马，回到归途的那处枣林，坐了等吕布。只是在进华清池前，吩咐三喜也去男部洗浴，不要偷懒。

三喜常年接送她进城洗浴，也沾了光，常洗浴。可时不时还是会偷懒，仿佛那是件劳役，少洗一次，就多省了一份力气。

这次，三喜没有偷懒。他洗浴出来，等了很一阵，老夫人才洗毕出来，神色似乎也有些凝重。一直到出了城，没说一句话。

三喜就问："这一向到处跑，老夫人劳累了吧？"

"你怎么能看出来？"

"我能看不出来?"

"我看是你还想疯跑。"

"去哪儿,我还不是一样伺候老夫人?"

"哪能一样!改扮了疯跑,你就能叫我二姐,不用怕我。"

"不改扮,也不用怕。"

"好呀,连你也不怕我?"

"我是说,老夫人心善,又开通,我不怕受委屈。"

"就你能说嘴。你要真不怕我,像这样没人的时候,不用叫我老夫人,还叫我二姐。"

"那哪敢!"

"还是怕我。"

到了枣树林,杜筠青下了车。三喜把车马稍稍赶进林子里,正要拴马,杜筠青说:"再往里赶赶,停在阴凉重的地界,省得马受热,车也晒得不能坐人。"

三喜就把车马赶到了枣林深处。

在林子里坐下来,杜筠青就说:"三喜,城里还有什么好地方能去游玩?"

"好地方多呢,就不知道老夫人还喜爱去哪儿?"

"又没别人,就不能不叫我老夫人?"

"那哪敢。"

"那我就去换了吕布的衣裳!"

"快不用了,二姐。"

"鬼东西,怎么又敢叫?"

"是你非让我叫。"

杜筠青就用一种异样的眼光看住三喜,看得三喜有些不好意思起来。

"那我就不叫了。"

"看看你吧!"

三喜,三喜,我可要对不起你了。你说我心善,可我是要害你了。为了报复那个老东西,我只能害你了。老东西会怎样处置我,我都不怕。可他会怎样处置你,我真是不知道。我不想隐瞒,我们也隐瞒不了。我就是要成就一个给老东西丢人、给他们康家丢人的故事，叫它流传出去，多年都传说下去。这样的故事，一定会有人传说。我已经不怕丢人，但老东西他怕丢人。他在外面的美名美德太隆盛了，所以他最害怕丢这样的人。在这故事里，只是害了你，委屈了你。你刚才还说，我心善，开通，不会委屈你。你看错了。我已经不心善了，也不在乎羞耻。不在乎羞耻的人，怎么还能心善。我是成心委屈你。在这故事里，只是委屈了你。

杜筠青看着这个英俊、机灵、对她又崇敬又体贴的车倌，真是有些犹豫了。她知道自己甚至有些喜欢上了这个青年！若能长久像这个夏天，和他单独在这幽静的枣林里说笑，乔装了一道出游，被他不自然地称作二姐，那她也会先忘了一切羞辱，就这样走下去。这个夏天真是意外地把她感动了，想起了自己是女人，甚至是年轻的女子。但你已经不是年轻女子了，甚至已不是女人，你只是个禽兽！你不能贪恋也不能轻信这个梦一样的夏天。这个梦一样的夏天，只是给了你一个报复老东西的时机。你必须抓住这个时机，成就了羞辱老东西的故事。

你真喜欢这个英俊的三喜，也要大胆去做这件事吧。

"三喜，你怕蛇不怕？"

"怎么能不怕？"

"你也怕蛇？"

"谁能不怕？老夫人，怎么忽然说蛇？"

"又叫我老夫人？"

"二姐，你是想起什么了，忽然说蛇？"

"那天，好不容易去蹚乌马河，你还用蛇吓唬我！"

"河滩蒲草里真有蛇。"

"那这枣树林有没有？"

"没有吧。"

"那庄稼地里呢？"

"说不准。二姐，快不用说了。再说，本来没有，也得招来。蛇呀，狼呀，这些叫人怕的生灵，不敢多说，说多了，它真来寻你。"

"你又吓唬人吧。"

看来，三喜没有听过那个蛇的故事。故事中，那个商家妇人就是在回娘家的途中在路边的庄稼地里，假装见了一条大花蛇。问到蛇，又说到庄稼地，三喜他也没有异常的表情。他没听过这个故事就好。就是听过，也不管他了。

又说了些闲话，杜筠青就站起来，往林子深处走去，就像往常那样悠闲走去。也像往常一样，三喜跟了她。

走到林子边上了，她努力平静地说："三喜，你等着，我去净个手。"

杜筠青毅然走进林边的高粱地里。密密的高粱，没过头顶。钻进地垄走了十几步远，已经隐身在青绿中，什么也看不见了。不需要再走了。在那个故事中，送妇人回娘家的年轻长工，等在路边，能听到妇人的惊叫。妇人在惊叫前，将腰带和一只鞋，扔到不远处，好像在惊慌中丢失的。妇人为了装得像真惊恐，还便溺了一裤裆。可这一招，杜筠青是无论如何效仿不出来！但已经不能再犹豫了。她先脱下一只鞋，扔到一处，又解下腰带，扔到另一处。弯曲的腰带落在地垄里，倒真像一条蛇。

她长吐了一口气，就将心里所有的屈辱化成了一声惊叫："蛇——"跟着，提了裤腰，撞着高粱棵，跑了几步，站定了。心在跳，脸色一定很异常。

三喜果然慌忙拨开庄稼，跑进来。

"二姐，你不是吓唬人吧？"

但他跑近了，看见老夫人这种情状，也真慌了："在哪儿？蛇在哪儿？"

杜筠青抬起一只手，指了指："就在那儿！"

三喜猫了身，顺着望去："没有呀？"

杜筠青就抬起两只手来，惊恐地比画："吓死我了，刚蹲下，就见这么粗，这么长，一条大花蛇！"

抬起两手，未系腰带的绸裙裤脱落下去，拥到脚面……也许她装得太像见了蛇，还是她的神色太异常，三喜并没有立刻发现。

看了她惊慌的比画，他竟猫了腰，盯住地垄，小心向前挪去了！这个傻东西。

杜筠青又惊叫起来："还招它，快扶我出去，吓死我了！"

三喜返回来，走近她，终于发现了她的"失态"，呆住了。

"你也看见蛇了？"

她装着一无知，奇怪地望望三喜，然后才好像发现了自己的失态，但似乎也未太在意，只顺手提起裙裤："吓死我了，快扶我出去！"

三喜过来，他很紧张。她装着什么都顾不到了，紧紧抓住他，碰撞着庄稼往外走。走回林子，她又惊叫着，比画了一回，又让裙裤退落了一回：她已经没有羞耻，她这是在羞辱老东西！

她看着三喜惊窘的样子，才好像真正意识到自己的失态："老天爷——"急忙再次提起裙裤，连说："裤带呢？老天爷，还丢了一只鞋……三喜，你还愣什么，快去给我找回来，吓死我了！"

三喜钻进庄稼地了。杜筠青靠在一棵枣树上长长出了一口气。

接下来怎么演呢？在那个肮脏的故事中，引诱长工的妇人，这时说："反正是丢尽人了。"只得脱下溺湿的裙裤。你做不到这步，该怎么往下演？就此收场，又太便宜了老东西。

三喜回来，异常不自然地说："刚才老说蛇，不是把自家的裤带看成蛇了吧？"

"它在我手里拿着呢，怎么能看成蛇！我刚蹲下，就看见……吓得我几乎站不起来！"

"我就说，不能多说这些生灵。"

杜筠青接过腰带，说："把那只鞋快给我穿上。"

三喜蹲下来，慌慌地给她穿时，她忽然又说："踩了一脚土，先把袜子脱了，抖抖土，再穿。"

三喜拽下袜子，就猛然握住了她的那只脚，叫她都不由惊了一下。

"老夫人……"

杜筠青知道故事能演下去了，便用异常的眼光盯住这个英俊的青年，许久才说："三喜，你不怕？"

"不怕！"

"死呢，也不怕？"

"不怕。"

"蛇呢？"

"更不怕，二姐。"

"那你就抱起我，再进庄稼地吧。"

第七章　京号老帮们

1

西帮票号既以金融汇兑为主业，各码头庄口之间的信函传递就成了其商务的最重要依托。客户在甲地将需要汇兑的银钱交付票号，票号写具一纸收银票据，然后将票据对折撕为两半，一半交客户，一半封入信函，寄往乙地分号。客户到乙地后，持那一半票据，交该号对验，两半票据对接无疑，合而为一，即能将所写银钱，悉数取走。这种走票不走银的生意，全靠了码头间信函往来。

票号的开山字号平遥日昇昌在创业之初，因仅限于西帮商号间写票，业务不频，走票只是托熟人捎带。后生意做大，就雇用了走信的"专足"。再到后来，宁波帮的私信局兴起，就将走票的业务全托付其承揽了。

票号的分庄遍天下，用现在的话说，就是建有一个覆盖全国、延及海外的金融网络。控制这个网络，那时代也是靠信函。西帮票号，又实行总号独裁制，资本在总号，各地分庄利润也全归总号。所以，除了走票，号内的商务信函不仅频繁，更有周密成规，立法甚严。

这种内部信报，一般都设四种：正报、复报、附报、叙事。正报、复报，是报告本号做的每笔生意，及生意变化、结果。附报，是报告他号所做的生意。叙事，则是报告当地商情、时务、政局、人事，以及本埠风俗趣闻、托办的杂事。各票号书写信报，又有自家独用的暗语。所以在票号内，与账房并列，特别设有信房，每日都有信报发出。

到光绪年间，西洋电报逐渐在大码头间开通。西帮票号，自然成了国中最先使用它的商帮。只是，电报费用昂贵，文字又有限，说不了多少意思，保密也差。所以，除非紧急商务，一般还是靠信报。

老东家和大掌柜到达汉口后，差不多是将天成元的总号移去了，各码头庄口与汉号之间的信报往来自然格外多起来。其中，又以叙事信报居多，京号尤甚。因为康笏南和孙北溟两位巨头会同汉号老帮陈亦卿，正就复兴"北存南放"势头谋划新举动。

西帮票号做银钱生意，本就奉行"酌盈济虚，抽疲转快"八字要诀。各分号间不分畛域，相互接济，快捷调度，总是把存银调往最能赢利的码头。清代经历康熙、雍正、乾隆三朝，江南经济之发达，已远胜北方，成为国内商业重心所在。但北方京师，又是国库的聚散之地。这就形成北方聚银多、江南用银多的金融格局。西帮票号正是看准这种格局，常做"北存南放"的文章。就是在以京师为中心的北方，吸收存款，再调往江南放贷。西帮票商巧理天下之财，这是一大手笔。

只是，在光绪二十五年（1899）这个时候，西帮票号面临了两大危难，使"北存南放"大布局，变得举步维艰，风险莫测。

一是在年初，朝廷发了一道上谕：不许各省藩库将上缴中央的各项官款，即俗称的京饷者，交给票号汇兑。原因是京师银根短缺，不敷周转，市面萧条，商民俱困。朝廷也不知听信了哪些糊涂大臣的谏言，居然把造成这种困局的症结归罪于西帮票号。说是各省都不解送现银到京，一味托付票商汇兑，所以京师重地的现银越来越少。其实，票号为各省汇兑京饷，交给户部的，也还大多是白花花的银子，并不全是一纸汇票。票号一时周转不开，或户部银库愿收银票、汇票，也是有的，但也不至造成京师短缺。京师银根紧，那实在是另有原因的。

去岁戊戌年，朝局不靖，先是变法，后又废了新法，时势天翻地覆，血雨腥风。京城那班高官权贵，早暗中将银钱弄出京城匿藏了。京内各业商家，又收缩观望，市面哪能不萧条！

但禁汇是朝廷上谕，西帮也不能等闲视之。承揽京饷官款的汇兑，早已是票号的大宗生意，断了此财路，不是小事。历来做"北存南放"，也主要是靠汇兑京饷来支持。票号在江南承揽了解京的官款，在京城又吸纳了种种存款，两相抵杀，走票不走银。即用京城存款抵作京饷，交户部入库，同时将江南官款转为商资，就近放贷。不许承揽京饷，"北存南放"还怎么做？

再一危难，就是北方直隶、山东、河南，甚至京津，拳民蜂起，教案不断，时局不稳。票号生意，全在南北走票，纵横调银，中原一旦乱起，生意必受阻隔。时局不定，商界也必然观望收缩，金融生意也要清淡了。谁家能无几分近忧远虑？

面对此两大危难，康笏南毒辣的眼光，还是看出了其中大有商机在。

从京号的信报中，康笏南断定，京师市面萧条，绝非银根短缺所致，反而是银根疲软的一种明兆。时局不明，商家收缩生意，市面自然要萧条。各省应缴朝廷的京饷，更以时局不靖为借口，设法拖延不办，户部收库的银子哪里会多？加上高官权贵，又暗里争相往京外匿藏银钱，自然要形成一种银紧钱贵的表象。京号早有信报：一般商家，还有那些高官权贵都找上门来，降格以求，要我们为其存储现银或外调积蓄。所以京师银市，实在是明紧暗疲。

此种时候，反倒是西帮可以在京城从容吸纳疲银的良机。这样做，不仅有厚利可图，亦有大义可取。在这种危难之际，人家来托靠你西帮，还不是因为信得过你吗？此时拒人自保，最毁西帮信誉，以后人家谁会再来靠你？万不可做一般见识，也取收缩之势，拒绝收银承汇。

至于中原诸省的拳乱教案，康笏南也觉成不了大气候。来汉口途中，已亲身遭遇了那班拳民，只是镖局的两位武师就将他们摆平了。中原诸省为拳乱所惑，商界多取守势，我们也同样可乘机收存疲银，调往他处图利。

如此收存的巨量疲银，调往何处放出？

康笏南与孙北溟、陈亦卿议来议去，也唯有调来江南一途。口外虽也能做腾挪周转，毕竟做不了大文章。此次两巨头来到汉口后，已看清江南局面比料想的要好。市面繁荣，洋务方兴，商机不减，银钱流动也旺，尤其依托票号而立的大小钱庄，生意甚好。湖广、两广、两江的督抚，又都是可以指望的疆臣重镇。康笏南见过张之洞后，更对江南局面放了心。制台大人虽不与他言及官事时务，但康笏南老辣的眼光什么看不出来！

如此巨款调来江南，又用什么来与之相抵杀？总不能在如此不靖的时候，将巨银交给镖局押运吧？

康笏南说："也只有在江南尽力兜揽汇京的官款！"

孙北溟说："有朝廷上谕，谁家还敢交我们解汇？"

康笏南说："我见张之洞时，制台大人还提及西帮汇兑官款库银，很值得称赞，说那实在是便捷的办法。比之各省委员押运，不知要省去多少费用。押运京饷的差事，一向就不大好办。路途辛苦，风险丛生不说，就是千里迢迢押到京师了，交部入库也不那么容易。户部衙门那班阎王小鬼，一处打点不到，都过不了关。哪里像你们西帮票商，早将他们上下喂熟了！张大人把话说成这样了，也没有提及朝廷禁汇的事。"

陈亦卿也说："现在中原拳民生乱，各省恐怕更会引为借口，拖延了不起运京饷。我们倒是可以乘机往各省藩库运动，撺掇藩台抚台，上奏朝廷，说明押运现银的种种艰难。要解京城之困厄，还是汇兑最能及早见效。"

孙北溟说："那陈掌柜，你能运动下张制台吗？"

康笏南说："湖北比邻中原，距京不算遥远，张大人就是想成全我们，他也没有多少借口可找，还是先不要难为他。"

陈亦卿说："你康老东台出面，张大人都不愿言及官事，我更没有多大面子。这种事，得曲折斡旋，不宜直言的。我寻别人，从中试探吧。以我看，制台大人深谙洋务，通晓西洋银行之运作，或许也会上一道奏片，陈说异地运现的弊端吧。"

康笏南说："我说句狂言吧，扫除京师萧条，非我西帮不能为！现今京师商界俱做观望状，既在观望朝局，亦在观望我西帮。除我西帮外，京师再没有可以左右银市的商帮了。我们一旦在京从容吸收疲银，商界也会随之振作。在各省码头，我们再巧为张罗，多揽汇京的官商款项，促成京饷入库。户部库银多了，朝廷还禁我们做甚！"

孙北溟说："老东台雄才大略，为西帮计，也是为朝廷计。可我还是担忧，江南行省中，究竟会有几家肯被我们说动？"

康笏南一笑，说："这就要看大掌柜你麾下的那些老帮了。我倒还有一小计谋，不知你们肯不肯笑纳？"

陈亦卿忙说："老东台有什么妙计快说吧！"

康笏南便说："我们何不先借出余银，为某些省衙垫交京饷呢？"

陈亦卿说："借钱给他们交京饷？近年各省藩库，哪有几家不支绌的？每年只是分摊的甲午赔款就够他们叫苦不迭了。借了我们的钱，他们怎么还？"

其实，陈亦卿早想到了这样一着。春天时候，他已经联络福建、江西的庄口，叫他们先借银，再揽汇，鼓动藩台抚台上奏朝廷，开恩解禁。现在，老东台也说出了这一着，他当然得装糊涂，故意说出这些话。

孙北溟想了想，却说："我看老东家这一着倒毒辣！我们借银给他交京饷，他也不便管我们是汇兑，还是押现。就是朝廷知道了，也不能太怪罪我们吧，商银官用，也算是忠义之举。"

陈亦卿说："当然，在我们说，这也等于将京号吸纳的疲银转手之间就放贷给官府了。只是，借贷给行省藩库，就怕它拖延不还！"

孙北溟说："他们该了咱们的钱，或许会上奏朝廷，废止禁汇的。"

陈亦卿这才赞叹说："原来有此老谋深算。"

康笏南就说："此不过小伎俩耳！要振作'北存南放'的势头，恐怕还得联络我西帮各大票号协同来做。咱天成元一家，救不了京城困局的。"

孙北溟说："按说，这也是咱西帮露脸的时机，该联手图利取义。只是别家倒也好说，唯平遥日昇昌、蔚字号两位老大岂肯听我们的？此举动若是他们谋出，我们大家跟随了，还可成事。今由我们谋出，两位老大只怕连听也不想听，哪里还敢指望他们联手？"

陈亦卿说："他们那些老总，真会反对此种谋划？"

康笏南笑了，说："那就不要说出由我们谋划。我已想到这一层。这件事，我们都无须出面，只托付一人去办。"

孙北溟问："谁？"

陈亦卿说："京号戴老帮吗？"

康笏南说："对，就是戴掌柜。此举京师是重头。西帮各号驻京老帮都是商界高手，平日联手就多。由戴掌柜从中巧为张罗，为大局计，就是推举日昇昌的京号出面挑头，也无不可的。"

孙北溟说："这样，还可作为。"

陈亦卿又特意说："好主意都叫老东台抢去了。"

康笏南说："那就麻烦陈掌柜亲笔给京号戴掌柜写一信报，将此重任托付予他。我和孙大掌柜也该寻处凉快地方，几天暑了。"

在这次谋划中，康笏南、孙北溟两巨头审时度势，巧作运筹，藏而不露，按常态应是握有胜算的。只是，他们太轻看了中原拳乱，为此次振作"北存南放"留下了隐患。这是后话了，先不说。

2

天成元京号老帮戴膺受此重任，实在也并不感意外。

西帮票号自开创已有百多年了，运转到光绪年间，正走向它的峰巅。其时各大字号的驻京分号地位变得举足轻重。可以说，谁家没有一个强手领庄的京号，它就难成气候。在光绪二十五年（1899）这个时候，西帮票号在京师开有四十八家分号，代表的都是当时西帮中的翘楚。这四十八家京号的领庄老帮可以说个个都是金融业中一时之选。他们中间的许多人物，无论器局、眼光、手段，乃至学养、文才，都远胜总号的大掌柜。因为在京号老帮这个位置，庸常之辈那是难以立足的。西帮票商历百年发达，既在做理天下之财，取天下之利的大事业，领航人物不厕身雄视天下的京都，那是不可想象的。所以到后来，票商京号的地位，实在也不逊于总号的。只是因为西帮票号体制独特，内部立法严密，不致发生重臣压主的麻烦罢了。

常有的麻烦只是京号老帮的许多卓见良策不为总号所看重。领东的那些老总们，长年局促于晋省祁太平老号，与外间世界日渐隔膜了。外埠老帮的卓见良策，非不用也，是不识也。先就不识，谈何采用？

所以，天成元京号老帮戴膺，总是不断劝说孙北溟多出来看看。外间世界日新月异，出来一半游奇览胜，一半巡视生意，何乐而不为？再说，腿长本就是西帮之长。可孙大掌柜，只是不出动。这些年，倒将巡视外埠庄口的重任，一分为二，交给两位老帮了。一位是汉号的陈亦卿，叫他巡察江南各号；一位就是京号的戴膺，由他巡察北方各号。他们代为出巡，并不怕辛苦，只是老号与外埠的隔膜依旧。

康老东台倒是一向喜欢出来走动，可惜已经年迈，出动不容易了。戴膺前次下班回太谷，曾婉转示意老东家，希望他能说动孙大掌柜出来走走。没想到，老太爷居然亲自拉了孙北溟冒暑南下。听到两位巨头出巡的消息，戴膺真是感奋异常。起因虽出于邱泰基，可戴膺心里明白，老太爷到底是听懂了自己的劝谏才有此非常之举。

以老迈之身，冒暑出巡，太难为了老太爷，可天成元毕竟是你康家生意。在此非常之时,没有这样的非常之举,实在不足以应变的。

去年朝中闹变法,政局不稳,西帮各号都取收缩之势,生意减少三到五成。今年开市伊始,朝廷又下了一道禁汇的上谕,不谋对策,生意还怎么做?可晋省老号那些当家巨头,依旧浑然不觉,以为朝廷以往也禁过几回,都没有禁得了,只令静观等待。

孙大掌柜呢,借口今年正逢天成元合四年大账,本该收缩,也令取守势。岂不知方今天下,早大不同于往昔。不但江南钱庄渐成大势,单是一个西洋银行,已在咄咄逼人,抢夺西帮利源!西帮这样一味在北方观望收缩,不能将银资源源调往江南,别人就会乘虚而入,攻城略地。江南一旦失去,西帮大势将不复存在!

光绪二十一年(1895),甲午战败,中日媾和,大清赔偿日本军费二亿两巨银。朝廷它一时哪能还得起如此巨款!英、法、俄、德列强便乘虚而入,将这笔巨款转为四国借款,每年还本付息一千二百万两,户部摊二百万两,各行省及边海关分摊一千万两。这一千二百万巨银,每年都汇往上海江海关,国中银钱流向,更是南下的多,北上的少。西帮票业生意,全赖南北金融调度,南北失衡,本已使汇兑维艰,现在又禁汇北上京饷,江南之失,岂不近在眼前!

这种危言,戴膺是给老太爷说过的。他终有此非常之举,那实在也是康家之幸,西帮之幸。

所以,听说老太爷拉了孙大掌柜已经出动,戴膺便与汉号的陈亦卿老帮频通信报。其实,他们求之于两位巨头的,只是一句话:"无须收缩观望!"为了求得这句话,他和陈老帮还颇费了一番心思。不露痕迹地鼓动老太爷拜见张之洞,会见英汇丰银行的查尔斯,都是他们预谋的安排。

现在终于有了好结果。陈老帮在他亲笔书写的信报末尾说:"一切如你我所愿。我遵兄旨,在两巨擘前引而不发,装糊涂,只怕老太爷也不糊涂。现全看兄之动作了。"

戴膺读到此,会心一笑。

接信报后第二日,戴膺就去拜见了蔚丰厚京号老帮李宏龄。

天成元京号在前门外打磨厂,蔚丰厚京号在崇文门外草厂九条胡同,离着也不远。西帮票商中老大日昇昌,它的京号也在崇文门外草厂,与蔚丰厚隔着一条胡同。它们两家同属西帮中的平遥帮,又都是票号的开山老号,因为创业时两位大掌柜失和,弄得两大号一向争斗不止。不过此时两位京号老帮,倒都是很贤能的人物。日昇昌的京号老帮梁怀文,与蔚丰厚的李宏龄来往密切,常常联手做一些事。戴膺与他们二位都有交情,只是与李宏龄更气息相投些。他觉李宏龄在京师票界更孚众望。

李宏龄见戴膺此来气象不同,就问:"你们两位当家的是不是已叫你说动了?"

戴膺一笑,说:"我哪里能说得动他们!我只是劝他们不要久留汉口,反正是热,不妨顺江东下,早去上海。我们天成元的沪号不强,叫你们几家大号压得快倒塌了。"

"你这又是说谁呢?"

"大号能有谁,除了日昇昌和你们蔚字号,还能有谁?"

"别人不说,我们蔚丰厚可没有惹你家。再说,沪上商机太多,谁也独霸不了的。我看你们沪号的孟老帮,也不是庸常之辈。看着拙笨,实在是将过人的机巧深藏了,叫你难以识破。他不会欺负你,但你也别想欺负他,能给人这种感觉,不好把持。"

"那你们是想欺负他?"

"我们能识破还惹他做甚?只是沪上那些爱将机巧写到脸面的主儿,常上你们孟老帮的当。"

"看叫你说的。我倒真想请求我们老号,将我调往沪号得了。沪上如今已成国中商务总汇,商机遍地,正可作为,不像在京师,掣肘这样多。所以才撺掇两位当家的赴沪走走。不知子寿兄有没有这种意思?你我如能结伴转沪,当能联手做番事业。"

"我在沪上倒也领过几年庄。沪上商机是多,只是那里气候水土,我终不能适应。"

"那是因为你居京太久了。西帮商家哪里不能立身!去年,你老兄不是将公子也送往浙江读书去了?到了沪上,离公子也近些,可偷享天伦。"

"去年,带犬子出来,本来是想在京为其择师课读。恰巧遇了翰林院的赵寅臣大人,正要散馆回浙。赵大人当年来京科考时,曾得我们蔚丰厚资助，荣点翰林后，也未相忘。所以，有些旧谊在。说起犬子拜师课读的事，他就主张送往文运兴隆的江浙。还说，他们赵家的学馆，正聘有一位极饱学的塾师，授业相当有一套。现在也只收了他的两个孙儿做学童，如不嫌弃，何不将公子送去，一道课读？人家贵为翰林，我能嫌弃这番美意？就将孩子送往浙江处州赵大人府上了。"

京号老帮课子都要这样择师，足见他们的地位和眼光不同一般。

"子寿兄，不是指望你家公子来日也点翰林吧？"

"翰林不敢想，他只如你我，能做个京号、沪号老帮就足够了。"

"到他们这一辈人做老帮时候，还不知西帮票业成什么样呢。要叫我说，他们果然有出息还入票号做甚！"

"不入票号真去求仕做官？"

"求仕做官哪能叫出息？有出息，就宁进银行，不入票号。"

"没有自家银行，叫他们去给洋人为奴？前年，盛宣怀在上海开办的通商银行，虽为第一间吾国银行，可那也是朝廷的银行。势强技不强，并不起山。"

"所以，我劝老兄同去沪上。你我出面办一间银行，如何？"

"静之兄不是说梦话吧？你我哪来许多股本开银行？"

"我们回晋广为游说，不愁招不来股本。贵号的开山老总毛大掌柜，当年不是从日昇昌中退出，另觅新主，哪来你们蔚泰厚？"

"静之兄，我听出你的意思了。莫非你们天成元的两位当家巨头已经有意仿办银行了？"

"没有的事。"

"你们康老太爷和孙大掌柜算是开通人物。两位到了汉口，何不请他们见识见识西洋银行？"

"我们汉号陈老帮，倒是安排老太爷会了会汇丰银行的一位帮办。这位英人帮办太狡猾！他在老太爷面前，只是一味盛赞西帮票号如何了不得，仿佛比他们西洋银行还要高明。听得老太爷那个得意！"

"竟有这样的事？"

"可不是呢。你想，老太爷受了这番盛赞，他还会改制票号，仿办银行呀？"

"这也像英人做派,软刀子杀人,不叫你觉出疼。只是,你们老东家、大掌柜,毕竟还出来走走,会会洋人,别家谁肯出来!"

"我们老太爷还去会了会张之洞,也受了些夸奖。陈老帮就趁着老汉高兴,说了我们的意思。"

"仿办银行?"

"你只是想着办银行!陈老帮给老太爷说的,是我们眼前紧急要走的一步棋:不能再一味收缩观望,当巧为张罗,广收疲银,违旨揽汇。"

"你们当家的松口了?"

"老太爷正高兴,点头了。还放了一句要紧的话:为便于兜揽官款,可在江南相宜的行省给藩库垫交京饷,逆汇到京。"

西帮票号承揽异地汇兑生意,有顺汇、逆汇之分。顺汇,就是客户先交汇款,才写票,走票,然后在异地取款。逆汇,则是在未交汇款的情形下,即可先写票,走票,在异地取款,然后于约定的期限内,将汇款交清。此为西帮揽汇的一种灵巧手段。逆汇的汇水,即汇费,自然要比顺汇高出许多。

李宏龄听罢就笑了,说:"静之兄,今日你一来,我就看出你带来了好消息。你倒还要装着无事,说许多废话!"

"我可不是说废话,是真想改就沪号的。"

"什么改就沪号!你还不是嫌我说不动我家大掌柜吗?有你们康老太爷和孙大掌柜这番举动,我也有棋可走了。"

"谋出什么新招,说出来听听嘛!"

"你们天成元一动,我即将此急报平遥老号,说你家两位巨头已从张之洞处探得密讯,要趁大家收缩,抢先大做。你想,我们毛大掌柜岂肯叫你们独家抢先?"

"子寿兄,你这不是要害我?我家老太爷一再吩咐,我们天成元不可太出风头,更不想独自大做,招惹全帮。要出头,还是得请你们平帮,请日昇昌和贵蔚字五连号。给你们老号去一道这样的密报,还不是想毁我们?"

"你们东家大掌柜,此次冒暑出巡江南,已经惊动了西帮。要说出风头,早已经出够了。康老太爷何等人物,他还怕同仁说几句闲话?再说,我不这样做，我们毛大掌柜岂能给说动？"

"要说动毛大掌柜，本有更好的棋可走。"

"还有什么棋可走？"

"你给老号写密报时，不要提我们天成元，就说是日昇昌要独家大做。毛大掌柜听了，还能坐得住吗？"

"这哪像静之兄你出的主意！我可不敢谎报这样的军情。再说，就是这样谎报了军情，我们大掌柜多半会铆了劲，依旧按兵不动。你做，我偏不做。我们两家的脾气，你老兄也不是不知道。在此种时候，我们两家再铆了劲赌气，于西帮何益？"

"子寿兄，我不过是说句笑话罢了。想让我们天成元出头，那就出一回头。只是，由我们出这个风头，日昇昌知道了，会怎么想？人家是老大，它要出面拦着，不叫大家跟了做，那可真要毁我们了。你们都遵旨不动，偏我们一家违旨揽汇，朝廷会饶了我们？"

"你们一动，它日昇昌也会坐不住。说不定会与我们蔚字号联手，压你们太谷帮一头的。"

"那就全靠你与梁怀文老帮巧为张罗了。梁老帮那里，我就不出面说了。你们是西帮领袖，你们一动，局面才会开。"

"这种败兴局面，按说也不该由我们这一班京号老帮来操心。只是，如今西帮那些老号巨头们，一个个都深居简出，又刚愎自用，仍以为西帮天下无敌。我们忠心进言，他们不听也罢，甚而还以为我等别有所图，真是令人心寒。我向我们大掌柜进言仿办银行，听说他多有责言，说我李某想如何如何！我们还不是为字号计，为西帮计？"

"所以我说，如此处处掣肘，哪如我们自家去办银行！"

"你这忧愤之言，也不过说说罢了。你我就是真走了那一步，户部那一班迂腐官员也不好应付的。朝廷今年下的这道禁汇上谕，还不是他们撺掇的。自洪杨之乱以来，我西帮承汇官款已经多少年了，并没有出过什么差错，倒是常常为朝廷与省衙救急。一样是如数交你银子，就非得千里迢迢委员运现，总不放心我们便捷的汇兑？又没有克扣你官府分毫银两，只挣那一点汇水，比之你委员押现的浩大费用，不知要节省多少！说来真是可笑，这样一个简明的道理，那班居于高位的重臣要吏，生是听不明白。

这半年来，我往户部多次奔走，依然无人肯上奏朝廷，请求解除禁令。"

"他们哪里是听不明白？盛宣怀的通商银行，不是照常承汇京饷吗？以前，翁同龢任户部尚书多年，也不曾禁过汇。去年翁大人被罢免，王文韶继任，这才几天就禁我们的汇。是不是想暗助盛宣怀一把，禁了西帮，由通商银行大揽？"

"翁同龢做户部尚书时，我尚可设法进言的。与现在这位王文韶，实在没有多少交情。我们是对王大人孝敬不够吧？"

"怕也不是这样简单。子寿兄，我看眼下，倒可先联手做一件事。这件事，无需求告老号，我们京号老帮就可做起。"

"静之兄又有什么高招？"

"朝廷禁汇，不是以京师市面萧条为缘由吗？我们何不屈尊做点小生意，向京城的小商户放贷些银钱呢？我们西帮票庄，无论大号小号都架子太大了。不用说百八十两的小生意了，就是千而八百的小额存贷，也不屑去做，只贪做大宗。今京师市面不振，我们做些小额放贷生意，或许还能救市。

市面转兴，朝廷只怕也不会再固执禁汇了。"

"我们不做小额生意，也是为稳妥起见。小商户，最难预见。再说，这种小生意也得留给钱庄、炉房、典当铺去做。"

"钱庄、当铺一向依托票号，我们收缩，他们也得收缩。票商架子大，尤以贵平帮为最，平帮中又以日昇昌和贵蔚字号为最。你们带头做些小生意，别家也好放下架子了。传到户部，或许会对西帮多些好感。"

"说不定，他们倒会以为我们穷途末路了！"

"这种时候，我们西帮藏一点势，有什么不好呢？再说，做这种小生意，也无须做什么调度。京师一地，子寿兄还不知吗，本是官大商小。除了途经京师通蒙出俄的商贸，本也没有几家大的商帮商家。我看从各号所收存的积银中放出一些，就足以振市了。近来号中小票生意颇旺，正该寻个出路放出。"

"说到小票，我也正有忧虑。各号历年发行的小票累计起来，数目甚巨。在当今这种晦暗不明的时局中，一旦生变，持小票者蜂起挤兑，也甚可怕的。"

"所以，现在救市振市，太紧要了。"

"那就召集诸位老帮公议一次？"

"应当，应当。"

小票，是西帮票号开出的小额银票。起初，银票只是存款的凭据。你存入票庄多少银子，票庄就给你一张凭条，写明日后凭此据可取走多少银子。票号一向多做大宗生意，所以开出的银票也多是大额。小额银票，只是票号开出的一种临时便条，随存随兑，凭票计银，票面也不写姓名。票面金额从十两起，至五十两、一百两，最多一千两止。

不想，这种小票到后来，很受京城官吏士绅的欢迎。为甚？携带这种小票出入权贵之门方便也。呈递方便，收藏也方便。知道西帮票号信誉好，权贵府中的内眷，尤其喜欢收藏这种小票做私房积蓄，三五年至十数年不来兑现。当然，更大量的，小票还是在京师官场流动：再"黑"的银钱，兑换成此种不记名的银票，也就不着痕迹了。

于是，西帮票号这种手写的小票，在京城发行量颇大，几近于一种纸币。天成元发行的小票，已有三十多万两。日昇昌、蔚丰厚那种大号就更多。西帮京号统共加起来，小票发行量在一二千万两，这种规模实在比朝廷户部平素所存的库银还多。

时局动荡之际，小票依然受宠爱，因为它比银钱更便于转移、匿藏。但其中所隐藏的风险，也是显而易见。

李宏龄在戴膺的鼓动下，终于愿意做救市的尝试。此一动议，先要拿到京师的"晋省汇业公所"，由各家京号共同商定。李宏龄正是"汇业公所"的总董之一。

3

京师的汇业公所，即是西帮票号在京的行业会馆。

像所有行会一样，汇业公所也是对外联手共保，对内协调各号利益。金融行会，尤其还得及时议定汇兑行市、存贷利息、银钱价格之类。只是，西帮的会馆，常爱设在关帝庙。或者说，他们常常是先集资修建一座关帝庙，然后兼做自己的会馆。

关老爷是西帮乡党，以威武忠义的美名传天下。永远背井离乡，浪迹天下的西帮，敬奉关帝，一半是为思乡，一半是想祈求他武威的保佑。可西帮这样一敬，无形中倒给关老爷多了一个新谥：商家财神。于是，各商也逐渐效仿起来，格外敬奉关帝，祈求财运。

京师的汇业公所，在京城东北的芦草园。这处会馆也是前为关帝庙，后为议事堂。关帝庙院中建有华丽的戏台和观戏的罩棚。会馆定例，是在关帝诞日，以及年节、端午、中秋，举行同业集会，演戏开筵，酬神待客，联络同帮，也议定一些帮内大事。平时遇有急事，也来集议。

这次集议，本来是临时动议，西帮各京号的老帮竟不约而同，全都亲自出动了，云集到芦草园会馆。可见大家对眼前时局也是十分忧虑的。这中间却有一个例外：唯独日昇昌的梁怀文老帮没有到。

以日昇昌在票业中的地位，梁老帮自然也是汇业公所的总董之一。同业公推出三名总董，梁老帮居其首。他不来，还能议成什么事？

李宏龄见等不来梁老帮，就先带了大家，往关帝神主前敬香，祭拜。拜毕，进入后院议事堂。

大家对梁老帮不到，大感疑惑，纷纷问李宏龄：此次集议，就没有同梁老帮相商吗？

李宏龄说："哪能不先请教梁老帮？我登门拜见时，他说一准要到的。我们还是再等一等吧。"

于是，大家趁这个时机，又纷纷问戴膺：你们老东家、大掌柜南下江汉，一定有什么不寻常的意图吧？

戴膺连说："在这种败兴的时候，我们能谋到什么便宜？老太爷此番南下，实在是因为那位爱奢华的邱泰基！老太爷以为我们这些驻外老帮，个个都像邱泰基似的，成天在胡作非为呢。"

戴膺没有想到，他刚这样说完，李宏龄就当着大家说："戴老帮，我可是得到信报了，你们康老东家在汉口拜见了张之洞，又拜见了英国汇丰银行的帮办，分明在谋划大举动。是不是要趁大家都收缩，你们天成元独自大做？"戴膺先还有些奇怪，什么都没说呢，李宏龄怎么就全抖搂出来了？他看了李宏龄一眼，李宏龄不动声色。戴膺才有些明白了：他老兄是有意这样吧？

诸位老帮听李宏龄这样一说，更追问不止：得了张之洞什么密示，朝廷是不是要收回禁令？

戴膺就说："张制台是何等人物，会对我们泄漏天机？各位都是有神通的人物，身在京畿，什么天机探不到！"

李宏龄说："你们天成元想动，就动。我们也不会坏你们的事。你们先动一步，做些试探，总比大家一起坐以待毙好吧？"

戴膺说："我们想动，你们就不想动？我们老东家大掌柜到了汉口，是想谋些对策。可目前局面，良策不好觅呀！朝廷禁汇，谁敢违？倒是你们各家的老号能沉得住气，稳坐晋省，静观乐观。"

祁县乔家大德通的京号老帮周章甫说："多数老号是不明外间情形。再不谋良策，真要坐以待毙了。"

李宏龄说："你们祁帮也要动吗？"

周章甫说："我们大掌柜倒也说了，一味收缩，不是回事。可如何动，也没有良策可施。"

戴膺说："子寿兄他有高见！"

李宏龄忙说："我哪有什么高见？真有高见，我们蔚丰厚早先动了。今请各位来集议，就是为共谋良策。"

正说着，日昇昌京号一位伙友跑进来，说："敝号梁老帮昨儿中暑了，不能来集议，特吩咐在下来告假，请各位老帮包涵。"

大家听了，心里更生疑惑，只是嘴上也不便说什么。

李宏龄打发走日昇昌那位伙友，就对大家说："梁老帮不来了，那我们就议事吧。"

对时局，大家也不便多说什么。自去年变法被废后，东西洋列强就总跟朝廷别着劲，可再发生宣战开打的事，好像也没缘由和迹象。只要不跟洋人打仗，局面就不至大乱。对山东、直隶、天津的一些拳乱，大家都没当回事。拳民既跟洋人作对，也给朝廷添乱，两头不讨好，哪能成了什么事？

对李宏龄提出的救市动议，各家倒都甚为赞同。老号不明外间情形，一味叫收缩观望，这样久了，人家还以为我们也跟朝廷别着劲呢。西帮跟朝廷别劲，那还了得？这次禁汇，本就有对我们西帮的忌防，我们再一任京市萧条，好像真别了劲与人家作对，那真不知会惹什么祸！所以，都很赞同拿出京号存银，联手多做些小额放贷。此举一出，京市当会有变化。只要平帮的日昇昌、蔚字号，肯放下大号架子，别家都肯跟随。

既由李宏龄提出此动议，蔚字号自然不成问题。可梁老帮未到，老大日昇昌它肯不肯这样做？

李宏龄说，他会通告梁老帮的。

日昇昌要是不愿意呢？

他一家不做，就不做，既经公议公定，各家照样做。

李宏龄这样说了，大家也就不再多说。

因小额放贷，大多是对小资本的钱庄、当铺、炉房以及小商号，所以，公议了一个较低的放贷利息。

对于限制发行小票的动议，大家都觉不大好办。要小票的，都是官吏权贵，得罪不起。只要京市活了，挤兑就不会出现。而大势更在于国中金融的南北调度能否早日盘活。只是，这又关涉朝廷禁汇，不便公议，也未多说。

因同业各家老帮都来了，议事毕，会馆特意摆了筵席招待。虽是同业聚会，没有太多顾忌，可在吃酒中，这些老帮们仍没有说多少出格的话。在京师做老帮，谁都得有这种不露痕迹的自束本事。席间，大家议论多的，还是日昇昌梁怀文的缺席。

戴膺坐的这一席，都是祁帮和太帮的同仁，乔家大德通的周章甫也在。戴膺先敬过同席一巡酒，就问周老帮：

"你看梁掌柜今儿不来，是和李宏龄又别上劲了？"

周章甫说："我看不会。梁掌柜是贤达的人，眼前死局，他能看不出来？他今儿不来，只怕是平遥老号又有什么指示吧？"

戴膺说："能有什么指示？不可妄动？"

同席一位老帮就说："人家日昇昌财大势强，可以静观乐观，再熬半年也无妨，我们谁能陪得起？"

周章甫也说："我们大德通是新号，也真陪不起你们大号。"

戴膺趁机就问："你们老号的高大掌柜，当年驻京时，与庆亲王走动不少。在这紧要时候，也没有走走这条门路？"

周章甫说："我们大掌柜哪有那么大面子！"

同席都说："人家走这种门路能给我们说？"

戴膺说："不拘什么门路吧，大家都动起来，就好说。"

周章甫说："日昇昌要是别了劲，只是不动，那也是个事。它是西帮老大，商界市面都看它。"

戴膺说："只要平帮的蔚字号和大家一股，就好说。李宏龄总董，我们还是可以指望的。你们高钰大掌柜，驻京多年，在这非常时候，也该来京走走吧？"

周章甫说："有你们老东家大掌柜做样子，我也正在撺掇他出来呢。"

散席后，戴膺有意迟走一步，单独问了问李宏龄："梁老帮不来，会是什么意思？"

李宏龄说："梁老帮今日不出面，是事先说好的。"

"为什么？我们所议之事，他都不以为然？"

"倒也不是。对设法救市，扭转死局，梁老帮也是甚为赞同的。只是，对做小额放贷，感到不大好办。他倒无所谓，只是怕老号怪罪。挂着'京都日昇昌汇通天下'的招牌，做针头线脑的小生意，只怕老号要骂他。所以，他就不出面了，免得扫大家的兴。"

"在这非常之时，做点小生意，就不能'汇通天下'了？还是不肯放下架子。"

"梁老帮倒是说了，他的京号不会坐视，也要向相熟的一些炉房、钱庄放贷，和大家一起救市。他不来，只是留个向老号交代的口实而已。"

"老号那些巨头，真还以为日昇昌依然天下无敌呢！"

"静之兄，真还不能那样说。梁怀文对我说，他们日昇昌的大掌柜，见你们天成元两位巨头出巡江汉，也有些坐不住了。"

"那他们的郭大掌柜，也出来走走？"

"出来倒没说，但吩咐了：狼行千里吃肉，不能再傻等了。日昇昌也要有举动。所以，我就把你们天成元的意图先嚷叫给大家听了。"

"我说呢，怎么都把我们底下说的话先抖给大家？"

"你们天成元和日昇昌一动，各家就更坐不住了。"

"日昇昌动了，你们蔚字号五连号动不动？"

"唉，我们范大掌柜倒好说，就是蔚泰厚的毛大掌柜不敢指望。他一句活话也没放呢。蔚泰厚是我们五连号的老大，它不动，我们也不好动。"

"原来是这样。梁怀文不来，我们还以日昇昌要冷眼相看呢。人家日昇昌动了，你们蔚字号又不动。什么时候，你们平帮的两大号，能不唱对台戏？"

"各家都动了，只我们不动，那也好。"

4

　　西帮票号的开山字号日昇昌，原先是平遥一家叫西裕成的颜料庄。掌柜叫雷履泰，财东为本县达蒲村李家。雷掌柜是生意场上的奇才，到嘉庆年间，西裕成已有相当规模，在外埠开了不少分庄，京师即有一间。

　　那时，在京师做生意的西帮商人很多。每到年关时候，都要往晋省老家捎寄银钱。捎寄的途径，只能交给镖局押运。镖局运现，费用很高，路途上也常不安全。辛辛苦苦出来挣点钱，往家中捎寄也这样不容易。有一位在京做干果生意的西帮商人，与西裕成京号掌柜相熟，即与之商量：他往老家捎的银子，先交到西裕成京号，由京号写信给平遥老号，等他回晋后，再到西裕成老号用银。因是熟人，京号老帮也就同意了。由此，开了异地汇兑的先例。

　　但起初，也没谁把这当回事，只是觉得比镖局运现便捷许多就是了。西裕成也只是继续接受亲戚朋友的托付，两相兑拨，无偿帮忙，不收任何汇费。渐渐的，西帮商人觉出了用此法调度银钱的便利，来求兑拨的越来越多。这才两相协商，交付一点汇水，变无偿为约定付费。

　　西裕成的掌柜雷履泰，独具眼力，很快看出了其中的巨大商机：这种汇水虽少，但钱生钱，来得容易，如广为开展，获利必丰。异地运现，一向就是商家大难事。他与东家商议后，就毅然将西裕成改名为日昇昌，专门经营银钱的异地汇兑。这个由西帮新创的商行，就被称作汇兑庄，俗称票庄、票号。当然，雷履泰和他的财东，并不知道他们是开了中国银行的先河。

　　票号在那时无疑是朝阳产业，一旦出世，很快就如火如荼，无可限量。

　　雷履泰是经商高手，他由民用家资，推想到商家货款，由京晋两地，推想到国中各地，由北出口外的西帮，推想到纵横江南的茶帮、米帮、丝帮，银钱的流动那是无处不在的。于是，就选派干练诚实的伙友，逐步往南北各大码头设庄揽汇。做金融生意，信誉是第一要紧条件。日昇昌也是沾了西帮的光，靠着西帮既有的声誉，再加上雷履泰的巧为运筹，它的生意很快火起来了。

日昇昌初时的汇水，即汇费，只取百分之一，一两银子取一厘。比起镖局运现的收费，可以说是微乎其微。这是明处取利，订得低微，易于被更多客户接受。雷履泰还有暗里取利的手段，那就是在银子的"平色"上做文章。那时代，白银为市面流通的主要货币，无论碎银、银锭、元宝，都有一个"平色"问题。"平"，就是银子够不够它标定的分量；"色"，就是银子的成色，即它的含银量足不足。按道理，作为货币使用的银子，应该是既足量，又纯质的。可实际上，各地银两的"平色"差异很大。所以，在异地汇兑中，要换算出这种"平色"差异，加以找补扣除。正是在这种换算中，雷履泰为日昇昌制定了自家的"平色"标准，使换算变得有利可图。这种由兑换而得的暗利，一般是从"平"中取千分之四，从"色"中取千分之五六。"平色"合起来，又是一个百分之一，也就是说，在不知不觉中，汇水多了一倍。

不过，这种"平色"暗利，雷履泰也严格守定于上述那个限度，再不叫扩张。因为太贪暗利，暗利必显，谁还信赖你？不因一时利厚而太贪，这是雷履泰的精明处，也是西帮的商风。在收取汇水和平色换算上，日昇昌以及后来的西帮票号，都恪守了雷履泰所定下的这些规矩，使汇兑得以做成大事业。

日昇昌的兴盛，叫雷履泰的声名大著。他本来就是一个很自负的人，建树了这样的功业，眼里就更放不进别人，只有自家，有些不可一世了。成功者，往往承受不了成功，这真是一种很容易见到的俗相。雷履泰于此，也未能免俗。

但晋省风气既是儒不如商，一流人才都投于商家门下，日昇昌这样如日东升的商号，自然也是藏龙卧虎。雷履泰为日昇昌总理，俗称大掌柜，他之下，就是协理，俗称二掌柜。他的二掌柜叫毛鸿翙，也是有大才的人。创业时候，他全力协助雷履泰，出谋划策很不少，当是有功之臣。可事业初成，雷履泰就不把他放在眼里了。唯我独尊，颐指气使不说了，凡稍涉权柄的事，就不许他趋前插手。这当然使毛鸿翙日益不满。两人的明争暗斗，也日渐多起来。

有一回，雷履泰得了重病，需卧床将息，却不肯离开字号，回家静养。凡重要号事，仍要扶病亲自处理。毛鸿翙一眼就看出，雷履泰如此鞠躬尽瘁，实在还是怕别人染指号权！

于是，毛鸿翙就去拜见了财东李箴视，不露痕迹地进言说："雷大掌柜对东家，那真是鞠躬尽瘁了。近日病得下不了地，仍不肯回家疗养，早图康复，照旧日夜操劳号事，不惜损伤贵体。雷掌柜是日昇昌的顶梁柱，东家怎么舍得如此不加爱护？"

李箴视在此前，已听说了雷履泰正抱病料理号务，现在经毛鸿翙这样一说，更觉该去劝一劝了。李东家很快来到柜上，慰问一番后，就对雷履泰说："雷大掌柜不可操劳过甚！我家生意再当紧，也不如大掌柜贵体当紧。我看在号中疗养诸多不熨帖，还是回府上放心静养吧。"

雷履泰听了，心里自然明白是怎样一回事，但当时什么也没说。李东家走后，他就坐车离开字号，回了家。

没过几天，东家李箴视又亲往雷履泰家中探视慰问。进了门，就见雷大掌柜依然在伏案写信。李东家拿起几张看了看，不禁大吃一惊：原来这些信函都是吩咐日昇昌驻外埠分庄，尽快结束业务，撤庄回晋。

李箴视慌忙问："大掌柜，你这是为甚？"

雷履泰平静地说："日昇昌是你李家的生意，可各地分庄是我雷某安置的，我得撤回来交代你。两相了结后，东家还是另请高手吧，我得告退了。"

李箴视一听，这简直是晴天霹雳，顿时给吓傻了。雷掌柜一走，哪里还会再有日昇昌！他一慌张，不由就给雷履泰跪下了。

"雷大掌柜，这是咋了？"

"日昇昌为我一手张罗起来，刚有眉目，为世人看重，就有人想取我而代之。那我就让开，他留，我走。"

"雷大掌柜，我们李家对你可从来没有二心呀？你千万不可听信闲言碎语。我们不靠你，还能靠谁？大掌柜真要走，那日昇昌也只好关门歇业！"

听这样说了，雷履泰才把东家扶起来，说："我也知道东家对雷某不薄，但有人成心居间挑拨，长此下去，我也不好干呀！"

李箴视就再三明示："日昇昌就只交给雷大掌柜一人领东，别人不能插手！"

从此以后，李东家对雷履泰更倚重无比，言听计从，不敢稍有怠慢。雷履泰对毛鸿翙自然就越发冷落，用现在的话说，就是将他"挂"起来了。在这种情形下，毛鸿翙只得告辞出号。

那时票号初创，是新兴产业，想办者多，会办者少。听说日昇昌的二掌柜辞职出来，许多想开票号的财东商家都争着聘请。这种意外的局面，叫毛鸿翙大受鼓舞，被雷履泰排挤出号的失落感一扫而空了。他稍作权衡，就选中了财力雄厚的蔚泰厚绸缎庄。

蔚泰厚的财东，是介休的大户侯家。绸缎庄又是那时比较显达的行业。蔚泰厚创业经久，分号遍地，已是很显赫大商号。所以，它才有了改组票号的雄心，欲与日昇昌争夺新财路。毛鸿翙应聘后，蔚泰厚即将他任命为票号总理，即大掌柜。受此知遇之恩，毛鸿翙当然要竭尽所能，压一压雷履泰的日昇昌。

毛鸿翙新组票号使出的第一招，是改组不改号。蔚泰厚是老号，大号，本就信誉好，名声大。所以，毛鸿翙不学雷履泰，废西裕成，立日昇昌，而是依旧沿用了蔚泰厚的老字号名。这省得重创牌子了，蔚泰厚的老客户，也便于兜揽过来。用现今的话说，就是继承了老字号的无形资产。

毛鸿翙使出的第二招，是在改组蔚泰厚后不久，又说服财东，将蔚泰厚的几家连号，蔚丰厚、蔚长盛、新泰厚等绸布庄，也一并改组为票号，形成蔚字五连号的强大阵容。

再一招，就是将这蔚字五连号的五家总号，全都设在了平遥城。蔚字号的主要财东，本是介休的大户侯家，将五大新票号一齐移师平遥，显然是要同雷履泰的日昇昌唱对台戏。

雷履泰做派霸道，日昇昌的伙友大多惧怕他。毛鸿翙借此从日昇昌挖走了不少人才。类似的招数，自然也不免使用。

总之，毛鸿翙出山之后，真有些身手不凡，几招下来，就在新兴的票业界掀起了惊涛大浪。雷履泰虽与毛鸿翙交恶更甚，但他还是能从容应对。

两位高手这样不断过招斗法的结果，是使新起的票号业迅速发展起来。双方都说势不两立，可偏就是双强两立到底了。日昇昌，蔚字五连号，一直都是西帮票商中的巨擘。

雷毛之间的争斗，如果是发生在官场宦海，那是必然要有一个你死我活。天下官场归一家。无论是争宠，还是邀功，是尽忠，还是献媚，都是要狭路相逢的。谁得逞，谁失意，要由同一个主子来裁定。所以，不是你死我活，就是两败俱伤。雷毛二位幸在商海，就是把擂台设在平遥一隅，那也是海阔天空，斗智施才的空间太大了。西帮票业初创，也幸亏由此雷毛二公争斗着启幕，使这一金融行业有了竞争的活力，也成全了许多竞争的规矩。

当然，雷毛之争，使平帮两大号长期失和，难免有无谓的损失。雷履泰的霸道，也影响到日昇昌的号风。那一块"京都日昇昌汇通天下"的金字招牌，高挂在国中三四十个水旱码头，铺面豪华，做派高傲，小生意不做，小商号不理，全可见雷履泰的遗风。毛鸿翙的大器大才，也使蔚字号中大掌柜的地位至高无上，财东倒黯然失色了。

票号经年既久，领东者不断易人，又有祁县帮、太谷帮的兴起，平帮两大号的对立，本已趋于平淡了。但在光绪二十四年（1898），蔚泰厚新任了一位大掌柜，由此又掀起了新波澜。这位大掌柜叫毛鸿瀚，与开山大掌柜是远房本家。可他却更像是雷履泰式的人物，刚愎自用，独断专行，有些霸道。只是他的器局和才干并不杰出。霸道没有大才押底，那是更可怕的。

所以，蔚丰厚京号的李宏龄，对他们这位毛大掌柜也头疼得很。

相比之下，日昇昌现在的老总，倒还开通一些。它的京号老帮梁怀文，也才敢巧为应对。

5

那日，梁怀文没有去芦草园会馆见同业，倒真如李宏龄所言，是为避开两头作难。不过，他还有另外一个原因，就是户部福建司的一位主事，那日正要约见他。这位主事刘大人，与梁怀文一直有交情，所以也不好推辞。

那时代，中央户部设有十四个司，分管各省的钱粮财税。司的长官是郎中，其下是员外郎，再往下，才是主事。所以主事也不是很高的官员，但他往往很管事。所以，西帮住京的那些老帮们也很巴结这些人。

刘大人传来话，要见见梁怀文，那自然不是在衙门里见。喜欢在哪里会见，彼此都清楚。

那日午前，梁老帮就派了柜上的一位伙友，往前门外韩家潭，给一家"相公下处"打招呼：订一桌七十二两银子的海菜酒席，以做夜宴。

韩家潭一带，就是京城俗称的八大胡同，为后来青楼柳巷聚集的地方。不过在先时，这一带原是"相公"的领地。相公只是伶童，即戏班中扮演旦角的男童。大清有律法，严禁一切官员嫖娼狎妓。京城那班骄奢腐败的权贵名士，就转而戏狎"相公"，并以此为一种公开的雅兴。那些走红的相公，其住所，即所谓相公下处，陈设极其精美雅致，酒席也非常排场讲究。所以，西帮那些京号老帮拉拢官吏，就常在这种"相公下处"。陕西巷、韩家潭，又是其中更上等的地方。

到光绪年间，北来京师的江南妓女已渐渐挤入八大胡同了。她们大多藏身在一般的茶馆酒楼，上等人不大去。"相公下处"，仍为高雅排场的消遣处。不过，情形已在变化，狎妓之风在京城官场正暗中兴起。相公下处，也在做两面文章。

做了会面的安排，梁怀文猜不出刘大人此来的意图。与户部这些属吏往来，大宗的事务，当然还是交割承汇的京饷。刘大人此来，是否与朝廷禁汇相关？或许，是有别的事？在往常，户部各司里的郎中主事，不时会将一些暂时用不着的库款，暗中存入票号，以图生一点利息。现在，户部正库空支绌，大概也不会是为这种事。那刘大人是不是他自家手头支绌，又想用钱？

傍晚，天色还大亮的时候，梁怀文就先乘轿来到韩家潭。他所选中的这家相公下处，外面不甚招摇，连一块班头的名牌也不挂，大门紧闭。不过，他刚落轿，就有男奴出来伺候了。才一进门，贵妇一般的领妈，也慌忙迎出来。这是财神爷来了，当然不敢怠慢。

这是一所两进五开间的大四合院，庭院清旷，轩窗宏丽。被恭恭敬敬让进客厅后，奴仆就围了梁老帮忙腾起来，递手巾，扇扇子，捧烟袋，上茶的，一大堆。梁怀文有些发胖，来时出了一身汗，这时也只是顾喘气，没多说话。

领妈就问："梁掌柜今儿来捧我们，不知还请了哪位大人？"

梁怀文懒懒地说："来了谁，是谁，小心伺候就是了。"

客厅里，一色都是旧大理石雕嵌文梓的家具，连立着的六扇屏风，也是嵌云石屏，屏中是石纹自然形成的山水。满眼石头，倒还给人一些清凉的感觉。

梁老帮喝了口茶，就问领妈："听说陕西巷已经有挂牌的妓寮？"

领妈说："没有的事吧？一挂那种牌子，我们这儿不也成下三烂地界，有头脸的，谁还来？"

"哼，有头面的，又有几个是爱干净的！爱干净的，谁来这种地界？"

"梁老帮就是太爱干净！"

"我们字号有规矩。"

"朝廷更有规矩，可那些贵人们谁听呢！"

"叫他们都守规矩，你们吃喝甚？"

"也不用说我们！你们西帮呢，吃喝什么？还不是成天撺掇那些权贵，叫他们坏朝廷的规矩？"

"你倒看得毒辣。我是给你出主意呢，现如今在京城官场，爱捧相公、挂像姑的主儿，眼看着稀少了。捧江南姑娘早暗中成风，你们也该换块牌子吧？"

"这样不就挺好，换它做甚？梁老帮请来的，总还是顾些头脸吧？我们面儿上照旧，进到里头，想捧谁还不是由你？捧像姑，捧姑娘，由你。"

"我看是行市要变。能明着挂牌，何必藏着躲着？再说，姑娘顶着像姑的名，不伦不类，哪能红起来？"

"有人还偏喜欢这么着呢。"

"看生意行市，我不比你们强！听不听由你。"

"我们哪能不听梁老帮的！今儿来的贵人，也是要捧姑娘吧？"

"我不管，来了你们问他。"

不久，刘大人也微服赶到。一番客套过后，刘、梁二人进入一间僻静的密室。

梁老帮先说:"刘大人今儿出来,是只想聚聚,还是有见教?"

刘大人就说:"我是有好消息告诉你。"

"刘大人总是这么惦记着我们,是什么好消息?"

"近日朝廷已有朱批,准许福建继续汇兑京饷,不必解运现银来京了。"

"真有这样的事?"

"军机处发到户部的抄件,我都亲眼见了,还有什么疑问!朱批就十个字:着照所请,该部知道。钦此。"

"那倒真是一个好消息。春天吧,我听刘大人说过,闽浙总督许大人就曾上奏朝廷,要求准许福建及闽海关汇兑京饷,免除长途运现的不便。那不是遭了朝廷的责骂吗?这位许大人,居然还敢继续上奏?"

刘大人笑了。

"梁掌柜,你知道许制台这后一道奏折是怎么写的吗?我背几句给你听:

臣素性迂直,随时随事皆力戒因循,从不敢轻信属员扶同欺饰。惟经再三体察,该司道所请委属确情,不得不披沥上闻,冀邀鉴纳。如以臣言为不实,则大臣中之曾官闽者,及闽人之现任京秩者,乞赐垂询,当悉底蕴。倘荷圣慈优逮,准免现银起解,以节财力,而裕商民,全闽幸甚……

看许大人这劲头,真有几分以死相谏的意思。朝廷还能再驳他吗?也就只好准奏了。前次奏折,只是一味哭穷,说闽省地瘠民贫,库储屡空,只能向你们西帮商家借了钱,交京饷,装得太可怜,朝廷哪会准奏!"

"我看也不是故意装穷,福建本来就常跟西帮借钱,垫汇京饷。"

"我还看不出来呀?福建这样再三上奏,乞求准汇,还不是你们西帮在后头鼓动?"

"人家是封疆大吏,能受我们鼓动!"

"梁掌柜,我看就是你们日昇昌在闽鼓捣的。"

"刘大人,我们跟这位许大人,可没什么交情。"

"不是你们日昇昌,那就是太谷的天成元?"

"不管是谁吧,能鼓捣成,就好。朝廷这样松了口,以后各地禁汇,是不是要松动了?"

"哪能呢!我今天来,就是给你们西帮送个讯。有福建这先例可引,还不赶紧叫你们各省的老帮往督抚衙门去鼓捣。各地上奏的一多,说不定真能解禁呢。你们不鼓捣,朝廷才不会收回成命。"

"那就多谢刘大人了。只怕外间酒席也备好了,那就开宴吧?"

"又让梁掌柜破费。"

"咱们之间,不用客气。"

二位出来后,果然酒席已经摆好。

领妈问:"刘大人,今儿是叫哪位相公陪您,大的,小的?"

刘大人一笑,说:"就小相公吧。"

话音才落,从屏风后面走出一位娇小美貌的"相公",给二位施过礼,就挨刘大人坐了。其声音、举止全酷似女子——其实,"他"本来也就是扮了男装的女子。这种挂羊头卖狗肉的勾当,早已在相公下处风行,无人不知的。

6

那晚,梁老帮吃了几杯酒就起身告退了。他在,刘大人不便放肆的。

回字号的一路,他就想,刘主事透出的消息倒是个喜讯。朝廷禁汇才半年,就松了口了。正月,朝廷下了禁汇的上谕,他就知道禁不了。平遥老号也叫沉住气,静观等待,看看到底谁离不开谁,谁困住谁。等到他们吃不住了,来求咱,再说话。不过,说是这样说,禁了汇,受困的也不只是官家,西帮你能不受累?坐着静观,总是下策。福建第一家解禁,那肯定是人家太谷帮在那里鼓捣的。天成元的东家老总出巡汉口,就已经惊动了西帮,现在又第一家鼓捣得解了禁,平帮还要坐视到什么时候!

梁老帮又想及同业的聚会,不知集议出什么结果。于是,就决定先不回字号,直接到蔚丰厚,见见李宏龄。小轿刚出珠市口,他忽然又想,何不先就近去天成元,见见戴膺,将刘主事透出的讯,说给他,落个人情。

八大胡同在前门外西南,天成元京号所在的打磨厂,在前门外东边,是离着不远。

梁怀文忽然来夜访，叫戴膺大感意外。正要张罗着招待，梁老帮连忙说："静之兄，快不用客气，刚从韩家潭应酬出来，路过，就进来了。倒口茶，就得了。"

"有些时候没见占奎兄了，好容易来一趟，哪敢怠慢？"

"我说了，有口茶，就得。我也坐不住，只跟你说几句话，就走。静之兄，叫伙友们都下去歇着吧。"

戴膺明白了，就领梁怀文进了他的小账房，要了壶茶，将伙计全打发开。

"占奎兄，今儿同业集会，本想见见你，不想你又回避了。"

"我的难处，你也知道。别人责备我，我都不怕，只要你老兄能体谅，就行了。"

"要知道你不去会同业，倒钻进韩家潭取乐，我当然也不饶你。是不是见着什么人了？"

"是见着个人，还得了个喜讯，所以特别来报喜。"

"什么喜讯，来给我们报？"

"当然是你们天成元的喜讯。"

梁怀文就将户部刘主事透出的消息告诉了戴膺。

"静之兄，福建票号数你们天成元势力大。许制台这样一再上奏，想必是你们鼓捣的。"

"人家是封疆大吏，还兼福州将军，能受我们鼓捣？"

"哈哈，刚才我对刘主事也说了这样一句话，几乎一字不差！搪塞那班糊涂官吏用这种话还成，你倒用来搪塞我？"

"说句笑话吧，我敢糊弄你老兄！我们闽号的事，平时汉号的陈老帮招呼得多些，我知道的不很详细。福建解禁，对天成元有益，对整个西帮，也有利吧？"

"要不我赶紧来给贵号报喜呢！松了一个口子，就能松第二个、第三个口子。可你们怎么鼓捣成的，有什么高招，能透露一二吗？"

"我们能有什么高招？我听汉号陈亦卿说，福建藩库亏空太大，常跟我们闽号借钱，就是京饷，也常靠我们垫付。朝廷一禁汇，我们当然不能再借钱给他们了。藩台、抚台、制台，几位大人可就着了急。闽省偏远，可还得交两份京饷，一份藩库交，一份海关交。再加上甲午赔款，他们不挪借，哪成？我们就说，要想救急，只有一条路，上奏朝廷，准许福建例外，依旧汇兑。"

"原来是叫你们逼的。"

"谁让他们那么穷窘呢！听我们闽号说，福建那班显贵，没有一个会理财的，只会给自家敛财。你说他那藩库怎么能有钱？"

"还说福建呢，就说朝廷的户部，又有几人会理财？现在这位王尚书，也是老臣了，以往也在户部做过官，按说他该懂财政。怎么一上来就将国库支绌，市面萧条，归罪于西帮，先拿了我们开刀！禁了汇，你国库就钱多了？迂腐之极。人家西洋银行，用电报汇兑呢，我们连信局走票也不让，非得把银子给你运到眼跟前，才歇心？迂腐之极！"

"占奎兄，在韩家潭叫假相公多灌了几杯吧？"

"静之，我可不是在说醉话！今儿是没去芦草园，若去了，当着同业的面，我也要说这样的话！"

"刚才在韩家潭，对着户部那位主事大人，是不是也说这种话了？"

"说了。在那种地方，说什么吧，他不得听？刘大人倒也说了，鹿传霖正运动呢，想取王文韶而代之。"

"鹿传霖他就会理财？"

"至少他通些洋务，不会撺掇朝廷禁汇吧？"

"谁知道他什么时候才能入主户部？现在这种困局，只怕还得靠我们自家。你们日昇昌在广东势力无敌，何不也设法撺掇两广重臣，上奏解禁？广东松了口，那可非同小可。"

"我何曾没有这样想？可我们老号，一直不叫动，生是摆着架子，要等着朝廷来求我们！不是看见你们天成元两位巨头出动，他们还不动。"

"我们那两位巨头，也是给我们撺掇出来的，孙大掌柜也不爱动。"

"我们老号那些人，你进言再中肯，也不爱理你。"

"我们迁就他们吧。光绪初年，朝廷也禁过汇。那次，还不是我们西帮鼓动起许多疆臣抚台，一齐上奏，终于扭转局面吗？"

"广东方面，我们可以去试。各家也都得动吧？今儿集会，议定了吧？"

"这种和朝廷作对的事，怎么能公议？不过，大家心里都清楚。只是，要成事，还全得靠你们平帮，平帮又得靠你们日昇昌和蔚字号。李宏龄倒说了，他们要先鼓动四川上奏。"

"要早这样动，就好了。"

送走梁怀文，戴膺给汉号的陈亦卿写了一纸信报，将福建解禁的消息，简要相告，并请转达老太爷和大掌柜。在福建鼓动上奏，这是他和陈亦卿事先策划好的。现在终有见效，心里当然很快慰的。

近来事态，一件一件都还差强人意，戴膺也就想往京西寻处凉快地界，避几天暑。然而，还没等他成行，天津就传来了一个叫他心惊肉跳的消息：五娘被绑票了。

第八章 绑票津门

1

五爷五娘去天津时，戴膺极力劝阻过。天津卫码头，本来就不比京师，驳杂难测，眼下更是拳民生乱，洋人较劲，市面不靖得很。偏在这种时候去游历，能游出什么兴致来？戴膺甚至都说了：万一出个意外，我们真不好向老太爷交代。哪能想到，竟不幸言中！

起先，五爷倒不是很固执，可五娘执意要去。五爷对五娘宠爱无比，五娘要去，他也不能不答应。再说，五娘的理由也能站住几分：好容易出来一趟，到了京城，不去天津，太可惜。女流哪像你们爷们，说出门就出门，来了第一趟，不愁再来第二趟。说天津码头乱，咱们的字号不照样做生意？咱们去天津，也不招摇，也不惹谁。俗话说，千年的崖头砸灰人，咱们也不是灰人，天津码头不乱别人，就偏乱咱们？

话说成这样，谁还好意思硬拦挡？一个美貌的年轻妇人，能说这样开通大度的话，戴膺就有几分敬佩。

东家老爷出来游历，本不是字号该管的事，一应花销，也无须字号负担。五爷带着自己存银的折子，花多少，写多少。五爷五娘又都是那种清雅文静的年轻主子，不轻狂张扬，更不吆三喝五。到京后，只管自家快乐异常地游玩，不但不涉号事，也很少麻烦字号。越是这样，京号里的伙友越惦记东家这一对恩爱小夫妻。怕他们出事，那也在情理之中。

在京游玩月余，什么事也没有出过。五娘是个异常美貌的年轻娘子，她故意穿了很平常的衣饰，也似乎故意把脸晒黑了，就是精神气不减。大热天，总也煞不下他们的游兴，远的近的、值得不值得的全去。五娘还说，就是专门挑了夏天来京城，热天有热天的好处。别人也不知那好处是什么，只见他们一副乐不思蜀的样子。

去天津卫这才几天吧，就出了这样的事！

这叫人意外的消息，津号是用电报发来的，只寥寥几字，什么详情都不知。是给哪路神仙绑的票，要价又是多少，五爷情形如何，往老号及汉口发电报没有，全不知道。

这是人命关天的火急事，老号、康府、汉口的老太爷就是得到了消息，也远水难救近火。京号最近，必须全力营救五娘。

戴膺接电报后，立刻就给津号回了电：不拘索价多少，赶紧调银救人。

天成元津号老帮刘国藩，是个比较冒失的人，生意上常常贪做。处理这种事情，那是绝不能冒失的。戴膺思之再三，决定亲自赶往天津。这桩绑票案，显然不是只对着五爷五娘，是对着康家，对着天成元，还是对着太谷帮，甚而是整个西帮，都很难说。天成元创建以来，还没发生过这样的事！

京津之间，止二百多里远，雇辆标车，日夜兼程，不日就可到达的。

往天津前，戴膺赶去求见了京师九门提督马玉昆。遇绑票事，当然不宜先去报官。但康家与马玉昆大人有交情。马玉昆当年在西北平匪剿乱时，遇军饷危急，常向西帮票号借支，其中康家的天成元就是很仗义的一家。光绪二十年（1894），他被朝廷调回直隶，不久，又补授太原镇会，与康家更有了直接交往。尤其与康三爷，气味相投，交情很不浅。有这样一层关系，遇了如此危难，前去求援，当然是想讨一个万全之策。马大人也真给面子，不但立马召见，还提笔给天津总兵写了一道手谕。手谕是让总兵协拿绑匪。戴膺接了手谕，道了谢，匆匆退出来。他知道，这样的手谕，不到不得已时候，不能轻易拿出。

带了这道手谕，还有京号的五万两汇票，戴膺连夜就火急赴津了。

那日，五爷五娘离开客栈，一人坐一顶小轿，往海河边上看轮船。五爷的轿在前，五娘在后。跟着轿伺候的，一个女佣，一个保镖，都是从康家跟来的。他们出远门游历，当然不只带这两个下人，但为了不招摇，其余下人都留在了客栈。

一路上平平静静的。到了海河边，五爷的轿停了，五娘的轿却不停，照旧往前走。

女佣玉嫂就喊叫："到了，到了。"

两个轿夫也不听，还是往前走。

保镖田琨跑了几步，上前喊住。

这一来，轿是停了，可掀起轿帘，伸出来的头脸，却不是五娘，而是一个上年纪的老者。他很生气，喝问："谁呀，这样大胆，敢拦我的轿！"

田琨一下愣住了。

这时，五爷已经下了轿。一见轿里坐的不是五娘，就有些慌了："五娘的轿呢？怎么没有跟上来？"

田琨也慌了："一直紧跟着呀，怎么就……"瞪起眼往四处搜寻，哪里还有别的轿！

玉嫂连说："不用发愣了，快去找找吧！"

两个给五爷抬轿的轿夫，就说："不要紧，不定在哪儿跟差了。轿夫是我们自家兄弟，丢不了。老爷们稍候，我们去迎迎！"

说完，两人先给那乘拦错了的轿主赔了不是。轿上坐的老先生，阴沉了脸，嘟囔着什么，重新上了轿。等人家起了轿，继续往前走了，两个轿夫才顺原路去寻找五娘，转眼也没有了影踪。

五爷和两个下人，守着一顶空轿等了许久，任他们怎么焦急，只是什么也等不来。保镖田琨这才真正慌了。

难道遇了歹人了？这四个抬轿的，难道是一伙歹人？就是寻找，去一个轿夫就成了，还能两人一搭走，轿也不要了？

直到这时，田琨才意识到，跟在五爷后面的那乘轿也有诈。可哪里还有它的影踪！这乘轿，多半也是他们一伙的。怎能这么巧，五娘坐的轿跟错了，它就正好跟上来，还和五娘的轿一模一样？如果不是一模一样，他早应该发现了。老天爷，五娘的轿，显然被歹人调了包！

这伙歹人在什么时候调的包呢？就在他和玉嫂的眼皮底下调包，居然一点都没有觉察到？这一路，他一步都没有离开过呀？

田琨不敢细想了，知道闯了大祸。天津这地方，他人生地不熟，现在又是孤单一人，怎么去追赶歹徒？当紧得将五爷保护好，先平安回到客栈，再说。

田琨尽量显得平静地说："五爷，五娘寻不见咱们，多半要回客栈。

我们也不用在这里傻等了。"

玉嫂就说："五娘迷了路吧，这俩给五爷抬轿的，也迷了路？他们寻不见五娘，也该回来吧，怎么连个影踪都没有？不是出什么事了吧？"

田琨忙说："大白天，又在繁华闹市，能出什么事！我看，咱们还是先回客栈吧。五娘回了客栈，也等不见我们，更得着急。"

五爷说："我不回！我哪儿也不去！他们到底把五娘抬到哪儿了？你们都是活死人啊？一个都没跟住五娘！"

玉嫂就说："田琨，你还不快去找找！"

田琨说："天津这街道，七股八叉的，我再找错了路，五爷连个跑腿的也没了，那哪成？五爷，出了这样的差错，全是在下无用，听凭五爷处罚。眼下补救的办法，我看就叫玉嫂守在这儿，我伺候五爷回客栈……"

五爷连说："我不回客栈，不回！等不来五娘，我哪儿也不去！"

田琨说："万一五娘回到客栈，等不见我们，出来找，再走差了，那岂不……"

玉嫂也说："大热天，老这么晒着，也不是回事。五爷就先回客栈，我在这儿守着，你还不放心？"

"我哪儿也不去！老天爷，他们把五娘抬到哪儿了？"

五爷这样，保镖田琨真是一点办法没有。那两个轿夫仍然没有影踪，看来真是凶多吉少。不能再这样拖延下去了，得尽快给津号报讯。田琨也不能多想了，就对五爷说："五爷，我去寻五娘！玉嫂，你伺候五爷坐回那顶空轿里，耐心等着，哪儿也不要去，谁的话也不要信，只等我回来。"

说完，飞跑着离去了。

康家的天成元津号在针市街。因为对津门街道不熟，他只得沿来路，跑回客栈，又从客栈跑到津号。路上和客栈，都没有五娘的影踪！

津号刘国藩老帮，听了保镖田琨的报讯，顿时脸色大变："只怕是出事了！"

五爷一到天津，刘老帮就曾建议从镖局再请几位保镖跟了。五爷五娘只是不肯，说那样太招摇了，反而会更引人注意。他们似乎也不想叫生人跟了拘束他们的游兴。没有想到就真出了事。说这些，都没有用了。

他和田琨商量了几句，就亲自带人赶往海河边。当紧，得先把五爷请回来。赶到时,五爷和玉嫂倒是还守着那顶空轿,可五爷的神情已有些发痴。

趁刘老帮和五爷说话,玉嫂拉过田琨,低声问:"还没找见?"

田琨摇了摇头。

玉嫂说:"五爷都在说胡话了。"

"才这么一会儿,五爷就变成这样?"

"才一会儿,不说你走了多大工夫了!你走后,五爷着急,也只是着急,倒还没事。后来,过路的俩人问了我们的情形,就说:快不用傻等了,多半是遇上绑票的了!"

"两个什么人?"

"四十来岁的男人。"

田琨就赶紧过去对五爷说:"五爷,刘老帮说的是实话,五娘真是先回客栈了,虚惊一场,咱们快回吧。五娘也等得着急了。"

五爷目光恍惚,只是不相信。费了很大劲,大家才好歹把五爷劝上了新雇来的一辆马车。

回到客栈,五爷就喊着要见五娘,田琨、玉嫂他们也只能说,五娘出去迎我们了,不知五爷是坐马车,已经派人去叫了。但五爷哪里肯信?人立刻就又痴呆了。

忙乱中,留在客栈一个男仆拿来一封信,说是天盛川茶庄的伙计送来的,叫转交康五爷。

刘老帮接过信,拆开看了一眼,就惊呆了,五娘果然给绑了票:限五日之内,交十万两现银,到大芦赎人。逾期不交,或报官府,立马撕票。署名是津南草上飞。

这哪会是天盛川送来的,分明是绑匪留下的肉票。刘老帮忙将这个男仆拉了出来,低声问:"这是甚时送来的?"

"五爷他们出去不多时,就送来了。"

"送信人,你也没听口音?是天津卫口音,还是咱们山西口音?"

"那人来去匆匆,我也没太留意。好像是带天津卫口音。我见咱津号年轻伙计,也能说天津话呀?"

"会说天津话吧,见了自家老乡,还说天津话!"

再细问,也为时晚了。

草上飞？近来，刘老帮也没听说过津门出了这样的强人绑匪，可眼下拳乱处处，谁又知道这个"草上飞"是新贼，还是旧匪？十万两不是一个小数目，可开多少价，也得救人。只是这真实情形，怎么向五爷说明？

五爷分明已经有些神智失常。

康家的天成元、天盛川，在津门也没有得罪江湖呀，何以出此狠招？绑谁不好，偏偏要绑五娘？

津号的刘老帮当然知道，在康家的六位老爷中，数这位五爷儿女情长。他本来聪慧异常，天资甚好，老太爷对他也是颇器重的。不想，给他娶了个美貌的媳妇，就将那一份超人的聪慧全用到了女人身上。他对五娘，那真是迷塌了！对读书、从商、练武、习医，什么都失去了兴趣，就是全心全意迷他的五娘。五娘对他，仿佛也是格外着迷，又不娇气，不任性，也不挑剔，简直是要贤惠有贤惠，要多情有多情。两人真似前世就有缘的一对情人！

起先，老太爷见五爷这样没出息，非常失望。可慢慢地似乎也为这一双恩爱异常的小夫妻所感动，不再苛责。后来甚至说："咱们康家，再出一对梁山伯祝英台，也成。"老太爷都这样开通，别人更不说什么了。

尤其是五爷五娘只管自家恩爱缠绵，也不招惹别人，在康家的兄弟妯娌间，似乎也无人嫉恨他们。

可这一对梁山伯祝英台，为什么偏偏要在天津出事？这可怎么向东家老太爷交代？津号的声名就如此不济，谁都敢欺负？

2

出事后，津号给京号报急的同时，也给太谷老号和汉号发了告急的电报。太谷老号收到如此意外的急电，当然不敢耽搁，赶紧就送往康庄，交给四爷。四爷一见这样的电报，真有些吓傻了。

来送电报的老号协理忙安慰说："四爷也不用太着急，京津字号的老帮，都是有本事的人，他们一定在全力营救。再说，出了这样的事，也一定电告汉号了，还有老太爷、大掌柜他们坐镇呢。"

四爷还是平静不下来，连问："你说，五娘真还有救吗？"

"绑票,他就是图财要钱,咱们又不是没钱。只要五娘不惊吓过度,这一难,破些财,就过去了。"

"五爷他们也不爱招惹是非,偏就欺负他们?"

"这种事,也不是只冲着五爷五娘。"

"那他们是冲着谁?冲着你们字号?"

"天津码头,今年拳乱教案不断,局面不靖,什么意外都保不住要发生。"

"天津就这么乱,汉口不要紧?"

"汉口不要紧。四爷,你也不用光自家着急,先跟二爷他们商量商量。有什么吩咐,我们字号随时听候。"

四爷这才把二掌柜送走,赶紧把二爷、六爷叫来。

对这种突发灾难,六爷能出什么良策?也不过说几句尖刻话罢。"生意做遍天下了,还有人敢欺负?"

二爷一听出了这样的事,当下就愤怒至极:"这是哪路生瓜蛋,竟敢在太岁头上动土!胆子不小呀,真倒欺负到爷爷家里来了。老四,这事你就不用管了,我召太谷武林几个高手,立马就去天津卫!"

六爷能看出,年长的二哥从来都不曾这样威武过,现在终于叫他等到一显身手建功立业的时候。可二哥的武艺究竟有多强,真能力挽狂澜,千里夺妇归?六爷心里暗生了冷笑。

四爷对二爷的这种威武之举却是大受感动,二哥出来撑着,他也可以稍稍松口气。事出江湖,二爷出面最合适了,就是老太爷在,似乎也只能如此吧。

二爷是有些异常的兴奋,但也并不是一时兴起。他与五爷虽不是一母所出,毕竟有手足情分。更何况,这事关乎着康家的声威!

他没有和四爷、六爷多啰唆,赶紧就策马跑往贯家堡,去见车二师父。车二师父是太谷武林第一高手,又有师徒之情,二爷去求助,也理所当然。还有一层理由,是车二师父当年在天津,有过一件震惊一时、传诵四方的盛事。

那是光绪十八年(1892),车二师父护送太谷孟家主人往天津办事。其时他已年届花甲,满六十岁了,但武艺功力不减,那一份老道仿佛更平添了许多魅力。他本来在华北各码头就很有武名，这次到天津，武界也照例热闹起来，争相邀他聚谈、演武、饮宴。

当时，天津码头正有一位游华的日本武士，叫小山安之助，剑术极精。在津设擂台比武，寻不着敌手，很有一些自负。其实，天津是个五方杂处的大码头，武林高手一向就藏着不少。只是，日本武士将身手和声名全托付给那一柄长剑，套路与中华武术中的剑术全不相同，用现代的话说，就是"制式"完全不同。天津一些武师，对小山的自负，很生气，跳上擂台应战，就有些心浮气躁，武艺不能正常发挥，败下阵来的还真不少。另一些清高的武师，起根就不屑于跟倭国武人同台演武。这就使小山更自负得不行！

津门武友，自然向车二师父说到了这个小山。车二师父也只是一笑而已，他本就不是一个喜欢出头露面的人，当然不会上赶着去寻日本人论高低。不想，这个小山武士，倒先听说了车二师父的武名，居然亲自登门来拜见。把自负全藏了起来，礼节周全，恭恭敬敬，表示想请教车师父的功夫。这一手，真还厉害！他要挂了一脸自负，扔出狂言跟你挑战，你不理他也就是了。可这样先有礼，已占了理，你不搭理人家，就不大气了。张扬出去，你是被吓住了，还是怎么了？

车二师父只好应战。

车师父的形意拳功夫，当然是拳术、兵器都精通的。他自己比较钟爱拳术，不借器械，好像更能施展元气功。而在器械中，他更喜欢枪和棍。以枪棍化拳，才能见形意拳的精髓。形意拳虽讲究形随意走、形意贯通，但威力还在形上，是立足实战的硬功。车二师父以高超绝伦的"顾功"，也就是防守的功夫，闻名江湖，但他也不是仅凭技巧，是有深厚的强力硬功做底的。已经六十岁了，他依然臂力过人，一双铁腿扫去，更是无人能敌。所以，他于剑术，平时不是太留意。中华武术中的剑，形美质灵，带着仙气，是一种防身自卫的短兵器，武人都将剑唤作文剑。

日本武士手中的剑，那可是地道的武剑。以中华武人的眼光看，那是刀，不是剑。刀是攻击性的长兵器，不沾一点文气、仙气。但车二师父就是提了一柄佩了长穗的文剑，跃上了小山安之助的擂台。

客气地施礼后，小山喝叫一声，忽然就像变了一个人，神情凶悍，气象逼人，抡着他那柄似剑非剑、非刀似刀的长剑，闪电一般向车二师父砍杀过去。车二师父却是神色依旧，带着一脸慈祥，从容躲过砍杀。手中那柄细剑，还直直地立在身后，只有剑柄的长穗，舞动着，划出美丽的弧线。小山步步逼近，车二师父就步步趋避，眼看退到台口了，只见他突然纵身一跃，越过小山，落到台中央。

六十岁的人了，还有这样的功夫，台下顿时响起一片喝彩声。

小山似乎气势不减，但他不再猛攻，也想取守势，不料车二师父的剑早飞舞过来，他急忙举剑一挡，当啷一声，一种受强震后的麻酥之感就由手臂传下来。小山怒起，又连连砍杀过去，可触到车师父的剑时，却只有绵软的感觉！到这时，他心里才略有些慌，只是不能显露出来。

车二师父就这样引诱小山不断攻来，又从容避开，叫他的攻击次次落空。其间，再忽然出手一击，给对手些厉害看。

几个回合下来，小山已经有些心浮气躁了。于是车二师父就使出了他的绝招。两人砍杀刚入高潮，小山就突然失去了对车二师父剑路的预测，尤其对虚剑实剑全看不出了：用力砍去，触到的软绵无比；刚减了一些力气，却又像砍到坚石，手震臂麻，简直像在被戏耍。这可叫他吃惊不小！这样一惊慌，出剑就犹豫了，不知该劲大劲小。如此应对了没几下，忽觉手臂一震一麻，剑就从手中弹出，飞到远处，当啷落地。

台下又是一片喝彩声。

小山这时倒不慌了，整了整衣冠，行了礼，承认输了。并表示想拜车二师父为师，学习中华形意拳功夫。

车二师父推说中日武艺各有所宗，两边都跨着，只能相害，不能互益，没有答应。其实，他哪里会将中华绝技传授给外人！

如此别开生面地大败东洋武士，车二师父的名声一时大震津门。以前只是武界知道他的大名，从那以后，一般老百姓也将他看作英雄好汉了。这事虽已过去六七年了，但在天津，车二师父的武名还是无人不知的。现在康家在天津有难，正可重借车二师父的大名，摆平那些绑匪。

车二师父听康二爷一说，当即表示愿意尽力。只是，他考虑再三，觉得自家亲自赴津，太刺眼，太张扬。这样弄不好，会逼着绑匪撕票。再说，他自己毕竟也年纪大了。所以，他建议请李昌有去。李昌有是他最得意的门生，武艺也最好，尤其擅长"打法"。"打法"，即攻击性的拳术，与"顾法"相对。李昌有的"打法"，在太谷武林已经出类拔萃，有"车二师父的顾法，昌有师父的打法"之说，师徒相提并论。

二爷就去请正当盛年的李昌有。昌有师父很给面子，一口就答应下来。他们一道挑选了十多名强壮的武师拳手，便连夜飞马赶往天津。

发往汉口的电报，老太爷康笏南晚了两天才见到。因为他和孙大掌柜正在离汉口数百里远的蒲圻羊楼洞山中。说是避暑，其实在巡视老茶场。汉号陈亦卿老帮，见到这样的电报，当然不敢耽搁，立刻派柜上伙友日夜兼程送去，还是晚了。

康笏南得知这个消息后，第一反应，就是问孙大掌柜："这是谁在跟我们作对？"

孙北溟说："能是谁？莫非津号的刘国藩得罪了江湖？"

康笏南说："江湖上谁敢欺负我们？我看不是江湖上的人。"

"那是闹八卦拳的拳民？"

"我们一不办洋务，二不勾搭洋人，拳民为难我们做甚？"

"总是津号的仇人吧。"

"你说，是不是日昇昌雇人干的？"

"日昇昌？不会吧？我们跟它也没这么大仇，至于干这种事？眼下又正是西帮有难的时候，它也至于这样和我们争斗，坏西帮规矩吧？"

"正是在这种时候，才怕我们太出头了。"

"我们出什么头了？"

"你我出来这一趟，准叫他们睡不着觉了。"

"我看不至于。老东台，你也太把开封的信报看得重了。"

他们南来途中路过河南怀庆府，发现那里庄口的生意异常，曾叫开封分号查清报来。日前开封来了信报，说怀庆府庄口的生意，是给日昇昌夺去了。我号老帮是新手，又多年在肃州那样边远的地方住庄，不擅防范同业，叫人家趁机暗施手段，把我号的利源夺过去了。

怀庆府虽不是大码头，但那是中原铁货北出口外的起运地，货款汇兑、银钱流动也不少。康笏南看了信报，就非常不高兴，说日昇昌你是老大，这样欺软不欺硬，太不大气。孙北溟倒觉得，还是我们的人太软。他没有想到，樊老帮竟会如此无用。康笏南却依然一味气恼日昇昌。现在，他把天津出的绑案也推到日昇昌，这不是新仇旧恨一锅煮了？

康笏南笑孙北溟太糊涂。他嘱咐汉号来送讯的伙友：赶快回汉口告诉陈老帮，叫他给口外归化打电报，命三爷火速赴津，不管救没救下人，也得查明是谁干的。

孙北溟说："靠津京两号，还查不清吗？"

康笏南却说："出了这种事，老三他应该在天津！"

孙北溟还是吩咐：给京号也发电报，叫他们全力协助津号营救。

出了这样的事，孙北溟感到应回汉口，以方便应付紧急变故。但康笏南不走。他说，出了再大的事，也该他们小辈自家张罗了。他最后来一趟羊楼洞得看够。这是康家先人起家的地方，哪能半途而废？只是天津的消息，使翁郁的茶山，在他眼中更多了几多苍凉。

3

京号戴膺老帮赶到天津时，已是出事后的第二天下午。

他想先去看望一下五爷，津号的刘国藩劝他暂不必去。因为自出事以来，五爷就一直那样傻坐着，不吃不喝，也没合过眼，嘴里喃喃着什么，谁也听不懂。他们正哄他吃喝些，睡一会儿，不知哄下了没有。你这一去，那就更哄不下了。

戴膺吃了一惊，说："五爷竟成了这样了？离京时，五爷还是精干俊雅一个人。东家几位老爷，虽说都没大出息吧，可到底还是好人善人，谁就寻着欺负他们？"

"老太爷太非凡，好像把什么都拔尽了，弄得底下的六位爷，出息不大吧，福气也不大？五爷五娘竟遭了这样的不测，真叫人觉得天道不公了。"

"这哪能干人家老太爷的事！国藩兄，你们查明没有，是谁干的？"

刘国藩说："我已经向镖局几位老大请教过。他们都说，还没听说津门地界出了'草上飞'。再说，江湖上谁不知票号、镖局穿着连裆裤，没几个傻蛋敢欺负票号。看他们做的那活儿，也像是生瓜蛋干的。"

"青天白日，繁华闹市，就绑了票，生手他敢这样干？"

"镖局老大说,看开出的那价码,就是棒槌生瓜蛋。十万两银子,他又不敢要银票,还得到津南几十里外的大芦交割,那只能用银橇运去。可这得装多少运银的橇车?五千两的银橇,那得装二十辆,就是一万两的银橇,那也得装十辆。一二十辆银橇车,赶车、跟车带护卫,那又得多少人?这些人都由精兵强将装扮,那还不定谁绑谁呢!老手绑票,都是踩准你有什么便于携带转移的珠宝字画,指明了交来赎人。银钱要得狠,那也得叫你换成金条。哪有十万八万地要现银!"

戴膺听这样说,还觉有些道理。

银两是容易磨损的东西,所以那时代运送现银都使用一种专用的橇车。车上装有特制的圆木,每段圆木长三尺多,粗一尺多。它被对半剖开,挖空,用以嵌放元宝银锭。一般是每段圆木内嵌放五十两重的元宝十锭,每辆车装十到二十段。十万两银子,那可不是要浩浩荡荡装一二十辆橇车!

戴膺就说:"要真是些生瓜蛋,还好对付些吧?"

刘国藩说:"镖局老大说了,生瓜蛋更怕人!"

"为甚?"

"大盗有道,黑道也有自家的道。生瓜蛋什么道都不守,你能摸透他会干什么事?所以,这真还麻烦大了。"

"但无论如何,也得把五娘救出来!五娘有个万一,不光不好向东家交代,对我们天成元的名声也牵连太大!天津局面本来就不好,我们失了手,那以后谁都敢欺负我们了。头一步,务必把五娘救出;下一步,还得将绑匪缉拿。我离京时,去见过九门提督马玉昆大人,马大人真给面子,提笔就给天津总兵写了手谕,我带来了。只是,眼前还不宜报官吧?"

"镖局老大说:先不能报官。就是报了官,官兵也不大顶事。我看也是,江湖上的事,还得靠江湖。所以,我已托靠了几家相熟的镖局,由他们全力营救。"

"靠得住吗?要不在京师的镖局,也请几位高手来?"

"我看不必。老大们说了,这班生瓜蛋已经给咱留好了口子:到时候,就出动它二十辆银橇车,派四五十名武艺高手押车,前去赎人。活儿要做得好,赎人、擒匪,一锅就齐了。现在,面儿上不敢有动静,他们正暗中探访,看这到底是哪班生瓜蛋做的营生。"

"自劫走人后，就再没有消息？"

"没有。"

"赎期是五天？"

"五天。老大们说，这也是生瓜蛋出的期限。在天津卫这种大码头绑票，还当是深山老林呢，写这么长期限，怕人家来不及调兵遣将，是怎么着？"

"是怕我们调不齐十万两银子吧。你们津号调十万现银不为难吧？"

"静之兄，我正在尽力筹措。天津局面不好，生意不敢大做，柜上也不敢多储现银。收存了，就赶紧放出。津门客户，多为商家，不像你们京号，能吸收许多官吏的闲钱。"

"再怎么说，你堂堂津号，还调度不了十万两银子？"

"局面好时，这实在是个小数目。天津眼下情形，静之兄你也知道，洋人跋扈，洋教招人讨厌，乡民祭坛习拳，跟洋人过招，乱案纷纷，生意哪还能做？"

"可我看你们的信报，老兄的生意还是在猛做。"

"也没有猛做，大家都收缩，留下满眼的好生意，就挑着做了几档吧。"

"这就是了。国藩兄，一听说出了此事，我就在想，这事怕不只是图财诈钱，是不是还有别的意图？"

"别的意图？"

"你刚才说了，镖局老大们都认定，这不像是江湖上的匪盗干的。可是从绑走五娘的情形看，分明是熟悉我们内情的。五爷五娘又不是那种爱招摇的大家子弟，头一回来天津，才几天，那班生瓜蛋怎么就知道是我们的大财东？出事那天，又怎么知道他们要去海河看轮船，预先在沿途设好调包计？送肉票的，还自称是我们天盛川茶庄的伙计！这班生瓜蛋，就这么门儿清？"

"静之兄，出事后，我也这么想过。仔细问了跟着伺候的保镖女佣，他们说，怕抬轿的欺生，不仔细伺候，头几天就对他们道出了五爷五娘的身份，说天成元票庄、天盛川茶庄都是他们康家的字号。出事前一天，又跟轿夫约好，第二天去海河看轮船，叫他们早些来。保镖女佣都说，太大意了，也不知道天津卫码头就这么凶险。"

"那轿夫是怎么雇的，不到可靠的轿行雇，就在大街上乱叫的？"

"哪能乱叫！五爷五娘一来，我就给他们交代了，可不敢在街上乱雇车轿。还派了柜上的一位伙友跟着伺候，替他们雇车雇轿。可没跟几天，就叫五爷给打发回柜上了，说跟着一伙下人呢，不麻烦字号了，张罗你们的生意去吧。五爷是好意，哪想就出了这样的事！"

"那就这么巧？刚刚自家雇轿，就遇了歹人，还那么门儿清？"

"原先坐的轿五娘嫌不干净，保镖才给换了轿。坐了两天，就出了事！"

"就这么巧？刚换了轿，就撞上歹人？"

"是呀，这是有些蹊跷。"

"所以我疑心，这中间是不是有咱们的对头在捣鬼？"

"那会是谁？"

戴膺和刘国藩分析了半天，也没有把疑心集中到一处。洋人银行，欠了坏账的客户，甚至西帮同业，当然还有江湖上的黑道，反洋的拳民，都有些可能，又都没有特别明显的理由。戴膺心里还有一种疑心：刘国藩是不是还有自己的仇人？但这是不便相问的。

戴膺只好先拿出他带来的五万两银票，叫刘国藩赶紧去张罗兑换现银。此外，他还想见见镖局的几位老大。

二爷和昌有师父日夜兼程，飞马赶到天津时，已是出事后第四天了。

二爷见到五爷，真是惊骇不已！不但消瘦失形，人整个都变傻了，痴眉呆眼的，竟认不出他是谁。

"五弟，我是你二哥呀！"

五爷还是痴痴地望了望，没有特别的反应。

二爷擂了一拳，砸在桌案上，震得茶碗乱跳，五爷居然仍是痴痴的样子。昌有师父慌忙将二爷拉出来了。

二爷虽然一生习武，可他是个慈善天真的人。现在，脸色铁青，怒气逼人，真把大家吓住了。他问："这是哪路王八干的，清楚不清楚？"

刘国藩忙说："镖局派人打探几天了，依然不大清楚。叫他们看，不像是江湖上的盗匪，不知从哪来的一班生瓜蛋。"

二爷喝道："生瓜蛋他也敢欺负爷爷？"

戴膺就说："二爷一路风尘飞马赶来，还是先歇息要紧。明日一早，咱们就得去大芦赎人。"

二爷又喝问:"为甚等明天?既是生瓜蛋,为甚不早动手?"

昌有师父站起来,说:"二爷,你就听戴掌柜的,先歇息吧。我去会会镖局的老大。有我呢,一切不用二爷太操心。"

二爷仍想发作,但看了看昌有师父,终于忍住了。于是,二爷和其他武师拳手,就留在客栈歇息,昌有师父只带了两个拳手,赶去会见镖局老大。

津门镖局的几位老大,当然知道昌有师父的武名。当年,昌有师父也在太谷镖局做过押镖武师。所以,几位老大一定要尽地主之礼,招待他。

他对老大们说:"眼下我只是缺觉,不缺醉。等跟着各位老大救出人,擒了贼,咱再痛快喝一顿,如何?"

武人不爱客套,想想人家飞马千里而来,是够困乏了,就依了客人的意思。几位老大介绍了探访结果,更详细告诉了翌日如何装扮,如何运银,如何布阵,如何见机行事。

昌有师父听了老大们的计谋,以为甚好。只是觉得,二十辆车,四五十号人,浩浩荡荡,会不会把绑匪吓住了,不敢露面?

老大们就问:"昌有师父,那您有什么高招?"

昌有说:"我看人、马、车辆都减一半,只去十辆橇车,每辆也只跟两人。

这样阵势小,还保险些。又不是占山为王的主儿,挑二十来个高手,我看没有拿不下的局面。各位老大看成不成?"

老大们议了议,觉着也行:"有您这样的高手,那就少去些人马吧。您要不来,我们真不敢大意,万一有闪失,谁能担待得起?"

昌有忙说:"这事全凭各位老大!各位的本事,我能不知道?用不着排那么大阵势,就能把这事办了。"

经商量,昌有从他带来的武师中挑八位,剩下由镖局出十几位,组成一班精锐,扮成车倌,出面救人。另外再安排一二十人,预先散在附近,以在不测时接应。为了少惹麻烦,不惊动市面,明天还是越早走越好。最好,能赶在绑匪之前,先到达大芦。那样,在地利上不至于吃亏。于是,定了天亮时赶到大芦。

这样,后半夜就得出动了。议定后,昌有师父匆匆辞别各位老大,赶回客栈，抓紧休歇。

4

大芦在津南，离城五六十里远，那里有一处浩渺的大湖，风烟迷漫，苇草丛生，是常有强人出没。但津门镖局都知道，近年并没有什么"草上飞"聚啸于此，也没有出了别的山大王。出事以后，镖局天天都派有暗探在此游动，什么线索也未发现。

镖局老大当然知道，绑匪指定的赎人地点，绝不可能是他们的藏身之地。不过，绑匪既然将此定为赎人的地点，那应该有些蛛丝马迹可辨。怎么会如此无迹可寻？

尤其是京号戴老帮带来五万银票后，赎资很快备齐了，在第三、四天，就想缴银赎人。绑匪留的肉票，也说是五日之内。但镖局派出的暗探，却在大芦一带什么动静也没有发现。也许他们是深藏不露，非等来运银的橇车，不肯出来？生瓜蛋也会隐藏得这样老辣？

要不要贸然押着银子，前去试探，镖局老大和京津老帮都拿不定主意。换回人来，那当然好，要是浩浩荡荡白跑一趟，那在津门市面还不知要引起什么骚动。所以，第三天没有敢出动。

挨到第四天，镖局谋了一个探路的计策：雇了一队高脚骡帮，驮了重物，浩浩荡荡从大芦经过。到大芦后，选了僻静处，停下来休歇。但盘留很久，依然没有任何人来"问路"。这到底是怎么回事？出了什么不测？正在忧虑，二爷和昌有师父赶到了。见二爷那样悲愤，也没有敢对他们说出这一切。

反正是最后一天了，留下的唯一出路：必须押银出动。

为了在天亮后就能赶到大芦，大约在三更天，武师们就押着运银的橇车静静地出发了。除了十辆银橇，还跟着一辆小鞍轿车，那是为了给五娘坐的。

现在是二爷坐在里面。

昌有师父本不想叫二爷去，二爷哪里肯答应！但上了年纪的二爷，装扮赶车的、跟车的都不合适，那就只好装成一个老家仆了。昌有师父叮咛他，必须忍住，不能发火，二爷要见了绑匪就忍不住，那五娘可保不住出什么意外！二爷当然什么都答应了。

出城以后，依然是黑天，二爷却从车上跳下，跟着车大步流星地往前奔。赶车的是太谷来的武师，就悄悄说："天亮还早呢，二爷你还是坐车上吧。"

二爷说："不用管我！"

赶车的武师也不敢再多说话。

天黑，路也不太好走，但整个车队，一直就在静悄悄地行进。当然，谁心里都不平静。

绑匪是不是生瓜蛋，镖局老大们已经不大敢相信。镖局就是吃江湖饭的，五天了，居然打探不出一点消息。会不会是闹义和拳的拳民做的活儿？可天成元票庄一向也不十分亲近洋人，不会结怨于拳民的。刘老帮也极力说，拳民们才不会这样难为他。可是现在押这样一大笔现银，黑灯瞎火的，又不走官道，最怕的，就是遇了这些拳民。遇贼遇匪都不怕，遇了像野火似的拳民，那可就不论武艺论麻烦了。叮咛众弟兄不要声张，尽量静悄悄赶路，也是出于这种担忧。

好在一路还算顺利。又是夏天，不到五更，天就开始发亮了。在麻麻亮的天色里，路上遇过两个人，模样像是平常乡民。见影影绰绰走出这样一溜银橇车，乡民都吓呆了，大张着嘴，一动不动看车队走过。

他们准以为是遇了匪盗！

见了这种情况，车队更加快往前赶。天亮以后，押着这样多银橇，那毕竟是太惹眼了。

这天竟是个阴天，到达大芦时，太阳也没有出来，满世界的阴沉和寂静。他们停在了一个没有人烟的荒野之地。不远处，即能望见那个浩渺的大湖和动荡着的芦苇、蒲草。

绑匪不会来得这样早吧？不过，镖局老大还是派出人去探查。

二爷过来，悄悄问昌有师父："你会凫水不会？"

昌有也低声："也只是淹不死，但落入水中，也等于把武功废了。"

"我一入水，就得淹死了。"

"二爷，有水战，也轮不上你抢功的。"

"那我来做甚！"

"我劝你甭来，你非来不可。快不敢忘了你扮的身份，山西来的老家人，不会凫水，也不奇怪。我们沉住气，还是先少说两句吧。"

二爷哪能沉着从容得了？他安静了不大工夫，就向湖边走去，没走多远，给镖局老大叫住了。嗨，哪儿也不能去，就这样傻等！

大家就这样一直傻等到半前晌的时候，陆上、水上都没有任何动静。既不见有车马来，也不见有舟船来。

这帮生瓜蛋唱的是一出什么戏？

二爷说不能再这样傻等了，老大们也有些感到气氛不对，只有昌有师父主张再静候至午时。他说："他们会不会还是嫌我们来的人马多，不敢露面？所以，还是不能妄动。这是人命关天的事，稍为不慎，就怕会有不测。"

二爷说："那要等到什么时候？"

一位老大说："嫌多嫌少，反正我们的人马已经来了。我看，咱们得去雇条小船，派水性好的弟兄到湖泊中去探探。"

大家听了，觉得早该这样。

昌有师父说："还是要引诱他们陆战，不要水战。"

于是，就派出两位镖局的武师，去附近找乡民雇船。其余人，仍七零八散地坐在地上，吃干粮，打瞌睡：这也是有意装出来的稀松样。

这样一直等到过了正午，仍然没有"草上飞"的影子。大家正焦急呢，才见前晌派出的一位武师匆匆跑了回来。大家忙问：有什么消息了？但他也不理大家，只是把一位镖局老大拉到远处，低声告诉了什么。

老大一听，脸色大变。忙招呼其他几位镖局老大和昌有师父过来，但二爷早跟过来了。

"寻见那些王八了？"

老大支吾着，说："还不敢确定……"

"那你们在告诉甚？"

"只是，有些叫人疑心的迹象……"

昌有师父看出其中有事，就对二爷说："二爷，看来时候到了，你不敢忘了自己扮的是谁。你先回人堆里候着，我和老大们先合计合计，看如何动作。商量好了，再对你说。行吧？"

"我出不了主意，还不能听你出主意？"

昌有说："二爷，不是不叫你听，是因为你扮的不是车夫。你扮的是大户人家的老家人，该有些派头，不能跟我们这些赶车的扎在一堆。"说时，就扶了二爷，往回退。"二爷你还信不过我？"

哄走二爷，昌有师父过来一听，顿时也脸色大变，急忙问："在哪儿？我们还不快去看看！"说话间，昌有师父和一位镖局老大跟了跑回来的那位武师急匆匆远去了。

到底发生了什么事？

原来，派出去的那两位武师，在很远的一个庄子里才雇到一条小船。他们借口有两位兄弟下湖凫水去了，不见回来，要去找找。渔夫先有些不肯，他们出了很高的礼金才同意。渔夫摇他们下湖后，荡了很大一圈，也仍是什么动静也没有。返回时，遇到一条小渔船。船主互相喊着问了问，那头说：刚才见过一条船，停在芦苇边，喊过话，没人应。

他们就叫渔夫摇过去。不一会儿，果然看见了那条船。渔夫吆喊了几声，没有人应。武师他们自己也吆喊起来：

"五爷——五爷——"

他们这样喊，用意很清楚。可是仍没有人应。

他们就叫渔夫靠近那船。靠过去，仍然悄无声息。一位武师跳上了那条船，跟着就传出他的一声惊叫。另一武师急忙也跳了上去，最怕见到的景象显现在眼前：船舱里一领苇席下，盖着一具女尸！

看那死者的情形，多半是五娘。

死者是个年轻娘子，衣裳已被撕扯得七零八碎了，可仍能看出那是大户人家的装束。只是面目已难以辨认：额头有一个高高隆起的大血口，使脸面整个变了形，加上血迹遮盖，面目全非，惨不忍睹。

这些王八，还在期限内，怎么就撕了票！

不过，看死者情形，又像是厮打挣扎后，一头撞到什么地方，自尽了。于是，他们全掀掉席子，看见下身几乎裸露着。这帮王八！正要盖上，发现死者身边扔有一信函。忙捡起来，见信皮上写着：刘掌柜启。

刘掌柜？天成元的老帮不就正姓刘吗？这就是康五娘无疑了。

信是封了口的。他们没有拆开看，反正已经撕了票，反正人已死了。两位武师盖好苇席，回到原来的船上。他们问渔夫，能不能认出那是谁的船？渔夫说他认不得，那种小船太普通了。武师便请求将那条船拖着带到湖边。渔夫当然又是不肯，再加了价钱才答应了。

镖局老大和昌有师父赶到湖边，武师们才把绑匪丢下的那封信拿了出来。镖局老大见写的是"刘掌柜启"，就让给昌有师父拆看。

昌有师父看了，只是骂了一声："王八！"

老大问："到底是谁干的？"

昌有说："街面上的一帮青皮吧。信上说，这桩生意没做好，他们中间出了下三烂，欺负了你们娘子，瞎了票。娘子是自家寻了死，不是他们杀的。"

老大说："青皮也敢做这种生意？"

昌有说："要不，能弄成这种下三烂结局！咱们快上船看看吧。"

他们上船看了，真是惨不忍睹。只是，眼下当务之急，已不容他们多做思量。肉票已毁，那得赶紧押了十万现银，安妥回城。天气炎热，装殓五娘也是刻不容缓了。还有这样的噩耗，怎么告诉二爷？

他们做了简捷的商议，命两位武师暂留下看守，就跑回去做安排。

其实，昌有师父看到的那封信是另有内容的。只是，他感到事关重大，不能声张，就巧为掩盖了。幸好在一片忙乱中，别人都未能觉察出来。

5

那一封信是这样写的：

刘寿儿如面：

见字勿惊。奴家本只想逼你回头践约，待奴如初，无意要你银钱。不料雇下几个青皮，色胆包天，坏了五娘性命。料你不好交代，欲怪罪奴家也怪不成了，但待来生。

奴拜上

昌有师父看了这封信，就猜测这个"刘寿儿"可能是天成元津号的刘掌柜。要真如此，那可不是一件小事。康家五娘被绑票，原来是他自家字号的老帮结的怨。结怨，还不是因为生意！这事张扬出去，那还不乱了？

所以，昌有师父就遮掩下来。回到城里，更是忙乱不迭，似也不宜告人。而且，将这事告谁，还没有想妥。最应该告诉的，当然是二爷。可二爷虽然年长，却依然天真得像个少年。人是大善人，武功武德也好，只是不能与他谋大事。这事先告给二爷，他立马就会将刘掌柜绑了。

二爷之外，五爷更不成。可怜的五爷，现在除了傻笑，什么也不会了。原来还担心，怎么将五娘遇难的噩耗告诉他，可看他那样，说不说都一样了。

刘掌柜，当然不能叫知道。

如此排下来，那就只剩了一个人，他们京号的戴掌柜。可戴掌柜也正忙碌，面都不好见。

面对最不愿看到的结果，戴膺他能不忙吗？几家镖局，加上二爷带来的一干人马，竟然没有把人救回来！惊骇之余，他立马意识到事态严重。五娘惨死，不好向东家交代，那倒在其次。最可怕的，是这事传到市面，天成元的声誉将受撼动：连东家的人都救不了，谁还敢指靠你！所以，他是极力主张，此事不敢太声张。尤其五娘的丧事，不宜大办。

经二爷同意，已经将五娘入殓，移入城外一佛寺，做超度法事。大热天，既不宜扶灵回晋，也不宜久做祭奠。所以，戴膺劝二爷从简从速治丧，及早寄厝津郊，等以后再挑选日子，从容归葬。但二爷使着性子，不肯答应。该怎么办，一要等老太爷回话，二要等太谷家中来人。等候的这些天，得报丧吊唁，排排场场。一向慈祥的二爷，现在脾气火暴，听不进话去。唉，这也毕竟是东家的事，二爷这样犟着，戴膺也没有办法。

津号的刘国藩，也是被这事吓毛了，二爷说甚，他就听甚。大肆张扬这种败兴事，对生意有什么影响，刘国藩他能不知道？可劝不下二爷，光劝刘老帮也无用。

发往汉口、太谷的电报，去了几日了，仍不见有回话！

京号那头，他也得操心。

你说戴膺他能不着急吗？

昌有师父见戴掌柜这样忙碌着急，本来还想拖延几天，但又怕老这样捂着，万一再出了事，咋办？所以，他还是寻了个机会，把那封信交给了戴掌柜。

戴膺一看，当下就愣了。良久，才慌忙问道：

"昌有师父，这信谁还看过？"

"除了你我，谁也没看过。"

"那些镖局老大，也没看过？"

"没看过。他们递给我时，信口还封着，是我将信拆开的。我一看，事关重大，就藏起来了。"

"恕我失言，你也没惊动过刘掌柜吧？"

"戴掌柜，这我还晓不得？"

"昌有师父，我们真得感谢你了。这封信，不管落到谁手里，天成元都吃架不住的。"

"戴掌柜，这位津号刘掌柜真是那样的人？"

"要知道他是那样的人，还能叫他当老帮？刘掌柜做生意是把好手，就是有些冒失。你也见了，他是个相貌堂堂的男人，有文墨，口才好，交际也有手段。在天津这种大码头，没有刘掌柜这样的人才做老帮也不成。可那种风流花事，私蓄外室，那是绝不允许有的。昌有师父你也知道，这是西帮的铁规。刘掌柜冒失吧，他怎么敢在这种事上冒失？"

"是不是会有人想害他？"

"昌有师父，你这倒是提醒了我！我一看这信，真有些蒙了，心里只是想，刘国藩，刘国藩，你当老帮当腻了，还是怎么着，能干这种事？"

"我是武人，只初通文墨，可看这封信上的字，可比我写得好。我就想，一个妇人，能写这样好的字，那会是怎么一个妇人？"

听昌有师父这样一说，戴膺重新把那封信展开，仔细端详：文字书写虽工整，但颇显老到苍劲，不像是女流手迹。一个做这种事的贱人，也不会通文墨，识圣贤吧。

"我看，这分明是别人代为书写的。"

"我也这样想过。可做绑票这种黑道生意，既已废了票，还留这种信件做甚？除非是要陷害于人。请人代写这种黑信，那也得是万分可靠的人。

在黑道中，又有几个通文墨的！这个女人倒像是个山大王似的，有出去劫人的喽啰，还有写战表的军师？"

"昌有师父，依你看，这个与刘掌柜相好的女人，还不定有没有呢？"

"戴掌柜，我只是一种疑心。我们常跑江湖的人，好以江湖眼光看人看事，生意场上的情形，我哪有你们看得准？"

"这件事，早出了生意场了。所以，还得多仰仗昌有师父呢。这事眼前还不宜叫别人知道，所以想托付你在津门江湖间，暗中留心打探。我呢，在字号中暗做查访。不知肯不肯帮忙？"

"戴掌柜，不要说见外的话。我和二爷交情不一般，这次出来就是为二爷效劳来了。戴掌柜托付的事我会尽力的。"

"那我们就先这样暗中查访。我离京前，求见过九门提督马玉昆大人，马大人给天津总兵写了一道手谕交给我。来津后，因怕声势大，太招眼，没去向官兵求助。现在又出了这样一封信，还不知要扯出什么来呢，就更不能惊动官兵了吧？"

"我看也是先不惊动官家为宜。"

昌有师父离开后，戴膺看着那封绑匪留下的信，越发感到局面的严峻。刘国藩真会在天津蓄有外室吗？五娘被害，若真是因刘国藩在津门私蓄外室引起，那不但刘国藩将大祸临头，戴膺他自己的罪责也怕难以担待。京号一向负有监管北方各号的职责，尤其是津号和张家口分号这样的大庄口，京号的责任更重。虽然刘国藩做津号老帮，并不是戴膺举荐的，但出了这样的事，他居然没有一点防范，这可怎么向老号和东家交代？

如果刘国藩并没有私养外室，那他也是在津门积怨太深了。居然采取这样的非常手段来报复，那一定是有深仇大恨。积怨外埠客地，那本是西帮为商的大忌。刘国藩他何以要结如此深仇大恨？他有了这样可怕的仇人，居然也不做任何透露？这一切，也是难以向老号和东家交代的。

由这封信引起的严峻情势，怎么向孙大掌柜禀报，也是一个问题。刘国藩是孙大掌柜偏爱的一位老帮。不写信报不行，但怎么写呢，说五娘之死全由刘掌柜引起，也还为时过早。再说，身在天津，瞒过刘掌柜发信报，也容易引起津号的疑心。

戴膺决定将这封信也捂几天，先不动声色办理五娘后事。

得知五娘的噩耗后，太谷先回了电报：说在家主政的四爷，要带了五爷的幼女，由管家老夏陪同，赶来天津奔丧。

四爷带了东家的一伙人，远路风尘来奔丧，那丧事岂能从简？一讲排场，还不闹得沸沸扬扬，叫整个天津卫都知道了这件败兴的事？

戴膺正发愁呢，汉口的电报也跟着来了。幸亏老太爷不糊涂，明令不许在天津治丧，不许将五娘遇害张扬出去，只吩咐把五娘暂厝津门，待日后迁回太谷，再加厚葬。这才使戴膺松了一口气。但老太爷在回电中，叫尽快查出绑匪是谁，敢这样欺负我们的到底是谁。

绑匪能是谁？

昌有师父在江湖武界中还没有打听到新消息。戴膺自己在津号的伙友中也没有探问出什么来。为了兜揽生意，招待客户，刘老帮当然也去青楼柳巷应酬的，可谁也没有露出风声，暗示刘老帮有出格的花事。也许，津号伙友们即使知道，也不会轻易说出？

这一向观察刘国藩，他当然有些异常。出了这样的事，他当然不能从容依旧，沉重的负罪感压着他，全不像以前那样自负了。可是，刘国藩没有露出心里有鬼做贼心虚那一类惊慌。如果那一封信是真的，与刘国藩相好的那个女人现在也应该自尽。刘国藩对此能一点也未风闻吗？但冷眼看去，刘国藩不像在心里藏了这样的不轨和不幸。

如果他在津门没有相好的女人，那他的仇人就多半是生意上的对头。这样的仇人，应该能诱他说出的吧。

很快，太谷又来了电报，说四爷他们不来了，一切托付二爷料理。很明显，这是老太爷给家里也去电报。后来听说，四爷他们已经动身上路，刚走到寿阳，就给追了回来。二爷得了老太爷指示，四爷他们也不来了，就主持着张罗了一个简单的仪式，将五娘浮厝寄葬了。

丧事办完，商定二爷先招呼着将五爷护送回太谷，昌有师父带着弟兄们暂留津门，查访绑匪。只是五爷怎么也不肯离开天津。他完全疯了，不走，你也没有办法。五爷不走，二爷也不急着走了，他要跟昌有师父一道寻拿绑匪。

戴膺离开京号已经有些时候了，就想先回京几日，处理一下那里的生意号事，再来天津。京号老帮们刚刚议定，要放手做些事情，天津就出了这样的意外。津号的事不能不管，京师的生意更不能不管，只好两头跑。孙大掌柜在汉口的信报上虽有附言，说老太爷已安排三爷来津，主理五娘被绑票事件，但三爷何时来，一直没有消息。三爷是东家六位爷中唯一可指靠的一位。能来，当然再好不过了。

戴膺在离津前，跟刘国藩单独坐了坐，只是想宽慰一下他，顺便也交代几句生意上该当心的关节，并不想做过深的试探。刘国藩心情沮丧，黯然失神，只是要求调他离津号，另派高手来领庄。出了这样的事，他实在无颜再主理津号了。

戴膺就说："叫不叫你在津门领庄那得孙大掌柜定。他既不说话，那就依然信得过你，国藩兄，你也不用太多心了。这种事，哪能全怪你！"

"不怪我，还能怪谁？五爷五娘头一回来天津就出了这样的事，我哪还有脸在天津做老帮！"

"今年天津局面不好。正常时候歹人他也不敢出来做这种事。你不可自责太甚，还是振作起来，留心生意吧。心思太重了，生意上照顾不到，再出些差错，那就更不好交代了。"

"静之兄，我也是怕再出差错！出了这样可怕的事，我怎么能静下心来全力张罗生意？还是请老号另派高手吧，我已给孙大掌柜去信说了这种意思，还望静之兄能从旁促成。"

"国藩老兄，你是叫我做落井下石的事？"

"哪能那样说！我是希望你能如实禀报这里的情形，以东家生意为重。"

"出了这样的事，我敢不如实禀报吗？你还是放宽心，先张罗好生意吧。要说责任，我也逃脱不了。你我该受什么处罚，老号和东家也不会马虎。我看也不必多想了，先顾咱们的生意吧。我回京走几天，那里也正马踩车。"

"静之兄，这种关节眼上，你怎么能走？你走后，再出什么事，我更担待不起了。"

"国藩兄，这可不像你说的话！老兄一向的气魄哪里去了？"

"天津太乱，我真是怕了。"

"我这里还有马玉昆大人写给天津总兵的一道手谕,交给你吧。万一有什么危急,可去求助官兵。"

"手谕还是你拿着吧。到需要求助官家的时候,局面还不知成什么样了。"

"天津之乱,就乱在拳民聚义反洋。国藩兄,你是不是因为跟洋人做生意,与拳民结了怨?"

"不至于吧?我们津号和洋人、洋行做的生意很有限的。再说,我们也没有招惹过拳民。柜上有几位伙友,笑话拳民的武艺太一般,我赶紧嘱咐他们不敢乱说道,尤其不敢到外头乱说乱道。"

"拳民中,你有相熟的朋友吗?"

"没有。认得的几个,也仅仅是点头之交。有些想跟柜上借钱,我一个都没有答应。"

"哦,还有这样的事?那你记得他们是些什么人?"

"是些城外的乡间小财主吧。"

"你没有把五爷五娘来津游玩的消息,无意间告诉给这些人吧?"

"哪能呢!五爷五娘来津,这是眼前的事,那班人来借钱,是此前的事,两码事挨不上的。再说,东家要来人,我怎么会到处乱张扬?"

"这也是病笃乱投医呀,我只是随便问问。"

"在我,倒是说清了好。"

"国藩兄,那我就再随便问一问。你的小名寿儿,在天津谁们知道?"

"我的小名儿?"

"我记得你的小名叫寿儿,对吧?"

"可你问这做甚?"

"随便问问。"

"没几个人知道我的小名。就是柜上,也没几人知道。外人更没谁知道。怎么了,我的小名怎么了?"

"没怎么,没怎么,昌有师父问我呢,我也记不的确了,就问问。"

戴膺问到刘国藩的小名,完全是一时冲动,脱口而出,所以也没有说得很圆满。他本来是不想这样轻率说出的,打算从京师返回后再说,只是话赶话,没留心说了出来。不过,当时刘国藩也没有太异常的反应,戴膺就把话题转到别的方面了。

他哪里能想到,刚回到京师还没两天,就接到津号更可怕的一封电报:刘国藩服毒自尽了。

6

这个消息,不仅叫戴膺震惊不已,也令他愧疚异常:一定是那次轻率地问起小名,引起了刘老帮的疑心吧。要是问得委婉、隐蔽些,刘老帮也许不会走这条路。

刘国藩为什么要走这条路?难道那封信是真的,他真在津门蓄有外室?或许会还有更可怕的隐秘?

对于字号来说,刘国藩的自尽,比五娘遇害更非同小可。戴膺立即给津号回电:万不能慌乱,他将尽快返津。

他向京号副帮梁子威做了一番应急的交代,就立马启程奔津了。

老天爷,这是怎么了,一波未平,一波又起!

然而,等戴膺赶到天津时,津号的局面比他想象的还要可怕:挤兑风潮已起,在天成元存银的客户纷纷来提取现银!显然,刘老帮自尽的消息已经传出去了。这样的消息,怎么能叫嚷出去!

东家的人被绑票没能救出,老帮又寻了死,这样的金融字号谁还能信得过?出现挤兑,正是戴膺最担心的,但没料到来得这样快。

刘国藩在生意上喜欢贪做,津号本来存银不厚,应付这突然而来的挤兑,只是凭着先前为救五娘所筹措的那十万现银。这是抵挡不了多久的。

见戴膺赶来,津号惊慌失措的副帮、账房都是一味求他快向同业拆借现银,以救眼前之急。因为京号的戴膺,毕竟比他们这背时透了的津号面子大。

久历商战的戴膺知道津号这时最需要的不是现银,而是主心骨。还没到绝境呢,就这样惊慌,哪还有一点西帮的样子?于是,他冷笑两声,说:

"天成元也不只你们一家津号,还用得着这样惊慌?我给你们说,放开叫人家提银!天津这种乱世局面,我们也正该收缩生意。凡是存有银钱的客户，无论是谁，想提就提，绝不能难为人家！"

津号副帮说："现在是想挡也挡不住了，就怕支持不了几天。"

戴膺说："你们转动不开，跟我们京号要。要多少，给你们多少，用不着跟同业借。"

"有戴老帮这句话，我们就放心了。只是，眼看就周转不动了。"

"还能顶几天？"

"就两三天吧。"

"那你给柜上的伙友说，谁也不能愁眉苦脸，惊慌失措。平时怎样，现在还怎样！就是装，也得装出从容依旧，自有雄兵百万的样子来。叫他们放出口风，就说京号已经急调巨银来津，不但不怕提款兑现，还要继续放贷，想借钱的，欢迎照常来！"

"那就听戴老帮的。"

"我看你还是将信将疑，怎么能安顿好柜上的伙友？"

"我心里是没有底。"

"我不会给你唱空城计！是不是得我出面，替你安顿伙友们？"

"不用，不用，我就照戴老帮说的去安顿柜上伙友。"

戴膺又问到刘老帮的后事，居然还挺着尸，既未入殓，更没有设灵堂。真是一片慌乱。他本要追问，刘老帮自尽的消息是如何泄漏出去的，想了想，事已如此，先不要问了。

消息既已传了出去，不管怎样死吧，堂堂天成元大号的津号老帮，怎么能不正经办后事？难道字号真要倒塌了？

他将二爷叫来，赶紧主持着将刘国藩先入殓，然后又极隆重地把灵柩移入附近寺院，设了灵堂，祭奠，做法事，一点不马虎。还联络西帮驻津的各票号、商号，尽量前来吊唁，全不像给五娘办后事那样静悄悄。不管刘国藩是否有罪过，为了平息市面上的挤兑风潮，必须这样做。津门已是一片乱世情形，挤兑风潮一旦蔓延，那就不只是天成元一家之灾难了，整个西帮都要殃及。所以，西帮各号都应戴老帮之求，纷纷取了张扬之势，前往吊唁。

对刘国藩的疑心，本也没有告诉二爷。他还以为刘老帮太胆小，五娘被害，怕不好交代，寻了死。所以对刘掌柜很可怜的，后事怎么办，他也没多操心。二爷只是觉得天津不是好地方,接连死人。

二爷没有搅和,戴膺还觉顺手些。

在为刘国藩大办丧事的同时,他已暗中将昌有师父派往京师了。原来,戴膺一得知刘国藩自尽的消息,就估计可能出现挤兑。所以,他在离京前,已经向副帮梁子威做了安排:立马招呼镖局,预备向天津押运现银。他赶到天津后,见挤兑已出现,便立即给梁子威去了起镖运现的密语急电。估计第一趟五万两现银很快就会到达。第二趟现银起镖,就交给了昌有师父和他带来的弟兄们。因为这一趟,要押更多的一笔现银。

在戴膺返津后的第二天下午,由京师解运来的第一趟银子果然到了。虽只有五万两,却也装了长长十辆银橇,入津后穿街过市,也还有些阵势。但天成元津号柜上的挤兑者,并未因此减少。

津号副帮依然想从同业拆借,戴膺坚决不允:面对此种危局,独自扭转乾坤,与求助于别人援手,那对重建自家信誉是大不一样的。除非万不得已时,根本就不用去想求助于同业。不如此,那还叫天成元!

他还亲自到柜上,接待客户,从容谈笑。

柜上的跑街伙友,也揽到了几笔放贷的生意。

但挤兑的势头,依然没有止住。西帮同业也有些沉不住气了,纷纷来见戴膺,劝他还是接受大家的拆借吧。一旦将西帮各号联手的消息张扬出去,挤兑之势就会被压下的。

戴膺只是一味感谢各家,却不张口借钱。他说尚能顶住,就要顶,得叫世人知道,西帮谁家也不好欺负。

其后两天,局面一天比一天紧,但戴膺依然不叫乱动,从容挺着。

到挤兑发生后的第五天,终于出现了转机:昌有师父押着四十多辆银橇,装着三十多万两现银由京师抵达了天津。四十多辆银橇车,插着"太谷镖"和"天成元"两种旗号进城后逶迤而过,浩浩荡荡占去了几条街。如此阵势,顿时就轰动了天津全城。

到下午,挤兑的客户忽然就减下来了。到第二天,几乎就不再有人来提款。是呀,有这样雄厚的底子,还用担心什么呢!

津号以及西帮各号到这时才算松了一口气。大家对戴膺的器量和魄力自然是赞叹不已。

戴膺对此也不过恬然一笑。

但在这天夜晚，戴膺将津号的所有伙友都召集起来，非常严肃地对大家说："津号遇此危局，我不得不唱一回空城计！现在围兵已退，但我这空城计，你们千万不能泄漏出去。一旦泄露，我可再无法救你们了。"

津号的副帮就问："戴老帮，你对我说过不唱空城计。你使了什么空城计，我们都不知道？"

戴膺依然严肃地说："叫你们早知道了，只怕不会这样圆满。"

到这时，他才给大家点明，今天昌有师父押到的三十万两银子，其实也只有五万两现银子。其余装在银橇车里的，不过是些大小、轻重和元宝相似的石头蛋！这样做，倒不是京号调度不来三十万现银，是怕运来如此巨银，津号一时无法调度出去，在局面不靖的天津码头，保不住又生出什么乱来。听戴膺这样一说，大家都惊叹了起来。怪不得银子运到后，只将一根根装银的木橇卸下来，堆在字号后院，却没有开橇将银子清点了收入银窖。原来里面还有文章。

现在，戴膺把一切说明后，大家才趁夜深人静，开橇将银子入窖。那些石头蛋呢，也按戴膺的吩咐，妥善收藏起来。因为说不定到了什么时候，它们还有用场。但是，它们只能在不得已时，偶尔一用，万不可多用，更不能为世人所知。

靠戴膺的巧妙运筹，津号所遇的这场不小危难，不仅化险为夷，还使天成元票庄在天津码头大大露了富，其雄厚财力震动商界。要在正常年景，这对津号生意那是太有益了。但谁能想到，来年就逢了庚子之乱？在那样的动乱中，露了富的天成元津号，自然在劫难逃了。这也是后话，先不说。

挤兑是压下去了，但刘国藩的死因还是一个谜。这使戴膺仍不能松心。不过，他还是断然做主，将刘国藩厚葬了。

第九章　圣地养元气

1

得到津号刘国藩自尽的消息，最受震动的是孙北溟大掌柜。

刘国藩是他偏爱的一位老帮，将其派往天津领庄，不但是重用，还有深一层的用意：为日后派其去上海领庄做些铺垫。上海已成全国商贸总汇，但沪号一直没有太得力的老帮。

刘国藩的才具胆识都不差，尤其忠诚可嘉，常将在外间听到的一些逸闻细事，其他老帮伙友的一些出格言行，写入信报，呈来总号。坐镇老号，统领散布天下的几十处庄口，孙北溟当然很喜欢看这样的信报。其他老帮，包括京号的戴膺和汉号的陈亦卿，他们似乎不屑写这种信报，多是报些外间如何辛苦，或是时风如何新异，该如何应变云云。就仿佛老号已经老糊涂了，需要他们不时来指点！孙北溟自然是不大高兴，他毕竟还是领东、大掌柜。所以，刘国藩就很讨孙北溟的欢心。

但刘国藩似乎不负众望，将他派往天津领庄，京号的戴膺就不大赞同。戴膺以为刘国藩有些志大才疏，津号又不是一般小庄口，恐怕他难以胜任。天津码头，九河下梢，五方杂处，又是北方最大的通商口岸，商机虽多，可生意也不大好做，非有大才不能为。尤其得识时务、通洋务才成。刘国藩多在内地住庄，也未有惊人建树，忽然就派往津号领庄，恐怕不妥。

孙北溟当然不会因戴膺有异议就改变主意。他以为戴膺不喜欢刘国藩，是疑心刘国藩也进过他的"谗言"。其实，刘国藩并没有说过戴掌柜的不是。他还是执意将刘国藩派往天津了，只是关照刘国藩要尊重京号的戴掌柜。对戴膺呢，也给了面子，交代说：刘国藩领料津号是不太硬巴，无奈各庄口的人位调度，一时也难做大的回旋，就暂叫他去津吧。日后有好手，再做替换。万望戴掌柜多拉巴他，多操心津号。刘国藩到津后，戴膺也只是说他生意上太贪，太冒失，别的也没有说什么。

孙北溟他哪会想到这个不争气的刘国藩，居然会惹出这样的祸，简直是完全塌了底！他自己死了不说，还把东家的五娘连累了，津号也受挤兑，几乎不可收拾。孙北溟领东几十年，还没有做过这种塌底的事。自己也许真的老迈了，老糊涂了。此番康老东台硬拽了他出巡生意，是不是早已生出了对他的不满？

五娘遇害，老帮自尽，字号受挤兑，这都非同小可。尤其是这一切灾祸，都是因为刘国藩在津私纳外室所致。自己如此器重的老帮，居然敢违犯西帮字号的铁规，识人的眼力竟如此不济了？

思之再三，孙北溟感到自己罪责重大，已无颜继续领东。再者，自己也的确老迈了，该退隐乡间，过几天清闲的日子。

于是，他郑重向康笏南提出了谢罪的辞呈。

康笏南离开汉口往鄂南产茶胜地羊楼洞一带巡游后，本来想继续南下入湘，到长沙小住。如果有些希望，就真去道州转转，寻访何家所藏的《瘗鹤铭》未出水本。何家只要肯松口，他出的价钱一定会压倒那位在陕西做藩台的端方大人。何家要是不肯易手，就设法请求一睹原拓。数千里远道而来，只为看一眼，想不会拒绝吧？

在汉口，汉号老帮陈亦卿跟他说了，住长沙的田老帮已经往道州拜访过何家。何家倒还给了应有的礼遇。当然，田老帮也没有太鲁莽，只在闲话间提了一句"未出水本"，未做深探。何家当然也不会轻易露出藏有此宝，只是说，那不过是外间讹传。

陈亦卿还说，他与田老帮谋有一计，似可将那件宝物买到手。康笏南听了他们的计谋，却不愿采纳：那名为巧取，实在也是豪夺，太失德了。金石碑帖，本是高雅之物，以巧取豪夺一途得来，如何还能当圣物把玩？他想以自己的诚意去试一试。

谁想，还没有等离开羊楼洞，就传来五娘遭绑票的消息。没有几天，又是五娘遇害的噩耗。跟着，津号刘老帮也自尽了。这样平地起忽雷，康笏南哪里还有心思入湘去寻访古拓！即使为了安定军心，他取从容状，继续南下，孙北溟也不会陪他同行了。孙大掌柜已经坐卧不宁，执意要回汉口,赶紧料理这一摊非常号事。

康笏南只好服从了孙北溟,由羊楼洞返回了汉口。不过,他努力从容如常,好像不把天津发生的一连串倒塌事看得太重。他甚至对孙北溟戏言:"出了这些事,我也好向你交代了!不然,我把你拽出来,巡视生意,什么事也没有,只叫你白受这么大辛苦,你还不骂我呀?"

但孙北溟好像有几分傻了,全听不出他的戏说意味,一味绷着脸,报丧似的说:"老东台,是我该挨你骂!"

康笏南赶紧说:"我骂你做甚?你是绑票了,还是杀了刘掌柜了?才出多大一点事,就搁在心上,挂在脸上,这哪像你孙大掌柜?"

"天津出的不是小事。我领东几十年,还没出这种塌了底的事。"

"什么大事小事,只要生意没倒,余下的都是小事!"

"可五娘……"

"那也怨不得你孙大掌柜,只能怨她命里福缘太浅吧。不用再说了。这才多大一点风浪,你孙大掌柜要是不能稳坐钓鱼台,那才是个事。"

康笏南以为已经把孙北溟安抚住了。他是大掌柜,不是一般人物,话点到就成了,哪用说许多废话!真是没有想到,孙北溟原来并没有活泛过来,居然郑重提了辞呈,要以此谢罪。

孙北溟,孙北溟,你真是老糊涂了。想谢罪,也不能在这种时候呀!津号的挤兑刚刚平息,你老号的大掌柜就忽然换马,倒好像你家天成元真是烂了根,空了心,徒撑着一副虚壳子,风一吹,就要倒塌了。叫人家这样一疑心,挤兑风潮不重新涌来才怪。挤兑风潮再起时,那就不是对着一处津号了,天成元的几十处庄口都怕逃不脱的。说不定,整个西帮票业都要受牵动。当年,南帮胡雪岩的阜康票庄倒时,西帮票号受到多大拉动!孙北溟,你一人谢罪,说不定会拉倒我家天成元,你真是老糊涂了。

天津的倒运消息,一则跟了一则传来,康笏南心里当然不会不当一回事。他是成了精的人物,能看不出字号的败象?尤其五娘死于非命,五爷的失疯,他岂能无动于衷?就是对五爷五娘不器重,毕竟是自家血脉,岂能容别人祸害!出了这样的事,无论在商界,还是在江湖,作为富豪的康家都是丢了脸面的事。只是为了争回一时脸面,就搅一个天翻地覆,那岂不是将自家的败象暴露给天下人看吗?康笏南何等老辣,自然知道必须从容如常，显出临危不乱、举重若轻的器局，你就是装也得装出不当一回事的样子来。再往大里说，既以天下为畛域，建功立业，取义取利，哪能不出一点乱子！这样的道理在以往的孙北溟，那是不言而喻的。现在，他老兄是怎么了？

难道字号的败象，真是由这位大掌柜引发的吗？

但无论如何，康笏南不会叫孙北溟辞职。孙大掌柜于康家功劳大焉，即使真衰老了，真失察致祸，也得留足面子给他。康笏南也很喜欢五娘，她娇媚却不任性，更不张狂，只卿卿我我，一心守着五爷，也难得了。但十个五娘，能换来一个孙大掌柜吗？孙北溟他即使真想告老归隐，也不能在这种时候！为你家担当大任一辈子，老来稍有一点闪失，就将人家踢出门，那简直太失德了！康家绝不能做这种事。

但任凭康笏南怎样劝慰，孙大掌柜就是去意不消。也是，大掌柜不是一般角色，就这样简单驳回，自然难以了事。不费些心思，使些手段，哪成？

那日，康笏南显得清闲异常，提出要去看长江。孙北溟哪里会有心思陪同？就苦着脸推辞了。他也没有强求，转而对陈亦卿老帮说："那陈掌柜得领我去吧？在汉口码头，我倒不怕绑票，就怕走迷了路，寻不回来。"

这样一说，陈老帮还能不从？就赶紧打发伙友去雇轿。

天津出事后，从康家跟来的包世静武师越发紧跟了老太爷，寸步不离。听说老太爷要去游长江，赶紧把镖局的两位武师招呼来，预备跟随了仔细侍卫。

谁料，老太爷却不叫他们跟随，一个也不要，坚决不要。包武师不敢疏忽，就叫孙大掌柜劝一劝。

孙北溟说话，老太爷也不听。

包武师又叫陈老帮劝。陈亦卿笑笑，说："老太爷不叫你们去，是疼你们，那就不用去了，歇着吧。汉口是我的地界，你们不必多操心。"

所以，乘了轿走时，陈亦卿只从柜上叫了一个小伙计，跟随了伺候。

到了江边，虽然并不凉快，老太爷的兴致却甚好。他望着浩荡东去的江水，叹息道："陈掌柜，你记得老杜那两句诗吗：'人生有情泪沾臆，江水江花岂终极？'"

陈亦卿听了，以为老太爷想起了五爷五娘的不幸，忙说："老太爷嫌江水无情，咱们就别看它了。我就说长江也没个看头，除了水，还是水，老太爷总不信！"

"我哪是嫌大江没看头？天水相连，水天一色，才看了个开头，你倒不想陪我了？"

"老太爷乐意看，我们就乐意伺候。"

"总说仁者乐山，智者乐水。我看似这等山水佳美处，仁者智者都会乐得忘乎所以吧。陈掌柜，你常来江边吗？"

"我们都是俗人，真还没有这么专门来看过长江。老太爷你也见了，我们在外当老帮，一天到头，总有忙不完的事，哪还有多少闲情逸致？"

"不要给我诉苦！你说怪不怪，我不喜爱山，就喜爱水。尤其见了这浩荡无垠的江水，更是爱见，只想沐浴焚香，拜它一拜。"

"老太爷有大智，自然乐大水！"

"那陈掌柜你是说我不仁？"

"老太爷借我几分胆，我也不敢这样想呀？"

"哈哈，你们一个个都忽然变得胆小了。陈掌柜，你给雇条船，我们下江中逛它一程，如何？"

"听老太爷吩咐。就是江中太热了。"

"是不想给我雇船吧？"

"哪敢呢！临时雇，就怕雇不着干净的。"

"我知道你们也不想叫我下水，就怕淹死我。对吧？"

"老太爷就尽想着我们的坏处。"

"我能冤枉了你们？今儿夜晚，我还想来这里看看江中月色，陈掌柜你领我来吗？"

"我当然听吩咐。"

老太爷并没有真叫雇船，他只是为了显得兴致好，说说罢了。看了一阵，说了一通，陈亦卿就提议，寻家临江的茶楼，坐一坐，喝口茶，想继续看呢，江面也能望得见。

老太爷很乐意地答应了。

寻了一家讲究的茶楼，干净，清雅，也能凭窗眺望大江，只是不够凉爽。好在老太爷也不计较，落座后一边喝茶，一边欣赏江景，兴致依然很好，说古道今的，显得分外开心。

这样坐了一阵，康笏南才对跟来伺候的那名小伙友说："你也下去散散心吧，我要和你们陈掌柜说几句话。"

小伙计一听，赶紧望了陈老帮一眼。

陈亦卿忙说："老太爷疼你，你就下去耍耍吧。"

小伙计慌忙退下去了。

2

陈亦卿也不是一般把式，见老东家避去众多随从，单独约他出来，就知道有文章要做。现在连跟自己的小伙计也支开了，可见猜得不差。陈亦卿虽不大看得起刘国藩，却也没有料到他居然把津号局面弄成这样，几近号毁人亡。多亏京号的戴膺老兄奋力张罗，才止住溃势。经此创伤，需有大的动作来重振天成元声名才对。但孙大掌柜自己似乎就有些振作不起来，只思尽早返回老号。大掌柜一向偏爱刘国藩，出了这样的事，他当然面子上不好看。只是，事已如此，谁也没有说什么闲话，老太爷也没有怎么计较，总该先收拾了局面再说。

今年生意本来就不好做，津号又出了这样的事，大掌柜再不振作，那还了得！陈亦卿不相信老太爷真会无动于衷，毫不在乎。但他完全没有料到，老太爷单独对他说的头一句话竟是：

"陈掌柜，孙大掌柜跟我说了，他想告老退位。"

平心而论，陈亦卿和戴膺早就觉得孙大掌柜近年已显老态，尤与外间世界隔膜日深，在老号领东明显落伍了。但现在告老退位，不是时候呀！

所以陈亦卿立刻惊讶地问："老东台，真有这事？"

"可不是呢，好像还铁了心了。"

"老东台，孙大掌柜现在可是万万不能退位！"

"人家老了，干不动了，总不能拽住不叫人家走吧？这次出来前，我们就说好了，结伴做最后一次出巡，回去就一同告老退位。他不当大掌柜了，我也要把家政交给小一辈。这本来是说好了的。"

"要是这样，那还另当别论。不过，眼下这种局面无大改观，我劝二位大人还是不要轻易言退。你们一退，字号必然跟了往下滑溜，真还不知道要滑到哪儿呢！"

"陈掌柜你就会吓唬我们。"

"老东台，我说的可是实情！"

"可津号出了这种事，孙大掌柜更心灰意懒了。连湖南、上海都不想陪我去，就想立马回到太谷，告老退位。"

"津号的事，也不能怨孙大掌柜吧？他是责己太深了。"

"刘国藩可是他器重的一位老帮，总是用人失察吧。"

"大掌柜器重他，也不是叫他胡作非为！"

"陈掌柜，你看刘国藩这个人，到底如何？"

"我和刘掌柜没在一处共过事，从旁看，只是觉得他无甚大才，到津号领庄够他吃力，倒真看不出他敢胡作非为。到现在，他的死还是一团谜。说他胡作非为了，保不住还冤枉了人家。"

"我也见过几次刘掌柜。跟他聊天儿，本想听些稀罕的事儿，乐乐，可他太用心思讨好你。再就是太爱说别人的不是。稀罕的趣事儿，倒说不了几件。"

"刘掌柜是有这毛病，所以人缘也不大好。其实，人各有秉性，也不必苛求。刘老帮张罗生意，还是泼泼辣辣的，勇气过人。"

"有勇，还得有谋吧。他生意到底张罗得如何？我真没留意过。"

"刘掌柜的生意，中中常常吧。天津码头，生意也是不大好做。"

"哈哈，原来他生意做得也中中常常？我说呢，他那么用心思讨好我！你给我领庄，把钱给我挣回来，就是讨好我了，还用许多心思说好听的做甚？他爱说别人的不是，也原来是怕别人比他强吧？"

"刘掌柜已经自尽了，有再大的不是，也自裁了。"

"陈掌柜，你倒厚道。刘掌柜要有你这样的几分厚道，也不至于走投无路吧。不过，我总跟人说，有真本事，才能真厚道。我们西帮一向就以厚道扬名天下，此厚道何来？有治商的真本事也。刘掌柜这样的中常之才，怎么能委以老帮重任，还派到了天津这样的大码头！"

"孙大掌柜识人，一向老辣。刘掌柜或者还有过人之处？"

"过人之处，就是会讨好人！"

"孙大掌柜领东几十年了，能稀罕几句讨好的话？"

陈掌柜，陈掌柜，你就不能说孙大掌柜一句不是！康笏南引诱着，就只是想听陈亦卿埋怨几句孙北溟。以陈亦卿在天成元的地位，对津号这样的闪失，埋怨几句，那也不为过。可这个陈掌柜，就是不越雷池一步。

在东家面前，不就号事说三道四，这本是字号的规矩。陈亦卿这样功高位显的老帮，依然能如此严守号规，本也是可嘉可喜的事。康笏南为何却极力想叫他对孙北溟流露不恭呢？原来，他是想在安抚孙大掌柜的这出戏中，叫陈亦卿扮个白脸。只要陈亦卿拿津号说事，带出几句不中听的话，就给康笏南重申对孙北溟的绝对信任，提供了一个够分量的由头。津号出了这样的事，连陈亦卿这样的大将都有怨言了，可我依然叫你领东不含糊。必要时，还得当面说陈掌柜几句。这次单独约陈亦卿出来，是想探探他的底。要是怨气大，那当然好了；要是有话不便说，就引诱他说出来。谁想，陈亦卿不但没有一点埋怨，还直替孙北溟开脱说好话！

看来，陈亦卿真是老帮中俊杰，孙北溟也毕竟治庄有方。所以，这出戏还得唱，暗唱不行，那只好明唱。康笏南便说："讨好的话，是不大值钱。可也得看谁说，谁听。陈掌柜，我老汉说几句讨好你的话，你也不爱听？"

"老太爷也真爱说笑话。"

"不是笑话。你陈掌柜和京号戴掌柜，是天成元镇守南北的两位大将，我不讨好谁，能不讨好你们！"

"老太爷，是不是也怕我们惹乱子？"

"是怕你们二位也想退位！真要那样，我还不得带了康家老少，跪求你们！"

"老太爷越说越逗人了，我们能往哪儿退？我们谁不是从小入康家字号，生是天成元人，死是天成元鬼，能往哪儿退？天津出了这点事，孙大掌柜已自责太甚，老太爷您不至于也风声鹤唳吧？"

"陈掌柜还真说中我的心思了。津号出了这样的事，别的真还能忍，就是引得孙大掌柜执意要告老退位，叫我头疼！"

"在这种关口，孙大掌柜怎么能退位！"

"我就是老糊涂了，也没糊涂到这份儿上！可我劝他劝不动呀？所以就想求陈掌柜帮我一把。"

"老太爷是成心逗我吧，我能帮什么忙？"

"我想请你跟我唱一出苦肉计，不知陈掌柜肯不肯受这一份委屈？"

"为了字号，我倒不怕受委屈。不知老太爷的苦肉计怎么唱？"

康笏南就说出了自己谋下的手段：改日好歹把孙大掌柜也请出来，三人再单独吃顿饭。席间呢，陈亦卿就拿津号的刘国藩说事，流露出对孙北溟的埋怨和不恭。康笏南听了就勃然大怒，言明十个五娘也抵不上一大掌柜，就是出再大的事，对孙北溟还是绝对信任。回太谷后，可以告老，但无须退位，张罗不动生意就歇着，天成元大掌柜的名分、身股、辛金，麻烦你还得担着。

实在说，陈亦卿听了是有些失望。这种苦肉计，很像康老太爷惯用的手段，将仁义放在先头。对孙大掌柜显得仁义，对陈亦卿自己也伤不着什么，扮个白脸，挨老太爷几句假骂，也算不上受委屈，更无皮肉之苦。只是，此种手段也太陈旧了些。孙大掌柜可不像一般驻外老帮，更不比年轻的小伙友，他还会吃这一套？

所以，陈亦卿故意先说："老太爷真是足智多谋！我听老太爷的，唱白脸，不过是说几句风凉话，不会军法伺候吧？"

康笏南就笑了："陈掌柜要想挨罚，也现成。"

"只要能把这出戏唱好，挨罚也不怕。老太爷，我就怕孙大掌柜看露我们的把戏，不吃这一套！孙大掌柜跟了老太爷一辈子了，还看不出您常使的手段？"

"陈掌柜，那你有什么好手段？"

"要叫我说，老太爷得使种新手段。"

"那就说说你的新手段！"

"叫我说，这出戏，我来唱红脸，老太爷您改唱白脸！"

"陈掌柜你倒精！你扮红脸，尽说讨好的话，那不难。我这白脸如何唱？"

"老太爷只说一句就成：津号出这样的事，为了好向族人交代，得罚大掌柜半厘身股。"

"罚孙大掌柜？"

"出了此等非常事，就得有非常举动。在东家的字号里，孙大掌柜是在您一人之下，我们众人之上。领东几十年，从未受过罚吧？现在忽然挨罚，那就非同小可！传到各地庄口，都得倒吸一口冷气。连大掌柜都挨罚，别人谁还敢不检点？能罚一儆百，孙大掌柜就是受点委屈，也值。再说，孙大掌柜一向威风八面，从没挨过罚，忽然受此一罚，他恐怕不会再言退位了。"

"为甚？"

"孙大掌柜这次执意要退位，是自责太甚。老太爷不但不怪罪，还要那样格外捧他，他心里必定自责更甚！可你一罚他呢，他才会减轻自责，重新留心字号的生意。"

"你说得是有几分道理，可我康笏南为一个儿媳妇处罚大掌柜，那会落一个什么名声！不能这样做事。"

"津号闪失，不只是关乎五娘一人，叫人心惊的，是牵动了生意！老太爷这样赏罚严明，刑上大夫，肯定会成为新故事，在西帮中流传开的。"

"你说成甚，我也不会做那种事。陈掌柜，你是不想给我扮白脸吧？"

"老太爷叫扮，我就扮。"

"那别的话就不说了，到时候只照我的意思来。"

"听老太爷吩咐。"

3

老太爷不肯听从进谏，使陈亦卿有些失望。可生意是东家的，人家想咋就咋吧。

老太爷重仁义，字号受益多多。可治商只凭仁义，也会自害。老太爷刚到汉口时，曾请他见过汇丰银行的福尔斯。本来是叫老太爷开开眼，看看人家西洋那种责任有限的规矩。哪知这个福尔斯太狡猾了，反话正说，大赞西帮唯尊人本，叫老太爷听得上了当。日前见福尔斯，这家伙居然也知道了津号的事，还说太意外了，你们西帮不该出这样的事呀？那一脸的大惊小怪，说不定也是装出来的。

西洋银行尊责任有限，西帮票号尊人本无限。有限责任，就能弄得很精密；无限人情，只好大而化之。西洋银行出了事，人家只做约定的有限赔偿；我们票号出了事，你东家就得全兜揽起来，倾家荡产，砸锅卖铁，也得包赔人家，那是对外。对内呢，料理号事人事，也是人情为上。除了区区几条号规，论处好事坏事，就全看东家、老号的一时脾气。圣明一些的，赏罚还能服众；遇上霸道跋扈的，就是颠倒黑白，谁能挡住？以此资质与人家西洋银行相较量，岂能长盛不衰？

老东家、大掌柜到汉口以来，陈亦卿有事无事，都给他们论说这番中西金融业之优劣。无奈，两位老大人听入耳的不多。

这次处理津号祸事，陈亦卿婉谏老太爷改变陈旧手段，令孙大掌柜有"罪己"之罚，也是想为日后效仿西洋规矩做些铺垫。老太爷不肯听从，你也无奈。

这天，他按老太爷的吩咐，将两位老大人请到一家讲究的饭庄，名义上是尝新上市的河蟹。其时，早进八月，正是食蟹的好时候。

孙北溟知道老太爷喜欢食蟹，所以也不好拒绝。他催老太爷尽快返晋，老太爷不肯动身的借口是要等到秋凉了再走。其中，就有到中秋时节，美美吃几天河蟹的意思。一生就馋蟹，拖了老朽之身，好容易来到南国，不美食几顿秋蟹就返回，只怕要死不瞑目。此生他再也来不了南国了！老太爷说得这样悲壮，孙北溟就是再没有食欲也得来。

开席前，坐着闲说杂事，陈亦卿也没有往津号的事上扯。但老太爷没说几句，就问孙大掌柜："京号戴掌柜有新的信报吗？"

大掌柜说："有是有，大多是说京师生意，津号那头，依旧没有查出绑匪是谁。"

"京城局面如何？"

"戴膺报告说，四川、广东，也获朝廷恩准，恢复由我们西帮承汇京饷。连同已经解禁的福建，朝廷禁汇的诏令，已在三个行省松了口。局面似在好转。"

"福建解禁，是我们鼓捣的。四川、广东，是谁家鼓捣的？"

陈亦卿忙说："广东是日昇昌，四川是蔚字号，都是平遥帮。"

"我们还得鼓捣吧？"

陈亦卿说："汉口的江海关，也有望获准解禁。"

"那是陈掌柜你鼓捣的？"

"是沾了你们二位老大人的光。"

"你倒会说讨好的话。"

"那是实情。二位亲临汉口，谁能不给点面子？"

"京师局面好转，各码头也会跟着好起来。"就在这时，老太爷转而对孙大掌柜说："大掌柜，那你能不能也给老身一点面子？"

孙北溟忙问："老东台，你这是从何说起？"

"局面既已好转，你就不要着急退位了，成不成？"

"津号出了这样的事，我实在是无颜再继续领东了。再说，我已老迈，也该回乡享受些清闲。"

看来，老太爷的苦肉计已经开唱。可如此开头，陈亦卿真不知怎样插进来，扮他的白脸。正犯愁呢，就见老太爷并不理他，只顾自家说话：

"在我面前，不要说你老迈，我不比你老？你要老把津号的事放在心上，那我给你出个主意，如何？"

"愿听老东台高见。"

"那你就下一道罪己的告示，发往天成元驻各地码头的庄口。要是还嫌不够，就言明自罚半厘身股。这样受过罪己，也就了结了这件事，无须再牵挂了。如何？"

孙北溟听了，先愣住，仿佛不知该如何回答似的。

陈亦卿也吃了一惊。这不是他给老太爷出的那个主意吗？老太爷当时一口回绝，不愿采纳，怎么又采纳了？采纳当然好，可也不能这样没有一点铺垫，忽然就甩了出来吧？看来，他得扮红脸，便赶紧说：

"津号的事，还没有查出眉目，就叫大掌柜受过，怕不妥吧？"

孙北溟才好像醒悟过来，忙说："我是领东，字号出了这样的事，受过罪己，那是应该的。只是……"

老太爷就说："只是什么？不想罚股？"

"我是说，罚半厘，跟没罚一样。叫下头的老帮伙友看了，像在唱戏，能警示了谁？要我自罚，就跟邱泰基似的，也罚二厘身股吧。"

陈亦卿说："西帮中的大掌柜，谁受过罚？孙大掌柜出于大义，敢于自罚，已经是开天辟地了。罚多罚少，都在其次。只是，孙大掌柜做此义举，还是缓一缓，等津号事件查出眉目再说。"

孙北溟说:"查出眉目吧,五娘也不会生还,刘国藩也不能再世。我既是领东,出了这样的事,受过罪己,理所当然。出事已有些时日了,我也不想再迟疑。要叫我自罚,还是不能少于二厘!少了,跟没罚一样。"

老太爷说:"那就算我们东家罚你吧。这是头一回,就罚半厘;若要二次受罚,加至一厘;第三回,再加至二厘。事不过三,三次受罚,就需退位了。我看,这很可以作为康家商号的一条新规矩,定下来,传下去。二位看如何?"

陈亦卿心里说好,嘴里却不便道出。

孙北溟说:"我看甚好。只是,此规矩因我有过而立,要在后人中留下骂名了。"

陈亦卿忙说:"哪里会是骂名!西帮大掌柜中,你是自责罪己第一人。人孰能无过,有过而敢于罪己,也是美德美名。日昇昌的开山大掌柜雷履泰,他也不是没有过失,可骄横如他,哪会罪己?他的功绩与他骄横跋扈的名声,也就一道流传下来了。你们二位巨头,为西帮大掌柜创立新规矩,那将会是流传后世的美谈。"

老太爷哈哈一笑,说:"陈掌柜,你也不用捧我们了。我和孙大掌柜又不是蒙童,还要你哄?孙大掌柜,你既已赞同这个新规矩,那你老兄要想退位,可还得加倍努力,再给我惹两次祸吧?"

孙北溟说:"我再惹这样两次祸,还不把你们康家毁了!"

老太爷说:"毁了,那也活该,谁叫我选了你老兄领东呢!我这也算是有头有尾了。当年,你老兄初出道时,往奉天开办新号,两败而归,我也是给了你第三次机会。现在,你要告老退位,也得过我的三道关。"

孙北溟说:"你这是什么三关,惹祸再三,岂不是要毁我?"

老太爷说:"那你老兄执意要退位,岂不是要毁我?"

陈亦卿见一切都圆满了,忙说:"二位老大人,谁也不用毁谁了,赶紧开席吧,再迟,鲜蟹也不鲜了。"

这顿蟹,吃得很惬意。席间,孙大掌柜果然不再言退位。老太爷提出,天也凉快了,还是去一趟苏州、上海吧。孙北溟也答应了,说沪号太弱,总是他的一块心病,去趟上海是必要的。

事后,陈亦卿问老太爷:"怎么又采纳了我的主意?"

老太爷说:"你的主意好呗。"

"事先,老太爷可是说,主意好是好,就是不能用。怎么又用了?"

"不想叫用,是咋?"

"我是想知道,老太爷为何这样英明?"

"陈掌柜,你不用这样讨好我。"

自己的主意被采纳,陈亦卿当然很高兴。只是,老太爷将自己的主意,还是化成了他惯用的手段,同以往的仁义勾挂起来。提及当年的知遇之恩,孙大掌柜当然不能再固执了。

成了精的老太爷,总算将孙大掌柜稳定住了。可看两人间那一份仁义,日后也别指望有什么大的变局。

孙北溟初出道时,康笏南也是刚刚主持家政不久。所以,他血气方刚,雄心万丈,常将"财东不干涉号事"的祖训丢在一边,喜欢对康家的票庄、茶庄指手画脚,说三道四。

那是咸丰年间,天成元票庄正在爬坡,在西帮票号中间,还挤不到前头。就说驻外的庄口,还只有十几处。整个关外,没有康家的一间字号。太谷第一大户北洸村的曹家,正是在关外发的迹,那里曹家的势力很大。虽同为太谷乡党,康笏南却偏想到关外插一腿。他就不断撺掇天成元的大掌柜:在关外做生意的太谷人那么多,为何不到奉天府开一间分号?不用怕曹家!

不要怕曹家,这话可说得够狂妄。

太谷曹家,是于明末时候就在关外的朝阳发了迹,渐渐将商号开遍了赤峰、凌源、建昌、沈阳、锦州、四平街。入清后,它正好顺势进关发展,成为西帮中最早发达的大家。到咸丰年间,曹家正在鼎盛时期,它出资开办的各业商号,散布全国,多达六百四十余处,雇用伙友三万七千多人,生意"架本",也就是现在所说的流动资金,就有一千万两之巨。西帮做生意尊人本,凭信誉,所以"架本"总是比"资本"大得多。但曹家的商业"架本"如此之巨,却也是惊人的。所以,年轻的康笏南说"不用怕曹家",天成元的老总们听了,心里都发笑:我们凭什么能不怕人家!

但康笏南主张自家的票庄到关外设庄也有他的见识:曹家虽然财大势

盛，商号遍天下，但曹家却还没有开票号。在咸丰年间，曹家除了经营杂货、酿造、典当、粮庄这些老行业外，最大的主业是曲绸贩运。曲绸产地为河南鲁山及山东一些地方，其销路主要在口外关外，几为曹家所垄断。曹家生意做得这样大，资金流动也必然量大。曹家涉足金融生意的，只有账庄。账庄只做放贷，不做汇兑。所以，在关外开一间汇兑庄，不正好大有生意可做吗？

天成元的老总们都不信：曹家就那样傻，叫我们挣它地盘的钱？

康笏南就反问："曹家也不是天生的第一大户吧？它的先人也是卖砂锅起家吧？"

字号推脱不过，就答应到奉天府设庄一试。

当时，孙北溟只是天成元驻张家口的一个跑街。跑街，用现在的职务比拟，就是那种在外头跑供销、揽生意的业务人员吧。张家口在那时俗称东口，是由京师出蒙通俄的大孔道、大商埠。孙北溟又是极为能干的跑街，已屡屡建功立业，顶到三厘身股。碰巧那年他正回到太谷歇假，听说要在关外奉天府设庄，就自告奋勇，跑到总号请缨。

总号对他，好像不是太中意。从用人惯例，受命到外埠开设新庄的，至少也需是驻外的副帮。孙北溟虽是一位能干的跑街，但忽然就到新庄口做老帮，总好像太便宜了他。所以，总号只是答应他：调往奉天新号做跑街，可以。

到新号还是照旧做跑街，何苦！孙北溟谋的，是新号的老帮，至少也要是副帮。那时候他已经看出，东家刚出山主政的康笏南少爷爱揽事。于是，他也把"号伙不得随便见财东"的号规丢在一边，悄悄去拜见了康笏南。

孙北溟的一番雄心壮志，很对康笏南的心思。问答之间，也觉出此人口才、文才、器量、心眼都还成。于是，当下就答应了向老号举荐，由他领头去奉天开辟新庄。

新主政的少东家出面举荐，老号的总理协理都不好驳回，可心里当然极不痛快。尤其对孙北溟恨得痒痒的。说不动我们，竟敢去搬少东家，连规矩都不懂，还想受重用？只是对往奉天设庄，这些老总们本来也没有太大信心，既然少东家举荐了人，干成干不成，他们也好交代了。于是，就同意了派孙北溟去奉天，做新奉号的新老帮。

西帮票号到外埠开设新分号,并不另发资本,只是携带了总号的图章,以资凭信,再发给路费和一些开办费,就齐了。孙北溟挑选了两名伙友,远赴奉天上任时,康笏南却特别关照柜上,要破例给孙掌柜带一笔厚资去。为甚要破例?因为关外七厅,没有咱家一间字号,最临近的就是张家口了,也不好接济。

老总们心里当然不愿意:孙掌柜你不是有本事吗,还要破例做甚!老掌柜们努了努,也只答应给携带两万两"架本",交代路过天津时,从津号支取。

孙北溟对康笏南少东家当然就更感激不尽。

可惜奉号开张一年,没有做成几笔生意,倒将那两万两"架本"给赔尽了。

因为关外曹家的字号眼高得厉害,根本不把天成元这样的票号当回事。一开头,就这样放了瞎炮,孙北溟当然异常羞愧。这下可给赏识自己的少东家丢尽了脸,叫总号那几位老掌柜得了理,遂了意。东家和老号两头都不好交代,孙北溟只好写了自责的信报,一面求总号另派高手取代自己,一面向少东家康笏南谢罪。他说自家太狗屎,扶不上墙,有负东家重托了,罚股、开除,都无怨言。

他可没有想到,康笏南的回信居然什么也没说,就问了一句:你还敢不敢在奉天领庄?要是敢,就叫老号再给你拨三万两"架本"。

放了瞎炮,把老本赔了个精光,少东家居然还这样信任他,他能说不敢再领庄吗?孙北溟感激涕零回了话:东家、老号若肯叫他将功补过,自己一定肝脑涂地,把奉号排排场场立起来。

康笏南果然说到做到,很快给孙北溟调来三万两银子。

使出吃奶劲,又扑腾了一年,好嘛,这三万两新"架本",又叫奉号给赔光了。这下,孙北溟是连上吊自尽的心思也有了。只是,自己一死,更给少东家脸上抹了黑,叫人家说:看看你赏识的人吧,还没咋呢,就给吓死了。所以,他不敢死,只好再去信报,请求严惩自己:辛苦挣下的那三厘身股,都给抹了吧,还不解气,就开除出号,永不叙用。

康笏南的回话,依旧没说别的,只问:孙掌柜你还敢不敢领庄?要敢,再给你调五万两"架本"!

老天爷，连败两年，赔银五万，居然依旧不嫌弃，还要叫你干，还要给你调更大一笔本钱来！孙北溟真是感动得泪流满面，遥望三晋，长跪不起。这种情形，他是越发不能退后了。

退路，死路都没有了，就是想豁出去干，也没有什么可"豁"的了。孙北溟这才冷静下来。这种冷静，那是比不怕死，还要宁静。以前，就是太看重自己的死了，老想着不成功，就成仁，大不了一死谢东家。可少东家器重你，不是稀罕你的死，你就是死了也尽不了忠，只是给少东家抹了黑。做生意，那是只有成功，难有成仁。这样一冷静，一切想法都不一样了。

第三年，孙北溟领庄的奉号，终于立住了，止亏转盈，尤其为曹家字号所容纳。天成元也终于在关外有了自家的庄口。

破例重用孙北溟，打出关外，逼近曹家，成了康笏南主政后最得意的一笔。孙北溟也由此成为天成元一位最善建功的驻外老帮。奉号之后，他先后被改派张家口、芜湖、西安、京师领庄，历练十多年，终被康笏南聘为大掌柜。

康笏南与孙北溟之间，有这样一层经过几十年锤打的铁关系，谁背弃谁，那当然是不可能的。但康笏南采纳陈亦卿出的主意，叫孙北溟罪己受罚，那也是前所未有的。所以，孙北溟受到的震动，真是非同小可。但想想津号惹的祸，也就两相冲抵，平衡了。由此，孙北溟似乎被震得年轻了几岁，暮气大减，当年的胆魄与才具，也隐约有些重现出来。

激活了孙大掌柜，康笏南当然喜出望外。只是自家和孙北溟毕竟老迈了，康家事业，终究还得托付于后人。在处理津号这场祸事中，京号的戴掌柜和汉号的陈掌柜，临危出智，应对裕如，日后都可做孙北溟的后继者。可自家的那位老三，呼唤再三，不见出来。

康家出了这样大的事，三爷始终不到场，日后他还怎么当家主政？

4

收到五娘被绑票的第一封电报，口外的归化庄口，一时竟猜不出是出了什么事。因为电报是太谷老号发来的，用的是暗语。暗示绑票的密语为"脱臼"。因久不使用这个暗语，"五娘脱臼"是什么意思，很叫大家猜测了半天。

归号的方老帮,还有柜上的账房、信房,都是应该熟记电报密语的。可他们一时都记不起"脱臼"是暗示什么。生了重病,还是受了欺负?但重病、受欺负似乎另有密语。

方老帮请教邱泰基,他一时也记不起"脱臼"是暗示什么。不过,邱泰基到底脑筋灵泛,他提醒方老帮:既然大家对"脱臼"二字这样生疏,那会不会是电报局的电务生译错了电文?

方老帮一听,觉得有可能,就赶紧打发了一个伙友去电报局核查。核查回来说,没错,就是该译成"脱臼"二字。

这两个字,一时还真把归号上下难住了。直到第二天,信房才猜测,这两个字是不是暗示"绑票"?方老帮和邱泰基忙将电报重念了念,嗯,换"脱臼"为"绑票",这就是一封异常火急的电报了:

五娘在津脱臼速告三爷

五娘遭绑票了?大家又不大相信。谁这样胆大,敢在天津欺负康家!江湖上不论白道黑道,只怕还没人敢碰康家。那么是义和拳民?听说义和拳只和洋人和二毛子过不去,不会欺负西帮吧?西帮又不巴结洋人,五爷五娘更不是二毛子。也许是津号得罪了什么人?

但不管怎样,得按太谷老号的意思,速将这一消息转告三爷。前不久,刚刚得到消息,三爷在包头。

邱泰基就提出让他去见三爷。方老帮想了想,就同意了。

邱泰基刚到归化时,就曾想去拜见三爷。方老帮也正为三爷热衷于"买树梢"焦虑不已,很想让邱泰基去劝说劝说。可三爷到底在哪儿?那时就打听不清楚,有的说在后套的五原,也有的说应乌里雅苏台将军连顺大人的邀请,又到外蒙的前营去了。要在后套,那还能去拜见,要是真到了前营,可就难见了。由归化到前营乌里雅苏台,必须跟着驼队走,道上顺利,也得两个多月才能到。邱泰基到归化时,正是盛夏大热天,驼队都歇了。

驼运业的规矩都是夏天歇业不走货。因为夏天的草场旺,是骆驼放青养膘,恢复体力的好季节。加上热天长途跋涉,对骆驼的损害太大,驼队也得负载过多的人畜用水，减少了载货量，不合算。

不靠驼队，邱泰基是无法去前营的。他只好待在归化，一面专心柜上生意，一面继续打听三爷到底在哪儿。由于三爷跟方老帮的意见不合，三爷显然有意冷落归号，他的行踪都不跟柜上说一声。方老帮不赞成三爷那样冒冒失失"买树梢"，也许是对的。可总跟三爷这样顶着牛，也不是办法呀。邱泰基就想从中做些斡旋，不过他一点也没声张。

现在他为人处世，已同先前判若两人了。

邱泰基到归化半月后，老天爷下了一场大雨。都说，那是今年下的头一场能算数的雨水。因为一冬一春，几乎就没有像样的雨雪，就是进了夏天，也还没下过一场透雨。这场雨时大时小，一直下了一天。雨后，邱泰基就赶紧打听：这场雨对河套一带的胡麻有何影响。凡问到的人都说：那当然是救命雨，救了胡麻了！

胡麻有救，对三爷可不是什么好兆。他"买树梢"，买的就是旱。受旱歉收，年景不济，胡麻才能卖出好价钱。得了这场偏雨，若胡麻收成还可以，那三爷买旱，岂不买砸了！三爷要真去了乌里雅苏台，就先不说了，如果在前后套，或包头，那他多半要同字号联系。

邱泰基做了这样判断，也没有对任何人说。

方老帮见下了这样大的一场透雨，当然更得了理，埋怨三爷不止。邱泰基含糊应对，没有多说什么。倒是真如他所判断，雨后不久，柜上就收到三爷的急信，叫为他再预备笔款子，做什么用，也没说。信中说，他在包头。

看过信，方老帮更急了，就想叫邱泰基赶紧去包头，劝说三爷。

邱泰基却对方老帮说，不宜立马就去见三爷。因为刚下过大雨，三爷发现买旱买错了，正在火头上，你说什么，他也听不进去。

方老帮只好同意缓几天再说。

现在，有了五娘出事的电报，正好为见三爷提供了一个由头。于是，在收到太谷电报的第三天，邱泰基匆匆向包头赶去。

去包头前，邱泰基提议：赶紧以三爷的名义，给京津两号发电报，令他们全力营救五娘。三爷得报后，肯定要发这样一封电报，包头那边又不通电报，归号预先代三爷发了，没错。

方老帮当然同意,心里说:这个邱泰基,到底脑筋灵泛。

跟着邱泰基的,还是他从太谷带来的那个小伙友郭玉琪。方老帮本来要派个熟悉驼道的老练伙友,但郭玉琪非常想跟着邱掌柜去。邱泰基就答应了他。

那时的包头,虽然还属萨拉齐厅管辖下的一个镇子,但在口外已是相当繁华的商埠了。西帮中的两家大户:祁县的渠家和乔家,最先都在包头创业、发迹的。他们经营的商号,尤其乔家的复盛公商号,几乎主宰着包头的兴衰。这个原先叫西脑包的荒凉之地,诞生了乔家的许多传奇,以至流传下一句话来:"先有复盛公,后有包头城。"年轻的郭玉琪,对包头也充满了好奇,他当然想早日去那里看看。

包头离归化不过三四百里路程。邱泰基和郭玉琪骑马出城后,便一直向西奔去。北面是延绵不断的阴山支脉大青山,就像是一道兀立的屏障,护着南面的一马平川。这一马平川,农田多,草原少,已与中原的田园景象没有什么不同。雨后的田野,更是一片葱茏。但大青山托起的蓝天,似乎仍然有种寥廓苍凉之感。

邱泰基年轻时就驻过归号,知道口外这夏日的美景,实在也是藏了几分凶悍的。他就对郭玉琪说:"这就是有名的河套一带了,你看与中原哪儿有什么不同?"

郭玉琪回答说:"邱掌柜,我看这里的天,比中原的要高,要远。"

"才到口外,你是心里发怵,认生吧?"

"我可不发怵,还想到更远的荒原大漠去呢。我听邱掌柜说过,到了那种地界,才能绝处出智,修行悟道。"

"既已到口外,那种机会有的是,以后你就是不想去,也得去。但修行悟道,也不光是在那种地界,像眼前河套这种富庶地方,也一样。你看着它跟中原也差不到哪儿,可它的脾气却大不一样。"

"邱掌柜,有甚不一样?"

"你见着三爷就知道了。"

"三爷?听方老帮说,三爷的脾气不太好。三爷的脾气,还跟这里的水土有关?"

"我跟你说过吧，口外关外是咱们西帮的圣地。西帮的元气，都是在口外关外养足的。西帮的本事，尤其西帮那种绝处出智的能耐，更是在口外关外历练出来的。山西人本来太绵善、太文弱，不把你扔到口外关外历练，实在也成不了什么事。"

"这我知道。从小就知道，不驻口外，成不了事。不过，听说三爷本来就有大志。他是东家，也用不着学生意吧。"

"驻口外，学生意实在是其次，健体强志也不最要紧。"

"最要紧的是甚？"

"历朝历代，中原都受外敌欺负。外敌从何而来？就是从这口外关外。为何受欺负？中原文弱，外敌强悍。文弱，文弱，我们历来就弱在这个'文'字上。可你不到口外关外，出乎中原之外，实在不能知道何为文弱！"

"文弱是那些腐儒的毛病。邱掌柜大具文才，也不致为这个'文'字所累吧？"

"不受累，我能重返口外吗？"

"邱掌柜，我实在没有这种意思！"

"我知道，跟你说句笑话吧。西帮在口外关外修行悟道，参悟到了什么？就是'文'之弱也。历来读书，听圣贤言，都是将'文'看得很强。'郁郁乎文哉'，成了儒，那就更将'文'看得不得了，可以修身、齐家、治国、平天下。所以想出人头地，世间只有一条路：读书求仕。可你也知道，西帮却是重文才，轻仕途，将'文'低看了一等。因为一到口外，'文'便不大管用，既不能御风寒，也不能解饥渴，更不能一扫荒凉。蒙人不知孔孟，却也强悍不已，生生不息。你文才再大，置身荒原大漠，也需先有'生'，而后方能'文'。人处绝境，总要先出智求生，而后才能敬孔孟吧。所以是'人'强而'文'弱，不是'文'圣而'人'卑。是'人'御'文'，而非'文'役'人'。是'人'为主，'文'为奴，而不是'人'为'文'奴。"

"邱掌柜，你的这番高见，我真还是头一回闻听！"

"在中原内地，我也不能这样明说呀？这样说，岂不是对孔孟圣贤大不敬吗？将儒之'文'视为奴，御之、役之，那是皇上才敢做的事，我等岂敢狂逆如此？但在这里，孔孟救不了你，皇上也救不了你，那你就只好巴结自己了。"

"我可得先巴结邱掌柜。"

"想做一个有出息的西帮商人，光巴结老帮掌柜不行，你还得巴结自家。"

"我们都知道邱掌柜会抬举自家，自视甚高。"

"你不要说我。"

"我们是敬佩邱掌柜。"

"我邱某不足为训。但你做西帮商人，为首须看得起自家。西帮看不起自家，岂敢理天下之财，取天下之利？我们西帮待人处世，依然绵善，可骨头里已渗进了强悍。"

"邱掌柜的指点，我会记住的。"

"光记于心还不行，得渗入你的骨头。"

"知道了。"

"你见过东家的三爷没有？"

"我在老号学徒那几年，见过三爷来柜上。也只是远远望几眼，没说过话。三爷是谁，我是谁？"

"我跟三爷也没有交情。这些年，三爷老往口外跑，他是有大志，要在这里养足元气，以等待出山当家。方老帮不赞成三爷'买树梢'，我与方老帮倒有些不一样，我不是十分反对三爷'买树梢'。三爷寻着跟乔家的复盛公叫板，可见三爷还有锐气，还有胆量呢。要是没有这点锐气和胆量，那岂不是白在口外跑动了！"

"邱掌柜，那你还怎么劝说三爷？"

"劝不下，那咱们就一道帮三爷'买树梢'！"

头一天，他们跑了一半的路程，在途中住了一宿。邱泰基特意寻了那种蒙古毡房，住在了旷野。郭玉琪是第一次住这种蒙古毡房，整夜都觉得自己被丢在了旷野，除了叫人惊骇的寂静和黑暗，什么也没有。甚至想听几声狼嚎，也没有。

邱掌柜早已坦然熟睡。闻着青草的气息，郭玉琪真是觉得在这陌生而又辽阔的天地间，就只剩下了他自家。

5

用了两天,赶到包头。在康家的天顺长粮庄,邱泰基见到了三爷。

记得三爷是很白净的,现在竟给晒成黧黑一个人,脸面、脖颈、手臂,全都黧黑发亮。不但是黑,皮肤看着也粗糙了。口外的阳婆和风沙,那也是意想不到的凶悍。但三爷精神很好。

邱泰基没有敢多寒暄,就把太谷老号发来的那封电报交给了三爷。他说:"我们猜测,'脱臼'是暗示遭了绑票。所以,火急赶来了。"

三爷扫着电报,说:"还猜测什么,'脱臼'本就是暗示绑票!电报是几时到的?"

邱泰基忙说:"三天前。收到电报,方老帮就叫急送三爷,是我在路上耽搁了。多年不来口外,太不中用了,骑马都生疏了。"

邱泰基这样一说,三爷的口气就有些变了:"你们就是早一天送来,我也没法立马飞到天津。出事后,津号发电报到太谷,太谷再发电报到归化,你们再跑四百里路送来,就是十万火急,也赶不上趟吧?邱掌柜,你是见过大场面的人,你看该如何是好?"

邱泰基没有想到,来不来,三爷就将他一军。他略一思索,便答道:"五娘遇此不测,当然得告诉三爷。现在老太爷又南巡汉口,在家的二爷、四爷,也没经见过这种事,就更指望着靠三爷拿主意了。绑票是飞来横祸,又是人命关天,给了谁,能不着急?不过我看三爷已是胸有成竹了,哪还用得着我来多嘴?"

这几句话,显然更说动了三爷。他一笑,说:"邱掌柜,我是叫你出主意,你倒会卖乖!我胸有成竹,还问你做甚?"

"三爷,我不拘出什么主意,也是白出,你不过是故意考我。我才不上当。祸事远在天津,怎样救人缉匪,也劳驾不着三爷。三爷该做的,不过是下一道急令,叫京津两号,全力救人。京号的戴掌柜,神通广大,他受命后,自然会全力以赴的。"

"邱掌柜到底不是糊涂人。可我就是下一道急令,也不赶趟了。"

"三爷,我们在归化收到电报,方老帮就让代三爷发了这样的急令了。

事关紧急，方老帮也只好这样先斩后奏。"

"你们已经带我回了电报？"

"只给京津两号回了电报，叫他们全力救人。太谷老号、汉口老太爷那里还没回。"

"邱掌柜，我看这先斩后奏，是你的主意吧？"

"是方老帮提出，我附议。"

"哼，方老帮，我还不知道？他哪有这种灵泛气！"

"三爷，还真是方老帮的主意。这是明摆着该做的，给谁吧，看不出来？"邱泰基见三爷脸色还不好，赶紧把话岔开了："三爷，你当紧该拿的主意是去不去天津？"

"那邱掌柜你说呢？"

"三爷又是装着主意，故意考我吧？"

"这回是真想听听邱掌柜的高见。"

"三爷想听高见，那我就不敢言声了，我哪有高见！"

"不拘高见低见吧，你先说说。"

"康家出了这样的事，能不去人主？可除了三爷，也再没撑得起大场面的人了。老太爷不在太谷，就是在，这事也不宜叫老太爷出面。挨下来，大爷、二爷，都是做惯了神仙的人，就是到了天津，只怕也压不住阵。往下的四爷、六爷，怕更不济事。三爷，你不出面，还能叫谁去？"

"可包头离京师一千五百多里路呢，日夜兼程赶趁到了，只怕什么也耽误了。"

三爷说的虽是实情，可邱泰基早看出来了，三爷并不想赶往天津去。

"是呀，绑票这种事，人家会等你？我听说三爷跟京师的九门提督马玉昆有交情，那三爷还不赶紧再发封电报，叫京号的戴老帮去求救？再就是给太谷家中回电报，请二爷火速赴津。二爷武艺好，江湖上朋友也多，遇了这事，正该他露一手。三爷一说，二爷准高兴去。总之，三爷在这里运筹张罗，调兵遣将，那是比亲赴天津还可行！"

显然，三爷爱听这样的话。他说："邱掌柜，我也是想叫二爷去天津压阵。"

"那就好。看三爷还有什么电报要发？我们好赶回归化，一并发出。"

老太爷那里,也得回个话吧?"

"叫他不用着急,我和二爷紧着张罗就是了。"

三爷和邱泰基又合计了一阵,拟定了要紧急发出的几份电报。但三爷不叫邱泰基走,要他多留几天,还要合计别的事。邱泰基当然也想多留几天,"买树梢"的事,还没顾上说呢。三爷本来是叫天顺长派个伙友跑一趟归化。可郭玉琪却自告奋勇,请求叫他回归化,发电报。

三爷问了问郭玉琪的情况,知道是新从太谷来的,就同意叫他去。包头到归化,是一条大商道,老手闭住眼也能跑到,对新手,倒也不失为锻炼。

郭玉琪领了重命,很兴奋。他也没有多看几眼包头,只睡了一夜,翌日一早,便策马上路了。

临行前,邱泰基送出他来,很嘱咐了一气。这个小伙友,一路陪他从太谷来到口外,吃苦,知礼,也机灵,欢实,很叫他喜欢。他当然没有想到,从此就再见不着这个小伙友了!

郭玉琪走后,三爷摆了酒席招待邱泰基。邱泰基不敢领受,连说自家是坏了东家规矩,惹恼老太爷,受贬来口外的,万不能接受招待。

三爷说:"那就不叫招待,算你陪我喝一次酒,还不成呀!"

邱泰基知道推辞不掉,但还是推辞再三,好像万不得已才从了命。

席面上,三爷也不叫用酒盅,使了蒙人饮酒的小银碗。举着这样的小银碗,还要一饮而尽!邱泰基可是没有这样的功夫,但也没法偷懒:三爷举着银碗,你不喝,他也不喝。只好喝了,就是醉倒失态,也得喝。

整碗喝烧酒,大块吃羊肉,真有种英雄好汉的豪气了。邱泰基本来还是有些酒量的,只是不习惯这样用碗喝。这样喝,太猛了,真要三碗不过冈。可喝过三四碗,也不咋的,还能撑住。

三爷兴致很好,似乎并不牵挂天津的祸事。问了问太谷的近况,老太爷出巡跟了些谁,孙大掌柜离了老号,谁撑门面,但不叫邱泰基再提受贬的事。只是说:"你来口外,正是时候。没有把你发到俄国的莫斯科,就不叫贬。"

邱泰基听了,大受感动。这也是他惹祸受贬以来,最受礼遇的一次酒席了。但他知道,万不能再张狂。三爷也有城府,酒后可不敢失言。

"邱掌柜，我叫你们字号预备的款项，方老帮安排了没有？"

"三爷吩咐，我们能不照办？已经安排了。东口和库仑有几笔款，近期要汇到。款到后，就不往外放贷了，随时听三爷调用。"

"安排了，方老帮也嘟囔不止，对吧？"

"方老帮就那脾气，对东家还是忠心耿耿。"

"我调用字号款项，也是按你们柜上的规矩，借贷付息，到期结账，又不是白拿你们的。外人借贷，不知怎样巴结人家呢，我一用款，他就嘟囔！我连外人都不如？"

"三爷，我们都是为东家做事，有什么不是，您还得多担待。您是有大志大气魄的，我们呢，只是盯着字号那丁点事。"说着，又赶紧把话岔开。"这场大雨，对胡麻生意真是很当紧吗？"

"可不是呢！今年天旱，河套的胡麻好赖算捉了苗，但长得不好。所以乔家的复盛公又谋划在秋后做霸盘，将前后套的胡麻全盘吞进，囤积居奇，来年卖好价。怕市面先把价钱抬起来，复盛公已经降了胡油的价码。归化的大盛魁是口外老大，它能坐视不管？就找我，想跟咱们的粮庄联手，治治复盛公！"

"大盛魁想怎么联手，一起'买树梢'？"

"他们才不想担那么大的风险！他们的意思是现在就联手抢盘！复盛公不是降了胡油的价吗？那咱们就吞它的胡油，有多少吞多少，它就是往高抬价，我们也吞进！把价钱抬起来，看它秋后还怎么做霸盘？"

"在口外，数大盛魁财大气粗，压它复盛公一头，那还不容易？何必还要拉扯上我们？"

"邱掌柜，你也听信了方老帮的嘟囔？"

"那倒不是。我是说，咱们粮庄生意不大，可咱们的票庄、茶庄、绸缎庄，也是生意遍天下。它们两大家斗法，咱们何必掺和进去，向着一家，损着一家，有失自家身份？"

"邱掌柜，我可没有答应跟大盛魁联手。人家大盛魁也不想跟复盛公抢胡麻生意，只是看不惯复盛公老爱这样做霸盘。在口外，无论汉人、蒙人，都离不开胡油，炸糕、炒菜、点灯，全靠它。做胡油霸盘，那不是招众怨吗？大盛魁的生意全靠在蒙人中间做。所以，他治复盛公的霸盘，也是想积德，取信于蒙人。康家的生意，现在虽然已经做遍天下，可我们是在口外起的家，也应该积德呀！"

"所以，三爷也想治一治乔家的复盛公？"

"对。可大盛魁现在就抢盘，把胡油价钱抬起来，不是一样招众怨吗？所以，我就主张用'买树梢'的办法，治治复盛公。我在夏天先把胡麻的青苗买下来了，你秋后哪里还能做成霸盘！"

"三爷的主意，是比大盛魁的强。"

"可谁能预料到，会下这样一场偏雨！正在胡麻长得吃劲的时候，得了这样一场透雨，收成那当然会大改观。收成好，胡麻多，那价钱就不会高了。我'卖树梢'预定的价钱，可是不低！"

"那三爷想如何补救？"

"邱掌柜，你看呢？"

"我先猜猜三爷的打算，行吧？"

"你猜吧。"

"我猜三爷又想跟大盛魁联手，立马抢盘，赶在秋收前，把胡麻的价钱抬起来。对不对？"

"还真叫你猜着了。"

"这样联手抢盘抬价，那一样也得招众怨吧。"

"赶到这一步，也只剩这招棋了。邱掌柜，你还有什么高招？"

"三爷，我今儿喝多了酒，真还有些话，想说出来。"

"那你就说吧。邱掌柜的话，我还真爱听。"

"说了不中听的，三爷想罚想贬，都不用客气！"

"说吧。想遭贬，那我就跟孙大掌柜说一声，把你发到莫斯科去。"

"贬到莫斯科，我也要说。三爷有大志，我是早听说了。这次来包头见着三爷，你猜我一眼就看出了什么？"

"我可不给你猜。邱掌柜还是少啰唆吧。"

"我一眼就看出，三爷在口外，把元气养得太足了！"

"邱掌柜，你这话是什么意思？"

"三爷一副雄心万丈、气冲霄汉的样子，那还不是元气养得太足了？您本来就想寻件大事，寄托壮志，一展身手，或是寻个高手，摆开阵势，激战一场。正好，复盛公叫您给逮着了。它想做霸盘，大盛魁要抢盘，三爷您就来了一个'买树梢'，出手，过招，攻过来，挡回去，好嘛，三家就大战起来了。三爷，我看您入局大战，重续《三国演义》，十分过瘾。"

"邱掌柜，你这是站在哪头说话呀？"

"三爷，你先说我说得在不在理？"

"有几分理，也有几分歪理！我好像闲得没事干了，不想积德，也不挣钱，就专寻着跟它们挑事？"

"三爷，您长年藏身在口外，劳身骨，苦心志，卧薪尝胆，养精蓄锐，就为跟复盛公较劲呀？所以，我是觉着三爷不值得入这种局。乔家的复盛公，在口外，尤其在包头，那还是大商号，它的命根在这里。大盛魁，那就更不用说，它做的就是蒙人的生意，它的天地就在口外的蒙古地界。你们康家不一样，起家的天盛川茶庄，在口外已不能算是雄踞一方的大字号了，就是在你们康家的商号里，也不是当家字号了。天顺长粮庄，就更是小字号。康家的当家字号，是我们天成元票庄。天成元票庄的重头戏在哪儿？不在口外，而在内地，在天下各地的大码头。三爷在口外养足了元气，该去一试身手的地界，是京师、汉口、上海、西安那种大码头，岂能陪着复盛公、大盛魁这些地头蛇，练这种胡麻大战？"

"邱掌柜，你倒是口气大。"

"不是我口气大，是你们康家的生意大，三爷的雄心大，所以我才大胆进言，只望三爷弃小就大。复盛公与大盛魁想咋斗，由他们斗去。你看老太爷都出巡江汉了，三爷心存大志，早该往大码头上跑跑了。"

"我也往码头上跑过。总觉着成日虚于应酬，弄不成什么事，还没在口外来得痛快，豪爽。"

"三爷要以商立身，那总得善于将英豪之质，壮烈之胆，外化为圆顺通达。我们西帮，正是将口外关外的英豪壮烈与中原的圆通绵善融于一身，才走遍天下，成了事。现在，三爷正有一机缘，可以奔赴京津。"

"绕这么大一圈，原来，邱掌柜还是想叫我去天津！"

"三爷想怎么说，就怎么说吧。"

"那再饮一碗酒！"

这次酒席后，三爷是更喜欢和邱泰基一道说话，正事闲事，生意时务，都聊得很惬意。几天过去，三爷还真被邱泰基说动了，有了要退出胡麻大战的意思。只是，对夏初已经上手的"买树梢"生意，不知该如何收拾。邱泰基说："离秋收还些时候呢，先放下静观。这摊事，你就交给天顺长粮庄料理吧，我们天成元也会辅佐他们。三爷就放心去你的京津！"

6

对去不去京津，三爷还没有拿定主意。到大码头历练历练，他也不是不想。只是，一切都还是老太爷主事，字号的事又难以插手，去了能做甚，就为学习应酬？

老太爷老迈是老迈了，可也不想把家政、外务交付后辈。他们子一辈六人，老太爷还算最器重他，可也从没有跟他说过继位的事。老爷子对他，依然不够满意吧。老爷子没有什么表示，他就跑到大码头去显摆，那不妥。

三爷正在犹豫呢，归号的方老帮又派人送来一封电报：电报是汉号替老太爷发的，叫三爷速赴天津，坐镇营救五娘，并查明是谁竟敢如此难为康家？

三爷叫邱泰基看了电报，说："邱掌柜，看来还得听你的，去趟天津。"

邱泰基忙说："你是听老太爷，可不是听我的。要听我的，三爷现在已经在天津卫了。"

说时，邱泰基问归号来人："郭玉琪送回去的电文，都及时交电报局了吧？"

不想，新来的伙友竟说："郭玉琪没有回去呀？他不是在这里跟着伺候邱掌柜吗？"

"郭玉琪没有回归化？"邱泰基吃惊地问。

"没有！来时，方老帮还交代，要是邱掌柜一时还回不来，那就叫郭玉琪先回来。怎么，他不在包头？"

"三爷，"邱泰基惊叫道，"得赶紧去寻寻郭玉琪！"

三爷说："包头到归化，一条大道，怎么能走丢了？"

说完，立马吩咐天顺长粮庄，派人去沿途寻找。

邱泰基还是不踏实，就对三爷说："我得回归化了，正好也沿途寻寻郭玉琪。他陪我从太谷走到归化,是个懂事、有志气的伙友,可不敢出什么事!"

三爷一想,他也得赶紧启程奔天津,就决定跟邱泰基一道走。去天津,先就得路过归化,再取道张家口赴京。

但离开包头不久,邱泰基就让三爷前头先走,他要沿途查访。三爷虽有些依依不舍,还是先走了。当时他就在心里说:有朝一日,继位主事后,一定聘这位邱掌柜出任天成元票庄的大掌柜。

邱泰基可顾不上想这么多了,他考虑的就一件事:郭玉琪的下落。

包头至萨拉齐,再至归化,正是夹在阴山与黄河中间的土默特川。以前,这一带本也如古《敕勒歌》所描绘的那样:

> 敕勒川,阴山下,
> 天似穹庐,笼盖四野。
> 天苍苍,野茫茫,
> 风吹草低见牛羊。

但到清光绪年间,这种苍茫朴野的草原风光已不好寻觅。自雍正朝廷允许汉人来此囤疆垦荒以来,这一片风水宝地,差不多已经被"走西口"出来的山陕农民开发成农耕田园了。广袤的内蒙古草原,留在了阴山之北。包头所对着的昆都伦沟山口,正是北出阴山,进入西部内蒙古草原的商旅要冲。所以,归化至萨拉齐,再至包头的驼道商路,不仅繁忙,沿途所经之地,也并不荒凉。至少,客栈、车马店、草料铺,是不难见到的。

所以,郭玉琪在这一条商路上走失,那是让人意外的。但他毕竟是一个刚来口外的年轻伙友,本来就怀了壮志,一路又听了邱泰基的许多激励,意气上来,做出什么冒失的举动,也说不定的。

邱泰基最担心的,就是郭玉琪一时兴起,日夜不停往归化跑。他人生地不熟,骑术也不佳,在口外做长途商旅的经验更近于无。夜间走错路,或遇狼群,或遭匪劫,都是不堪设想的。郭玉琪走时,邱泰基还特意吩咐:天黑前一定寻处可靠的客栈,住宿下来,不可夜行。谁知他会不会一时兴起,当耳旁风给忘记了?

一路打听都没有任何消息。等赶到来时住宿的那处蒙古毡房，也毫无所获：郭玉琪并没有再来此过夜。邱泰基在周围探访多处，亦同样叫人失望。

花了几天时间，一路走，一路打听，还是一点线索也未得到。

回归化，见到在前头寻找的天顺长的人，结果也一样。

郭玉琪这样一个叫人喜欢的后生，来口外这才几天，就这样不见了？他还想不畏荒原大漠，好生历练，以长出息，成才成事，可什么还没来得及经历，就出了意外？

然而，邱泰基回到归化，甚至都没顾上为郭玉琪多做叹息，就被另一件急事缠住了。他一到归号，就见到了暴怒的三爷。这是怎么了，又跟方老帮顶牛了？

一问才知是津号发来新的电报：五娘已经遇害。三爷的暴怒，原来是冲着津门的绑匪。他要在口外招募一队强悍的镖师，带了赴津复仇："这是哪路王八，敢这样辱没康家！"

邱泰基一见三爷这番情状，就感到事情不妙。五娘遇害，是叫人悲愤交加，可三爷带着这样的暴怒赴津，那更不知要闹出什么乱子来。京津不比口外，不能动辄就唱武戏，就是非动武不成，那三爷你也不能贸然出头吧。搬动官府，或是请教江湖，总得先武戏文唱。

于是，他草草安顿了柜上一位伙友，继续查找郭玉琪的下落。自家呢，就忙来劝说三爷：面对此种意外，万不可失去大家风范；而此种祸事，似乎也不宜太张扬了。二爷既然带着武名赫赫的昌有师父，坐镇津门，三爷缓几天去，也无妨了。

三爷哪就那么好劝？

可无论如何，邱泰基要把三爷劝住。否则，再弄出点事来，他怎么能对得起宽谅了自己的东家？今年以来，不测之事一件跟一件，也叫他对时运充满了敬畏。不小心些，也许还会出什么事？

在邱泰基的努力下，三爷真还打消了去天津的主意，决定先回太谷：老太爷不在，他得回家中坐镇。

第十章　一切难依旧

1

七月，老太爷传回过一次话来，说赶八月中秋前后，可能返晋到家。

听到这个消息，三喜明显紧张起来。杜筠青见了，便冷笑他："你说了多少回了，什么也不怕，还没有怎么呢，就怕成这样！"

三喜说："我不是怕。"

"那是什么？"

"走到头了。"

走到头了。杜筠青知道这话的意思，可三喜这样早就慌张了，很使她失望和不快。

"我看他九月也回不来。"

"九月不回来，就天冷了，路途要受罪。不会到九月吧？"

"出去时是热天，回来时是冷天，老骨头了，依然不避寒暑。他就是图这一份名声。"

"真到冬天才回来？"

"六月出去，八月回来，出去三个月，来回就在路途走两月，图什么？"

"那是捎错了话？"

"话没捎错。可你看上上下下，哪有动静，像是迎接他回来？"

"那捎这种话做甚？"

"就为吓唬你这种胆小的人。"

杜筠青完全是无意中说了这样一句话，一句玩笑话，也能算是带了几分亲昵的一句话。但她哪能料到，这句话竟然叫三喜提前走到了头。

杜筠青将三喜勾引成功后，才好像终于意识到发生了什么事：自己本来是出于对老禽兽的愤恨，怎么反而把自己糟蹋了？

所以，自那次与三喜野合后，回来就一直称病，没有再进城洗浴。她不想再见到三喜了！她越想越觉得三喜原来是这样一个大胆的无赖。他居然真敢。

而她自己，为了出那一口气，竟然沦落到这一步。这样自取其辱，能伤着那个老禽兽什么？你要气他，就得让他知道这件事。你怎么让他知道？流言蜚语，辱没的只是你这个淫妇。除非你留下遗言，以死相告。

杜筠青真是想到了死。不管从哪一面想，想来想去，末了都想到了死，但她没有死。一想就想到了死，再想，又觉死得不解气。

也许，她在心底下还藏着一个不想承认的念头：并不想真死。

老夫人称病不出，吕布心里可就焦急了：老父病情已趋危急，只怕日子不多了，偏在这种关口，她不能再跑回家探视尽孝！看老夫人病情，似乎也不太要紧，只是脾气忽然暴戾异常。请了医家先生来给她诊疗，她对人家大发雷霆。四爷和管家老夏来问候，她也大发脾气。对她们这些下人，那就更如有新仇旧恨似的，怎么都不对，怎么都要挨骂。

老夫人可向来不是这样。康家上下谁都知道，这位年轻开通的老夫人没架子、没脾气，对下人更是仁义、宽容。这忽然是怎么了？

吕布当然知道，老夫人早被老太爷冷落了，就像戏文里说的，早给打进了冷宫。可这也不是一天两天了，以前也不发脾气，现在才忽然发了脾气？或许是因为老太爷不在，才敢这样发脾气？

管家老夏很生气地问过吕布："你们是怎么惹恼了老夫人？"

吕布只好把自家的想法说了出来：谁敢惹老夫人！只怕是老夫人自家心里不舒坦。她总觉着老太爷太冷落她了，趁老太爷不在，出出心里的怨气。

老夏立刻呵斥她："这是你们做下人的能说的话？"

但呵斥了这样一声，老夏就什么也不问了。

看来，老夫人真是得了心病，那何时能医好？吕布时刻惦记着病危的老父，但也是干着急，没有办法。她即使去向老夏言明了告假，在这种时候，老夏多半也不会开恩：老夫人正需要你伺候呢，我能把你打发走？

那天，吕布出去寻一味药引，遇见了三喜。三喜就慌慌张张问她："老夫人怎么了，多日也不使唤车马进城？"

吕布就说："老夫人病了，你不知道？"

三喜听了，居然脸色大变，还出了一头汗："病了？怎么病了？"

吕布看三喜这副样子，就说："三喜，你对老夫人还真孝顺！刚说病了，倒把你急成这样。我看，也不大要紧，吃几服药就好了。她这一病，我可没少挨她骂。你是不知道，她的脾气忽然大了，逮谁骂谁！"

吕布说着，就匆匆走了，并没有发现三喜还呆站在那里。

等回到老院，吕布挑了一个老夫人脾气好的时候，说了声："刚才出去碰见三喜了，他还真孝顺，听说老夫人病了，急得什么似的，脸色都变了。"

吕布本来想讨老夫人的喜欢，哪承想自家话音没落，老夫人的脾气忽然就又来了，气狠狠地说："三喜也不是什么好东西！你不用提他！老夏再来，得叫他给我换个车夫，像三喜这种尖滑的无赖，赶紧给我打发了！"

吕布再也不敢说什么了。根据近来经验，你再说一句，老夫人会更骂得起劲。可老夫人一向是挺喜欢三喜的，怎么现在连三喜也骂上了？吕布心里就更沉重起来。她知道前头死去的那一位老夫人后来也是喜怒无常，跟着伺候的下人成了出气筒，那可是遭了大罪了。现在这位老夫人，本来最开通了，不把下人当下人；你有些闪失，她还给你瞒着挡着，怎么说变就变了？偷偷放你往家跑，这种事怕再不会有了。没事还找碴儿骂你呢，怎么还会叫你再捣鬼！万幸的是，老夫人发脾气时还没有把那件捣鬼的事叫嚷出来。只是以后的日子可怎么过？主家要成心把你当出气筒使唤，那也活该你倒霉。你就是到老太爷那儿告状，也白搭。越告，你越倒霉。

老院的事，吕布她什么不知道。只是，她没有想到，倒霉的角色也叫她摊上了。

但就在骂过三喜不久，老夫人忽然说，她的病见轻了，要进城洗浴一次。许多时候不洗浴，快把她肮脏死了。

吕布听了当然高兴，可也不敢十分高兴。老夫人肯定不会允许她再偷着往家跑。她出去告诉三喜套车伺候时，特别叮咛他，得万分小心，可不敢惹着老夫人！现在的老夫人，可不是以前那个老夫人了。

三喜听了，一惊一乍的，简直给吓着了。

老夫人出来上车时，四爷和管家老夏都跑来问候：刚见好，敢进城洗浴吗？要不要再派些下人伺候？

老夫人挥挥手，只说了一句："不用你们多操心。"虽然是冷冷的一句，但今天老夫人的情绪还是平静得多了。在阳光下看，她真是憔悴了许多。

老夏厉声对三喜和吕布说："好好伺候老夫人，有什么闪失，我可不客气！"

三喜战战兢兢地答应着，吕布看了，都有些可怜这后生。出村以后，三喜依然战战兢兢地赶着车。吕布也不敢多说什么，叫他坐上车辕，或是叫他吼几声秧歌，显见地都不相宜。正沉闷着，就听见老夫人问：

"吕布，你父亲的病好了没有？"

吕布忍不住，就长叹了一口气，说："唉，哪能好呢！眼看没多少日子了，活一天，少一天。蒙老夫人慈悲，上次回去看他时，已吃不下多少东西。"

"那你也不跟他们告假？"

"不是正赶上老夫人欠安，我哪好告假？"

"这可不干我的事！我是什么贵人，非你伺候不下？"

"老夫人，是我自家不想告假。老夫人待我们也恩情似海，在这种时候，我哪能走？这也是忠孝不能两全吧。"

"你也不用说得这么好听！你想尽孝，就再回去看看，离了你伺候，我也不至淹死在华清池。"

听了这种口气，吕布哪还敢应承？忙说："蒙老夫人慈悲，我已算是十分尽孝了。说不定托老夫人的福，家父还见好了呢。近些时，也没见捎话来，说不定真见好了。"

"我可没福叫你托。想回，你就回；不想回，拉倒。"

吕布不敢再搭话，老夫人也不再说话，一时就沉闷起来。三喜一直小跑着，紧张地赶着车，他更不敢说什么。

这样闷闷地走了一程，老夫人忽然说："三喜，你变成哑巴了，不吭一声？"

三喜惊慌得什么也没说出。

吕布忙来圆场："三喜，老夫人问你呢，也不吭声！要不，你还是唱几句秧歌吧,给老夫人解解闷。"

吕布见老夫人也没有反对,就催三喜:"听见了没有,快唱几句!"催了好几声,三喜也不唱。

老夫人冷冷地说:"吕布,你求他做甚!"

老夫人话音才落,三喜忽然就吼起来,好像是忍不住冲动起来,吼得格外高亢、苍凉:

  酒色才气世上有,
  许仙还愿法海留,
  白娘子不答应,
  水淹金山动刀兵,
  为丈夫毁了五百年道行。

吕布听了,就说:"三喜,你使这么大劲做甚?还气狠狠的,就不怕惹老夫人生气!"

岂料,老夫人却说:"再唱几句。"

三喜接着还是那样使着大劲,气狠狠地唱:

  好比古戏凤仪亭,
  貂蝉女,生得好,
  吕布一见被倾倒,
  为貂蝉,
  把董卓一戟刺了。

吕布说:"三喜,你唱的是《送樱桃》吧?"

老夫人说:"再唱。"

  好比东吴的孙夫人,
  刘备死在白帝城,
  孙夫人祭江到江中,

为刘备，
　　　贞节女死到江中心。

　　这样一唱，气氛就不再沉闷。老夫人的情绪似乎也有些好起来，三喜也不再那样拘束、惊慌。所以，吕布就起了回家去看一眼老父的心思。等快到达华清池时，她终于鼓起勇气，向老夫人说：
　　"老夫人，要不，我再回家看一眼父亲？"
　　"我早说了，由你。"
　　"那我一准快去快回，不会耽搁老夫人的工夫！"
　　"多日没来洗浴，今天要多洗些时候。你也不用太急慌，小心跑岔了气。"
　　听老夫人这口气，吕布心里更踏实了。等老夫人一进华清池的后门，她跟三喜招呼了一声就匆匆离去了。

2

　　三喜独自一人守着车马，既觉得时候难熬，又怕时候过得太快。他已经抱了必死的信念，只是想对老夫人说明一声。
　　他得到老夫人，那简直就像是做梦一样。梦醒之后，他知道惹了杀身之祸。老太爷那是什么人物！但他并不后悔。用自己卑微的性命，换取梦了无数次的那一刻，已经太便宜了自己。他已经是罪孽深重了，就怕由此害了老夫人！那样，他就是死十回吧，又有什么用？
　　但他犯这样的罪孽，实在是扛不住了。
　　那一刻，他真是梦了无数回。他也不呆傻，老夫人的美貌、开通、爱干净，他能看不见、觉不到？尤其是，一年四季，三天两头，总是守着刚刚出浴的老夫人！如此美貌的老夫人，洗浴之后那是怎么一种神韵，除了他，能有谁知道？他心里虽然不断骂自己，但真是扛不住地着迷。更要命的，是老夫人没有一点贵妇的架子、主家的架子，开通至极，待他简直像她喜欢的兄弟，能感到一种格外的疼爱。
　　三喜原来还以为，这不过是一种错觉吧，自家尽往美处想呢。可后来，越来越觉着不像。老夫人是真喜欢他，真疼爱他。特别是今年夏天，真是一步一步走进美梦里了。先是把吕布放走，又跟他逗留在枣树林说笑，还假扮成姐弟四处游逛，任他叫她二姐。梦里也不曾这样。

他是谁，老夫人是谁！他能伺候天仙一样的老夫人，天仙似的老夫人又真心疼他，那他这辈子还会再稀罕什么？派到外埠，住家字号，熬着发财？不盼望了。什么也不盼望了，就这样给老夫人赶一辈子车。

现在，他是给老夫人赶不了几天车了。一切都快走到头了。但他不后悔，就只怕害了天仙一样的老夫人。

梦里的事真发生后，老夫人不再出来，不再进城洗浴，三喜就知道大祸要临头了。那几天，他就想自裁了卑微的性命。可他不明不白地死去，会不会连累了老夫人？一切罪孽都放在我身上，然后我去死。你想怎么咒我都成，但你不要坏了自家的名声。我死，一定找个不相干的由头。

后来，他见着吕布，听说老夫人病了，又逮谁骂谁，心里就更想死了。你想骂，还是骂我吧。你以前人缘多好，忽然这样坏了脾气，逮谁骂谁，全是因为我。我情愿去死，你也不敢变成另外一个人似的。为我这样一个下人，坏了你的美名和道行，太不值！

死前，我只想再见你一面，由你来骂。怎样解气，就怎样骂。你想叫我死后，永辈子不能再脱生为人，我也答应你。但你得听我说一声：你不能坏了自己的道行！

就是死，我也觉着太便宜了自家。今年的夏天，太便宜了我，我真是情愿用性命来换。只可惜我的性命太卑微，太不值钱了。老夫人，你如天仙一样的性命，万万不能因为我，坏了道行。

今天老夫人洗浴，也没有用太多时候。她被澡堂的女仆扶出来时，似乎已经洗去了先前的憔悴，美艳如旧，但冷漠也依旧。

三喜不敢多看。

老夫人上车的时候，喊了他一声："你是发什么呆，不能扶我一把！"

三喜慌慌地扶她上了车。

吆喝着牲灵出城，他可真是紧张极了，因为他无法平静下来。怕心思不能集中，吆喝错了，车马撞着人，可心思哪能集中！车里的老夫人就似一团烈火，炙烤着他的后背，血脉都快烧起来了。好在是熟路，牲灵也懂事,穿街过市倒还没出事。

出了繁华的城关,渐渐到了静谧的乡间大道,三喜觉得应该向老夫人说明自己的心志了,可怎样开口?一直寻不着词儿,越寻不着越慌,越慌越寻不着。正慌得不行,忽然听见老夫人说:"小无赖,你哑巴了?"

他赶紧说:"老夫人,我作了孽,我该死……"

"我听不见!你坐到车辕上说。"

三喜不敢坐上去。

"小无赖,你聋了,听不见?"

三喜听老夫人的口气,不是那样冰冷,只好小心地跳上车辕坐了。

"你刚才说什么?"

"老夫人,我知道我作了孽,惹了祸,该死。"

"那你怎么还没死?"

"我死容易,就怕连累了老夫人。老夫人因我坏了道行,我就是死十回,也不顶用……"

"小无赖,你就知道死!"

老夫人这样骂的同时,还伸脚蹬了他一下,软软的。三喜不由回头望了一下,老夫人伸出来的居然是一只光脚,什么也没穿的光脚!而且,蹬过他,也不缩回去,就那样晾在车帘外。他顿时觉得天旋地转,几乎从车辕上掉下来。看来,老夫人并不恼恨他。老夫人依然疼爱他,说不定是真心给他这一份恩情。但他不敢再鲁莽了,不能再不顾一切抓住这只要命的脚。

"老夫人,一切罪孽我都担,就是……"

"就是不想死!"

"不是,不是。我知道,我是必死无疑。可我不怕死,也不后悔。老夫人给我的这份恩情,我情愿用性命来换。"

"小东西,就知道死!"

老夫人又软软地蹬了他一下。他是再扛不住了,就是天塌地陷,也不管了,伸手抓住老夫人那只光脚,任它在自己手里乱动。老夫人轻声喊着:"小无赖,小无赖!"但他能觉得出来,她的脚是在他的手中欢快地乱动,并不想挣脱。

杜筠青没有想到三喜会说这样的话：用性命来换她的恩情。她这是给了他恩情吗？

她本来不是一个坏女人。只是为了气一下那个老禽兽才故意出格，故意叛逆，故意坏一下。可一旦越过坏的界限，她又被吓得惊慌失措，无法面对。称病，骂人，发脾气，暴戾无常，那也不能使她重新退回去了。退路只有一条，那就是死，以死洗白自己。

可是她不想死。要想死，在与老东西做禽兽后就该死去了。

现在，没有气死老禽兽，倒将自己脏污死了，那岂不是太憨傻？

就是直到这种时候，杜筠青深藏在心底下的那个念头才不得不升浮上来：其实，她是异常喜欢三喜这个英俊、机灵的年轻男子的。自从进入康家以后，杜筠青因为坚守了进城洗浴的排场，三天两头得由车倌伺候。而事实上，她能常见着、又能常守着的异性，就唯有这给她赶车的车倌了。为了豪门的门面，车倌偏偏都挑选了非常英俊、机灵的年轻男子。康家似乎只对自己的男主子严加防范，女仆全雇用上年纪的；而对女主子，倒十分放心了，男佣并不怕他年轻、英俊、机灵。杜筠青知道，他们对女人放心，是谅她们也不敢！这虽然也诱惑她，想故意去做一种反叛，可她对三喜以前的那两个英俊的车倌，却是什么心思也没有。三喜为什么叫她喜欢，她也说不清楚。但她清楚，自己喜欢三喜，这就是一种坏，不是故意做出的那种坏，而是真坏。所以，她总是尽量将这种坏，深藏在心底。

其实在更多的时候，她是想将对三喜的喜欢，装扮成一种假坏，也就是为了反叛老禽兽，才故意喜欢三喜的。可这假坏一天一天涨大，终于出格成真！杜筠青除了惊慌失措，她在心底下还在关心一件事：这个三喜，这个英俊机灵的小东西，是不是值得她这样？他如果只是一个小无赖，只是想乘机发坏，那她就真的只是为了伤害老东西，故意毁了自己。要是那样，她也只有一条死路了。杜筠青知道自己已经给老东西毁了，可还是不愿再自毁一次。

人再无奈，也不该作践自己。

那天，听吕布传来了一点三喜的消息：他也惊慌了。他是为谁惊慌，为他自己，还是为她？杜筠青忽然非常想见到他，无论他是小无赖，还是小东西！当终于见到他的时候，杜筠青就忽然觉得可以放心了。她忽然不想再计较什么了，他是不是小无赖，委身于他是不是值的，都不计较了。真坏，还是假坏，她也不管了！就是真坏，她也愿意了。就是日后给老禽兽处死，给世人辱骂万年，她也情愿了。

所以，杜筠青没有想到三喜能说那样的话：他情愿用性命来换她的恩情，一点也不后悔。因为她就没有盼望听到这样的话。可这句话，真是打动了她，热泪喷涌而出：那个早死的男人，这个不死的老禽兽，还有"卖"掉了她的父亲，谁愿意用他的性命来换她的恩情？

三喜，三喜，你也给了我恩情，我也不会后悔，可我不要你的性命！你说过，什么也不怕。现在，我也要说，我什么也不怕。我不怕坏，我情愿跟你一起坏。什么都不怕，什么都不用想，我们能坏一天，就多坏一天。要死，我们一起去死。

这天的枣树林和挨着它的大秋庄稼地成了他们的疯狂之地。

也许是天道不怒，那天吕布也是迟迟不归。

原来，吕布此次跑回娘家，正赶上了老父的弥留之际。他最后认出了她，也最后遗弃了她。她终于有了向东家告假的正规理由，可以获假七七四十九天。

吕布归家守"七"后，管家老夏派老院的另一个女佣跟了伺候老夫人进城洗浴。可她没跟几天，就给退回来了。

杜筠青对老夏说："她不是跟着伺候我，是跟着一心气我！"

老夏赶紧说："老夫人想要谁，就叫谁。"

杜筠青冷冷哼了一声，说："谁也不要，我就等吕布了。"

老夏忙说："没人跟了伺候，哪成？"

杜筠青就厉声反问："你是怕没人气我？"

老夏赔笑说："那叫伺候老太爷的杜牧跟了伺候老夫人？"

杜筠青就发了脾气："她眼里哪有我？她更会气我！"

老夏再不敢说什么了。他只好跑去叮咛三喜："千万手疾眼快机灵些，千万小心不敢再惹着老夫人。"

真是天道不怒，出来进去，就只有她和三喜两个人。

真是梦一样的夏天。

3

在那之后没有几天，就传来了五娘在天津被绑票的消息。

听到四爷惊慌地跑来报告的这个消息，杜筠青心里真是一震：怎么会是那个美丽温顺的小媳妇出了事，而老东西却永远平安无恙，没人敢犯？

她对四爷说："你也不必太慌张了。绑票还不是为银钱？你给天津的字号说，要多少银钱，就给多少，好歹把人救出来。五娘那么个温柔人儿，不会给吓着吧？"

四爷苦着脸说："可不是呢，五爷也够呛，他哪受过这种惊吓？"

"这是得罪了谁了？"

"不知道，甚也不知道，只听说天津卫本来就乱。二爷要带些武师，急奔天津。老夫人有吩咐的没有？"

"二爷要去天津？"

"可不是呢，他非要去。"

"那就去吧。告他，能出银钱把人赎回来，就不要动武。"

四爷应承着走了。杜筠青知道她说的话都是废话。四爷，也不过来应付一下，算是请示了她。五爷五娘是康家最恩爱的一对小夫妻了，就偏偏遇了这样的不测，天道还是不公。

她自己现在变坏了，会遭什么惩罚？也许你变坏，反倒不会遭报？反正出了这样的祸事，全家上下都忙做一团，更没有人注意她了。不过，在听到这一不测之后，杜筠青有意拖延了几天，未出门进城洗浴。

二爷连夜走时，她去送行，显得也焦虑异常。

第二天，六爷来见她。当然也是因五娘的不测，不过，她没有想到，六爷是请她出面，叫大老爷为五娘卜一卦。

她就说："六爷，你去求他，不一样？"

六爷就说："我去了，大哥跟佛爷似的坐着，根本就不理我。"

"他耳聋，哪知道你说什么？"

"我写了一张字条，给他看了。他只是不理我。"

"他不理你，我去就理了？"

"你是长辈，他敢不听！"

"大老爷比我年纪大多了，我端着长辈的架子，去见他？只怕也得碰个软钉子。再说，大老爷他真会算卦？"

"大哥一辈子就钻研《周易》，卜卦的道行很深。听说，老太爷出巡前，曾叫大哥问过一卦，得了好签，才决定上路的。"

"我怎么一点都不知道？"

"大哥轻易不给人问卦。可五爷是谁？亲兄弟呀！五娘遇了这样的大难，不应该问问吉凶？任我怎么说，只是不理。"

"你没有叫四爷去求？"

"四哥说，他去了也一样求不动的。"

"那我就去一趟。我碰了钉子，栽了面子，可得怨你六爷。"

"老夫人的面子也敢驳，那大哥他就连大小也不识了。"

杜筠青做老夫人也有些年头了，真还没有多见过这位大爷。每年，也就是过时过节，大家都摆了样子，见那么一下。除此而外，再也见不着了。刚做了老夫人时，挨门看望六位爷，去过老大那里一回。这位大爷，真像一尊佛爷似的，什么表情也没有，好像连眼也没有睁一下，只是那位大娘张罗着，表示尽到了礼数。这大爷大娘比她的父母还要年长，杜筠青能计较什么？从此也再没去过他们住的庭院。年长了，也就知道：失聪的老大一直安于世外之境，不招谁惹谁，也不管家长里短。杜筠青当然也更不去招惹人家了。现在，她答应去求这位大老爷，自然是想表示对五娘的挂念，但还有一个心思：要是能求动，就请他也给自己问一卦。她反叛了老东西，她已经变坏，看这位大爷能不能算出来。

老夫人忽然来到，叫年长的大娘很慌乱，居然要给她行礼。

杜筠青忙止住了。她也没有多说闲话，开门见山就把来意说了。大爷自然依旧像佛爷似的，闭目坐在一边。大娘听了，就接住说：

"五娘出了这样的事，谁能不心焦？我一听说了，就比画给这个聋鬼了，他也着急呢。我当下就想叫他问一卦，成天习《周易》，家里出了这样的事，还不赶紧问个吉凶？他就瞪我，嫌我心焦得发了昏，谁能给自家问卦？"

"不能给自家问卦?"

"自家给自家打卦,哪能灵?"

"可五娘是在天津出的事呀?"

"聋鬼和五爷他们是亲兄弟,一家人,走到哪儿都是一家人,问卦灵不了。刚才六爷就来过,也想叫聋鬼给问个吉凶。聋鬼没法问,六爷好像挺不高兴,以为我们难求。聋鬼和五爷、六爷都是亲兄弟,能办的,还用求?"

"可听说,老太爷这次出远门,大老爷给卜过一卦。"

"哪有这事呢!老太爷是在外头另请的高手。老夫人也不想想,老太爷出远门这样的大事,我们敢逗能问卦?聋鬼他也不喜爱给人卜卦,他习《周易》不过是消遣。写了几卷书,老太爷还出钱给刻印了。可除了学馆的何举人说好,谁也看不懂。他是世外人,什么也不敢指望他。"

"那就不说了。五娘多可人,偏就遭了这样的大难,真叫人揪心。"

"可不是呢。二爷不是去了吗,还有京师天津那些掌柜们呢,老夫人也不用太心焦了。前些时,听说老夫人病了,已经大愈了吧?看气色,甚好。"

"本来,也想叫大老爷给问一卦呢。前些时,总是心慌,好像要出什么事,就担心着老太爷,没想是五娘出了事。可现在心慌还没去尽,所以也想问问卦。"

"老夫人现在的气色,好得很。"

"你们都是拣好听的说。"

"真的。聋鬼,你也看看。"

大娘就朝一直闭目端坐的大爷捅了一下。大爷睁眼看了看杜筠青,眼里就一亮。大娘就说:"你看,聋鬼也看出了你脸色好。"

"我看,大老爷是看出我脸上有不祥之气吧?"

"哪会呢,我还不知道他!"

说时,大娘又朝大爷比画了一下。他便起身到书案前,提笔写了一张字条。

杜筠青接过看时,四个字:"容光焕发"。她心里一惊,这是什么意思?但面儿上,还是一笑,对大娘说:"我还看不出来,是你叫写这好听的词儿。"

从大娘那里回到老院，她就一直想着这四个字：自己真显得容光焕发？对着镜子看，也看不出什么来。反叛了老禽兽，就容光焕发了？哼，容光焕发，就容光焕发。只是，容光焕发得有些不是时候，人家都为五娘心焦呢，你倒容光焕发！

她就赶紧打发人，把六爷请来，告他："替你去求了，大老爷也没给我面子。说是给自家人问卦，不灵验。"

六爷就说："大哥也太过分了吧，连老夫人你的面子也真驳了？"

"他们说的也许是实情。大娘还说，老太爷出远门前，是请外头的高手给卜的卦，大老爷没给问卦。"

"我才不信。要不，大哥也算出凶多吉少，不便说，才这样推托？"

"谁还算出是凶多吉少？"

"学馆的何老爷。"

"他疯疯癫癫的，你能信他？"

"他还说得头头是道。"

"六爷，你不用信他。还是安心备考吧。"

"我知道。"

"你也得多保重，不敢用功过度。尤其夏天，不思饮食，也得想法儿吃喝。用功过度，再亏了饮食，那可不得了。我前些时，就是热得不思进食，结果竟病倒。"

"我还没有听说，已经大愈了吧？"

"好是好了，脸色还没有缓过来吧？"

"我看老夫人脸色甚好！"

"你们就会拣好听的说。"

"真是，老夫人脸色甚好！"

六爷也说她脸色好！

送走六爷，杜筠青又在镜前端详起自家来。真是脸色甚好，容光焕发？自己的变化，真都写到脸上了？写在脸上，就写在脸上吧。自入康家门，只怕就没容光焕发过。

隔几天，进城洗浴的路上，就先把这事对三喜说了。问他："小无赖，你看呢，我的脸色真不一样了？"

没有想到，三喜也没理她这句话，只是一脸心思地说："出了这样的事，老太爷还不赶紧回来？"

杜筠青还以为三喜是指她们之间的事呢，就问："咱们的事，有人知道了？"

三喜才说："我是说五娘遭绑票，出了这样的大事，老太爷还不得赶紧回来？"

杜筠青听了，就骂了一声："你尽吓唬人吧！就为这事，千里迢迢跑回来？他才不会。五娘出了这样的事，我们看着怪吓人，可叫老东西看，哪算回事呀！三喜，我看你是害怕了吧？"

"我说过，我不怕。"

"那你还总疑心老东西要回来？"

"他回来，我就走到头了，总得有个预备。"

一听这样的话，杜筠青就又感动，又压抑。每每疯狂之后，他们都会感到有限的日子又少了一天。前面的路，真是能看到头：最多，他们能把这个夏天过完。天凉以后，他们就无处幽会了。天凉以后，老东西也要回来。或者，还没有过完夏天，她们的事就已被发现。这是老东西的天下，不是他们的天下。他们趁早一道私奔了？那样，倒是叫康家出了大丑。可他们能私奔到哪儿？天下都有人家的生意。三喜总是说，他什么也不指望了，他已经把八辈子的好日子都过完了，立马去死，也心满意足。这话，真是叫杜筠青听得悲喜交加。

"三喜，你又这样说！老东西回不来呢。我们这才几天，就走到头了，那天道也太不公。这些时，都忙乎五娘的事了，更不会有人注意我们。"

"出了这样的事，都不回来？"

"小无赖，你是想叫他回来，还是怎么着？"

"二姐，那我也不死了，也去做土匪，把二姐也绑走。"

"你早就是小土匪了！"

4

二爷没走几天,果然就传来了可怕的消息:营救不及,五娘遇害。六爷听到这消息,才明白何老爷不是胡言乱语。

刚传来五娘被绑票的消息,何老爷就说:五娘怕没救了。这不是讹钱,是讹人。一准是津号那个刘国藩结了私怨,人家故意讹他呢。何老爷还说,五爷五娘走时,他就告诫过他们:千万不敢去天津,津号那位刘掌柜靠不住。可五爷五娘哪还把他的话当句话记着?只怕当下就没往耳朵里进!要听了他何某人的告诫,哪能出这等事?

"六爷,我的金玉良言没人听了。你们康家没一人爱听我的金玉良言了。天成元也没一人爱听我的金玉良言了。西帮,天下人,谁也不听我说了。"

何老爷忽然这样感伤不已,大发议论,真把六爷吓了一跳。不过,六爷早习惯了何老爷的疯疯癫癫,也就接住话头,叫他议论下去。或许,他还真能说出些解救五娘的门道。但听了半天,何老爷也只是一味奚落津号的刘掌柜,说他是"只有心思,没有本事,就爱说别人的不是",就凭这稀松样,竟哄住了领东一个人,捡了一方诸侯当。刘国藩他能当上老帮,天成元也该败了。事前胆大如虎,事后胆小如鼠,既无妙思,更无急智,又不结善缘,只一味好大喜功,不砸锅塌底还等甚?

何老爷何以对刘掌柜仇恨如此?六爷侧面问了问,他跟刘国藩原来在一搭住过庄,好像也没有什么过节,只是觉得这个人无能无行,竟被重用,气愤不过。

六爷就说:"何老爷已脱离商界,生这种闲气做甚!你总看不起官场,可商界又如何?庸者居其上,贤者居其下,还不是也这样!"

"六爷说得好!"

何老爷忽然击节称赞,又把六爷吓了一下。这位何老爷,今儿怎么老是一惊一乍的。

"字号的事,我们管它呢。只是何老爷何以就断定五娘没救了?"

"六爷,我连这都看不出来,岂不是比刘国藩那狗才还无能?"

"那何老爷有办法救五娘吗？"

"要救五娘，只有一法。"

"什么办法？"

"眼下你们康家是谁主事？"

"四爷。"

"那六爷就赶紧去对四爷说：要救五娘，立马请何老爷赴津。"

"何老爷去天津，就能救了五娘？"

"六爷要不信，那五娘一准就没救了。"

"已经议定，二爷带一班武师，立马赴津。"

"差了，差了，这是一出文戏，你们怎么能武唱？五娘是没救了。"

六爷倒是把何老爷的这一通胡言乱语，对二爷、四爷和管家老夏都说了，可谁也没当正经话听。二爷出发前，何老爷还跑去见了，特意交代：到了天津，二爷只把刘国藩一个人拿下，摆出些威武来，拍桌子瞪眼，严审那狗才。往厉害处一吓唬，刘国藩就会把什么都招出来。此为解救五娘的唯一入口处。二爷当然也没把何老爷的话当回事。

不过，六爷见何老爷如此反常，也有些将信将疑的。所以就想请习《周易》的大哥，先卜一卦，验证一下。大哥偏又不肯。他正想到外间请人算一卦，五娘遇害的噩耗就传来了。六爷这才真吃惊了：何老爷还真有些本事？

所以，在四爷叫去议事前，六爷赶紧先去见了何老爷。一见面，六爷就说："还是何老爷料事如神！事到如今，才知道未听何老爷指点，铸成大错。现在四爷更慌了，何老爷不会生我们的气，坐视不管吧？"

何老爷冷笑一声，说："我说了，你们还是不会听。"

六爷就说："四爷不听，我听。何老爷的高见，我一定要张扬，坚持。"

"要听我的，事到这一步，四爷、六爷你们也没什么可着急的了。给五爷门口挂了孝，给五娘设个灵堂，不就得了？天津那头，可要热闹了，只是没你们什么事。"

"五娘的丧事，宜在天津那头办？"

"光是五娘丧事，能热闹到哪儿？五娘一死，刘国藩也必死无疑！"

"刘掌柜也要遇害？"

"他那点胆，必定得给吓死！老帮给吓死了，津号跟着就得遭殃。天津那码头，遇这种事，不把你挤垮算便宜你。六爷你看吧，津号是要热闹非凡！"

何老爷说的原来是这样一种热闹，六爷可不爱听这些生意上的事。

"那五娘的丧事，还是回来办好？"

"叫我看，最好是先秘不发丧。"

"秘不发丧？"

"你们不会听我的吧？把这许多祸事张扬出去，你们康家的生意不做了？"

"何老爷的高见，我一准对四爷说。"

"六爷，那你再求四爷一声，派何某去天津吧。当此危难之际，京号的戴老帮是一定在津的。我去，可助他一臂之力。"

何老爷竟提出这样的要求，六爷更没有想到，但也只好应承下来。

在跟四爷议事时，六爷很正经地说出了何老爷的高见。四爷和老夏一听秘不发丧，就依然以为是疯话。至于派何老爷赴津，四爷更不敢答应，贵为举人老爷，只怕老太爷也不便做此派遣吧。

等到四爷老夏赶赴天津奔丧，在寿阳被追了回来，接着又传来刘国藩自尽的消息，何老爷本来该更得意了，岂料他竟忽然疯癫复发，失去常态！

那日，六爷得知津号的刘掌柜果然服毒自尽，就急忙跑到学馆，去见何老爷。何老爷一听，哈哈笑了几声，两眼就发了直，瞪住六爷，却不说话。

"何老爷！何老爷！"

何老爷就像没有听见，依然瞪着眼，不说话。六爷有些怕了：何老爷眼里什么都没有了，平时的傲气、怨气、活气全没了。这是怎么了，难道何老爷舍不得刘掌柜死？

"何老爷，刘掌柜的死，你不是早有预见？"

"六爷，我求你一件事。"

何老爷依然是两眼空洞，说话都像是变了一个人。

"何老爷在上，有什么吩咐，学生一定照办。"

"你们康家谁主事？"

"是四爷临时主事。"

"那你去跟四爷说，刘国藩死了，津号老帮的人位空出来了，赶紧把何开生派去补缺。除了他,谁在天津码头也立不住!听清了吧?"

"听清了。"

"那你说说,我求你做甚?"

"派你去天津做老帮。"

"那你还不赶紧去见四爷?"

"我这就去。"

六爷趁机慌忙离开了学馆。要在平常时候,何老爷这样疯说疯道,六爷不会当回事。何老爷客串科举,不幸中举,噩梦一般离开票号,虽然已经有几年了,平时还是说不了几句话,就拐了弯,三绕两绕,准绕回商号商事。只是,平时可不是这副怕人的模样,眼里一点活气也没有了!他住票号多少年,还不知道字号的人事归谁管?四爷他能管了津号的人位?何老爷说这种傻话,分明已有些不对头了。

六爷当然也不能把这些傻话转告四爷。四爷还正为一摊非常事件焦头烂额呢。管家老夏,他也管不了何老爷。所以,六爷只能躲开了事,也不知该如何将息有些失常的何老爷。

谁料,六爷刚回到自家的书房,还没喘了几口气,四爷就派人来叫他速去。还以为天津又传了什么怕人的消息,也不敢迟疑,他慌忙来见四爷。到达时,还没进屋,就隔着帘子听见何老爷那种变陌生了的可怕声音:

"派我去津号领庄,有何不妥?"

原来,叫他来是因为何老爷。他有些不想进去,可下人已经将竹帘撩起来了,只得进来。

见六爷进来,何老爷转而冲他问:"你说,我去津号领庄,有何不妥?"

六爷忙顺着他说:"当然比谁都强,只怕有些大材小用。"

何老爷瞪着眼,说:"你不知道,天津卫码头那是什么庄口,本事小了立不住!少东家们,赶紧派我去,再迟疑,津号就没救了。"

四爷就问:"六爷,何老爷这是怎么了?"

六爷赶紧摇摇头,继续对何老爷说:"我和四爷一准举荐何老爷去津号领庄,就请何老爷放心。我正在给老太爷和孙大掌柜写信呢。"

"来不及了,快派我去津号!"

"我们给汉口打电报,成不成?"

"来不及了。快派我去津号,快来不及了,快没救了,少东家们。"

四爷插了一句:"何老爷,字号上的人事,我们东家一向也不好插嘴的。"

何老爷就怒喝道:"孙北溟,庸者居其上,靠他,你们康家一准要败!"

六爷忙示意四爷,不要说话,他接住说:"何老爷说得对,孙大掌柜是老不中用了。我们立马就去打电报,向老太爷举荐何老爷。"

"来不及了,少东家们,还不赶紧派我去天津!"

任六爷怎么顺着毛哄,何老爷只是不走,愣逼着两位少东家派他去天津。四爷没法,派人去叫管家老夏。老夏赶来,和何老爷对答了几句,就吩咐下人叫来一个粗壮的家丁。那家丁进来,没说一句话,走过去躬身一抱,就将何老爷扛了起来,任他挣扎叫喊,稳稳扛了出去。

六爷没想到老夏会这样伺候何老爷!他虽疯癫了吧,也毕竟是位举人老爷,还是自己的业师,怎么能像扛猪羊似的,任其号叫着,扛了出去?六爷知道,老夏和何老爷一向不和,谁也看不起谁。老夏现在所为,岂不是乘人之危,成心令其受辱?

六爷就不高兴地说:"老夏,老太爷待何老爷还从不失礼。何老爷是正经举人,你能这样伺候?"

老夏忙说:"六爷,我哪敢对何老爷失礼?可他犯病了,不得不这样伺候。除此,还有一法,更不雅。四爷通医,也知道吧?"

六爷就问:"还有何法?"

"猛然打他几耳刮,说不定能打过来。"

抽何老爷的耳刮?这岂止是不雅!可老夏说得一点都不在乎。

四爷说:"把何老爷扛下去,就不用再打他了。缓不过来,还是送他家去,慢慢养吧。"

老夏答应了声,就匆匆退下去关照。

六爷也不知道何老爷是否挨了打,反正是在学馆见不着他了。从五娘被绑票,到何老爷失疯,像猪羊一样给扛走,一件挨一件的背运事,使六爷更厌倦了康家的生活。无论如何,在明年的乡试中不能失利,否则,他就无法离开这个叫人讨厌的家。

5

四爷送来老太爷的那封信时，七月将尽了。这是叫老夫人亲启的信，也是老东西出巡以来，写给她的唯一一道信。杜筠青拆开看时，发现落款为七月初，是刚到达汉口时写的。

居然走了小一月，何其漫长！做票号生意，全凭信报频传，偏偏给她这位老夫人的亲启信件，传递得这样漫长。漫漫长路，传来了什么？

杜氏如面：

　　安抵汉口，勿念。千里劳顿，也不觉受罪，倒是一路风景，很引发诗兴。同业中多有以为老朽必殉身此行，殊为可笑。南地炎热，也不可怕，吃睡都无碍。不日，即往鄂南老茶地，再往长沙。赶下月中秋，总可返晋到家。

　　专此。

夫字
七月初五

按说，这不过是几行报平安的例行话，可杜筠青看了，却觉得很有刺人的意味。尤其内中"以为老朽必殉身此行，殊为可笑"那一句，似乎就是冲着她说的。她现在的心境，已全不是老东西走时的心境了，甚至也不是月初的心境了。她已经做下了反叛老东西的坏事，但从来也没有诅咒过他早死。她知道老东西是不会死的，他似乎真的成精通神了。她反叛，也只能是自己死，而不是老东西死。可从老东西的信中，杜筠青依稀感觉到一种叫她吃惊的东西：老东西似乎已经预感到了她的反叛？

预感到她的反叛，老东西真会突然返回吗？眼看七月已经尽了，并没有传来老东西起程返回的消息。月初的时候，什么事还没有发生，可现在已经出了多少事！

现在的康家，似乎也不是老东西走时的康家了。五娘已死，五爷失疯，津号的刘掌柜服毒自尽，二爷未归，三爷也无消息，学馆的何老爷竟也疯病复发。老东西才走几天，好像什么都失序失位了。他真是成精通神的人物？不管你成精成神，我也不怕你了。无非是一死，死后不能投胎转生，也无非脱生为禽兽吧。你们康家乱成什么样，我也管不着了。我做老夫人多少年了，你叫我管过什么事？我不过是你们康家的摆设，永远都是一个外人。所以，我也给你们康家添一份乱，一份大乱，但愿是石破天惊的大乱。然后，我就死去了。老东西，你当我看不出来？你是早想替换我了，早想娶你的第六任续弦夫人。我什么不知道！

老东西来了这样一道信，杜筠青当然要告诉三喜了。三喜一听，就满脸正经，半天不说话。

杜筠青就说："害怕了？"

三喜说："不是害怕。"

"那一听老东西要回来，就绷起脸，不说话，为什么？"

"快走到头了。"

"你又来了！老东西这封信是刚到汉口时写的，不过几句报平安的套话。他且不回来呢。看你这点胆量吧。"

"热天过完，也该走到头了。"

"秋天也无妨，秋天老东西也回不来。"

"只怕没秋天了。"

"三喜，你怎么尽说这种丧气话？"

"不说了，不说了。我给二姐唱几句秧歌，冲一冲丧气，行吧？"

说时，三喜已经跳下车，甩了一声响鞭，就唱起来了。杜筠青听来，三喜今天的音调只是格外昂扬，似乎也格外正经，并没有听出一丝悲凉。那种情歌情调，也唱得很正经。除此之外，并没有任何异样。

在枣林欢会的时候，三喜带着很神圣的表情，给杜筠青磕了头。三喜以前也这样磕过头，杜筠青虽然不喜欢他这样，可看着那一脸神圣，也不好讥笑他。三喜今天又这样，她也没有多想，只是对他说："你再这样，可就不理你了。"

三喜当时很正经地说："二姐，那以后就不这样了。"

对三喜的这句话，杜筠青更没有多留意，因为说得再平常不过了。

回康庄的路上，三喜又提到那封信，说："八月不冷不热，我看他要回来。"

杜筠青就有些不高兴，以为三喜还是怕了。她说老东西九月也回不来，一准要等到天大冷了，才打道回府。出巡天下，不畏寒暑，老东西就图这一份名声。

"那为何要捎这种话，说八月中秋要回来？"

"就为吓唬你这种胆小的人！"

这句话，四分是亲昵，四分是玩笑，只有三分是怨气。但事后杜筠青总是疑心，很可能就是这句话，叫三喜提早走到了头。

可那天说完这句话，一切依旧，也没任何异常。车到康家东门，杜筠青下来，就有候着的女佣伺候她，款款回到老院。那天夜里，好像又闹了一回鬼。但她睡意浓重，被锣声惊醒后，意识到是又闹鬼，便松了心，很快就又沉睡过去了，什么也不知觉，好像连梦也没有做。

隔了一天，她又要进城洗浴。等了很一阵，下人才跑回来说：寻不见赶车的三喜，哪儿也寻不见他。

杜筠青一听心里就炸了。临出车，寻不着车倌，这可是从来没有过的事。小无赖，他真的走到了头，用性命换了她的恩情？小无赖，小东西，我要你的性命做什么！你说不定是怕了，跑了？我对你说过多少回，不要死，我不要你的性命，能跑，你最好就跑。

她立刻对下人吼道："还不快去寻！除了三喜，谁赶车我也不坐！快去给我寻三喜！"

下人惊恐万状地跑下去了。

不久，管家老夏跑来，说，还是寻不见三喜。要不，先临时换个车倌，伺候老夫人进城？

杜筠青一听，就怒喝道："我谁也不要，就要三喜！我喜欢的就三喜这么一个人，你们偏要把他撵走？赶紧去给我寻，赶紧去给我寻！"

老夏见老夫人又这样发了脾气，也不敢再多说什么，答应了声立马派人去寻，就退下去了。整整一上午，什么消息也没有。

这个小无赖，真走了？杜筠青想冷静下来，可哪里能做到！小东西，小东西，你是着急什么？她细细回忆前天情景，才明白他那一脸神圣，格外正经，原来是诀别的意思。小东西，真这样把性命呈献给了她？不教你这样，不教你这样，为什么还要这样？她不觉已泪流满面。

直到后半晌了，老夏才跑来，很小心地说："还是哪儿也寻不见。派人去了他家，又把他的保人找来，也问不出一点消息。还查了各处，也没发现丢失什么东西。"

杜筠青一听这样说，就又忍不住怒气上冲，厉声问："你们是怀疑三喜偷了东西，跑了？"

"也只是一种猜疑吧。"

"不能这样猜疑！三喜跟了我这些年，我还不知道？他家怎么说？"

"他家里说，一直严守东家规矩，仨月才歇假回来一次，一夏天还没回来过。保人也很吃惊，说三喜是守规矩的后生，咋就忽然不见了？我也知道三喜是懂规矩的车倌。忽然出了这事，真是叫人摸不着南北了。老夫人，我问一句不该问的话？"

"说吧。"

"三喜他再懂事，也是下人。老夫人打他骂他，那本是应该的。可老夫人一向对下人太慈悲，都把他们惯坏了。三喜也一样，老夫人更宠着他，忽然说他几句，就委屈得什么似的，说不定还赌气跑了！"

"你们是疑心我把三喜骂跑了？"

"老夫人，这也是病笃乱投医吧，胡猜疑呢。我查问那班车倌，有一个告我，前不久三喜曾对他说：不想赶车，就想跑口外去。这个车倌奚落他，眼看就熬出头了，不定哪天东家外放呢，还愁落个比口外好的码头？可三喜还是一味说，不想赶车了，只想跑口外去。所以，我就疑心，是不是老夫人多说了他几句，就赌气跑了？"

"我可没说他骂他！康家上下几百号人，就三喜跟我知心，就他一人叫我喜欢，我疼他还疼不过来呢，怎么会骂他！小东西，真说走就走了……"

杜筠青说着，竟失声痛哭起来，全忘了顾忌自己的失态。

老夏可吓坏了，只以为是自己问错了话，忙说："老夫人，是我问错了话。老夫人对下人的慈悲，人人都知道。我们正派人四处寻他，他一个小奴才，能跑到哪儿？准能把他寻回来。好使唤的车倌有的是，就先给老夫人挑一个？"

"除了三喜，我谁也不要！一天寻不着三喜，我一天不出门；一年寻不着他，我一年不出门！小东西，真说走就走了……"

"老夫人就放心，我一准把这小奴才给找来。"

老夏匆匆走了。

杜筠青慢慢平静下来，才意识到自己的失态。当着管家老夏的面，为一个车倌失声痛哭，这岂不是大失体统？失了体统，那也好！她本来就想坏老东西的体面。只是，不该搭上三喜的性命。为三喜痛哭一场，那也应该。得到三喜确切的死讯，她还要正经痛哭一场，叫康家上下都看看！

她刚才失态时，管家老夏吃惊了吗？只顾了哭，也没多理会老夏。他好像只是慌张，没有惊奇。难道老夏不觉得她这是失态？他好像说：老夫人对下人太慈悲了。想到老夏说的"慈悲"二字，杜筠青自己先吃惊了。慈悲，慈悲，那她不成了菩萨了！她为三喜痛哭，那岂不是一种大慈悲？三喜为她落一大慈悲的虚名，那他岂不是白送了性命？

老夏说，老夫人对下人太慈悲了。他还说，老夫人对下人的慈悲，人人都知道。人人都以为你是这样一个慈悲的老夫人，谁还会相信你做了坏事，反叛了老东西？

老天爷！早知这样，何必要叫三喜去死？

三喜，三喜，我从来就不同意你去死！是我勾引了你，是我把你拉进来报复老东西，也是我太喜欢你，因此是我坏了你的前程。要死，得我死。你一个年轻男人，可以远走高飞，走口外，下江南，哪儿不能去？你先跑，我来死。我死，还有我的死法，死后得给老东西留下永世抚不平的伤痛。可你就是不听，急急慌慌就这样把性命交出来了。你对别人说，你想跑口外去。我知道你是故意这样说，我不相信你是跑了。你要是跑了，不是死了，我倒还会轻快些。他们要是真不相信我会勾引你，那我岂不是白白毁了你！

三喜，你要没有死，就回来接我吧。我跟你走，那他们就会相信一切了。

杜筠青天天逼问三喜的下落，而且将心里的悲伤毫不掩饰地流露出来。可正如所料，她既问不到确切的消息，也无人对她的悲伤感到惊奇。四爷、六爷，不断跑来宽慰她，也说待下人不能太慈悲，不能太娇惯。老夏更断定，那忘恩负的小奴才，准是瞅见府上连连出事，忙乱异常，便放肆了，偷偷赌钱，背了债，吓跑了。她极力否认他们的推测，可谁肯听？只是极力劝她，就坐别人赶的车，进城洗浴吧，别为那不识抬举的小奴才伤了老夫人贵体。

老天爷，一切都不由她分说！

杜筠青为车倌三喜这样伤心，的确在康家上下当作美谈传开。

像康家这样的大家，当然是主少仆多。老夫人如此心疼在跟前伺候她的一个下人，很容易得到众多仆佣的好感。何况她本来在下人中就有好人缘。下人们不成心毁她，可畏的人言就很难在主家的耳朵间传来传去。

主家的四爷、六爷，也清楚这位继母早被冷落，孤寂异常。她能如此心疼跟前使唤惯了的下人，到底是心善。自家受了冷落，反来苛待仆佣，那是常见的。许多年过去，这位开通的继母，并不爱张扬露脸，更不爱惹是生非，他们并不反感她。

各门的媳妇们，虽爱挑剔，但女人的第一件挑剔，已经叫她们满足非常了：这位带着点洋气的年轻婆婆，她没有生育，没给康家新生一位七爷，那她就不会有地位。再加上老太爷过早对她的冷落，更叫她们在非常满足后又添了非常的快意。所以，见她如此心疼一个车倌，便都快意地生出几分怜悯来：她没儿没女，准是把小车倌当儿女疼了，也够可怜。

康家主仆没有人对老夫人暗生疑心，那还因为：本就没有人想过，有谁竟敢反叛老太爷！包括老夫人在内，对老太爷那是不能说半个"不"字的。这是天经地义的铁规。

杜筠青也渐渐觉出了这一点：在康家，根本就没有人相信，她竟敢那样伤害老东西。难怪三喜一听老东西要回来，就这样慌慌张张走了。

可你做了没人相信的事，岂不等于没有做？三喜，三喜你真是走得太早了。可你到底是想了什么办法，能走得这样干净？

他也许是跑了？

6

康笏南真是到冬十月才回到太谷的。

此前，于八月中秋先回到太谷的，只是在天津的二爷和昌有师父。绑匪自然是没抓到。昌有师父与津门几家镖局合作，忙活了个不亦乐乎，也一直没有结果。无论在江湖黑道间，还是市井泼皮中，都没查访出十分可疑的对象。

其实，这也在昌有师父的意料之中。

从留在五娘尸体上的那封信看，绑匪当是刘国藩所蓄外室雇佣的，还点明是一班街头青皮。可这封信的真实内容，京号的戴掌柜万般叮咛：不可向任何人泄漏，包括津号的伙友、津门镖局的武师，甚至二爷。日后，此信也只能向两个人如实说出，一个是康老太爷，一个是孙大掌柜。昌有师父目睹了刘掌柜自尽、津号被挤兑的风潮，自然知道了这封信的厉害，答应戴掌柜会严守秘密。所以，他虽名为与津门镖局合作，实在也是各行其是。

当时在大芦现场，他拆阅那封信后，曾含糊说出绑匪是一班市井青皮。镖局老大重提此事，昌有师父只好故作疑问：那信上所言也不能太相信了，说不定是伪装，街头青皮哪敢做这么大的活儿？镖局老大说，他们也有这种疑心。于是就分兵两路，一面查访江湖的黑道，一面查访市井青皮。而昌有师父，更派了自己带来的武师，暗访青楼柳巷。

戴掌柜还担心，要是给津门镖局查获凶手，揭出刘国藩丑事，那将如何应对？昌有师父提出，那就不用劳驾天津镖局了。可戴掌柜说：出了这样欺负我们的大案，不大张旗鼓缉拿绑匪，那以后谁也想欺负我们了。老太爷也一再发来严令：谁竟敢这样欺负我们，务必查出。所以，还不能避开津门镖局。不借助人家，哪能搅动天津卫的江湖市井？

又想破案，又怕给外人破了，丑事外扬，昌有师父就看出来了：此案只怕难破。果然，忙活到头，终于还是没有理出一点眉目。江湖市井，都没找到任何可疑迹象。青楼柳巷也没打听到什么有用的消息：近期并未死了或跑了哪位角儿姐儿。在那封神秘的信上，有"只待来世"字样，还不是要死吗？或许刘掌柜的这位外室，不是结缘青楼笑场，而是秘觅了富家女？富家出了这样案事，也不会默无声息吧？总之是什么也没有探查出来。

见是这种情形，昌有师父也不想在天津久留下去了。他毕竟是武人，这样云山雾罩地唱文戏，也提不起他太大兴致。于是，他便先把归意对二爷说了："来天津也有些时候了，贼人虽没捉拿到，局面也平静了。太谷还撂着一摊营生呢，不知能不能先回太谷走走？"

一直逮不着绑匪,二爷早有些不耐烦了,一听昌有师父也有归意,就说:"怎么不早说?那咱们回太谷!缉拿贼人,就叫津门镖局他们张罗吧。"

二爷跟戴掌柜说了此意,戴膺倒是很痛快就答应了,直说,二位太辛苦了,字号惹了这样的祸,连累二位受苦,实在愧疚得不行。昌有师父就明白,缉拿绑匪的声势,看来已经造足了。

离津前,昌有师父陪了二爷,去跟五爷告别。

失疯了的五爷,什么都不知道了,就知道一样:死活不离天津。二爷和戴掌柜商量后,只好在天津买了一处安静的宅院,将五爷安顿下来。从太谷跟来伺候的一班下人,也都留了下来。给五爷保镖的田琨,总觉是自己失手,闯了这样大的祸。所以表示,要终身伺候五爷。可其他下人,尤其像玉嫂那样的女佣,就有些不想留在天津,成天伴着一个傻爷。

二爷来告别,又对下人训了一通话,叫他们好生伺候五爷。嫌闷,就跟着田琨师父学练形意拳。昌有师父听了,心里想笑:以为是你自家呢,练拳就能解闷?他就说:"二爷的意思,是在天津卫这地界,会练拳,受人抬举呢。各位伺候五爷,他想疼你们,也不会说了。二爷临走,也有这番意思,先代五爷说几句疼你们的话。五爷他成这样了,伺候好,康家会忘了你们?"

昌有师父这几句话,还说得下人们爱听。

五爷倒也在一边听着,但只是会傻笑。来跟他告别,其实他又能知道什么?他只是一味对二爷说:"我哪儿也不去,哪儿也不去!车也不坐,轿也不坐,马也不骑,哪儿也不去!"

所以,二爷回来后,康家上下问起五爷,一听是这种情形,谁不落泪?

二爷归来,实在也没有给康家带来多少活气。他也不是爱理家事的爷,回来不久,就依然去寻形意拳坛的朋友,习武论艺,尤其是和武友们议论天津正流行的义和拳。

在津时,他和昌有师父还真拜见过义和拳的大师兄。怎么看,这些人也不像是正经习武之辈。他们大概也知道昌有师父的武名,所以也不论拳,只是一味说通神请神的功夫。形意拳是看重实战的真功夫,昌有师父对义和拳也就不怎么放在眼里,只是在当时没有给他们难堪吧。昌有师父的这种态度,很影响了二爷。此前,车二师父也认为,义和拳不过是武艺中的旁门左道。于是，二爷对武友们说起义和拳，当然也甚不恭敬。来年，即庚子年，竟因此惹出一点风波，先不说了。

九月将尽，离家近两年的三爷也先于老太爷回到太谷。

经邱泰基再三劝说，三爷的怒气本来已经消了，不再想招募高手，赴津复仇。他决定先回太谷。临行前几日，不时和邱泰基在一起说话，越说越畅快，又越说越兴浓，依依不想作罢。三爷真是深感与邱泰基相见太晚，这许多年，就没有碰见过这样既卓有见识，又对自己心思的掌柜老帮。邱掌柜就是自己要寻的军师诸葛亮！日后主政，就聘邱泰基做天成元的大掌柜。

总之，邱泰基是把三爷的万丈雄心，更提起来了。所以，三爷就想多逗留几日，不急于踏上归途。

邱泰基见三爷气消了，又不想走了，就怕他旧病复发，再来了脾气，陷入大盛魁和复盛公之间的胡麻大战。于是就劝三爷：如能把五娘遇害深藏心间，不形于色，此时倒是赴京津的一次良机。

"怎么是良机？"

"危难多事之际，正可一显三爷的智勇和器局。老太爷虽在汉口，江汉却并无危局，而京津之危，可是牵动全局之危。三爷去京津，正其时也。"

"邱掌柜，不是你拦着，我早到天津了。"

"我是怕到了京津，三爷您沉不住气，一发脾气，文的武的都来了，那还不如不去呢！正热闹时候，都盯着看我们呢，去丢人现眼图甚？"

邱泰基这是激将。果然，三爷就坐不住了，决定赶往京津，说："邱掌柜把人看扁了，我能连这点气度也没有？"

很快，三爷就取道张家口，赶赴京师去了。

邱泰基本来是有才干的老帮，担当过大任，经见过大场面，遭贬之后自负骄横也去尽了，所言既富见识，口气又平实诚恳，谁听了也对心思。不过，最对三爷心思的，还是邱泰基说的那一层意思：三爷不能再窝在口外修炼了，要成大器，还得去京津乃至江南走动。三爷听了这层指点，真犹如醍醐灌顶！以前，怎么就没有人给他做这种指点？他来口外修炼，听到的都是一片赞扬。口外是西帮起家的圣地，西帮精髓似乎都在那里了。

要成才成器，不经口外修炼，那就不用想。连老太爷也是一直这样夸奖他。可邱掌柜却说：西帮修炼，不是为得道成仙，更不是为避世，是要理天下之财，取天下之利。囿于口外，只求入乎其内，忘了出乎其外，岂不是犯了腐儒的毛病吗？真是说到了痒处。

所以，这次三爷来到京师，京号的伙友都觉这位少东家大不一样了，少了火气，多了和气。他去拜见九门提督马玉昆时，马大人也觉他不似先前豪气盛，不是被天津的拳民吓着了吧？马大人断定，贵府五娘就是被那班练八卦拳的草民所害。他们武艺不强，只是人众，有时你也没有办法，但也不足畏。三爷静听马大人议论，没有多说什么，只是感谢马大人及时援助。

京号老帮戴膺听说三爷到京，从天津赶了回来。见到三爷，除了觉得他又黑又壮，染着口外的风霜，也觉三爷老到了许多。戴老帮就将绑匪留下的那封密信，交给三爷看了。三爷看过，也没有发火，想了想，就问叫谁看过？戴膺相告，除了昌有师父，几乎没人看过，连二爷也没叫他知道。三爷听了很满意。

戴膺见三爷这样识大体，就向三爷进言，津号的事先放一边得了，当紧的，是望三爷在京多与马玉昆大人走动，探听一下朝廷对天津、直隶、山东的拳民滋事，是何对策？这些地界都有我们的生意，真成了乱势，也得早做预备吧。何况，直隶、天津真乱起来，京师也难保不受连累。这不是小事。

三爷真还听从了戴掌柜的进言，一直留在京城，多方走动，与戴膺一道观察分析时务。直到秋尽冬临，听说老太爷已经离开上海，启程返晋，他才决定离京回太谷。返晋前，三爷弯到天津，看了看五爷。见到五爷那种疯傻无知的惨状，他脸色严峻，却也没有发火。

三爷回到太谷家中，第一件事，居然是去拜见老夫人。这在以前，可是从未有过的。他一向占了自负暴躁的名分，远行归来，除了老太爷，肯去拜见谁？尤其对年轻的老夫人，总是把不恭分明写在脸上，一点都不掩藏。所以，他如此反常地来拜见老夫人，又恭敬安详，还真叫老夫人惊骇不已：三爷他这是什么意思，一回来就听到什么风声了？

三爷看老夫人，也觉有些异常，只是觉不出因何异常。

十月二十，正是小雪那天，康笏南回到太谷。

在他归来前半个月，康家已恢复了先前的秩序。尤其是大厨房，一扫数月的冷清：各位老少爷们，都按时来坐席用膳了。

老太爷回来前，六爷亲自去看望了一趟何老爷。他竟然也恢复过来，不显异常。于是，就将其接回学馆。

老夫人那里，吕布也早销假归来。老夏给派的一位新车倌，她也接受了，依旧不断进城洗浴。

好像一切都没有变化。

第十一章　过年流水

1

晋地商号过年，循老例都是到年根底才清门收市，早一日、晚一日都有，不一定都熬到除夕。但正月开市，却约定在十一日。开市吉日，各商号自然要张灯结彩，燃放旺火，于是满街喜庆，倾城华彩，过年的热闹气氛似乎才真正蒸发出来。跟着，这热闹就一日盛似一日，至正月十五上元节，达到高潮。

西帮票号的大本营祁、太、平三县，正月十一开市，铺陈得就尤其华丽。内中又以"祁县的棚，太谷的灯"负有盛名。

"棚"，就是"结彩"的一种大制作吧，用成匹成匹的彩色绸缎，在临时搭起的过街牌楼上，结扎出种种吉祥图案。各商号通过自家的"棚"，争奇斗艳，满城顿时流光溢彩。

太谷的灯，则是以其精美镇倒一方。与祁县的临时大制作不同，太谷的彩灯，虽也只是正月悬挂一时，却都是由能工巧匠精细制作。大商号，更是从京师、江南选购灯中精品。当时有种很名贵的六面琉璃宫灯，灯骨选用楠木一类，精雕出龙头云纹，灯面镶着琉璃（现在叫玻璃），彩绘了戏文故事。这种宫灯，豪门大户也只是购得一二对，悬挂于厅堂之内。太谷商号正月开市，似乎家家都少不了挂几对这种琉璃宫灯出来。其他各种奇巧精致的彩灯当然也争风斗胜地往出挂。灯华灿烂时，更能造出一个幻化的世界，叫人们放进富足的梦。

庚子年闰八月，习惯上是个不靖的年份。所以正月十一，商家字号照例开市时都不敢马虎。

初十下午，康家的天成元票庄、天盛川茶庄以及绸缎庄、粮庄和别家商号一样已经将彩灯悬挂出来。天盛川挂出一对琉璃宫灯，还有就是一套十二生肖灯。这套竹骨纱面的仿真生肖灯，虽然已显陈旧，但因形态逼真，鼠牛龙蛇一一排列开，算是天盛川的老景致了。天成元则挂出三对六只琉璃宫灯，中间更悬挂了一盏精美的九龙灯。这九龙灯，也是楠木灯骨，琉璃灯罩，但比琉璃宫灯要小巧精致得多，因灯骨雕出九个龙头而得名。在当时，也算是别致而名贵的一种灯。三对六只宫灯，加这盏九龙灯，三六九的吉数都有了。字号图的，也就是这个吉利。

　　商号开市，照例是由财东来"开"。而开市，又喜欢抢早。所以，十一这一天，康家从三更天起便忙碌起来了。因为这天进城的车马仪仗是一年中最隆重的。这一行，要出动四辆镶铜镀银的华贵马车：头一辆坐着康家的账房先生，做前导；第二辆坐着少东家，一般都是三爷；第三辆才是老东家康笏南；第四辆坐着康笏南的近侍老亭，殿后伺候。每辆马车都是一个执鞭，一个骖车，派了两个英俊车倌，另外还有一个坐在外辕的仆佣。在每辆车前，又各备一匹顶马做引导。顶马精壮漂亮，披红挂彩，又颈系串铃，稍动动就是一片叮咚；骑顶马的，都是从武师家丁中挑选的英俊精干者，装束也格外抢眼：头戴红缨春帽，身着青宁绸长袍，外加一件黑羔皮马褂。顶马前头，自然还有提灯笼的；车队左右，也少不了举火把的。

　　康笏南也于三更过后不久就起来了。起来后，还从容练了一套形意拳才洗漱、穿戴。去年虽有五爷一门发生不测，但他成功出巡江南，毕竟叫他觉得心气顺畅。所以，今年年下他的精气神甚好。此去开市，似乎有种兴冲冲的劲头，这可是少有的。不过，他并没有穿戴老亭为他预备好的新置装束，依然选了往年年下穿的那套旧装，只要了一件新置的灰鼠披风以带一点新气。

　　穿戴毕，走出老院，五位爷带着各门的少爷已经等在外面。康笏南率领全家这些众男主款步来到德新堂的正堂。

　　堂上供着三尊神主牌位：中间是天地诸神，左手是关帝财神，右手是列祖列宗。牌位前，还供着一件特别的圣物：半片陈旧、破损的驼屉子。驼屉子，是用驼毛编织的垫子，骆驼驮货物时，先将其披在骆驼背上，起护身作用，为驼运必备之物。康家供着的这半片驼屉子，相传是先祖拉骆驼、走口外时的遗物。供着它，自然是昭示后人，勿忘先人创业艰难。所以在这件圣物前的供桌上是一片异常丰盛的供品。

康笏南带着众男主走进来，先亲手敬上三炷香，随后恭行伏身叩拜礼。礼毕，坐于供案前。五位爷及少爷们才按长幼依次上前磕头行礼。这项仪式，虽在年下的初一、初三、破五，接连举行过，但因今年老太爷兴致好，众人也还是做得较为认真。气氛在静穆中透出些祥和，使人们觉得今年似乎会有好运。

礼毕，众人又随老太爷来到大厨房略略进食了一些早点。

此时，已近四更。康笏南就起身向仪门走去，众人自然也紧随了。

仪门外，车马仪仗早预备好。灯笼火把下最显眼的是众人马吞吐出的口口热气。年下四更天，还是寒冷未减的时候。

康笏南问管家老夏："能发了？"

老夏就高喊了声："发车了——"依稀听着，像是在吆喝："发财了——"

跟着，鞭炮就响起来，一班鼓乐同时吹打起来。马匹骚动，脖子上的串铃也响成一片。

康笏南先上了自己的轿车，跟着是三爷，随后是账房先生老亭。车马启程后，众人及鼓乐班一直跟着送到村口。

不到五更，车马便进了南关。字号雇的鼓乐班已迎在城门外，吹打得欢天喜地。车马也未停留，只是给鼓班一些赏钱就径直进城了。

按照老例，康笏南先到天盛川茶庄上香。车马未到，大掌柜林琴轩早率领字号众伙友站立在张灯结彩的铺面前迎候了。从大掌柜到一般伙友，今日穿戴可是一年中最上讲究的：祈福，露脸，排场，示富，好像全在此刻似的。茶庄虽已不及票庄，但林大掌柜今日还是雍容华贵，麾下众人也一样阔绰雅俊。老太爷头一站就来茶庄上香，叫他们抢得一个早吉市，这也算一年中最大的一份荣耀和安慰吧。

老东家一行到达，被迎到上房院客厅，敬香，磕头行礼。礼毕，再回到铺面，将那块柜上预备好的老招牌拿起交给林大掌柜。林掌柜拿撑杆挑了，悬挂到门外檐下，鞭炮就忽然响起：此时，依然还不到五更。

这一路下来，那是既静穆，又神速，真有些争抢的意思。

天盛川客厅里供奉的神主牌位，与财东德新堂供的几乎一样，只是多了一个火神爷的牌位。因为商家最怕火灾。悬挂出的那块老招牌也不过是一方木牌，两面镌刻了一个"茶"字，对角悬挂，下方一角垂了红缨，实在也很普通。但因它悬挂年代久远，尤其上面那个"茶"字，系三晋名士傅山先生所亲书，所以成了天盛川茶庄的圣物了。每年年关清市后，招牌也取下，擦洗干净，重换一条新红缨。正月开市，再隆重挂出。

今年康笏南兴致好，来天盛川上香开市，大冷天的，行动倒较往年便捷。不过，他在天盛川依旧没有久留：还得赶往天成元上香呢。等鞭炮放了一过，他便拱手对林琴轩大掌柜说："林掌柜，今年全托靠你了。"

林琴轩也作揖道："老东台放心。"

康笏南又拱手对众伙友说："也托靠阿伙计们了！"

说毕，即出门上车去了。

到天成元票庄时，孙北溟大掌柜也一样率众伙友恭立在铺面门外隆重迎接。上香敬神规矩，也同先前一样，只是已从容许多：因为吉利已经抢到，无须再赶趁。敬香行礼毕，回到铺面，也不再有茶庄那样的挂牌仪式，康笏南径自坐到一张太师椅上，看伙友卸去门窗护板，点燃鞭炮。然后，就对一直跟着他的三爷说："你去绸缎庄、粮庄上香吧，我得歇歇了。"

三爷应承了一声，便带了账房先生，出动车马仪仗，排场而去。

开市后，字号要摆丰盛酒席庆贺。康笏南也得在酒席上跟伙友们喝盅酒，以表示托靠众人，张罗生意。所以，他就先到孙北溟的小账房歇着。

孙北溟陪来，说："今年年下，老东台精神这么好？"

康笏南就说："大年下，叫我哭丧了脸，你才熨帖？"

"我是说，南巡回来这么些时候了，我还是没有歇过来，乏累不减，总疑心伤着筋骨了。"

"大掌柜，你可真会心疼自己！咱们南巡一路，也没遇着刀山火海，怎么就能伤着你的筋骨？你说我精神好，那我教你一法，保准能消你乏累，焕发精气神。"

"有什么好法？"

"抄写佛经。自上海归来，我就隔一日抄写一页佛经，到年下也没中断。掌柜的，你也试试。一试，就知其中妙处了。"

"老东家真抄起佛经来了？"

"你这是什么话？我在上海正经许了愿，你当是戏言？"

"老东家，可不是我不恭，就对着那几页残经，也算正经拜佛许愿？"

"孙掌柜，你也成了大俗人了？那几页残经，岂是寻常物！那是唐人写的经卷，虽为无名院手笔迹，可写得雄浑茂密，八面充盈，很能见出唐时书法气象，颜鲁公、李北海都是这般雄厚气满的。即使字写得不杰出，那也是唐纸、唐墨，在世间安然无恙一千多年！何以能如此？总是沾了佛气。所以，比之寺院的佛像，神圣不在其下。见了千年佛经，还不算见了佛吗？"

"在上海，你也没这样说呀？早知如此，我也许个愿。"

"现在也不迟，你见天抄一页佛经，就成。《般若波罗蜜多心经》《大悲心陀罗尼经》都不长，可先抄写此二经。"

"老东家是抄什么经？"

"亦此二经。抄经前，须沐手，焚香。"

"我也不用亵渎佛祖了，字号满是俗气，终日忙碌，哪是写经的地方！"

去年秋天在上海时，沪号孟老帮为了巴结老东家，设法托友人引见，使康笏南得以见识到那件《唐贤写经遗墨》。这件唐人写经残页，为浙江仁和魏稼孙所收藏。那时，敦煌所藏的大量唐写佛经卷子还没有被发现，所以仁和魏氏所藏的这五页残经就很宝贵了。嗜好金石字画的名士都想设法一见。康笏南、孙北溟巡游来沪上时，正赶上魏家后人应友人之邀携这件墨宝来沪。孟老帮知道老东家好这一口，四处奔波，终于成全这件美事，叫康笏南高兴得什么似的。

孟老帮自然受到格外的夸奖。他见老东家如此宝爱这件东西，就对老太爷说："既如此喜欢，何不将它买下来？只要说句话，我就去尽力张罗，保准老太爷回太谷时，能带着这件墨宝走。"

孟老帮本来是想进一步邀功，没想到，老东家瞪了他一眼，说："可不能起这份心思，夺人之美！何况，那是佛物，不是一般金石字画，入市贸易，岂不要玷辱于佛！"于是，当下就许了愿：回晋后，抄写佛经，以赎不敬。

孟老帮真给吓了一跳，赶紧告罪。

下来，孙北溟才对孟老帮说："这一向接连出事，老太爷心里也不踏实了。所以才如此，你也不要太在意。以后巴结，也得小心些。"

从汉口到上海的一路，孙北溟就发现康笏南其实心事颇重的，他大面儿上的那一份洒脱、从容、风趣，似乎是故意做出来的。在沪上月余，更常常有些心不在焉。孙北溟也未敢劝慰：接连出的那些倒霉事都与他自己治庄不力相关，所以无颜多言。从上海回到太谷，孙北溟又跌入老号的忙碌中，特别是四年一期的大合账，正到了紧要关口。所以，整个冬天，几乎没有再见到康老东家，也不知他想开了没有。不过，合账的结果出乎意料得好，这四年的赢利又创一个前所未有，老东家的心情似乎才真正好起来。

老东家年下有了好精神，好兴致，孙北溟心里也踏实了。抄写佛经云云是老东台心情好才那样说吧。

光绪二十二年（1896）至二十五年（1899）这四年间，虽有戊戌变法、朝廷禁汇、官办通商银行设立等影响大局的事件发生，西帮票庄的金融生意，还是业绩不俗。康家的天成元票庄，在这四年一期的大账中，总共赢利将近五十万两。全号财股二十六份，劳股十七份，共四十三股，每股生意即可分得红利一万一千多两银子。每股红利突破一万两，自祖上创立天成元票庄以来前所未有，康家怎么能不高兴？

四年合账，那是票号最盛大的节日。合账期间，各地分号都要将外欠收回，欠外还清，然后将四年盈余的银钱交镖局押运回太谷老号。那期间的老号，简直没有一处不堆满了银锭，库房不用说，账房、宿舍、地下、炕上，也都给银锭占去了，许多伙友半月二十天不能上炕睡觉。而与此同时，东家府上、各地分庄、号伙家眷，以至同业商界，都在翘首等待合账的结果，那就像乡试、会试年等待科举发榜一样！

康家规矩，是在腊月二十三过小年这一天发布合账结果。届时，康笏南要带领众少爷来字号听取领东的大掌柜交代四年的生意，然后论功行赏。业绩好的掌柜、伙友，给添加身股；生意做塌了的，减股受罚。其仪式，可比正月开市要隆重、盛大得多。

因为这一期生意如此意外地好，康笏南在腊月的合账典礼上，对孙北溟的减股也赦免了，说不给孙大掌柜加股已经是很委屈他了。除了邱泰基，也未给任何人减股。天津庄口出了那样大的事，康笏南也很宽容地裁定：以刘国藩的死抵消一切，不再难为津号其他人。全庄受到加股的，却是空前得多。京号戴膺和汉号陈亦卿两位老帮都加至九厘身股，与身股最高的孙大掌柜仅一厘之差。

这四年的大赢结果，可以说叫所有人都大喜过望了。所以，那一份喜庆和欢乐一直延续到正月开市，那是一点也不奇怪的。

2

正月十二，康笏南设筵席待客，客人是太谷第一大户曹家的当家人曹培德。

去年冬天，康笏南从江南归来时，曹培德曾张罗起太谷的几家大户为他洗尘。他知道，曹培德他们是想听听南巡见闻，甚至也想探一探：康家在生意上真有大举动吗？那时，康笏南心存忧虑，所以在酒席上很低调，一再申明：他哪有什么宏图大略，只是想整饬号规而已。各位也看见了，他刚去了南边，北边天津就出了事。不是万不得已，他会破上老骨头去受那份罪？越这样低调，曹培德他们越不满足。可他真是提不起兴致放言西帮大略。自家的字号都管不住，还奢谈什么西帮兴衰！

等年底合账结果出来，康笏南才算扫去忧虑，焕发了精神。这次宴请曹培德，名义上是酬答年前的盛意，实则，还是想与之深议一下西帮前程。

十二日一早，三爷就奉命坐车赶往北洸村去接曹培德。曹培德比康笏南年轻得多，只是比三爷稍年长一些。见三爷来接他，觉得礼节也够了。没有耽搁多久，就坐了自家的马车，随三爷往康庄来了。他没有带少爷，而是叫了曹家的第一大商号砺金德账庄的吴大掌柜前往作陪。

账庄也是做金融生意，但不同于票庄，它只做放贷生意，不做汇兑。西帮经营账庄还早于票号，放贷对象主要是做远途贩运的商家。远途贩运，生意周期长，借贷就成为必需。此外，西帮账庄还向一些候补官吏放账，支持这些人谋取实缺。所以，西帮账庄的生意也做得很大。曹家的账庄，主要为经由恰克图做对俄贸易的商家提供放贷。曹家发迹早，又垄断了北方丝绸贩运，财力之雄厚，在西帮中也没有几家能匹敌。所以，它的账庄那也是雄视天下的大字号。除了砺金德，曹家还开有用通五、三晋川，这三大账庄都是同业中的巨擘。

只是票号兴起后，账庄就渐渐显出了它的弱势。账庄放贷，虽然利息比较高，但周期长，资金支垫也太大。票庄的汇兑生意，就不用多少支垫，反而吸收了汇款，用于自家周转，所得汇水虽少，但量大，快捷，生钱还是更容易。所以，西帮账庄有不少都转成票号了。可曹家财大气粗，一直不肯步别家后尘，到庚子年这个时候，也还没有开设一家票号。这次赴康家筵席，曹培德叫了砺金德吴大掌柜同往，其实是有个不好言明的心思：向康家试探一下，开办票号是否已经太晚？

这位年轻的掌门人显然被康家天成元的新业绩打动了。

因听说砺金德的吴大掌柜要跟随作陪，康笏南就把天成元的孙大掌柜也叫来了。三爷迎了曹培德、吴大掌柜一行到达时，孙北溟已经提前赶到。

这样，主桌的席面上，除了曹、吴两位客人，主家这面有三位：康笏南、孙大掌柜，加上三爷。席面上五人，不成吉数，应该再添一位。在往常，康笏南会把学馆的何老爷请来。他在心底里虽然看不起入仕的儒生，可在大面上还是总把这位正经八百的举人老爷供在前头，以装点礼仪。但自南巡归来发现何老爷疯癫得更厉害了，就不敢叫他上这种席面。管家老夏提出，就叫四爷也来陪客吧。聋大爷不便出来，武二爷又从不肯来受这种拘束，当然就论到四爷了。可康笏南想了想，却提出叫六爷来作陪："他不是今年参加乡试大比吗？叫他来，我们也沾点他的光。"

于是，就添了一位六爷，凑了一个六数。

席上几句客套话过去，曹培德就朝要紧处说："老太爷你也真会糊弄我们！年前刚从江南回来时，还是叫苦连天，仿佛你们康家的票号生意要败了，才几天，合账就合出这么一座金山来，不是成心眼热我们吧？"

三爷见老太爷正慢嚼一口山雉肉，便接上答道："我们票庄挣这点钱，哪能放在你们曹家眼里！"

吴大掌柜也抢着说："听听三爷这口气吧：挣那么一点钱！合一回账，就五十万，还那么一点钱！"

孙大掌柜就说："吴掌柜也跟着东家哭穷？就许你们曹家挣大钱，不许我们挣点小钱？这四年多挣了点钱，算是天道酬勤吧，各地老帮伙友的辛劳不说了，看我们老东家出巡这一趟，天道也得偏向我们些。"

吴大掌柜说："你们票号来钱才容易。"

三爷说:"票号来钱容易,你们曹家还不正眼看它?"

曹培德忙说:"三爷,我们可没小看票庄。如今票号成了大气候,我们倒一味小看,那岂不是犯憋傻!我们只是没本事办票号罢了。"

孙大掌柜说:"你们曹家还有做不了的生意?"

曹培德说:"你问吴掌柜,看他敢不敢张罗票号?"

吴大掌柜说:"账庄、票庄毕竟不同。我们在账庄张罗惯了,真不敢插手票庄。就是想张罗,只怕也为时太晚了。"

康笏南这才插进来说:"晚什么!你们曹家要肯厕身票业,那咱太谷帮可就真要后来居上了。太帮振兴,西帮也会止颓复兴的。你们曹家是西帮重镇,就没有看出西帮的颓势吗?"

曹培德忙说:"怎么能看不出来?恰克图对俄贸易就已太不如前。俄国老毛子放马跑进来,自理办货、运货,咱们往恰克图走货,能不受挤对?所以,我们账庄的生意实在也是大不如前了。"

康笏南就说:"俄国老毛子,我看倒也无须太怕他。我们康家的老生意,往恰克图走茶货,也是给俄商挤对得厉害。朝廷叫老毛子入关办货,我们能有什么办法?走茶货不痛快,咱还能办票号呀!你们账庄生意不好做,转办票号,那不顺水推舟的事吗?"

吴大掌柜忙问:"听说去年朝廷有禁令,不准西帮票号汇兑官款?"

康笏南笑了笑,说:"禁令是有,可什么都是事在人为。巧为张罗一番,朝廷的禁令也就一省接一省的逐渐松动了。所以,朝廷的为难,也无须害怕。最怕的,还是我们西帮自甘颓败,为富贵所害!西帮能成今日气候,不但是善于取天下之利,比别人善于生财聚财,更要紧的,还在善于役使钱财,而不为钱财所役使。多少商家挣小钱时,还是人模狗样的,一旦挣了大钱,倒越来越稀松,阔不了几天,就叫钱财给压扁了。杭州的胡雪岩还不是这样!年前在上海,还听人说胡雪岩是栽在洋人手里了,其实他是栽在自家手里,不能怨洋人。亡秦者,非六国也。胡雪岩头脑灵,手段好,发财快,可就是无力御财,沦为巨财之奴还不知道。财富越巨,负重越甚,不把你压死还怎么着!"

曹培德说:"胡雪岩还是有些才干,就是太爱奢华了。"

康笏南说:"一旦贪图奢华,就已沦为财富的奴仆了。天下奢华没有止境，一味去追逐，搭上性命也不够，哪还顾得上成就什么大业！可奢华之风，在我们西帮也日渐弥漫。尤其是各大号的财东，只会享受，不会理事，更不管天下变化。如此下去，只怕连胡雪岩还不如。西帮以腿长闻名，可现在的财东，谁肯出去巡视生意，走走看看？"

曹培德说："去年，康老太爷这一趟江南之行真还惊动了西帮。"

康笏南就说："这本来就是西帮做派，竟然大惊小怪，可见西帮也快徒具其名了。培德，你们曹家是太谷首户，你又是贤达的新主。你该出巡一趟关外，以志不忘先人吧？"

曹培德欣然答应道："好，那我就听康老世伯吩咐，开春天气转暖，就去一趟关外。"

吴大掌柜就问："那我也得效仿你们康家，陪了我们东家出巡吧？"

曹培德说："我不用你们陪。"

孙大掌柜就说："看看人家曹东家，多开通！做领东，柜上哪能离得了？可我们老太爷，非叫我跟了伺候不可。"

康笏南说："你们做大掌柜的更得出去巡查生意。孙大掌柜，你走这一趟江南，也没有吃亏吧？"

曹培德就说："好，到时候，那吴大掌柜就陪我走一趟。"

康笏南见曹培德这样听他教导，当然更来了兴致，越发放开了议论西帮前景，连对官家不敬的话也不大忌讳。曹培德依然连连附和，相当恭敬。康笏南忽然想起自己初出山主政时，派孙大掌柜到关外设庄，扑腾三年，不为曹家容纳，而现在，曹家这位年轻的当家人，对康家已不敢有傲气了：这也真是叫他感到很快意的一件事。于是，康笏南故意用一种长者的口气，对曹培德说："培德贤侄，我看你是堪当大任的人，不但要做你们曹家的贤主，也不但要做咱太谷帮的首户，还要有大志，做西帮领袖！"

曹培德连忙说："康老太爷可不敢这样说！我一个庸常之人，哪能服得住这种抬举？快不用折我的寿了！"

康笏南厉色说："连这点志向都不敢有，岂不是枉为曹家之后？"

吴大掌柜就说："看现在的西帮，有你康老太爷这种英雄气概的真还不多。西帮领袖，我看除了你老人家，别人也做不了。"

康笏南真还感叹了一声："我是老了，要像培德、重光你们这种年纪，这点志向算什么！你们正当年呢，就这样畏缩？西帮纵横天下多少年了，只是在字号里藏龙卧虎，财东们反倒一代不如一代，不衰败还等什么！"

一直没说话的三爷，这时才插进来说："培德兄，我们联手，先来振兴太谷帮，如何？"

曹培德忙说："那当然再好不过了！"

康笏南哼了一声，说："说了半天，还是在太谷扑腾！"

孙大掌柜就说："把太谷帮抬举起来，高出祁帮、平帮，那还不是西帮领袖？"

康笏南说："由你们扑腾吧，别一代不如一代，就成。"

在这种气氛下，曹培德详问新办票号事宜，康家当然表示鼎力相助。康笏南一时兴起，居然说了这样的话：

"朝廷没有出息，倒给咱西帮揽了不少挣钱的营生。甲午战败，中日媾和，朝廷赔款。朝廷的赔款，由谁汇兑到上海，交付洋人？由我们西帮票号！孙大掌柜，你给他们说说，这是多大一笔生意！"

孙北溟说："甲午赔款议定是二亿两银子。朝廷哪有那么多银子赔？又向俄、法、英、德四国借。借了，也得还。从光绪二十一年（1895）起，每年还四国借款一千二百万两，户部出二百万，余下一千万摊给各行省、江海关。这几年，每年各省各关汇往上海一千多万两的四国借款，大多给咱西帮各地票号兜揽过来了。多了这一大宗汇兑生意，当然叫咱西帮挣了可观的汇水。所以，我们天成元这四年的生意，还不错。"

吴大掌柜说："我说呢，朝廷禁汇，你们生意还那么好！"

孙北溟说："朝廷是不叫我们汇兑京饷，赔款没禁汇。"

曹培德说："吴大掌柜，我们也赶紧张罗票号吧。"

康笏南对朝廷表示出的不恭，不但无人在意，大家分明都随和着一样流露了不恭。

但在酒席上，有一个人始终未吭一声，那就是六爷。

3

正月十三，康笏南设酒席招待家馆塾师何老爷。

这也是每年正月的惯例。康笏南心底里轻儒，但对尊师的规矩还是一点也不含糊。否则，族中子弟谁还认真读书呢？何开生老爷，虽然有些疯癫，康笏南对他始终尊敬得很，以上宾礼节对待。除了平日招待贵客，要请何老爷出来作陪，一年之中，还要专门宴请几次。正月大年下，那当然是少不了的。

今年宴请何老爷、二爷、三爷、四爷、六爷，照例都出席作陪了。敬了几杯酒，二爷、三爷又像往年一样，找了个借口早早就离了席。四爷酒量很小，也没有多少话说，但一直静坐着，未借口离去。还是老太爷见他静坐着无趣，放了话："何老爷，你看老四他不会喝酒，对求取功名也没兴趣，就叫他下去吧？"

何老爷当然也不能拦着。四爷忙对何老爷说了些吉利话就退席了。六爷当然得陪到底。每年差不多就这样，由他陪了老太爷，招待何老爷。

庚子年本来是正科乡试年，因这年逢光绪皇上的三旬寿辰，朝廷就特别加了一个恩科，原来的正科大比往后推了一年。连着两年乡试，等着应试的儒生们当然很高兴。

所以，在招待何老爷的筵席上，一直就在议论今年的恩科。加上老太爷今年兴致好，气氛就比往年热闹些，起码没有很快离开读书、科考的话题，去闲话金石字画、码头生意之类。

康笏南直说："看来，老六命中要当举人老爷，头一回赶考，就给你加了一个恩科。何老爷，你看我们六爷是今年恩科中举，还是明年正科中举？"

何开生竟说："那得看六爷。六爷想今年中举，就今年；想明年中，就明年。加不加恩科，都误不下六爷中举。"

康笏南就问："何老爷，老六他的学问真这样好？"

何老爷说："六爷天资好，应付科举的那一套八股，那还不是富富有余！"

六爷说："何老爷不敢夸嘉过头了，我习儒业，虽刻苦不辍，仍难尽人意。"

康笏南就问六爷："我看你气象，好像志在必夺似的？"

六爷忙说："我只能尽力而为。何老爷一再训示于我，对科举大考不可太痴迷,要格外放得开。所以,我故作轻松状,其实,心里并不踏实的。"

何老爷说:"六爷你就把心放回肚里吧。你要中不了举,山西再没有人能中举了。"

六爷说:"何老爷你又说过头了。我不中举,今年晋省乡试也是要开科取士的。岂能没人中举?"

康笏南说:"何老爷说的'格外放得开',那是金玉之言!你要真能放得开,中举真也不难。光绪十二年(1886),祁县渠家的大少爷渠本翘,乡试考了个第一名解元,给渠家露了脸。你也不用中解元,能中举就成。我们康家也不奢望出解元、状元,出个正经举人就够了。"

何老爷说:"六爷为何不能中解元?只要依我指点,格外放得开,六爷你今年拿一个解元回来,明年进京会试,再拿一状元回来,那有什么难的!"

六爷说:"何老爷,我只要不落第,就万幸了。"

康笏南说:"何老爷的意思,还是叫你放得开。当年何老爷不过是客串了一回乡试,全不把儒生们放在眼里,也不把考题放在眼里,结果轻易中举。"

何老爷听了,眼里就忽然失了神,话音也有些变:"老太爷,你能否奏明朝廷,革去我的举人功名?"

康笏南没有看出是又犯了疯癫,还问:"何老爷,你是什么意思,不想给我们康家当塾师了?"

六爷知情,忙说:"何老爷,学生再敬你一盅酒吧!"

何老爷也不理六爷,只是发呆地盯住康笏南,说:"老太爷,要派我去做津号老帮,五娘哪会出事?孙北溟他是庸者居其上!"

康笏南这才看出有些不对劲,便笑笑说:"何老爷,酒喝多了?"

何老爷狠狠地说:"我还没正经喝呢!老太爷,我说的是正经话!"

六爷赶紧跑出去把管家老夏叫来。

康笏南便吩咐老夏:"把何老爷扶下去,小心伺候。"

何老爷却不起身,直说:"我没喝几口酒,我还有正经话要说!"

老夏不客气地说:"何老爷,识些抬举吧,老太爷哪有工夫听你胡言乱语!"

康笏南立刻厉声喝道："老夏，对何老爷不能这样无礼！"说着，起身走过来。"何老爷，我扶你回学馆吧。有什么话，咱到学馆再说。"

听老太爷这样一说，老夏一脸不自在。

六爷也忙说："我来扶何老爷回学馆吧！"

早有几个下人拥过去殷勤搀扶何老爷。老夏毕竟老辣，见此情形，就趁机将几个下人喝住，自己抢先扶起何老爷。受到这样众星捧月似的抬举，何老爷似乎缓过点神，不再犯横，任老夏扶着离席了。

六爷要扶老太爷回去，不想，老太爷却让他坐下，还有话要对他说。说时，又令下人一律都退下。独对老太爷，六爷不免有些紧张起来。

老太爷倒是一脸慈祥，问他："你是铁了心要应朝廷的乡试？"

六爷说："这也是先母的遗愿。"

"能不忘你母亲的遗愿，我也很高兴。可你是否知道，朝廷一向看不起山西的读书求仕者？"

"为什么？"

"我在你这样大年龄时也是一心想应试求功名。你的祖父却劝我不要走那条路。我也像你现在一样很惊奇。但你既是遵母命，我也不想拦你，只是将得失利害给你指明。"

"我也不敢有违父亲大人的意愿。"

"老六，你母亲生前对你寄有厚望，所以我也不强求你，只是将实情向你说明。我们康家是以商立家，我们晋人也是以善商贾贸易闻名天下。可你读圣贤书，有哪位圣人贤者看得起商家？士，农，工，商，商居末位。我们晋人善商，朝廷当然看不起。"

"那我们山西人读书求仕，为何也被小视？"

"人家都以为，有本事的山西人，乡中俊秀之才，都入商号做了生意；剩没本事的中常之才，才读书应试。所以，你就是考得功名，人家也要低看你一眼的！"

"这是市井眼光，朝廷竟也这样看？"

"雍正二年（1724），做山西巡抚的刘於义，在给朝廷的一个奏片中写过这样一段话：'山右积习重利之念，甚于重名。子弟俊秀者，多入贸易一途，其次宁为胥吏，至中才以下，方使之读书应试，以故士风卑靡。'雍正皇上就在这个奏片上留下御批说：'山右大约商贾居首，其次者犹肯力农，再次者谋入营伍，最下者方令读书。朕所悉知。习俗殊为可笑。'你听听，对山西读书人，巡抚大人视为中才以下，皇上干脆指为最下者！"

"真有这样的事？"

"谁敢伪造御批！晋省大户，都铭记着雍正的这道御批。"

"父亲大人，那我从小痴于读书，是否也被视为最下者，觉得殊为可笑？"

"朝廷才那样看。我正相反，你天资聪慧，又刻苦读书，如再往口外历练几年，能成大才的。"

"父亲大人还是要我入商不入仕？"

"我只是觉得你入仕太可惜，自家有才，却被人小看，何必呢？"

"有真才实学，总不会被小看到底吧？"

"渠本翘在他们渠家算是有大才的一位。光绪十二年（1886）考中山西第一名举人，又用功六年，到光绪十八年（1892）才考中进士。顶到进士的功名，荣耀得很了，可又能有什么作为？不过在京挂了个虚职，赋闲至今罢了。本翘要不走这条路，在三晋商界早成大气候了，至少也成祁帮领袖。"

"但西帮能出进士，至少也是一件光彩的事。"

"我们西帮能纵横天下，不在出了多少进士、举人，而在我们生意做遍天下。朝廷轻看西帮，却又离不开西帮。那些顶着大功名的高官显贵，谁不在底下巴结西帮？去年我到汉口，求见张之洞，不也轻易获准？我顶着的那个花钱买来的四品功名，在张之洞眼里一钱不值。他肯见我，只因为我们康家是西帮大户。但我毕竟老迈了，康家这一摊祖业，总得交给你们料理。你们兄弟六人，现在能指望的，只有你和你三哥了。我一向不想阻拦你走入仕的路，可去年你五哥竟为媳妇失疯，才叫我忧虑不已。本来还指望你五哥日后能帮衬你三哥料理康家商务，哪想他会这样？现在能帮你三哥一把的就剩你了。你要一心入仕途，你三哥可就太孤单了。"

"父亲大人，我于商务，那才是真正的最下者。"

"那么说，你还是要铁了心应朝廷的乡试？"

"如果父亲不许,我只得遵命。"

"我不拦你。你要效忠朝廷,我敢拦你?那你就蟾宫折桂,叫我们也沾沾光!"

说毕,老太爷起身离席。六爷要扶了相送,被老太爷拒绝了,只好把下人吆喝进来。

六爷当然能看出,老太爷对他是甚为失望的。可他也只能这样,他不能有违先母的遗愿。十多年来,先母的亡魂不肯弃他而去,就是等着他完成这件事。一切都逼近了,怎么能忽然背弃!很久以来,先母已不再来显灵。但去年夏天以来,又闹了几次"鬼"。是真是假,众说不一。但他是相信的:先母终究还是不放心他,在大比前夕,又来助他一把。他怎么能背弃先母遗愿!父命虽也不可违,但六爷更不想有违母命。幼小丧母的他,长这么大,感到日夜守护着他的始终还是先母。父亲近在身边,却始终那样遥远。

实在说,六爷对料理商事真是没有一点兴致。

4

正月十四,康家主仆上下又聚于德新堂正厅,举行了一次年下例行的祭神仪式。仪式毕,康筱南向全家宣布了一个出人意料的决定:

"我已老迈,一过这个年就七十二岁了,也该清闲活几天吧。从今年起,德新堂的商事外务,就交给你们三爷张罗了。家政内务,交给你们四爷料理。都听清了吧?"

这样的决定,连三爷、四爷他们都没有料到,所以一时寂静无声。还是管家老夏灵敏些,见一时都愣着,忙说:"三爷、四爷,快给老太爷磕头谢恩吧。"

三爷这才慌忙跪下,可四爷仍愣着。老夏又过去提醒了一下,他这才跪下和三爷一道给老太爷磕了三头。

磕过头,三爷跪着说:"受此重托,为儿甚感惶恐,还望父亲大人随时垂训。"

康筱南说:"交给你,我就不管了。"

四爷忙接着说:"父亲大人,我是个无能的人,实在担当不起家政大任的。"

康笏南说："你大哥耳聋，你二哥心在江湖，轮下来就是你了。你不接，叫谁接？"

四爷说："三哥独当内外，也能胜任的。"

康笏南说："咱家商号遍天下，你三哥初接手，也够他张罗了。你就操心家政，帮他一把。"

众人也一起劝说。没等四爷应承，康笏南就站起来，说："你们也起来吧，我把祖业交代给你们了。内政、外务都有现成规矩，你们就上心张罗吧。"

目送老太爷离去，三爷面儿上还是平静如常，倒是四爷难以自持，一脸的愁苦。

三爷心里其实也很难平静的。在没有一点预示的情形下，老太爷这样突然将外务商事交给了他，实在是太意外了。

当父亲过了六十花甲后，他就在等待这一天了。可等了十几年了，一点动静都没有。特别是去年，年逾古稀的老太爷成功出巡江南，仿佛永远不会老去。从江南归来，老爷子更是精神焕发。所以，他几乎不再想这件事。可你不想了，它倒忽然来临！

父亲为什么忽然舍得将祖业交他料理？三爷想来想去，觉得还是因为自己听从了那位邱掌柜的点拨，少了火气，多了和气，有了些放眼大事的气象吧。这次从口外回来，合家上下，人人都说他大变了。老太爷一定也看出了他的这种变化。

要是早几年遇见这位邱掌柜，那就好了。

他在口外时曾暗中许下心愿，一旦主政就聘邱泰基为票庄大掌柜。那时，他真是没有料到这样快就能接手商务。现在，他当然不能走马上任就辞去孙大掌柜。目前在天成元票庄，孙大掌柜还是不好动摇的。但他倚仗邱泰基治商的意愿，那也不会改变。来日方长。

感奋之间，三爷就决定亲自去一趟水秀村，问候一下邱泰基的眷属。在口外时就听邱掌柜说，因为他的受贬挨罚，夫人很受了委屈。尤其自家一时羞愧，真的上了吊要寻一死，不是夫人激灵，他早没有命了。当时听了，三爷就想，等回到太谷，一定去问候一下邱掌柜的夫人。可回来后，只是围着南巡归来的老太爷忙碌,差不多将这件事给忘了。不过,现在去看望也好。自己刚主政,就去邱家拜访,消息传给邱泰基,他自然会明白:对他器重依旧。

当然,三爷也明白,他拜访邱家这件事,也不宜太张扬。

所以,三爷等年节热闹过去了,到正月十九那天,趁往城北拜客的机会才弯到水秀。但邱家的大门,敲了半天,才敲开。

开门的,是那个瘸腿老汉。他当然认不得康家三爷,但见来客气象不寻常,忙赔不是,说自家耳朵不太好使,开门迟了,该死。

跟着三爷的随从也不领情,喝道:"这是康家三爷,来见你们当家的,快去通报!"

瘸老汉一听是康家三爷,更慌了,嘴里却说:"我们当家的,在口外驻庄呢……"

"我们还不知道邱掌柜在口外?三爷是专门来看望你们内当家的,还不快去通报!"

瘸老汉这才一歪一歪跑进去了。不久,年青的郭云生跑出来,跪了对三爷说:"不知三爷要来,我们主家夫人回了娘家,还没有归来。三爷快请进来吧!"

随从喝道:"娘家远不远?"

三爷忙止住随从:"谁叫你这么横,就不怕吓着人家?"然后和气地问郭云生,"后生,邱家谁还在?"

郭云生说:"就我们几个下人在。"

三爷又问:"管家在吧?"

郭云生说:"自邱掌柜改驻口外后,主家夫人就辞退了许多下人,亲自料理家事,没有再聘管家。"

三爷也早看见了邱家的一片冷清,就对郭云生说:"你家夫人既然不在,我们就不进去了。你转告夫人吧,就说我来拜访过。年前我刚从口外归来,见过你们邱掌柜。他安好无事,张罗生意依然出色得很,请夫人放心吧。我说的这些话,你能记住吧?"

"记住了,三爷的盛意,我一定说给主家。三爷还是进去歇歇再走吧!"

"不了。"

说毕，三爷就上了马车。他真没有想到邱家会如此冷清。宅院还是蛮阔绰富丽的，只是里面太凄凉了。邱家这样凄凉，是一向如此，还是因邱泰基受罚才失了生气？不论如何，日后他会叫邱家隆兴起来的。

三爷是去过孙大掌柜家的，那是何等气象！

望着三爷远去了，郭云生才算松了口气。他赶紧跑进去，告诉了二娘。

原来邱家的主妇姚夫人是在家的，但她哪里会料到东家的三爷来访？所以，她慌乱异常，无法镇静下来体面地出来迎接这样的贵客。郭云生只好跑了出去，谎称她去了娘家。幸亏郭云生现在已经老练些了，没露馅地应对了过去。

听了郭云生转达三爷的来意，姚夫人更连连询问："三爷真的没有生气？三爷真的没有起一点疑心？"

郭云生一再说："三爷和气得很，客气得很，兴致也好得很！"

"你不是表功说嘴吧？"

"我难道不怕三爷？"

郭云生这样一说，姚夫人才稍微放心了些。

姚夫人暗中将郭云生纳入自己房中，果然如愿以偿很快有了身孕。她仔细算计了一下，只是比男人离去的时间晚了一个月。一个月，那是太好遮掩了。所以，姚夫人确认自己有孕之后，只有惊喜，没有惊慌。她本来是下了决心的，即使一年半载后有孕，也要设法把孩子生下来。现在，几乎用不着费什么心机来遮掩，她当然只有惊喜。这样快就有了身孕，最好的遮掩之法就是公开了，叫世人都知道。因此，在别人什么都看不出来的时候，她已经在亲友间做了张扬，也捎信向口外的男人报了喜。

到正月，姚夫人已是身怀六甲，体态明显笨拙了，不过，她成天也是挺着这样的身体到处走动的。三爷来访，本来也无须遮掩，但姚夫人终于还是无法自持，有些乱不成阵了。大正月的，东家三爷专程跑来，就送来有关男人的那一番话，这更叫她心里翻江倒海，平静不下来了。

对于以商立家的人家来说，财东那可是比官家还要令他们敬畏。她的男人就刚刚领教了东家的厉害！而在她的记忆中，康东家还从没有哪位老爷少爷来水秀登过邱家的门！所以，一听说三爷来访，就先心虚了：她有何颜面来接待这样的贵客？三爷为何来访，是不是听到了什么传闻？及至听了三爷的来意，心里依然不踏实：三爷破天荒登一回门，就为了来说男人如何好？是不是知道了她的什么事？姚夫人哪里能知道，三爷刚当家，心气正高？更猜不出，三爷是把自家的男人当作未来的大掌柜对待。三爷的突然来访，真使她惊慌了好几天。直到郭云生进城打听到三爷继位的消息，姚夫人这才松了一口气。

三爷新当家，自然要显摆一下。来看望一个受贬老帮的家眷，为表示这位少东家的宽宏大量，礼贤下士吧。可她哪能知道，倒给吓得心惊肉跳！

自家受些惊吓倒不怕，万一吓着未出世的孩儿，那可了不得！终于想到这一层，姚夫人才真正平静下来了。为了这个未出世的男娃，她真是可以什么也不在乎！有了这个男娃，她也相信自家能巧为应对一切。她真该听了云生的话，从容出来见三爷。不要惊慌太甚，小心伤了身子，这也是云生提醒了她！

云生这个小东西，跟了她以后，好像忽然之间长大了。不仅把一切遮掩得那样好，人好像也变机灵了。尤其是他这样一个小东西，居然像有情的男人那样，真心细心地体贴她！男人的体贴，姚夫人得到的真是太少了。所以，郭云生对她的体贴，虽然有些像母子间那样，她还是感动不已。

这半年多来，日夜近侍在姚夫人身边的就是云生了。那个伺候姚夫人的女仆，本来就带几分傻气，机灵不了，加上姚夫人的有意为难，遭斥责哪能少？越挨骂，越发怵，也越机灵不了。这时候，云生就趁机替她把事情张罗了。云生因机灵得到赞扬，这个傻丫头也不忌恨，反倒很感激云生。当然，这个傻丫头更不可能猜到，其实主家夫人和云生是合计好了，这样来演戏。等到姚夫人公开了自己已有身孕，就干脆不叫傻女仆走近，叫她伺候好小姐就得了。伺候姚夫人的差事，就公开由机灵、细心的云生担当。这在邱家的几位仆佣看来也没有什么奇怪。

白天没人觉得奇怪，夜间就更无人操心了。不用说，郭云生是夜夜都在姚夫人房里度过的。

起先，姚夫人引诱郭云生，只是为了生养一个儿子，托付晚年。引诱成功了，怀孕也成功了，她对云生的感情也不一样了。像大多偷情的商家妇一样，刚毅而有主见的姚夫人并没有成为例外，她同年轻的小仆云生也生出了浓烈的恋情。拥着这个小男人，不再有那可怕的孤寂长夜了。度过了最初的惊慌和羞愧，也能从容来享受有男人的夜晚了。不再像以前苦熬三年后等回男人，先是为以前补偿，接着又为以后贪吃。相聚得越甜美，越叫人想到别离的可怕。现在，她终于可以一味沉醉其中，不再担忧那许多了。

因为云生也一样沉醉了，他一再说，他已经不想去住商号，只想这样永远伺候她。

"你是说嘴吧？"

"我说嘴，二娘就永不举荐我，不就把我留住了？"

"馋猫似的，我才不想留你。"

"撵我也不走！"

"你就不怕？"

"我情愿为二娘死！"

"又说嘴吧！"

"二娘这样待我，真是死也情愿！"

姚夫人知道云生不是说嘴。能不能把他长久留在身边，那真难以卜测，但他有这样一份心，姚夫人也很感动了。她庆幸自己没有看错人。尤其那样快就如愿以偿地有了身孕，她对云生就更喜欢不尽。她甚至相信，自己夜夜相拥着这样一个大男娃似的男人，足月之后，一定会生一个男娃。所以，她依然听任云生叫她二娘。

现在听到男人在口外的消息，他张罗生意依然出色。他或许还会受重用吧。可他无论得志，还是失意，都一样远不可及，一样只是她的梦。所以，三爷的来访，除了叫姚夫人惊慌了那么几天，实在也没有改变了什么。

只是在得知三爷继位的消息后，姚夫人备了一份贺礼，叫郭云生送到了康庄的德新堂。

5

每年正月十五，康笏南都要携同杜筠青老夫人进城做一次观灯之游。在康笏南冷落了杜筠青后，这成了一年之中他们仅有的一次相携出行。今年康笏南兴致好，当然更要依例进城观灯，但杜筠青却托说有病，不去了。

康笏南也没有多问，就带了二爷、三爷及一群下人浩浩荡荡地进了城。

在那一群下人中，今年有一个新人，那就是康笏南去年从江南带回来的一个女厨子。这个女厨子是松江人，三十出头了，烧的一手上好的淮扬菜。康笏南一直喜欢吃淮扬菜，去年到上海，感叹岁月无情，不觉就老不中用了，只怕以后再来不了江南，尝不到地道的扬州菜了。沪号孟老帮会巴结，就给老东家寻来这样一位女厨子。康笏南很喜欢，问了问，人家又愿意跟了北来，就带回来了。这位女厨子就放在康笏南的小厨房，专门伺候他一人。因为是初次北来，十五观灯，康笏南就特别盼咐："叫宋玉也相跟了，看看咱太谷的灯！"

宋玉，也是康笏南给起的名字，她本名叫什么都也不知道。

杜筠青看这位女厨子的情形，很有些可疑处。那三十出头的年龄，怕就不实：哪有三十岁呀，至多二十出头！他们都说，江南女人生得水色，所以面嫩。岂不知南地炎热，人也易老！如真是厨子，不过一个粗人罢了，哪会养得这么面嫩娇媚不显老？所以看这个有几分娇媚的女人，似也不像厨子。杜筠青的母亲，就是松江人，是不是地道的淮扬菜，她也能吃得出来。但这个宋玉自进了康家老院，也没有做一道拿手的菜送过来叫她这位老夫人尝尝。只伺候老东西一人，他说什么就是什么。

杜筠青曾经把宋玉叫来问过一些话。听口音，是江南人，但对松江似乎也不熟。所以，是不是松江人，也可怀疑。将她称为松江人，或许也是老东西有意为之？你不能叫他称心，他故意再弄一个地道的江南女人来！

他爱弄谁弄谁，杜筠青才不想为这种事生气。她早知道老东西是什么东西了。他内里以帝王自况，想谁是谁，外头面儿上还要装得像个圣人，多不痛快。明着放置一个三宫六院，谁又敢不依？

然而，杜筠青不想生气，康笏南似乎寻着让她生气。

康笏南带这个娇媚的女厨子回来不久，就将杜筠青身边的吕布改派到五爷的门下。五娘遇害，五爷失疯后滞留在津，家里丢下孤单的一个幼女。康笏南将吕布从老院派过去，名义上是对这个可怜的小孙女表示一种体抚。但在杜筠青看来，老东西分明是对着她的：吕布是她使唤最熟的女佣，老东西能不知道？她已经完全将吕布收买过来了，老东西偏给她支走，是不是已经知道了她和三喜的事？

老东西知道了这件事那倒好了：她做这件事，就是为了叫老东西知道。可看老院里的动静，不大像。老东西城府深，能装得住，别人怕不能装得这样沉稳吧？尤其那个冷面的老亭，他就是老东西的贴身耳目，什么事也瞒不过他。老亭要知道了这种事，他那一张冷脸上还不漏出杀机来？可看老亭，也是冷脸依旧。往江南走了一趟，老亭似乎显老了。

老东西调走吕布，看来只是为了往自家身边安放那个娇媚的女厨子。他把贴身伺候他的杜牧，打发过来接替了吕布。杜牧显然不想过这冷宫来伺候她这个失宠的老夫人。

可哪能由你？

撵走杜牧，老东西说了，留在身边伺候他的，有老亭就得了，不再安放女佣。其实，那不过是说给面儿上听的话。

果然，杜牧一过来就说："哪是做饭的？狐狸精！"

杜筠青故意问："说谁呢？"

"给老太爷做饭的，能是谁！"

"你是说江南来的那个宋玉？"

"可不是她！"

"她怎么是狐狸精？"

"哼！"

杜筠青当然看出来了，杜牧生这么大气，显然是因为新来的宋玉取代了她。可她以为自己是谁呢！纵然你能铺床叠被，也不过一个女佣吧，老东西喜欢谁，不喜欢谁，能轮得着你生气？这几年老东西一味宠着你，我这个做老夫人的还没有生气呢！

看着杜牧生气的样子，杜筠青真觉着好笑。

"杜牧，你也不用生气，谁不想讨好老太爷！人家孤身从江南来，不巴结住老太爷，还不得受你们欺负？"

"我们哪敢欺负人家？就是想欺负，也见不着人家！"

"你们都见不着？"

"成天只她守着老太爷，不叫旁人挨近！"

"老太爷是谁，她是谁，她能拦着旁人去见老太爷？"

"要不说是她是狐狸精!"

"哼,狐狸精,她再狐狸精,能精到哪儿?老太爷要是还爱见你,她敢拦?"

"可不是她拦着!"

"杜牧,你以为你是谁?你跟那个女厨子也一样,不过是下人,老嬷子!主家爱见你们,就受几天宠;不爱见你们了,就悄悄离远些。吕布还不是跟你一样?派来我这里,可没见人家生过气。我看,你是给惯坏了,忘了自己是谁!"

听老夫人这样一说,杜牧不再敢放肆了,低了头说:"老夫人,我哪敢忘了主家的大恩?只是怕这个宋玉从南方来,伺候不好老太爷。"

杜筠青依然厉色说:"这更不是该你操心的!老太爷身边有老亭,外头有管家老夏,更有老太爷亲生的六位老爷,还有字号里的一干掌柜老帮,能轮上你操心?连我这个老夫人都轮不上操心,能轮上你?"

杜牧不再敢言声了。

"都一样。还说人家是狐狸精,你也一样!老太爷他也一样,喜新厌旧,喜欢新鲜的、年轻的。杜牧,你看这个宋玉有多大岁数?"

"不是说她三十出头了?"

"我叫你看,不用管别人说她多大!"

"我看她不够三十……"

"够不够二十?"

"还能不够二十?老亭说,江南人面嫩。"

"你听他的?我母亲就是江南人,面嫩不面嫩,我还不知道?大户人家的女子,能养得面嫩;做厨子的,谁给她养!何况江南炎热,人更易老。"

"我看这个宋玉,也不大像当惯了厨子的,端个盘子都不麻利。"

"你吃过宋玉做的饭菜吗?"

"没有。人家只给老太爷做那么有限的几口,谁也尝不上。"

"那叫你看,这个宋玉既不够三十,也不像是厨子?"

"老夫人,这可是你让我猜的,猜走了眼,也不能怪罪我吧?"

"我怪罪你吧,你能怕我?"

"老夫人要这样说,那真比怪罪还厉害。"

"那叫你看，这个宋玉她是什么出身？"

"我可看不出来。"

"看出来，也不说了，是吧？"

"真是看不出来。"

"那我再问你，杜牧，你今年多大了？"

"老夫人，我在老院多少年了，还不知道我多大？"

"你又不伺候我，我哪能知道？"

"我四十多了。"

"那你也养得面嫩！"

"老夫人笑话我做甚？"

"哼，我笑你也是狐狸精！我初进康家时，都说你也是老嬷子，真把我吓了一跳：这么年轻的老嬷子！"

"老夫人快不用笑话我了。"

"哼，我哪敢笑话你！你说，你那时也不够三十吧？"

"老夫人，把我说成多大岁数，实在也不由我。"

"你也知道不由你呀？我还以为你至今没醒呢，以为自家是谁似的！你就是不够四十吧，也不年轻了，还想赖着不走，不是寻倒霉呀？跟了老太爷多年，就没看出老太爷也是喜新厌旧，也是爱见年轻的、新鲜的？"

杜筠青一开头就给了杜牧一个下马威，倒不是想吐出怄在心中的恶气。她早知道老东西是个什么东西了，所以也早不生那种闲气。她是见杜牧还那么惦记着老东西的宠爱，就故意格外难为她，不叫她和自己亲近。在她这里有受不尽的气，杜牧一定更惦记着老东西。这样，杜筠青就能利用她了。

利用她做甚？给老东西传话。

她对老太爷不恭的话，由杜牧传给老东西，那才算没白说呢。特别是她和三喜偷情的事，老东西知道不了，那就算白白害了三喜。她得慢慢把这事说给杜牧，说得叫她相信。她相信了，就一准会传给老东西的。

冬天过去了，杜筠青一直有意难为杜牧，给她种种气受。同时，又不断对她说道：自己也是喜欢年轻英俊的男仆，对英俊、机灵、会体贴人的三喜，是如何怀念不已。奇怪的是，她说的这些话，杜牧似乎并不在意！

难道杜牧也和别人一样，不相信她敢做那样的事？

怎么才能叫她相信？

你要说得再详细，她会以为你说疯话吧？

进了腊月后，杜筠青曾经带着杜牧坐车几十里到三喜家里去了一趟。明着就说，是因为喜欢三喜，想念三喜，所以备了一份厚礼，来看看。三喜有音讯没有？

杜筠青没有想到，三喜的父母、媳妇都不知道他失踪，却说他是给东家改派到外埠码头学生意去了。

有音讯来吗？

家信倒是还没有捎回一道来，可外出学生意，谁不是先专心伺候掌柜，一两年后才捎信回来报平安？

这个三喜，难道真是给改派外地，并不是为她赴死去了？

回来，杜筠青问了管家老夏。老夏说，也只能那样对三喜家中交代，不然，好好一个人，在东家就给丢了，人家能信？再说，传到外头，于康家也不好，连个车倌都管教不了，说跑就跑了？

谎说改派外埠，过三五年也不见回来，到时候又怎么交代？

缓三五年就好说了，三五年中总会有个下落，就是仍无下落，也好措辞。咱祁太平一带，外出学生意下落不明的常有。

听老夏这样说，杜筠青也无意多问了。谎话也能编得如此练达，真是左右逢源，轻易就能说圆满。老夏既然这样擅长说谎，那对她说的这一切会不会也是说谎？说不定，三喜真给打发到什么边远苦焦的地方去了？

他们若撵走三喜，那一定是发现了什么。可老东西要是知道了那件事，还会装得这样沉稳？还会如此从轻发落捅破了天的三喜？

杜筠青就向杜牧打听，老太爷从江南回来后，说起过三喜跑了的事没有？杜牧说，没怎么听老太爷提过。一个小车倌，跑就跑了吧，也值得老太爷操心？这个杜牧，又以为她是谁呢！

三喜是跑了，死了，还是给打发走了？老东西是知道了，还是不知道？一切都是真假难辨，深浅莫测。她舍弃了自家的一切，就是想气一气老东西，居然也这样难。说是近在咫尺，就是气不着他，中间隔着太多的遮拦。

所以，在今年年下，杜筠青的心情是格外不好。她再也不想陪了老东西，到外面给他装潢门面了。

6

年下的时候，太谷公理会的莱豪德夫人，专门来康家拜见过杜筠青。这也算是惯例了吧，每年年下，这位美国女传教士都要依本地习俗来给康家的杜夫人拜年。杜夫人虽然一直不愿入公理会，皈依基督，但她们还是不肯疏远杜夫人。她们知道康家在太谷的地位。

今年来康家拜年，叫莱豪德夫人感到意外的是杜夫人居然有了想入公理会的意思。莱豪德夫人当然是喜出望外了，连说夫人能皈依基督那真是太谷公理会的荣幸了，一定会有更多的大家贵妇效仿杜夫人加入公理会的。特别是在今年这样的时候，夫人能入教，那真是伟大的主在帮助我们。

杜筠青就问："入你们基督教，有什么戒规吗？"

莱豪德夫人忙说："什么戒规也没有，只是去爱所有的人就成了。"

爱所有的人？

杜筠青听了，心里冷笑了一下。她早就听父亲说过基督教的这种教义，也多次听莱豪德夫人宣讲过，只是现在听了觉得分外刺耳。她忽然想入西洋基督教，实在不是想行善赎罪，只不过是想气一气老东西。

老东西从江南回来，好像说过：外头的拳民正在起事，专和洋教过不去。入了洋教的中国人被唤作二毛子，也受拳民追杀。入了洋教，就成了二毛子，这使杜筠青大感兴趣：她要入了公理会，那老东西就有了一个二毛子夫人！传出去，那才叫人高兴。

杜筠青就是出于这种动机，才提出想入公理会。

莱豪德夫人哪里能看出杜筠青的这种动机？她还满以为自己坚持不懈传布了十几年主的福音，终于把这位康老夫人给打动了。所以，她当下连连问了几次："真是想皈依基督？"

问得杜筠青以为看出了自己的什么破绽，就露出不高兴，反问莱豪德夫人："怎么，嫌我心不诚？"

莱豪德夫人忙说："不是，不是。老夫人通英法语言，在太谷，你本来就是离基督最近的人！实在说，我们早把老夫人看成自己人了。"

"我哪能跟你们一样？入了你们的洋教，顶多是个二毛子，对吧？"

"老夫人，那是拳匪骂街呢，绝不能这样说！皈依基督后，无论我们西洋人，还是你们中国人，在上帝面前都一样平等，四海之内皆兄弟！"

"入你们公理会，还得举行洗礼吧？"

"入公理会，那是神圣的事，当然要有隆重的仪式。"

"怎么隆重？能把太谷的上流人物、大户人家都请来？"

"康老夫人皈依基督，请他们来，他们一定会出席。现在，我们在城里已有宽敞的福音堂，典礼场面一定会很壮观。"

"那就好，洗礼越隆重越好！不隆重，我可不接受你们的洗礼。"

莱豪德夫人一口答应下来。像杜筠青这样的贵夫人，为她举行入教洗礼，那当然是越隆重越好了。公理会来太谷传教十六七年，真还没有得到这样一位豪门贵妇做信徒。太谷民风敬商，像杜筠青这样的商家贵妇皈依基督，效仿的妇人一定不会少。

一向脸面冷清的莱豪德夫人今天也有了灿烂的喜色。

送走欢天喜地的莱豪德夫人，杜筠青心里也很快意。她怎么没有早想到入洋教呢？初入康家时，莱豪德夫人就不断劝她信洋教，可那时老东西不许。后来呢，她自己对洋教也没有一点兴趣了。对父亲的失望，尤其使她对洋人洋教腻歪透了。将她丢进康家，父亲倒带了那个写有五厘财股的折子重返京城，东山再起去了。出使西洋多年，还不是一样！不过，为了气老东西，入洋教真还是一步可走的棋。你不是不许入吗？我偏要入，偏要给你顶一个二毛子的名声。

为了能气得着老东西，就得叫他知道！这事可是能张嘴就说的。

杜筠青心里一时充满快意，就决定立马去对老东西说。面儿上是向他请示，实在是为气他。他要不答应，就回答说：她已经答应了人家，人家磨了十几年了，不答应，也太无情。

但想了想，还是先叫杜牧去禀报一声，看老东西怎么说。要把杜牧骂出来，她自己再亲自出马。这样，她就有更多的话可说了。

可惜，她在客房院见莱豪德夫人时没把杜牧带去。她只得向杜牧细加交代：自己从小怎么向往西洋法兰西，跟着父亲又怎么学法国语、英国语，又怎么原本是要跟了父亲出洋的；到了康家，太谷的这些美国教士又如何磨了十几年，劝她信洋教；磨了十几年，还不答应人家，只怕也要遭报应；

她虽不是洋人，但已会说西洋话，洋神洋鬼报应她，那也能寻着门户了；要报应，那也不只是报应她一人，只怕也要给康家招祸。

这个杜牧，似乎还听得有些不耐烦，老嘟囔："知道，我早知道。"

杜筠青立刻拉下脸，怒骂道："知道，知道，你知道你是谁？不要脸的贱货，你知道你是主，还是奴？在我这里，谁伺候谁，你得先给我分清！我说话，你就靠边听着！我吩咐你的事，还没有说几句呢，就知道，知道，谁惯下你这不知天高地厚的毛病？今天我给你说清了：以后再这样不懂规矩，趁早给我走人，爱去哪儿，你去哪儿，反正不用你不伺候我！"

叫杜筠青这样一骂，杜牧什么也不敢说了，呆呆听完，就赶紧去见老太爷。

骂了一顿杜牧，杜筠青心里更觉很快意。杜牧这样挨了一顿骂，到了老东西那里，还不诉苦？交代她禀报的事，也不会给你添好话。这正是杜筠青所希望的：杜牧这样一闹，老东西一准不高兴；他一不高兴，当然更反对你信洋教了。见老太爷是这种态度，杜牧一准会带了几分得意回来。你得意，那更好，正好再臭骂你一顿。

骂完杜牧，再亲自出马去见老东西？

或者，干脆不再见他！知道他反对就成了。她不动声色，照样等待举行洗礼的那一天。等进城参加完洋教洗礼，回来再去见老东西。木已成舟了，那才叫真气着老东西了。

杜筠青越想越觉着快意。

只是，杜牧去见老太爷，转眼间就回来了。看那一脸委屈依旧，好像是没有见着。

"没有见着老太爷？"

"见着了。"

"见着了？"

"真是见着了。"

"见着了，你怎么还哭丧着脸！老太爷不会骂你吧？"

"老太爷统共就说了一句话：老夫人想入，就入。别的，什么也没说。"

"他同意入洋教？"

"可不，他说，老夫人想入，就入。"

这太出杜筠青的意料了！老东西居然同意她去信洋教！既同意，那也就根本气不着他了，还入那洋教做甚！

"老太爷答应得就这么痛快？杜牧，你倒真会传话。你是怎么禀报老太爷的？"

"老太爷就没让我说几句。我一去，老太爷就问：有什么事？我就照老夫人交代的说。没说几句呢，就给老太爷打断：怎么学会啰唆了，有甚事，就不会干脆些说？我只好直说：是老夫人想入美国洋教。老太爷紧跟着就说：她想入，就入。就这事？我说，就这事。老太爷一摆手，把我撵出来了。"

"杜牧，你怎么不照我交代的说？"

"我跟老太爷说了：不是我啰唆，是老夫人交代我这样说的。可老太爷仍不叫我多说。"

"老太爷他正在忙什么？"

"我哪能知道，就只见那个女厨子在跟前，也没见别人。"

老东西迷那个江南女人，也不至于迷成这样吧？连他们康家的名声也不管不顾了？或者，他正想叫你走入这样的危途？

杜筠青真想再大骂杜牧一通，借以发泄心中的怒气，但她还是作罢了。

过了几天，莱豪德夫人又兴冲冲跑来，想向杜筠青说说公理会是多么欢迎她皈依基督，还想先给她布一次道，为洗礼做些准备。可一见面，杜筠青不耐烦了，说："我不入你们公理会了！"

莱豪德夫人一听，以为杜筠青是在开玩笑，就说："康老夫人在说笑吧？可既想皈依伟大的主，这样的说笑就不相宜了……"

"我真是不想入你们的公理会了。"

莱豪德夫人这才一惊："这是为什么？康老太爷还是不同意？"

"与他无关，是我不想入了。"

莱豪德夫人还想开始劝说，杜筠青居然发了怒。

莱豪德夫人还从未见过杜筠青发怒，不由说了声："仁慈的主，宽恕她吧。"就匆匆告辞出来。

第十二章　津京陷落

1

今次四年合账，业绩出人意料的好。京号戴膺老帮已得到太谷老号的嘉许：可以提前歇假，回家过年，东家要特别招待。受此嘉许的，还有汉号的陈亦卿老帮。在天成元中，戴膺和陈亦卿的地位本来就举足轻重，这次身股又加到九厘，仅次于孙大掌柜，所以康笏南就想将这两位大将召回来，隆重嘉奖一番。

戴膺当然很想回去过年，接受东家的嘉奖。他离家也快三年了，要到夏天才能下班回晋歇假。老号准许提前下班，那当然叫他高兴。他已经很久没有在太谷过年了。但年前听到朝中的许多消息，令人对时局忧虑不堪，他哪敢轻易离京？

所以，他回复总号，只说京津两号的生意开局关系重大，年前年后实在不便离开，只能遥谢东家和老号的厚爱了。后来知道，汉号的陈老帮也没有提前回去。汉口局势虽不像北边这样吃紧，陈亦卿也想为新一届账期张罗一个好的开局。相比之下，戴膺所企盼的，只能是一个平安的开局而已。

在许多令人生忧的消息中，山东的义和拳已成燎原之势，最叫人不安。鲁省巡抚毓贤，几年来对拳民软硬兼施，又剿又抚，结果还是局面大坏。义和团非但没有遏制住，反倒野火般坐大，连许多州县也落到拳团手中了。各地洋人教堂被烧无数，教士信徒死伤多多。列强各国对这位毓贤大人愤恨至极，美国公使康格已经再次出面，要求朝廷将他罢免。到去冬十一月，朝廷还真将毓贤免了，调了袁世凯出任鲁抚。

听说朝廷派袁世凯去山东，原是指望他收拢义和拳，将其安抚为效忠朝廷的乡间团练，以遏制洋人势力。可这位袁项城，带了七千武卫右军入鲁后，竟毅然改变宗旨，取了护洋人、剿拳匪的立场。初到任，就有"必将义和团匪类尽行剿绝"之言。不日,即发出布告,禁止义和拳,凡违禁作乱者,杀无赦。

戴膺和西帮的一班京号老帮,起初对义和拳还有几分好感的。义和拳在山东起事,仇教杀洋,专和洋教、洋人过不去,那也是因为朝廷太一味纵容洋人了。听说西洋的天主教、基督教,几乎遍及鲁省城乡。乡间的土民,哪有几个能晓得天主和基督是什么神仙,洋教教义又有什么高妙?一窝蜂跟了入洋教,还不是看着人家的教堂教士,官家不敢惹吗?所以入了洋教的教民,就觉有了不得了的靠山,横行乡里,欺男霸女,夺人田产,什么坏事都敢做。一般乡民,本来过日子就艰难,忽然又多了这样一种祸害,官府也不给做主,那民怨日积月累,能不出事?一般乡民气急了,谁管你列强不列强?朝廷不能反,西洋鬼子还不能反?

乡民受洋人、洋教欺负,揭竿聚啸,出口恶气,实在也没有什么不可。谁叫朝廷不能给子民做主呢!就说那些西洋银行吧,步步紧逼,欺负西帮,朝廷哪里管过?

只是,拳民敬奉的那一套左道邪术,实在愚之又愚。他们扬言天神附体,刀枪不能入。可信奉的天神,大都采自稗官小说中的人物,穿凿附会,荒诞不经得很。戴膺多次请教过武界镖局的高人,凡深谙武功的人,对义和拳都不屑得很。但也正因为如此,才叫人觉得十分可怕:愚民而自视为神兵,必是无法无天,什么都不顾忌!

教民依仗洋教,横行乡里,逼出一个义和拳;拳民更依仗了神功,无法无天。一边是横行乡里,一边是无法无天,两相作对,还不天下大乱啊?

可叹朝廷官府,对义和拳也是一样无能,令其坐大,成了燎原野火。现在袁世凯忽然如此大肆弹压,真能顶事吗?当年的太平天国,就是越剿越大,以至丢失了半壁江山。

西帮以天下为生意场,最怕乱起天下了。看今日义和团情形,还没有洪、杨那样的领袖人物。但这次生乱,将西洋列强拖了进来,实在也是大麻烦。朝廷既惹不起西洋列强,又管不住义和拳民,这才是真正叫戴膺他们忧虑不堪的!

听说朝中一班王公大臣,尤其军机处的几位重臣,很主张借用义和拳民的神功,压一压洋人跋扈的气焰。这不是糊涂吗?朝廷倾举国之力,尚且屡屡败在西洋列强手下，赔款割地不迭，靠乡间愚民的那点邪术，哪能顶事？袁项城他是不糊涂，手握重兵也不去惹洋人，倒是对拳民的神功不放在眼里，剿杀无情。

袁世凯能不能灭了义和拳这股燎原野火，一半在他的本事，一半还在朝廷的态度。朝廷当然怕义和拳坐大作乱，但又想引这股野火，去烧一烧洋人的屁股。自慈禧太后灭了戊戌新政，重又当朝后，西洋各国就很不给她面子，所以太后对洋人正有气呢。义和拳驱教灭洋，太后心里本来就高兴。她能赞同袁世凯一味这样护洋人、灭拳匪？

去年腊月，太后立端郡王载漪之子傅儁为皇子，俗称大阿哥。列强各国公使都拒绝入宫庆贺，以抗议太后图谋逼迫当今皇上退位。这一来，太后对洋人更是气恨至极了。得势的端王载漪，还有巴结他的一班王公大臣，更乘机大赞义和拳，说那既是义民，又确有神功。太后对义和拳也就越发暧昧，给袁世凯发去的上谕，仍是叫他按"自卫身家"的团练，对待拳民，不要误听谣言当作会匪株连滥杀。

袁项城会不会听朝廷上谕，谁也不知道。但就在庚子年大正月，京师就盛传：在袁项城的无情剿杀下，山东的义和团已纷纷进入直隶境内，设坛授拳。直隶的大名、河间及深州、冀州，本来早有义和拳势力，现在山东拳势大举汇入，这股燎原野火竟在京畿侧畔冲天烧起来了。当年洪杨的太平军就是从广西给剿杀出来，一路移师，一路壮大，一直攻占了江宁，定都立国。义和团看来比太平军要简捷，逃出山东，就直逼京畿了。

山东、直隶两省的义和团汇成一股后，更公开打出了"扶清灭洋"的旗号，讨好朝廷，避免被剿杀。这一来，局面就越发难加卜测。

到二月，已盛传京南保定至新城一带，义和团势力日盛一日，各州县村镇拳坛林立，指不胜屈。东面的静海、天津也一样拳众蜂起。在独流镇还出了个"天下第一团"，聚众数千。

不出几天，戴膺又听手下一位伙友说：在东单牌楼西表裱胡同的于谦祠堂，义和团已设了京中第一个坛口。那伙友是去东单跑生意，听说了此事，就专门弯进西表裱胡同。一看，真还不是谣言！祠堂里满是红布卦符旌旗，进出人众也都在腰间系了红巾。他只远远站着，望了片刻，就有一系红巾者过来，塞给他一张揭帖。揭帖，就是现在所说的传单吧。

义和团这股野火,已经烧进京师了?

戴膺接过伙友带回的义和团揭帖,看时,是编得很蹩脚的诗句:

> 庚子三春,日照重阴,
> 君非桀纣,奈有匪人。
> 最恨和约一误,致皆党鬼殃民。
> 上行下效兮奸究道生。
> 中原忍绝兮羽翼洋人。
> 趋炎附势兮四畜同群。
> 逢天坛怒兮假手良民。
> 红灯暗照兮民不迷经。
> 义和明教兮不约同心。
> 金鼠漂洋孽,时逢本命年,
> 待到重阳日,剪草自除根。
>
> ——刘伯温伏碑记

这揭帖上传达的是什么意旨,虽也不大明了,但这揭帖是拳会所印发,却没什么疑问。看来,义和团真是进了京师了!现在虽只是听说于谦祠堂有这第一坛口,可拳会蔓延神速,说不定十天半月,京中也会香坛林立的。

义和拳进京,会不会生出大乱?朝廷容忍拳势入京,西洋列强会坐视不管吗?京中既有洋教礼堂,更有各国公使馆,拳民要往这些地界发功降神,京中不就大乱了?

戴膺越想越觉不安,就带了这份揭帖,赶往崇文门外草厂十条胡同,拜见日昇昌的京号老帮梁怀文。在这种时候,戴膺最想见的,还是蔚泰厚的京号老帮李宏龄。李宏龄见识过人,又常有奇谋,尤其是临危不乱,越是危机时候,越有良策应对。可惜,李老帮下班归晋歇假,不在京中,所以才来见日昇昌的梁老帮。

梁怀文接过那份揭帖,草草看了一过,说:"京中有了义和团的坛口,我们也听说了。"

"那占奎兄你看不当紧吗?"戴膺见梁怀文神情平常,并不很把这份揭帖当一回事，便这样问。

"那静之兄你看呢？"

"我看还是不能大意。义和团蔓延神速，我们稍一愣怔，说不定它已水漫金山了。"

"静之兄，你把这帮拳民看得也太厉害了。京师是什么地界？你当是下头的州县呢，发点泼，就能兴风作浪？"

"这帮拳民，也不能小看。虽说都是一帮乌合的乡间愚民，一不通文墨，二没有武功，可一经邪术点化，一个个都以为天神附体了，那还不由着他们兴风作浪？什么京师，什么朝廷，他当天神当到兴头上，才不管你呢！"

"哈哈哈，静之兄，你是不是也入了义和团了？"

"占奎兄，我可是说正经的。"

"我看你还是过虑了。这帮义和团，虽说闹得风浪不能算小，可它一不反朝廷，二也不专欺负咱西帮，只是跟洋人过不去。我看朝廷还睁一只眼，闭一只眼呢，我们又何必太认真？"

"说吧也是，义和团作乱，也是乱朝廷的江山，我们认真又能怎样！只是天下乱起，我们还做什么生意？这两年，我们天成元在山东的几间字号，虽说没有撤庄，生意也清淡得很。"

"山东生意清淡，你们天成元合账还合出那么一座金山来，要是不清淡，再合出一座金山？"

"日昇昌今年合账，也差不了。你们做惯老大了，我们挣的这点钱也值得放在眼里？当前时局迷乱，做老大的更该多替同业操心才是。占奎兄，你看用不用叫同仁到汇业公所聚聚，公议一下，义和拳进京是吉是凶？"

"叫我看，现在还无须这样惊动大家，静观一阵再说吧。我还是那句话，京师是什么地界？朝廷能由着这班愚民，在太后眼皮底下兴风作浪？军机大臣，兵部，刑部，九门提督，步军统领衙门，顺天府，五城御史，有多少衙门在替朝廷操心呢！我们尽可一心做生意。以西帮的眼光看，京中要对付义和团这个乱局，必向各省加征、急征京饷，我们倒可以多揽一点汇兑的生意。再说，朝廷忙着打点洋人，管束拳会，对西帮禁汇的事，也不再提了。我们不是正好可放手做生意了？"

"但愿如此吧。山东情形，占奎兄也听说了吧？义和团不光是烧教堂，杀洋人，还砍电杆，割电线，扒铁道。弄得大码头电报不通，小地方信差不敢去，我们的汇票都送不过去。走票都走不通了，我们还能做什么生意？许多急需汇兑的款项，只好叫镖局押送。义和团折腾得厉害的地方，镖局也不大敢去，只好出厚资，暗请官兵押运。各地局面都成了这样，我们票号可就给晾起来了！"

"山东局面大坏，那是因为毓贤偏向义和拳。袁项城一去，拳会的气焰不就给煞下去了？"

"可义和拳倒给撵到了直隶、天津，眼看又进了京师！听说京南从新城到保定、正定一路，信差走信已不大畅通。信局的邮差常有被当作通洋的'二毛子'，抓了杀了。这一路是京师通汉口的咽喉，咽喉不通，还了得吗？"

"听说朝廷已叫直隶总督裕禄管束拳民。"

"裕禄也是对义和拳有偏向的一位大员。不然，山东的拳势会移师直隶？"

"裕禄对义和拳并不像毓贤那样纵容的。再说，直隶不同于山东，毕竟是京师畿辅，他也不能太放任的。"

说了半天，梁怀文仍是叫他沉住气，静观一些时候再说。戴膺想了想，也只能如此了。自家再着急，其实也没有什么用，最多也不过是未雨绸缪。局面不好，就收缩生意吧。这种时局，就是想大揽大做也难实行。

庚子新年，本指望有个好的开局，没有想到时局会如此不济。也许真是自己过虑了？朝廷毕竟还是可以指望的，京师局面再坏吧，还会坏到哪儿？不过就是这样了。对西帮来说，北方生意不好做，还有江南，还有口外关外。但在心里，戴膺依然不敢太大意。驻京许多年了，还没有这点见识：朝廷也有指望不上的时候！

见过日昇昌的梁怀文老帮后，戴膺还是给总号的孙大掌柜写了很长的一封信报，将直隶、天津、京师一带义和团的动向做了禀报。自己对时局的许多忧虑也婉转说了。对朝廷的忧虑，当然不能在信中直说。这些情形，他也向汉口的陈亦卿以及其他几处大码头的老帮做了通报。

孙大掌柜的复信依然是不疼不痒，多是相机张罗一类的话。对义和拳大掌柜倒明确说了：彼系乡民愚行，成不了气候。因为去年夏天在河南，他和康老东台已经亲自领教过了。大掌柜的复信,分明洋溢着一种喜气:太谷老号,大概还沉浸在合账后的喜庆中吧。

汉号陈亦卿的复信,竟也说不必大虑。湖广的张之洞、两江的刘坤一、两广的李鸿章、闽浙的许应骙,还有督办芦汉铁路大臣盛宣怀,都与山东的袁世凯取一样立场:对义和拳不能姑息留情!以当今国势,也万不能由这些愚民驱洋灭教,开罪多国列强。他们已纷纷上奏朝廷,请上头及早做断,不要再酿成洪杨那样的大祸。这些洋务派大员,在当今的疆臣大吏中举足轻重,朝廷不会不理他们吧?义和拳进京,正可促使朝廷毅然做断。吾兄尽可专心生意的。

陈亦卿所报的情况,倒也能给人提气。只是朝中围在太后四周的尽是偏向义和拳的端郡王那一伙。太后会听谁的,真还难说呢。

不过,读了陈亦卿的信报,戴膺也开始怀疑自己:谁都能想得开,就自家想不开?

2

但三月过去,进入四月了,朝廷虽也不断发出上谕,叫严加查禁京中义和拳会,拳会还是在京师飞速蔓延开了。坛口越来越多,拳民与日俱增,特别是周围州县的拳民也开始流入京城。在这个庚子三春,义和拳真是野火乘春风,漫天烧来。

一国之都,天子脚下,居然挡不住这股野火?

朝廷是不想挡,还是无力挡,依然叫人看不明白。

天成元京号驻地在前门外打磨厂。在打磨厂街中,聚有京城多家有名的铁匠铺。三四月以来,戴膺是亲眼看着这些铁匠铺生意一天比一天火爆:入了义和团的拳民纷纷来定制大刀。铁匠铺日夜炉火不息,打铁锤炼之声,入夜更清晰可闻。大刀的售价比往常贵了数倍,依然还是求购不得。

看着刀械这样源源流散到拳民手中,戴膺是忧虑更甚了。这样多的愚民持了大刀,就真是"扶清灭洋",不反朝廷,只灭洋人,那也是要惹大祸的。京中也有西洋教士,但洋人聚集最多的地界,还是各国公使馆。杀进公使馆,去灭洋人?那岂不是要与西洋列强开战了?朝廷要依然这样暧昧，那班愚民，他们才不会顾忌什么。说不定哪天兴头来了，说杀就杀进公使馆了。

听说各国公使已不断向总理衙门提出交涉，要求朝廷弹压京中义和团。

就靠这班愚民，也敢跟西洋列强开战？结果不用猜，一准也是割地赔款！甲午赔款还不知几时能还清呢，再赔，拿什么赔？更叫人害怕的是国势积弱如此，真要和洋人打起来，天下真还不知乱成什么样子呢！西帮生意，已日见艰难，再遇一个乱世，真要潦倒了。

只想一想，也叫人寝食不安的。

进入四月以后，日昇昌沉着乐观的梁怀文也坐不住了。他终于出面，召集西帮各京号老帮聚会于芦草园汇业公所，公议京中义和拳乱事。到这个时候，已经没有人敢太乐观了，但也议不出什么良策，无非是收缩生意，各号间多加照应，并及时将京中危局报告老号。

只是，收缩也不容易。

京中局面眼看一天比一天乱，商界、民间，尤其是官场的权贵更纷纷来票号存银换票，其势简直锐不可当。纷纷来存银的用意，显然是怕乱中有失，存了银钱，握一纸票据，毕竟好匿藏。当此乱局，票号收存如此多的银钱就能安全了？但京中商、民、官，在这个时候简直一同铁了心，无比信赖西帮票号，仿佛他们也有神功似的，可以转手之间，将收存的银钱调到平安的江南。他们只知道西帮有本事将巨银调往千里之外，那是比匿藏在秘密的暗处，或由武卫把守还要保险。

你们只把账本守妥不就得了？

票号的异地汇兑，北存南放，哪是这么简单！可是，在此危乱之际，京中官、商、民如此信赖西帮票家，你也实在不能拉下冷脸，把人家推出字号吧？西帮百余年的信誉，总不能毁于此时。既没有撤庄歇业，人家找上门来的生意总是再三推拒也说不过去。尤其京师官场的权贵们更是得罪不起。

大家公议了半天，觉得还是以西帮百年信誉为重，不能收缩太狠了。当此非常时候，一旦自毁了名誉，就如覆水难收，再不用想修复。

公议中，祁帮大德通的周章甫老帮提出，是否可仿照当年太平天国起事时，西帮票行报官歇业，从京师撤庄，回山西暂避一时？

从京师撤庄，不是小举动。要撤，那得由祁、太、平的老号议定。京师乱局，大家也不断向老号报告了，东家大掌柜都没有撤庄的意思。再说，咸丰年间，为了躲避洪杨之乱，西帮票号纷纷从京师撤庄，携走巨资，弄得京中市面萧条，朝廷很不高兴。目前的义和团，能不能成了太平天国那种气候，还难说呢。所以，对撤庄之举，也没有多议，就一带而过了。

后来回想，这可是京师汇业同仁所犯的最大错误了！如果在庚子年四月间，西帮票号能未雨绸缪，断然从京津撤庄，那会是怎样一招良策：早一步就躲过塌天之祸了。当时分明已是风雨将来，可还是对朝廷有所指望，局面再坏，也没有预料到京师的天，国朝的天，真还能塌下来！

西帮再自负，也断然不敢公议国朝的天，是不是会塌下来。

那次集议之后，京号各家倒是纷纷求助于京师镖局，雇武师来字号下夜。听说有几家，还从山西招来武师。后来才知道，这些武师功夫再好，也挡不住洪水般的拳民。

四月中旬，听说正定、保定一带也发生了烧教堂，杀洋人的教案。后来又听说，从涿州到琉璃河，拳民已在扒芦汉铁路，割沿途电线，焚烧铁路的车辆厂、桥厂、料厂，铁路聘来的洋工住所更不会放过。驻京各国公使馆，更向总理衙门提出严厉交涉，要求尽快弹压义和团、大刀会，否则，要出兵来保护公使及侨民。

京中局面，真是眼看着一天不如一天，可朝廷似乎依然稳坐不惊。查禁拳会的布告不断贴出，可查禁的官兵却不见出来。倒是义和拳的揭帖也在满大街散发。京中义和拳坛口传说已有一千多处，拳民已有十万之众！铁匠铺的刀械生意，那可是千真万确地更见火爆。戴膺拜见了户部几位相熟的郎中、主事，他们说朝廷还是不断有上谕，命步军统领衙门、顺天府、五城御史，严厉查办义和拳会。可哪里能看见官兵的动静？

字号柜台上来存银子的客户也依然很多。收银很旺，往出放银却越来越难。京城四面几乎给义和团围死了，连官兵解押的京饷都只能勉强通过。戴膺极力张罗，四处拉拢，将利息降了再降，千方百计把收存的银子借贷出去。其中第一大户，就是户部。京饷不能按时解到，户部也正支绌。不过，各家都争着借钱给户部，天成元也无法独揽。所以，除了户部这个大头，其他衙门，以及钱庄、账庄、炉房也尽力兜揽。加上江南各号的勉力配合，揽到一些兑汇京饷的生意，又拉拢官家的信使，夹带了汇票，设法捎来。这样才抵消了一些存银压力，生意还算能维持。

四月二十二，柜上来了一位宫中的小太监。他是替管他的大宫监来存私蓄的。戴膺听说，赶紧把这位小公公请进后头的账房，上茶招待。这位小太监是常来的，所以戴膺与他早已熟悉了，他的小名二福子，柜上也都知道。说了一些闲话，就问起宫中知道不知道外间的义和拳。

二福子就说："怎么不知道？宫中和外间一模一样！"

"一模一样？"戴膺还不明白一模一样是说什么。

"可不是一模一样！宫中也练义和拳，也尽是头包红巾、腰系红带的，进进出出。"

戴膺听了，真有些瞠目结舌：老天爷，皇上宫中也练义和拳？

"宫中也都练义和拳？这是老佛爷的圣旨吗？"

"倒也不是老佛爷的圣旨，所以，也有不练的。可老佛爷信得过的那些亲王、贝勒，都迷上了义和拳，别人还能不跟着练？义和拳呢，也不大讲究尊卑贵贱，像我们这些宫监、护卫、宫女，也都准许跟着练。满眼看去，可不宫中也跟外间似的，红红一片。"

"喜欢义和拳的，有端郡王大人吧？"

"岂止端王呢！庆亲王、怡亲王、贝勒载濂、载滢、辅国公载澜都迷义和拳迷得邪乎呢！你们是见不着，载滢、载濂、载澜这些主子，多大人物，近来装束也照着义和拳的来，短衣窄袖，腰间系了红巾。精气神也跟平时不一样了，仿佛底气足了，人也凶了。我还亲眼见过一回，载澜大人呼来天神附体，两眼发直，一脸凶煞，一边呼叫，一边蹦跳，就像疯了醉了似的，真吓人呢。"

"小公公，真有这事呀？"

"我能哄您戴掌柜？可戴掌柜千万不敢对外间说。"

"小公公您还信不过我们？"

"信不过你们，我能说这些？"

"老佛爷、当今圣上，就由着他们这样在宫中练功？我们是外间草民，总觉在朝廷的宫禁之地，竟也如此做派，不伤圣朝大制吗？皇上贵为天子，老佛爷，当今皇上，本就是神命龙体，本就是天神下凡，还能再这样乱请神？"

"听说老佛爷也说过他们，他们还有理呢。有一回，载漪居然跟老佛爷抬起杠来，听说险些儿把御案给掀翻了！"

"这么厉害？"

"他们有他们的理呀！"

"有什么理？"

"说练义和拳的都是义民，又忠勇，又守规矩，法术神功又了不得。天神附体后，刀刃不能入，枪炮不能伤，那都是千真万确的。为嘛就呼啦一片，出了这么多神功无比的义民？那是上苍见洋人忒放肆了，派来保咱大清的。京外人心都一伙儿向着拳民，满汉各军也都与拳会打通一气了。要不宫里会有那么多人跟随了练义和拳？"

"小公公，您也常从宫禁出来，见着过外间练义和拳的吧？"

"碰着过。尤其近来，一不小心就碰着了。"

"那您看外间这些拳民，真像宫中传说的那样好？"

"我哪能看出来？只是那股横劲儿，凶样儿倒差不多。他们好不好，我说了也没用。今儿是到了你们字号，见了您戴掌柜了，悄悄多说了几句。在宫里，谁敢多嘴？就这，前些时还嚷嚷，说宫里也有二毛子，要一个一个拉出来查验。吓得有头脸的宫监、宫女都跑到老佛爷跟前，哭哭啼啼告状。"

"宫里也抓二毛子？那怎么个查验法？"

"听说是念几句咒语，再朝你脑门上狠拍一巴掌，要是二毛子，脑门立时就有十字纹显现出来。说是如何如何灵验，邪乎着呢，谁心里能不发毛？"

"这么在宫里查验二毛子，老佛爷就允许？"

"老佛爷说了，神佛也不冤枉人，你们就由他们拍去。"

"真拍出几个二毛子？"

"老佛爷这样放了话，谁还再真去查验？嚷嚷抓二毛子的，得了面子，也就糊涂了事。"

"小公公，我还是头回听说这么查验二毛子。劳驾您也朝我脑门拍一下，验验我是不是二毛子？"

"哈哈，戴掌柜，我哪有那本事！"

"那我来拍您一下？"

"干拍哪成？听说还得念咒语。"

"义和拳的咒语，我也会念几句：天灵灵，地灵灵，奉请祖师来显灵。"

"戴掌柜会念咒，我也不叫您拍。"

"为什么？"

"我还嫌疼呢！"

"哈哈哈！"

小太监给戴膺说了这许多宫廷中情形，临走戴膺特别提醒："小公公出来跑这一趟够辛苦，敝号孝敬的一点茶钱，就写在您的折子上了？"

小太监说了句："戴掌柜不用客气。"一边抬脚就走了。

西帮京号拉拢能出入宫禁的太监也有周到的手段。像这类跑腿的小太监也毫不轻视，每次都打点得他们心里高兴。他们收了礼金，也不敢带回宫中便给立了折子，存在字号，什么时候取，哪怕十年二十年，以至老迈出宫后，都认。所以，西帮票号在宫监中也有信誉，许多不该说的他们也悄悄说。

送走小太监，戴膺心里才真害怕了。皇宫里居然也有那么多人信义和拳！愚之又愚的邪术，当今得宠的王公大臣们居然也深信不疑。满大街剿灭拳会，弹压拳匪的布告，看来根本就不用指望。真要如此，京师局面还不知要往何处动荡呢！

当夜，戴膺就将宫中这种情形写成隐秘信报寄回太谷老号。京中局面已经坏成这样了，撤庄，还是留守，老号也该早做决断了吧？

只是这封紧急信报何时能寄到太谷也叫人难以估计。以往私信局往山西走信是出京向南，经涿州、保定、正定，再西行入晋。现在京南一路正是义和拳的天下，所以只好由北路出京，绕到宣化，再南下入晋。可近来北路也渐不平静，义和拳已蔓延到京北，走信常有阻隔。

宁波帮开的私信局，与西帮票号是老"相与"了，承揽走票走信，历来所向披靡，很少出差错的。近来也大叹苦经，说出入京师简直就是出生入死，信差被当成二毛子遇害的事已经出了好几起。信局的生意也快不能做了，谁愿意去送死？

票号经营异地金融汇兑，全靠信局走票。信局一停业，票号也只好关门了。

3

进入五月，京号收到津号的信报也稀少了。京津间近在咫尺，邮路居然也受阻，这更不是好兆。

传说各国列强的军舰已经麇集于天津大沽口，要派兵上岸，由津入京，保护各国公使馆。义和拳民就扒毁了芦津铁路，阻挡洋人进京。京津间已成战场，邮路哪还能顺畅得了？

得不到津号信报，戴膺更是忧心如焚。

去年刘国藩惹祸自尽，津号就大伤了元气。年底大合账毕，本来应该派一位新老帮到天津及早扭转颓势。但老号的孙大掌柜却依然叫京号的戴膺代为照应；津号那头，叫副帮杨秀山暂时领庄。

其实，孙大掌柜已选定了新的津号老帮，那就是在张家口领庄的王作梅。俗称东口的张家口也是大码头，生意不亚于津号。王老帮驻东口已经多年，无论才干手段，还是年资功劳，也都远在刘国藩之上。孙大掌柜此次将王老帮调往津号，显然有自责忏悔的意思在里面。但王作梅接到新的任命却提出了延期赴津的请求：他再过一年才到下班的期限，所以想在东口干满三年，再离任休假，转赴津号。他铺开的摊子，怕别人不好半路收拾。不知王老帮是不是有意难为孙大掌柜，反正孙大掌柜居然准许了王作梅的请求。

这在以往可是从未有过先例的，不能说一不二，令行禁止，哪还叫领东的大掌柜！看来孙北溟在真心自责忏悔。

王作梅这一延期，倒叫他躲过了一场大劫难。

这中间只是苦了戴膺！京师局面已经够他招架了，还要多一个天津。进入庚子年，京津都闹义和拳，天津比京师闹得还邪乎。

津门是北方第一大通商口岸，洋行洋教比京师就多，紫竹林一带又早成了洋人买下的夷场，也即后来所说的租界。津门百姓受洋人欺负也就更甚，义和团一说仇教灭洋，响应者自然是风起云涌了。静海、独流、杨柳青都出了领袖似的大师兄,传说神功非凡,仿佛真能呼风唤雨。

天津还独有一种专收妇女的拳会,叫红灯照。入会妇女统统穿了红衣红裤,右手提红灯,左手持红折扇,年长的头梳高髻,年轻的挽成双丫髻。红灯照的大师姐被称作"黄连圣母",传说功法也了不得。入了红灯照的妇女,跟着这位大师姐在静室习拳,用不了几天,就能得道术成。一旦术成,持了红折扇徐徐扇动,自身就能升高登天,在空中自由飞翔。这时右手的红灯投掷到哪儿,哪儿就是一片烈焰火海,其威力宛如现在的轰炸机了。

在津号的信报中,副帮杨秀山不时写来这类情形。戴膺看过,自然对那些大师兄、大师姐的神功不会相信,但对天津义和拳的嚣张气焰却非常忧虑。京师义和拳朝廷还遏止不住呢,天津谁又能弹压得了?

果然,近来津号来信,连说天津已成义和团天下,神坛林立,处处铸刀,拳民成千上万,满大街都是,官府也只能一味屈辱避让。拳会的大师兄在街市行走,遇见官员,不但不回避,反要一声令喝,命官老爷坐轿的下轿,骑马的下马。官老爷们倒都听喝,赶紧下来,脱去官帽,站到路边回避。局面已至此,烧教堂,杀洋人的事件也不稀罕了。

只是局面危急如此,津号的杨秀山也没有提出撤庄的请求。从寄来的正报、复报看,津号生意做得也不比平常少。戴膺去信一再告诫,当此乱局,千万得谨慎做事,生意上宁可收缩少做,也不敢冒失。平常偶然冒失了,尚可补救,现在一旦失手,谁知道会引发什么灾祸?在今乱局中,拳民、洋人、官府,我们对谁也得小心,不敢得罪,也不敢太贴近。对黑道上的匪盗、街市间的青皮混混,也得细加防范。世道一乱,正给了他们作恶的良机。

可杨秀山似乎是处乱不惊,说津门局面虽然危机重重,但还能应付。义和拳势力高涨,洋商、洋行只好退缩,尤其西洋银行几乎不能跟华商打交道了,正好空出许多盘口,由我们来做。杨秀山说的那当然是个不寻常的商机。但这样的商机也不是寻常人能驾驭得了。

杨秀山以往给戴膺的印象并也不是那种有大才、有胆略的人,他也敢走这样的险招?或许以往在平庸的刘国藩手下不便露出真相?

戴膺对杨秀山处乱不惊,从容出招,当然不能泼冷水,只是叫他前后长眼,谨慎一些。但心里对津号是担忧更甚了。

现在，京津间的信报越来越不能及时送达，电报也是时断时通，戴膺哪能不着急？

到五月初九，终于收到津号的一封信报。这是进入五月后戴膺头一回收到津号的信件。急忙拆开看时，还是写于四月二十四的信！从信报能看出，津号依然平安，杨秀山也依然从容不迫。可是这封信件居然在京津间走了十四五天，实在也叫人不敢宽心。

戴膺打发手下伙友，给津号发一封问讯的电报，跑了几天电报局，还是发不出去：有一段电报线，又被义和团给割了。说是派了官兵护线、抢修，谁知什么时候能修通？

熬到五月十五，依然得不到津号的一点消息。就在这天午后，柜上闪进一个乞丐似的中年人，站柜的伙友忙去阻拦，那人已瘫坐在地，哑着嗓子无力地说："快告戴掌柜，我是津号来的……"

听说是津号来的，站柜的几个伙友都围过来，看了看，又不敢相信。义和拳入京以来，街头乞丐也随处可见。一伙友便说："你要是津号来的，那你用太谷话说。"

那人嗓音嘶哑，又疲惫至极，但改用太谷乡音说话却是地道的。

京号几个伙友听了，才真惊慌起来，有的赶紧搀扶这位津号来客，有的已跑进去禀告戴老帮。

戴膺一听，慌忙跑出来，见真是乞丐似的一个人，吃惊不小。

"戴掌柜，我是津号跑街李子充……"

戴膺是常去天津的，对津号的伙友都熟悉。只是眼前这个乞丐似的人，满脸脏污，声音嘶哑，实在辨认不出他是津号的李子充不是。但对方能认出他来，似乎不会有错吧——时局这样乱，他不能不小心些。

"你既到了京号，就不用慌了。"他转而对柜上的伙友说："你们快扶他进去，先洗涮洗涮，再叫伙房做点熨帖的茶饭伺候。"

"戴掌柜，我有紧急情况禀告！"

"我能看出来。还是先进去洗涮洗涮，喘口气。既已到京，不在乎这一时半会儿。"他极力显得镇静。

来人被搀扶进去了。戴膺心里当然镇静不了：要真是津号派来的人，那天津就不是出了小事！

果然，他回到自己的账房不久，这位天津来客就急急慌慌地跑来求见：他已经洗涮过，换了衣束，但只是吞咽了几口茶水就跑来了。现在，戴膺能认出来了，此人的确是津号的跑街李子充。

"戴掌柜，津号遭抢劫了……"

果然出了大事。

4

天成元的津号，是在五月十一凌晨遭到抢劫的。

那几天津门局面乱是乱透了，但国人开的大商号铺子还没听说谁家遭了抢劫。遭义和拳打劫焚烧的，主要还是洋人教堂、洋人住宅。洋行、银行早都关门停业了，货物、钱款也随之转移。津门是大商埠，商家不存，立马就会成为一座死城。所以，洋商收敛后，国人自家的商贸买卖依然在做。特别是银钱行业，似乎想停也停不下来。市面混乱，生计艰难，当铺、钱庄的生意，似乎倒比平素还火热一些：大多生计断了，靠典当、借贷也得活呀！而当铺、钱庄的资金，又一向靠票号支持。所以，那几天津号的生意也一直在照常做着。

副帮杨秀山见局面太乱，也从镖局请了一位武师，夜里来护庄。初十那天夜里，镖局武师恰恰没有来柜上守夜：他往五爷的宅子护院去了。

五爷失疯后，什么都不知道了，就知道不能离津。所以只好给他买了一处宅院，长住天津。原先跟着五爷五娘出来的保镖田琨，深感五娘的被害是自己失职，就留下来陪伴疯五爷。那几天，五爷的宅院忽然有了异常。白天，常有敲门声，可开了门，又空无一人。尤其到了夜晚，更不断有异响，提了灯笼四向里巡查，却什么也查不见。

女佣就说是闹鬼，怕是五娘嫌冤屈未伸，来催促吧。

田琨却说，真要是五娘回来显灵，倒也不怕，怕的是活着的匪盗歹人！现在外头这样乱，要有强人来打劫，五爷又不懂事，再出意外，我们也别活了。

田琨跟津号说了说这番异常，杨秀山就把字号雇的镖局武师打发过去了。因为字号一直还算平静。两位武师守护一处宅子，强人也该吓跑了吧。

等五爷那头安静了，再回字号来护庄。

谁能想到，镖局武师只离开了两天，这头就遭了抢劫！

十一那天凌晨，杨秀山和津号的其他伙友几乎同时被一声巨响惊醒：那是什么被撞裂了的一声惨烈的异响。紧接着，又是连续的撞击，更惨烈的断裂声……晨梦被这样击碎，真能把人吓傻了。

老练的杨秀山给惊醒后，也愣了，还以为仍在噩梦中。定过神来，意识到发生了不测，急忙滚下地来，将自己房中几本字号的底账翻出，抱到外间一个佛龛前。这佛龛内，有一个隐秘的暗门，打开，里面是一个藏在夹墙内的秘窖。杨秀山拉了一把椅子，跳上去，移去佛像，打开暗门，飞速将那几本底账扔进了秘窖。随即关了暗门，又将香炉里的香灰倒了些，撒在佛龛内，掩去暗门痕迹，再放回佛像。

杨秀山在做这一切时，尽管迅疾异常，但外面已是混乱一片，砸击声、喝骂声如暴风骤雨般传来。他刚冲到院里，就见一个伙友满脸是血，一边跑，一边说："杨掌柜，他们撞毁门面护板，破窗进来了！"

杨秀山刚要说什么，一伙红巾蒙脸，手提大刀的人已经涌进来。

前头的一个喝道："爷爷们是义和团天兵天将，来抓二毛子！大师兄说了，你们字号的掌柜就是通洋的二毛子！哪位是掌柜？还不出来跪下！"

别的蒙脸人跟着一齐喝叫："出来，出来！"

杨秀山听说是义和拳的，知道已无可奈何了，正要站出来跟他们交涉，忽然发现：这伙人怎么用红巾蒙脸，只露了两只眼，就像强人打扮？街面上的义和拳也见得多了，都是红巾蒙头，趾高气扬，一脸的神气，没见过这样用红巾蒙了脸的呀？

正这样想，柜上账房的孔祥林已经站出来，拱手对那伙人说："各位师父，在下就是敝号的掌柜。各位可能听了讹传，敝号一向也受尽洋行、洋商的欺负，对洋人愤恨得很，决不会通洋的……"

领头的那人立刻就喝道："你找抽啊？大师兄火眼金睛，能冤枉了你孙子？"说时，已举手向孔祥林狠扇去。孔祥林比杨秀山还要年长些，被这一巴掌扇下去，早应声倒地了。

"去看看，是不是二毛子！"

领头的一吼，有两人就过去扭住孔祥林的脸，草草一看。

"不是他,不是他!"

杨秀山见这情形,就过去扶孔祥林,一边说:"各位不要难为他,他只是本号的二掌柜,敝人是领庄掌柜。我们西帮对洋商、洋行的确是有深仇大恨,早叫他们欺负得快做不成生意了!各位高举义旗,仇教灭洋,也是救了我们。能看出各位都有神功,敝人是不是通洋的二毛子,愿请师父们使出神功来查验。"

领头的那人瞪了杨秀山一眼,就又一巴掌扇过来:"嘛东西,想替你们掌柜死?滚一边待着!"

杨秀山只觉半边脸火辣辣一片,两眼直冒金花,但他挺住了,没给扇倒下。

"搜,快去搜!他就是钻进地缝,也得把他搜出来!"

领头这样一喊,跟他的那伙人就散去了几个。

其实,自这伙人破窗而入以来,砸击、摔打、撕裂、破碎的声音就一直没有停止过。闯进来的肯定比刚才见着的这五六个多。现在散去几人,还留着三人,但不断还有别的蒙脸人押了柜上的伙友送过来。

很快全号的伙友都押来了,他们还在翻天覆地地搜寻。他们在找谁?找已经死去的刘国藩?

领头的还在不停地喝叫:"说,你们的二毛子掌柜到底藏哪儿了?"

大家已不再说话,因为无论说什么,都只会遭到打骂凌辱。

杨秀山也希望,众伙友不要再冒失行事。这是祸从天降,也只能认了。别处的账簿,不知是否来得及隐藏?还有银窖!西帮票号的银窖,虽然比较隐秘,但这样天翻地覆地找,也不愁找到。只愿他们真是搜查人,而不是打劫银钱。

不久,就见匆匆跑来一个蒙脸同伙,低声对领头的说了句什么。领头的一听,精神一振。他过去一脚踢开了杨秀山住的那处内账房,吆喝同伙,挥舞起手里的大刀片,把津号所有的人都赶了进去。跟着,将门从外反锁了。"你们听着,爷爷要烧香请神了,都在屋里安分待着,谁敢惹麻烦,小心爷爷一把火烧了你们字号!"

领头的吼完,外间真有火把点起来了。天刚灰灰亮,火光忽忽闪闪映在窗户上,恐怖至极。门被反锁,真要焚烧起来,哪还有生路!

外面，砸击摔打的声音已经没有了，忽然显得安静了许多。他们真要请神了。请了天神来，到底要捉拿谁？

渐渐地，听到外面有杂沓匆促的脚步，但听不见说话声。他们在举行降神仪式吗？

杂沓的脚步声，很响了一阵。后来，这脚步声也消失了。外面是死一般沉静，但火把的光亮仍在窗纸上闪动。

又停了一阵，见外面依旧死寂一片，有个伙友就使劲咳嗽了一声。

外面，什么动静也没有。

有人就走到门口，使劲摇晃了摇晃反锁着的房门。

依然没有动静。

杨秀山忽然明白了，慌忙喊道："赶紧卸门，赶紧卸门！"

几个年轻的伙友挤过去，七手八脚，就卸下一扇门来。那时代的民居门板，虽然厚重结实，但都是按在一个浅浅的轴槽里，在屋里稍稍抬起，便能卸下来。门被卸下，大家奔出来，见火把只是插在院中的一个花盆里，似乎一直就没人在看守！

杨秀山又慌忙喊道："快去看银窖！"

奔到银窖，果然已被发现，洗劫一空！

西帮票号做全国性的金融汇兑生意，银钱的进出量非常巨大。因此，银钱的收藏保管成为大事。票庄一般都是高墙深院，有的还张设了带铃铛的天网。在早先，西帮还有一种特殊的保管银锭的办法：将字号内一时用不着的银锭，叫炉房暂铸成千两重的大银砣子。那时代法定流通的银锭，最重的仅五十两。所以这千两银砣子，并不能流通，只是为存放在银窖内安全：如此重的银砣子，盗贼携带也不方便。纵然是能飞檐走壁的强人，负了如此重的银砣子，怕也飞不起来了。所以这银砣子有一个俗名，叫"莫奈何"。不过到后来，西帮票号也不常铸这种千两银锭了：事业走上峰巅，经营出神入化，款项讲究快进快出，巨资一般都不在号内久做停留。

当然了，再怎么进出快捷，票庄也得有存放银钱的银窖，也即现在所说的金库。西帮的银窖，各家有各家的巧妙，各家有各家的秘密。外人不易发现，号内自家人存取时又甚方便。

天成元津号的银窖，处置得不算是太巧妙：只是将设银窖的库房，布置成为一处普通伙友的住房：盘了一条大炕，炕前盘了地炉子，火炉前照例有一个深砌在地下的炉灰池，池上嵌盖了木板。看外表，没有一点特别。津号的银窖，就暗藏在地下的炉灰池一侧，寻常的炉灰池其实正是银窖的入口处。当然，地面上嵌盖的木板，暗设了机关，外人不易打开。

这伙蒙脸的劫匪，居然把隐藏在此的银窖寻出来，打开了。他们没耐心破你的机关，砸毁盖板就是了。存在里面的四万两银锭，自然全给抢走了。

他们哪里是来抓二毛子？不过是来抢钱！

杨秀山忙赶到临街的门面房，那里更是一片狼藉，但劫匪早无影无踪。从被撞毁的那个窗户中已有晨光射进来。

开门出来，见门外撂着一根碗口粗的旧檩条。显然，劫匪们是举着这根檩条，撞毁了临街的窗户。

门外，还有牲口粪和分明的车轮痕迹。劫匪是赶着车来打劫？

看了这一切，杨秀山更断定，这伙人不是义和拳民，而是专事打家劫舍的一帮惯匪！

朝街面两头望了望，尚是一片寂静。这帮劫匪为何偏偏来打劫天成元？

京号的戴膺听了津号遭劫的情形后，也问李子充："当天，还有谁家遭劫了？"

李子充说："没有了，只我们一家。遭劫后，到我离津那几天，也没听说谁家又遭劫。"

"就偏偏拿我们天成元开刀？你们得罪义和拳了？"

"津门已经是义和团天下，我们哪敢得罪？看那活儿，也不像拳民所为。"

"那就怪了！"

"出事后，我们雇的武师和五爷的保镖都赶来了。他们依据抢劫的手段推测是江湖上老到的强盗所为。出事前，骚扰五爷的宅子，只怕就是他们声东击西。从破窗而入，到盗了银窖，活儿做得够利落。尤其他们只劫财，未伤人，更不是义和拳那些乌合之众所能做到。义和拳真要认定谁家有通洋的二毛子，不杀人能罢手？"

"江湖上老到的盗匪？那你们津号得罪江湖了？"

"没有呀？"

戴膺忽然拍了一下额头，说："我明白了！这次津号遭劫，只怕与去年我在你们那里演的空城计相关吧？"

李子充忙说："我们招的祸，哪能怨戴老帮！"

"你还记得吧？去年夏天，五娘被撕票，你们刘老帮又忽然自尽，惹得挤兑蜂起，眼看津号支持不住。不得已了，我由京师调了四十多辆运银的橇车，号称装了三十万两银子，前来救济津号。这四十辆银橇在津门招摇过市，还能不惊动江湖大盗？那一次，叫你们津号露了富，人家当然要先挑了你们打劫！"

"戴老帮，你也自责太甚了。我们杨掌柜，还有津号别的伙友可没人这样想。"

"这也不是自责。津号出了这样的事，我也得向老号和东家有个交代。你回去，也跟杨掌柜说，津号出了这样的事，不会全怨他，更不会难为各位伙友！"

"戴掌柜，你一向深明大义，待下仁义，我们是知道的。杨掌柜派我来，除了禀报津号的祸事，还特别交代，要向戴掌柜请罪：当此乱局，我们未听戴老帮忠告，生意做得太猛，号内防范也不够，才招了此祸。日后受什么处罚，都无怨言的。"

"你们也先不要想那么多了，京津这样的乱局，谁能奈何得了？津号遭此劫难，号内同仁全平安活着，已是万幸了。你回去对杨掌柜说，劫后如果难以营业，就做暂时撤庄避乱的打算吧。与老号联络不畅，我就做主了，日后老号要有怪罪，我来担待，与津号各位无关。"

"有戴老帮这句话，我们也好办了。不过眼前还能勉强营业的。"

"遭了这样的打劫，也没有再引发挤兑吧？"

"我们遭劫的事，杨掌柜尽力做了掩盖，没有怎么张扬出去。出事当时，盗匪前脚走，杨掌柜后脚就吆喝众伙友，收拾铺面，清除残迹。到天大亮时，铺面大致已拾掇出来，气象如初。只是被撞毁的那处窗户，难以一时修复，就将热天遮阳的篷布，先挂在那儿，遮严了。银窖被洗劫空了，我们在别处另放的不到一万两银子未被发现。所以遭劫的当天，我们津号不声不响地照常开门营业了。"

"也没有报官吗?"

"报是报了,官衙哪能管得了?杨掌柜也暗暗通报了西帮同业,叫大家小心。还向同业紧急拆借了一些资金。此外,柜上还购置了一些刀械,伙友轮流与镖局武师一道值夜。"

"你们杨掌柜这样处置,非常得当!忍住不张扬,非常得当。如张扬出去,说是义和拳抢劫了票号,那满大街的拳民会给你背这种恶名?他们真能一把火烧了你们津号!"

"我们也看出来了,杨掌柜这次真是临危不乱。我来京报讯,要不是听了杨掌柜的,装扮成乞丐,真还过不了这一路的刀山火海。"

戴膺又细想了一下,对津号这位杨秀山副帮,真是没有太深的印象。看来,在刘国藩这样平庸的老帮手下,有本事也显示不出本事。如果还是刘国藩领庄,遇此劫难,真还不知他会怎么处置。

戴膺送李子充返津时,也没有再多做交代,只是说:"一定告诉杨掌柜,津号该撤该留,全由他做主了。遇此乱局,损失什么都不要太在乎了,唯一要保住的是津号全体同仁的性命。一旦撤庄,就由天津直接回山西吧。只是无论走哪条道,都得经过拳会势力凶险的地界,叫杨掌柜再想些计谋,千万平安通过。"

李子充说:"戴掌柜不用太操心我们了,京师局面也好不到哪儿,你们更得小心!"

"你回天津真有把握吗?还是听我的,就暂留京号。京津间邮路、电报,总不会断绝太久,一旦修通,就能联络了。何必叫你再冒险返津?"

"戴老帮,你就放心好了。我已走过一趟,也算轻车驾熟了。"

送别李子充,戴膺感伤无比:这才几天,京津间往来就要冒生离死别的危险了!谁能想到时局会骤变如此?

5

李子充是五月十七一早走的。到这天下午,前门一带就忽然起了大火。

当时,戴膺正在查看京号临街的门窗,看如何加固一下。眼瞅着京师局面越来越坏,发生津号那样的劫祸也不是不可能。

昨天又听说，日本公使馆的一位书记生，在永定门外被义和团截住给杀了。也有人说，不是义和团杀的，是董福祥的甘肃兵给杀的。不管是拳民杀的，还是官兵杀的，都一样捅了大娄子了。两国交战，还不斩来使呢，公使馆的人敢轻易杀？日本东洋人跟西洋人本来就联着手欺负中国人，这倒好，正给了人家一个结实的借口！京师局面，真是不能指望了。

戴膺站在字号的门外，左右看看，见别家都没有什么动静。只天成元一家加固门窗，会不会叫人觉得你太惊慌了？

就在这时，街面上的行人忽然自西向东奔跑起来。

"怎么了？"

"火！着了火了！"

戴膺忙倒退几步，向西望了望：天爷，果然瞅见几团浓烟正滚滚而上，直冲蓝天！高耸的前门楼子，在黑烟中时隐时现。

那是起了战火，还是什么地方失了火？

问路上奔跑的人，没有给你说。但看那起火处，就在前门附近。天成元京号所在的打磨厂街，离前门实在也没有几步！

戴膺慌忙跑进店里，打发了一个年轻机灵的伙友往前门一带打探火情，一面就招呼大家，紧急收拾各处的账簿、票据。账簿、票据是票庄的命，大火来了，最容易毁的也是账簿、票据。

真是转眼间，就祸从天降，跌入一片危急之中。字号内，人人都神色凝重，手忙脚乱。

不过，应对这类突变，戴膺已有一些准备。适宜转移账簿、票据的轻便铁皮箱，已定制了一些。作为临时躲藏的寺院也秘密交涉好了。唯一不好应付突变的，是柜上的现银。尽量少存，尽量少存，那也得够维持生意。存了够维持生意的银锭，突然要转移走，总不是太好办。何况，来存银的客户，又总是推都推不走。

现在，柜上的存银大该还有七八万两吧？这七八万两银子怎样转移？装银橇，太惹眼。伪装在杂物中运走，数量还是太大了。

戴膺极力冷静下来，等待探听消息的伙友回来。

有伙友跑出去又望了望，西面的火势分明更大了。

大概过了半个时辰，探听消息的伙友才一脸黑污跑回来。他说，火是义和团放的。他们寻着烧洋人的教堂，路过前门外闹市，瞧见老德记洋货铺和屈臣氏大药房，就丢了几把火。火初起时，他们还不许邻近住户救火，扬言能使出神功，令火势听他们调遣，指哪儿烧哪儿，不会累及邻近无辜。可那火依旧无情，转眼间就漫天烧起来了，哪会听他们调遣！东西荷包巷、珠宝市、大栅栏、廊房头条二条、煤市街都已火烧连营，一片火海。

有伙友问："火烧大发了，也没人救？"

"起先义和团在，谁敢救？火一起，他们也跑了。到这时，店主住户想救，哪还能救得了？今年天这样旱，真是干柴烈火！人们能跑出来，不给烧死，就万幸了。"

戴膺就问："珠宝市也着火了？"

"珠宝市火势还大呢！京城炉房都在珠宝市，我本来想挤进去瞅瞅，已经进不去了。满街都是浓烟，什么也瞧不见，只能听见一片哭天喊地声。"

戴膺一听是这样的火情，更觉形势危急了：打磨厂西头，只隔着一条前门大街，就是荷包巷、珠宝市了。别说没人救火，就是有人救，只怕也救不了了：大火很快就要烧过来。

他只能做出决断：赶紧做弃庄的准备，越快越好！

拾掇账簿，紧急起银，在慌张中总算张罗得差不多了，但就是雇不到一辆车！马车、驴车、小推车，不拘什么车，全雇不到！水火无情，瞧见了这么大的火，谁都是泼了命往远处躲，车马也不傻，能给你来送死！可是没有车马家伙，怎么撤庄？

打磨厂街中，还有几家西帮票号，有的已经雇了挑夫，往外挑账簿。其他大小商号，也都在转移财物，紧急撤离，一片兵荒马乱的可怕景象。

这样兵荒马乱的，将账簿交给陌生的挑夫去逃难，实在也是太冒险了。戴膺再次站到当街，向西瞭望那头的火势，依然是浓烟蔽天，没有一点减弱的迹象。

看来是不能再等待了。车马雇不到，但也不能冒险雇挑夫。京号十多个人呢，将账簿票据每人分一份，不拘你使什么法子，设法弄出去就得，只要求你一条：人在东西在。那七八万两银锭呢，只能尽力就地隐藏了。即使过了火，一时也烧不着，就是烧化了，也能设法收拾起来吧。没有十全的办法，也只好走弃银保账这一步了。

戴膺正在心里做这样考虑，无意间发现远处的浓烟是在向西飘荡。是呀，浓烟要是朝东飘，打磨厂也早给浓烟罩住了！

他再看了看附近商号悬挂着的招牌幌子：的确是在刮东南风！

这也算是不幸中的万幸了。打磨厂在前门东头，也许大火不会蔓延过来？

戴膺心里稍有宽慰，又站在当街，朝前门那头静观了一阵，才回到字号。回到字号，仍是一脸严峻，紧急把全体伙友都叫来，很有些悲壮地做了弃银保账的安排。只是最后交代了一句：

"什么时候撤离字号，听我吩咐。"

必须带走的账簿、票据，很快就分到各人的名下。戴膺老帮也分了一份，以示要有难同当吧。银锭也做了进一步的隐蔽。其他值钱的东西，也尽量做了隐藏，希图能躲过火灾盗贼的洗劫。

该张罗的已经张罗完，戴老帮却没有发出撤离的命令。

在既焦急又安静的等待中，黄昏渐渐临近。远望前门那头，在浓烟中已能依稀看出火光。派去打探火势的伙友，几次回来都说：火还没有向打磨厂这头蔓延。等蔓延过来，还能来得及跑？看看打磨厂街的商号店铺，已经撤离了不少。只有铁匠铺，还是炉火闪耀，依旧在赶着打制大刀，仿佛一点都不知大火临门似的。

戴老帮也依旧没有发话叫走。

天色渐渐暗下来了。前门火场那头，只能见明亮的火光，其余什么也看不分明了。

忽然，有个站在门外的伙友跑进字号，大声嚷叫："前门楼子也着了，前门楼子也着了！"

戴膺和大家一齐跑到门外，翘首西望，果不其然，巍峨高耸的前门楼子已在喷吐火苗火花。在夜幕的映衬下，它仿佛在喷金吐银，比平素不知晶莹璀璨多少倍，真是壮观至极：只是，那壮观太叫人恐惧了！

前门叫正阳门，为内皇城第一道门脸，居然就这样任大火毁了它？

前门楼子都着了，咱们还不快走？但戴老帮依旧没有发话，只是站在当街，一直望着大火中的前门楼子。

戴膺望着起了火的前门，惊慌了一阵，就平静下来了：前门着火，说明乘着东南风，火势在向西北蔓延，在前门东南的打磨厂，也许能躲过这一劫？再说，皇城的正阳门都着火了，官家还能再坐视不管？

所以，戴膺仍是叫大家全神待命，不要冒失行动。

那一夜，戴膺和京号的全体伙友，就那样坐守待旦，没有弃庄逃难，也没敢丢一个盹。到天将亮时，火场总算熄灭了。

大家终于松了口气，当然也更佩服戴老帮的临危不乱。

6

天成元京号虽然躲过了这场大火，但第二天却没有开门营业。事实上，从五月十八这天起，它就再没有开业，直到两年以后。

这也不光是天成元一家，京师金融业的所有商号，包括票庄、账庄、钱庄以及典当铺，在前门大火后，差不多全关门停业了。因为在这场大火中，京城的二十六家炉房都被烧毁。

炉房，是那时代金融界的一种重要行业。简单说，炉房就是浇铸银锭的店铺，类似于现代的造币厂。

那时作为货币流通的白银，须铸成法定的三种银锭。最大的一种，重五十两，为便于双手捧起，铸成两头翘起的马蹄形，俗称元宝。其次为中锭，重十两，有元宝形的，俗称小元宝，但通常都铸成秤锤形。最小的一种，称作银锞，或三两，或五两。这三种银锭之外，还有更小的碎银，轻重不等。

因为白银易于磨损，使用稍久就会分量失准，所以银锭得不断重新浇铸。各地银锭的"平色"又有差别，外来银锭也需改铸成本地通宝，才好流通。特别是出入于各省藩库及中央户部的银锭，更得铸成"平色"统一，留有"纹印"的"官宝"。所以，各地的炉房，就成了金融业中的上游行业，实在比现代的造币厂还要须臾不能开。不拘你做什么银钱生意，不经炉房新铸的银子，真还没法流通。

早先的炉房，都是民商开办，当然得由官府发执照。到晚清时候，官府也开办了"官炉房"，铸造"官宝"。

京城的官炉房，加上有执照的民商炉房，到庚子年间共有二十六家，全都聚集在前门外的珠宝市。五月十七这场大火，吞没了珠宝市，二十六家炉房没能剩一家。

炉房全军覆没，等于把京城金融业的上游给掐了，下头谁家能不给晾起来？当然，前门大火后，京城的金融商号跟着全都关了门，也是因为大家对时局已经完全绝望。反正局面已经乱得无法做生意了，又出了这样大的灾祸，还不乘机关了门，避一避？

前门大火后，西帮汇业公所很快有过一次紧急集议，大家都主张尽快从京师撤庄，暂回山西避难。但将这样的请求报官后，户部竟不予批准。

咸丰初年，为避洪杨之乱，户部过早准许了西帮票商携带巨资，撤庄回晋，一时造成京城市面凋敝，很受了朝廷非难。那时，户部也未料到，西帮票号一撤，京师金融的一大半江山，竟给他们带走。这一次，户部当然不敢轻易准许了，谁敢担这样的责任！而且，珠宝市炉房全毁，京城金融已是一片混乱，哪还敢再叫西帮撤走？

撤又不叫撤，留下，你朝廷官府又保护不了，义和团说烧就把炉房给全烧了，留下这不是等死吗？可这样的怨气，跟谁去说？

皇城正阳门被焚，清廷也受了震惊，再次严令下头查禁义和团的横暴行径。可怜这样的严令，已经不能生效。义和团不但未有什么收敛，反而扬言要焚烧外国公使馆。

这时的京师，已经是义和团的天下了。不但满大街都是拳民，三五成群，持刀游行，许多王公世爵也把拳团的大师兄迎入府第，殷勤供奉起来。这时义和团散发的揭帖，已经是直指洋鬼子了：

> 兵法易，助学拳，
> 要㨿鬼子不费难。
> 挑铁路，把线砍，
> 旋再毁坏大轮船。
> 大法国，心胆寒，
> 英吉、俄罗势萧然。

所以，义和团说要焚烧外国公使馆，朝廷也怕了。只得通告东西洋各国公使，请暂时回国避一避。

东西洋各国见清廷已压不住京师局面,早在五月初就提出蛮横要求:准许他们派兵进京,保护公使馆。日本使馆的书记生被杀后,东西洋各国更强横提出:让出天津大沽炮台,以便更多外国军队登陆,进京保护各国公使馆和侨民。现在,你叫人家回国避难,哪能答应?

五月二十一,俄、英、美、日、德、法、意、奥八国联军,攻占了大沽炮台。

五月二十四,德国公使克林德,在东单牌楼附近被清兵击毙。

第二天,五月二十四,清廷颁布了《向各国宣战谕旨》,明令将义和团招抚成民团,"借御外侮"。当政的西太后所以下了决心,向洋人宣战,据说是在大沽失守后,接到了谎报:各国列强将勒令她归政光绪。这不是戳在太后的心窝上了!这种谎报,不用问也是端郡王载漪一伙弄的勾当。

朝廷宣战后,怎么战法?不过是叫庄亲王载勋和协办大学士刚毅统领京城的义和团,再加上董福祥带的一些甘肃兵,去围攻东交民巷的外国公使馆和西什库教堂。这一围攻,就是五六十天,久久攻打不下。义和拳刀枪不入的神功,这时也不灵验了,使馆区射出的洋枪、洋炮,还是一片一片将拳民打倒,血流成河。

京城已乱成了这样,官府哪还顾得上给你保护商家!户部虽然不叫西帮撤庄,但珠宝市的炉房也根本无法修复,金融生意就是不想歇市也得歇了。

天成元京号的戴膺老帮,见京城局面一天比一天险恶,当然也是加固了门户,购买了刀械,还雇了位相熟的镖局武师,进驻字号。生意既不能做了,伙友们只剩了一件事:日夜轮流保卫字号。

字号里最值钱的,当然是账簿、票据。现在已从容做了处置,该匿藏的精心做了匿藏;必须携带走的,也做了精简、伪装,到时候,说走就能带走。

戴膺感到不大好处置的还是银窖里那将近八万两银子。对于京号来说,八万两现银不是一个大数目的存底。去年年底大合账,库底刚刚清了,今年又遇了这种乱世,生意清淡,所以现银的存底实在不多。但经历了前门大火的熬煎,才知道突然出个事,这八万现银真还不好带走!票号走票走惯了,突然要走银,真还得多费心思。眼下京师已成孤岛,信报电报都不通，往外调银只有请镖局。可这么兵荒马乱的，已经没有一家镖局肯揽这种危险的营生了。银市一停，放贷已不可能。再说，商家都岌岌可危，轻易又敢放贷给谁？

戴膺经几天苦思，终于想出了一个大胆的办法：京号全体伙友都可以向京中的亲朋好友出借银钱；以字号的商银或个人的私银出借都成；写不写利息也都成；往出借多少，字号给你支多少；日后时局平静，能收回多少，算多少，收不回的，绝不怪罪。

听了戴老帮的办法，谁都不敢相信！

西帮票号本来有铁规的：在外驻庄的伙友，从老帮到小伙计，都不准个人与外界发生借贷关系，也就是私下里既不能借外人的钱，也不能借钱给外人。为了这条号规，伙友驻外期间，字号只发给有定例的一点零花钱；辛金、身股所得红利，都是下班回到山西后，由总号发给。平时在外，谁也没有自己的私蓄。一旦查出谁有私钱，那是要被立马开除出号的。

所以，初听了戴老帮的办法，谁敢相信？这不是叫大家违犯号规吗？

而且，那样优待的条件，简直等于是拿了字号的银子，到外面去白送人！

但戴老帮毅然决然说："这事由我做主，日后老号、东家怪罪下来，与各位不相干。现在遇非常之变，所以要有非常的应对。看京师局面，我们就是拼死守卫，只怕也保全不了这八万两银子。与其如此，还不如借给京城的朋友，日后就是收不回来，也算是花钱买了许多人情。这总比被歹人抢去，要强得多！"

这样一说，大家才明白了些。

"再者，极早处置了这八万现银，我们也可一门心思来自卫保平安了。遇此非常战祸，作为领庄人，我拼死守卫的，首先还是各位同仁的平安。老号把各位派到京号来，能不能建功立业先不说，我总得叫各位能平安下班，有个囫囵身子回到太谷吧？"

戴老帮这几句话，更说得大家心热眼湿了。

结果，没有几天，天成元京号就不动声色将八万两存银处置了。说是借给了亲朋好友，其实也都是京城的一些"关系户"，做生意用得着的一些老"相与"。因为大家在京城既无家室，也无私蓄，实在也有不了几个私交。

　　这样周济京中的亲朋好友，当然还是戴老帮和梁子威副帮借出去的银子多，毕竟他们在京交际广，常拜的衙门也多。除出借给私人外，他们也暗暗张罗着，借给户部和顺天府几笔官债。

　　天成元这一仗义之举，果然在危难之时围下了朋友。京城的金融业瘫痪后，许多人拿着银票无处兑钱，正犯急呢，真难为天成元还能记着他们。这些受了优惠的朋友，当然是感激不尽，多少年后说起来还是念念不忘。

　　戴膺这一招棋，随着时局一天比一天险恶，更显出其英明来。

　　京城的西帮票号同业虽然也都关了门，在竭尽全力保卫字号，但对京师局面却有不同看法。大多老帮还是抱有一丝幻想的，尤其是几家大号，一直以为京师局面总不至坏到塌了底。朝廷虽然对洋人宣了战，可也不见调集各地兵马开赴津门。像张之洞、刘坤一、李鸿章、袁世凯这些疆臣重镇，不但按兵不动，还都在紧急上奏：怎么能向东西洋这么多强国同时宣战？一国尚不敌，如此刺激众强国联合起来，一齐来犯大清，实在是鲁莽失当！听了这样的消息，许多老帮还以为与洋人这一仗不会真打，至少是不会打到京城来。

　　蔚丰厚的李宏龄老帮，素有毒辣的眼光。可惜他正回山西歇假，不在京城。日昇昌的梁怀文和蔚字号的在京老帮，也对京师局面抱有幻想。这更影响了许多老帮。

　　既认为乱局不至乱到穿帮塌底，各号就在一味拼死坚守，大多没有做弃庄撤离的准备。不但字号里的存银未做紧急处置，就是对账簿、票据，也没有做大的应急处理。等死守到七月，京师陷落，朝廷出逃，天塌地陷一般的大劫难降临时，真都抓了瞎。临时起了巨额现银出逃的，没有不被抢劫一空的。许多京号连账簿也没有带出来。蔚泰厚是在八国联军攻入京城前夕，起了十万两现银往出逃，只行至彰仪门，就遭到抢劫，一两银子也没留下。当然，这是后话了。

　　在五月六月间，对京师局面未存幻想的除了天成元，只有乔家的大德通等少数几家。不过，大德通的周章甫老帮，也还没有戴膺那样的魄力，散尽存银，轻装应变。周章甫倒是早做了收缩，字号存银不多。

　　到六月十八，天津被八国联军攻陷，消息传到京师，大多票号才慌了。

洋人能攻下津门，京师大概也难保。但这时再张罗着做撤庄的准备，已经不太容易了。特别是处置各家的存银，真是运也运不出去，贷也贷不出去，还是只有死守。

戴膺听到天津陷落的消息后，倒是很容易就能做出决定：尽快从京城撤离。他们说走就能走人，已经没有太大拖累。需要妥当谋划的，只是选哪条路回山西，路上又如何对付义和团。

走南路，路过的涿州、保定、正定，那都是义和团的大本营。走北路，打听了一下，南口、延庆、怀来，直至张家口，也都成了义和团天下了。既然都一样，何必走北路绕远。

在天津陷落前，戴膺已经和伙友们密谋了一个出逃方案：大家装扮成贩卖瓦盆瓦罐的小商贩，三两人推一辆装瓦盆的独轮车，慢慢往山西走。这种卖瓦盆的小商贩，本就游走四方，又都是卖苦力的，义和团多半不会找麻烦。瓦盆瓦罐，也不是什么值钱的东西，不用怕拦路抢劫。而瓦罐里，也正好藏匿必须带走的账簿和盘缠碎银。这样推车走千里，虽然苦了大家，但路上平安得多。

在这种时候，还能说苦？

伙友们都说："别人倒好说，就怕戴老帮、梁副帮受不了这份罪。"

戴膺说："我不想受这份罪，难道想等死！"

真是也没有选择。

因为早定了这样的出逃方案，买来推车、瓦盆，以及做苦力穿的衣束，也就先一步办妥了。这也不难，不过是遇见卖瓦盆的，多出一点银钱，连车带货都盘下来，就是了。做苦力穿的衣束，那更好办，满街都是。

戴膺本来打算在六月二十四就弃庄离京。但就在二十一那天，梁子威副帮却提出：他要留下来守庄。反正是一处空铺子了，也不用怕抢劫偷盗，他一人守在这里，也没有什么危险。但空铺子里留守一个人，对天成元的名声毕竟好些。西帮都没走呢，就我们头一家人走楼空？

梁子威这样一说，许多伙友也争着要留下。

戴膺见此也深受感动。他何尝没有这样想过？但这分明是生死未卜的差事，交给谁？他自家留下，那谁也不会走了。可答应梁子威实在也是于心不忍。梁子威跟了他多年，是个难得的人才，正可担当大任呢。

他就说:"算了,算了。我看也用不了几天,西帮各号也得跟我们一样弃庄离京。就这么几天,能坏了我们的名声?我才不信。"

梁子威说:"戴老帮是信不过我吧?我留下晚走几天,也危险不到哪!我跟戴老帮这许多年,也学了些本事,看着守不住,我也撤得出来,不会傻等着送死。要是西帮都撤了,我保证带了一条囫囵性命回到太谷。"

梁子威一再这样说,戴膺也只好答应了。

见答应了梁副帮一人,别人也更争着想留下给做个伴。戴膺想留一个精明的跑街,可梁子威只叫伙房的一个年轻伙友留下来陪自己。西帮驻外的字号并不专门雇佣伙夫,新去的年轻伙友都得从司厨做起。梁子威要留下的这个司厨的年轻伙友倒还蛮精明,戴膺也就答应了。

因为出了这档事,戴膺就有意推迟撤离的日子,想看看局面能否稍有好转?但已经很难打听到什么真实的消息了,一会儿是朝廷已经跟洋人议和,一会儿又是洋人已经打到廊坊了。京师官场中平时的一些熟人都很难见到。而街面上见到的义和团已显溃败相,随意抢劫的事更屡屡发生。一切都没有好兆。

所以,在六月的最后一天:六月二十九凌晨,戴膺带着天成元京号的十多人装扮成卖瓦盆的小商贩,悄然离开了打磨厂,出京去了。

梁子威在京号守到七月十六,也带着那个年轻伙友撤出了京城。

七月二十,八国联军从齐化门、东直门、崇文门,分头攻入京城,竟无人向朝廷禀报,内廷的西太后一点都不知道。

七月二十一黎明,洋人联军攻破东华门,直入紫禁城,洋枪洋炮声已传入大内了,太后这才听到禀报。她拉了被禁的光绪,仓皇逃出神武门,走京北官道,奔张家口去了。

八国联军攻入京城后,当然是见义和团就杀。各国官兵,还被允许公开抢劫三日。京中商号,无一家能幸免。

第十三章　血染福音堂

1

庚子年四月，义和拳也传入了太谷。传入太谷的第一站正是城北的水秀村。

恰在四月，邱泰基的夫人姚氏到了临盆分娩的时候。

对这一次分娩的期待，姚夫人实在是超过了九年前的头胎生养。那一次也寄放了许多的期待和美梦，也一心希望生下一个男婴。可头胎到底还是恐惧多于期待。这一次不一样了，自从断然将小仆郭云生揽入怀中，如愿以偿地很快有了身孕，姚夫人似乎什么也不惧怕了。无论如何，自己也会把这个孩子顺利生下来，十二分企盼的，只要他是一男娃！

如果再生一个女娃，那她付出的一切都算白费了。要真是这样，她会用棍棒将郭云生这个小东西远远赶走！

十个月来，她没有一天不相信自家怀着的是一个男娃。

不过，在分娩日渐临近后，姚夫人也不免隐隐生出一些恐惧：也许偏偏还叫你再生一个女娃，甚至还有血光之灾等着你。你不守妇道，报应正在等你。今年的天象也是这样的不好，不但是不吉利的闰八月，旱象也是越来越凶险。去年就旱，今年连着大旱，麦子肯定不会有收成了，秋庄稼又旱得下不了种。糟年景是一准无疑了。生这个野种，偏偏就赶了如此可怕的一个年景，真不是好兆。

她极力想驱散这些胡思乱想，就是不行。

她又不想把心中的这番忧愁告诉郭云生。告给他吧，又能怎样？你想听的话，他都能说，但他太稚嫩，不是女人的靠山，不是能擎天的把式。

就是在这种心境下，姚夫人终于答应了本村那个二洋老婆的提议：请城里美国公理会西洋诊所的女大夫给她接生。

这位妇人婆家姓郭，男人就在本地经商。家道只是小康吧，夫妇俩倒都双双入了公理会洋教。在水秀村，这可是绝无仅有，村人就把这位妇人唤作二洋老婆。二洋老婆成天劝人入洋教，信基督。说入了洋教，以前的神神鬼鬼都管不着你了，还可以不纳粮，不交税，不服差役，因为官府也不管洋教。可惜，水秀村里没人听她的。听了她的，那不是既得罪官府，又得罪神鬼，今生来世都不用好活了？

先前，姚夫人跟这个妇人还能说得来。自三年前入了公理会，姚夫人就不大愿意她来串门了。她来串门，也是不厌其烦劝说姚夫人信基督，入公理会。姚夫人当然不会听她的。为给常年驻外的男人保平安，自家天天求拜各路神仙呢，怎么敢得罪！近一年来她跟云生偷情，更不敢得罪神鬼了。

不过，二洋老婆发现姚夫人有了身孕后，倒不再死缠了劝她入洋教，只是一味说公理会的西洋诊所，如何会接生，如何会保母婴平安，大人娃娃都不受一点罪。尤其是产后，女人只躺七天，就能跟平素一样下地了，没有那么多坐月子的忌讳。西洋人为甚那么强壮？就是坐月子坐得好。

无论说得多么好听，姚夫人依然不会信。自己临盆分娩，叫洋人来接生？那更不成体统了！

只是，过年，开春，跟着花红柳绿的三月天，又一天接一天过去。对身孕的过分期待和暗生的罪孽感也在与日俱增。女人临盆，那是过生死鬼门关。在这种生死关口，谁会更宽恕她？二洋老婆总是说，洋教的基督最能宽恕人了，洋教也没有太多的忌讳。而自家天天求拜的各路神仙，他们会宽恕了你？总是说善有善报，恶有恶报。自家是造了孽了，能逃了恶报？姚夫人像是走投无路了，只好去求助于洋教。她并不入洋教，只是求洋教的大夫帮助自己一回，把孩子生下来。

二洋老婆见姚夫人终于听从了自己非常高兴。邱家在水秀村，也算是大户了。能劝下这样一位大户娘子，信洋教洋医，也算是很大的功德。

三月十六，二洋老婆陪了姚夫人，坐邱家的车马，赶往城南的里美庄，去拜见西洋大夫。

那时公理会的西医诊所，设在里美庄的顺来子花园。里美庄是公理会在太谷的老基地了，不过庚子年间在诊所施医的倒是两个中国人：桑爱清夫妇。先前在诊所施医的美国大夫，两年前患病返美，教会便从山东聘请来这对华人夫妇。二洋老婆说，桑大夫是留过洋的，西洋医术也差不了。

姚夫人见大夫是中国人，倒先不太害怕了。拜见也没有什么仪式，进门就叫坐。坐下，男大夫问了问几个月了，饮食无何，有没有异常，就叫女大夫领进里间去了。女大夫也只是摸了摸，看了看腿脚肿不肿，又用一个冰凉的玩意儿贴住肉，听了听。临了，说什么事也没有，只是不敢老躺着，尽量下地多走动，饮食上也是该吃什么就吃。

真会顺利临盆，顺利生下孩子？

姚夫人一再问，桑大夫夫妇回答都没有含糊。这一对中国西医大夫，一直和气慈祥，不带仙气，也不威严，倒很叫人能指望。

他们问了问水秀有多远，然后交代下月临盆前，他们会先去一趟水秀，再做一次这样的检查。

临别的时候，姚夫人要留礼金，桑大夫高低不要。说他们已经拿了公理会的薪金，施医是不收礼金的。二洋老婆也说，公理会施医是为行善，不收银钱。弄得姚夫人很过意不去。

晚清时代，由教会带去的西洋医术，最初实在没有多少人敢相信，特别是在一般百姓中间。所以，教会施医即便不收费，也没几个人敢领受。当然，教会施医，也是为扩大它的影响。

不过对姚夫人，这一次拜见西洋医师却很给了她不小的安慰。这两个慈祥的大夫毫不含糊地说：你什么事也没有！真要是如此，能顺利生下这个男娃，她就入洋教！

在拜见时，姚夫人问过那位女大夫：能摸出是男女吗？可惜人家说摸不出来。

回到水秀，姚夫人心宽了许多。她听了桑大夫的话，不时在自家庭院走动。吃喝上也不再忌讳那么多，想吃什么就吃。总之是期待更多，恐惧稍减，专心等待临盆的那一天。

但在四月初八，眼看临盆期更近了，云生忽然从外间跑回来，说村里来了二十多个直隶义和拳民。他们住进了村边的大仁寺，要在水秀设坛传功。

姚夫人也依稀听说过义和拳，并未太在意。她的心思全在自己的身孕上，闲事都不管。现在，听云生说了，仍也不太在意，还以为是打把式卖艺的。云生又说，这帮义和拳是专和洋人洋教作对的。这才引起她的注意。

专和洋人洋教作对？洋人惹他们了？怎么个作对法？

他们为何专跟洋人作对，云生说他也不清楚，只听说义和拳是一种神功，擒拿洋人洋教，一拿一个准。

一听说是神功，姚夫人就心里就一震：难道这是天意，不叫她去求洋大夫？

她赶紧叫云生什么也别说了，谁爱来谁来。

没过几天，二洋老婆也慌慌跑来，说："桑大夫两口不便来水秀了。你也快临盆了吧，也不敢再坐车颠簸。得有个准备，到时候请不来桑大夫，还得跟村里的收生老婆说一声吧？我怕耽误了你。"

姚夫人就问："桑大夫两口为什么不能来水秀了？"

二洋老婆就激动地说："你还不知道？咱水秀驻了直隶来的义和团了！义和团，听说过吧？专门仇教灭洋的，在山东、直隶，他们是见洋教堂就烧，见洋人就杀，跟土匪似的！谁料他们也跑到太谷来？咱水秀还是他们落脚太谷的第一村，你说桑大夫他们还能来？"

"他们为何专恨洋人？"

"土匪发横，还知道他为甚！像我这种入了洋教的，他们叫二毛子，也是不肯轻饶的。幸亏他们势力小，要不，我哪还敢回村？"

"这么厉害？"

"可不是呢！"

二洋老婆走后，姚夫人的心一下就冰凉到底了。她倒不是向着洋人洋教，只是感到自家恐怕难逃恶报了！刚刚想求助洋人洋教，忽然就有专门仇教灭洋的义和拳从天而降，第一站就落脚在水秀，这不是冲着她呀？

绝望了的姚夫人，坐卧不安了两天，倒也慢慢平静下来。该咋就咋吧。

反正她只要有一口气，就要把孩子生下来。

熬到四月十六，身子还没有什么动静，姚夫人已有一些不踏实。正巧在这天，云生又从村里拿回一张义和团的揭帖。他说是邻家传给的，叫看完再传出去，传了，就能消灾灭祸。可揭帖上的许多字，他认不得。

姚夫人也没有多想，就要过来，看了下去：

光绪二十六年传单

　　山东圣府孔圣人、张天师传见。见者速传。传一张，免一身之灾。传十张，免一家之灾。如不传，刀砍之罪。
　　神助拳，义和团，只因鬼子闹中原。
　　劝奉教，自信天，不信神佛忘祖先。
　　男无伦，女行奸，鬼孩俱是子母产。
　　天无雨，地焦干，都是鬼子支住天。
　　神也怒，仙也烦，一同下山把道传。
　　非是邪，非白莲。念咒语，读真言。
　　升黄表，敬香烟，请出各洞众神仙……

　　她没有能读完，已觉有些心惊肉跳。跟着一股疼痛从腹中泛起。老天爷，生死关口，真要来了？
　　姚夫人扔下揭帖，朝云生喊了声："快去，快去叫你大娘！"
　　郭云生还要弯身去捡那张揭帖，姚夫人变了声调，怒喝道："挨刀的，快去叫你大娘！"
　　云生一惊，才慌忙跑走了。
　　天爷，真到了生死关头！

　　当天夜里，姚夫人终于顺利生下一个婴儿，而且真还是一个男婴！
　　说顺利，当然是在分娩毕姚夫人意识到自己还活着，又听说了真是男婴，才将刚才那死了一回似的痛苦丢去不计了。那几个时辰，她真觉得自己要死去了，想抓什么都抓不住，只在向死的深渊跌落下去。"天无雨，地焦干。男无伦，女行奸。"挥之不去的这几句话，真是在逼她死去……
　　可她终于没有死。
　　还真是得了一个男娃！
　　老天爷，你还是有眼。

2

太谷的基督教公理会,由美国欧伯林大学的中华布道团,在1883年,即光绪八年,派牧师来建点传教,到庚子年已历十七年。十七年间,在太谷也只是发展了一百五十来个教徒。福音传布,实在也不怎样。

当初,美国牧师把太谷选为山西的第一个布道点,是看太谷商业繁荣,交通也便利。岂不知,太谷人视商业几乎有种宗教似的崇尚和敬畏。人们见商家大户对公理会几乎视而不见,瞧不在眼里,也就跟着不理不睬。太谷商业繁荣,从商者众,也使一般人家无衣食之虞,不至为占一点眼前便宜就入洋教。所以,公理会在太谷布道,真也算艰难了。

不过,公理会属基督新教,传教比较务实,也更有苦行精神。欧伯林大学的公理会在太谷除直接布道外,更多是通过开办戒毒所、诊疗所和洋式学校来扩散它的教义。再者,它从美国总会也能得到有保障的经费。所以到庚子年间,公理会与太谷乡民可以说并无太多的恩怨。它的影响无足轻重,同时也没有积怨本地。

但义和团终于也传到太谷,公理会的美国传教士还是大受震动。义和团在山东、直隶、京津的作为,他们哪能不知!尤其叫他们害怕的是在山东纵容义和团的那位毓贤大人,又被清廷派到山西来做巡抚了。毓贤去年被免去山东巡抚,就是美国公使带头参了他几本。他到山西任上,还不好好"照顾"你美国教会?

所以,直隶的义和团来到水秀没几天,公理会的美国教士就坐不住了,纷纷出动,四处求援。不用说,官府和商家大户是他们求援的重头。

莱豪德夫人自然又匆匆跑到康家,求见老夫人杜筠青。

杜筠青没有听说太谷来了义和团:这样的消息谁告她呢?她见莱豪德夫人竟那样万分焦急,就有些摸不着头脑。

"太谷也来了义和团?"

"可不是呢。听说太原府更多!"

"太谷来得不多?他们在哪儿?"

"不多,也有二三十人呢,住在水秀。"

"水秀也不远。老听你说义和拳,义和拳,我还真想见见他们。他们究竟是什么三头六臂,把你们西洋人都吓成这样?"

"老夫人,不是他们有多么厉害,是官府太纵容了他们!山东的义和团闹成那样,到处杀人放火,就是因为山东的巡抚毓贤太向着他们。老夫人还不知道吧?这个毓贤已经调来做山西巡抚了。"

"谁做巡抚,我也管不着。太谷的义和拳真住在水秀?那看什么时候,我套车去见识见识他们。"

"老夫人,现在真不是说笑的时候了!义和拳蔓延很快,一旦人多势众了,不只我们会受伤害,就是你们大户人家,也难保不遭抢掠的。山东、直隶就是先例,义和拳猖狂的地方,官府也管不了,还不是由着他们烧杀抢掠!"

"入了你们洋教的中国人,他们也放不过吗?"

"可不是呢!贵国信教的,他们叫'二毛子',也要滥加杀害的。"

"莱豪德夫人,要是这样,那我就还想入你们的公理会!"

"老夫人又想皈依基督了?"

"怎么,不能入了?"

"当然能,当然能。只是在这种时候……"

"我就是想在这种时候入一回你们的洋教,看看义和团怎样跟我作对!他们也会把我拉出去杀了吗?"

"那些匪类,什么事干不出来?"

"那就好!我决定入你们的洋教了,越快越好。入你们公理会,还要举行洗礼?明天能举行吗?越快越好!"

"明天?老夫人又说笑了吧。皈依基督,那是神圣的事,要依教规行事的,哪能如此草率?"

"现在不是紧急时候吗?不要太麻烦,越快越好。错过义和团,我可就不入你们公理会了!"

莱豪德夫人越来越有些听不明白了。正月时候,康老夫人忽然提出要皈依基督,莱豪德夫人真是惊喜万分。还是主伟大啊!可刚把这个喜讯告诉了公理会的长老,没几天老夫人又变卦了:不入了,不入了,不入你们洋教了。这是怎么了?刚问了几句,老夫人居然发了怒。现在,太谷来了义和团，公理会正面临危局，老夫人倒忽然又要入教，还越快越好！而且，听说义和团也杀二毛子，好像很高兴，更急着要入会。她这么急着要入会，仿佛是为了叫义和团给杀害？这简直不是常人的思路！

所以，莱豪德夫人只是含糊答应下来。看这情形，求助康家也没有多大希望。莱豪德夫人就略略提了几句：贵府是太谷有名望的大家，出面联络各界，制止义和团在贵县蔓延，避免大祸害，应当是义不容辞的。

没有想到，康老夫人一听，居然说："既然要入你们的公理会，保教护洋，我也是义不容辞的。我给三爷说一声，叫他出面联络各界！"

见答应得这样痛快，莱豪德夫人就又提了一句："贵府二爷，是太谷有名的拳师。如二爷能出面联络武术界也能威慑义和团的。"

"二爷好求，只怕他没那种本事。三爷出面，商界武界都能联络起来！"

莱豪德夫人说了些感激的话匆匆走了。她觉出杜筠青有些异常，所以也不敢抱什么指望。至于老夫人为何会这样异常，她是顾不上细想了。

其实，杜筠青又忽然要入洋教，也还是想叫老东西不舒服。她倒希望义和团真闹大了，围住康家，要抓拿她这个二毛子老夫人。那局面，才有意思。到那时，老东西，他们整个康家会不会救她这个老夫人？或者，他们会趁机借义和团之刀将她杀了，然后说是营救不及？

就是真去死，她也想看个究竟。

她答应替公理会去求新当家的三爷，也是想试一试三爷。三爷当家后，对她这个老夫人还算很敬重的。按时来问候，有些事也来禀报一下，还不断问：有什么吩咐？跟着，三娘对她也变得孝敬异常了。三爷早先可不是这样，哪把她这个年轻的老夫人放在眼里？所以，谁知道这一份敬重是真心呢，还是做给面儿上看的？

前脚送走莱豪德夫人，后脚她就去见三爷。

刚进三爷住的庭院，就见三爷、三娘迎出来，三娘更抢先一步，过来扶住老夫人，一迭声说："有甚吩咐，打发下人先来叫一声，他三爷还不小跑了过去，哪用老夫人亲自跑来？"

杜筠青说："看看你说的，我一来，好像就只为了求你们三爷！没事，我就不兴来了？"

三娘忙说:"老夫人要这么想,可就太冤枉我们了!我是说,老夫人就是来疼我们,也得先叫杜牧来说一声,我们好去接呀?"

杜筠青在心里冷笑了一下,说:"我哪会摆那么大的谱?"

进屋坐定,杜筠青就问三爷:"太谷也来了义和拳?"

三爷就说:"听说从直隶来了三二十个义和拳,住在了水秀,要设坛传功。"

"真来了义和拳,也没人跟我说一声?"

三爷忙说:"我也是刚听二爷说的。他们武界镖局比一般人看重这件事。"

"你不把义和团当一回事?"

"我也不是这意思。义和团今年在直隶、京津闹腾得真叫人不放心。京津有咱们的字号呀!太谷,我看倒不要紧的。太谷的洋教,只有美国公理会一家,信了教的乡人也不多。像山东直隶那种洋教徒横行乡里,霸人田产,包揽词讼一类教案,咱太谷也未发生过。所以,我看义和团传到太谷,也成不了什么气候。"

"在京津都闹腾起来了,在太谷成不了气候?"

"老夫人跟公理会的女教士也相熟,你看她们辛苦了十几年,才有几个信徒?公理会的信徒不多,义和团的信徒也多不了。它们两家是互克互生,一家不强,另一家也强不到哪儿。"

"真能像你说的那倒好了。可公理会他们已经慌了,说义和团蔓延神速,有一套迷惑乡人的办法。还说,省上新来的一位巡抚,向着义和拳。"

"新来的巡抚毓贤大人,他在山东也不是专向着义和拳吧,只是压不住,就想招安。结果越招越多,更压不住了。"

"所以说呢,趁义和团在太谷还不起山,你们得早拿主意。三爷你是有本事的人,趁早出面联络各界,防备义和拳蔓延,不正是你一显身手的良机?"

三娘忙说:"他哪有那么大本事?"

杜筠青就说:"不叫你家三爷出面,还等老太爷出面?"

三爷忙说:"我能在前头抵挡的哪敢再推给老太爷?只是,老太爷好像也不把义和拳放在眼里。老夫人刚才说的,是老太爷的意思吗?"

"老太爷可没叫我来传旨，我不过随便说说。洋教也好，义和拳也好，其实与我也不相干！"

三爷赶紧说："老夫人的示下是叫我们未雨绸缪，以防万一，哪敢不听？我这就进城去，跟票庄孙大掌柜、茶庄林大掌柜谋划谋划，看如何防备义和团作乱。"

"你也得联络联络武界吧？都是弄拳的，太谷形意拳抱成一股劲，还压不住外来的义和拳？"

"联络武术界有二爷呢。"

"你们二爷有武功，可不是将才，联络武界也还得靠三爷你！"

三娘又说："他有什么将才？老夫人这么夸他，就不怕他忘了自己是谁？"

三爷也说："联络武界还得靠二爷。"

杜筠青就说："我的话你们就是不爱听！"

三爷忙说："哪能呢？抽空，我也去见车二师父。"

不管是真假吧，杜筠青说到的三爷都答应下来了。她带着几分满意回到老院，还真想去见见老东西。义和拳传到太谷了，问问老东西他怎么看？但想了想终于作罢了。

她要入公理会的事没有向三爷提起，更不想跟老东西说。等成了公理会教徒，再叫他们吃惊吧。

3

三爷盼望了多年，终于接手主持外务商事了，怎么就遇了这样一个年景！

过了年，大旱的景象就一天比一天明显。去年就天旱，大秋都没有多少收成。今年又连着旱。一冬天也没落一片雪花，立春后，更是除了刮风，还是刮风。眼看春三月过去了，田间干得冒烟呢，大多地亩落不了种子。荒年是无疑了。

康家虽然以商立家，不太指望田间的庄稼，但天旱人慌，世道不靖，也要危及生意的。山东的义和拳能蔓延到直隶、京津与今年大旱很相关。

真是天灾连着人祸。

因为是刚刚主政,三爷往城里的字号跑得很勤。票庄和茶庄给他看的尽是些有关义和团的信报。先是山东义和拳流入直隶,又危及京津;跟着口外的丰镇、集宁、托克托,关外的营口、锦州、辽阳,也传入了义和团。各地老帮都甚为忧虑,屡屡敦促老号:是否照洪杨之乱时的先例及早做撤庄打算?

要不要早做撤庄打算,票庄的孙大掌柜和茶庄的林大掌柜主张很不相同。

孙大掌柜分明不把义和团放在眼里,断然说:那不过是乡间愚民的游戏,成不了气候。他们闹到京津,倒也好,朝廷亲见了他们的真相,发一道上谕下来,就将他们吹散了。孙大掌柜一再说,他和老太爷南巡时亲身遭遇过义和团,简直不堪一击!咱太谷的两位拳师,略施小计,就把一大片义和团给制服了。官府准是有猫腻,想借拳民吓唬洋人,故意按兵不动;官兵略一动,义和团哪能流窜到京师!

茶庄的林大掌柜却是力主撤庄的。他说义和拳要真闹起来,那比太平军还可怕。洪杨的太平军,毕竟还是有首领,有军规的,不是人人都能加入。加入太平军后,至少也得发兵器,管饭吃。义和拳呢,没有洪杨那样的首领,首领就是临时请来的神怪。更没有什么团规会规,男女老少,谁想加入谁加入,找一条红布系上就得了。入了义和拳,除了习拳传功,也不用管饭。这样的拳会,那真是想发展多少人就能发展多少人,反正也不用筹集军饷,不用守什么规矩。念几句咒语,说神鬼附体了,就能提了自家打造的大刀上街杀人。天下都是这样的乌合之众、放肆之徒,我们还做什么生意!官府太昏庸,见打着"扶清灭洋"的旗号,就纵容他们。这样就能扶了清,灭了洋?做梦吧!

三爷比较赞同林大掌柜的主张,何况,总是有备无患。但孙大掌柜位尊言重,他不叫票庄撤,那三爷一时也没办法。票庄不动,只撤茶庄?

三爷多次去问过老太爷,无论说得怎样危急,老太爷总是说:"我不管了,由你们张罗吧。"

老太爷是在冷眼看他吧?

在这种时候,三爷总是想起邱泰基来。邱掌柜要在身边,那一定会给他出些主意。自家身边，就缺一个能出意的人！可邱泰基远在口外的归化，也不能将他叫回来。连直接跟邱泰基通书信也还不方便呢。

西帮商号都有这样的老规矩：大掌柜以下的号伙，谁也不得直接与东家来往。驻外分号的信报只能寄给老号，不能直接寄给东家；给东家的书信必须经过老号转呈。这是东家为了维护领东大掌柜的地位不许别人从旁说三道四。三爷虽然把邱泰基看成了天成元未来的领东，也不便破这个老规矩。所以，三爷想知道邱泰基的见识也只能在老号要了归化的信报仔细翻阅。但从归号的信报中得知，邱泰基并不在归化，一开春，他就往库伦、恰克图那一路去了。

眼看着京津局面越来越坏，孙大掌柜依然是稳坐不动，三爷真也没有办法。现在，义和团已传到太谷了，孙大掌柜还能稳坐不惊？连一向不问世事的老夫人也坐不住了。老太爷呢？也依然不管不问？

三爷在宽慰老夫人时，极力说义和拳成不了气候，那并不是由衷之言。他这样说另有一番用意：想将孙大掌柜的见识通过老夫人传递进老院。老太爷听老夫人说了这种论调，要是赞同，那自然是平平静静；要是不赞同，一定会有什么动静传出来吧。

因此，见过老夫人后，三爷没有再去见老太爷，而是匆匆进了城。

果然，孙大掌柜对太谷来了义和拳只是一笑置之：

"我早知道了，从直隶来了那么几个愚民，躲在水秀，不敢进城。听说只有一些十四五岁的村童，见着新鲜，跟了他们请神练功。不值一提。在太谷，他们掀不起什么风浪的。"

三爷也只好赔了笑脸说："听大掌柜这样一说，我也就放心了。听说太原府的拳民已经很不少，闹腾得也厉害？"

"太原信天主教的教徒就多，太谷信公理会的没几个。"

"都说新来的巡抚毓贤在山东就偏向义和团。"

"山西不比山东，他想偏向也没那么多拳民的。"

"京津局面依然不见好转，总是叫人放心不下。"

"京津局面，就不用我们多操心！朝廷眼跟前，我看再乱也有个限度。朝廷能不怕乱？太后能不怕乱？满朝文武都在操心呢。"

孙大掌柜既然还是这样见识，三爷真也不好再说什么了，就对孙大掌柜说起别的："今年，本来想效法老太爷和大掌柜也到江南走走，不想叫义和拳闹得处处不靖。义和拳真成不了什么事我就趁早下江南了。"

"三爷，我叫你早走，你只是不听。四月天，往南走也不算凉快了。不过，比我们去年六月天上路还是享福得多。要走，三爷你就趁早。"

"那就听大掌柜的，早些走。这次南下，我想索性跑得远些。先下汉口，跟着往苏州、上海，再弯到福州、厦门，出来到广州。我喜欢跑路，越远越不想往回返。"

"三爷正当年呢，有英雄豪气。去年到了上海，我和老太爷也想再往南走，去趟杭州。就是年纪不饶人了，一坐车轿，浑身骨头无一处不疼，只好歇在上海。歇过劲来，还得跋涉几千里，往回走啊！"

"大掌柜陪老太爷如此劳顿，我理当走得更远。我出远门，倒是喜欢骑马，不喜欢坐车轿。车轿是死物，马却是有灵性的，长路远行，它很会体贴你。"

"我年轻时也是常骑马。马是有灵性，只是遇一匹好马也不容易呀！就像人生一世，能遇几个知己？"

"大掌柜说得对！我常跑口外，也没遇见几匹很称心的马。"

三爷和孙大掌柜正这么闲聊呢，忽然有个年轻伙友惊慌万分跑进来，前言不搭后语地说："快，要杀人！大掌柜，少东家，要杀人！"

孙大掌柜就喝了一声："慌什么！还没有怎么呢，就慌成个这！前头到底出了什么事，先给我说清楚！"

那伙友才慌慌地说出：公理会的洋教士魏路易来柜上取银钱，刚递上折子，忽然就有个提大刀的壮汉冲进咱们的字号来。他高声嚷叫爷爷是义和团，扑过去揪住了魏路易，举刀就要杀……

孙大掌柜一听，也慌了，忙问："杀了没有？"

"我走时还没有……"

三爷已经麻利地脱下长衫，一身短衣打扮，对孙北溟说："大掌柜你不能露面，我先出去看看！"

丢下这句话，就跑出来了。

太谷的基督教公理会接受美国总会拨来的传教经费，是先经美国银行汇到上海，再转到天成元沪号，汇到太谷。那时，西帮票号对洋人外汇并不怎么看重，不过天成元承揽这项汇兑生意已经十几年。所以，魏路易也是天成元的老客户了，有什么不测发生，那不是小事。

前头铺面房，果然剑拔弩张，已经乱了套：几个年轻的伙友，正拼命拦着那个提刀的汉子，这汉子又死死拽着魏路易不放！门外，挤了不少人，但大多像是看热闹的本地人。

三爷也会几套形意拳，长年在口外又磨炼得身强体壮。他见这种情形，飞身一跃，就跳到那汉子跟前。汉子显然没有料到这一招，忽然一惊，洋教士魏路易趁机拼命一挣扎，从大汉手中挣脱出来，向柜房后逃去。

那汉子定过神来，奋起要去追拿，却被三爷挡住了。

三爷抱拳行礼，从容说："请问这位兄弟，怎么称呼？"

那汉子怒喊道："闪开，闪开，我乃山东张天师！奉玉皇爷之命来捉拿洋鬼子，谁敢挡道，先吃我一刀！"说时，就举起了手中的大刀。

三爷并不躲避，依旧从容说："放心，洋鬼子跑不了。在下是本号的护院武师，他进了后院，就出不去了。天师光临敝号，我们实在是预先不知。来，上座先请，喝杯茶！天师手下的众兄弟也请进来喝杯茶！上茶！"

这位张天师，显然被三爷的从容气度镇住了，蛮横劲儿无形间收敛了一些："这位师父怎么称呼？"

"在下姓康，行三，叫我康三就得。快叫你手下的兄弟进来吧！"

但字号门口围着的人没一个进来。

张天师坦然说："今天来的就我一个！我有天神附体，捉拿几个洋鬼子不在话下。康三，你也知道义和团吧？"

这时，柜上伙友已经端上茶来。三爷就说："天师还是坐下说话，请，上座请！"

张天师终于坐下来了。

"康三，听说过义和拳吧？"

"在下日夜给东家护院，实在孤陋寡闻得很。请教天师，义和拳属南宗还是北宗？我们太谷武人都练形意拳，是由宋朝的岳家拳传下来的，讲究擒敌真功夫，指哪儿打哪儿，不同于一般花拳绣腿。天师听说过吧？"

"我们义和拳是神拳，和你们凡人练的武艺不是一码事！天神降功给我们，只为捉拿作乱中原的洋鬼子。你看今年旱成什么样了，为何这么旱？就是因为洋鬼子横行中原，惹怒了神佛。我这里有一张揭帖，你可看看。你既有武艺，我劝你还是早练我们的义和拳吧，不然，也得大难临头！"

说时，张天师从怀中摸出一张黄纸传单来，递给三爷。

三爷接了，也没有看，就说："在下是武人，大字不认得一个。"

"叫账房先生念给你听。一听，你就得跟了我们走！"

"不怕天师笑话，能不能练你们的神拳，还得听我们东家的。我给东家护院，挣些银钱才能养家糊口。东家是在下的衣食父母，东家若不许练义和拳，我也实在不便从命。好在我们东家掌柜很开通，请他看了揭帖，也许不会拦挡？"

"告诉你们掌柜，不入义和团，他这商号也一样大难临头！"

"一定转告！听口音，天师是直隶冀州一带人吧？"

"胡说！本人是山东张天师，无人不知的。"

"那就失敬了。直隶深州、冀州有在下的几位形意拳武友，所以熟悉深冀一带话语。粗听天师口音，倒有些像。"

"像个鬼！"

"失敬了，失敬了。"

"康三，把那位洋鬼子交出来吧！"

"天师在上，这可是太难为在下了！"

"我是替天行道！"

"天师也该知道，武人以德当头。在下受雇于东家，不能白拿人家银子。东家又是商号，最忌在号中伤害客户。这个洋鬼子，要是大街上给你逮着，我不能管；今日他来本号取银，给你逮走，这不是要毁东家名誉吗？东家雇了在下，就为护院护客。所以，我实在是不能从命的！"

"我不听你啰唆！交，还是不交？"

"在下实在不能从命。"

张天师腾地一下站起来，握刀怒喝道："那就都闪开，爷爷进去捉拿！"

这时，三爷已经扫见：铺面房内除了字号的伙友已悄悄进来两位镖局的武师。他就忙递了眼色过去，不叫武师妄动。

跟着，他也从容站起来，挡在了张天师前头，带笑说："天师，这是实在不能从命的。本号是做银钱生意的，一向有规矩：生人不许入内。"

"放屁！洋鬼子能进去，爷爷进不去？"说着就奋然举起刀来。

三爷从容依旧，笑脸依旧，说："洋鬼子有银子存在柜上，他是本号的主顾，不算是生人！"

"放屁！那爷爷是生人？那天上的玉皇爷也是生人？闪开，今天爷爷偏要进去！"

三爷依旧笑着说："天师这样难为我，那我只得出招了。我敌不过天师，也得拼命尽职的。只要杀不死我，我就得拼命护庄！"

说时，三爷已取一个三体站桩的迎战架势，稳稳站定。

那两位悄然赶来的武师又欲上来助战，立刻给三爷拿眼色按下去了。

三爷和张天师就这样对峙了片刻，张天师终于放下刀来，愤愤地说："今天先不跟你计较！等我拿下这个洋鬼子，再来跟你算账！在大街上，我一样能拿下这个洋鬼子！"

说完，张天师提刀夺门而去。

谁也没有料到气势凶狠的张天师会这样收场。站在一边观战的众伙友除稍稍松了一口气，似乎还不相信张天师是真走了。

两位被紧急招来的武师过来大赞三爷："今日才开了眼界，三爷这份胆气，真还没见过！"

三爷一笑，说："就一个假山东人，还用得着什么胆气！"

4

刚说义和团成不了气候倒提刀杀上门来了！这件事，叫孙北溟吃惊不小。尤其才接手主持商务的少东家三爷，亲自出面退敌，更令孙北溟觉得尴尬。

三爷早给他说过：世道不靖，柜上该从镖局雇一二武师来以备不测。可他一笑置之，根本没当一回事：在太谷，若有人敢欺负天成元，那知县衙门也该给踏平了。

现在倒好，谁家还没动呢，就先拿天成元开刀！今天还幸亏三爷在，靠智勇双全，吓退了这个胆大妄为的张天师。要是没三爷，还不知闹成什么样呢！老号这些人，真还没有会武功的。不用说把这位美国教士给砍了，来个血染天成元，就是稍伤着点皮肉，也得坏了行市！不管人家是美国人，还是中国人，总是来照顾你家生意，结果倒好，刚进门就先挨了一刀！以后，谁还敢来？

那天三爷吓退张天师后，孙北溟头一件事就是赶紧抚慰躲在后院的魏路易，说了不少赔礼的话。好在魏路易惊魂甫定，吓得不轻，只顾连连感谢三爷救了他一命。临走，只请求派个人护送他回南街福音堂。孙北溟当然答应了，安排一位镖局武师去护送。

送走洋教士，孙北溟自然要大赞三爷。三爷不叫夸他，只是再次提起：还是雇一二镖局武师来护庄守夜，较为安全吧？孙北溟当然一口答应了。

三爷走后，孙北溟匆忙换了一身捐纳来的补服，坐轿赶往县衙，去见知县胡德修。

见是天成元的大掌柜求见，胡德修当然立马就叫进来了。

见着胡大人，孙北溟也没客套几句，就将刚刚发生的一幕，说给他听。

真有义和团提刀上街杀洋人？胡德修听了也是大吃一惊！

"真有这样的事？"

"我能编了这样的故事吓唬胡大人？"

"这帮拳匪才来太谷几天，竟敢如此胆大妄为！"

"胡大人，趁他们在太谷还不成气候，何不速加剿灭？"

"孙掌柜，你是不知，省上新来的这位巡抚大人有明令，对义和拳不得剿灭，只可设法招为民军团练，加以管束。还说这是朝廷的意思。"

"我看还是这位巡抚大人自己的意思，都说他在山东就向着义和拳。朝廷不叫剿灭，那袁项城到了山东，怎么就贴出布告，公开剿灭拳会？"

胡德修叹了口气，说："我们摊了这样一个巡抚大人，能有什么办法？"

"叫我看，就是因为这位毓贤大人移任山西，才把义和拳给招引来了。山西教案本来也不多的。"

"身在官场，这样的话我是不便说的。"

"那胡大人真打算招抚这帮直隶来的拳匪？"

"我也正拿不定主意。"

"叫我看，那帮愚民，你收罗起来，只怕是光吃军粮，不听管束的。

我们津号来信说，义和拳在天津得了势，竟把官府大员当听差似的，吆喝来，吆喝去。"

"那坐视不管，我也罪责难逃的。"

"胡大人，我倒是有一个主意，不知该说不该说？"

"孙掌柜，你今天就是不来，我也要去拜访你们各位乡贤，共谋良策的。孙掌柜已有高见，那真是太好了！快说，我恭听。"

孙北溟瞅了瞅胡大人左右。胡德修会意，立刻将左右幕僚及差役都打发走了。

"我这主意是刚才忽然思得，如不妥，尽可不听。"

"说吧，不用多虑。"

"刚才听胡大人说，毓贤大人有明令，叫你将义和拳民招为民军团练。我看，正可以由此做些文章。招抚直隶流窜来的那帮拳匪，是万万不可行的。但太谷本地乡间，习拳练武的风气也甚浓厚，所练的形意拳又是真武艺。所以，胡大人不妨借招抚义和拳的名义，在太谷乡间招募一支团练，以应对不测之需。"

"招募一支团练？"

"对。胡大人手下如有一支强悍的团练，谁想胡作非为，只怕也得三思而行。"

胡德修沉思不语。

孙北溟一眼就看出，胡大人是怕自拥强大民军，引起上头猜疑。尤其是遇了毓贤这样的上司，更得万分小心。就说："胡大人也无须多虑，太谷不过巴掌大一个地界，招募一二百人，就足够你镇山了。再说，兵不在多，在精。有形意拳功底的一二百人，还不是精兵？"

"哦，要这样，倒真是一步棋。"

"胡大人如愿意这样做，团练的粮饷，我们商界来筹措。"

"真难得孙掌柜及时来献良策！局面眼看要乱，本官手下实在也没有几个官兵武人。经孙掌柜这样一点拨，才豁然开朗！那我就和同僚合计一下，尽早依孙掌柜所言，招募民军团练。"

孙北溟的这一偶来灵感真还促成了一支二百来人的团练在太谷组建起来。虽然为时已晚，到底也为数月后收拾残局预备了一点实力。

孙北溟这次来见县太爷，本来也不是为献策献计，不过是受了那位假张天师的忽然袭击，想找胡大人发发牢骚。结果，倒意外献了良策！出来时，当然有几分得意。

三爷勇退张天师这件事很快就传到老太爷耳朵里了。他立刻召见了三爷。

自从老太爷把料理外间商务的担子交给三爷后，真还没有召见过他。他倒是不断进老院请示汇报，可老太爷就是那句话："我不管了，由你们张罗吧。"所以，听说老太爷召见他，三爷当然很兴奋。这一向，老太爷对他不冷不热，原来是嫌他没有作为。

所以，进老院前，三爷以为老太爷一定要夸他。

老太爷见了他，果然详细问了他勇退张天师的过程，有些像听故事那样感兴趣。三爷心里自然满是得意。

"你怎么知道这个张天师是假的？"

"义和团的揭帖上，哪一份没打张天师的旗号？要说在京城、天津，张天师亲自出山打头阵，那还有人信；来太谷打头阵，他能顾得上吗？"

"京师、天津闹得更厉害了？"

"可不是！天津满大街都是拳民。京师设坛传功的也不少。"

"京号、津号有信报来吗？"

"有。他们都问撤不撤庄？"

"孙大掌柜叫撤不叫撤？"

"不叫撤。仍旧说义和拳不足虑。"

"你说该撤不该撤？"

"我还是赞同茶庄林大掌柜的，早做撤庄准备，毕竟好些。"

老太爷听他还是这样说，就把话岔开："不管他们了，还说这个张天师吧。即便是假的，你就一定能打过人家？"

"就他一个人，看着又不像有什么武功；就是真有武功，也得跟他拼了。那货气焰太甚，不压住他，真能给你血染字号！"

"你倒成了英雄了。"

"为儿不过尽力而为吧。"

"叫我看,你这是狗拿耗子!"

三爷真是没有料到老太爷会来这样一句!这是什么意思?他多管了闲事?眼看拳匪在自家字号要举刀杀人,他也不管呀?

三爷不解其意,想问问,老太爷已挥手叫他退下。他也只好离开。

他表了半天功,老太爷却给他了一句:狗拿耗子,多管闲事!字号是有规矩,东家不能干涉号事。这也算是西帮的铁规了。可他这也是干涉号事?

老太爷或许是嫌他这样露脸,叫孙大掌柜太难为情了:堂堂天成元老号,竟然这样无能无人?但他当时实在也没有多想,一听说拳匪要杀人,就跳出去了。难道他见死不救,就对了?

三爷实在也是想不通,闷了两天,倒将原先火暴好胜的旧脾气又给闷出来了。不叫管自家字号,难道还不叫管那些直隶来的义和拳!

这天,三爷叫了护院武师包世静,专程到贯家堡拜访车毅斋师父。

车二师父当然知道从直隶来了义和拳,而且居然也听说了三爷勇退张天师的事,很赞扬了几句。

三爷赶紧把话岔开,说:"这个冒充张天师的直隶人,我听他口音,像是深州、冀州一带人。那一带,习拳练武风气也甚,你们有不少武友。"

车二师父一听,笑了说:"三爷意思,是疑心我们跟这些义和拳有交情,把他们勾引到太谷了?"

"车师父,我可没这意思!我只是想问问,这些义和团是不是以前练过武功?"

车二师父又笑了,说:"三爷,你是亲自跟他们交过手的;有没有武功,你比我们清楚吧?"

三爷忙说:"谁也没碰着谁,哪能叫交手?"

"我连见还没见过这些人呢。不过,有形意拳的兄弟去水秀见过他们。倒真是深州、冀州一带人,可跟我们这些练武的实在不是一路。领头的大师兄叫神通真人、二师兄是他胞弟,三爷你遇见的那个张天师,还不算头领呢。神通真人,张天师,一听就不是真名,不过是顶了这样的大名,张扬声势吧。"

"吓唬咱们太谷人呢!"

"听我们那位兄弟说,他还真想跟那大师兄、二师兄过过招,可人家非得叫他先入伙,再比武。他没答应,在水秀躲了两天,偷偷看了一回人家祭坛演武。跟跳大神一样,真与我们不是一路。"

"可人家就敢提刀上街杀人呀!"

"这就跟我们习武之人更不一路了。我们习形意拳的最讲究武德在先!否则,你传授高强武艺,岂不是度人做江洋大盗吗?就是押镖护院,没有武德,谁敢用你?"

"可人家也说是替天行道,扶清灭洋。"

"要不它能传得那样快?"

说时,车二师父从案头摸来一张义和团揭帖,递给三爷:"三爷你看看,一般乡人见过这样的揭帖,谁敢不跟他们走?"

三爷接住一看,跟那天张天师递给他的一个样:

山东总团传出,见者速传免难。

增福财神降坛。由义里香烟扑面来。义和团得仙。庚子年,刀兵起。十方大难人死七分。祭法悲灾,可免。传一张免一身之灾。传两张。免一家之灾。见者不传,故说恶言,为神大怒,更加重灾。善者可免,恶者难逃。如不传钞者,等至七八月之间,人死无数。鸡鸣丑时,才分人间善恶。天有十怒:一怒天下不安宁,二怒山东一扫平,三怒湖海水连天,四怒四川起狼烟,五怒中原大荒旱,六怒遍地人死多一半,七怒有衣无人穿。若言那三怒,南天门上走一遭去。戊辰就是阳关。定六月十九日面向东南,焚香。七月二十六日,向东南焚香大吉。

车二师父问三爷:"你看了信不信?"

三爷说:"我时常跑口外,出生入死也不算稀罕了。陷到绝境,常常是天地神鬼都不灵。等到你什么也指望不上,松了心,只等死了,倒死不了,力气也有了,办法也有了,真像有神显了灵。我只信这一位神,别的神鬼都不信。"

车二师父说:"可一般乡人,只是今年这大旱,也会相信他们。"

三爷说："车师父,你们练形意拳的,不会相信吧?"

车师父又笑了,说："三爷你先问包师父。"

包世静说："去年我跟了老太爷下汉口,在河南就遇见过义和拳。他们哪有武功!我看,装神弄鬼也不大精通,就会一样:横,见谁对谁横!"

三爷说："我是想听听车师父的见教。"

车二师父说："我早说过了,跟他们不是一路。"

三爷就说："那我今儿来,算是来对了。"

车二师父忙问："三爷有什么吩咐?"

三爷说："今儿来,就是想请车师父出面,将太谷武界的高手招呼起来,趁义和拳还没坐大,把它压住、撵走!太谷真叫他们祸害一回,谁能受得住?"

车二师父听了,却不说话。

三爷忙说："车师父,这是造福一方的义举善事,还有为难之处吗?"

车二师父说："三爷,你还不知道我?我不过一介乡农,虽喜欢练拳,实在只是一种嗜好。叫我号令江湖,聚啸一方,真还没那本事。"

"车师父,哪是叫你聚啸落草?只是招呼武界弟兄,保太谷平安而已。师父武名赫赫,人望又高,振臂一呼,太谷形意拳就是铁军一支,那几个直隶来的毛贼,哪还敢久留?"

"哈哈,三爷真把我们形意拳看成天兵天将了。其实,我们哪有那本事?我知道三爷是一番好意,可我们实在不便从命的。义和拳虽和我们不是一路,但人家有'扶清灭洋'的旗号,朝廷官府还睁一只眼闭一只眼呢,我们就拉一股人马跟人家厮杀?真走了那一步,我车某岂不是将形意拳的兄弟置于聚啸落草、反叛朝廷的死境了?再说,义和拳招惹的是洋人,我们也犯不着去护洋助洋。洋人毕竟也够可恶!"

"车师父,我看官府也不是都向着义和拳。袁世凯去了山东,就大灭义和团。"

"官府出面,怎么都行。我们能?"

"太谷的知县胡老爷,我们能说上话。"

"三爷,就是官府允许我们起来灭义和拳,那也只怕越灭越多!山东、直隶遍地都是义和团,你撵走他这一小股,还不知要招引来多少呢!再说,我们有武艺的，去欺负他们那些没武功的，于形意拳武德也有忤逆。"

三爷终于说服不了车二师父，心里窝得火气更大了。在老太爷那里碰了一鼻子灰，在车二师父这里又碰了软钉子，真不知道是怎么了！

5

太谷的义和团真如车二师父所预料，很快就野火般烧起来。四月传来，到五月，平川七十二村，已是村村设坛了，随处可见包红巾的拳民。

拳民多为农家贫寒子弟，年轻，体壮，不识字。乡间识字的子弟，都惦记着入商号呢，他们不会掺和义和团。除了农家子弟，掺和进来的还有城里的一些闲散游民。他们听人念了念义和团的揭帖，又看了看直隶师父的降神表演，当下就入了拳会。这其中有一大股，系抽大烟抽败了家的破落子弟。

太谷财主多，吸食鸦片的也多，这在晚清是远近闻名的。大户人家，多有戒赌不戒抽的风气。因为家资肥富，抽大烟那点花销，毕竟有限；而赌场却是无底洞，即便富可敌国，也不愁一夜败家。此风所及，太谷一般小富乃至中常人家也多染烟毒。可他们哪能经得住抽？一染烟毒，便要败家。公理会大开戒烟所，戒成功的也不多。这一帮败落子弟，见洋人送来鸦片害他们，又开戒烟所救他们，仇洋情绪特大。好嘛，你们钱也挣了，善也行了，倒霉的只是我们！所以，一听说要反洋教，当然踊跃得很。

这比基督教公理会发展洋教徒，不知要神速多少。

五月间，太谷义和团的总坛口，已从水秀村移到县城东关的马神庙。在直隶大师兄的号令下，拳民们在城里游行踩街，焚烧洋货，盘查老毛子、二毛子，一天比一天热闹。

不久，他们就放出风来：要在六月初三，杀尽洋人！

这股风一吹出来，还真把公理会的美国教士吓慌了。当时在太谷的六名美国教士匆匆集中住进城里南大街的福音堂。受到恐吓、抄家的十多名本籍教徒，也陆续躲进了福音堂。这十多名太谷教徒中，就有日后成为国民党财长、蒋介石连襟的孔祥熙。当然，这时他还是一个因贫寒而投靠教会的平常青年。

第十三章　血染福音堂

莱豪德和魏路易是太谷公理会的头儿，他们将中外教徒分成八人一班，日夜轮流守卫教堂。同时，向各方求救。

初时，知县胡德修还派了县衙两名巡兵保护福音堂。

公理会这座福音堂，紧挨着城中名刹无边寺，那座巍峨高耸、雄视全城的浮屠白塔，正立在它的身后。所以，福音堂初建成时，太谷乡人看着就有些刺眼：它会不会毁了太谷的风水？现在，义和团成天散布"洋教弃祖灭佛，上干神怒，天不下雨"，人们看着它自然更有些可恶了。福音堂的大门，又向东开在繁华南大街。门前本来就人流如梭，有巡兵守护，自然更招人注目。

尤其是有义和团来叫阵时，大门外就聚集得人头攒动，水泄不通，路都断了。

困守其中的中外教徒，见外面这种情形，惊恐之余，只得把一切交给他们皈依的主了。各地教士、教徒遇难的消息，他们已经听到很多。

不过，义和团并未在六月初三攻打福音院。进入六月后，义和团开始攻打的，只是乡间的一些布道所、戒烟所、诊疗所，但杀戒已开。被杀的都是本地教徒，数目可在一天比一天增多。

县衙虽已着手组建团练，可面对洪水般疯狂的拳民，哪能赶上趟！知县胡大人对太谷局面显然已无力控制。

到六月十五，义和团终于开始围攻城里的福音堂。

六月十八，青年孔祥熙翻墙潜入相邻的无边寺，偷偷坐上一辆粪车，逃了出去。对于他的临阵逃脱，公理会的美国牧师倒不阻拦，也没有谴责。孔祥熙提出逃生愿望时，是很难为情的，但美国牧师们倒一点也没有难为他，反而出谋划策，只希望他成功出逃。基督教与我们的儒教，真是很不相同。否则，后来国民党的四大家族，就要少了孔家。

孔祥熙逃出后，福音堂内只剩了六名美国教士和八名中国教徒，包括太谷第一个受洗礼、已成华人长老的刘凤池，西医桑大夫。这十四名中美教徒，当时拥有的武器只三支西洋手枪耳。

可外间成百的义和团，一直围攻到七月初，仍然杀不进去。教堂里面，魏路易拿一把手枪，把守教堂后门，另一美国牧师德富士持手枪把守前门。见有欲破门者，就放一枪示警。拳民听见枪声，便往后退，只是将砖头瓦块更猛烈地投入教堂院内。有"刀枪不入"功夫的直隶大师兄神通真人，一直也没有发一次神功，他只是坐镇总坛口，发号施令。一般拳民，不用说神功，就是本地形意拳的那番真功夫也没有。

形意拳功夫深厚的武师，受车毅斋师父影响，把武德放在前头，对义和拳冷静相看，不助，也不反。

所以，到七月初，见福音堂久久攻打不下，一般拳民已有些心灰意懒了。围在福音堂外面的拳众已日渐减少。知县胡德修看到这种情形，才松了一口气，开始筹划派出官兵加团练，驱散围攻福音堂的拳民。这位知县老爷也不是怎么向着美国人，他是怕惨案发生，难向朝廷交代。

谁料，到七月初五，省上的毓贤巡抚大人居然派出一支官家马队来太谷给义和团助阵。一听这个消息，泄了气的拳民才忽然来了劲。当天，平川七十二村都有拳民涌进县城，对公理会的福音院重新发起猛攻。

只是大师兄、二师兄依然未能把天神请来，开战时还是砖头瓦块打头阵。接着，将附近一家"四顺席店"抢了，搬出许多苇席；又从"洋油庄"抢来煤油，煤油浇苇席，展开一场火攻。

可惜到后半晌了，仍然没有能攻下。两名英勇的本地后生并无神功，却大义凛然从后墙翻入教堂院中。但没冲锋几步，就给魏路易用手枪放倒了。群情激愤，只是无计可施。官家马队，既跃不过教堂高高的院墙，又不操洋枪、洋炮，实在也顶不了大事。

幸亏后来请到一位叫聋四的乡下猎户，扛了火枪赶来，从后门缝隙朝魏路易放了一冷枪。一片铁砂铁丸散射进去，这位洋牧师真被打倒了。

外间重兵，这才趁机奋勇攻入。

不用说，六名美国教士、八名本地教徒，当下就给杀死了。六名美国教士中，有三人是女性，其中就有莱豪德夫人。本地教徒中，刘凤池长老临死不口软，更激怒了拳民。被杀后，心给剜了出来，悬挂了示众："快看，教鬼的心，又大又黑！"

义和团围攻福音堂，是太谷城中发生的一件大事。可是，这期间的太谷大商号，谁家也顾不上多管眼跟前发生的一切了：直隶、河南、天津、京师以及关外、口外的字号，纷纷告急，信电、电报又不时中断，谁家不是急得火烧火燎!

西帮的生意在外埠,它的命也在外间世界。

康家三爷和孙大掌柜、林大掌柜一样也是身在太谷,心系外埠,全顾不及理会本地的义和拳了。那时,津号遭抢劫的消息已经传来。但那是京号在信报中转告的,津号的信报却是很久没有收到了。就是京号这封告急的信报,也是写于五月十六。眼下,则六月十六已过!一个多月了,京津两号都没有传来任何新的音讯。

电报不通,信局走信又不畅,一封急信,给你走三四十天,什么都耽误了。三爷就雇了两名镖局的武师,派他们往京津打探消息。先是走榆次、寿阳,东出山西,但只走到平定,未出东天门,已无法前行:他们屡屡被怀疑为二毛子。返回来,走北路,出了大同,也没有音讯了。

口外、关外加上京津两号,那是康家商务的半壁江山。现在,那半壁江山生死不明,你说,谁还能顾得上福音堂那几个美国洋和尚?

在康家,只有老夫人杜筠青关注着福音堂的事。

义和团刚传到太谷时,杜筠青曾向莱豪德夫人表示:她要皈依基督,加入公理会。那天还一再说:越快越好。可莱豪德夫人一走,就再没有下文了。

她进城洗澡,路过南街的福音堂,一直是门户紧闭。有一次,她专门停了车,叫车倌去敲门。刚敲开,没说两句话,呼通一声就又关上了。

怕车倌是拳匪呀?

杜筠青就叫女佣杜牧再去敲门,始终就没有敲开。

过了几天,她又把马车停在福音堂门口。这次一开头,就叫杜牧去敲门,她自己紧跟在杜牧身后。敲了半天,门总算敲开了,可一个本地老汉只在拉开的门缝间伸出头来,冰冷地问:"你们做甚?"

杜牧回话也不客气:"你没长眼?我们家老夫人要见你们莱豪德夫人,还不快大开了门,接老夫人进去!"

那个给洋人当茶房的老汉听了,依然冰冷地说:"莱豪德师母今儿不在!"

说毕,咣一声,又关上了大门。杜牧在外头连声责骂,哪能顶事?

那天路上,杜筠青狠狠责骂了杜牧:"你真是本性难改!出来拜客,也是这副德行，你还不知道你是谁？"

只是，杜筠青终究也没见着莱豪德夫人。

义和团如火如荼，真是闹大了。入不成公理会，杜筠青真有心思要加入义和团。加入义和团，也能气一气老东西吧？当然，这也不过是心里一想，解解气吧。她也认不得义和团，找谁去入？

义和团闹大了，杜筠青进城洗澡也越来越不顺当。遇着拳民围着福音堂叫骂，南大街就走不通，马车绕半天绕不过去。有时候，县衙为了防备拳民作乱，大白天，就关了城门。六月十五，拳民开始围住攻打福音堂，她们就进不了城，一直到七月初五，二十天没能进城洗澡，真把她肮脏死了，也憋闷坏了。

七月初六，传来义和团血洗福音堂的消息。杜筠青听了，吃惊是吃惊，倒也没怎样失态，只是对杜牧说："攻下福音堂，咱们也能进城洗澡了。"当天，就要套车进城。

杜牧劝不住，就去找老亭。老亭冷冷地说："你告老夏，编个瞎话，说马车坏了，不就得了！"杜牧跑去见了管家老夏，老夏说："现在四爷主内，请四爷去劝劝吧。"

四爷一听，真跑去了，可哪能劝得下？

四爷只好去向三爷求助。三爷说："明天，叫包师父跟着，进城就得了。"七月初七，包武师真奉四爷之命，护送了老夫人进城洗澡。

一路上，杜筠青坐在车轿里，才慢慢意识到那个莱豪德夫人已经不在人世。这个强壮而美丽的美国女人，虽然有些乏味，可与之交往也十多年了。十多年，眼看着这个美国女人既不再强壮，也不再美丽：西洋女人真这样不耐老，还是不服太谷水土？还说人家，自己一定也老了！初结识莱豪德夫人，还是父亲带领着，可现在父亲也不在人世了。父亲要活着，真像他当年所说，就在太谷养老了，他也是二毛子。不去想他，永远都不去想他！

拳民杀一个女人，是不是很快意？将来，谁会来杀她？

想着这些，杜筠青已经有些不能自持。她总是想问包武师："将来，谁会杀我？"

车马进城后，不久就行走不畅。临近福音堂，围了观看的人伙还很不少，车马更不好走。

杜筠青趁机就叫停车。车刚停了，她就跳下地，往围观的人伙里挤。杜牧和包武师紧跟了都没跟上。

福音堂临街的围墙外，植了几株合欢树。七月正是它满树红缨的时候，可惜刚历战火，扶疏的枝头只残留了几片细叶。人们围了观看的，当然不是它的败枝残叶，是一树枝下悬挂着的那个教鬼的又大又黑的心脏！黑心上，血已凝固，爬满苍蝇。

杜筠青挤进来，并不知那悬挂物是什么，就问左右："你们这是瞧什么？"

"刘凤池那教鬼的黑心！"

刘凤池？就是太谷第一个受公理会洗礼的那个刘凤池？十五年前他受洗礼那天，父亲本来是带她去开眼界的，谁也没有料到，就在半路上她被老东西劫回来了。从此，她就沦落到今天……

这样想时，杜筠青终于看清了那真是爬满了苍蝇的人心，不由就大叫一声："你们谁杀我——"

跟着就一头栽倒。

6

七月二十，京城陷落，两宫出逃。在塌了天的狼狈中，朝廷才下了剿灭义和团的上谕。太谷知县胡德修得了上头新精神，带领二百来人的团练，开始抓拿本地义和团的头领时，天成元大掌柜孙北溟依然是焦头烂额。京津已经陷入八国联军之手，可自家的字号仍旧没有一点消息。三爷派去的两位镖局武师也不见返回。

到七月二十五，白天还是等不来什么动静。黄昏时候，孙北溟正在老号院中乘凉。说是乘凉，其实心里烦闷异常。

忽然，后门的茶房惊慌异常跑进来，禀报说："大掌柜，京号的戴掌柜……"

孙北溟一听，就从躺椅上站起来："快说，京号的戴掌柜咋了？"

"戴掌柜他们回来了……"

"在哪儿？快说！"

"就在后门外头。"

孙北溟抬脚就快步向后门奔去。

刚出后门，因天色昏暗，看不太清，只见是一伙贩卖瓦盆的，一个个衣衫破烂，灰头土脸。

这时就有一人，扑通一声跪在孙北溟面前："大掌柜……"

跟着，其他人也一齐跪下了。

声音沙哑、疲惫，一点都不像是戴膺。孙北溟正要去扶跪在面前的这个人，就有个小伙友提了灯笼从老号跑出来。就着灯光，这才看出真是戴膺！可眼前的戴膺，哪里还有京号老帮昔日那种光鲜潇洒的影子？人消瘦不堪，脏污不堪，精神上也忧郁不堪！要在平时，谁也不敢认他。

再看京号其他伙友，与戴膺无异。

孙北溟慌忙双手扶起戴膺，说："戴掌柜，你们受大罪了！"

戴膺不肯起来，说："大掌柜，戴某无能，京号毁了……"

孙北溟忙说："遇此大乱，你们哪能扛得住！戴掌柜快起，快起来！各位掌柜，也快起来！"

这时，老号的协理、账房、信房及其他伙友也闻讯跑出来，都慌忙过去扶起戴膺及各位。

进入老号后，孙北溟问戴膺："京号伙友都带回来了吧？"

戴膺说："我们撤离时，梁子威副帮挑了一个年轻人执意要留守。除他二人，总算都回来了。只是……"

"戴掌柜，你能把京号伙友都平安带回来，就是大功劳了。梁掌柜对字号的仁义甚是可嘉，可他们孤孤单单留下太危险吧？"

"大掌柜知道，梁副帮是有本事的人。走时，我也交代了，守不住，就赶紧撤。大概不会有事吧。"

孙北溟说："那就好。只要伙友们都平安，别的就好说了。戴掌柜，我看你们跟叫花子似的，先去华清池洗个澡，换身衣裳吧？"

老号协理，也就是二掌柜忙说："俗话说，饱不剃头，饥不洗澡。看各位掌柜又饿又累，还是先略微洗涮一把，赶紧吃饭吧。"

"真是，我也糊涂了！咱们伙房怕也封火了，赶紧就近去晋一园饭庄传几道菜，点几样面食，叫他们赶紧送来，越快越好！"

真没等多久，晋一园饭庄就抬来几个食盒。

饭菜上桌后，屋里就忽然安静下来：戴膺和他的伙友们全埋下头来，狼吞虎咽地吃喝起来，十几人的进食咂嘴声，把一切声音都驱散了。孙北溟和老号的伙友，是被忽然出现的这一幕惊呆了，鸦雀无声，瞪着眼看。

还是二掌柜清醒，赶紧悄悄把孙大掌柜及老号的其他人拉了出来。一出来，孙北溟就不禁流出了眼泪。

京号平常吃喝的是什么！不用说戴膺，就是一般京号伙友往年下班回来，还说吃不惯太谷的茶饭呢。平素，就是吃山珍海味吧，也没这么馋过。从京城逃回来这一路，真不知他们吃了什么苦，受了什么罪！

六月二十九清晨，戴膺带了京号的十来个伙友假扮成卖瓦盆瓦罐的，离开京号，撤往山西。一路上，自然是历尽千辛万苦，甚至几度出生入死。不过，对于西帮商人，长途跋涉、苦累生死似乎都容易适应。

在最初几天，戴膺和他的伙友们还真有些狼狈。多年没有这样走路了，仅是头一天走出京城，就没把他们累趴下！加上都不太会推那种卖瓦盆的独轮车，一个个又长得细皮嫩肉的，不像受苦人，路途不断引起怀疑。怀疑成歹人，倒还不大要紧，在这种乱世，歹人反倒没人敢欺负。最怕的是被怀疑成逃跑的二毛子！当时京师周围，义和团正闹得如火如荼。幸亏他们在商海历练得足智多谋，长于应变，总还能一一应对过去。

艰难走过涿州，也就开始适应了。只是，限于卖瓦盆的身份，住店得住最简陋的，吃饭得买最便宜的。大暑天，推着重车奔走一天，歇不好，又吃不到一点油水。人都消瘦了倒也顾不上多管，那种想吃一点能解馋的油腥东西的愿望，却是怎么也压不下去。野外寂寞旅途，大家不说别的，就一个话题：在京号吃过的东西！

戴膺见此情形，心里虽然难受，但也不敢放纵。伙友们就是想在街头食摊买点卤肉解馋，他也是坚决不许。为商一生，他能不知道乱世露富的恶果？

过正定时，大家的馋劲更火辣辣往上拱。因为过了正定，就要西行进山，一路都是苦焦地界，就是敢吃，也吃不上什么能解馋的了。

戴膺终于也心软了，说："那就等出了正定吧，寻家郊外小店开一次荤。"

这次开荤，戴膺还是尽力节制，也不过是要了一盆骨头肉、几斤牛肉而已。在店家的一再撺掇下，要了一点烧酒。均到每人头上，不过三两盅而已。

离京以来这是最奢华的一顿饭了，但在外人看来，那实在也算不得奢华吧？而当时大家的吃相，一个个像饿死鬼似的，也不至露出富商马脚。与店家，也是斤斤计较，瞪了眼讨价还价。

然而，这样刚开了一次荤，真就出了事！

这顿饭是在午间用的，用毕，就继续上路了。但到黄昏时分，他们就遭了抢劫。那是从路边庄稼地里突然跳出的五六个汉子，手持棍棒刀械，不由分说，就将他们的瓦盆瓦罐打得粉碎！

瓦罐一碎，藏在里面的碎银制钱全露出了来，那几本命根似的京号底账也掉了出来。劫匪抢去银钱，那是自然的，可他们竟然将那几本账簿也掠去了！

十来个伙友，对付五六劫匪，按理应有一拼。只是，劫匪来得太突然，又持有家伙，简直还没弄清是怎么一回事，人家已经抢掠了东西，钻进庄稼地，不见了。

劫匪散尽后，伙友都一齐跪到戴膺面前，连说：遭此大祸，都是因为他们嘴太馋，连累了老帮。

戴膺叹了一气，说："也不能怨你们。这样的劫难，或许是躲不过的。都起来吧。"

京号的底账丢了，那是大过失。京号是外埠第一大号，欠外、外欠的未了账务实在不是小数目。可眼前，十多人身无分文，撂在野地，也是更紧急的事。戴膺极力镇静下来，安抚住众人，共谋走出绝境之策。

被劫地在正定与获鹿间。正定与获鹿，都没有康家的字号，但有西帮的字号。路过正定时，虽见大多字号已经关门歇业，还是有西帮商号没有撤离。太谷曹家的绸布庄，祁县帮的粮庄，好像都有照样开张的。想来，获鹿也会如此的。于是，就决定推了空独轮车赶到获鹿，找一家西帮字号，借一点盘缠，先赶回太谷再说。

谁能料到，筋疲力尽赶到获鹿，那里的义和拳民正在攻打城中教堂，街面上的商号，没有一家开门。再一打听，西帮的字号都撤回晋省了。

这可真是雪上加霜了！戴膺只好亲自出面，寻当地商号借钱，可哪能借到？天成元大号，人家都知道，但戴膺那副打扮、那副落魄相，谁敢信他的话？

借不到钱，十几张嘴就得继续吊起来了。他们除了那七辆破旧的独轮车，已经一无所有。可在这兵荒马乱时候，就是变卖那破旧的推车，谁要呢？

在此绝境中，两个做跑街的伙友，要求准许他们返回正定，就是一路讨吃，也要找家西帮字号，借钱回来。戴膺也只好同意了。留下的，就各显神通，分头去变卖独轮车。

这样，光是在获鹿就困了五六天，有两天几乎就没有吃到东西。

不过，回到太谷老号后，戴膺并未细说一路遭遇，只是向孙大掌柜请罪：京号毁了，匆忙散出去的七八万两银子，还不知能不能收回来，尤其是将京号的底账也丢了，真是罪不可赦！

孙北溟虽极力宽慰，但听说连底账也丢了，心里就有些不悦。他尽管极力不形之于色，戴膺还是觉察出来了。戴膺并无委屈和怨恨，只是心情更沉重而已。一生遇多少风浪，还没有像今次这样走了麦城！

戴膺他们回到太谷第二天，东家的三爷就匆匆赶来，说："老太爷听说戴掌柜平安回来了，就立马叫我进城来接戴掌柜，还特别吩咐，把京号的各位掌柜都请来！"

老东台请戴膺到府上闲话，那是常有的事，可把京号伙友一堆都请去，这却从未有过！所以，戴膺一听就知道东家是破格慰劳，慌忙对三爷说："戴某无能，毁了东家京号，实在无颜见老太爷的！"

三爷说："老太爷只交代我，务必把戴掌柜和京号各位请来；请去是骂你们，还是夸你们，我可不知道。"

三爷这样一说，戴膺也只好遵命了。

跟着三爷出城到康庄，在德新堂大门外下车时还平平静静。可一进大门，绕过假山，真把戴膺他们吓了一跳：康老太爷率领各位少东家及塾师、武师、管家一大群人，站在仪门外迎接他们！戴膺慌忙跪倒，他的伙友们也跟着跪倒。

"老太爷，各位少东家，戴某无能，未能保住京号……"

康笏南已经走过来，拉了一把戴膺，说："戴掌柜快起来！你再无能，有朝廷无能？朝廷把京城都丢了，你丢一间字号算甚！"

老太爷这句话，说得在场的所有人都瞪大了眼睛。

这天，康笏南设筵席招待了戴膺及京号其他伙友。开席前，就先招呼各位少爷，谁也不能半道退席，都得陪各位掌柜到底。席间，他对戴膺临危时处置京号存银，特别是能将众伙友平安带回来，大加赞扬。对冒险留守的梁子威副帮，除了赞扬，还破例给加一厘身股。

康老东台如此仁义，戴膺他们真是感激涕零。

五六天后，梁子威带着那个年轻伙友回到太谷。

又过三四天，津号众伙友在杨秀山副帮带领下，历尽艰辛，也回到太谷。

第十四章　尼庵与雅园

1

三爷跟前，头大的是个千金。这位女公子叫汝梅，十六岁了，两年前就与榆次大户常家定了亲。她虽为女子，却似乎接续了乃父的血性，极喜欢出游远行，尤其向往父亲常去的口外。她从父亲身上看到，口外是家族的圣地，可就是没人带她去。

三爷很喜爱他这个聪颖的长女，老太爷康笏南也格外疼爱这个既俊俏，又有侠风的孙女。但他们都没带她出过远门，更不用说到口外了。她的要求，在他们看，不过是孺儿戏言。

在汝梅，越去不成，向往越甚。所以，定亲后，她就执拗地提出：嫁给常家以前，一定要带她去趟口外，否则，她决不出嫁。

三爷就含糊答应下来，其实，也没有认真。三爷照常去了口外，根本就忘记了女儿的请求。到去年冬天，他从口外回来，汝梅简直叫他认不得了：人瘦小了许多不说，更可怕的是，自小那么聪颖的一个女娃，怎么忽然变痴呆了，就像丢了灵魂似的？花朵一般的年龄，怎么忽然要衰老了？

三爷大骇，忙问三娘："梅梅是怎么了？得了什么病吗？"

三娘说："还问呢，都是你惯的！你答应过带她去口外？"

三爷说："没有呀？"

"她说你答应过，所以你前脚走，她后脚就成了这样。问她怎么了，她就一句话：既然不带她去口外，她就不出嫁了。我就问：谁答应带你去口外了？她说：我爹。你真答应过她？"

"嗨，你还不知道，她从小就缠着我，叫带她去这去那，我能说不带她去？"

"要不说是你惯的！眼看要嫁人了，还这样任性。"

三爷问明白后，就赶紧去宽抚汝梅。这小妮子还不想见他，看来是真生气了。他就赔了笑脸说："梅梅，我这次去口外，几乎回不来了。好不容易才死里逃生！回到家了，你也不问问我受了什么罪，就顾你自己生气呀？"

"我没有生气。我哪会生气？"

"看看你，说的都是气话！还当我听不出来？"

"我生气，也是生自家的气，不与谁相干。"

跟来的三娘听了，就说："梅梅，你这是跟谁说话呢！"

脾气不是很好的三爷，这时一点也不在乎，依然赔了笑脸说："梅梅，我知道你是生我的气。这次去口外，不是光到归化城，还到了外藩蒙古的前后营，经历四五千里荒原。千难万险，出生入死不说，驼队拉骆驼的、坐骆驼的，全都是男人；你一女娃，我怎么带你去？"

"你是不想带我去，想带，还能没办法？"

"你说，有什么办法？"

"我女扮男装呀！"

"哈哈，我怎么没想到呢！梅梅，你既然有此豪情，我一定成全你！等明年开春后，我要先去京津一带走走。这次，一定带你去。先往京津看看，日后再去口外，成不成？"

三娘就慌忙说："五娘刚出事，你就带她去京津？只怕老太爷也不许！"

三爷就说："我可不是五爷！要连自家闺女也护不住，我还能成什么事？"

汝梅这才变了些口气，说："老太爷那里我去说！"

当时，三爷还没有接班主持外间商务，他只是听从了邱泰基的点拨，决定不再闷在口外，要往京津及江南走走。所以，他就拿出游京津来安慰汝梅。在这个时候，他还是安慰多于承诺的。

过年时，老太爷忽然将外间商务交给他料理，惊喜之余，三爷就决定实践对汝梅的许诺：不仅仅带她出游京津，还要带她去趟江南！

十多年前，出游过西洋的杜长萱，带了他那位一半洋气、一半京味的女公子，风情万种地出入太谷富家大户时，三爷也曾惊叹不已的。杜长萱的开明、大度、新派，叫他大开眼界。而杜家女公子那别一种姿色风韵，更令他艳羡。他根本就料想不到，这位新派佳人后来居然做了他的新继母！当年，他听到这个消息，心里顿生一种怅然若失的疼痛。暗藏了这份疼痛，他对这位新任老夫人，那真是既不想见，也生不出敬意的。现在，那份疼痛是早已远逝了，他重新记起这件事，是想模仿当年的杜长萱，也携了自家的女公子，出游京津，再游江南。

他这样做，也是要告诉康家的商号，他与老太爷是不同的。

父亲的这一股心劲，汝梅很快觉察到了，她自然是欣喜异常。整个人也像活过来了，恢复了以往的聪颖和淘气。她满心等待跟了父亲去远行。

汝梅是自小就野惯了，常爱寻了借口跑出德新堂大院，到村中野外去淘气疯跑。她所以能这样满世界疯跑，首先是因为老太爷宠她。她一闹，老太爷就替她说话，谁还敢逆着她？再就是因为她也是天足。

幼时开始缠足，她总是拼了命哭叫。那时，正赶上杜家父女回太谷大出风头，京味加洋气的倾城风采，似乎全落实到杜筠青那一双天足上了。激赏杜家新派佳人的三爷，就当即作断：他家梅梅也不缠足了！可三娘哪里肯答应：不缠足，长大怎么寻婆家？三娘告到老太爷那里，老太爷居然也说：梅梅嫌疼，就不用给她缠了。皇家女子不愁嫁，我们康家女子也不愁嫁。老太爷说了这话，三娘还能怎么着？就这样，汝梅也成了一个不缠足的新派佳人。

不过，她自小满世界疯跑，也没有跑出多远，最远也就是太原府吧。所以，对这次真正的出远门，不用说，那是充满了十二分的期待。

谁能想到，刚过了年，天还没有暖和，就不断传来坏消息：义和团传到直隶了，传到天津了，跟着又传到京师！父亲成天为外埠的字号操心，哪还顾得上带她出行？

她曾问过父亲："你那么惦记京津的字号，怎么不亲自去一趟？"

父亲的脾气又不好了，火气很大地说："我去一趟，能顶甚事！我能把义和拳乱给平了？"

汝梅不敢再多问，只盼乱子能早日过去。可越盼，拳乱闹得越大，非但没有离远京津，反而倒传入太谷。

太谷一有了义和拳，老太爷就放出话来：德新堂的女眷和孙辈都不许随便外出。

这下可好了，一春天一夏天，就给圈在家里，汝梅哪能受得了？她很像今年的庄稼，受了大旱，一天比一天蔫，无时不盼天雨，又总是盼得无望。可现在，谁也顾不上注意她了。就是成天像丢了魂似的痴呆着，父亲也不再理她。她无聊至极时，就只好想：自己的命不好。有时忧郁难耐了，又很想偷偷跑出去，看看义和拳是什么样。当然，这也只是愤然一想吧，很难实现。

等到义和团终于遭到县衙的弹压，汝梅实在是忍无可忍了，立马嚷着要出外面透透气。外面兵荒马乱，三娘哪里会叫她出去？汝梅就使出惯用的一招，径直跑进老院，向老太爷求救。

老太爷也遵惯例，一点没有难为这位孙女，痛快地说："想出去，成。叫个武师跟着，不就得了！义和拳一散，外间也就平安了。"

汝梅忙说："还是爷爷有气派！"

老太爷就问："你爹呢，他也不许你出门？"

"我可不大容易见着父亲，他比谁都忙！"

"你爹当家了，料理外间字号呢。"

"爷爷当家时，我看也没他这么忙。"

"梅梅，你这是说爷爷比你爹懒？"

"我是夸爷爷，举重若轻。"

"哈哈哈，你倒嘴甜！"

"爷爷就是举重若轻！爷爷要像我爹那样心里焦急，手脚忙乱，哪能这么长寿？早累得趴下了！"

"梅梅，越说你嘴甜，你倒越来了！现在，世道也不一样了，咱们康家字号遍天下，张罗起来也不容易。"

"我知道。去年，爷爷出巡江南，受了多大罪！"

"我喜欢出远门，一上路远行，就来了精神。所以，那不叫受罪。"

"我也喜欢出远门，可你们总拦着，不叫我去！"

"我说呢，今儿你嘴这么甜，嘴甜甜巴结我，原来在这儿等着！梅梅，你这么想出远门，是图甚？"

"什么也不图，就跟爷爷似的，图一个乐意。我也是一出门，就来精神！"

"你倒会说。"

"爷爷把字号开遍天下了，我出去一路走，一路有自家字号，给了谁，能不乐意？"

汝梅这句话，还真说到老太爷心上了，他精神一振，说："梅梅，你有这份心思，真比你那几个叔伯都强！早知你这样有心，去年我下江南，就带你去了。"

"去年，我也这样对爷爷说过的，只是你没有进耳朵吧？"

"你哪说过这话？"

"说过！"

"那就是我老糊涂了。"

"去年爷爷要下江南，全家都拦着不叫你去，就我一人赞成你，可爷爷你却不理我！"

"真是这样？爷爷老糊涂了，老糊涂了。以后，爷爷再出远门，一准叫你陪着。"

"年下，我爹本来也答应我了，要带我去趟京城，哪想到就偏遇了义和拳作乱？爷爷你跟我爹说说，等平了义和拳，叫他别忘了答应我的话！"

"这话，我能给你说！"

目的都达到了，汝梅要走，老太爷却叫她别慌着走，留下再跟爷爷多说一会话。她留下只说了几句，忍不住就寻了个借口，跑走了。

汝梅跑走后，康笏南窝在椅圈里，久久一动没动。下人来伺候，他都撵走了，连那位正受宠的宋玉进来，也给撵走了。

他喜爱的这个孙女，居然不肯留下来多陪他一会儿，这忽然引发了康笏南的一种难以拂去的孤寂之感。他把字号开遍了天下，可自己身边哪有一个知心的人？

身后虽有六子，可除了老三，都不成器。不成器倒也罢了，竟然都对商事了无兴趣！就剩一个老三，立志要继承祖业，但历练至今，依然是血气太盛，大智不足。孙一辈中，一大片丫头，又是到老三这里才开始得子。但看老三为他生的这个长孙，真还不及乃姊梅梅有丈夫气。三娘都快将他宠成一个娇妮子了。孙辈一大片，就还数汝梅出类拔萃，可她偏是一个女流。

字号遍天下的祖业，可以托付予谁？

看看眼前时局，朝廷又是这样无能至极，连京师都给丢了！真不知大清还能不能保住它的江山。大清将亡，天下必乱，没有大智奇才何以能立身守业？

世道如此凶险，族中又如此无人，康家难道也要随了大清，一路败落？

2

老太爷放了话，谁也不敢拦着汝梅了。但三娘哪里能放心？她叫来管家老夏，吩咐他派个武艺好的拳师跟了去，并向车倌交代清楚：不许拉梅梅进城，城里正乱呢。

老夏连连应承，说："三娘不吩咐，我也要这么检点。我还挨门都问了问：还有哪位小辈想出去游玩，一搭结伴，人多了势众。可惜没人想去。那我就叫他们上心伺候梅梅吧。"

三娘就说："老夏你也知道，梅梅她太任性了。我们可不是想成心难为底下的人。"

老夏忙说："三娘你就放心吧。"

老夏是康家的老管家了，伺候老太爷那是忠心耿耿，鞠躬尽瘁，不打一点折扣。对三爷这样晚一辈新主子，就不免有一点松心。所以，对三娘的吩咐，应承得好，办起来其实也没有特别上心。只是交代包世静武师，从他手下的护院家丁中选两个，跟了去伺候。

七月底了，本该是秋风送爽，满目绚烂的时节。可庚子年大旱，野外庄稼长得不济，其间旱得厉害的，就像挨了霜打一样，已蔫枯得塌了架。举目望去，绿野中一团一团尽是这枯黄的版块，真似生了疮痍。树木也是灰绿灰绿的，没有一点精神。

不过，汝梅她这样的大家小女子，哪能注意到田间旱象！整整一夏天，圈在家里，现在终于飞出来了，她只觉得快乐。

果然，一出村，她就叫车倌拉她进城去游逛一趟。但老夏有交代：不能拉小姐进城，车倌自然不敢违背。不过，车倌也机灵，他眨了眨眼就编了一个借口，对汝梅说："这两天，县衙正清剿城里的义和拳残兵败将，城门盘查甚严，一般人是不许进出的。"

汝梅就说："我爹昨儿还进了城呢，我怎么就不能进？"

车倌不动声色地说："三爷有官府的牒帖呢。"

跟着汝梅的女仆也说："我听说，即便进了城，也是到处受到盘查，走动甚不方便。我们好容易出来一趟，进城受那拘束，图甚？"

车倌跟着说："我们还是去趟凤山吧。我听说，近来那里已经热闹起来了。"

汝梅只好答应去凤山。

到了凤山的龙泉寺，却并不像车倌说的那样热闹，与平素相比，来游玩的人实在不多。不过，汝梅也没有顾上抱怨，人少空旷，倒可以更自由地跑动。所以，下车后也没有歇，汝梅就四处跑去了。

俗称凤山者，就是太谷城南的凤凰山。龙泉寺在凤山山麓，以寺中有长流不败、清洌似酒的酎泉得名。也因有此名泉，进入寺院山门，便是一个名叫克老池的秀丽小湖，湖中立有一座玲珑古雅的水阁凉亭。它倒映水中，更使克老池变得空灵异常。龙泉寺的主殿，是倚山而立的三佛殿，殿中供奉一尊数丈高的大佛，香火很盛。

在龙泉佛寺周围，还散布着龙王庙、二郎庙、关帝庙、财神庙、娘娘殿、真武道观。当然还有俗界的戏台、看棚、商号、饭庄。

总之，凤山龙泉寺因为离城不太远，成为商家富户春天踏青、盛夏避暑、秋日登高、隆冬赏雪的便当去处，所以这里几乎是县城之外的第二繁华地界。当然，这里的繁华秀丽，还是得益于本邑大商号的不断布施捐募。

在庚子年夏天，这里是忽然冷清了许多。来此避暑散心的富人几乎绝迹了：富人是最惜命的。常来这里的，只是附近的农户，他们来祭龙王，祈天雨。大旱年景，连酎泉也势弱了些，但克老池却依旧充盈不减。因为附近乡人为敬龙王，已停止从酎泉取水。

寺中景色虽空灵秀丽依旧，汝梅却没有多做逗留。她只是到三佛殿匆匆敬了香，便从寺后旁门跑出，沿了山坡小径快步而上。等她登上半山间一座六角小亭了，跟着伺候的两个女仆许久都没有追上来。她们虽也算大脚老嬷，可也是缠过足的，无法似汝梅那样连跑带跳，健步飞行。那两个跟来做保镖的家丁，居然也没有跟上来。

汝梅倒是非常得意，独自坐在小亭里，向北瞭望：太谷城池方方正正现出全貌，城中南寺那座浮屠白塔更分明可见。她想寻出白塔下那处美国洋人的福音堂，却实在难以分辨得出，毕竟太远了。

她正欲离开小亭，继续向上走，才见一个家丁匆匆赶上来。

汝梅就问："你们还是练武的，也走这么慢？"

那家丁忙说："跟小姐的两个老嬷，在后头赶趁得太急了，上了山坡没几步，就有一个崴了脚，没法走路了。我来向小姐讨示：看能不能暂歇一会儿，容我们将老嬷抬下山？"

汝梅一听，就乐了，说："都这么不中用！你们快去照护她吧，不用管我了。"

家丁赶紧说："哪能呢！我们出来是伺候小姐，不是伺候她们。"

汝梅说："那你们把她扔了？我在这里等着，你们把她送山下，交代给车倌，赶紧再回来，不就得了！"

家丁说："还是小姐仁义，我这就去传你的话。委屈小姐在此稍候，我下去就叫没崴脚的老嬷上来伺候。我们也快，说话就回来。"说完，就跑下去了。

见家丁一走，汝梅更有一种自在感：能躲开他们才好呢！这种感觉，使汝梅异常兴奋。忽然就上来一股冲动：趁他们都不在，她独自躲到一个幽静处游玩，叫他们满世界找吧。能找见，算他们有本事！这样一想，她便立马起身，离开了六角小亭，急忙沿山坡小径继续往山上走去。只是，没走几步，就觉这样不成：老路线，老地界，他们找你还不容易？

汝梅停下来，朝周围望了望，忽然有了去处：不往山上攀行，而岔开往西，不久便下坡了；中间路过关帝庙，再往下，沿山沟走一二里路，就能弯进一座尼姑庵。这尼姑庵倒不出名，周围风景也无独到处。只是，汝梅以前每疯跑到此，只要向爷爷提起，就要遭到斥责。那种时候，爷爷可是真生气了。没有把她管住而任她跑到尼姑庵的下人，也要遭到管家老夏的训骂，仿佛任她踏入的是怎样一处险境。

在凤山中间，尼姑庵所在的地界，实在是既平淡，也安静，并没有什么可怕。去一下，他们为什么要大惊小怪？

越不许去的地界，才越有种神秘的吸引力。

现在，趁独自家自由自在，汝梅就决定再往那儿跑一趟。再说，跑到那里，寻她的老嬷和家丁，也不容易追了来。

就这样，汝梅独自向那处尼姑庵跑去了。

以前来时，尼姑庵是山门紧闭的。可今天，不但山门未闭，门外还闲坐着一个老尼。见有人跑来，老尼欲起身进庵，但细瞅了一眼，又坐下不动了。老尼看清是个小女子，就不回避了吧？

汝梅很快跑过来，对老尼施了个礼，说："唐突到此，打扰师父了。"

老尼无精打采地说："本庵是不招待香客的，只我们自家修行。"说话间，老尼的目光也是极度无神的，那真是世外的目光。

汝梅就说："我也不是来此进香，只是游玩中跑迷了路。"

"此处哪能迷路？一条沟，走出去就是了。"

"谢师父指点。我先在此歇歇脚，成吧？"

"由你。"

"能进庵中，讨口水喝吗？"

"我们有规矩，不许红尘中人踏入庵中。"

"赐口水喝，也算善举吧。是因善小而不为？"

"我们有规矩！"

真够无情。还有不许进香的寺院？也没去过别的尼姑庵，不知是否都这样？汝梅从门外向里张望，什么也望不见：门里有一道隐壁挡着。愈是这样，她愈想进去。

汝梅先在山门外的台阶上坐了下来，心里一转，想出了一个话题："师父，我其实是专门跑来的，我也想出家。"

老尼冷冷扫了她一眼，说："小小年纪，胡言乱语。"

"家中逼婚，非要我嫁给一个又憨又丑的男人。出不了家，我就只有死了。"

"哼。"

老尼只是这样冷冷地哼了一声。汝梅编的这个瞎话，似乎一点都没有打动这个冷漠的老尼。难道老尼佛眼明亮，已看出她说的是瞎话？

"我知道出家比死更难。师父既然看我没有事佛的慧根,我也就甘心去死了。其实,我早下了决心要死。只是近日做梦,不是寺院,就是佛爷。就想,这是不是佛祖显灵,召我出家?"

"哼。"

老尼依然只是这冷冷的一哼。真看穿她的瞎话了?

经过一阵端详老尼,汝梅发现,她似乎并不年迈,也不丑。尤其在嘴角斜上方,生了那样一颗不大也不小的痣,倒给满脸添了几分妩媚似的。只是一脸太重的憔悴和忧郁,又不像是跳出苦海的世外僧人所应有。她不是真尼姑?或者是个坏尼姑?汝梅这时才忽然生出一些惧怕。

难怪呢,老太爷不许她往这里跑!

好在汝梅不胆小,她尽力不露出慌张来,也没有立刻起身跑走。她装着发呆,坐在那里不断说:"还是死了干净,还是死了干净……"

这时,那老尼忽然冷冷问:"你是哪里人?"

"离凤山不远,康庄。"

"康庄?"老尼一听是康庄,似乎大吃了一惊。

"是康庄。"

"康庄谁家?"

"康家呀!"

"康家?"老尼听了是康家,分明更惊骇了一下。

"是康家。"

"康家谁跟前的?"

"三爷。"

"三爷。你常见六爷吗?"

"常见。"

老尼忽然又是一脸冰冷,缓缓站起,转身走进山门:这时汝梅才发现,老尼原来有一条瘸腿。不过,她移入庵中时还算麻利,跟着,山门就嗵嗵嗵嗵关上了,更显得有力。

望着紧闭的山门,汝梅这才意识到:这个古怪的老尼,仿佛对她们康家还有几分熟悉?不过,她也没有来得及细想就赶紧离开了。在太谷,谁不知道康家!这时,只惦记着:跟她的那几个下人,不知在怎么找她?

汝梅绕道回到了停马车的地方，果然，他们真慌了。车倌也跑上去寻找了，只有那个崴了脚的老嬷留在马车旁。她一见汝梅回来，大叫一声："小祖宗，你是到哪儿去了？快把我们急疯了！"

汝梅平静地说："你们着急，我比你们还着急呢！我一个人走迷了路，几乎寻不回来了。一个一个都不中用，跟都跟不上我，还说出来伺候我！"

老嬷见汝梅这样说，慌忙说："今儿是我不中用，叫小姐受了委屈，也连累了大家！小姐福大命大，平安回来，我就是挨骂挨罚，也情愿了。"

汝梅问："他们到哪儿找去了？"

"满世界找吧！怕你独自上了凤山顶，更怕有歹人绑票，真把我们急疯了！"

"在太谷，谁敢绑我的票！"

"今年兵荒马乱的，叫人不踏实呀！"

"看看你们吧，就会大惊小怪！我就那么不中用？得了，不说了。我去把他们叫回来。"

老嬷立刻惊叫道："小祖宗，你千万不能再走了！人找人，找煞人！谁知道他们跑哪儿找你了？他们满世界找你，你再满世界找他们，那得找到什么时候？"

汝梅笑了："看看你们吧！以为凤山有多大呢，巴掌似的一块地界。"

老嬷还是紧张地说："你万万不能走了！凤山不大，小姐刚才不是也走迷了路？我们就在这儿死等他们吧，不敢再独自走了！"

汝梅只好坐等了。有了这点小波澜，她心里倒有几分快意。

很等了一气，一个老嬷、一个车倌、两个家丁才陆续返回来。他们见到汝梅，心里一块石头落了地，惊恐的情绪却一时缓不过来。现在他们是担心，出了这样的差错，回去怎么交代？

汝梅看出他们的心思，就慨然说："今天这事，也怨我，我在前头跑得太快了。你们虚惊一场，也罢了。回去，谁也不能再提这事。谁要是多嘴，叫老夏知道了，收拾你们，我可救不了驾。"

听汝梅这样一说，下人们都松了口气，连连道谢不已。

3

从凤山回来,一直平平静静,汝梅几乎将那次凤山之游忘记了。六七天之后,她忽然发现跟她去凤山的那两个老嬷都不见了。

她问母亲,母亲说:"都打发走了。"

她急忙问:"为什么呀?"

母亲说:"打发她们,是老夏的意思。说她们年纪偏大了,各家也拖累大,都想辞工回去。其实,我也使唤惯了,不太想叫她们走。"

"那还不是都给打发了!"

"老夏的意思,是物色到更精干的女佣了,总得把老的替换下来。叫我看,老夏是巴结我们呢:你爹当家了,他能没一点表示?所以,我也只得领情。"

汝梅听了,觉得也有几分理,便没有再多说什么。她跑出去寻见一个家丁,问了问,才吃惊了:跟她上凤山的那两个家丁也给打发了!

因为自家的淘气,四个下人全给撵走了,这叫汝梅觉得很过意不去。

这些不守信用的奴才!叫他们不要多嘴,偏不听。他们中间一定是有人在老夏跟前多嘴了,可那会是谁?谁就那么笨,不明白多嘴多舌的结果,是大家都得倒霉?

汝梅忽然想起,那次凤山之行,除了两个老嬷、两个家丁,还有一个车倌。他是不是也给撵走了?

她跑到车马院问了问,得知那个车倌还在,只是出车了,暂时见不上。

不用说,在老夏跟前多嘴的,就是这个车倌了。你倒好,把别人都卖了,自家啥事没有!

汝梅跑了几趟,终于见到了这个车倌。一问,车倌还极委屈,说他也几乎给老夏撵走!多亏三爷、四爷都说了话,才叫留下戴罪立功。

"那天上凤山,我们没有伺候好小姐,就是撵走也活该了。可真不是我回来多嘴!三爷、四爷说了话,我能留下,可还是挨了老夏的一顿恶骂,真没给骂死!工钱也减了。小姐不叫我多嘴,我多嘴图甚?"

看这个车倌失魂落魄的样子,也不像是编了瞎话洗刷自己。

那这就怪了。谁也没多嘴,那天凤山上的事,老夏他怎么知道的?

从车倌嘴里知道,父亲为此事也说了话,汝梅就决定问问父亲。等了几天,才好不容易等着父亲回到家。提起撵走下人的事,父亲说他也不大知道,好像四爷跟他说过一声,详细情形,他哪能记得?这一向,外埠字号的掌柜伙友,几乎天天有逃难回来的,他哪还能顾得家里这些鸡毛蒜皮的事!

见父亲这样,汝梅也不想再问了。正要走,父亲忽然叫住她,正声说:"梅梅,你又到哪儿疯跑了?惹得老太爷都生了气,嫌我太放纵了你。都快嫁人了,还这样野,不成吧?常家也是大户人家,你这样嫁过去,就剩下叫人家笑话咱们康家了!"

老天爷,连爷爷也知道了这件事!

不过,汝梅倒是觉得,爷爷知道了这件事也好。她去问一问爷爷,那一切都能问明白了。爷爷可不像别人,准会把她想知道的一切都说出来。

所以,听完父亲的训话,汝梅就去见老太爷。

绝对出乎她预料的情形发生了:她居然连老院的门也进不了!她刚要迈进老院的大门,就有下人出来挡住她,说:"里头有交代,现在老太爷谁也不见。"

汝梅还从没这样被拦挡过,就喝叫了一声:"瞎了眼了,没看见我是谁!"

那下人依然拦着说:"我哪敢得罪小姐?真是里头有交代……"

"我不管!我要见老太爷!"

汝梅任性地喊叫起来,但那个奴才还是死拦着不让开。正紧张时,贴身跟老太爷的老亭从里头出来了。他没等汝梅张口,就冰冷地说:"不用跟他们闹,是我交代的,老太爷谁也不见。"

"为什么?"

"老太爷说他谁也不想见,我哪能多问?小姐请回吧,关门!"

老院门房的下人,真嘡啷将大门关上了。

汝梅呆呆站在那里,仿佛面前并不是她熟悉的老院。到底是发生了什么事?从她记事以来,还从来没有这样受过老太爷的冷遇。

她跑回来问母亲:"老太爷怎么了,病了?"

三娘瞪了她一眼，说："老太爷好好的，你胡说什么！"

"那怎么不见我？"

"这一向外间兵荒马乱，连京城都丢了，各地的铺子关门歇业，掌柜伙友一拨跟一拨逃难回来。老太爷哪还有闲心见你？你没见你爹忙成什么样了？"

汝梅想了想，觉得像是这样，又不像是这样。撵走两个老嬷、两个家丁，处罚了车倌，老太爷又拒不见她，几件事就正巧都碰在一起？撵走仆佣，处罚下人，这倒不稀罕。叫汝梅感到惊异的还是老太爷的冷淡。她从小就是一个淘气的女子，什么出格的乱子没有惹过？老太爷非但没有责怪过她，倒反而因此更偏爱她。她要是规矩温顺，老太爷会那么宠她？外间兵荒马乱就是真叫老太爷操心，也不至于待她这样无情吧。老太爷是有气魄的人，就是天塌了，也不至于朝她这个小孙女撒气的。

这中间一定有什么事。

汝梅这才仔细回想那天出游凤山的经过。想来想去，才好像有些明白了：她大概是不该去那处尼姑庵吧。以前，就不许她们走近。每疯跑过去，连爷爷也不高兴。这次居然骗过下人，独自家跑近了它，还和一个古怪的老尼说了半天话。但这又有什么不妥呢？

对了，那个老尼似乎对康家不生疏，她还问到六爷。

六爷是不是也去过那处尼姑庵，见过这个老尼？

于是，汝梅决定去见见六爷。

康家为族中子弟开设的学馆也收一些本家女童，令其发蒙识字。不过，达到初通文墨程度，年龄也近青春期，就得结业返回闺房了。汝梅因为受老太爷宠爱，又带男子气，被允许在学馆多留两年。所以，她真是能常见到六爷。

六爷虽比汝梅长一辈，年龄却相近。只是，六爷对她的淘气疯野，可不喜欢。六爷比那位在学馆授业的何举人似乎还要凛然不可犯。所以，汝梅不能在学馆见六爷，因为见着了，也不会听她说闲话。

她是瞅了个机会，专门到六爷家中，正经拜见的。拜见的由头，是问六爷："听说朝廷把京城都丢了，今年秋天的乡试大比，还能照常吗？"

这话，可是正说到六爷的疼处了，哪会有好脸给她？他张口就给了她一句:"怎么,乡试大比不成,你高兴了?"

汝梅忙说:"看六爷说的,我就那样心黑?我是替六爷担心呢!春天还好好的,怎么忽然就一天不如一天了,乱到这步田地?"

"你问我,我去问谁?"

"六爷对时务一向有高见的。"

"谁能预见到这一步天地,才算真有高见!"

"何老爷呢?他成天说对京师了如指掌,也没有一点预见?"

"那你得问他。"

"事到如今,问何老爷也没用了。别人倒也罢了,就是六爷你太倒霉,正逢上要大比。苦读多少年,就等着今年秋闱的佳期呢,出了这样的乱子,谁能不为六爷着急!"

"着急吧,也是白着急!"

"六爷,你也没有到寺庙进次香,摇支签?"

"我不信那。"

"前不久,我去了趟凤山,在三佛殿还想为六爷许个愿:秋天若能金榜题名,就为佛爷再塑金身。又怕我是女身,有辱儒业,没敢许。"

"我不信那!"

"可我在凤山一处尼姑庵,见着一位老尼,她还问起六爷你。"

"一个尼姑问起我?你又疯说疯道吧!"

"真有这样的事!那位老尼知道咱们康家,真问我:常见六爷吗?"

"胡说八道!我长这么大,还没见过一个尼姑!"

"我说呢!六爷去进香、抽签,也不会到那处尼姑庵吧?"

"胡说八道!我可从没到什么寺庙抽过签!"

六爷就这样矢口否认他见过什么尼姑,汝梅也只好打住,不再探问下去,但心里的疑团却是更大了。六爷既然压根就没见过任何尼姑,那老尼是怎么知道了六爷?

过了一些时候,汝梅陪了母亲来前院的大堂烧香。偶尔扫视侧面墙上挂着的四位过世老夫人的遗像,忽然发现有一位仿佛眼熟似的。

这怎么可能?

最晚故去的一位老夫人在世时,汝梅还很幼小,根本就没有一点印象。

再说，她也不是第一次来此，以前可从来没有这种眼熟的感觉！

那么，她看这个老夫人像谁呢？她嘴角斜上方有一颗点得好看的痣。

想来想去，逮不着一个确切的对象。所以，她也不去想了。可还没走出大堂，突然就跳出一个人来：凤山尼姑庵的那个老尼！眼熟的这个老夫人，原来是有几分像那个老尼姑？

老尼可不就生了这样一颗好看的痣！

天爷，老尼姑像康家一个死去的老夫人，那天是见了鬼吧？

汝梅越想越怕，不禁大叫一声，失魂落魄跑出大堂。

4

庚子年时局的突变，真把六爷给气蒙了。

今年恩科乡试，定在八月初八开考。六爷本来打算，七月二十就赴省府太原，驻扎下来，早做临考准备。同时，亦可会会各地来赶考的士子。然而，一进七月，无论太原，还是太谷，义和拳都大开杀戒了。几起教案，弄得太原血雨腥风，赶考的士子，谁还敢早去？

到七月二十，竟正好是朝廷丢了京师的日子！六爷听到这个消息，除了仰天长叹，又能如何！

十年寒窗苦读，就等着今年八月的乡试大比呢，谁能想到眼看考期将近了，竟出了这样的塌天之祸！京城丢了，太后皇上带着满朝文武逃难去了，天下已经乱了套，谁还顾得上乡试、会试？

何老爷说：出了这样大的变故，朝廷会推延考期的。

可朝廷逃难逃到哪儿了，谁知道？

六爷像挨了窝心脚似的，真是有苦说不出。因为在康家，几乎就没人关心他的科考。老太爷便是第一个不想叫他赴考求仕，更不用说别人了。新当家的三哥、四哥，谁会惦记他的科考！三哥当政后，倒是不那么脾气大了，可对他苦读备考，还不是依然不闻不问？四爷是善人，也只问问寒暖而已。学馆的何老爷，当然惦记大考，可他疯疯癫癫的，连句知心的话也没法跟他说。

以前，母亲总在冥冥之中陪伴着他，使他不感孤单。实在说，他苦读求仕，也完全是为了报答早逝的母亲。可母亲也早放下心来，离他而去：母亲的英魂不再来，康宅不再闹鬼，已有许多年。去年夏天，母亲忽然又回来几次，显然也知道考期将近了！

可考期将近了，厄运却接踵而至：何老爷几次犯病；老太爷又对他明言：能不能放弃儒业，辅助你三哥理商？更要命的，是开春后时局就急转直下，拳乱加洋祸，一天不如一天，终于塌了天。

母亲，你的英魂也不能保佑我了？我十年苦读就这样毁了，不能结果？

今年春夏以来，每当静夜，六爷总盼着母亲再度显灵。有时，给母亲的灵位敬香后，就长跪不起，默祷良久。可是，母亲再没有显过灵。

就在这种忧愤又孤寂的时候，汝梅跑来问起他的科考事。在康家，这要算唯一还惦记着他科考的人了。合家上下，就这么一个淘气的侄女还惦记他，这使六爷更觉孤寂。所以，他也没有给汝梅好脸看。

汝梅走后，六爷才觉得不该这样对待她。她一个小女子，竟然比谁都关心你，总该说句叫她中听的话吧？汝梅建议他去拜神求签，问一个吉凶，也是好意：抽到一个好签，他会少一些忧愤？

至于汝梅说到的尼姑庵，六爷只当成了昏话听。汝梅说此昏话，是想引诱他去拜佛求签吧？她一向就爱这样没边没沿地昏说。

要是没有这场拳乱，这几日恐怕已经坐在太原的贡院了。眼看初十已过，什么消息也没有。六爷真决定到寺庙去求一次签。

凤山龙泉寺的签，一向很灵，可六爷不愿意跑那么远路。想了想，决定还是进城一趟吧。在城里，不拘南寺、东寺，求个签看看。求完签，还能到别处探听到一些消息。

正做这样的准备时，何老爷兴冲冲跑来了："六爷，有消息了！朝廷已颁布诏书，展缓今年恩科：乡试改在明年三月初八，会试推至明年八月初八。

明年的正科，以此递推。"

六爷就问："何老爷，消息真确吗？"

何老爷就有些不高兴，说："这是什么事，我能瞎说八道！"

六爷赶忙说："何老爷在上，学生哪能不相信？我是怕现在天下大乱，朝廷还不知逃到哪儿了，会不会有假传圣旨的事？"

何老爷说:"我亲自进城跑了一趟,寻着学宫的教谕。正是教谕大人对我说,朝廷颁了此诏书。他是衙门中人,不想活了,假传圣旨!"

"朝廷真颁了这样的诏书,还叫人放心一些,只是颁得太迟了。"

"遇了这非常之乱,颁布及时,也传不下来。我们晋省还算近水楼台呢,诏书传来得早。"

"何老爷,我们怎么算近水楼台?"

"我已经得了确切的消息,太后皇上逃出京城后,是先沿了京北官道跑到宣化。离开宣化府,已改道南下,要奔山西来了。"

"要奔山西来了?"

"六爷还是不相信我?"

"我不是不相信何老爷,只是这消息太震耳了。"

"震什么耳呀!京城丢了以后,什么事你也不用大惊小怪了。还有什么事能比丢了京城更震耳?"

"是呀,朝廷丢了京城,真是塌天之祸。两宫逃来山西,是看晋省表里山河,还平安一些?"

"我看朝廷也是再没好地界可去了,不来山西,还能去哪儿?躲进承德离宫,洋人不愁追杀过去!逃往口外关外,两宫能受得了那一份苦焦?不来山西,真还没好地界去。"

"何老爷,你看两宫会暂时驻跸山西吗?"

"谁知道?朝廷真要驻跸山西,明年也不用指望有乡试、会试了。"

"为什么?"

"没有国都的朝廷,还能开科取士?"

六爷听了这话,心里不是滋味。

"叫何老爷这样一说,那我该投笔从戎了?"

"从戎又有何用!朝廷连京营大军都不用,只用乡间一帮拳民,你从戎有何用?"

何老爷又在说疯癫话了吧。六爷就说:"何老爷,也不用埋怨朝廷了。朝廷又岂是我们可以非议的?国都一丢,商家也更不好立身。京城字号不是都逃回来了?"

何老爷瞪了六爷一眼,说:"六爷,你这是说什么话!是朝廷守不住京城，任洋人进来烧杀掠抢，商家才难以立身！"

六爷忙说："何老爷，我们不说朝廷了。乡试既已推延，也只好指望明年能如期开考。"

"六爷，我看你也不用多指望。"

"难道从此就没有转机了？"大清败亡的话，六爷没敢说出。

何老爷却瞪了眼说："大清就是不亡，你去入仕这样无能的朝廷，能有什么出息？"

六爷知道何老爷的疯癫劲儿又上来了，不能别着劲跟他论理，你越别劲，他越要说没遮拦的话，只好顺着几分说："何老爷，即便遭逢了末世，也不该躲避吧？一部《吕氏春秋》，傅青主激赏的只一句：'天下非一人之天下也，天下人之天下也'。顾亭林也有句名言：'保天下者，匹夫之贱，与有责焉耳矣。'"

"六爷，你是错将杭州当汴州了！今之末世，实在不能与傅山、顾炎武所处末世相比。看看当今士林，都是些猥琐、苟且之辈，哪有傅氏、顾氏那样的伟岸人物？你纵然有拯救天下的大志，只怕也无处放置！士林太不堪了，你一人有志，又能如何？"

"天下有难，与我们无关涉？"

"六爷，你总算说了句明白话：朝廷也好，士林也好，就任其去败落、腐烂，我们何必管它！"

"何老爷，我可依旧不明白！"

"已经无可救，你还要去救，这能叫明白？"

疯癫的何老爷，说得毫无顾忌。可六爷想想，也真是不谬。自己真该像父亲所希望的那样，弃儒入商，改邪归正？可母亲生前的遗愿怎么交代，就这样丢弃了？

何老爷见六爷不言语了，就说："六爷还是信不过我吧？那我带六爷去见一个人。听听此人议论，六爷就不会疑心我了。"

"去见谁？"

"京号戴掌柜。"

"戴掌柜有高见？"

"他驻京多少年了，对京师朝野了如指掌，我们去听他说说，看大局还有救没救。以前,见戴老帮不易,现在避乱在家,正好可以从容一聚。"

六爷当然听说过戴老帮,知道是能干的掌柜,但从未见过。以前,他也不想见这些掌柜,能干的掌柜,也无非会做生意吧。现在,遇了这样的局面,见见这位京号老帮,也许真能知道京城何以会丢失?

5

戴膺家在城东南的杨邑镇,离康庄也不过一二十里路。何老爷当年在京号做副帮的时候,戴膺就是老帮了,所以何老爷对戴家是不生疏的。他陪了六爷去拜访戴老帮时,也就没有劳动别人,套了车,便直奔杨邑了。

此去一路,也是旱象扑面来。年轻的六爷,对旱象似乎也没有太深的感触,他只是觉得秋阳依然炎热,田园之间也似当今时局,弥漫了疑虑和不爽。何老爷算落魄已久,所以对田间旱象还是深感刺眼惊心。

他指点着满目的旱象,不断说:"今年流年不利,遇了这样的大旱,又出了这样的大乱,真是应了闰八月的凶兆。"

六爷就说:"今年还有一个不一般。"

何老爷问:"除了大旱、大乱、闰八月,今年还有什么不一般?"

六爷说:"我不便说。"

何老爷忙叫道:"大野地的,有什么不敢说!"

六爷还是说:"不便说。"

何老爷眼一瞪,说:"怕什么,说吧!"

六爷才说:"何老爷怎样就忘了?今年为何加恩科?"

何老爷一听,连连叫道:"是了,是了,这样一件事,我怎么就忘了?今年是当今皇上的三旬寿辰!"

"皇上三十寿辰,竟遇了大旱、大乱、闰八月,这么不吉利?我说呢,好不容易加了一个恩科,却招惹来这么大的祸害。"

"叫我看,这不是皇上招惹来的,倒像是上天的一种报应!"

"报应什么?"

"报应那些欺负皇上的人呀!"

"何老爷是说洋人?"

"什么洋人！上天报应的是几十年骑在皇上头上不肯下来的那个女人。"

六爷吃了一惊："何老爷是说西太后？"

见六爷这样吃惊，何老爷笑了："咱们是在野地里说闲话，放肆些怕什么！"

六爷就说："我倒不怕，你可是朝廷拔出来的正经举人老爷！"

"我早就不想顶这个举人了。大清给这个女人祸害到今天这步田地，六爷你还考她那个举人进士做甚？她考你们，出的题目都是如何忠君报国，可她自家倒天天在那里欺君误国！戊戌年，皇上要变法图强，她大不高兴，居然将皇上软禁了。读遍圣贤书，也没教你这样欺负君王吧？她能耐大，连皇上都敢欺负，怎么惹不起洋人？弃都逃难，她算是把国朝的体面都丢尽了！历朝亡国之君，也不过如此。"

"何老爷，你小声点吧。"

"我正盼他们定我一个忤逆之罪，摘了我这举人帽子呢。"

"定你一个忤逆罪，只怕连首级也一道摘去了。"

"摘去就摘去，只是眼下他们可顾不上摘。六爷，今日局面，我们西帮早在百年前就看透了：朝野上下，官场士林，真照了儒家圣贤大义立身处世的，本也没有几人。官场士林中人，谁不是拿圣贤大义去谋一己私利？既图谋利，何不来商场打自家的天下？"

何老爷越说越上劲，六爷只好不去惹他。虽说在野地里，毕竟也说得太出格。只是，冷眼看当今局面，也真有亡国迹象。国之将亡，你弃儒入商，就可有作为了？天下不兴，谁又能功德圆满？

何老爷此番带他去见戴掌柜，难道还是劝他弃儒入商？

戴宅自然不能与康家府第相比，但它的高贵气派还是叫六爷大吃一惊。尤其戴宅于阔绰中，似乎飘散着一种灵秀之气，这更令六爷意外。

毕竟是驻京多年的掌柜。

他们到达时，戴老帮正在后园侍弄菊花。一说是东家六爷来了，何老爷又不是生客，管家就慌忙将他们让进来，一面派人去请戴掌柜。

说话间，戴老帮已经快步跑出来。他依然还有些消瘦，特别是回晋一路给晒黑的脸面,依然如故。但戴老帮的精神已经好得多了。他一出来,就殷勤异常地说:"不知道二位稀客要来,你们看,我连泥手都没来得及洗,实在是不恭了。"

六爷忙施礼说:"我们不速而至,想戴掌柜不会介意。"

戴老帮忙说:"我早想见见六爷了,今日幸会,高兴还来不及呢!这也是沾了何老爷的光吧?"

何老爷说:"我们是来沾戴掌柜的光!"

戴掌柜就说:"我刚从京城逃难回来,晦气尚未散尽,有什么光可沾?"

何老爷说:"六爷正是想听你说说京都沦陷的故事。"

戴掌柜说:"头一回招待六爷,就说这样晦气的话,哪成!走,先去后头园子里,看看我的几盆菊花。"

何老爷有些不想去,但戴膺并不大管他,只招呼了六爷往园子里走。

戴家的园子不算太大,可铺陈别致,气韵灵动。尤其园中那个水池,很随意地缩成一个葫芦形;在中间细腰处架了一道小桥,桥为木桥,也甚为随意,一点没有那种精雕细琢的匠气。池边一座假山,也很简约,真像移来一截浑然天成的山岩。只有假山边的一处六角凉亭,是极其精美的,为全园点睛处。

虽为大旱年景,园中却没有太重的颓象,花木扶疏,绿荫依依。

六爷不禁感叹道:"戴掌柜的园子,这么品位不俗!是请江南名匠营造的吧?"

戴膺快意地笑了:"我们哪像东家,能请得起江南名匠?不过是自家一处废园,随便点缀了点缀,遮去荒凉就是了。"

何老爷说:"戴掌柜在京城常出入官宦府第,名园也见得多了。自家的园子,还能堆砌得太俗了?"

戴膺说:"何老爷,我可不是仿京中名园。那些园子极尽奢华,想仿也仿不起的。我这是反其道行之,一味简洁随意。园子本也是消闲的地界,太奢华了,反被奢华围困其间,哪还消闲得了?再说,在乡间堆一处华丽的园子,家里什么也别做了,就日夜防贼吧!"

六爷说:"我看戴掌柜的园子,没有一点商家气,也无一点官宦气,所以才喜欢。"

戴掌柜又快意地笑了："六爷真会说话，不说寒酸，倒说没有官气、商气。我领情了！六爷，何老爷，你们看我这几盆菊花有无官气商气？"

六爷看时，哪是几盆，是洋洋一片！其间，有少数已破蕾怒放，只是黄、红、紫一类艳色的不多，唯白色的成为主调。

戴膺指点着说："花竹中，我只喜欢菊花。但长年驻京理商，实在也无暇侍菊，只是由京下班回来歇假时，略过过瘾罢。今年后半年，本也轮我回来歇假，他们就预先从贯家堡订了些菊花。我不在，家里也无人喜爱此道的。"

六爷就问："戴掌柜只喜爱白菊？"

戴膺说："六爷倒看出来了？其实也说不上是特别嗜好，只是看着白菊心静些吧。驻京在外，终年陷于官场商界的纷乱嘈杂中，回来只想心静一些。六爷是读书人，何老爷是儒师，我真没你们那么高雅的兴致。"

何老爷说："静之兄不要提我，我现在哪有余力伺候菊花？"

六爷见何老爷又来了，赶紧拦住说："戴掌柜，我还真没见过这么多白色菊花。色同而姿态各异，有许多种吧？"

戴膺说："也没有多少种。白菊不好伺候，稍不慎，就会串种，致使色不纯净。这是白西施，那是白牡丹，那是邓州白，还有白叠罗、白鹤翎、白粉团、白剪绒、白腊瓣、四面镜、玉连环、银荔枝都还没有开呢。这几株你们猜叫什么？叫白褒姒。"

何老爷打断说："外间有塌天之祸，静之兄倒悠闲如此！"

戴膺笑了笑，说："时局至此，朝廷也无奈，都弃京逃难去了，我一介草民，着急又有什么用？我看二位对菊花也不大喜爱，那就回客厅喝茶吧。"

六爷忙说："我还没有看够戴掌柜的白菊盛景！今日秋阳这样明丽，就在园子里坐坐，不也很好吗？"

戴膺就说："我本也有此意，只怕怠慢了二位。六爷既有此雅兴，那就往前头的亭子里坐吧，我得去洗手更衣了。"

六爷跟了何老爷来到那座精美的亭子前，一眼就看见了亭柱上挂着的一副破格的对联：

行己有耻
博学于文

有些眼熟的两句话,是谁说的呢?六爷一时想不起来,就问何老爷。

"顾亭林。旁边刻有落款,你不会去看!"

何老爷还真眼尖。这副木雕的对联,果然有上下题款。此两句为顾亭林所言,当然用不着验证,经何老爷一点,六爷也记起来了。只是看了落款,才知道这副对联为户部尚书翁同龢书写。

六爷在老太爷那里见过翁大人书赠的条幅,不想在京号戴掌柜这里也有翁大人的赐墨!

"何老爷,你看这真是翁尚书的亲笔?"

"怎么不是!翁同龢做户部尚书年间,戴掌柜一直做京号老帮,讨这几个字还不容易!"

"翁大人赐下这几个字,有什么意思吗?"

"这几个字,是应戴掌柜之请而写的。戴掌柜取顾亭林这两句,也只是看重其中两个字:有耻。他这亭子,就取名'有耻亭'。"

"此亭叫'有耻亭'?"

"为商无耻,哪能成了大事?西帮从商,最讲'有耻'二字。戴掌柜以'有耻'名此亭,实在也很平常。六爷觉得意外,是一向太轻商了。"

听何老爷这样一说,倒觉无味了:何老爷把他带到这里来,笃定了是诱劝他弃儒入商。再看园中初现的灵秀气,似乎也要消退。

仆人端来茶,跟着,戴膺也出来了。

戴掌柜还未进亭,何老爷就说:"静之兄,我看你优雅依旧,准是对当今危局别有见识!"

戴膺进来,邀客坐定,说:"何老爷别取笑我了!要有见识,我能像乞丐似的逃回山西?"

何老爷说:"你老兄毕竟是预见了京师要失,提前弃庄撤离的。"

戴膺苦笑了一下:"快别提这次弃庄出逃了!六爷,我这次败走麦城,真是既愧对东家,也对不住京号的众伙友。"

六爷说:"大局乱了,哪能怨戴掌柜?只是,这乱局是否还能收拾?"

何老爷说:"六爷本已经预备停当,只待赴这八月的乡试,哪曾想就出了这样的塌天之祸!考期已过了,才传来本年恩科推延至明年的诏令。遇此大祸,也只有推延一途。推延就推延吧,只怕推延至明年,还是没有指望。六爷自小就有志博取功名,苦读到赴考时候了,偏偏遇了这样的波折!静之兄,你看明年是否有指望?"

　　戴膺说:"当今朝局,谁也看不准了。就是朝中的军机,也分明失算!否则,朝廷能沦至弃都出逃这一步?六爷自小有大志,我们驻外伙友也都知道。逢此乱世,深替六爷惋惜。只是,戴某不过东家字号中一个小掌柜,哪能预见得了如此忽然骤变的时局?"

　　六爷就说:"戴掌柜一定瞧不起我这读书求仕的人吧?"

　　戴膺慌忙说:"不能这样冤枉我!六爷,我是十分敬重读书人的。这,何老爷知道。"

　　何老爷就冷冷哼了一声,说:"我当然知道!不是你老兄贪图文名,我能落到今天这般天地吗?若仍在京号,再不济,也添置了这样一处园子!"

　　戴膺笑了笑说:"何老爷,等乱事过去,我送你一处园子!六爷,这许多年,何老爷没少骂我吧?"

　　六爷也笑了说:"他谁不敢骂!"

　　戴膺说:"当年我们撺掇何老爷一试科举,实在是想为西帮争一个文名。西帮善商贾贸易,将生意做遍天下,世人都以为我们晋人又俗又愚,只图求利,不知取义。天下又俗又愚的势利者多多,为何独我西帮能将生意做遍天下?西帮能成大业,我看除了腿长,不畏千里跋涉,还有两条,为别的商贾不能比。这两条,就是我挂在亭下的一副对子:一边是有耻,一边是博学。腿长,有耻,博学,有此三条,何事不能做大?"

　　六爷就说:"戴掌柜说了半天,还是不离商贾二字!"

　　何老爷说:"当年戴掌柜若这样在商言商,也不会把我推下火坑了。"

　　戴膺说:"何老爷当年客串了一回科举,居然就金榜题名!那时,真是轰动一时,官场士林都另眼相看西帮了:原来西帮中也藏龙卧虎,有博学之才。"

　　何老爷说:"文名你们得了,我只落了一个倒霉。"

　　戴膺就说:"当时实在也是疏忽了。我还做美梦呢:天成元京号有一位正途举人做副帮，那可要名满京师了！光顾了高兴，没去细想朝制，以为商号中人既能捐纳官场虚衔，也就能顶一个举人的功名吧。哪能想到，民商使唤举人老爷，竟是有违朝制的？因中举而离开字号，不只是何老爷自家失意，对号内年轻伙友也影响甚大。他们都不大肯苦读以求博学了，只满足记账算账，这哪儿成？有耻为德，博学生智。西帮不求博学，哪能驾驭得了天下生意！"

何老爷就说："静之兄，那你就求一次孙大掌柜，叫我回京号得了。"

戴膺说："孙大掌柜也摘不了你的功名。既不能从商，何不做名满一方的儒师？何老爷，你应当振作才是。能辅佐六爷博取功名，举人进士一路上去，也是壮了西帮声威。"

何老爷说："六爷有志儒业，我拦不着。我何某可是厌恶透了儒业！"

戴膺说："六爷，你可不能听他的昏话！东家能出举人进士，就是不图官场荣耀，对自家字号也是一份鼓舞，伙友们当会以苦读博学为荣。"

六爷就问："戴掌柜，朝局已沦落至此，我哪还有博取功名的机会？"

何老爷说："我看戴掌柜是处乱不惊，像吃了定心丸似的。"

戴膺又笑了："何老爷，朝廷都逃难去了，谁给我吃定心丸！"

六爷问："那大局真是不可收拾了？"

戴膺说："六爷，以我之见，局面还不至塌底。京津丢失，北方诸省都有拳乱，但南方大半江山未受波及。今疆臣中几位举足轻重的人物，如湖广之张之洞、两江之刘坤一、两广之李鸿章，都坐镇南方。他们既是理政铁腕，又善与西洋列强打交道。所以当今国势重头在南方，南方不乱，大局就有救。"

何老爷说："就是暂有一救，也到残局时候了。"

戴膺说："六爷，你不要听他浑说。即使真到残局，也正呼唤大才大智呢。临绝境而出智，此正是我们西帮的看家功夫。"

戴掌柜的轻儒意味，那是分明的。但六爷从戴掌柜身上，也分明感染到一种令他振作的精神气。戴掌柜与何老爷是不同的，与孙大掌柜也很不相同。与老太爷，与三哥，也不相同。

危局绝境，正呼唤大才大智。

他好像从未听过这样的断喝。

6

从戴宅归来，六爷精神好了一些。反正已经停考，你忧愁也无用，还不如趁此松快几天。

访问戴掌柜，叫六爷意外地开眼开窍，所以他就还想再访问几位驻外老帮。问了问，津号的掌柜伙友也都弃庄逃了回来。六爷就想去拜访津号老帮，但何老爷看不起在津号主事的杨秀山副帮，说什么也不肯陪了去。

没人引见，自己贸然造访，算怎么回事？

所以这天六爷就去问管家老夏：谁还跟驻外掌柜相熟？到了老夏那里，见四爷也在，一脸愁苦的样子。

又出了什么事吗？

一问，才知是为行善发愁。

康家自发迹以来，就留下一个善举：每到腊月年关，都要为本康庄的每一户人家，备一份礼相赠，以表示富贵不忘乡邻。礼品一向是实用之物，又多为由口外办回的食品，如几斤羊肉或斤把胡麻油。

今年大旱，眼看到八月秋凉时候了，灾情已是铁定。所以，本庄农户佃户都无心也无力筹办中秋节，灾后长长的日子还不知怎么过呢！新主理家政的四爷，就想在中秋节前也给村中乡邻送一份节敬：一户一包四块月饼，聊以过节。

这动议对管家老夏一说，老夏皱了眉："四爷心善，我们都知道。只是，今年遇了这样的大旱，又出了这样的大乱，凡入口能吃的东西，市价都腾飞暴涨。月饼这种时令之品，涨价更剧！"

四爷就问："那一包月饼，能贵到多少？"

老夏说："一斗麦已贵到两千七八百文，一斤面也要一百二三十文，四块月饼，平常的也要一千多文呢。"

四爷说："一千文，就一千文吧。若是便宜，也用不着我们接济了。全庄百十来户，也就四五十两银子吧？"

老夏说："四五十两银子也不是小数目。再说，一时到哪儿去置办这么多月饼？今年，月饼本就缺货，为我们自家置办的百十斤，费了多大劲，还未办齐呢。"

四爷说:"既不好办货,那就送礼金吧。一户一千文,我们一点心意,人家怎么花,由人家了。贫寒的,先籴几升米也好。"

老夏却说:"给农户、佃户送礼金还没有先例。四爷既要行善,那我们还是尽力而为吧。我这就立马派人往邻近各县去,看能不能将月饼置办回来。"

四爷对直送礼金,忽然觉得甚好:在此饥荒年景,叫那些贫寒人家吃如此昂贵的月饼,实在也不是善举。所以,就对老夏说:"今年月饼既如此昂贵,那就不用费力置办了。就一户送一千文礼金吧!这对贫寒人家,不算雪中送炭吧,倒也能顶一点事。"

老夏依然说:"给乡邻直送礼金,实在是无此老例。要破例,只怕得老太爷放话。"

四爷就说:"我去跟老太爷说。"

但说了此话,四爷又犯了难:自从将家政的担子交给他后,老太爷似乎已经撒手不管了。每遇犹豫难决的事,恭恭敬敬跑去向老太爷讨示,总是碰一鼻子灰,"该怎么张罗,由你们,我不管了"。今日这点事,再跑去请示老太爷,那不寻着丢人现眼!屁大点事,也来问,还要你做甚!不挨老太爷这样的骂就算走运。可不讨来老太爷的话,老夏不会高抬贵手。

六爷跑来时,四爷就正在这样犯愁。问明白,六爷便对老夏说:"我去见老太爷。你就照四爷的意思先去预备钱。"

老夏依然口气不改,说:"把银子兑成制钱,那还不容易?当紧,得老太爷放话。"这个老夏,谁的面子也不给?

六爷本来只是想两面打圆场,并不想真管这种琐碎事,可老夏这样不给面子,有些激怒了他。

"四哥,你等着,我这就去见老太爷!"

说罢,真往老院去了。可气的是,老院门房死活拦着不叫进,说老太爷有话,谁也不见。他叫出老亭来,老亭也一样,冷冷挡着不叫进。

六爷就问:"那见见老夫人,成不成?"

"老夫人也有话,谁也不见。"

老亭口气冷淡,六爷也只好作罢。他只是想,老夏一定跟老亭串通好了，成心难为绵善的四哥。给了别人，他们哪敢这样！

六爷因为停考窝着的气，这下更给引逗出来了。他一定要治治这个老夏！

自四哥主理家政以来，老夏就有些不把新主子放在眼里。还有，老夏一向也看不起学馆的何老爷，一有机会，就要羞辱何老爷！六爷想了想，就决定拉上何老爷，一道来治治老夏。

回到学馆，六爷就将四爷如何行善不成的前因后果对何老爷说了个详细。

何老爷一边听，就一边冷笑，听完，更冷笑说："老狗才，耍的那点把戏谁看不出来！"

六爷忙问："何老爷，老夏耍的是什么把戏？"

何老爷反问："那老狗才说，一斗麦涨到多少钱了？"

"他说一斗麦，市价已到二千七八百文了。"

"一斤面涨到多少？"

"一百二三十文。"

"一个月饼？"

"说四块月饼就一千多文。"

"老狗才！"

"何老爷，价钱不对吗？"

"六爷，你去市面问问，就明白了。"

六爷再怎么问，何老爷也不多说，只叫去市面问价。六爷本想打发个下人去，想想，还是亲自跑一趟吧：下人都归老夏管。

六爷为此真套了车，到城里逛了一趟。探问结果，真叫他吃惊不小！一斗麦只涨到一千二三百文，一斤面也只涨到三四十文，但人们已叫苦不迭。月饼呢，即便京式、广式的，四块一包也不过百十来文，但已过分昂贵，不很卖得动，何曾缺货！

这个老夏，报了那样的天价，来欺负四哥，真是太过分了。一斗麦，老东西多报了一千五百文；一斤面，多报了将近一千文；一包月饼，也多报近千文！

老东西是随口报价，吓唬四哥，还是一向就这样瞒天过海，大捞外快？

不管怎样，反正是拿到治他的把柄了。

六爷这样一想，顺便将米、油、菜、肉等入口东西的市价，也问了个清楚。临了，还到自家的天顺长粮庄坐了坐，问了问。自家开着粮庄呢，老夏就敢这样漫天要价？六爷回来，自然是先见何老爷。

何老爷听了市价，也依然是冷笑："哼，老狗才，我早知道他的勾当。他一年礼金与我相当，可你去看看他的宅院，一点也不比戴掌柜的差！"

六爷就说："这下好了，能治治他了。他也太欺负四爷了。对何老爷，老夏也是一向不恭得很！"

何老爷说："怎么治他？你们康家的事，我还不清楚！只要老太爷信得过他，你们谁也奈何不了他。"

"我把这事禀告老太爷，不信老太爷会无动于衷！"

"哼，那你就试试吧。"

"何老爷在京号做过副帮，想也理事有方。能为我谋一策吗？"

"这是你们的家事，我可不想掺和。六爷既想管这事，那你就当理政似的，大处着眼，以智取胜，不要像姑嫂之斗。西帮理商，即以理政视之，所以能大处着笔，出智见彩，营构大器局。"

"何老爷又来了，这点事，能营构什么大器局！"

"六爷不是叫我出谋吗？"

何老爷说得虽有些酸，但还是更激发了六爷的兴致。在康家，管家老夏也不是简单人物。真能大处着笔，出智见彩地治他一治，也是一件快事。

六爷离开学馆，就兴冲冲去见了四爷。

四爷听了，只是说："老夏不至这样吧？他做管家几十年了，要如此不忠，老太爷能看不出来？"

六爷就说："这也不是我们诬陷他！吓人的天价，是他亲口说的；真实的市价，又是我亲自探问的。对老太爷，他不敢不忠；可对四哥你，说不定是有意欺生！趁天旱遭灾，他谎报高价，在吃喝上捞咱们一把，真说不定。"

四爷说："咱们合家所用的米、面、油各类，都是由天长顺粮庄挑好的采买，并不经老夏之手。"

六爷说："除了粮油，采买的东西还多呢！我到市面问了，葱三十文一斤,姜三百文一斤,生猪羊肉二百文一斤。可回来问厨房的下人,报的价都高了许多!"

四爷听了,依然说:"就是有这么些小小不严,也不便深究的。老夏毕竟是老管家了。"

六爷说:"四哥,你要压不住这些老家人,只怕当家也难。他们不怕你,什么坏事不敢为!再说,我们是以商立家,反被管家以奸商手段所欺,传出去,岂不成了笑谈!"

"六弟你说,只是为了给乡邻送这点月饼,就跟老夏闹翻了脸?"

"四哥,你要想治治这个老夏,那我就为你谋一良策,既不大伤老夏的脸面,又能叫他知道你的厉害,不敢再轻易欺负你!"

"真有这样的良策,你就谋一个出来!"

六爷更兴奋了,站起来踱了几步,忽然就说:"有了!"

四爷就说:"那我听听,是什么良策。"

六爷得意地说:"四哥,你这就去见老夏。见了面,不说别的,只一味道谢。老夏必问,谢从何来?你就恭敬施礼,说:谢你老人家无私提携,教我理财之道。"

"这是什么意思?"

"你只管听我的!你把老夏恭维得莫名其妙了,再跟着说:有句俗话,不当家不知柴米贵。我接手料理家事七八个月了,居然不知柴米贵贱,实在是粗疏之至,败家气象!日前,你老人家报出月饼的虚价,试图激我清醒,我居然浑然不觉,辜负了你的一片苦良用心。我回去说起,四娘就惊叫起来:你给乡邻送什么月饼呀,一千文一包?金饼银饼吧,有这么贵?我说,今年大旱,能吃的东西都贵了。她说,也不用争,你到市面一问就明白了。当家也不问柴米贵贱,想败家呀?人家老夏给你报了这样的天价,就是为了唤醒你,可你依旧懵懵懂懂。四娘这样一说,我才派人去问了问市价。"

"你不是叫我编故事呀?"

"计策者,即如此。老夏听你这样一说,如心中有鬼,必然会钻进我们编的故事中来,顺势说:四爷到底醒悟了。"

"老夏要没捣鬼呢?"

"他肯定有鬼!你就照我说的,去试吧。"

被六爷逼迫不过，四爷只好去见老夏。

不大一会儿，四爷就回来了。六爷问："如何？"

四爷说："还真如你所料。"

六爷一听，更兴奋了，高声问："老夏他怎么说的？"

四爷可不是那么兴奋，倒像有些难为情似的："跟你预料的差不多吧。他说，'你吃惯现成饭了，不想多管家常琐事，可我能明着数落你吗？'"

"月饼呢，不买那么贵的了吧？"

"老夏也赞成我的意思了：一户送一千文礼金。"

"看看这些老奴才，你治不住他们，他们能听你的？"

"老夏毕竟不是别人。这样一弄，总是叫他觉得尴尬。"

"四爷，你这么心善，那就由他们欺负你吧！"

六爷初试谋略，就获小胜，非常兴奋。跑到学馆对何老爷一说，何老爷也有些兴奋了，说："老狗才，我早知道他是什么货。六爷你这样治他，倒比你作文章多了几分灵气！"

听何老爷这样说，六爷更得意了，总想寻机会将这得意一笔呈给老太爷一看，但几次企图进入老院都一样被拦挡。

自己进不去，六爷就想到汝梅。她进出老院一向比较容易。可汝梅近来已不大来学馆。六爷专门去见了一次汝梅。她像病了，面色、精神都不似往常。但她说没有病。

六爷就问："你近来见过老太爷吗？我几次求见，都给老亭挡着，不叫见。老太爷怎么了，是不是也欠安？"

汝梅说："我也见不着了。我去，他们也是拦着不叫进。"

汝梅也见不着老太爷了？

第十五章　苦心接皇差

1

八月十三日午间，天成元票庄大掌柜孙北溟刚刚打算小睡片刻，忽然就有伙友匆忙来报："县衙官差来了，说有省宪急令送到，要大掌柜亲自去接。"

省宪急令？

孙北溟一听也不敢怠慢，赶紧出来了。

衙门差役见着孙大掌柜，忙客气地说："叨扰大掌柜了，实在也是不得已。省上抚台衙门传来急令，叫大掌柜务必于明日赶到太原，抚台大人、藩台大人有急事召见。"说着将公事牒帖递了过去。

孙北溟忙展开帖子看时，所谓急事，原来抚台要宣谕朝廷急旨。

朝廷急旨？

孙北溟叫柜上给差役付了赏银，但差役不敢接，只说："知县老爷要听回话：大掌柜明日一准到省。若讨不到这样的回话，不光是小的交不了差，连知县老爷也交代不了上锋。"

事态这么厉害？

前几日就听说，皇太后、皇上已经绕过东口，进入山西。抚台、藩台召见，无非为办皇差向西帮借钱吧。但借钱，得找东家呀，他们这些领东掌柜主不了那种大事的。

孙北溟就问："省宪传令要见的太谷还有谁？"

差役说："还有志诚信票庄的大掌柜，再无别人。"

只召见两家票庄的掌柜？孙北溟想了想，就给了准时赴省的回话。

国都失守，两宫出逃，朝局忽然变得这样残破。大势还有救没救？以往判断时局全凭各地的信报，尤其是京号的叙事密报。现在京都不存，京号已毁,各地信路也不畅,忽然间坐井观天,干着急,什么也看不出来了。所以,去见见省上的抚台、藩台也好。至少,也可探知两宫进入山西是过境,还是要驻跸。

要只是过境,那又得吃西帮的大户。朝廷虽是逃难过来,耗费也是浩大无比的。若要在晋驻跸,那就不同了,全国上贡朝廷的京饷钱粮都要齐汇山西,西帮还是有生意可为。

太谷离太原也不过百十里路。但眼看午时已过,要在明日午时前赶到,不走夜路已不可能。

衙役一走,孙北溟就吩咐伙友去雇远行的标车,聘请镖局护路的武师,同时也打发了协理去志诚信约孔大掌柜同行。

志诚信的孔庆丰大掌柜稍年轻些,愿听孙大掌柜安排。

于是,按孙北溟意思,在日头稍偏西时候就赶趁着上路了。县衙要派官兵护送,两位大掌柜婉谢了。时局虽乱,但有太谷镖师跟着,没有人敢添麻烦,比官兵还保险。

不到后半夜,即顺利到达太原。两位大掌柜分头去了自家的省号。

孙北溟到省号后,既无食欲,也无睡意,洗漱过,就叫住省号老帮问话:"抚台衙门这是唱的哪出戏,探听清楚没有?"

刘老帮慌忙说:"事情太紧急了,还未探听到什么。"

票庄的太原分号,虽称省号,但因离总号近在咫尺,商务也不显要,派驻的老帮多不是太厉害的把式。天成元省号的刘老帮,是由边远小号轮换回来的,忠厚是忠厚,但未经历过什么大场面。忽然遇了庚子年这样的大乱,更是不胜招架了。所以,他对这次抚台急召票庄大掌柜,实在也没有探听到多少内幕。

孙北溟又问:"除了太谷两家,知道还召见谁家?"

"听说总共九家,太谷两家,祁县两家,平遥五家。就是西帮票业中打头的九家大号吧。"

"召见的都是领东掌柜吗?叫没叫财东?"

"叫的都是大掌柜。"

再问,也问不出更多的情况,孙北溟就略进了些汤水躺下待旦。以为睡不着了,居然很快就入了梦乡,毕竟劳累了。

因为抚台衙门正在紧急修饰，以做两宫过并的行宫；藩台衙门也要供王公大臣使用，所以召见是在皇化馆。

孙北溟赶到皇化馆时，果然见着祁帮、平帮的其他七位巨头。祁帮来的是渠家三晋源的梁尧臣，乔家大德通的高钰；平帮来的是日昇昌的郭斗南，蔚泰厚的毛鸿瀚，蔚丰厚的范定翰，蔚盛长的李梦庚，协同庆的雷其澍。

三帮巨头齐聚，本是不常有的，只是此次聚会缘由尚不明了，大家也不过彼此寒暄两句，心思全在未知的朝廷急旨上。

午时早过，却不见传唤，大家更有些焦虑不安。

日昇昌是西帮票业中龙头老大，众人不免问郭大掌柜：知道下来一道什么急诏吗？

郭斗南苦笑了一下，说："我哪能知道？你们问高大掌柜吧，他与京师官场最熟。"

大德通的高钰也苦笑了："京师官场现今在哪儿，我还不知道呢！"

蔚泰厚的毛鸿瀚，哼了一声，说："还用猜吗？不过是叫我们加倍捐纳，接济朝廷罢了。"

志诚信的孔庆丰就说："捐纳银子，那得叫财东来。我们是领东，我们能主了捐纳的事？"

三晋源的梁尧臣也说："往年捐纳，也不过下道官令就是了，还用这样火急万分把我们召到省上？"

毛鸿瀚说："这不是出了万分危急的祸乱吗！抚台、藩台亲自催捐，是急等着用呢。眼看两宫浩浩荡荡就要到了，不急成吗？"

郭斗南说："这次祸乱，我们字号损失可是前所未有。日昇昌空担着一个票号老大的名声，什么好处没有，就是树大招风，祸乱一起，哪里都是先抢我们！我们是伤了元气了，哪还有余力捐纳？"

孙北溟笑了笑，说："你们日昇昌也哭穷，那我们该讨吃去了。"

协同庆的雷其澍说："要哭穷，咱们就一齐哭！一齐诉说西帮字号在京、津、鲁、直、口外、关外受祸害的惨状。"

蔚盛长的李梦庚："这是实情，不是哭穷。我们自家的光景都快过不去了，哪还有钱捐了买没用的官帽！"

孙北溟就说："郭大掌柜，毛大掌柜，要不你们拿个主意，我们都跟着吆喝？"

大家都赞同。正在计议，传唤他们上堂了。

进入正堂，上面坐的只布政使，即藩台大人李延箫一人。九位大掌柜行过跪拜礼，藩台大人就立刻赏了座。

"各位掌柜！"李藩台拱手说，"这样冒昧请你们来实在失礼。但事关紧急，也只得委屈各位了。抚台大人本当亲自来见各位，因军情紧急，洋寇已进犯获鹿，逼近晋省，大人正统兵扼守故关东天门。只好由本官招待各位掌柜了。"

藩台大人一开场，居然说得这样客气，实在大出众掌柜的意料！那时代的布政使，是省衙直接管理政务和财政的大员，地位仅次于巡抚。因主理财政，藩台一般都与商界相熟，在以商闻名的山西，尤其如此。但藩台毕竟是地方高官，其排场与威风，即便在私下场合也是要做足的。现在系正经场面，李大人居然这样谦卑，哪能不叫人生疑！

圣驾将临，又军情危急，看来，真是要狠狠敲西帮一杠了。

"今日急召各位来，是因为接了行在军机处发来的一道六百里加急谕令。与这道加急谕令最相关的就是各位领东的票业大号。"

行在，是指皇帝行幸之所在。两宫逃难路上发出的这道六百里加急上谕，最与西帮大号相关？掌柜们一听，就摸不着边际了。

"各位掌柜，两宫圣驾目前已巡行至代州，不几日即临幸太原。"

两宫已到代州？这可是第一次听到有关太后和皇上的确切消息，不料已近在眼前了。众人惊诧不已。

"这次两宫行在不似平常出巡，整个朝廷乃至整个国都全跟着呢，所以需用之繁钜也前所未有。两宫离京以来，一路经过的都是苦焦地界，又历拳乱和大旱，大多无力支应这样的皇差。行在军机处虽天天向各省发出急令，催促各省将京饷解往行在，接济朝廷，可这谈何容易！"

李藩台有意停顿了下来，但众掌柜没人敢接住说话。藩台大人只得接着说："现在道路不靖，消息也常不通，解押巨额京饷，实在也难以及时送到两宫行在。以往各省上缴京饷，都交付各位领东的西帮票号，走票不走银，快捷无比。我问一句：拳乱发生以来，你们各号是不是停止揽汇了？"

众掌柜眼光投向日昇昌的郭斗南：他是老大，理该先说。可没等郭斗南说呢，蔚泰厚的毛鸿瀚已无所顾忌，滔滔陈说：

"藩台大人，不是我们停了汇兑，是生意没法做了！京津失守，西帮字号全遭洗劫，无一家幸免。直隶、山东、河南、陕西、关外、口外的字号，也都受到祸害，损失之惨状，叫人毛发森竖！西帮票业创立一百多年来，这是遭遇最惨烈的一次大劫。"

李藩台忙说："西帮损失竟如此惨烈，我与抚台大人一定如实向朝廷奏报！各家的江南字号，还在揽汇吧？"

毛鸿瀚依然抢先代言："西帮汇业，全在南北调度。北边字号毁了，江南字号还能做多大生意？再说，乱起四方，信局也走不了票，只好停汇。"

"西帮既停汇，各省上缴京饷，只得委派专员押送了。但路途遥远，时局不靖，哪能解得了两宫行在的燃眉之急！"说至此，李藩台又拱手向众掌柜致意："各位大掌柜，朝廷下来的这道急谕，就是令各省将上缴的京饷，交给当地的西帮票号，火急汇至山西的祁、太、平老号。再由祁、太、平各号提银交付朝廷行在。为此，朝廷钦定了在座的西帮九家大号，令你们开通汇路，即行收揽京饷，接济朝廷！"

原来，朝廷是叫西帮承汇京饷。大家虽松了一口气，但稍一想，也觉出不是好差事。在目前乱局中，异地银钱很难调度。西帮答应承汇京饷，也就等于答应了借贷巨额款项给朝廷。至此，大家也才明白，藩台大人为何这么低声下气：西帮承揽了各省京饷，两宫驾到后浩繁的开销便有了着落，省上抚衙藩库才可松一口气。在这非常之时，办这么大的皇差，仅凭山右一省之力，实在能愁煞人的。何况山西又有纵容拳乱的嫌疑，办不好这次皇差，抚台、藩台那就不是摘顶子，而是掉脑袋了。

九位大掌柜，谁不是成了精的人物！所以，看透官家用意后，没有人想多言语，连抢着说话的毛鸿瀚也不吱声了。

藩台大人便接着说："在此危难之时，朝廷能记起西帮汇兑的神速、可靠，此不光是你们西帮荣耀，全山右都得光彩。万望各位不负圣命！"

日昇昌的郭斗南只好说："朝廷有难，我们本也该竭力报效，万死不辞的。只是，遭此大劫，信路不畅，走票也难得快捷了。即如故关，那是山西东大门，眼下正两军对垒呢，哪能走得了票？"

李藩台立刻说："行在军机处有言：电汇最好。"

郭斗南说:"电路更不畅通,拳民专挑电线割。"

藩台大人说:"各地电路都在抢修呢。"

毛鸿瀚说:"我们西帮票号失了北地一半江山,老号也空虚得很。即便电报传来汇票,我们一时也支垫不起呀!各省汇来的京饷,那不是小数目。"

李藩台笑了:"我要不知你们西帮之富,岂不是枉在晋省做藩台了!各位掌柜,我就代抚台大人宣读圣旨了,请跪听吧!"

众掌柜也只得跪下了。

藩台大人展开一卷明黄帖子,说:"这是行在军机处昨日送来的一道六百里加急上谕:

军机大臣字寄各直省督抚,光绪二十六年八月辛巳奉上谕:自郡城失守,库款荡然,朕恭奉慈舆西幸于僻乡荒野,跋涉蒙尘,艰苦万状,而一切需用久无着落。各省应贡京饷,总以程途不畅为由,迟迟不能解来济急。今特饬各省督抚,尽速将京饷交由西商票号起汇,解来山西省城。西商老庄多在太原近侧,电汇尤为便捷。朕奉慈舆之需用急待孔殷,交西商票汇以图快捷,不得再推诿延迟。由六百里加紧谕令各省知之。山西巡抚毓贤谕知西商大号,速开汇路,收解京饷。钦此。李延箫宣读完圣旨,又念了军机处开列的九大票号的名单,果然在座的都列在其中。

2

听完朝廷圣旨,心里纵有万般委屈,嘴里也不能说什么了。

但在此非常之时,为朝廷收揽全国京饷,实在也不是一件小事。加之,票界九大号巨头碰到一起也不容易。所以,受召见毕,大家就有意在太原再聚会半日,计议一下这件利害难测的差事。

祁县乔家大德通的高钰大掌柜抢在各位前头,说:"与你们各家大号比,我们大德通算是新号。所以,今日聚会,就由我们做东了,各位能赏这个脸吧?"

乔家大德通票号，是在同治年间才由茶庄改营汇兑的。与其他八大字号相比，倒真是后来者。不过，它后来居上，业绩赫赫，即使平帮的日昇昌、蔚字号这些开山老大，也不敢小瞧它的。

高钰大掌柜也的确是票界高手，他先手抢到这一由头，比小不比大，别家也只好领情了。

于是，就议定改日在崇善寺寻一间雅致的禅房做半日聚谈。到午间，由大德通在清和元饭庄宴请各位。

定在崇善寺聚谈，显然为避世人耳目。议论皇差，言语不免放肆，实不足为外人闻听。崇善寺又为省府大寺，平素香客中高官名士就不少，所以高雅精致的禅房也备了几处。

第二天，高钰带了一位叫贾继英的省号老帮早早就来到崇善寺。这位贾老帮，是大德通连号大德恒的省号老帮，只二十五六岁，但极其精明能干，遇事常有独见。高大掌柜把他带来，为的是周到招待各位大掌柜，不要得罪了谁。

贾继英陪高钰一到，寺中上下果然都很殷勤。很快就选定一间既雅静又讲究的禅房。

僧人备了上好的红茶。晋人做砖茶生意几百年，所以省内饮茶习惯，也以砖茶、红茶为主了。

禅室静静，茶香浓浓。在其他大掌柜未到之前，高钰就先将朝廷的紧急诏令说给贾继英听了。然后，问道：

"继英，你看，在大局如此残败之际，叫我们承汇京饷，得失如何？"

贾继英慌忙说："高大掌柜，你这是考我吧？"

高钰说："这道难题，我一时还答不来呢，哪能考你？真是想听听你的见识。"

"在高大掌柜面前，我能有什么见识？大掌柜驻京多年，议论朝局这样的大势，我尤其不能多言了。"

"看看你！想听听你的见识，你倒偏不说了。你也是一方老帮，这样的大事临头了，能没一点想法？我也不是一定要听你的高见。"

"大掌柜要这样说，那我就放肆了。在此时局动荡大势难卜的时候，朝廷将这样的重负压到我们西帮肩上，我看倒并非不堪承受。叫我们承汇京饷，毕竟比强行压我们出借巨款要令人放心一些。再怎么火急，也是我们的外埠庄口收了汇，老号这头才提银上缴，无非是一时支垫大些。"

"一时支垫大些！好我的贾掌柜，你倒说得轻巧！这'一时'是多久：三月五月，还是三年五载？这'大些'又是多大：十几万两，还是百十万两？若局面再恶化呢？我们外埠庄口收存了巨额京饷，长久调度不出，一旦生乱，还不像京津庄口似的，重蹈被洗劫的覆辙吗？"

"大掌柜所虑当然不是多余。但日后大势，谁又能卜算得准？再说，朝廷既已压下来，我们西帮也不便拒汇吧？高大掌柜，以我愚见，要知日后大势，唯有一途：坦然接下朝廷这份皇差，火速开通我们的汇路。"

"我的贾掌柜，你这是什么意思？"

"高大掌柜，我们所虑的大势，不能只看逃难中的朝廷，还要看各省动向，尤其是未遭拳乱与洋祸的江南诸省。朝廷这道急催京饷的圣旨传下去，各省如何动作，即是预测今后大势的最好依据！各省闻风而动，交我们汇兑京饷甚为踊跃，则大势还有指望；若各省接旨后，又另找借口，依然推诿拖延，并不向我们交汇，则说明各省对大势也失了信心了。所以，我们尽可坦然揽汇，无须担心烫了手：我们收汇多，大势也好；大势不好，我们也收不了多少汇的。各地不交汇，朝廷也怨不得我们西帮了。"

高钰一听，击节称赞道："继英，真有高见！你这一说，我也茅塞顿开了。"

贾继英慌忙说："大掌柜，你心里早明镜一般。看来，我这答卷没有大谬？"

"继英，你真是叫我明白过来了。原先不光是我，祁太平三帮九大号领东掌柜都懵懂着呢。我们要明镜似的，早坦然打道归去了，还用来此聚谈个甚！"

"大掌柜，我这也是忽然想到的，真不值得夸奖。"

"我不光要夸奖，还要拿你的高见点拨各位大掌柜，叫他们都记住你！"

"大掌柜，在你们面前快不敢提我！"

"这你就不用管了。"

高钰大掌柜一向善听底下人的见识，凡发现高见良策，并不掠为己有，而总要在号内给予彰显，并记为功绩。贾继英早有耳闻，今日算是亲自领教了。不过，他不太相信，自己的这点见识，同业中的九大掌柜就真是谁也没有悟到？

不久，其他八位大掌柜陆续到了。高钰自然是殷勤迎接，但优雅从容，并没有急于说出什么。在向各位介绍贾继英时也未多赞一词。

聚谈中，大掌柜们还是谦让有礼的，连日昇昌的郭斗南也不以老大自居。只蔚泰厚的毛鸿瀚一人，略露霸气，不过较平时也收敛得多。时局危难，生意受重挫，谁还有心思把弄排场派头！

毛鸿瀚依然不主张兜揽这份皇差，他说："去年生意好做，朝廷却发下禁令，不许我们西帮承汇京饷。今年拳乱加洋祸，兵荒马乱，天下不靖，却硬逼了我们揽汇！也不知是谁进了我们西帮的谗言，一心要我们也随了大势败落！"

孙北溟一听便接上说："就是！去年朝廷禁汇的上谕，真没有把我们困死！幸亏各地老帮能耐大，巧妙运动制台、抚台，才一省一省松动起来。"

志诚信的孔庆丰说："那我们何不如法炮制，再叫各地老帮巧为运动？"

郭斗南说："今年是非常之时，不似平常。逃难的太后皇上正缺吃少喝呢，你再运动，各省也不好拖延京饷的。"

三晋源的梁尧臣说："士农工商，士农工商，体面时候总是士打头，商垫尾。现在到了危亡关头了，倒把我们推到前头！"

协同庆的雷其澍说："圣旨已下，不想揽这份皇差也是枉然了。两宫眼看就到太原了，受了这一路的凄苦，正没处出气呢。我们拒汇京饷，那还不发狠收拾我们！"

蔚盛长的李蒙庚也说："朝廷既将解汇京饷的差事交给我们西帮，各省寻找推诿拖延的借口，也少不了要打我们的主意。我们稍不尽力，都可能获罪的。"

郭斗南说："不能抗旨，承旨接差也难呀！真要有大笔京饷汇到，我们日昇昌真是提不出那么多现银来。年初调银南下北上，哪想会有这样局面？现在是北银被劫，南银受困，老号空虚。"

毛鸿瀚也说："要交皇差，得求东家出银支垫。京津字号受了抢劫，东家正心疼得滴血呢，再叫往出掏银子？我这领东真没法开口。"

孙北溟就说："毛大掌柜也这么怕东家，那我们还敢回太谷？"

孔庆丰说："抗旨不成，接旨也不成，那总得想条路吧？"

蔚丰厚的范定翰说："我看也只有接旨一条路。抗旨，也不过说说罢了。"

毛鸿瀚就说："怎么不能抗？叫各地老帮缓慢行事，找些信路不通，电报不畅的借口，我们也来个推诿拖延，不就得了！"

孙北溟也说："我们把责任推给信局、电报局，倒也是缓兵的办法。"

范定翰说："私信局一时难打通信路，可拳乱一平，官家电报倒也易通。两宫圣驾到了山西，通晋电报不会受阻的。"

郭斗南说："两宫这次西巡来晋，不知是要驻銮，到太原就打住不走了，还是只路过，歇几天就走？"

孙北溟说："郭大掌柜，你这才算点题了。叫我看，两宫若暂时驻銮太原，那我们就是砸锅卖铁，也得接下这份皇差。若只是路过，就当别论了。"

范定翰说："昨日我听圣旨口气，像要在太原驻銮。明令各省将京饷改汇山西省城，不就是要住下来吗？若只路过，不会发这种诏令。京饷源源汇到，两宫却走了，哪有这样的事？"

孔庆丰说："饬令将京饷汇来太原，只是为借重我们西帮票商。祁太平，离太原近。不见得是要驻銮太原吧？"

毛鸿瀚也说："山西这种地界，两宫哪能看上？"

李蒙庚说："山西表里山河，正是避难生息的好地方。离京师又不算远，日后回銮也容易。"

孙北溟就说："若朝廷驻銮太原，那我们西帮还是有生意可做的。仅全国京饷齐汇山西一项，即可找补回一些京津的损失。"

毛鸿瀚说："我敢说，两宫不会驻銮太原！"

李蒙庚说："太原也是福地，李渊父子不就是在此生息了一个大唐王朝！"

毛鸿瀚哼了一声，说："能跟大唐比？"

郭斗南忙说："高大掌柜，你怎么一言不发？"

第十五章　苦心接皇差

高钰说："我恭听各位高见呢。"

郭斗南就说："也说说你的高见！"

高钰说："我哪有什么高见！今日抢着做东，殷勤巴结，就是想听听各位的高见。"

毛鸿瀚就问："高大掌柜你说，两宫会驻銮太原？"

高钰笑了说："驻銮，还是路过，我真是看不出来。今日跟我来伺候各位的是我们大德恒的省号老帮贾继英。贾老帮虽年纪轻轻，可遇事常有独见。继英，你听了各位大掌柜的议论，有什么见地，也说说。"

贾继英慌忙说："各位大掌柜在座，我哪敢放肆？能恭听各位议论，已经很受益了。"

郭斗南说："有独见，也不妨说说。"

高钰就说："郭大掌柜叫你说就说说。说嫩了，谁会笑话你？"

贾继英忙说："大掌柜们这样抬举我，我更不敢放肆了。只是，我恭听了各位的议论，倒是开了窍，心里踏实了。这次皇差难接是难接，可有各位大掌柜撑着，说不难，也不难。我们西帮，毕竟在官场之外，全由各位大掌柜自主运筹，进退两由之。这次朝廷叫我们西帮承汇京饷，作难是作难，可最作难的还是朝廷。两宫西巡，艰苦万状，各省京饷就是迟迟解送不到。所以，此事的关节全在各省督抚衙门。朝廷这道急谕传下去，各省就会踊跃向我们交汇京饷吗？他们依旧不动，我们就是想揽这份皇差，也是枉然了。若各省真踊跃交汇，我们何不欣然收揽！各省踊跃接济朝廷，便昭示了大势尚可挽救，我们就是一时支垫大些，也无妨的。"

高钰便故作惊讶，说："继英，你既有此见地，昨夜召你计议时，怎么不吐一字？"

贾继英说："我这也是听了各位大掌柜的议论才忽然开窍的。"

郭斗南说："高大掌柜，你这位小老帮倒是个明白人。他这一说，我觉得也无须过虑了。这份皇差的关节的确在各省的制台、抚台。他们依然不动，我们也真没办法。"

李梦庚也说："两宫是否驻銮太原，只怕也得看各省动静。若得各省踊跃接济，朝廷或许会驻幸晋阳，以图尽早回銮京师。若各省口是心非，行止暧昧，那两宫岂敢困在山右？"

其他几位大掌柜有夸奖贾继英的,也有不以为然的。尤其蔚泰厚的毛鸿瀚,只是冷笑,不屑评说。不过实在说,在座的巨头多少都受了些点悟,起码也醒悟到:领了此份皇差,依然可静观大势的。对乔家大德恒竟有这样一位见地不凡的年轻老帮,他们心里也不能不惊诧几分。

只是,祁太平三帮九位领东巨头,居然真没有人悟到那一层,也实在出乎贾继英的意料。

其实,西帮票号历百多年昌盛,大号的领东掌柜位尊权重,家资大富,又长年深居老号,其进取心志与应变智慧已渐渐不及手下驻外埠的前线老帮了。

3

孙北溟回太谷的一路就一直在想:乔家大德恒的省号居然藏有这样一位才思出众的年轻老帮,以前真还未有所闻。太原庄口一向不算重要,竟然放了这样一个人才,那京号、汉号、沪号、穗号以及东口、西口这些大庄口,要放怎样了得的高手?难怪乔家的大德通、大德恒两连号后来居上,咄咄逼人。

回到太谷,孙北溟匆匆对账房、信房做了安顿,叫他们速与各地庄口联络,传去号旨:若有京饷交汇,尽可收揽;自家也无须十分张罗。意思很明显,稳妥行事,静观大势。

安顿毕,本该先去趟康庄,给康老太爷说说这次省城之行,可孙北溟还是忍不住打发了一个小伙计去叫京号老帮戴膺速来。

叫戴膺来做甚?会商如何应付这件皇差?不是。孙北溟是想考一考他的京号老帮,看是否有贾继英那样的才思。如果戴老帮都不及人家这位省号的小老帮,那天成元真要内外交困了。

不久,戴膺就匆匆赶来。

孙北溟见他休养了这些天虽未复原,精神还是好得多了,便说:"戴掌柜,看你气色倒是好得多了,只是仍见消瘦。"

戴膺笑笑说:"大掌柜放心,无事在家,我长肉也快。"

"毕竟是受了大的亏累,理该消停休养的。今日请戴掌柜来实在也是于心不忍。"

"大掌柜,对我还用这样客气?有什么吩咐就快说吧。"

"事情紧急,也自得这样委屈你了。十三日午时了,省上抚台衙门忽然传来急令叫我连夜赶赴太原,说是有朝廷急谕要宣读。"

"朝廷急谕?"

"是呀,我当时也纳闷:我们又不在官场,朝廷哪会给我们直下圣旨?想了想,准是有非常之事,就赶紧去了。"

"不是只传唤我们一家吧?"

"太谷还有志诚信,祁帮也是两家,平帮五家,就是西帮票业中排在前头的九家大号吧。"

"只是叫你们领东大掌柜去?"

"是呀。朝廷下旨,不会是小事。号中大事,那得由东家做主。可人家只传见我们这些领东,不叫财东。"

"那是叫我们西帮紧急解汇京饷吧?"

孙北溟连忙击节赞道:"戴掌柜,你如何猜得这样准?"

大掌柜反常的赞扬,也使戴膺有些奇怪。不过,他依然照直说:"这不是明摆着嘛,朝廷带了满朝文武逃难出来,一路耗费浩大。只靠沿途办皇差,哪能支应得起?所以,非靠各省紧急接济不可。朝廷逃难,行在不定,不靠我们西帮解汇京饷,各省想接济也接济不上的。大掌柜,两宫真是进入山西了?"

"十四日见到藩台李大人,他说两宫行在已经过了代州。今日十几?"

"八月十六,昨日是中秋节。"

"昨日是八月十五?昨日在太原,大德通高钰设宴招待各位大掌柜,居然无一人提及中秋节!事情紧急,真是什么也顾不到了。今日十六,那两宫只怕已经从忻州出发,至迟,明天晚间就到太原了!"

"两宫既已到达太原,那借重西帮票号急汇京饷,是再自然不过的事。"

"戴掌柜,你是从京城死里逃生跑回来的。朝局之岌岌可危,你当然更感同身受。在此大势无望,乱起四方之际,叫我们承汇京饷,不是拉西帮往深渊跳吗?"

"大掌柜,以我看,局势向何处摆动,实在还难以看清。朝廷是已经丢失国都,逃难来晋。但除了京津,各省都还未失,也未大乱。所以,现在看大势,全得看各省动向。"

孙北溟一听,心里更高兴:戴膺说的,不是跟那个贾继英一样嘛!只是,孙大掌柜尽力不动声色,说:"现在,信路不畅,谁能探到各省虚实?"

戴膺说:"今次揽汇就是探知各省虚实的一个良机!各省踊跃交汇,接济朝廷,那大势还叫人放心些;若交汇寥寥,置朝廷于危厄而不顾,那大势就不妙了。所以,当欣然领了这份皇差的。"

简直与贾继英说的一字不差!孙北溟得了满意结果,也不便形之于色,就含糊说:"只是现在时局不靖,大额款项异地难以调度。万一各地京饷源源汇来,老号的支垫也太大了。"

戴膺断然说:"支垫越大,越值得!支垫大,说明京饷来得多;京饷来得多,说明各省对朝廷尚有指望。大势既有救,我们日后也就有生意可做。在此举国蒙难之际,朝廷发布急谕,昭示天下,如何如何借重我西帮汇业,一解两宫之危厄,这对我们西帮是何等的彰显!有这一次救急,日后朝廷总不会再对西帮禁汇了吧。天下人也会更认西帮,遇了塌天之祸,朝廷都如此借重我们,谁还不信任我们?"

戴膺这一番话,更在那个年轻老帮之上了。孙北溟见戴膺出此高见,几乎是不假思索,脱口而出,不免也有些自叹弗如。虽然其他大号的领东掌柜,也似自己一样迟钝,孙北溟还是强烈地感到了自己的老迈。老了,老了,真该告老还乡了。尤其遇此非常之变,自己真是力不能胜了。

孙北溟便坦然说:"戴掌柜,你这一说,我才豁然开朗。原先接了此皇差,真是发愁呢!不接,当然不成;接了,又怕支应不起。听你这一说,我也踏实了。"

戴膺似乎未注意到大掌柜的心情,倒是有几分火急地说:"大掌柜,现在不是夸我的时候。今日叫我来,是有一件急务交我去办吧?"

孙北溟有些不解:"急务?当前急务,就是承揽这份皇差。我叫你来,只是听听你的高见。"

"大掌柜,除了揽汇,还有一件急务须立马就办!"

"什么急务?"

"派我去太原,暂驻省号!两宫即将临幸太原,朝廷行在近在眼前,听说军机大臣、户部尚书王文韶大人也随扈在侧。我是京号老帮，就是去打探消息也较别人强。观察朝局，把握大势，这是我们的头等急务！"

孙北溟听了，又是一愣：该想到的自己又没想到！他忙说："戴掌柜，你说得极是！省号的刘老帮没见过大场面，忽然朝廷临幸，他只剩下发慌了。戴掌柜暂驻省号，再好不过，只是打断你休养，实在也不忍心的。"

"此正是我将功补过的机会，大掌柜无须多想。"

"戴掌柜，那就托靠你了！"

两宫临幸，派京号老手驻并张罗，这本是顺势应走的一步棋，孙北溟居然未先看破。他更感自己应变失敏，实在是老了。

派走戴膺，孙北溟才匆匆赶往康庄，去见康老太爷。康笏南虽在年下宣布退位了，将外间商务交三爷料理，但孙北溟依然还是将老太爷当东家。对新主事的少东家三爷并没有很放在眼里。

这次见老太爷，三爷也在场，孙北溟忽然变了，对三爷也恭敬起来。他已有意退位，所以不想得罪少东家了。可三爷哪里知道？

康笏南张口就问："大掌柜，去了趟省城，见着皇上没有？"

孙北溟说："老东台已经知道两宫临幸晋阳了？"

康笏南哈哈一笑，说："你们谁也不给我送讯，我哪能知道！不过，掐算着他们也该来了。"

三爷说："我们也得不到可靠的消息，尽是些花哨离奇的传言。"

康笏南瞪了三爷一眼，说："我不是说你，我说孙大掌柜呢。"

孙北溟忙说："老东台，你还真会掐算。八月十四，我在太原见着藩台李大人，他说两宫行在已过代州，奔太原来了。走得再慢，明天十七，只怕也到了。"

康笏南就说："上天也是有眼，偏偏就叫看不起咱山西人的大清皇家也来山西逃难一趟！'山右大约商贾居首，其次者犹肯力农，再次者谋入营伍，最下者方令读书。朕所悉知，习俗殊为可笑。'圣训既以为山西人一不善文，二不喜武，那皇上太后跑山西来避乱，岂不也够可笑！"

孙北溟也笑了，说："只怕是除了山西，也没更好的地界去了。关外、口外，人烟稀少，浩浩荡荡的朝廷行在谁来伺候供养？"

三爷说:"只怕也受不了口外、关外那份苦焦!"

康笏南说:"丢了国都,流落山西,这叫什么事?亡国之兆呀!"

孙北溟就说:"这次藩台把我们叫去是叫我们紧急解汇京饷。皇差压下来,不能不接,但在此败落残局中,收揽如此巨款,实在叫人不放心。"

康笏南断然说:"孙大掌柜,这是朝廷求到我们西帮头上来了,得拿出些气魄来!不就是揽汇吗,不就是紧急支垫些银子吗?你们拿出些本事来,给咱办好。柜上银钱不够用,你跟我要。得叫天下人看看,在此危难之际,我们西帮可比那班文臣武将、比那些制台抚台中用得多!"

老东台的气派比戴膺还大,这也有些出乎孙北溟的意料。自己真是老不中用了。借应对此非常局面,正好可提出让位请求吧。于是,孙北溟就说:"当前局面非比平常,走错一步,危及全盘。我实在是老迈了,支应眼前乱局,心力都不济了。老东台,我请求过多次了,想告老退位,今次总该答应吧?换一贤才接手,正是可建立功业的时候。"

三爷听了,心里倒是忽然一亮:孙大掌柜退位,该轮到他挑选自己的大掌柜吧?

然而,康笏南却厉色问:"大掌柜,你是说我的意思不可取?不该放手揽汇?"

孙北溟忙说:"我不是这种意思!老东台气魄,令我们胆壮腰硬。只是我老不胜力,已担不起当前重任了。老东台早有话在先,要退位,你我一搭退。现在,你已退了,却不让我退?"

康笏南说:"现在是大敌当前,怎么能换帅?你孙大掌柜英雄一世,不能就这样临阵逃脱,给吓软了,离位吧?"

孙北溟说:"我的名分实在也不值什么,还是东家的字号要紧。在此非常之时,我若再惹下穿帮塌底之祸,那才要身败名裂了。"

康笏南便一指三爷,说:"现在是他主事,你想退位,问他!我主不了事了。"

三爷一听,就知道老太爷是要借刀杀人,他哪里敢答应孙大掌柜退位!便赶紧说:"老太爷如此挽留,孙大掌柜就收回退意吧。"

康笏南跟着就问:"现在京号的戴掌柜在哪儿?"

孙北溟就说:"两宫即将到达太原,已将他派往省号了。"

康笏南说:"大掌柜,看看,你宝刀未老呀!这一招,我刚想到,你已经先手落子了。"

孙北溟忙说:"这不是我……"

康笏南打断他,毅然说:"孙老弟,在你大掌柜任上给我再办一件事,我就放你退位。"

孙北溟忙问:"办一件什么事?"

康笏南正色说:"你给张罗一下,我要亲眼见见两个人。"

孙北溟问:"想见谁?"

康笏南说:"能是谁?两宫也!太后,皇上,当今位处至尊者,不就是这两个人吗?"

这话真似霹雳一般,孙北溟一时哪能对答上来?

康笏南似乎也不理孙北溟,继续说:"这也是风云际会,天缘作合。人家送上门来了,为何不见!"

4

戴膺是八月十七到达太原的。这天傍晚,两宫圣驾果然也到了太原。

抚台衙门为做行宫已于仓促中做了尽可能的修饰,也算富丽堂皇了。尤其是供太后和皇上御用的宫室,窗帷、茵褥,一应陈设器件,居然都与京中大内没有什么不同。据说西太后初见此情景,仿佛忽然回到宫中,大喜之后就是大怒:区区抚署,竟敢有此宫廷气象?

两宫到时,驻守故关的抚台毓贤还没有赶回来。他或许也不想赶回来面对圣颜。在山东、山西两做巡抚,毓贤早落下一个亲拳仇洋的盛名,局面已残败如此,他大概也自知来日无多了吧。借军情紧急,躲在前线,那也是最好选择。所以,太后震怒的时候只得由藩台李延箫应对。

李藩台当时似乎还未乱了方寸,赶紧做了巧妙的解释:这一切御用物器都是在嘉庆年间,为仁宗先皇帝巡幸五台所置办,供行宫御用的。后来仁宗皇帝未曾临幸,这一切御用物器便原封未动储入藩库。今两宫临幸,来不及置办御用新品,只好将储库开启。谁就能想到收藏一百多年了,这些御用之物居然件件灿烂如新制,丝毫未见损毁。这实在是老佛爷和皇上洪福齐天！今日临幸，已有百年前定，此当为一大吉兆，国朝将劫后复兴，重现先帝时盛世。

行宫御用物品也真是从藩库中翻出的旧物。经李延萧这样一说，西太后当下就转怒为喜，并没有急于数落毓贤纵容拳匪的罪过，倒是很夸奖了几句晋省皇差办得好。

太原行宫既有京中大内气象，受尽颠簸流离之苦的西太后，就自然要恢复宫廷排场了。太后一恢复排场，随扈的王公大臣也跟上讲究起来。上至太后皇上、王公大臣，下至宫监宫女，还有护驾勤王的将士，两宫一行有数千人之巨。这么庞大的一个流亡朝廷，全照京中排场讲究起来，山西藩库怎么能支应得了！

可各省的京饷依然渺无消息。只是在八月二十日，日昇昌老号收到湖南藩库电汇来的十一万两京饷，除此之外，再没有动静了。

戴膺见各省是如此态度，对时局的忧虑加重了。但从宫监渠道打探到的消息却是西太后对太原行宫甚为满意，已铺派开，过起了京中的宫廷日子，看不出有急于启跸要走的样子。

难道西太后真要在太原驻銮，静待收复京津？

这天，戴膺在省号闷着无事，便去见蔚丰厚的李宏龄说话。

戴膺到达太原不久，西帮各大号的驻京老帮，也陆续来到太原。为把握时局，彼此少不了聚会计议，俨然将京师的汇业公所搬到太原了。不过，见面聚谈的时候，还是叙说京中历险的话题多。他们大多是在洋人攻陷京城后才仓皇逃出来的，一提及其间经历，似乎还惊魂未定，也就特别有谈兴。而京师发生此大劫难时，李宏龄正在太谷家中歇假。他未历险，所以跟他说话能集中于当前。戴膺也不愿多说弃庄出京那段晦气的经历了。

今次又见着李宏龄时，日昇昌的梁怀文也在座。

戴膺就问："你们日昇昌又有京饷汇到吗？"

梁怀文说："哪有呀！还是湖南那一笔。"

李宏龄就说："各省才不着急呢。两宫西巡，路途不靖，正给了那班制台、抚台许多借口。"

戴膺说："各省真就置朝廷于危厄而不顾？"

李宏龄说："官场那些把戏，你还不知道？各地上奏的折子，一定是雪片似的飞到行在，除了叩问圣安，表示殊深轸念云云，一准都要呈报：应贡的京饷漕粮，早已经押送上路了。因为遇了匪，或是断了路，不能及早解到，焦急万分，等等。至于京饷漕粮在哪儿，老天爷也不知道！"

梁怀文也说："六七月间，八国洋军攻打津京，哪一省曾发兵援救了？袁项城统领精兵，又近在京津侧畔，稍作策应，就能断洋兵后路，可他隔岸观火，一动不动。炮火已飞入紫禁城，太后、皇上有性命之危，他们都不着急，现在只不过饥寒之忧，谁给你着急？"

戴膺说："国失京都，君主流亡，各省竟也袖手不管。他们是巴望着大清早亡吧？"

李宏龄说："他们哪会有亡国之虞！朝廷受洋人欺负，丢了京师，逃难在外，也不是头一回了。咸丰十年，英法联军攻陷津京，朝廷弃都出逃，避难承德，结果怎样？除了赔款割地，不是还成全了当今太后的垂帘听政吗？这一次，也无非是割地赔款，重写一纸和约罢了。"

梁怀文说："听说占着京津的西洋各国已经传来话，请两宫回銮呢，说他们能确保朝廷平安。"

李宏龄说："洋人也不傻。占着一座空京城，跟谁签订和约呀！"

梁怀文说："听说西太后已经几次下急诏，调李鸿章北上，跟洋人谈和。"

戴膺说："要是这样，那说不定，各省还另有心思呢，成心叫两宫吃我们山西的大户？"

梁怀文说："不是说不定，肯定就这样。西太后逃难这一路，最宠幸的一人，是小小怀来县令吴永。吴永是两宫逃出京城多日后，第一个以官场规矩恭迎圣驾的沿途官吏。所以西太后感动得不得了，就叫他随扈打前站，办宫门要差。听说西太后有事就叫吴永，常把随扈的军机大臣也晾在一边了。"

戴膺说："我也听一位奏事处的首领太监说，老佛爷叫吴永进去说话，常常一时半会儿出不来，军机大臣候在外头，干着急，没办法。"

梁怀文说："就这么一位受宠的吴永，听说太后已将他派往江南，催讨京饷去了。为何舍得派吴永去？就为他体察太后这一路艰辛，比别人深切，给督抚们详说西狩的凄惶状，或许能激发了他们的天良。"

李宏龄说:"可见西太后也看清了,下头的制台、抚台一个个都快丧尽天良了。只管他们苟且自保,才不理你朝廷恓惶不恓惶呢。"

梁怀文说:"我看西太后舍得放走吴永,还因为要暂驻太原,不走了。一路办粮台,打前站,太后是谁也信不过,只信任吴永一人。若还要西行,能放走吴永?各省探知两宫要驻銮太原,就更不着急京饷了。"

李宏龄就说:"那我们真得赶紧求见一次王文韶。"

戴膺问:"求见王中堂,探听消息?"

梁怀文说:"哭穷!"

李宏龄说:"王文韶是随扈的协办大学士,大军机,户部尚书。既到太原,我们西帮总得尽尽地主之分,设宴巴结一回。借此机会,也向他详细陈说西帮受损的惨状。"

梁怀文说:"现在各省京饷没有影踪,我们不赶紧诉苦,朝廷就该吃喝我们西帮了。"

戴膺便说:"二位所议倒真是当务之急。只是能请得动这位中堂大人吗?"

梁怀文说:"户部跟着王中堂来的倒是有几位相熟的郎中、主事。"

李宏龄说:"戴掌柜有门路,也得用起来,一搭办成这件事。"

戴膺说:"我打探多日了,户部随扈的大员中,我们真还没太熟惯的。随扈的宫监中,倒还有能说上话的。"

梁怀文说:"向宫监也得哭穷。他们把风吹到太后跟前,岂不更好!"

戴膺说:"我们已经诉了不少苦。"

梁怀文说:"诉苦,还得加哭穷!"

李宏龄说:"各省袖手不理,两宫又驻銮不走,那我们西帮就倒霉了。省里藩库,我们还不知是什么底子?它支应不了几天。藩库一旦支应不起,就该逼着我们西帮支应。"

戴膺说:"各省真要这样袖手不管,我们就得设法把两宫支走?"

梁怀文与李宏龄相视一笑。

戴膺说:"除了诉苦,哭穷,只怕还得借重堪舆之学。给王中堂进言,说今之太原,已非古之晋阳吉地,龙脉早断了。帝王驻銮,恐怕得慎加卜测吧。"

就这样，三位京号老帮秘密议论起"驱銮"之策来。

可怜位处至尊的朝廷，这时居然落到谁都不想供养的境地，分明已到亡国的边缘。西帮这几位精英人物也如此无情，倒不尽是太重利，实在是目睹官场的无情和无能，不愿给他们做冤大头。官场中食俸禄的大员小吏，平时谁不是把忠君报国挂在嘴边，可到了这真需要忠君报国的要命时候，连个靠实的人影儿也逮不着！随扈的一班大员，除了排场不减，什么好招数也想不出来。各省高官呢，又口是心非，只顾打各家的算盘。西帮不食一厘官禄，倒给他们充大头？

哪会那么傻！

5

戴膺正与京号老帮们秘密策划"驱銮"的举动，孙大掌柜忽然派人把他叫回太谷。叫他回来，又有什么急务吗？

原来，那天康笏南说要亲眼见见太后和皇上，孙北溟还以为那不过是激愤之言，哪曾想老太爷是当真的？过了两天，就派三爷来催问：张罗得如何了？孙北溟这才傻了。

老太爷真是要见当今太后和皇上？可安排觐见当今圣颜，他孙北溟哪有那种能耐！他问三爷："老太爷是说禅语，还是当真？"

三爷说："我看是当真的。老太爷失了一向的沉静，时时催问，只怕两宫启驾走了。"

孙北溟说："我还以为老太爷难为我呢，故意不许我退位。三爷，我哪有那种本事呀？陛见天颜，也不是我们能张罗的事吧？"

三爷从容说："大掌柜，京号的戴掌柜在哪儿？他驻京多年，或许能有办法。"

三爷这一说，孙北溟才不慌了。于是，急忙打发人去叫戴膺。不过，孙北溟也再次感到自己应变失敏，真是老了。

戴膺回来，一听是这样的急务，就对孙大掌柜说："这倒也不是太难的事，只要肯花钱，或许能办到。两宫困在太原，正缺银子呢。只是……"

戴膺将两宫动向，尤其各省袖手，京饷无着，眼看要坐吃西帮的大势给孙大掌柜说了。面临这种情势,西帮为自保计,只能哭穷,不敢露富。老太爷这么张扬着觐见圣颜,不是想毁西帮吗?别人想哭穷,也哭不成了。

孙北溟就说:"戴掌柜,你们所虑倒是不谬。可我哪能主得了老太爷的事?我陪你去趟康庄吧。"

还没有等他们启程,三爷又火急赶来了。

他见着戴膺,就说:"老太爷已经放了话:不要心疼银子,叫戴掌柜放手张罗。圣驾已到家门口了,老太爷执意要觐见,我们也只得全力张罗。戴掌柜,这事虽不寻常,我看也难不住你!"

戴膺略一想,就说:"三爷,我倒不是夸口,这差事难办是难办,但叫老太爷遂意,得见圣天颜,真还能办到。这事要在京师,那可难于上青天了。如今圣驾是在咱老窝太原,又是落难而来,所以不愁张罗成。两宫困在太原,眼下最缺的就是京饷。老太爷既不心疼银子,就更好张罗些。"

三爷说:"老太爷一再吩咐:叫他们不用心疼银子。还交代,用银子,他给,不花你们柜上的。"

戴膺就问:"也不知老太爷能给多少银子?"

三爷说:"戴掌柜你看呢,花多少银子能办成这件事?"

戴膺说:"我到太原这几日,已经打探清楚。在宫门当差的大小太监,虽然已恢复了京中规矩,你不给门包,他就不给你让道,不过,眼下胃口还不算大。像内奏事处、茶房、膳房、司房、大他坦等处的首领太监,以及有职掌的小内侍,门包也不过几两到十几两。当然,总管太监不能这么点缀。还有,眼下在宫门独掌粮台大权的岑春煊,也不能孝敬少了。这样下来,总得二三百两银子。"

三爷就说:"二三百两银子,那算个甚!"

戴膺从容说:"这只是打通关节,点缀下头,还没有说孝敬太后和皇上呢。老太爷虽也捐有官衔,毕竟不是官场中人,求见太后、皇上,总得有个格外的由头。眼下,倒是有个现成的由头,一准能见着圣颜。"

三爷就问:"那不正好!什么由头?"

戴膺说:"两宫困在太原,最缺的就是京饷。天天跟各省要,可谁家也是说得好听,就是不肯起汇。听说太后挺伤心的。在这种时候,老太爷肯敬供一笔银子,那一准会受太后召见的。"

三爷说："那就孝敬她一笔银子！"

戴膺说："我还是那句话，不知东家肯出多少银子？"

三爷说："戴掌柜驻京多年，你看呢，咱既不小气，也不冒傻气，孝敬多少才合适？"

戴膺说："三爷，这是敬贡太后、皇上，不比寻常，再加上正是朝廷紧等着用钱的时候。数目少了，打了水漂不说，还难保得罪太后呢：哼，老西真是太抠，给这么点钱，把朝廷当叫花子打发？舍了银子，落这么个罪名，又何必呢？"

三爷说："戴掌柜的手段，我还不知道，哪能把这种事办穿帮了？你看得多少，报个数吧！"

戴膺又略一想，说："大掌柜，我们天成元前四年大合账合出来的红利大数是多少？"

孙北溟说："五十万两。"

戴膺就说："叫我看，总得这个数。"

三爷不由叫了一声："得五十万两银子？"

孙北溟也惊呼："拿五十万两银子去换一面圣颜？"

戴膺其实是故意说出了这样一个大数目。在太原，他刚与众位京号老帮谋划了如何哭穷，如何驱銮，怎么能赞同老东家这么张扬着露富？但银子是东家的，老太爷执意要如此，硬挡，你也挡不住。所以，他就故意把数目说大，以动摇老东家的兴头。看三爷和孙大掌柜的反应还是见了效果。

五十万两银子，天成元一个大账期的全部赢利，不信东家能不心疼！戴膺就继续渲染说："在咱们眼里，这是个大数目，可在朝廷眼里，三五十万，不过是些小钱！外间都说，西帮富可敌国，朝廷逃难来了，你们连点小钱也舍不得给？要拿十万八万，真是把朝廷当叫花子打发了。"

三爷说："要这么大数目，还真得跟老太爷说一声。"

戴膺说："我知道老太爷的气魄，这点银子，哪能吓住他！"

孙北溟说："五十万两呢，我看老太爷不会不心疼！"

三爷也说："就是真不心疼，也得他拿主意。"

戴膺说："三爷，既要回府上禀报，那还有几句相关的话也跟老太爷说说。"

三爷问:"什么话?"

戴膺说:"我在省上探听到的消息,是太后有意驻跸太原,可各省京饷愣是催讨不来!我跟几家大号的驻京同仁商量来商量去,总觉大势对我们西帮不利。两宫驻跸太原,各省为何迟迟不肯接济?因为山西挂着富名。我们西帮票业富名更甚。所以,用不了几天,朝廷就该吃喝西帮了。刚遭津京大劫难,现在再给朝廷坐吃一年半载的,西帮的元气还不丧失殆尽!"

三爷说:"我也有此忧虑。"

戴膺说:"三爷也该有此远忧!西帮为自保,眼下该是一哇声哭穷。"

三爷说:"哭穷,就能顶事?"

戴膺说:"我们一哇声叫喊京津大劫,损失如何惨重,朝廷或许也就不敢太指望我们了。在这关节眼上,老太爷一出手,就甩给朝廷这么一大笔银子,只怕会得罪整个西帮吧?大家的哭穷,还不白搭了?"

三爷不再说话。

孙北溟就说:"这话,怕三爷也不好说。戴掌柜,你还得亲自见见老东家。"

三爷才说:"我陪戴掌柜去见老太爷?"

戴膺毫不犹豫地答应了。

在康庄见着老太爷,戴膺将一切都明白说出来了,可老东家依然不改口:"戴掌柜,别的你都不用管,尽管张罗你的,五十万两算甚?就是再多,也不用你们心疼。能叫我亲眼见见这两个人,再多也不怕!"

老太爷愣是这种态度,戴膺一时也真没办法。

戴膺和孙北溟只好无可奈何离开康庄,回到城里。两人在天成元老号正为此商讨对策,忽然就见协理来报:"北洸村曹家有人遭了绑票!"

6

曹家被绑了票的其实只是曹家开的一家药铺的二掌柜,并不是曹氏家族中的什么要人。

这家药铺名为豫生堂,虽然也是老字号了,但早已不能与太谷的广升远、广升誉两大药铺相比。到光绪年间，这间豫生堂也只是为曹氏本家族炮制升炼一些自用的药材药品。尤其是精制少量的"龟龄集"和"定坤丹"，供曹家的要人服用。

"龟龄集"是一种滋补强壮的成药，传说秘方是在明代嘉靖年间，由一位陶姓太谷人从宫廷抄出的，传入太谷药帮。其方选配独特，炮制复杂，对强体补脑，延年益寿有奇效。"定坤丹"则是一种妇科调补成药，处方也是在乾隆年间，由任监察御史的太谷人孙廷夔，为医母病，从太医院抄出，为太谷药帮秘藏。这两种来自宫廷的补养秘方，经太谷广字号药帮的精心命名，精当炮制，渐渐成为其当家名药，行销国中，尤其风靡南洋。这一阴一阳两大补养名药，自然更为太谷富家大户所必备。

曹家是太谷首户，由自家药铺精制此两种名药，专供族人自用，那当然是一种豪门排场。豫生堂也因为专为族人制药，就一直开在曹家的所在的北洸村。给绑匪劫走的二掌柜，那天也正是往曹家送药出来，被误认为是曹家的少爷，遭了殃。因为这位二掌柜，年纪不大，仪容排场，风度优雅，很像大家子弟。

虽然绑走的不是曹家子弟，但曹家受到的震动还是非同寻常。

曹家发迹已有三四百年了，还不曾有哪路神仙敢打上门来，这么公然绑票！绑走的虽然是药铺的二掌柜，可留下的肉票却写明是曹家子弟。肉票是用一柄匕首，赫然扎在曹家三多堂大门外的一根柱子上。绑票的时机，竟然又在光天化日的午后。曹家的护院武师加家兵家丁有二百多人，居然就敢如此明火执仗来打劫！何其猖獗！

事发后，当家的曹培德既十分震怒，也十分担忧。敢这样猖獗，来者真不会是善茬，不会是等闲之辈。这次也许只是试探？所以，他立马派人去请太谷的武林高人车二师父和昌有师父。

太谷形意拳武名远播，在江湖一向有声誉。太谷的富商大家又都聘请形意拳武师护院押镖，教练家兵家丁。所以一般匪盗强人是不敢轻易光顾太谷富户的。即使在前不久义和拳起乱的时候，富家大户也没出过大的麻烦。现在这伙绑匪，显然并不把太谷武林放在眼里。他们会是谁？

昌有师父先到，听了案情，也大为震惊。这是怎么了，去年康家在天津遭了绑票，今年又轮到了曹家？可太谷不比天津，是形意拳的地界！在他的记忆中,真还不曾发生过绑票案。忽然有这样一回,就拣了首富曹家下手,来头真还不小!是哪路神仙,竟敢把太谷形意拳看扁了?

昌有师父把曹家的护院武师叫来,详细问了问。

出了这样的事,护院武师们都觉脸面无光,连连叹息:大白天的,太疏忽了。出事后,他们才听村人说,午前村里就来了几个贩马的,有些特别。口音像老陕那边的,做派却不像生意人,又愣又横。牵的几匹马,牙口老,膘情不好,要价也太离谱,一匹要五六十两银子。这样做生意,谁理他们呢!但到午间了,这几个贩马的也没走,就歇在村头的柳树下。绑票的事,准是他们干的。要真是这样,他们也太大胆了,几乎是明火执仗,从容来打劫。

昌有师父想起去年天津的绑票,说是生瓜蛋干的,毕竟还使了调包计。这帮家伙,什么计谋也不使,大白天的,又愣又横地就闯来了。生瓜蛋不敢这样来绑票。老辣的绑匪也不这样行事吧?

车二师父赶到后,李昌有就将自己的疑惑说了出来。

车二师父又问了一些细节。问到肉票写了多少,说是倒不多,只一万两银子。几时交银?说是今儿日落以后。又问在何处交银赎票?听说是乌马河边。车二师父就说:"期限这样急促,又选在乌马河赎票,我看,绑票的也不像是老手。乌马河不是僻静之地,凡太谷人都知道的。"

昌有师父说:"他们是老陕口音,从外地乍到,当然不知乌马河深浅。"

曹培德说:"会不会是外地逃窜来的义和拳?"

昌有师父说:"不会是他们。太谷也追剿拳匪呢,他们来投罗网?再说,你们曹家也没惹他们吧?"

曹培德说:"不但没惹,凡来求资助的,都没叫他们空手而归。"

车二师父说:"多半不会是绑票老手。对太谷还没踩熟道呢,就下手了。绑错人倒也罢了,肉票只写了一万两银子,显然是不摸你们曹家的底。冒险打劫一回你们曹家,只为区区一万两银子,岂不是儿戏一般!"

昌有师父说:"是呀。去年康家的五娘在天津给绑走,肉票开了十万两呢。"

曹培德说:"不拘老手新手吧,总得把我们的人救回来。绑走药铺二掌柜也是冲我们曹家来的。出一万两银子,把人赎回来,倒也不难。只怕开了这口子,以后麻烦就大了。"

车二师父说:"这我们知道。我说不是绑票老手,也不见得就是武艺上很稀松的主儿。这么又愣又横,说不定是依仗着武艺不俗。"

昌有师父说:"江湖上武艺不凡的一拨人来咱太谷地界闯荡,事先能没一点风声?"

车二师父忽然击掌道:"我猜出是哪路神仙了!"

曹培德忙问:"是谁干的?"

车二师父说:"西太后和皇上圣驾不是已到太原多日了?听说跟着护驾的兵马也不少。这些护驾的兵勇,一路也多受了饥荒,忍受不过,就私出抢劫。前两日,北路来的一位武友就说过这种事。我看,这拨来你们曹家绑票的多半就是从太原流窜出来的随扈兵勇。"

昌有师父就说:"师父说得一点不差!看他们做的那种活计吧,又粗笨,又霸道,不是他们是谁?"

曹培德听说是随扈兵勇,慌忙问:"要是他们,那还不好救人了?"

昌有师父说:"又不是大队兵马,几个游兵散勇,拿下他们倒也不难。只是也不知是谁的兵马?投鼠忌器,不要因收拾这几个毛贼得罪了谁。"

车二师父说:"叫我看,我们就装什么也不知道,先拿下这几个绑匪再说!你纵容了这一拨,还不知来多少拨呢。头一拨,就给他个下马威,也叫他们知道,太谷的武艺也不差。他们毕竟是偷鸡摸狗,量也搬不来圣旨吧?"

曹培德说:"绑匪是老陕口音,怕也不是京营的武卫军,更不可能是朝廷跟前的神机营。"

昌有师父说:"那就先将他们擒拿了再说!"

当天日落后,车二师父扮作曹家总管,昌有师父和另七位功夫不凡的武师扮了仆佣,分四拨,抬了一万两银锭,赶往绑匪指定的乌马河边。

那是离官道不远的一处蒲草滩。日落后,天色还够明亮,但也只能听见一片蛙声。除此之外,再没别的动静,更不见一个人影。

车二师父令放下装银锭的箩筐,叫大家坐下来静候。

一万两银锭,至多装两车银橇就运来了。现在,一行九人,抬了四大箩筐。要是老手，凭这一着，就能看出破绽。车二师父他们故作如此布阵，就是要在交手前，先验证一下：飞来的到底是什么鸟？

没有多大工夫，就有两个愣汉从不远处的蒲草里钻出来。

"你们是做甚的？"一个愣汉喝问了一声。

车二师父赔笑说："做买卖的。"

愣汉就瞪了眼，呵斥道："这是啥地界，来做买卖！快给爷爷滚，快滚！"

这两愣货是带些老陕口音，而且真的又愣又横，也不像有什么提防、疑心。车二师父就放心些了。他继续赔了笑脸，说：

"两位好汉先不要怪我们，当家的只是叫来此地交银子，并没有交代是做什么买卖。"

"送银子？"两个愣货几乎一齐惊叫起来！"送来多少银子，银子在哪儿？"

车二师父指了指四个箩筐，说："一万两银子，都在这里了。"

车二师父话音没落呢，一个愣汉就俯下身，伸手来翻箩筐。但他的手还未摸到，就被车二师父轻轻挡开了。

那愣汉正要发作，车二师父忙拱手作揖，恭敬地说："请这位好汉见谅，当家的有交代，我们先验了货，你们才能验银子。"说完，车二师父略掀开箩筐上头蒙着的麻袋，露出码放整齐的白花花的银锭，很快又遮上了。

愣汉见是银子，就朝蒲草深处打了一声口哨。

口哨声刚落，就从蒲草里钻出十来个汉子来，大多穿着官兵号衣。车二师父估计的真是没错。但人数这样多，又人人都牵着马，提着刀，很可能是骑兵！这可出乎车二师父意料。

十来个蛮汉，要是跳上马，真还不好与之搏杀。尤其自家的兵器，还藏在箩筐底下。人家手执兵器，自家赤手空拳，更得吃亏。

他忙给李昌有使了个眼色，示意先不要动手。

他们原先商议的对策是尽速先下手。在绑匪还不摸他们底细的时候就突发武功，将其拿下。但现在对手人众，尤其是牵着马。这边一动手，那边准会跳上马冲杀过来。

车二师父再一细看，一匹马背上像搭口袋似的搭着一个人：那一定是豫生堂的二掌柜了。看到这种情形，他忽然有了办法。

车师父忙不动声色地吩咐武友们："你们不要愣着了，快把银子抬到一块堆，好叫人家查验！"

众人立即照车师父吩咐把四个箩筐抬到一起。

在众绑匪还未走近之际，车师父就将蒙在箩筐上的麻袋统统掀去了。同时大声说："一万两银子都在这里了，请你们的头领来查验吧！"

先到的那两个愣汉，忽然看见白花花的一片银锭，立刻惊叫起来："日他婆的，真是银子，真是银子！"说时，一手抓了一个五十两的大银锭，高举起来，直向远处的同伙摇晃，一边更高声地吆喝：

"日他婆的，真是银子，真是银子！"

那边众绑匪听见吆喝，一个个都丢了手中牵马的缰绳朝这边跑过来。说话之间，这十来个鲁莽的兵痞已经团团围住了四筐银锭，争抢着拿起银元宝，掂分量，用牙咬，看是不是真银子。

在这个时候，大多还把手里的兵器也丢在地上了。

见此情景，车二师父心里更踏实了。他原先设想，把银锭亮出来，只是将众兵痞吸引过来，离开他们的战马，这样才好对付。现在，这些家伙连兵器也丢了，那还有什么可担忧的！但也不能再迟疑了，再迟疑，这些家伙就会翻出藏在筐底的刀械。

车二师父悄悄拉了一把李昌有，两人站到兵匪与他们的战马之间，为的是更牢靠地将兵与马隔离。然后，就发出了动手的暗号！

十来个兵匪挤在中间，又失去了警戒；九个有备而来的武师围在外层，武艺又一个比一个强，对阵的结果，那是可想而知的。武师们使出形意拳的硬功夫，没几下，就将对手统统放倒了。他们劈拳、崩拳、炮拳、横拳、躜拳一齐上，着实重创了这些家伙，但都没有朝要害处下手。所以，兵痞们一个个只是倒地哼哼，并没有丢了命。

给朝廷保驾的兵勇，居然这样不经打？

昌有师父拽起一个穿兵勇号衣的问他是哪里来的？

那兵勇恼狠狠地说："爷爷们是谁，说出来吓你们一跳！知道岑大人是谁吧？"

昌有师父喝道："少废话，说你自家吧，不用扯别人！"

那货依然凶狠地说:"岑大人是在朝廷跟前办大差的前路粮台!爷爷们都是岑大人从甘肃带过来的骑兵,伺候太后皇上一路了,你们竟敢欺负爷爷!日他婆的,不想活了?"

这些家伙,是岑春煊手下的骑兵?

车二师父冷笑了一下,说:"哼,你们倒会冒充!岑大人手下的官兵会出来绑票打劫?"

趴在地下的,有几个也一齐叫喊:"爷爷们真是岑大人的骑兵!"

昌有师父就说:"那好,明儿就绑了你们,送往岑大人跟前,看是认你们,还是杀你们!"

一听这话,这些家伙们才软了,开始求情,说他们偷跑出来干这种营生,实在是万不得已了。跟朝廷逃难这一路,受罪倒不怕,就是给饿得招架不住!一路都是苦焦地界,天又大旱,弄点吃喝,还不够太后皇上、王公大臣们受用,哪能轮到他们这些小喽啰!打尖起灶,哪一顿不是抢得上就吃喝几口,抢不着只好愣饿着。人饿得招架不住,马也饿得招架不住,所以才出此下策。万望手下留情,不敢捅给岑大人!

有个武师就问:"你们打野食,不就近在太原,专跑来祸害我们太谷?"

一个兵痞说:"谁不知道你们祁太平财主多!可真不知道你们武艺也好。"

"你们初来太谷,就能寻见曹家?"

"打听呀!问谁,谁不说太谷最有钱的财主就是曹家?再问曹家在哪儿,谁都告你,出南门往西走吧,瞅见三层高的一溜楼房,那就到曹家了。"

原来是这样。

这时,两个武师把豫生堂的那位二掌柜扶过来了,但他一脸死灰,连话还不会说。

——上卷完